노가다

—
방랑의
노동자

제4권

한평생 '노가다'의 길을 가며 겪은 희로애락을
생생하게 담아낸 자전적 소설

성두용 장편소설

노가다

― 방랑의 노동자 ④

도서출판 천우

서문

 감정이 메마른 세태 속에 갈수록 인간이 왜소하고 관계는 파편화 되어간다. 물질만능주의 시대 그 화려함이 극치에 오를수록 행복도는 땅에 떨어지고 있다. 사실과 진실의 간극이 멀어지면 삶이 주는 은유도 한없이 추락하고 인간성은 종말을 맞이한다.

 우리는 모두가 노가다로 태어나 노가다로 살다 노가다로 죽는 존재임을 밝혀낸다. 노가다는 우리 자신이라는 것을 깨닫는 것이 나의 일차적 임무이다.

 일체의 판단을 흐리게 하는 감언이설이나 권모술수가 없는 순수함을 유지한다면, 설사 겉이 흐트러지고 우아함이 부족해도 좋다. 겉보다 내면의 진실이 사람과 사람사이, 남녀 사이에서도 더 중요하다. 사회적 통념은 물론이고 도덕적 개념조차도 내면의 진실보다 후순위가 된다.

2024년 1월

정두용

차 례

소중한 인연들 • 11
다시 중국으로 • 74
예기치 않은 사고 • 89
쌍포돛대에서의 만남 • 146
기린화란 여자 • 181
고향에서의 새 출발 • 269
의자매의 결심 • 334
사실과 진실 사이 • 404

노가다

— 방랑의 노동자 ④

소중한 인연들

그리고 잠에서 깬 것은 비행기가 활주로에 내리 닿는 흔들림에서다. 상하이 공항을 이륙한 지 2시간 만이다.

김해공항 게이트를 빠져나온 청랑은 부산 시내로 가는 버스에 몸을 실었다. 달리는 차 창 밖으로 스치는 내 고향의 내음이 마음에 와닿는다. 공항버스에서 내려 다시 시내버스로 바꿔 타니, 어머니와 내 가족이 사는 집에까지 올 수 있었다.

오랜만에 나타난 아들이라 깜짝 놀라시는 어머니다.

"아이구 얘야, 기별도 없이 네가 웬일이고? 어디서 오는 길이고?"

어머니는 놀라고 반가움에 아들의 손을 잡고서는

"어서 들어가자."

하시며 눈가에 이슬이 고이신다.

"이리도 무심한 사람을 봤나? 소식이라도 주면서 지내야지, 어디 몸 상한 곳은 없느냐?"

쉴 틈 없는 어머니의 질문이시다.

"예, 저는 잘 있었습니다만, 어머니가 고생 많으셨지요. 어디 몸 불편하신 데는 없으셨습니까?"

"그래, 나야 따뜻한 방에서 자고 밥 잘 먹고 잘 지낸다마는 그 먼 객지에서 고생하는 너를 생각하면 늘 걱정이 앞서는구나."

그랬다. 허구한 날 객지로 떠도는 아들을 바라보는 노모의 얼굴에는 주름살이 많아져 있다. 이제 곧 칠순을 눈앞에 둔 어머니시다.

"그래 이야기는 천천히 듣기로 하고 너 배고프겠다. 얼른 밥상을 준비하마."

하시며 부엌으로 나가신다.

"어머니 동생들은요?"

"오냐, 네 동생들은 아침 먹고 학교에 갔다. 아침 7시만 되면 집에서 나간단다."

청랑은 자리에 누우려다 말고 떠나기 전 쑹리매가 하던 말이 생각나서, 가방을 열어보았다. 그곳에 까만색의 지갑 하나 눈에 띄어 열어보고는 깜짝 놀랐다. 그 속에는 다수의 지폐와 하얀 종이쪽지가 함께 들어있었다.

'청랑이 한 달간 다니려면 쓰임새가 많을 거야. 적은 액수이니 부담 갖지 말고 쓰도록 했으면 좋겠다. 마음은 더 많이 주고 싶지만, 청랑의 자존심을 흠집 내지 않을 생각에서 삼백만 원만 준비했다. 내가 직접 뵙지는 못했지만, 아들이 용돈을 드리면 좋아하실 거야. 청랑이 불 속에서 살려낸 우리 어머니처럼 말이야.'

청랑은 할 말을 잃었다. 이거 큰일이군, 쑹리매란 여자. 내가 뭐라고 이렇게까지? 그래 좋다. 내 언젠가는 갚아야지. 그는 등을 기댄 채로 눈을 붙였다.

"인제 그만 일어나거라. 밥 준비가 됐다."

청랑은 어머니가 차려주신 밥상 앞에 앉았다.

"어머니도 같이 드시지요."

"아니다. 나는 아침 먹은 지 얼마 안 됐다. 내 걱정하지 말고 어서 먹어라."

"그런데 어머니, 그간에 생활비는 어떻게 하고 지내셨어요?"

"오냐 그거는 수원에 있는 애 어미가 네가 보낸 월급이라면서 다달이 20만 원씩 보내주는 데서 10만 원은 서울에 있는 애들한테 보내고, 10만 원은 내가 생활비에 보태곤 한다."

"그것 가지고는 생활비가 부족할 텐데 어찌합니까?"

"물론 모자라지. 그러나 내가 시장 골목에 나가서 계란이나 푸성귀 같은 거 조금씩 받아서 팔면 가용에 보태 쓸 벌이는 된다. 말이 20만 원이지 큰돈 아이가. 내 고맙게 잘 받아쓴다. 내 걱정은 할 거 없다마는 평생을 그 험하다는 노가다를 하며 고생하는 내 아들을 생각하면 마음 아프다. 그놈의 가난이 무엇인지 남들처럼 너를 공부시켰더라면 좋은 직장에서 편히 지낼 수 있을 텐데. 지금 와서 후회하면 뭐하겠노마는 지난 세월이 후회스럽다."

"어머니 이제 지난 일은 훌훌 털어버리세요. 어머니의 아들 이래 봬도 노가다 왕초랍니다."

"왕초라니? 얘야 그 왕초라는 것이 깡패 도둑한테나 쓰는 말 아니더냐? 네 함부로 그런 거 하지 마래이. 천날만날 싸움질이나 하고 다니면 큰일 난다. 내 몸 안 다치면 상대방이 다치고 유치장(감옥)가고 하는 기라. 못 먹고 살아도 괜찮으니 절대로 사람들 상하게 하는 깡패 짓은 안 된다."

"염려 마세요, 어머니. 싸움질하는 깡패가 아니고 공사판에서 일하는 사람들의 오야봉인데 오야봉이란 일본말이 싫어서 왕초라고 불러 달라 했습니다. 내가 벽돌 쌓는 사람들의 책임자니까 벽돌 왕초 청랑이라고 사람들은 그렇게 부르고 있습니다."

"그런 거구나 그렇다면 다행이다. 나는 네가 깡패 짓 하는 줄 알고 깜짝 놀랬다 아이가. 그래 그동안 외국에서 오래도록 있다 왔으니 이젠 안 들어가도 되겠구나?"

"아닙니다, 어머니. 이번에는 한 달 휴가를 받아서 나온 터라 다시 가서 1년 더 일하기로 했어요."

"아니, 그 먼 곳에를 또 간다고?"

"예, 어머니."

"이 사람아, 내 나라에서 노가다 왕초 하면 되는데 뭐 하러 외국에까지 가서 고생할라카노?"

"그보다도 제가 담당했던 공사가 덜 끝났기에 다시 가서 마저 해주기로 약속했습니다."

"그럼 바쁘겠구나. 서울에 있는 아이들한테도 가보고 수원에 작은 애미한테도 가 보거라. 그리고 기왕 왔으니 오늘은 여기서 쉬고 저녁에 네 동생들도 보고 내일 가도록 하거라."

"네, 어머니. 그리하겠습니다."

"그럼 쉬고 있거라. 내가 자갈치에 가서 생선이나 두어 마리 사 와야겠다."

"장에 가신다면 저도 같이 가겠습니다. 어머니의 장바구니도 들어드리고 구경도 하고 싶고요."

"그래, 가볼래?"

"예, 어머니."

그는 오랜만에 어머니가 시장가는 길에 따라나섰다. 아주 어릴 적 말고는 수십 년 만이다. 큰길에서 버스를 타고 20분 남짓 후에 자갈치에 내릴 수 있었다. 길게 늘어진 좌판대 위의 생선을 보면서 이것저것 값을 물어보기도 하고 꼭 사고 싶은 것은 약간의 에누리 끝에 셈을 치르고 내 것이 되어 장바구니에 담기면 흐뭇해하는 어머니시다.

"어머니, 여기까지 왔으니 시원한 재첩국이라도 요기를 하고 가입시더."

"얘야, 뭐 하러 비싼 돈 주고 사 먹노? 내일 새벽이면 우리 집 앞으로 재첩국 사이소하고 두부 장사가 온다. 그 아지매한테 한 사발만 사서 정구지 넣고 끓이면 식구 수대로 다 먹을 수 있다."

언제나 절약이 몸에 밴 어머니의 논리다.

"그러시면 재첩국 말고 장터 국밥이라도 하입시더. 아들이 엄마하고 같이 먹고 싶어서 그럽니다."

"오냐 그래. 네 뜻이 그렇다면 한 그릇 먹고 가자."

"뭐가 좋을까요, 어머니. 복국은 어떠세요?"

"복국이라면, 그 복지리 말이가?"

"네 어머니, 국물 맛이 시원하고 별미입니다."

청랑은 어머니와 함께 복국 전문이라 써진 식당으로 들어섰다.

"할매요, 이쪽으로 오이소. 여기 마루에 편히 앉아서 드시면 됩니다."

"그래 앉아서 다리나 좀 펴자."

"할매요, 뭘로 드릴까예?"

"그거는 우리 아들한테 물어보소. 그 사람이 뭘 좋아하는지?"

"아 아지매, 복지리로 2인분 주세요."

"예, 선생님."

"아니다 새댁이요, 그 사람은 선생이 아니고. 뭐라 카드라? 아 맞다. 왕초, 그렇지 무슨 왕초라 했는데."

주문을 받던 주인댁이 배꼽을 움켜잡는다.

"그럼 할매 아들이 어느 골목 왕초입니까? 이곳 자갈치에는 따로 있고, 서면이나 남포동의 왕초입니꺼?"

"아주머니, 그런 게 아니고 저희 어머니께서 농담을 하신 겁니다. 오해 없으시길 바랍니다."

"선생님 말씨로 보면 윗녘이나 서울 쪽에서 왕초 하시는군요."

"아니에요. 아닙니다."

하고 청랑이 부인하려 들자

"아니긴 뭐가 아니고, 네가 하는 일이? 그래 맞다. 노가다, 노가다 왕초라 안캤나?"

"예, 잘 알았습니더. 할머니예."

주인댁은 주방에다 3번 좌석에 복지리 2인분이요 하고는 다시 와서

"할매요, 조금 전에 그 말씀 사실입니까? 노가다 왕초라는 말씀이요?"

"그래 맞다 카이. 내가 얼른 생각이 안 나서 그랬는데 세상 사람들이 우리 아들더러 노가다 왕초라고 부른다 안 카나."

"할매요, 노가다라면 노동판에서 막일하는 일꾼아입니꺼?"

"그래요. 우리 어머니 말씀대로 나는 노가다 왕초이며 아주머니 말씀대로 막일꾼도 맞습니다."

아직은 일몰 전이라 식객들이 많지가 않았다. 벽 쪽에 등을 기대면서 상 밑으로 두 다리를 쭉 펴는 어미다.

"이렇게 앉으니 편하고 좋은데 그놈의 주인댁이 말꼬리를 물고 늘어질 게 뭐람."

하고 웃으신다.

"여기 복지리 가져왔습니다. 맛있게 잡수이소. 왕초 어머니신 할매요."

"이제 보니 젊은 새댁이 그렇게 정신이 없나? 왕초 엄마, 왕초 할매 하고 부르면, 내가 왕초란 말이가?"

그 말에 주인댁이 자지러진다.

"할매요, 이제 그만 좀 웃기세요. 내가 졌습니다. 할매의 아드님이 노가다 왕초이신걸요."

"진즉에 그럴 것이지."

주인댁은 여전히 웃음을 머금은 채 돌아간다. 한편 청량 모자의 반대쪽에 자리 잡은 두 여자, 서로가 친구인 듯 자신들의 이야기를 나누다가, 아까부터 왕초니 노가다니 하는 이야기에 무관심했는데 주인댁이 웃음을 참지 못하고 있기에

"아지매는 뭐가 그리 우습습니까?"

"말도 마이소, 저쪽 자리에서 식사하시는 모자분이 계시는데 우리 왕초 아들 하시기에 어느 지역 왕초냐고 했더니 금방 생각이 안 나시는지 글쎄다. 뭐라 카더라? 하시더니, 그래 맞다 남포동이나 서면도 아니고 노가다 왕초라고 하잖아요. 그 말씀이 하도 우스워서 저하고 농담으로 주고받은 거예요."

그 말을 듣고 난 두 여인들

"어떤 할매시기에?"

등을 지고 앉았던 여인이 호기심에 뒤를 돌아다본다. 순간 여인은 깜짝 놀라고 만다. 아니 저분은 어무이신데. "어무이께서 여길 어떻게?"

"야아가 뭐라카노?"

"어무이가 누구신데 네가 아는 분이라?"

소중한 인연들 17

식당 주인의 말이 아들하고 같이 오신 분이라고 하지 않았는가? 그렇다면? 여인은 벌떡 일어났다.

"어무이예, 어무이 아니십니꺼? 어무이 맞지예? 제가 루산나라예."

그 소리에 놀란 어머니는

"그렇구나. 루산나가 맞구나?"

두 사람의 대면에 더욱 놀란 것은 청랑이다.

"어? 루산나가?"

"역시 왕초가 청랑 오빠였구나."

서로를 확인하고서도 말문이 막혀버린 이 사람들, 뜻밖의 만남이다.

"청랑 오빠를 여기서 만나다니, 나 은옥이에요."

"그랬군요."

"루산나는 알겠지만 저희 어머님입니다. 은옥씨, 안녕하십니꺼?"

"청랑 오빠 친구 은옥이입니더."

"아이구 모두 반갑데이. 내가 자갈치에 오기만 하면 루산나를 만나게 되는구나. 그간 잘 지냈느냐? 지난날에 만났을 때 딸아이와 함께였었는데 지금은 다 컸겠구나."

"예 어무이, 지금은 대학생이라예. 이제는 다 컸다고 지 따로 내 따로 떨어져서 댕긴다 아임니꺼?"

"청아 말이구나. 벌써 대학생이구나."

"오빠는 영 무관심이라니까? 작년에 중국에서 보아놓고선?"

"이럴 게 아니라 은옥아, 우리가 어무이 계신 데로 옮기자. 오랜만에 만난 청랑 오빤데 염치 불고하고 오겠심더. 어무이께서도 괜찮지예?"

"그래그래 괜찮다마다. 얼마나 반가운 루산난데 이 사람들 어서 이쪽으로 앉거라."

하며 자리를 만드신다.

"고맙습니다. 어무이예."

"그런데 두 사람이 친구라면서 우째 그리 많이 닮았노? 누가 보면 쌍둥이 자매라고 하겠다."

"안 그래도 그런 소리 많이 듣심더. 그래도 분명히 쌍둥이는 아니고 단짝 친구입니더."

"그렇구나. 별 희한한 일도 다 있구나. 내가 노안이라서인지 두 새댁이가 너무도 똑같아서 분간키가 어렵구나."

"어무이께서 저희 둘을 분간키가 어려우시면 이 애가 그 애로구나 그 애가 이 애로구나 하고 그냥 그렇게 대하시면 됩니다. 이은옥이도 청랑 오빠를 만난 지가 루산나만큼 오래되었습니더."

"이제 보니 화백님과 선생님이 왕초님과 아는 사이셨나 보네요."

주인댁이 오면서 하는 말이다.

"예, 아지매요. 얘기하다 보니 국이 다 식었습니다. 다시 뎁혀 주시고요. 소주도 한 병 주이소."

"예, 화백님."

주인댁은 국 냄비를 들고 가서 새 그릇에 바꿔서 담아 소주와 함께 가져왔다.

"왕초 선생님은 역시 발이 넓으십니다. 부산에서도 알아주는 화백과 두 분 여사님들 알고 계시니 말입니더."

"아니 왕초 선생이 뭐꼬? 선생 왕초가 아니고 노가다 왕초라 안 카드나. 젊은 사람이 정신을 어데다 두고 있노?"

한마디 하시는 어머니시다.

"예 예 할매요. 제가 그만 깜빡 했습니더. 할매."

"이봐요 새댁이 자꾸만 할매, 할매 하고 부르는데 내가 주인댁 할매가 아니데이. 여태껏 이 사람들 하는 소리 못 들었나? 어무이요 하는?"

"예 예, 제가 실수했습니더. 어무이요."

"진즉에 그랬어야지. 안 그렇나, 이 사람들아."

"예, 맞습니더. 어무이예."

식당 안주인, 웃음을 참지 못하고 배꼽을 잡는다. 그러고는 주방 쪽으로 가더니 복어를 얇게 펴서 노릇노릇하게 구워진 한 접시를 가져왔다.

"이거는 어무이 드시라고 가져왔습니더."

"무슨 소리고? 내가 시키지도 않았는데?"

"그런 거하고 상관없습니더, 어무이요. 이거는 식당 주인인 제가 서비스하는 겁니더. 아까부터 어무이하고 주고받은 대화가 재미있기도 했지만, 백발백중 제가 지고 말았으니 벌칙으로 내는 겁니더."

"그렇군요. 역시 우리 엄마는 대단하십니다. 그리고 주인아주머니께 감사드립니다. 루산나는 술병을 따서 어무이께 한잔 드리겠습니더."

"아니다. 나는 술을 못 먹는다."

"그래도 한 잔만 받으이소."

"그래 루산나가 주는 술이니 내가 받기는 해야겠다."

"청랑 오빠, 은옥이 나 우리들 어무이 모시고 건배하자."

세 사람은 단숨에 잔을 비운다.

"이 사람들아, 술을 그렇게나 물 마시듯 하는구나."

하시면서 한 모금 삼키시더니 온몸을 찔끔하신다.

"이렇게 쓰디쓴 것을 무슨 맛으로…."

하면서 일어서신다.

"어무이께서 화장실 가시려면 산나가 안내할게요."

"아니다. 그대로 앉아들 있거라. 오랜만에 만난 젊은이들인데 내가 길게 있다가 눈총받느니 먼저 가는 게 낫겠다."

"지금 혼자 가시려고요?"

"그럼, 버스만 타면 금방 가는데 집에 가서 저녁 준비도 해야 하고 나 먼저 갈 테니 왕초는 쌍둥이 친구들하고 이야기 나누고 천천히 오너라."

"그럼 난 어무이 버스 타시는 거 보고 올 테니 은옥이 넌 청랑 오빠 꼭 붙들고 있어라. 가입시더. 어무이요, 앞에서 버스 타시면 중간에 갈아타지 않아도 되는지요?"

"오냐, 한 번 타면 집 앞에까지 바로 간다. 루산나야, 지난날 자갈치에서 만났을 때 네 딸아이가 여섯 살이라 했지? 어찌나 똑똑하고 참하던지 지금도 눈에 선하다."

"그 아이 청아도 어무이한테 쌈짓돈 받은 거 기억하고는 어쩌다가 한 번씩 얘기합디더."

"기특한 것, 그 애가 벌써 대학생이라니? 세월이 빠르기도 하구나. 버스 왔다. 내 저거 타면 된다. 오늘 나는 너를 만나서 고맙데이."

"어무이예, 조심해서 가이소."

버스는 떠나고 루산나는 넋두리를 한다. 지금은 말할 수 없었지만 어무이가 내 딸 청아의 친조모인 것을…

복국집으로 다시 온 루산나다.

"어무이 버스 타는 거 보고 왔다. 어무이도 이제는 많이 늙으신 거 같더라."

"오늘 보니 어무이께서 산나 너를 반기시는 거 같더라."

"뭐 특별한 의미는 없고, 본래 정이 많으신 분이니까."
"그래 화백은 작품 활동 잘할 테고 설 선장은 잘 있나?"
"그 사람은 지금도 거제에 있으니까 우리는 주말부부야."
"얘 화백아, 청랑 오빠가 설 선장을 어떻게 아는 거냐?"
"그래 알아도 너무너무 잘 알지."
"그럼 만난 적도 있다는 말이구나?"
"응, 그것도 여러 번이지."
"그런데도 왜 나한테는 한 번도 얘기 안 했잖아."
"안 한 게 아니라, 말할 기회가 없었다예. 그보다 더 놀라운 일은 설 선장이 외국 항에 정박해서 선상 테러의 위험에 직면했을 때, 청랑 오빠의 도움으로 살아났다는 거 아니냐?"
"청랑 오빠, 산나가 하는 말이 참말입니꺼?"
"그렇긴 하지만 그게 언제 적 일인데 새삼스레…."
"그래도 그 스릴 넘치는 이야기 들려주세요. 청랑 오빠예."
"은옥아, 그 얘긴 내가 나중에 자세히 들려줄 테니, 오늘은 다른 얘기하자 얘."
"그래 그럼. 참 청랑오빤 중국에서 언제 온 거야?"
"오늘 아침 8시에 김해공항에 도착하더라. 상하이에서 6시에 출발했으니까 2시간 정도 비행한 셈이야."
"그럼 이제는 아주 나온 거야?"
"아니야. 한 달 휴가 얻어서 왔으니까. 다시 가야 해. 공항에서 곧바로 어머니께 들려서 아침 먹고 어머니가 자갈치 가신다기에 따라나선 거야. 그리고 보면 어머니 덕분에 루산나와 은옥 씨를 만날 수 있었고 오늘은 나에게는 행운의 날이네."
"그래. 나도 은옥이를 만나서 자갈치 복국집에 오고 싶더라니.

이심전심이었을까? 은옥아 우리가 만약에 남포동으로 갔더라면 청랑 오빠를 만나지 못했을 거고 그 오빠 아직도 중국에 있으려나, 언제쯤 한 번 만날 수 있을까 하는 막연한 기다림, 생각만 해도 아찔하다, 얘.”

"글쎄다. 그건 산나 너 생각이고 청랑 오빤 어떤 생각인지 모르잖아? 이참에 말씀을 해보이소. 산나가 지금 한 말 어찌 생각하시는지?”

"굳이 말을 하라 하면, 한마디로 나이 사십이 넘은 중년 부인으로서 아직도 철이 덜 들었다고나 할까. 설 선장이란 훌륭한 남편과 총명하고 사랑스런 아들과 딸의 존재가 행복 그 자체를 말해주는데, 오래전의 옛 친구 정도는 우연히 만나게 되면 반가워서 소주 한 잔 나누게 되면 그걸로 만족하고, 화백 루산나의 이름값에 자부심을 가지면 최상이라고 생각되는데. 그리고 나는 늘 설 선장 그 친구에게 고맙게 생각하며 마음 편한데. 이 정도면 은옥 씨의 질문에 답이 되는지요?”

"청랑 오빠, 지금 그거 말이라고 하나? 거기다가 설 선장은 왜 끼워 넣노? 얘 은옥아, 너 말 좀 해봐라. 지금 청랑 오빠가 되지도 않는 먹물로 내 가슴을 새까맣게 하는 거 봐라.”

"얘 산나야, 진정해라. 내가 듣기엔 청랑 오빠 말씀이 맞는 거 맞은데.”

"야아가 뭐라카노?”

"은옥이 너 금세 청랑 오빠의 그럴듯한 변설에 홀딱 넘어갔구나. 아니지. 은옥이 너는 옛날부터 청랑 오빠 말에 맞장구를 쳤으니까.”

"그거야 청랑 오빠 말씀이 맞으니까 그럴 수밖에 없는 거야.”

"그래 내 단짝 친구라도 내 편 들어 줄 거 다 믿은 내가 바보지. 그래 어쨌든 청랑 오빠 만나서 반갑다. 술이나 한잔하자."

"그래 역시 화백 루산나는 이해가 빨라서 좋다. 한 잔 건배하자."

"실은 나, 청랑 오빠한테 할 말이 있는데 오랫동안 가슴속에 묻어두고 왔는데 언젠가는 꼭 해야 할 말이 있거든."

"그래 무엇이든 다 말해라. 내가 다 들어 줄 테니. 다만 오늘은 산나가 취한 것 같으니, 다음에 들으면 안 될까?"

"언제 어디서? 그러다가 어느 날 훌쩍 떠나 버리면 내가 중국에까지 찾아가게 하려고?"

"우리들의 화백 루산나가 청랑에 대한 불신이 이토록 커져 있었구나?"

"나로 인해 산나가 조금이라도 마음 상하는 일 없어야 한다는 게 나의 바람인데 염려된다."

"기왕에 나온 휴가인데 들려야 할 곳 몇 군데 돌아서 산나의 화랑에 들르도록 할게. 그러면 되는 거지?"

"청랑의 그 말 믿어도 되는 거지? 틀림없이 오는 거다."

"얘 은옥아, 청랑 오빠의 지금 한 말 믿어도 될까?"

"얘는, 청랑 오빠 말을 못 믿으면 세상천지 아무것도 못 믿는 거지."

"은옥 씨가 그렇게 말해 주어서 고맙고 은옥 씨 있는 데서 내 틀림없이 약속할게."

"그래 그럼. 내가 지금 오빠한테 깡짜를 부리다니 미안해 오빠. 안 보다가 보면 반가운데 무어라도 듬뿍 담아서 주고 싶었는데 막상 만나고 보면 이래저래 심통이 나는 건 무엇 때문일까? 그런 내 마음 나도 모르겠다."

"그런 심통쯤이야 일시적일 테고, 아무튼 내가 산나 화랑에 들러서 한턱 쏠테니 그때는 은옥 씨도 함께해요."
"고마워요, 청랑 오빠. 나까지 끼워주어서요."
"그럼 잠깐만요."
청랑은 화장실 가는 척 나와서 계산대에서 음식값을 지불 했다.
"산나하고 은옥 씨, 우리 이제 일어날까?"
"왜요? 좀 더 있다 가요. 시간 얼마 안 됐는데."
"그렇지만 우리의 화백 루산나가 너무 취한 것 같아서 집에 가는 게 좋겠다."
"그건 아니다. 청랑 오빠, 내가 갑자기 심통이 나서 투정을 한 것일 뿐. 소주 두서너 잔에 취할 내가 아니거든. 이제 약속도 받아 놨겠다. 강짜 안 부릴 테니 조금만 더 있다 가자."
"그래 취하지 않았다면 다행이다."
"주인아주머니, 우리 소주 한 병하고 구이 한 접시 주세요."
"예, 노가다 왕초님."
"고맙습니다, 아주머니."
"청랑 오빠, 상하이의 쑹리매의 안부가 궁금하다. 잘 있던가요?"
"그럼 잘 있지."
"그러는 거 보니 자주 만나나 보네?"
"자주는 아니고 작년 칠월칠석의 만남 이후에는 잊고 있었다가 이번 휴가 나오기 직전에 만났었어."
"그 이상한데?"
"뭐가 또 이상하냐? 무슨 엉뚱한 상상을 하고 싶은데?"
"상상이 아니라 절세가인 쑹리매가 지척에 있는 청랑을 두고 어찌 그냥 있었을까?"
"그러게 말이다. 만나서 대뜸 하는 소리가 바람 같은 청랑이 지금은 한국의 어느 공사판에 있을까 하고 착각 속에 있었다고 하더군."

"저런 세상에. 그 총명하던 쑹리매가 벌써 나이티를 내는구나."

"얘 화백아, 쑹리매가 누군데?"

"그러고 보니 내가 은옥이 너한테 얘기를 안 했구나. 쑹리매는 이름 그대로 절세 미모를 자랑하는 청랑의 애인이야. 지금은 중국의 상하이에 있고."

"어머나. 청랑 오빠에게 그런 인연이 있었구나."

"은옥이 네가 몰라서 그렇지 청랑이라면 껌뻑 죽는 여자란 말이야. 나하고는 우연히 맺어진 아우인데 정말 매혹적인 여자야. 그런 아우가 청랑 옆에 있어서 잘된 일이다 하다가도 때로는 울컥하고 질투 같은 것이 솟는 거 있을 때 내가 그럴 자격 없다는 거 알면서도 같이 만나게 되면 나도 모르게 시샘이 발작하는 거야. 그럴 땐 나도 노골적으로 표현하지."

"어떤 식으로?"

궁금해진 은옥이 되묻는다.

"내가 뭐라 하겠노? 직설적으로 이보게 쑹리매야, 청랑은 본래 나의 첫사랑이니 오늘 밤엔 나한테 돌려주라 하는 거지."

"그랬더니 그쪽에선 뭐라는데?"

"아서요 언니, 그것은 절대로 아니 되니 괜히 옛 생각에 연연하지 말고, 지금 옆에 있는 남편 설 선장에게나 관심 가지라 하고 나오면 난 더 할 말을 찾지 못하고 마는 거야."

"정말 괜찮은 여자구나. 현실 감각으로 똑 부러지게 말하는 거 보면. 산나 너도 쑹리매란 그 여자의 생각을 배워야겠다."

"역시 은옥이 넌 내 편인 척하다가 결국엔 청랑 오빠 편으로 돌아서는구나."

"그게 아니라 쑹리매의 생각이 현실적이라는 거야."
"그럼 청랑이 올 때 일부러 들린 거야?"
"그랬었지. 그리고 얘기하자면 길어. 다음에 얘기해줄게."
"아니다. 다음까지 어떻게 기다리나? 지금 얘기해주라. 어서 빨리!"
"어쩔 수가 없군. 그게 말이다. 어느 날 우리 현장에 적색분자들이 침투한 테러 사건이 있었고 그것을 진압하는 과정에서 내가 보탬을 했고, 그 사건이 상하이 시보에 대서특필해졌고 그곳 시에서는 진압 공로자에게 포상하게 된 거야. 그래서 상하이시 위원회의 한 사람인 쑹리매가 알게 되었고 포상 휴가를 받은 나에게 집에 들르라는 부탁을 받은 거야. 현장에서 제공하는 항공권을 받아 상하이에 와서 쑹리매의 집에 들렀다가 그 회사 차로 공항에까지 와서 새벽 6시에 비행기를 탄 거야. 실은 쑹리매가 나에게 부탁하기를, 한국에 가면 쑹리매의 한국 친구에게 들려서 안부 전해 달라는 거야. 그가 말하는 지인은 루산나의 가족을 말함이야. 나는 도착 즉시 어머니와 가족들을 만난 후에 몇 가지 업무를 해결하고 루산나 가족에게 쑹리매의 안부를 전하려고 했는데, 오는 날 바로 만나게 된 지금이야."
"그것 봐. 아직도 화백 루산나의 존재가 청랑 오빠가 그냥 지나치면 안 된다는 증거야."
"그래 이렇게 만나졌으니, 나로서는 루산나와 은옥 씨도 보았고 쑹리매의 안부도 전했으니 한 가지 임무는 완수한 셈이다. 그리고 설 선장과 청아, 설린에게는 루산나가 나대신 안부 전해주길 바란다."
"그건 그렇다 해도 내가 청랑 오빠한테 할 말이 남아 있는데 안 오시겠다고?"
"참 그렇지. 할 말이 무엇인진 몰라도 내가 들어야 한다면 내가 약속한 열흘 후에 화랑으로 갈게."
"산나야, 청랑 오빠가 약속했으니 오늘은 이만 일어나라."
"그래. 어무이도 기다리실 테니 청랑 오빠 보내야겠지."
그들은 자갈치의 복집에서 나왔다. 청랑은 택시를 불러 세웠다. 산나와 은옥일 태우고 기사에게 부탁했다.
"기사님, 이 두 분을 집에까지 안전하게 태워다 주세요."
하고 택시비를 은옥이 쪽으로 넣어주었다.
택시는 떠나고 청랑은 버스 정류장으로 갔다. 그가 탄 버스도 어느새 집 근처에서 내려준다.
"어머니, 제가 좀 늦었습니다."
"아니다. 오랜만에 만났을 너희들이 아니냐? 할 얘기가 왜 없었겠노? 그래 그 사람들은 잘 갔나?"
"예 어머니."
동생들이 다들 안자고 기다렸던 모양이다.
"형님을 기다렸습니다."
"큰오빠, 별일 없었어예?"
지금은 유일하게 어머니 곁에 있는 두 동생이다.
"오냐 너희들 잘 있었느냐? 내가 자주 들리지 못해 미안하구나."
아직은 학생들이다. 어려움 속에서도 학업을 놓지 않고 대학을 다니고 있는 동생들이기에 미래의 희망을 보는 느낌이다. 그리고 미안함도 함께다. 그래도 오랜만에 이런저런 얘기를 주고받을 수 있는 지금이 천금 같은 시간이다.
청랑은 다음 날 아침 밥상머리에서 가방 속의 돈 2백만 원이 든 봉투를 꺼내어 어머니께 드렸다.
"이게 뭐꼬?"

하면서 깜짝 놀라는 어머니다.

"이 돈 2백만 원입니다. 많지는 않아도 우선 이 돈으로 동생들 학비 밀린 것 있으면, 갚아주고 가용에 보태세요."

"오냐 그래. 고맙다마는 이렇게 큰돈을 주다니 나는 잘 쓰겠다마는 우리 왕초도 나다니려면 쓰임새가 많을 텐데?"

"염려 마세요 어머니, 제가 쓸 돈은 있습니다."

"그래. 아범이 바쁠 테니 여기서 지체 말고 얼른 출발하거라."

"예, 어머니. 이곳저곳 들리려면 여러 날 걸릴 테니 기다리지 마시고요."

"오냐, 그래."

청랑은 바쁜 마음으로 기차를 탔다.

수원의 집에 도착한 것은 여섯 시간 후였다. 아내 유송은 장터에서 아직도 돌아오지 않았다. 당연한 일, 장사 시간인데. 시장터로 간 청랑을 대하는 아내 유송의 표정은 놀라웠고 반가움에 멍해진 상태다.

"기별도 없이 갑자기 나타나면 어떡해요?"

오히려 핀잔이다.

"별일 없제?" 집 떠난 지 2년 만이다.

"아, 저 양반 이 집 신랑이 맞나. 외국 갔다더니 언제 왔어요?"

이웃들이 요란스럽게 인사한다. 안녕하십니까 만 연발하는 청랑이다.

"아무리 돈 벌러 갔다지만 당신처럼 무심한 사람은 없을 거야."

"그래. 미안하고, 차일피일하다 보니 그렇게 되었다."

"그놈의 차일피일은 할 말 없을 때는 잘도 써먹네."

"아이들은?"

"학교에 갔다 와서 책가방 던져놓고 또래들하고 노는 모양이에요."

처음보다는 한결 부드러워진 아내의 대답이다.

"내 없는 동안에 아이들 데리고 당신 고생 많은 줄 내가 다 안다. 그 점은 늘 미안하게 생각한다."

청랑이 본래의 태생이 남들처럼 표현의 미화와는 거리가 먼 사람이다. 이곳은 2년 전 청랑이 중국으로 떠나기 전에 자리 잡아 아내에게 맡기고 갔던 조그만 시장통의 가게였다. 그동안에 경험이 쌓이면서 그런대로 잘 해내고 있었다. 청랑이 해외 취업 중의 봉급은 월 60만 원인데 꼬박꼬박 아내 유송의 통장으로 송금되었고 그중에 20만 원은 부산의 어머니에게 보내고 남은 40만 원은 세 식구 생활하고도 남음이 큰지라 아내 유송을 만족시키기에 충분하다. 주위 사람들은 남편이 외국 가서 큰돈 보내준다고 부러워들 하는 것 같았다. 현실은 백수 남편의 밋밋한 얼굴보다는 멀리 떠나 있어도 매달마다 송금돼 오는 돈의 위력이 훨씬 매력적인 아내인 듯싶다. 40만 원이면 일반 대기업의 중견 간부 봉급 수준이다.

실로 오랜만에 방장에서 돌아온 청랑이 가정이란 품속에 들어서니 조금은 어색함을 느낀다. 밤이 되고 초등생인 아이들은 저네들 건넌방에서 깊이 잠들어 있을 테고, 오랜 독수공방 끝에 남편을 맞이한 아내는 그동안의 고독을 해갈코자 내 남편에게 밀착돼 온다. 그러한 아내를 마다할 이유는 그 어디에도 없다. 부부는 자연스레 서로를 힘껏 안았다. 아내는 오랜만에 여자로서의 행복감을 얻으면서 좀 더 긴 시간을 놓으려 하지 않는다. 지금 이 순간만은 다른 모든 것을 망각한 채 나를 행복하게 해주는 내 남편의 소중함을 새삼 알게 되는 아내다.

"여보 이제 아주 귀국한 거야?" 그러기를 바라면서 물어보는 아내다.

"아니야. 지금은 휴가차 나온 거야. 한 달 휴가인데 다시 가서 1년은 더 있어야 일을 마칠 수 있는 거야."

"그럼 1년은 더 있어야 한다는 거네?"

"그렇긴 한데 계약 기간 2년을 채웠으니 들어가지 말아 버릴까?"

"무슨 소리. 돈벌이도 안 되는 여기 남아서 일 맡아 한답시고 적자 인생사느니 그곳에서 더 있으라면 있어야지 한 달 60만 원이면 얼마나 큰돈인데?"

"그래. 60만 원이면 적은 돈이 아니지. 역시 당신은 남편인 나보다 돈이 더 좋다는 말이구나."

"그래요. 그것은 나뿐이 아니고 다른 여자들도 마찬가지일 거예요."

"그렇다면 어쩔 수 없이 다시 가야겠군."

"안 그러면? 당신은 이미 1년 연장하기로 작정해놓고 왔을 텐데 누가 붙잡는다고 안 갈 사람 아니면서. 내 마음 떠보려고 하는 줄 누가 모를까 봐?"

"그래 이 기회에 당신 속내를 읽을 수 있는 것도 내 운명을 점칠 수 있는 것 같아서 괜찮네."

다음 날 아침은 아내의 분주함이 돋보인다. 누적돼 있었던 애욕 같은 거 밤새껏 훌훌 털고 난 다음의 홀가분함은 그녀의 심신을 아주 가볍게 만들어 놓았다. 그로 인해 부엌에서의 요리하는 소리가 요란하다. 아침 밥상을 받은 아이들의 눈이 휘둥그레진다.

"와 오늘은 반찬이 엄청 많아졌네? 와 맛있겠다. 엄마, 오늘은 누구 생일이래?"

"그런 거 아니다. 너희 아빠, 객지에서 배고팠을 거 같아서 좀 많이 준비한 거야. 어서 먹기나 하렴."

"와! 신난다. 그럼 아빠 덕에 잘 먹겠습니다."

"그래 너희들 많이 먹어라."

허겁지겁 음식 맛에 빠져드는 아이들의 순수함이 헝클어져 있는 어른들의 생각을 잠시 멈추게 한다.

"엄마 아빠, 학교 다녀오겠습니다."

"그래 길 건널 때 차 조심하고."

아이들이 나가고, 식사를 마저 하면서 청랑은 말했다.

"내 오늘은 서울에 큰 애들한테 가보고 와야겠다. 어찌 지내는지 궁금하기도 하고, 이제 고등학생이라곤 하지만, 아이들끼리만 생활하게 두었으니 걱정된다."

라고 하는 청랑의 말에 아내는 묵묵부답이다. 대답이 없다는 것은 자신에게는 달갑지 않은 얘기이고, 자신의 관심 밖이라는 뜻이기도 한 것이다. 그러한 아내 유성의 태도가 청랑을 슬프게 한다. 남편의 전처가 낳은 남편의 자식이면 내 자식과 다름없어야 하는데, 그 애들 어미 자리인 호적을 깔고 앉고도 거부감을 느끼는 것은 가까이는 내 남편에 대한 배신이요, 도덕성과 인간애가 모자란 치마만 두른 한낮 계집에 불과한 것이 아니냐. 지금의 그러한 유송에게 청랑의 가족 그 누구도 피해를 준 적이 없는데, 청랑의 남아 있는 양심과 도덕성을 더욱더 벼랑 끝으로 몰고 있는 그녀 자신의 행위를 알고는 있는지? 그녀 자신의 절박했던 순간을 청랑으로부터 구제받고 스스로 매달려서, 지금의 아내 자리에 있게 된 그녀가 제 뱃속으로 낳은 자식만 중요하고 그 외는 외면하려 드는 이기적인 태도가 자신의 남편이라 강조하는 청랑을 막연하게 방랑을 하게 한다는 것을 아는지 모르는지….

 청랑은 조금 전 서울 나들이의 얘기를 더 반복하지 않았다. 모처럼의 귀향 휴가에서 부질없는 언쟁으로 가정불화를 키우고 싶지 않았다. 시간을 믿고 기다린 지 10년이 지난 아내 유송의 태도는 변할 줄 모른다. 그래 그것이 그녀의 한계라면, 지금은 후회해도 늦었다. 유송과의 사이에도 자식이 둘씩이나 태어났으니, 아이들이 무슨 죄이냐. 청랑의 자업자득인 것을.

 그는 집을 나섰다.
 "내 다녀올게."
 "어딜 가는데요?"
 "서울에 가서 큰 애들 만나보고 다른 볼일도 거쳐서 올 거라…."
 청랑은 이제 더 아내의 반응을 기다릴 필요가 없어졌다. 휑하니 나서는 그의 뒤꼭지 어디에도 아내의 다음 말은 따라오지 않았다.

 서울의 여학교 앞이다. 하교 시간에 맞춰 교문을 나오는 딸아이를 만났다.
 "애야!"
 하고 부르는 아비에게 다가오며
 "응? 아빠 왔네?"
 "그래 아비다. 그간 잘 있었나? 고생 많았제?"
 "그런데 아빠는 어디서 우째 지냈노?"
 방랑하는 아비인 줄 알고 있는 듯 던지는 딸아이의 인사다.
 "그래 나는 잘 있었다마는 너희들이 걱정되고…."
 하면서 핑 도는 감정에 말문이 막히는 아비 청랑이다. 딸아이 앞에서 눈물을 보일 수가 없어 감추려 했으나 끝내 눈시울을 적시고 만다.

"아빠는 중국에 갔다면서 언제 왔노?"

"응. 어제 와서 할머니한테 들렀다가 오는 길이다만 우째 알았노?"

"응. 할머니한테 들었다 아이가. 그곳에는 황사도 많고 기후가 나쁘다던데 아빠는 고생 많이 안 했나?"

"나야 늘 하는 일이 아니냐. 고생이랄 거 뭐 있나. 그보다는 늘 너희들 걱정이 앞서는걸."

학교에서 멀지 않은 곳에 딸아이의 자취방에 들렸다. 주인댁과 마루를 같이 쓰는 방 하나에 세 들어서 생활하고 있어서 안심은 된다.

"멀리 계시는 할머니는 너희들 걱정만 하고 계시는데, 대화할 사람도 없고 할 텐데 아비로서는 기가 막히는구나."

"아니다. 아빠 생각처럼 그렇게 삭막하지는 않다. 이모들이 가까운 곳에 살고 있어서 가끔 만나곤 한다. 외할머니댁에 무슨 날이 있으면 이모들에 데리러 와서 가곤 한다. 그래도 주위에 아무도 없는 것보다는 나은 것 같다."

"외가에 가면 너희들 엄마 소식은 듣겠구나."

"잘은 모르겠는데 재혼해서 산다고는 하는데 별로 잘 사는 것 같지는 않더라. 모두가 자업자득이지 뭐. 어른들의 이기적인 생각을 우리가 어찌 알겠노? 그것이 다 못난 생각에서 만들어진 팔자소관이다 안카나."

이 말은 부산 할머니의 말씀이다.

"어쨌든 아빠나 술에 너무 의존하지 말고 건강해라. 그래야만 우리가 고아 신세는 면할 거 아이가."

"그래 이 못난 애비가 너희들에게 할 말이 없구나. 그리고 넌 아직도 부산 사투리가 그대로구나."

"그것은 우리 어릴 때부터 할머니하고 같이 살았기에 쉽게 안 변한다. 우리들 학교 졸업하면 부산 할머니한테 도루 내려갈 거다. 나는 졸업반이고 동생은 1년 더 있어야 졸업하니, 내 먼저 내려가서 취직하면 된다."

"그래. 너희들 생각이 그렇다면 그렇게 하거라. 그리고 진학은 포기하지 말고 입시 준비하거라. 아빠가 등록금은 마련해 주도록 하마."

"아니다. 이미 늦었다. 나는 진학반이 아니고 취업반이다. 부산에 가서 취직하고 때를 봐서 야간 대학 다니면 된다. 나도 공부는 더하고 싶으니까."

딸아이의 솔직한 이야기를 들으면서 청랑은 할 말을 잃고 만다. 그는 큰애의 손에 봉투 하나를 쥐여주었다.

"얘들아 이 봉투에 백만 원 들었으니까 잘 간수하고 필요한데 쓰도록 하거라."

"아빠가 무슨 돈이 있어서 이렇게 많은 돈을 주노? 우리는 매달 할머니가 보내주시는 10만 원이 조금 부족하긴 해도 이모들이 식량을 조금씩 보태주니 생활해 나갈 수 있다."

"다행이구나. 그래도 이 돈은 학자금에도 보태고 할머니가 보내주시는 돈은 그대로 받아 쓰거라. 내가 이번에 중국에 있으면서 어쩌다가 간첩 잡는 데 조금 힘을 보태어서 얼마인지는 몰라도 국가에서 주는 포상금이 받아지면 너희들 생활에 쓸 수 있게끔 부산 할머니께 드릴 것이니 졸업하는 대로 할머니한테 갔으면 한다. 내가 지금은 휴가를 받아서 왔고, 휴가 마치고 복귀하면 1년 넘어 있을지도 모른다. 내가 너희들에겐 많이 미안하고. 그래도 큰딸인 너를 믿기에 안심이 된다."

"그래 아빠. 걱정하지 마라. 그리고 아빠, 수원에 꼬맹이들은 잘 있나?"

"그래, 그 애들은 아직 어려서 아무것도 모르고 잘 지내고 있다만 서로가 왕래할 수 있게 준비 못 해서 내 마음이 편치 않구나."

"그것도 아빠 자업자득이고 우리도 어른들의 세계를 이해하기 힘들었지만 그래도 지금은 아빠를 조금씩 이해하려고 해본다."

"고맙구나. 애들아 내가 여기까지 왔으니 너희들하고 같이 짜장면 한 그릇 먹고 갈까?"

"그래 아빠, 이 앞에 가면 중화요리 식당이 있다. 그래 아빠하고 오랜만에 짜장면 먹어보는 것도 괜찮겠다."

식당에 앉아서 주문한 짜장면이 나오고 탕수육도 시켰다.

"어떻노, 맛있나?"

"응 맛있다. 오랜만에 먹어서 그런지 아주 맛있다."

"아빠는 술 좋아하잖아. 탕수육도 있는데 조금은 마셔도 된다."

작은아이는 말이 없이 그냥 먹기만 한다.

"작은 애야 너는 통 말이 없구나?"

"언니가 나 대신 다 얘기하는데 나는 듣기만 하면 된다."

"그래 오늘은 모처럼 내 딸들의 허락을 받았으니 딱 한 잔만 하련다."

"말이 그렇지 한 잔 가지고 되겠나? 아빠가 술고래인 줄 내가 다 아는데."

"그렇다면 딱 두 잔만 마실게."

어쩌면 딸아이가 아비의 고뇌를 덜어주고자 함인지도 모른다. 그렇다. 한 잔 술은 언제 어디서나 떠돌이 인생 청량을 끈질기게 따라다니지 않았던가.

"아빠하고 우리, 짜장면도 맛있게 먹었으니, 차 시간 늦기 전에 가야 하잖아. 아빠는 우리 걱정 말고 술 적게 마시고 건강 잘 챙기라."

"오냐 너희들 잘 지내거라."

청랑은 딸애들과 헤어져서 휘청거리는 마음으로 어디론가 가고 있다. 그래도, 다행이구나. 너희들의 잘 있는 모습을 보여줘서 고맙구나.

꽤 늦은 시간에야 집 근처에까지 왔다. 우선 편하게 접할 수 있는 곳은 한잔 술이다. 포장마차에 앉아서 아무 생각 없이 두어 잔을 마시고 일어났다.

"잘 마셨습니다, 주인장."

"또 들리세요, 손님."

주당임을 알아차린 포장마차 사장도 청랑을 단골로 엮으려는 인사다.

"밖에 나갔으면 좀 일찍 일찍 다니지 않고?"

예측했던 아내의 핀잔이다. 그러나 어디를 다녔느냐고는 묻지를 않는다. 뻔한 대답을 듣고 싶지 않다는 뜻이리라.

"그놈의 쓰디쓴 술은 무슨 맛으로 먹노?"

대답이 필요 없는 투정을 하면서 이부자리는 확실하게 깔아 놓는다. 대화가 단절되며 마음은 지쳐온다. 그곳에 몸을 던져 눈을 감으니 몇 분 지나지 않아 잠들어 버리는 그다. 오랜만에 고국 땅을 밟은 그에게 주어지는 선물치고는 가슴 아픈 그것이다.

그런 그가 새벽에 깨어보니, 다행히도 아내에게 팔베개를 내어 준 상태이다. 그것은 분명 다른 건 몰라도 이 사내의 아내 자리만은 '내 것이다'라고 하는 것일까?

아, 잘 잤다. 아침은 그에게 새로운 기분을 가져다주었다. 아침 밥상은 이것저것 양념을 듬뿍 섞어서인지, 맛있게 뚝딱 먹어치우고는, 잘 먹었다고 한마디 하는 거 보면 이 양반이 심사가 아주 많이 뒤틀어진 것은 아니구나 하고 감을 잡는 아내이다.

"여보 오늘은 집에 있을 거지요?"

"아니야. 오늘은 원주 쪽으로 가봐야 해."

"거긴 왜요?"

"아 당신도 알 거야. 지난날 공사해주고 돈 못 받아서 어려웠을 때 날 도와준 공구호 공장장을 만나야 해. 전날의 고마움도 있지만, 그의 재종 동생이 상하이 주재 영사인데, 그 사람이 자기네 형에게 전해 달라는 말도 있고 해서."

"아, 그 양반이라면 나도 기억해요."

"그럼 다녀와요. 그리고 일찍 와요."

"그야 가봐야 알겠지만 오랜만에 만나면 술이라도 한잔하게 되고, 어쩌면 오늘은 못 오게 될지도 몰라."

"아무튼, 잘 다녀와요."

아내의 거부감 없는 나들이에 나섰다. 전화번호 같은 것은 챙기지 않았기에 그냥 찾아가면 되는 것이다.

그가 여주에 있는 여화산업에 도착한 것은 오후의 중반쯤이었다. 사무실로 들어선 그는

"공장장님 계십니까?"

"안에 계십니다만 누구신지요?"

"예, 아는 청랑이라고 합니다만."

여직원은 안으로 들어가 고한다.

"이사님 손님이 오셨어요. 청랑이라는 분이에요."

"그래요?"

공장장은 벌떡 일어나 황급히 나온다.

"어서 오세요. 왕초형. 이게 얼마 만입니까?"

"오랜만이오. 공장장도 그간 잘 지냈어요?"

"저야 늘 일에 묻혀서 있었습니다만 가끔은 왕초형의 안부가 궁금했습니다."

"미안해요. 그동안 내가 중국에 가 있었어요."

"그러셨군요. 그러고 보니 벌써 2년이란 세월이 흘렀군요. 그 곳에도 공사가 있었군요?"

"그래요. 공장장도 잘 아시는 개나리 소장의 현장에 함께 있어요."

"그분과 함께라면 외롭진 않았겠습니다. 어쨌든 잘 오셨습니다. 왕초형이 오셨으니 술 한잔해야겠습니다."

"나야 좋지만, 공장장이 바쁘실 텐데?"

"일이야 나 없이도 작업반장들이 알아서 잘 해냅니다. 우선 식당에다 전화부터 해야겠는데 전에 갔던 매운탕 집 어떻습니까?"

"나야 좋지요."

"그럼 됐습니다."

공장장은 강변의 춘천 식당에 전화한다.

"지금 바로 갈 터이니 근사하게 좀 만들어 놓으시오."

"예 알았어요."

"그런데 전화해서 다짜고짜 명령조로 말하는 분은 누구세요?"

"누군 누구겠소, 목소리 듣고서도 딴전이오?"

"나 모처럼 오신 청량형과 같이 갈 테니 잘 부탁해요."

"예? 그 왕초님 말이에요?"

"그렇소."

소중한 인연들 39

"예 예, 알았어요. 전화 끊어요."

갑자기 바빠지는 춘천댁이다. 그녀는 놓았던 수화기를 다시 들고 어디론가 급히 다이얼을 돌린다.

"여보세요. 춘천이죠? 저에요, 화천 언니!"

"오 그래, 나야. 춘천댁이 웬일이야?"

"웬일은요, 언니 놀라지 마세요."

"뭔데 그래?"

"저 있잖아요."

"이 사람아 뜸 들이지 말고 어서 말해 보렴. 뭐 내가 도와야 할 일이라도 생긴 건가?"

"예 언니, 방금 전에 예약 전화가 왔는데 그게 누군지 아십니까?"

"이 사람아, 내가 여기 먼 곳에서 어째 알겠니?"

"그래요, 언니. 그 사람이 공구호 공장장이에요."

"그래, 그 사람이면 자네하고 친분이 두터운 사이 아닌가? 자네 좋으면 되었지 나한테까지 호들갑일 건 뭐 있니?"

"아이 언니는, 아직도 감이 안 잡히나 봐. 거두절미하고 언니가 이쪽으로 오세요."

"이 사람아 자네 좋으면 됐지, 내가 거길 왜 가야 하나? 춘천댁 기분 알았으니 이만 전화 끊자."

"언니 잠깐만요. 공장장 혼자가 아니라 청랑 왕초란 분하고 같이 온댔어요."

"뭐야? 지금 뭐라고 했나? 춘천댁."

"언니가 학수고대하던 청랑 왕초가 같이 온댔어요."

"그래 알았다. 춘천아. 내 곧 서둘러서 갈 것이야."

청랑이란 소리에 콩 튀듯 놀란 것은 화천 어부다. 마음이 바빠진다. 나는 그를 만나야 한다. 내 얼마나 그의 소식을 기다렸으나 그의 행적을 모른 지 오래되어 며칠만 더 기다리다 찾아 나서려 하지 않았더냐. 하늘이 무심치 않아 그가 여주에까지 와있다 한다. 그녀는 주섬주섬 옷을 챙겨 입고 자신의 승용차에 올랐다. 지금 출발해서 한 시간이면 갈 수 있다. 도로가 넓혀져서 전보다는 빨리 갈 수 있다. 남한강 변의 춘천 식당은 3년이 지난 지금에도 별로 달라진 것이 없는 것 같다.

앞마당에 들어서는 두 사내를 맞는 식당 주인 춘천댁이 세월을 머금은 듯했지만 역시 변한 것은 보이지 않았다.

"어서 오세요, 공장장님. 그렇게 뜸하시면 어떡해요? 춘천 식당 문 닫는 거 보시려나 봐요?"

"허허. 누가 들으면 내가 이 집에 빚진 거라도 있는 줄 알겠네."

"그럼 아닙니까? 그보다도 청랑님, 어서 오세요. 정말 오랜만에 오셨네요."

"그래요. 그간 잘 지내셨습니까? 춘천옥 사장님."

"네에? 방금 왕초님이 이 춘천댁을 사장이라 하셨어요? 호호호."

"그 사장 소리가 그렇게도 좋은가 보네."

"그럼요. 사장이면 공장장보다는 한층 위가 아니겠어요? 내가 공장장보다 높아졌으니 이처럼 기쁠 때가?"

"이봐요. 춘천댁, 수다 그만하고 우리 왕초형하고 나 앉을 자리나 주시오."

"그럼요. 미리 다 준비해 놨어요. 이쪽 방이에요. 상 차릴 때까지 얘기하시면서 기다리세요."

"이봐요 춘천댁, 내 듣자 하니 왕초형 더러 형부라고 부르던데 어째서 그리 부른 거요?"

소중한 인연들

"당신은 가만히 계시구랴. 천천히 설명드릴 테니까요. 공형."
"그거야 3년 전에도 그렇게 부른 것 같은데 새로운 거 아니잖소?"
"맞아요. 형부 말씀이 맞아요. 저는 그때 그 습관이 그대로예요."
"공장장이 자꾸만 말꼬리를 잡으면 당신과 나의 밀약을 공개해 버릴 거니까."
"아 알았어요. 내 이제 말꼬리 안 잡을 테니 그만합시다."
"아니, 무슨 얘기요? 두 사람 간에 무슨 일이 있는 모양이오?"
"아닙니다, 왕초형. 춘천댁이 만들어낸 허언일 뿐입니다."
"어서 드시기나 해요. 공장장 하는 거 봐서 그 시한폭탄이 터질지 말지예요"
싱글 생글 춘천댁은 연신 명랑한 모습이다.
"자 왕초형, 한 잔 받으시지요."
"공형도요."
둘은 오랜만에 술잔을 부딪친다.
"그곳에 가셔서 고생하시지나 않으셨습니까?"
"고생이랄 거 뭐 있겠어요. 어차피 그곳도 노가다인데."
"그건 그렇지만 낯선 땅 객지 아닙니까?"
"그렇긴 해도 개나리 소장과 같은 현장이어서 그렇게 낯설진 않아요."
"참 그곳 상하이 주재 한국 영사가 공창호 씬데 '공구호 씨가 저의 종형 되신다.'고 하더군요."
"그 소리를 듣고 나도 깜짝 놀랐어요."
"예, 공창호 영사가 저의 집안 동생인 건 맞는데 그걸 어찌 아셨습니까?"
"아 얼마 전 상해시에서 조그만 행사가 있었는데 그곳에서 만났어요. 오가는 인사 속에 내 이름을 알고는 구호 형님으로부터 내 이름을 들었다면서 친절을 보이더군요."

"그랬군요. 언젠가 우리 집안 대소사가 있어서 거기서 만난 창호 동생한테 이전과는 많이 달라진 나에 대해 궁금해하기에 말해 주었지요. 창호 동생에게 나 공구호가 무모한 생각으로 천방지축 헤매고 다닐 때 잡초 같은 내 생각을 바로잡아준 의인이 있었는데 그분이 청랑이라는 노가다 왕초라고 말입니다. 그때 당시엔 창호 동생이 외무 공무원으로 입사했을 때니까 꽤 오래전이었습니다."

"그랬었군요."

둘은 술잔에 이야기를 주고받는 사이 밖에는 서서히 어둠이 깔리고 대문 밖 마당으로 자동차가 와서 정차하는 소리다. 동시에

"어서 와요, 언니."

하면서 춘천댁이 뛰어나간다.

"잘 있었니, 춘천 아우?"

"네 언니, 어서 들어가요. 벌써 청랑 형부와 공장장이 대작하고 있어요. 아직은 화천 언니 온다는 말 안 했으니까 깜짝들 놀랄 거예요."

"그래 고맙다. 연락해 주어서."

"당연한 일을요, 화천 언니가 청랑 형부를 학수고대하는 걸 내가 알잖아요."

"그래 알았어. 그렇지만 형부라는 호칭은…."

"그게 어때서요? 언니의 정인인데 그렇게 부를 수밖에요."

"두 분 남정네들 잠깐만요. 반가운 사람 소개할게요."

춘천댁과 함께 들어서는 화천 어부,

"청랑님, 저 왔어요. 공장장님도 계셨네요. 두 분 다 안녕하셨어요?"

"아니, 이게 누구십니까? 화천 언니가 아닙니까? 정말 오랜만입니다."

"어서 오시오, 화천 어부. 그간 잘 지내셨소?"

"웬걸요. 몸은 잘 지냈는데 마음은 그러질 못했어요."

"화천 언니께서 우리 왕초형 보러 오셨군요. 이쪽으로 앉으시지요."

"네, 고맙습니다. 공장장님."

"그런데 우연은 아닐 테고 어찌 알고 오시었소?"

"예. 고맙게도 춘천 아우가 알려주었어요."

"그래요. 내가 우리 공장장의 전화에 청랑왕초와 함께 라는 말을 듣고는 화천 언니께 바로 전화했어요."

"아무튼, 잘 왔어요. 화천 어부, 내가 염치없이 그대에게 불쑥 찾아갈 수는 없고, 먼 길인데도 마다치 않고 날 찾아주어서 고마울 따름이오."

"청랑은 옆으로 와서 앉는 화천의 어깨를 조용히 가슴으로 안아주었다."

"고마워요. 청랑, 찾아온 나를 밋밋하게 만들지 않아서요."

"밋밋이라니, 그럴 리가 있겠소?"

그러는 사이 춘천댁도 공구호 옆에 앉으면서

"이보세요, 공장장님. 이제는 우리도 두 분 앞에서 이실직고합시다."

"그래요. 다시는 숨길 수 없게 되는군. 왕초형, 그리고 화천 어부님, 나 공구호가 이 사람 춘천댁과 혼인하기로 했습니다."

"그래요? 가만, 그럼 공장장이 여태껏 혼자였다는 말이오?"

"그렇습니다. 예전에 왕초형을 만나기 전 건달 시절에 서로가 살을 섞으며 동거하던 여자가 있었는데 때마침, 삼청 교육대의 리스트에 올랐을 때 놓아주었지요. 나는 다시 돌아올 수 없을지도 모르니, 자유로이 새 삶을 찾으라고 돌려세웠지요. 그랬는데 왕초형의 도움으로 삼청교육에서 제외되고 돌아와 보니 삭막하기 이를 데 없어서, 행여나 하고 그 여자를 수소문했었지요. 그러나 그 여자는 이미 새로운 임자를 찾았더군요. 인근에 시멘트 광산의 홀애비하고 팔짱을 꼈더군요. 그 여자 얼굴이 제법 반반했거든요. 그 후로는 마음도 몸도 여자를 가까이할 기회가 없고 아예 접고 있었는데 어쩌다가 이 춘천댁에게 공구호란 사내가 숨겨진 보물임을 들켜버리고 말았습니다. 그 보물에 탐이 난 춘천댁이 은근히 눈독을 들이기에 그만 찍혀 버리고 말았습니다."

"가만 공구호 씨, 그건 아니지요. 우리 말은 바로 합시다. 이래 봬도 먹고 사느라고 혼기를 놓친 숫처녀인 춘천댁을 훔쳐보고 있다가 손님이 뜸한 어느 날 공치지 않으려는 장삿속에 마주 앉아 술타령하다가 내 잠깐 방심한 사이에 사내 손길 한 번 안 닿은 춘천댁을 덜컥 가져간 사내가 공구호 당신인데 지금 와서 적반하장으로 나오신다?"

"허허, 인제 보니 두 분이 사랑싸움할 정도까지 되었군요. 축하합니다."

"두 분, 저도 축하드릴게요. 화천 어부인 제가 보기에도 두 사람이 어우러져 잘 살 거라 믿어져요."

"고맙습니다. 화천 처형."

"처형이라, 그 좋은 호칭이로군. 그래, 잔치는 언제 할 건가요?"

"글쎄요. 잔치라기보다는 나이들이 있는데 뒤늦게 법석을 떨기보다는 어디 조용한 산사에 가서 부처님 앞에 혼약하면 되지 않겠습니까?"

소중한 인연들 45

"음, 그것도 괜찮겠군. 그러나 분명한 것은 어느 한쪽만의 생각이 아닌 서로 간의 합의가 있어야 할 것이오. 그런데 화천 어부가 이리도 급히 달려온 걸 보면 필경 무슨 일이 있는 거 아니오?"

"이유라기보다는 춘천 아우의 연락에 청랑이 온다는 소리만으로 다른 생각할 겨를 없이 무작정 나서서 온 거예요. 나는 가야 한다 그에게로. 바람 같은 청랑. 그 사람이 다른 곳으로 가버리기 전에 그를 만나야 한다. 그래서 그와 함께 잠깐이라도 같이 머물고 싶다는 생각이었어요."

"잘 왔어요. 우유부단한 청랑보다는 화천의 결단력이 돋보여서 좋아요."

"그래요. 살다 보니 이 화천이 청랑에게 칭찬받는 일도 다 있네요. 듣기도 좋고요."

어쩌다가 만나져서 하는 말이라곤

"이 대책 없는 사람아, 어쩌자고 바보 같은 생각을 하느냐고 화천에게 나무람만 주던 청랑이었는데 오늘은 다르네요. 정말 오랜 시간의 긴 기다림이었어요. 이 화천에는요."

"그것 보세요 형부, 이것이 화천 언니의 일편단심이에요."

"이봐요 춘천댁 아줌마. 나의 왕초형은 그리 무심한 사람만은 아니오. 나 역시 지금에야 알았지만, 그동안에 중국에 가 있었어요. 2년이나 상하이에 있다가 처음으로 휴가를 얻어 나왔다가 오늘 여기에 들리신 거랍니다. 나 역시 오랫동안 소식 없는 왕초형의 안부가 궁금했는데 이 공구호를 잊지 않고 찾아준 왕초형이기에 반갑고 고마워서 여기로 모신 건데, 이렇게 화천언니가 오신 걸 보니 이곳 춘천식당에 자리 잡길 잘했구나 하는 생각입니다."

"고마워요, 공장장님. 만약에 두 분의 만남이 다른 장소였다면, 이 화천어부는 천금 같은 이 순간을 알지도 못하고 그냥 넘겨 버리는 불운한 여자가 되고 말았을 거예요. 바람 같은 이 남자, 춘천까지 불어올 리는 없었을 테고?"

"그건 틀린 생각 같은데?"

"만약에 공장장이 다른 장소를 말했다 하더라도 나 청랑은 이곳으로 오자고 했을 거야. '왜?'냐고 묻는다면 나 청랑이 화천어부의 안부를 물어볼 곳은 이곳 춘천옥의 사장뿐이니까. 그런데 마침 이곳으로 가자는 공장장을 보면서, 역시 나의 속내를 알고 있는 공장장이다고 생각했는데, 와서 보니 이 식당 사장의 정에 얽매인 공장장의 속내가 먼저였어요. 아니 그렇소, 공장장?"

"왕초형도 참, 그러고 보니 춘천 아우 기분이 나보다 더 좋아 보이는데?"

"맞아요, 언니. 사실은 공장장도 여러 날 만에 왔거든요. 그래서 내 마음 들떠서 지금껏 요란을 떨었는데 알고 보니 화천 언니의 날이에요. 언니의 그동안 쌓이고 쌓인 마음, 오늘은 청랑형부께 다 쏟아버리세요."

"그래 고맙구나. 춘천아."

그렇다. 오늘 여기에 모인 이 사람들 모두가 청랑에게는 잊지 못할 소중한 인연들이다. 공구호와 청랑, 그들의 술잔에 두 사나이의 진정이 흘러넘친다.

"그런데 청랑형은 아무리 외국이라지만 멀지도 않은 중국인데 어째서 2년이 지나도록 한 번도 안 나왔습니까?"

"그러게 말이야. 그저 그냥 차일피일하다 보니 그리되었다네. 특별한 이유 같은 거 없었는데도 말일세."

"역시 왕초형이기 때문이에요."

"화천언니, 안쪽 큰방에 침구랑 다 준비해 놨으니 왕초형부하고 가서 주무세요. 나도 오늘은 공장장하고 할 얘기가 많거든요"
"그래도 될까? 공장장님께 실례가 되는군요."
"아닙니다. 화천 언니께 나의 왕초형을 잘 부탁합니다."
화천과 청랑이 춘천댁에게 쫓기다시피 큰방으로 밀려났다.
청량과 화천 어부가 다시 만난 건 실로 3년 만이다. 언제나 그랬듯이 바람처럼 왔다 가는 노가다 왕초 청랑. 그때그때의 일에 맞닿아서 정신없이 보내버린 시간이지만, 화천 어부 그녀에게는 참으로 긴 기다림이었다. 그 기다림 끝에 오늘에야 내 남자 청랑의 품에 안길 수가 있었다. 그녀는 사내의 가슴에 얼굴을 묻은 채 감격의 눈물을 흘리고 있다. 그 눈물의 끈적임이 가슴에 느껴짐에 사내는 여인의 마음을 말없이 감싸 안았다.
"이 대책 없는 사람아, 그딴 일에 눈물을?"
"기다렸어요, 당신을. 그리고 너무나 절실한 기다림이었어요."
"바보 같은 사람. 화천 어부, 뜬구름처럼 흘러가는 내가 무어라고 기약도 없이?"
"그래도 왔잖아요, 이렇게. 언젠가는 이런 날이 있으리라 믿었거든요. 나 화천 어부도 청랑의 여자 중의 하나니까."
그랬다. 그녀는 자신을 청랑의 여자임을 말하고 있다. 이제 여인은 오랫동안 비워두었던 그녀만의 안식처에 '내 남자, 청랑의 모든 것을 받아들이고 있다. 사내도 이 여인의 그러한 뜻을 알고 있음이라. 이들은 지금 애욕을 나누는 것이 아니라 마음속에 담겨 있는 진정을 서로에게 내어주고 있다. 화천 어부, 그녀는 이제 자신의 내공에 쌓아 두었던 여자의 모든 것을 여기 이 사내 '내 남자'에게 쏟아내고 있다.

그녀에게는 짧은 밤이다. 아쉽지만 최고의 시간이었다. 그들은 사랑을 먹은 단잠에서 깨어났다.

새벽이다. 여전히 팔베개한 그대로 여인의 얼굴은 화사하게 밝아져 있다.

"청랑! 한국에는 얼마나 있을 건데?"

"한 달 휴가 중 한 20여 일 남았으니까 그 정도겠지?"

"이십여 일이라, 그럼 그중에서 한 열흘쯤 내가 따라다니면 안 될까?"

"뭐 안 될 거야 없지만, 수시로 맞닥뜨리게 될 폭풍을 어찌 감당하려고? 괜히 평지풍파 만들 생각 말고 엄마인 화천을 기다리는 노모와 딸애하고 평화로움 속에 있는 것이 훨씬 더 나을걸."

"역시 거절이구나. 염려 말아요, 청랑. 내 욕심 때문에 따라나서서 당신을 곤란하게 할 생각 추호도 없으니까. 그런데 묻지를 않는구나. 내 딸 랑아에 대해서."

"내가 무슨 자격으로 그 아이의 안부를 물을 수 있겠어?"

"무슨 소리야? 랑아는 나만의 딸이 아닌 우리 딸인데."

"그렇다면?"

"그래요. 그 아이는 분명 청랑이 화천 어부에게 주고 간 우리의 딸이에요. 3년 전에 얻어간 청랑의 유전자가 말해 주었어요. 그 아이 랑아와 친부 관계임을. 이러한 사실을 알고서도 그 애의 친부인 당신에게 말하는 데 3년이나 걸렸어요."

"놀라운 일이야. 늦게라도 알게 되어 좋기는 하지만 그렇다 해도 지금에 와서 내가 그 아이에게 무슨 할 말이 있겠느냐 말이다."

"커가는 아이에게 새삼스러운 사실로 감당 못 할 충격만 주게 될 거야."

소중한 인연들

"그래도 나는 좋은데. 내가 그 애의 엄마이며 그 애가 청랑의 딸이라는 사실 말이야."

"이보세요, 화천. 정신 차려요. 그대를 나무랄 생각은 없지만, 무엇이 랑아를 위하는 것인지 현실을 직시해야 할 것이오. 지금까지 지내온 평화로움 그대로 모녀 관계를 지속하며, 위대한 엄마로 남는 것이 좋을 것이오. 지금의 나, 청랑은 그 아이에게 있어서 아무런 존재 가치가 없을진대, 가서 언제라도 그 아이에게 이 청랑의 존재가 필요할 때면 주저 말고 말씀하시오."

"그래요, 청랑이 나에게 준, 내 딸 랑아의 존재야말로 내 인생에 주어진 가장 소중한 생명이요 행운일 것입니다. 훗날 우리 딸 랑아에게 말할 수 있는 날이 언제일지는 모르지만 그런 날이 있을 거로 생각해요. 바람과 함께 가고 있는 노가다 왕초 청랑이 내 딸 랑아의 아버지라고."

"그래요. 나 청랑이 화천어부라는 여인을 알게 된 것만으로도 절대 외롭지 않은 내 인생이오. 그리고 나는 분명 화천 어부가 생각하고 있는 그러한 정도의 남자임엔 변명의 여지가 없으니까."

"그래요. 어쩌다 한 번씩 내 남자가 되어주는 청랑 다음은 또 언제쯤일까? 라는 기다림을 남기고 가는 그 남자가 청랑 당신이에요."

시간은 한 여인의 정담을 듣고 있지만 않다. 그들은 아침 식사 후 공구호와 헤어져서 강변식당을 나왔다. 청랑을 태운 화천 어부의 포니2 승용차가 원주역에 도착했다.

"잘 가요, 청랑."

"그래요. 화천도 가족들과 함께 건강하게 행복하길 바라오."

청랑을 태운 기차는 서서히 플랫폼을 벗어나고 기차 꼬리가 사라질 때까지 망부석이 되어있는 화천어부다.

내 남자 청랑은 떠나갔다. 그래도 어젯밤엔 그 사내를 따먹은 향기가 그대로 남아 있기에 여인 화천의 심신은 날아갈 것만 같은 상쾌한 기분이다. 그래, 바람은 갔다. 저 바람이 다시 불어올 그때가 언제쯤일까? 아무려면 어떠냐 나에겐 그 바람의 분신인 딸 랑아가 있는데.

춘천의 내 집으로 가는 화천 어부의 포니는 가벼운 질주를 하고 있다. 흔들리는 서울행 기차에서 같은 흔들림을 함께 하는 청랑. 그의 마음도 홀가분하다. 공구호도 만났고 화천어부도 만났다. 차창에 기대기만 하면 습관처럼 잠이 드는 방랑아 청랑의 휴식시간이다.

그가 정보부 대공 과를 찾아간 것은 오후 2시쯤이다.
"무슨 일로 오신 거요?"
"예 저는….”
하고 신분증과 이름을 내놓고
"중국의 상하이에서 한국 신설 현장에 근무 중이며 휴가차 나왔습니다."
"그런데요?"
"혹시 나 청랑에 대한 기록이나 벌금 같은 거 있는지 확인해 주십시오."
"기다리시오. 청랑이라…. 어? 당신이 청랑이오?"
"그렇습니다."
"그러면 상하이 건설현장에서 간첩을 잡았다는 그 청랑이 당신이란 말이오?"
"예, 제 이름이 청랑입니다."
"그렇군요. 여기 주중대사의 결재가 확인된 포상금 결정문이

소중한 인연들

있습니다. 우리 정보부에서 발행한 확인증서를 가지고 국책은행에 가서 포상금을 수령하면 됩니다. 이제 청랑께서는 신원 보증서를 제출하면 지금 확인증서가 발부됩니다."

"그러면 신원 조회를 하면 될 거 아닙니까?"

"아 그건 벌써 이루어진 상태고 인적 보증인이 필요해요. 3급 이상의 국가 공무원의 신원 보증이 필요합니다."

"그것참 복잡하군? 그렇다면 다시 와야겠지만 이렇게 번거로워서야? 차라리 포상금을 포기하는 게 좋겠소이다."

청랑은 돌아섰다.

"잠깐만요!"

"나 말이요?"

"예, 저희 과장님을 만나고 가시지요"

그 직원은 청랑을 세워놓고 과장실로 들어간다.

"과장님, 청랑이란 사람이 포상금 때문에 왔는데 신원 보증서를 요구했더니 번거로워서 포기하겠다고 돌아서는군요."

"그래? 그래서 가버린 거야?"

"아닙니다. 잠깐 붙잡아 두었습니다."

"그러면 지금 나한테로 데려오게."

"예, 과장님."

"과장님, 그 사람이 왔습니다."

"어서 오시오, 청랑선생. 나, 정보과장 마극찬이오."

"그러시면 전에 양 장군님과 함께 오셨던?"

"맞아요. 지난달 선생 덕에 양 장군을 모시고 해운대에 갔던 마극찬 대위요."

"반갑습니다. 대위님을 여기서 뵐 줄이야? 아니군요. 계급장을 보니 소령님이시군요."

"그래요, 아무려면 어떻습니까? 대단하시오, 청랑 왕초. 해외에까지 가서도 큰 공을 세우시다니, 정말 장하시오."

"과찬이십니다. 어쩌다 보니 일이 그렇게 되었습니다. 그 때문에 과장님을 번거롭게 하게 되었군요."

"그렇지가 않아요. 선생에 대한 포상금은 확정된 사항이고 신원보증원은 우리 정보부가 확신하는 청랑 선생인데, 절차상 나는 아직 자격 미달이고 우리 윤 국장님이 서명하면 될 것이니 잠깐 기다려 보시오."

소령은 수화기를 들었다.

"국장님, 정보과장 마극찬입니다."

"무슨 일인가? 소령."

"예, 국장님. 얼마 전 상하이에서 간첩을 체포한 청랑 선생이 와 있습니다. 포상금 지급증서를 발급해야 하는데 서류상의 신원보증인란이 비어 있어서 처리하지 못하고 있습니다."

"그러면 마 소령이 사인하면 되지 않나?"

"그렇게 할 수 있었으면 좋겠습니다만 저의 직위가 자격 미달입니다."

"아, 그렇겠군. 그럼 서류를 가지고 청랑과 같이 오게."

"그리하겠습니다, 국장님."

"이제 됐어요. 청랑 선생, 선생도 아시는 윤본 국장께서 서명란을 채워 주실 것 같습니다. 같이 가봅시다."

"고맙습니다, 과장님."

청랑은 정보과장 마극찬을 따라 검찰국장 윤본에게로 갔다.

"국장님, 청랑 선생이 왔습니다."

"어서 오시오, 청랑. 기다리고 있었소."

"국장님도 그간 안녕하십니까? 오랜만에 뵙습니다."

"그래요, 반갑소, 청랑. 정보과장은 그 서류 가져와 보게."

"예, 국장님. 여기 신원보증인 란에 국장님의 직위와 성함을 적고 서명하시면 됩니다."

"알았어. 대한민국 중앙정보부 검찰국장, 육군 준장 윤본, 이 정도면 되는 건가? 그거 보증인 한 번 확실하군."

"예, 그렇습니다. 국장님."

"다 됐으면 지금 증서를 본인에게 넘겨주게."

"예 국장님, 감사합니다."

"국장님, 그리고 과장님."

"그래요, 청랑 왕초. 당신은 잊을 만하면 불쑥불쑥 이 윤본을 놀라게 하는군."

"쑥스럽습니다, 국장님."

"쑥스럽기는? 그러기에 청랑이란 사나이 조용히 살기는 틀린 운명인 것 같아요."

"그렇기도 하지만 이렇게 국장님의 도움을 받을 수 있는 저야말로 행운을 함께 타고난 셈이지요."

"자 이젠 됐고, 모처럼 괴물 청랑이 왔으니 그냥 보낼 수야 없지. 퇴근 시간도 다 돼가니 소주라도 한잔해야겠군. 정보과장도 함께 가지."

"그래도 되겠습니까? 국장님."

"무슨 소리야? 같이 가서 청랑을 축하해 주어야지. 오늘은 군복을 벗고 나가자."

"예, 장군님."

"이 사람아, 사복이면 국장이 더 어울리네."
"예 국장님. 자 여기에는 청랑 선생의 증서가 들어있습니다. 이걸 가지고 은행에 가시면 본인 여부를 확인할 것입니다."
"감사합니다, 과장님."
"부관, 국일관으로 가자."
윤본과 청랑 그리고 마극찬을 태운 차가 국일관 앞에 도착했다.
"어서 오십시오, 장군님."
"변 사장님, 나 지금 사복인데요?"
"그렇군요, 국장님. 과장님도 오셨군요."
"역시 국일관 사장님은 센스가 빠르시다니까요. 그리고 변 사장님 오늘, 이 윤본이 누구와 같이 온 줄 아십니까?"
"아니, 국장님 일행이 또 누가 있습니까?"
"그럼요, 내 뒤를 보시오. 허허, 그런데 이 사람이 그 새에 없어졌네? 화장실에 갔나? 아 저기 오는군. 자세히 보시오, 변 사장님."
"그럼 혹시 저분은?"
"그렇소. 변 사장께서도 잘 아시는 괴물 청랑이오."
"그렇군요. 어서 오시오, 청랑."
"변 사장님, 그간 잘 지내셨습니까?"
"그럼요, 나야 늘 장사에 묻혀 있었지만, 청랑이 이렇게도 오랜만에 오신 걸 보니 어디 먼 곳에라도 다녀오신 것 같아요?"
"그렇습니다. 상하이에서 한 2년 머물렀습니다."
"그랬군요. 어서 안으로 드시지요."
국일관 사장은 많은 고객 중에서도 유난히 청랑을 반긴다. 오랜 전통을 가진 한정식집 국일관에 드나드는 사람마다 나름대로 신분에 걸맞는 정장 차림인데 지나는 세월 속에 잊을 만하면 지

소중한 인연들 55

금처럼 불쑥하고 나타나는 청랑의 별난 이미지가 변국일 사장을 놀라게 하고 있다. 그것도 언제나 작업복 차림 그대로 전혀 격이 다른 사람들과 어울려서 말이다.

"자, 우선 한 잔들 합시다. 내가 청랑하고 술잔을 나눈 지가 한 3년쯤 지난 것 같은데, 정보과장은 이 괴짜 사나이를 언제 만난 적이 있었던가?"

"예, 오늘이 두 번째입니다. 국장님, 수년 전 양일찬 장군의 부관으로 있을 때 해운대 비치호텔 연회장에서 만난 것이 처음이었습니다."

"제 기억에도 그리 생각됩니다만 세월이 훌쩍 지났군요."

그때 변국일 사장이 호리병 백자 하나를 들고 왔다.

"뭐 부족한 거 없으신지요?"

"그렇소만. 변 사장이 그 손에 든 것이 무엇이오?"

"아, 이거요? 특별히 귀한 손님에게만 드리는 우리 집의 국일주입니다. 우선 드시고서 맛의 평가는 후에 해주셔도 됩니다."

"허허, 오늘은 국일관 사장께서 평소와는 다른 모습이니, 고맙긴 합니다만, 오늘의 귀빈이 나 윤본이오, 아니면 괴물 청랑이오?"

"맞습니다, 국장님. 예측대로 두 분 다입니다."

"이왕에 좋은 걸 가져왔으니 변 사장님도 앉으세요. 그리고 나보다는 괴물 청랑인 것 같으니 나도 그 점엔 불만이 없소이다."

"아니? 국장님께서 말씀마다 이 청랑을 괴물, 괴물, 하시는데 제가 왜 괴물입니까?"

"그렇습니다. 이 변국일이 듣기에도 청랑이 왜 괴물이 되었는지 궁금하군요?"

"그거야 당연하지 않소? 오늘처럼 같이 만나서 기분 좋게 술 한잔하고 나서 이제는 안 오겠지 하고서 잊을 만하면 또 큼직한 사고를 만들어서 우리 정보부를 흔들어 놓는 괴이한 인물이 저 사람 청랑이니 괴물이라고 부를 수밖에요."

"그랬군요. 이번에도 청랑에게 무슨 사고가 있었군요?"

"아, 그건 제가 말씀드리지요"

하고 정보과장 마극찬이 끼어든다.

"그러는 게 좋겠네. 마 소령이 얘기해 보게."

"여기 청랑 왕초께서 얼마 전 중국 상하이에서 테러범들을 제압했는데, 잡고 보니 북쪽의 공작원이었다는 겁니다. 우리 정보부에서 해야 할 일을 가로채 간 셈이지요."

"그런 일이 있었군요. 듣고 보니 괴물이란 감투가 그냥 얻어진 게 아니군요. 대단하십니다, 청랑."

"허허, 왜들 이러십니까? 변 사장님까지 합세하시는군요. 어쨌든 괴물 모습을 한 청랑이 일을 저질러놓고 국장님께 매번 도움을 청하게 되어 송구합니다. 그래서 오늘은 나 청랑이 괴물 값으로 두 분 요원들을 모시려 하니 반대하지 않으시길 바랍니다."

"그건 안 되오. 우리가 청랑에게 치하를 해야 하는데 거꾸로 술을 얻어 마실 수는 없는 일이오."

"아닙니다. 저야 이내 국가로부터 충분한 포상을 받았으니 더 공무원의 주머니를 털 수는 없습니다."

"변 사장님, 제 말씀이 맞는 거지요?"

"듣고 보니 괴물 청랑의 말씀이 옳은 것도 같습니다."

"허허, 이자야말로 우리 요원들이 괴물에게 밀리고 마는군. 좋도록 합시다."

"감사합니다. 제 뜻을 수용해주신 국장님게 잔을 올리겠습니다."

소중한 인연들

"좋아요. 그런데 이제는 청랑이 아주 귀국한 거요?"

"아닙니다. 지금은 한 달 휴가를 얻어 왔습니다. 계약 기간 2년은 채웠는데 상하이 공사판 소장께서 한 1년 더 일해 달라 하니 메뚜기도 한철이듯이, 이런 좋은 일자리를 놓쳐서야 되겠습니까? 눈 딱 감고 한 일 년 더 벌어서 나오려구요."

"그러고 보니 저희 국일관이 청랑 왕초를 다시 보려면 최소한 1년 후가 되겠습니다그려."

"사장님 말씀 고맙습니다."

"자, 이제 그만 일어납시다. 괴물 왕초 덕분에 어지간히 마셨고, 환대해 주신 국일관 사장님께도 고맙습니다."

"안녕히 가십시오. 국장님과 과장님, 그리고 청랑도요."

국일관을 나온 청랑은 두 분 관계자들과 작별을 하고 곧바로 지하철을 탔다. 어제와 오늘 바쁜 일정을 소화해낸 청랑이다.

"당신은 몇 년 만에 집이라고 와서는 잠시도 집에 붙어 있지를 못하는군요?"

잠자리에서 투정하는 아내다.

"그러게 말이야. 그냥 놀러 다닌 건 아닌데 그저 그렇게 되네."

이럴 땐 단답형으로 끝내야지 긴말이 필요치 않다. 하늘을 보고 누운 아내를 깊이 품어주는 사내의 역할에 충실하면 되는 것이다. 그것이야말로 무슨 이유나 목적이라기보다는 남편 된 자가 아내에게 갖는 의무요, 이치이기도 한 것이다. 그것은 또 부부관계를 난파케 하지 않는 원동력이기도 함이다.

"오늘은 집에 있을 거죠?"

아침 밥상머리에서 던지는 아내의 말이다. 극히 평범하고 자연스러운 질문이다.

"아니야. 오늘은 고향인 비사벌에 좀 다녀와야 해. 오랜만에 아버지 산소와 선산을 둘러보아야겠어."

"그 먼 곳까지 간다고?"

"그래도 가봐야지. 우리 집이 무탈하고 장사 잘되기를 조상들이 돌보아 주고 있는데 당연히 찾아가서 예를 올려야지."

"그건 그러네. 다녀와요, 그럼."

의외로 쉽게 설득되는 아내이다.

"수년 만에 가는 시골(고향)이니까 아는 사람들이랑 친지들 만나면 한 이삼일 걸릴지도 몰라. 너무 기다리지 말고."

"알았어요. 몇 년씩도 나가 있는 사람인데 이삼일쯤이야 못 기다리겠소? 멀리 다니려면 여비는 있는 거예요?"

아내는 남편이 여비 명목으로 돈 뜯어 가지 않는 것이 다행이다 싶으면서도 조금은 염려가 된다. 그동안에도 한 번쯤 물어보려다가 긁어 부스럼 낼까 싶은 노파심에서 잠자코 있었다.

"염려 마라. 내 중국에서 올 때 휴가비로 회사에서 얼마간 받은 게 있어서 그 돈으로 다니는 거야."

"그럼 됐고."

아내는 남편의 나들이 교통비에 은근히 신경 쓰이다가 내용을 듣고 나니 마음이 가벼워졌다. 사내 역시 아내의 자물쇠 기질을 알고 있기에 그것을 열어야 하는 소모적인 투쟁을 하지 않는 것이 상책이다.

"휴가비가 많았나 보네. 나 좀 주지 않고?"

"그래 쓰다 남으면 당연히 줄 것이고 모자라면 내 말 할게."

"아서요. 그 돈 내 안 바랄 테니 아껴 쓰고 나한테 돈 달랄 생각 말아요? 그럼 다녀와요."

아내의 인사를 뒤로하고 집을 나서는 청랑이다. 예금을 찾지 않았기에 여윳돈이 없는 그다. 상하이를 떠나올 때 쑹리매가 준 돈은 어머니와 아이들에게 나누어 주고 없었다. 원주를 거쳐서 서울에 오면 얼마간의 여비를 은행에서 찾으려고 했었다. 그런데 원주역에서 기차를 타기 전에 화천 어부가 봉투 하나를 청랑의 주머니에 넣어주었다. 극구 사양했으나 끝내 거절치 못했다. 기차에서 내리기 직전에 꺼내어 보니 현금과 함께 작은 쪽지가 있었다.

'청랑 당신의 고결한 자존심을 모르는 바 아니지만 그래도 휴가 동안 다니려면 여비가 필요할 거예요. 일일이 아내에게 타서 쓰려면 당신 아내의 살림에 젖은 손이 아플 테니, 그러지를 말고, 화천 어부의 마음이라 생각하고 편하게 썼으면 해요. 지난날에 화천 어부가 청랑에게 받은 은혜 크다 할진대 그에 비하면 모래알에 지나지 않아요. 어디에도 갈 곳 없는 나에게 당신이 준 사랑과 도움으로 지금은 남부럽지 않은 삶을 살고 있다오. 나의 노모와 내 딸 랑아와 함께 말이에요. 청랑의 영원한 친구 화천 어부가.'

이러한 내용과 함께 현금 백만 원이 들어있었다.

"이런 대책 없는 사람을 봤나? 이런 거금을?"

그래 좋다. 그가 화천 어부라 하지 않느냐?. 그녀의 마음만 담고 메모지는 없앴다. 청랑은 그 돈으로 국일관의 음식값을 지급했고 구김살 없는 행보를 할 수 있었다. 물론 아내에게는 그러한 사실을 말할 수는 없다. 불필요한 오해와 갈등을 만들 필요가 없기 때문이다. 그리고 분명한 것은 청랑의 여친들 화천 어부와 쑹리매 모두가 지금의 아내를 만나기 이전의 여인들이다. 또 이들과의 인간관계는 청랑으로서도 어쩌지 못하는 사안이다.

그는 수원의 집을 나섰다. 그리고 서울로 갔다. 국가로부터 그에게 지급되는 포상금을 받아야 했다. 포상금은 삼천만 원이다. 국책은행에 국가에서 발행한 지급 증서를 제시했다. 은행에선 청랑 본인임을 확인하고 입금 통장을 받아들었다.

그는 고향인 비사벌로 갔다. 우선 어렸을 때 그가 살았던 미보리의 옛집을 찾아갔다. 현재 사는 사람에게 그 집을 청랑이 도로 사고자 했다. 값을 넉넉하게 지불한다 했으나 팔지 않겠다고 한다. 어쩔 수가 없구나. 내 가족들과의 추억이 담긴 옛집을 사서 다시 복원하고 싶었는데 그는 그곳 지인을 통해서 마을 앞쪽의 둑 너머에 토지 2천 평을 샀다. 마침 매물로 나온 토지였기에 어렵지 않게 거래가 성사되었다. 농사를 지을 수 있는 땅이기에 우선 친지에게 관리를 맡겼다. 그래. 훗날 이곳에다 집을 지으리라. 이유와 목적은 그때 가서 보면 알게 될 것이다. 지금은 시간이 많지 않다.

그는 곧장 부산으로 갔다. 우선 은행에서 1천만 원의 통장을 만들어서 어머니께 드렸다.

"어머니 이 돈이면 자그마한 집 하나는 구입할 수 있을 거예요. 어머니께서 알아서 처리하도록 하세요."

아들의 그 말에 깜짝 놀라는 어머니시다.

"얘야 네가 이런 큰돈이 어디서 났노? 혹시 왕촌가 뭔가 한다 카더니 남의 것 뺏은 거 아니가? 내사마, 이런 돈은 겁나서 못 쓴다. 돈 주인한테 도루 갖다 주거라."

"어머니도 참, 그런 거 아닙니다. 이 아들은 깡패 왕초가 아니고 일하는 왕초라 안캅디꺼. 이 돈은 나라에서 주는 포상금이라예."

"이 사람아 공사판에서 일만 하는 니한테 나랏돈을 왜 주노? 내 그 말 믿을 수 없다. 그러니 이 돈 주인한테 얼른 돌려주거라."

"어머니께 설명 드릴 테니 잘 들으이소."

"그래 어디 한 번 들어보기나 하자."

"어머니, 제가 지금 일하고 있는 공사판에서 난동을 부리는 패거리들이 있었는데 그놈들하고 싸워서 잡았는데 그놈들 중의 한 명이 간첩이었습니더. 그래서 그 간첩 잡는 데 공이 크다고 나라에서 포상금으로 저에게 3천만 원을 준 겁니더. 그 돈 중에서 어머니께 천만 원 드리고 그전에 살던 고향에다가 땅 몇 마지기 사놓았습니더. 농사짓는 사람이 쌀이라도 몇 날 주면 어머니 식량에 보태시면 되고 나중에는 그곳에다 자그마한 초가삼간이라도 지을까 합니더. 그리고 나머지 돈은 제가 일 마치고 상하이에서 돌아오면 이곳에서 일꾼들 왕초 노릇 하려면 밑천이 있어야겠기에 그리 생각하고 있습니더. 어머니께 더 많이 드리지 못해 죄송합니더."

"아이구 애야. 나는 그런 줄도 모르고 깜짝 놀라서 가슴이 철렁했다. 그래 위험한 사람 만나서 몸 안 다친 거 천만다행이구나. 그놈들이 너한테 총질이라도 했으면 우짤 뻔했노? 앞으로는 그런 싸움판 근처에도 가지 마라. 그러다가 몸 상하면 나만 억울하다 아이가. 그런데 이 사람아 그런 포상금을 나한테다 이렇게 많이 맡기면 우짜노?"

"그런 말씀 마시고 우리 엄마 분명하신 분이니, 엄마가 알아서 잘 쓰시도록 하이소. 그럼 저는 또 다른 볼일도 있고 해서 시내에 좀 나갔다 오겠습니더."

"오냐 그래라. 싸움하는 근처에는 절대로 가지 말거라."

통상적인 어머니의 염려를 뒤로하고 집을 나선 청랑은 큰길로 내려와서 버스를 탔다.

그가 루산나 화랑에 도착한 것은 오후 3시쯤이었다. 그는 조심스레 화랑으로 들어섰다. 마주친 미쓰 홍이 깜짝 놀라며 반색을 한다.

"청랑님 아니세요?"

"잘 있었어요? 미스 홍."

"예, 청랑님."

"화백님은 계시나 모르겠네요?"

"그럼요. 관장님은 안에서 작업 중이시니 어서 들어오세요."

응접실로 안내하는 미스 홍이다. 작업실이라 해서 밀폐된 공간은 아니다. 다만 물감 냄새와 재료 등의 어지러운 모습은 조금 가려진 정도다.

"관장님, 손님 오셨습니다."

"그래, 조금 기다리시라 해라. 내 곧 나가마."

그러나 쉬이 일손을 놓지 않는 화백의 태도다.

"관장언니, 청랑님이 오셨어요."

그 말을 들은 루산나, 움직이던 붓을 내던지고 뛰쳐나온다.

"청랑오빠가 왔구나."

하고 두 손을 덥석 잡는다.

"화백이 바쁘구나?"

"바쁘기는요. 평소에도 틈틈이 하는 일인데요 뭐. 정말 와주었구나, 청랑오빠가."

그녀는 반가움에 포옹이라도 할 태세다. 그것을 본 미스 홍이 깜짝 놀란다.

"선생님 작업복 그대로예요."

"내 작업복이 뭐 어때서?"

하다가 스스로 흠칫하고 잡은 손을 놓는다.

"그 보세요 언니, 청랑님 손에 물감이 묻었잖아요?"

소중한 인연들

그랬다. 화백 루산나는 반가움이 앞서서 물감 묻은 손으로 청랑의 손을 잡은 것이다.

"내 정신 좀 봐? 청랑 오빠 손에 색칠했네."

"그래요, 언니. 그 차림으로 청랑님을 안으려 하다니. 옷에도 물감칠할 뻔했잖아요."

"그러네. 미안해, 청랑 오빠. 내가 이래 정신이 없다니까?"

"아무려면 어떠냐. 내 옷에 루산나 화백의 그림이 그려지면 그것도 행운이지."

"듣고 보니 그렇기도 하네. 얘 홍아, 청랑 오빠 손등에 물감 묻은 거 좀 닦아 드려라."

"그럴 거 없어요. 내가 가서 물에 씻고 오면 되니 걱정하지 말고 있어요."

"그건 안 돼요, 선생님. 피부에 묻은 물감이 그냥 물로는 지워지지 않거든요. 제가 지우는 방법을 알고 있으니 청랑님은 그냥 계세요."

미스 홍은 천에다가 휘발유를 약간 적셔서 물감을 닦아내니 감쪽같이 없어진다. 그리고 마른 수건으로 재빨리 닦아서 깨끗한 손으로 만들어 놓는다.

"이제 됐어요, 선생님. 비누로 한 번 씻기만 하면 됩니다."

"고맙습니다. 미스 홍, 인제 보니 루산나 미술관은 관장이 일을 저지르고 제자가 뒷수습하는군."

"내 어쩌다가 실수 한 번 한 것 가지고 놀려먹을 생각 말아요. 그리고 스승과 제자의 공생 관계는 어디에나 있는 법입니다."

"듣고 보니 그러네. 그간 별일 없었고? 설 선장과 아이들도 잘 지내고?"

"그럼요. 염려 덕분에 다 잘 있어요."
하는데
"엄마 나왔어요." 하고 딸 청아가 들어선다.
"오늘은 웬일로 일찍 오는구나?"
"응 엄마. 오후 강의가 한 번밖에 없었어요. 그래서 저녁때 친구들과 영화 보기로 했는데, 엄마한테 잠깐 들른 거예요."
"그런데 청아, 넌 엄마만 보이고 주위에 누가 있는지 전혀 모르는구나."
"엄마, 누가 왔는데?"
하고 돌아보던 청아가 깜짝 놀란다.
"어? 랑 아저씨 오셨구나?"
"오셨으면 절 불렀어야지 그냥 계시다니. 말도 안돼요."
하고 덜컹 안겨든다.
"그래 반갑구나. 나도 그러려고 했는데 영화비 타내려는 청아의 작전을 방해하고 싶지 않아서 기다린 거야."
"역시 랑 아저씬 내 마음을 읽어내는 족집게거든."
"얘, 이제 그만해라. 누가 아니랄까 봐 티 내기는?"
"엄마 표현이 너무 심하다. 지금 나는 내 아빠 설 선장이 아닌, 엄마 친구 청랑 아저씨하고 인사 중이란 말이야. 그런데 아니랄까 봐는 뭐고 티 낸다는 건 또 무슨 뜻이야?"
"얘는? 그래그래 엄마가 말 한 번 실수한 거 가지고 따지기는?"
"그건 내 조카 청아의 예민한 감수성을 관장이 먼저 건드린 잘못이 있고 엄마의 예술세계는 평범하지가 않구나 하고 청아가 한쪽으로 제쳐두면 되는 거라 생각되는데. 어때 청아의 영화 값 내가 줄까?"

"잠깐만요. 아저씨 엊그제 울 엄마가 비싼 그림 하나 팔았는데 내가 모르는 줄 알고 용돈 줄 날마저 넘기고 있거든요. 우선 노랭이 심보인 울 엄마하고 먼저 계산을 해야겠어요."

"애 좀 봐. 누가 들으면 빚쟁이인 줄 알겠네. 내 오늘 저녁에 주려고 챙겨 놓았는데 선제공격을 하다니?"

"미스 홍아 내 서랍 열고 청아라고 적힌 봉투 갖다 주거라."

"역시 울 엄만 공격해야만 반응이 빠르단 말이야."

봉투를 받아든 청아는 싱글벙글 봉투를 열고 지폐 두어 장만 빼내고 도로 준다.

"애가 웬일이니, 용돈을 반납하고?"

"착각 마세요, 엄마. 오늘 필요한 금액만 꺼내고 맡겨 두는 거예요. 보관을 부탁합니다. 엄마, 그리고 고맙습니다."

"역시 청아의 계산법이 돋보이는구나."

"그렇죠? 아저씨."

"그래 그렇다니까? 저런 저런 누가 아니랄까 봐 만나기만 하면 짝패가 되어가지고."

"짝패라 그것도 싫지 않은 표현인데, 저도요, 아저씨."

"저런 저런 갈수록 점점…."

"그런데 아저씨는 중국에서 언제 오신 거예요?"

"응, 며칠 전에 휴가차 나왔단다."

"참, 저희 작은 엄마도 안녕하신지요?"

"그래, 출국 전에 잠깐 만났는데 한국에 가면 청아 양 가족에게 안부 전해 달라고 부탁하더라."

"엄마, 나 친구들이랑 영화 약속 괜히 했나 봐. 아저씨 오시는 줄 알았으면 약속 안 하는 건데. 취소해 버릴까?"

"그건 안 되지. 친구들과의 약속은 아주 중요한 거란다. 이 아저씨는 청아를 보았으니 그것만으로도 잘 되었다고 생각된다."

"그래, 청아야. 오늘은 이 엄마가 너 대신에 아저씨와 이야기하는 시간을 가질 테니 너는 너 친구하고의 약속에 가거라."

"알았어요. 내가 엄마 때문에 영화 쪽으로 가긴 하는데 아저씨는 울 엄마 어리광 다 받아주시면 안 돼요. 아셨죠? 아저씨."

"그래, 우리 청아 양 말씀 명심하겠습니다."

"얘 청아야, 너는 언제나 이 엄마의 정서에 초를 치려 드는구나. 섭섭하다, 얘."

"미안해 엄마, 빠이빠이, 갔다 올게. 아저씨 다음에 뵐게요."

애교 한 방 날리고 가는 청아의 모습에 엄마인 루산나 화백은 밝아진 마음이다.

"청아의 성격이 밝고 직설적이군."

"쟤는 늘 저런 식이에요, 누굴 닮아서인지?"

"그거야 아버지인 설 선장 아니면 엄마인 루산나 둘 중 하나겠지. 아니면 둘 다 반반씩이든가? 참 설 선장도 한 번 만나볼까?"

"그이는 거제도에 있으니 지금은 불가능해요. 주말에나 한 번씩 다녀가곤 해요. 청랑 오빠, 잠깐만 앉아 있어요. 대충 정리하고 나올게요. 미스 홍아, 퇴근 준비해라."

"예, 언니."

청랑은 그냥 앉아 있지 않았다. 천천히 화랑 안을 돌며 루산나의 정신세계를 감상하고 있다.

"이제 나가요, 청랑 오빠."

"어디 가서 저녁이나 하자."

"그럴까?"

"그럼 미스 홍도 같이 가요"

"아닙니다. 모처럼의 두 분 시간 방해하지 않을래요. 관장 언니 푸념이 드셀 텐데. 혼자서 감당하시고요. 전 이만 갑니다."

"그래 내일 보자, 홍아."

"청랑 오빠, 어디로 갈까?"

"우리는 자갈치에 가서 시원한 복국이나 먹자."

"그래 그럼."

복어 전문집의 겉모습은 허술해 보여도 식당 안은 넓고 고급스러운 인테리어다.

"참 지난번에 은옥 씨도 같이 밥 먹기로 했잖아? 지금이라도 부르지 그래?"

"이왕에 안 온 거 그냥 둬요. 오늘은 내가 청랑에게 해야 할 말이 있으니까. 그리 알고 밥이나 먹읍시다. 작업에 매달렸더니 배가 고프네."

"그래 빈속부터 채워라. 아무리 바쁜 일이라도 굶어서야 하겠나?"

"그러긴 하는데, 정신을 집중하다 보면 깜빡 잊고 지나치곤 해. 사람은 역시 먹는 게 우선인가 봐. 그것은 사람뿐이 아니고 생명체 전부가 같은 현상일 거야."

"그래 루산나가 나에게 할 말이 뭔데? 내 도움이 필요하다면 망설이지 말고 얘기해라."

"내가 청랑한테 부탁이나 요구사항이 아니고, 꼭 해야 할 말이기에…. 우선 소주부터 한 잔 마셔야겠다."

"의외구나. 술을 좋아하지 않는 줄 알았는데?"

"예전엔 그랬었지. 그랬는데 언젠가부터 술과 가까워지게 되었거든. 그 이유는 첫 번째가 당신 청랑이란 내 남자 때문이었고,

그다음은 예술한답시고 그림과 함께 낭만을 마시게 된다 싶었는데 지금은 그런 이유를 떠나서도 잘 마셔요."

"그래, 그럼 한잔하자."

청랑과 루산나, 참으로 오랜만에 마주 앉아 본다. 배석자 없는 단 둘이기에 새로운 감회가 루산나의 술잔을 조용히 길게 비우게 한다. 그러한 루산나의 모습을 보면서 잠시 옛 생각에 젖어 보는 청랑이다. 그리고 넋두리한다.

"그만해도 많은 세월이 흘렀구나. 앳된 소녀이던 루산나가 어느새 중년을 넘어서고 있으니 말이다."

"그러네. 내가 어느 날 청랑 오빠 곁을 떠난 지가 어언 20년이 가고 말았으니, 그러고도 변하지 않은 것이 있다면 청랑오빠의 방랑이 여전히 멈추지 않고 있다는 거야. 몇 년 전 이곳 자갈치에서 우연히 만나진 어무이께 청랑 오빠 안부를 물어본 나에게 하신 말씀처럼 아직도 한곳에 머물지 못하고 방랑하는 청랑을 생각하면 나 루산나도 속상해 죽겠단 말이야."

"그래 루산나가 아직도 날 생각해 주는 건 고맙다만, 꼭 그렇게만 보지 말아라. 내 아직도 용기백배 자유로이 세상을 돌고 있지 않으냐? 그것이 내 운명인 것을. 그래서 지난날에 루산나에게 내가 말하지 않았더냐. 나 청랑의 방랑이 오랜 시간이 될 거라고. 그러기에 아픈 마음이면서도 루산나를 돌려세운 나였지만, 그 후 많은 세월이 지난 지금에도, 그때의 그 결정이 잘한 거구나 하고 편한 마음이야. 왜냐고? 설 선장 같은 괜찮은 남편에 청아와 설린이 같은 똑똑한 자녀를 둔 루산나니까."

"청랑오빠에겐 이 루산나가 행복해 보이기만 했구나?"

"당연하지. 그것이 나의 바램이기도 했고."

"그래. 그런 청랑 오빠의 마음, 알고는 있지만, 나에게도 슬픔이 있었어. 청아를 낳은 이후로는 임신을 못했어. 처음 얼마간은 시기상조이겠거니 하고 대수롭지 않게 생각했는데 시어른의 성화도 있고 해서 전문의한테 진찰을 받았는데 우리 부부간에 궁합이 안 맞는다는 거야."

"왜? 첫 출산이 잘 이루어졌잖아?"

"설득력이 없는 의사의 짐작일 뿐이겠지. 내 생각도 그래서 의사에게 반문했더니 구체적인 의사의 해명에는 결혼 초의 성행위가 과격하면 쇼크를 받은 자궁 속 난자의 문이 자동으로 닫히는 현상으로 불임이 된다는 거야. 설 선장의 행위가 강제성을 동반한 채 과격했거든. 한 번 충격을 받은 난자의 출구가 거부반응을 보인 후 회복되는 수도 있지만, 확률은 극소수라는 거야. 외과 치료를 필요로 하는 상처가 아니고 뇌 신경의 반응이기 때문에 치료가 불가하다는 거야. 말하자면 여자로서의 중요가치 하나를 상실한 셈이지."

"루산나에게 그런 아픔이 있었구나. 그렇다 해도 첫 딸 청아의 출생은 루산나가 여자의 조건 모두를 보유했음을 확인되었으니 그 사실만으로도 만족하면 되지 않을까 한다."

"정말 그렇게 생각해도 될까?"

"당연하지. 루산나야말로 흠잡을 데 하나 없는 완벽한 여자임이 틀림없는데, 거기다가 예술하는 천재 화가 루산나, 이 얼마나 근사한 여자가 아니더냐."

"청랑 오빠 표현이 좀 과하긴 하지만 그래도 듣기는 괜찮네."

"그럼 됐다. 루산나가 나한테 하려던 얘기가 그거였구나? 이제 털어놓고 나니 시원하겠구나."

"그래 조금 남아 있긴 한데, 지금은 안 할래. 언젠가 때가 오면 다시 할 거야."

"그래. 그렇게 하려무나."

"자, 이제 일어나자. 집에서 가족들이 기다리겠다. 집 근처까지 내가 바래다줄게."

"그래 줄래? 나 좀 취했거든. 일어나기 전에 나 한 번 안아주면 안 될까? 첫사랑의 이름으로 말이야. 그런데 얄밉게도 이 밥상이 가로막고 있네. 내가 랑오빠 옆으로 갈 테니까 잠깐만 기다려."

"허허, 오늘은 화백 루산나가 정신 줄을 풀어놓고 있구나."

"그래요. 이렇게 청랑의 옆이라 정신 줄이 달아나네."

그녀는 쓰러지듯 청랑에게 기대온다.

"그러니까 나 한 번만 꼬옥 안아주라."

"허허, 이거 큰일이구나."

주위를 의식하지 않는 이 여인의 자태를 다행히 식탁마다 칸막이가 가려주고 있다. 지금의 상태가 어떠한 이유이든 여인 루산나의 목마름을 외면할 수 없는 청랑이다. 그는 가슴에 와 닿는 여인의 어깨를 다독여준다. 그녀는 고개를 뒤로한 채 눈을 감고 있다. 입술을 기다리고 있음이리라. 그러나 사내는 여인의 이마에다 정감을 주고 있다. 그렇다. 화백 수산나는 실로 20년 만에 맞닿은 청랑의 체취를 쉬이 놓으려 하지 않는다. 그러고는 이제야 평온해진 그녀가 일어나면서 하는 말이다.

"내 지금 청랑오빠를 깊게 갖고 싶지만 쏭리매와의 의리 때문에 나의 첫사랑인 청랑을 놓아주고 마는구나. 청랑 오빠, 집에 전화해서 딸 청아를 집 앞에 나오라고 할까?"

"그게 좋겠구나. 어른들을 마주하는 결례는 삼가야 하니까."

택시를 타고는

"대연동으로 가주세요."

마중 나온 청아가 엄마를 부축하여

"울 엄마 취했구나. 아저씨 힘들게 하셨구나."

"엄마가 좀 취했으니 잘 모시고 들어가거라."

"예, 아저씨도 조심해서 가세요."

"잠깐, 그건 아니다. 내가 청랑을 괴롭힌다 했느냐? 그게 뭐 어때서? 청아 넌 엄마 편은 안 들고 너 아버지 편만 드는구나. 그러면 안 되는 거야."

"울 엄마 진짜 취했구나. 지금 여기 계신 분은 설 선장이 아니고 청랑 아저씨야."

"그래 알아. 안다고."

"안 되겠다. 엄마 어서 집에 들어가자."

그리고 민망스러운 표정으로 청랑을 바라본다.

"괜찮아. 엄마가 조금 취했으니 어서 모시고 가거라."

청랑은 돌아섰다. 약간은 휘청거리는 몸과 마음을 딸 청아에 기댄 채 집안으로 들어섰다. 되도록 조용히 아래채의 내 방으로 들어가려는데 인기척을 느낀 시어머니가

"관장이 늦었구나."

하며 나오신다.

"예 어머니, 주무시지 않고요?"

"오냐, 너 들어왔으니 안심이다. 어서 들어가서 쉬어라."

평소에 귀가가 그리 늦지 않았던 며느리기에 기다려졌던 모양이다. 그것이 어른들의 몸에 밴 습관일 것이다. 딸 청아 역시 오늘은 보호자 역할을 제법 하려 든다.

"울 엄마 오늘 진짜 실언한 거 알아? 아저씨 앞에서 내가 민망

스러워서 죽을 뻔했단 말이야. 울 엄마 건망증이 도지는 건지, 아니면 청랑 아저씨를 골탕 먹이려 드는 것 같기도 하고. 아무튼, 앞으로 말조심하세요."

"그래 내가 실언을 했다면 미안하다, 미안해."

이제 모두가 제자리에 놓이고 나란히 잠자리에 든 이들 모녀다. 실언이라 했던가? 그러나 루산나는 실언을 하지 않았다. 마음속에 잠재돼 있던 사실을 말했을 뿐이다. 오늘은 그 진실을 청랑에게 모두 말하려 했는데 그러지를 못하고 말았다. 그녀는 마음속으로 되뇌고 있다.

'내 딸 청아야 미안하구나. 너에게도 사실을 말해 주어야 하는데, 쉽지가 않구나. 그러나 언젠가는 너에게도 진실을 말해 주어야겠지? 청아 너가 유난히도 좋아하고 따르는 그 아저씨 청랑이 나에게 너를 낳게 한 친부라고 말이다.'

화백 루산나가 자신의 인격에 흠집이 날까 봐 말 못 하는 것은 아니다. 다만 당사자인 딸아이가 받을 충격과 심경의 변화가 염려되어서이다. 다만 청랑에게 만이라도 말하려고 불렀는데 끝내는 말하지 못하고 말았구나. 언젠가는 모두에게 남편인 설 선장에게도 말할 날이 있으리라.

소중한 인연들 73

다시 중국으로

 청랑은 한 달의 휴가 중 마지막 한 주간을 수원의 집에서 보낸 후 일터가 있는 중국으로 떠나갔다. 그가 상하이 공항에 내린 것은 석양이 지는 일몰 시각이다. 일터인 공단까지는 먼 거리이고 시간도 늦었다. 밖으로 나가는 공항버스를 탔다. 기왕이면 상하이에 있는 쑹리매를 만나고 가자. 그녀에게 누가 되지 않는 선에서라는 조심스러운 생각을 하면서다.
 버스에서 내린 그는 상하이 7번가에 있는 호텔 칭베이에 여장을 풀었다. 입실 계약을 하고 키를 받아 807호실로 갔다. 전에도 두어 번 오긴 했지만, 다행히도 그를 알아보는 사람은 없었다. 이 호텔의 주인은 쑹리매 회장이다. 간단하게 샤워를 마친 후에 청랑은 탁자 위의 수화기를 들었다. 순간 전화를 하려다 말고 수화기를 내려놓았다. 호텔 객실에서 전화하는 것은 예의가 아닌 것 같아서다.
 그는 밖으로 나왔다. 공중전화에 가서 쑹리매 회장의 사무실로 전화를 했다.

"회장님께서 안 계십니다만 누구신지요?"

"예, 청랑이라고 합니다만, 전화 왔었다고 전해주십시오."

그리고 그는 전화를 끊었다. 거리에 나서긴 했으나 딱히 갈 곳이 없다. 그래서 걸었다. 이곳 거리를 한가롭게 걸어보기는 참으로 오랜만이다. 거리의 풍물을 눈에 담으며 한참을 걷다 보니 배가 고파진다. 호텔 가까이에 주점 쌍포 돛대의 네온 불이 그의 시선을 잡는다.

그래 저기 가서 요기나 하자. 스테이크에다 술 한 잔이면 충분하지. 그는 벽 쪽 한가한 곳에 자리했다. 그에게는 익숙지 않은 음악이긴 하나 그래도 괜찮은 가락이다. 스테이크와 빼갈이 주어지고 격에 맞지 않는 빼갈이지만 고급스러운 척하는 와인보다는 탁 쏘는 빼갈이 술맛을 줄 것 같기에 일부러 청했다.

우선 스테이크를 썰어서 한 입 먹은 다음, 백색의 작은 잔에 담긴 무색의 빼갈을 마셔본다. 코끝이 짜릿하다. 그 한 잔의 빼갈이 그간에 한국에서의 사건들을 한꺼번에 사라지게 한다.

지금의 이곳은 상하이다. 일터가 있는 곳으로 돌아온 이상 나를 필요로 하는 노가다가 있을 뿐이다. 그 직전의 이 시간은 청랑에게 주어진 유일한 휴식이다. 절대 요란하지 않은 이런 분위기라면 주객 청랑을 붙잡아 두기는 딱 맞다. 시간을 먹으러 몰려드는 식객들이 많아지고 종업원들의 발걸음도 바빠진다. 그들이야 오가든 말든 느슨하게 한 술잔에 담겨 있는 허름한 행색의 사내가 곱게 보일 리는 없으리라. 그러거나 말거나 한 그에게

"손님께선 일행이 없으신가요? 아까부터 줄곧 혼자 있는 걸 보면 누굴 기다리시는 건가요?"

"아닙니다. 누구와 약속이 있는 건 아니고 내일 일터로 가기 전에 남는 시간이라 술 한잔하고 있는 것입니다."

"그렇다면 잠깐 앉아도 될까요?"

"좋으실 대로 하세요."

"보아하니 중국말을 모르시는 한국분이시군요?"

"그렇습니다."

"저는 이곳의 책임 마담인 류정강이에요. 손님같이 외로이 있는 분에겐 잠깐의 벗이 되어 드리기도 하구요."

"마담께선 한국말을 잘하시는군요."

청랑은 고마운 마음으로 한 잔의 술을 쏟아주었다.

"학교 때에 한국어를 조금 배웠어요."

라면서 술잔을 받아 우아하게 마신다.

"손님께선 한국에서 이곳 상하이에 취업 오신 거군요?"

"예, 일하러 온 건 맞는데, 공사판에서 막일하는 사람입니다. 그러니 지금까지 배려해주신 것만으로도 고마우니 마담의 바쁜 일에 마음 쓰시길 바랍니다."

"손님께선 별난 사람이네요? 나같이 미모인 여자와도 같이 있길 마다하시니?"

"미안해요, 마담. 그리고 진심으로 고맙습니다."

"그럼 즐겁게 드세요, 손님."

마담 류정강은 일어났다. 그녀는 홀을 돌면서 알 만한 사람들에게는 인사를 하고 지나간다. 고객들을 잘 관리하겠다는 뜻이다.

"손님께선 더 필요한 거 있으신지요?"

"예, 술 작은 병 하나 하고 그에 따른 안주 하나 주세요."

라고 하는 사내의 표정과 자세는 변함이 없다. 잠시 후에 술병을 들고 온 마담이 가지 않고 자리에 앉는다.

"제가 한 잔 따라 드릴게요, 손님."

"안 그래도 되는데?"

"아니에요. 멀리서 오신 손님이기에 소녀가 특별히 서비스로 하는 거예요. 그 대신 저에게도 한 잔 주시고요. 혹시 버릇없다고 생각되어 언짢아지신 건 아니겠지요?"

"그럼요, 나야 괜찮지만. 마담의 장사에 지장 없으시길 바랍니다."

"염려 마세요, 막일꾼. 나야 오며 가며 술 한잔 얻어 마시는 재미 또한 괜찮거든요. 그런데 손님은 어느 일터에 가는 누구이며, 숙소는 있으신지요?"

"허허, 이거 은근히 신상 조사를 받게 되는군요. 좋소이다. 내 말하지요. 나의 일터는 항주 공단의 공사판이고 이름은 막일꾼 청랑이오. 숙소는 이곳 칭베이 호텔에서 자고 내일 일찍 떠날 겁니다."

"그럼 잘됐네요. 소녀도 임자 없는 몸이니 오늘 밤은 선생님을 따라가도 되겠네요?"

"그건 아니 되오."

"이 류정강이 못나거나 헤퍼 보여서 그런 건가요?"

"아니요. 절대로 그런 뜻이 아니고, 나 같은 막일하는 노가다는 멀리할수록 좋은 겁니다. 그리고 나에게는 막일하는 나를 측은하게 생각하고 아껴주는 여자 친구가 있습니다."

"그렇구나. 그렇다면 그 여친을 부르면 될 것인데, 무엇 때문에 혼자서 독백을 하는 거예요?"

"했지요. 전화했는데 닿지를 않아요."

"그 보세요. 연락이 닿지 않으니 나 류 마담과 친구 하기 딱 좋네요."

"허허, 마담의 농담이 고맙긴 합니다만 절대로 안 되는 말씀이오. 내 여자 친구에게 담겨 있는 내 마음을 오늘은 그 누구도 가

다시 중국으로 77

져갈 수 없을 거요."

"알았네요. 그 남자 인심 한 번 야박한 사람이네. 혼자서 일편단심 계속하세요. 이 류정강 오랜만에 참패를 마시고 갑니다."

청랑은 얼떨떨해진다. 저런 미모의 여인이 하필이면 왜 나같이 허름하기 짝이 없는 사내에게? 농담이겠지. 장난기가 많은 괴짜 성격을 가진 여자이겠지. 덕분에 홀가분해진 기분이다. 외출에서 돌아온 쑹리매가 집에 들러 간편한 옷차림으로 가게에 나타난 건 초저녁을 훨씬 넘긴 시간이다.

"언니, 오셨어요?"

"그래 수고가 많구나."

마담 류정강은 사장 쑹리매를 언니라 부른다. 가게의 운영을 전담시키기에 충분한 재원이다. 인격과 미모를 갖춘 류정강은 스스로 경영을 배우겠다고 자청해서 쑹리매를 찾아온 상하이대학 출신이다. 쑹리매의 개혁개방의 강론에 반한 쑹리매 철학의 제자이기도 하다.

"정강, 무슨 일 있구나? 얼굴이 상기된 걸 보니?"

"일은요? 아무 일 없었어요, 언니."

"아닌 것 같은데? 어딘지 들떠 있는 것처럼 보이는 건 뭐라 변명할 텐가?"

"언니도 참, 언니에겐 조그만 속내도 감출 수가 없단 말이에요."

"그러면 그렇지, 어디 한 번 들어나 보자. 정강의 그 들뜬 속내를."

"그래요, 언니. 있잖아요, 언니. 정말 자존심 상하게 하는 별 이상한 남자를 다 봤어요."

"어떤 남자?"

"내 딴에는 나 정강도 괜찮은 여자라고 자부했는데 별거 아닌 듯한 남자가 이 정강의 자존심을 완전히 뭉개버린 그 사내 때문에 은근히 화가 나는 걸요, 언니."

"그랬구나. 어떤 목석같은 사내가 요조숙녀인 우리 정강의 기분을 상하게 했을까? 바보가 아니면 감정 같은 거 모자라는 사내였겠지. 그러고는 가버린 거야?"

"아니에요, 언니. 지금도 저쪽에서 멍청한 표정으로 혼자 마시고 있는걸요."

"그래? 그렇다면 내가 한 번 도전해 볼까? 얼마만큼 목석인지?"

"안될걸요, 언니. 그 사내가 한다는 소리가 마담의 농담이 고맙긴 하지만, 나의 여자 친구에게 담겨 있는 마음이라 절대로 내줄 수 없다 하고 야박한 표현을 하더라고요. 내 그 말을 듣는 순간 자존심이 송두리째 내려앉는 거 같아서, 그러세요 일편단심 많이 하세요, 하고는 돌아서 와버렸지요. 그러니 언니께서도 괜히 말 붙였다가 기분 상하지 마시고 상대도 마세요."

"듣고 보니 숙녀에 대한 예의가 전혀 없는 사내로군."

"그렇지요? 언니."

"그래 그런데 정강의 얘길 듣고 보니 은근히 흥미로워지는군. 내 한 번 가서 봐야지."

"그럼 저도 가요, 언니."

"그러자. 이번에는 너 까짓거하고 담담하게 생각하고 가자."

"예, 언니. 그리고 내가 먼저 건드려 볼 테니 언니께서는 한 발 뒤에 오세요. 먼저 나섰다가 불쾌감 얻지 마시고요."

"그래 그럼 정강이 먼저 가보렴."

"손님, 아직도 혼자이신 것 같아서 제가 또 왔어요. 저도 한 잔 주세요."

"허허, 또 오셨군. 술 한 잔이야 아까울 거 없지마는 류 마담처럼 뛰어난 미모의 여인이 사내보는 눈이 형편없으시군. 나같이 남루한 막일꾼에 불과한 뜨내기가 남자로 보이다니, 바람기가 보통이 아니군요. 내가 말하지 않았소? 내 여친에게 담긴 마음 아무에게도 내줄 수 없다고요. 정강 마담의 친절만 고맙게 받겠소이다."

"나쁜 사내, 이 류정강이 그렇게도 보기 싫으면, 진즉에 가지 않고 왜 여태 앉아서 내 속을 뒤집어 놓는 거죠?"

"그렇다면 미안합니다. 내 그런 뜻은 전혀 아니었는데 오해를 하셨군요. 안 그래도 일어날 참이었는데, 잘 마셨습니다, 마담."

청랑은 일어섰다.

"잠깐만요, 손님. 우리 언니가 왔으니 한 번 만나고 가세요."

"일 없어요. 마담의 언니가 천하일색 양귀비라 해도 나와는 상관없습니다."

"이렇다니까요."

마담 정강은 보란 듯이 뒤를 돌아다보았다. 그러나 쏭리매 사장이 보이지 않는다. 어? 언니가? 청랑은 계산대에서 계산하고 숙소를 향해서 엘리베이터로 갔다. 그가 나간 뒤에 쏭리매가 들어왔다.

"언니, 어찌 된 거예요? 뒤따라오시는가 해놓고선, 지금은 그 사내가 가버렸잖아요."

"미안하다, 정강아. 내 금방 화장실이 급해서."

"그래 어디로 가버린 거야?"

"뭐 내일은 일터로 가야 하고 오늘은 우리 호텔에 숙소를 정해 놨다고만 했어요."

"그래? 몇 호실에?"

"모르겠어요. 나의 꼬치꼬치 한 질문에도 원론적인 답변만 했으니까요."

내가 본 그 사내가 목석같긴 했어도 매력은 있었는데 하며 아쉬운 표정의 정강이다.

"오늘은 우리 정강이 완패를 당했구나."

"그래요 언니, 그래도 지금은 그 사내에게 불만감 같은 거는 전혀 없어지네요. 내가 혹시 너무 행패를 부렸나도 싶고요."

"그건 정강의 마음이 본래 착하니까."

"그렇지요 언니?"

쑹리매는 마담 정강의 뒤를 따라갔다가 미지의 그 손객이 청랑이라는 것을 대화의 첫머리에서 알 수 있었다. 그 자리에서 청랑을 아는 척 반기기엔 정강이 민망해할 거 같아서 슬쩍 자리를 피했다. 나중엔 몰라도 지금 맞닥뜨리면 정강의 자존심이 쑹리매에게 들키는 참담한 상황이 올 수 있기에 정강을 배려하는 뜻에서 자리를 피했다.

청랑은 곧바로 807호로 올라가서 거추장스러운 옷을 훌훌 벗어 던지고 침대 위에 벌러덩 쓰러졌다. 오늘은 거기서 자고 내일 일찍 떠나리라. 바쁜 쑹리매를 더는 찾지 말고 현장으로 가서 짬을 내어 전화하리라. 그러고는 바로 잠이 들었다.

청랑이 돌아왔다. 그리고 일터에 가기 전에, 나에게 들리고자 한 것이리라. 물론 내 사무실에 전화했을 텐데도, 내가 너무 늦게 온 탓에 그의 전화를 놓치고 말았다. 그러나 다행히도 칭베이의 객실에 묵고 있는 그가 아닌가.

프런트에 가서 확인했다. 청랑이란 사람이 807호실에 있음을 확인하고는 휴식을 취하게 그냥 두자. 단잠을 잘 수 있게 말이다. 다시 주점으로 온 쑹리매. 늘 그랬듯이 밤을 주점에서 보내는 때가 많았다. 그녀에게 오늘이 있게 해준 손때 묻은 사업장이기도 한 곳이다.
　마담 류정강은 입사한 지 20여 일 정도이다. 어쩌면 사장인 쏭리매를 닮은 듯한 꽤 개방적인 성격을 가진 신여성이다.
　"쏭 언니, 억울해서 죽겠어요."
　"뭐가 또?"
　"아까 그 사내 말이에요. 좀 더 말꼬리를 잡고 있었어야 언니도 맞닥뜨릴 수 있는 건데 이래저래 나만 황당하게 된 것 같아요."
　"그리 생각할 거 뭐 있어? 그래도 객기 안 부리고 조용히 사라졌으니 괜찮은 고객 아닌가?"
　"그렇긴 하네요, 언니. 그 사람이 이제는 다시 오지는 않겠지요? 언니."
　"그야 모르지. 우리 정강이 시비를 걸어놨으니. 언젠가는 다시 한번 올지도 모르잖아?"
　"그래 오기만 해봐라. 내 그땐 가만 안 둘 테니까."
　"가만 안 두면, 정강이 뭘 어쩔 건데?"
　"어쩌긴요. 아주 요절을 내서 보내야지요. 호호호."
　"그 목석같은 남자가 그리 호락호락할까?"
　"그땐 나 정강이 최대한의 끼를 발휘해서 유혹할 거예요."
　"그래. 그렇게 해 보려무나."
　쏭리매는 속으로 웃음을 삼키며, 정강의 진심인 듯한 농담이 흥미로워진다. 제법 늦은 밤이다.
　"정강아, 나 올라간다. 문단속 잘하고."
　"예, 언니."
　사장 쏭리매는 자택이 있는 맨 위층으로 올라갔다. 간단하게 세수를 하고 집무실로 갔다. 책상 위의 메모지에는

'오후 5시쯤에 사장님을 찾는 전화가 왔습니다. 이름은 청랑이라고 했어요. 어디 계신지 몰라서 메모를 남기고 퇴근합니다.'

역시 청랑은 그가 왔다는 것을 나 쑹리매에게 알리려 했고 주점에 앉아서 내가 나타나기를 기다렸구나. 미안한 생각이 든다. 그녀는 청랑이 있는 곳으로 전화를 했다.

"나예요, 청랑. 내가 외출에서 늦게 오는 바람에 지금에야 전화해서 미안해요. 내가 그쪽으로 갈게."

쑹리매는 가벼운 차림으로 바로 아래층의 807호실로 갔다. 벨 소리에 문이 열리고 서 있는 청랑에게 자연스레 안겨드는 쑹리매다.

"그냥 자지 않고 뭐 하러 여기까지?"

"무슨 소리야? 청랑이 돌아왔는데 나 혼자서 자야 한다? 쑹리매에게 그런 인내심은 없어졌거든? 그래 휴가는 잘 보내고 온 거야? 한 달이라고는 하지만 오랜만에 갔으니 너무 짧지는 않았을까?"

"그래도 쑹리매의 배려 덕분에 내 어머니와 그 외의 가족들에게 큰 기쁨을 선사하고 올 수 있어서 고맙고 또 고마움이야. 그 고마움은 갚을 길이 없어 걱정이다."

"그런 소리 마라. 내가 청랑에게 진 빚이 많다 할진대 조금씩이나마 갚고 있을 뿐이야. 다만 내가 좀 더 바라는 게 있다면 지금처럼 가끔이라도 청랑을 만나는 기회만은 계속하고 싶단 말이야. 이 정도라면 쑹리매의 지나친 욕심이라 하지는 않겠지?"

여인은 사내의 가슴을 파고든다. 늘 그랬듯이 진정한 이 사내의 마음을 흠뻑 마시려는 듯 익어서 터질 듯한 여인의 육체가 사내에게서 정열을 쏟아내게 하고 있다. 그들의 이 밤은 깊고도 짙은 사랑의 색채를 그리고 있다. 쑹리매는 일찍 일어나 식사 준비하느라고 부산을 떤다. 주방에서의 딸그락거리는 소리에 깨어난 유모다.

"언니 언제 왔어요? 그리고 뭐 하는 거예요?"

"보면 모르나? 아침밥 하고 있잖아."

"그런데 그걸 왜 언니가 하는 거예요?"

"오라, 이제는 늦잠 자는 나 유모를 잘라 버리시겠다 이거군요."

"이 사람 유모, 그런 쓸데없는 소리 그만하고 얼른 와서 거들기나 해라. 청랑이 가야 할 시간이 바쁜가 봐. 그래도 아침은 먹여서 보내야지."

"언니, 지금 뭐라 했어? 청랑님이 오신 거예요? 언제 오셨고 지금 어디 있어요?"

"어제 와서 객실에서 자고 있을 거야."

"에구머니나, 유모인 내가 잠든 사이 언니와 청랑님께서 오만 일이 다 있었구나."

"함부로 넘겨짚지 마라. 유모가 생각하는 그런 일은 없었으니까. 나도 아침에야 알았다. 청랑이 호텔 객실에서 자고 있다는 것을."

"그럼 지금 가서 모셔 와요. 언니, 식사 준비는 제가 할게요."

"그래 줄래? 국이 끓고 있으니 타지 않게 해라. 나는 가서 청랑을 찾아서 데리고 올게."

"예, 언니."

그러나 유모의 생각은 갸우뚱한다. 그 이상하다? 회장 언니가 알았다면 같이 안 잤을 리가 없는데?

"청랑! 집으로 올라가자. 식사 준비가 다 됐을 거야."

"벌써 시간이 그렇게 됐나?"

"청랑이 하도 곤히 자고 있길래 가만히 빠져나가 유모와 함께 주방에서 해장국이랑 만들어 놓고 오는 거야."

"뭐 하러 그렇게까지? 현장에 가서 먹어도 되는데."

"무슨 소리. 이 쑹리매가 밤새껏 진을 빼먹은 내 남자를 빈속에 그냥 보내면 안 되는 거라 선지 한 국자 듬뿍 풀어 넣었으니 얼큰한 맛, 청랑이 좋아할 거야."

그들은 객실을 나와서 쑹리매의 주택으로 올라갔다.

"어서 오세요, 청랑님."

"잘 지냈어요? 유모님."

"그런데 오셨으면 집으로 바로 집으로 오시지 않고 객실에서 주무시다니, 그런 법이 어디 있어요?"

"아, 그건 쑹리매 회장도 없는 것 같고 해서."

"왜요? 회장 언니가 없으면, 나는 뭐 여자가 아닌가요? 이 유모가 청랑 님이라면 껌뻑 죽는 여자임을 모르시나 봐?"

"저런 저런, 유모 너, 농담이 너무 지나치다."

"염려 마세요, 회장 언니. 언제나 청랑님만 보면 반가워서 그래요."

"고맙습니다. 유모님이 항상 허물없이 대해 주셔서요."

"그 봐요, 언니. 청랑님도 이해하신다잖아요."

"그래그래, 두 사람 맞장단에 내가 졌다. 밥이나 먹자."

"청랑은 식사 후에 현장에까지 내가 타워다 줄게."

"아니야, 그럴 거 없어. 오늘은 버스를 타고 현장에 가는 것이 자연스레 보일 것 같으니 쑹리매 회장께서 이해해주길 바란다."

"알았어. 한국 속담에 '평안감사도 제 하기 싫으면 그만'이라는데 내가 좀 더 같이 있고자 하는 생각 접고 말아야지."

"그 보세요, 청랑님. 우리 회장 언니 삐치시는 거 보세요. 그러니까 자주자주 오셔야 해요."

"잘 알겠습니다, 유모님."

청랑은 쑹리매의 집을 나와서 난징으로 가는 버스를 탔다. 물론 항주와 난항상 공단을 거치는 노선이다. 공단 입구에서 내린 청랑은 곧장 현장 사무실로 갔다.

"다녀왔습니다. 소장님. 배려에 내 고향 냄새에 푹 젖어 있다가 왔습니다."

"잘했어요. 청랑 왕초. 여정에 피로할 테니 오늘 쉬시고 내일 봅시다."

"잘 알겠습니다."

그럼 하고 청랑은 숙소로 왔다. 이제부터 새로운 각오로 앞으로의 1년을 이곳 노동자들 속에 섞여서 하나의 일꾼으로 살아갈 것이다. 그리고 별다른 변화 없이 그에게 주어지는 소임을 다할 것이다.

청랑이 작업장에 나온 것은 꼭 한 달 만이다. 이제 70퍼센트의 공정에 이르러 남은 공정 속에 청랑팀의 벽돌 공사도 앞으로 3개월 정도면 끝이 날 것이다. 그 외의 잔무 처리에 다소 시일이 더 지나겠지만 휴가 후의 첫날인데 본부장이자 소장인 개나리의 현장 순시를 함께 했다. 워낙 넓고 광활한 현장이다. 소장은 청랑을 대동하려 한다. 신변의 안전 때문이기도 했다.

"소장님, 제가 생각하기엔 남아 있는 건축공사의 벽돌 작업은 3개월 정도면 끝낼 수 있을 것 같습니다만, 그럴 것도 같아요. 그러면 나 청랑의 소임은 다하게 되어 조국으로 돌아가도 되겠습니다."

"허허, 이보시오, 청랑. 당신과 내가 약속하지 않았소? 청랑의 체류 기간을 1년 더 연장키로 말이오."

"그렇긴 합니다만 할 일 없이 놀고먹는 건 나의 체질에 맞지 않는다는 거 아시잖습니까?"

"염려 마시오. 청랑이 해야 할 일은 얼마든지 있으니까. 그냥 공밥을 줄 리는 없지요."

"그러시다면 외곽 담장이라도 쌓으실 겁니까?"

"역시 청랑은 내 마음을 꿰뚫고 있군."

"제가 알기론 그 부분은 철제 펜스로 설계되어 있기에 설마 했는데?"

"그래요. 거대한 공단의 울타리를 철사로만 하기에는 너무 단조롭고 허술한 데가 있어서 설계 변경을 해서 승인 요청 중이에요. 즉 바닥에서 1미터 높이로 벽돌을 쌓고 그 위에 5미터 간격으로 벽돌 기둥을 세운 다음 기둥과 기둥 사이에 펜스를 설치하는 구조로 변경 설계했으니 곧 승인이 날 거요. 그렇게 되면 바로 착공한다 해도 1년은 족히 걸릴 거요. 그리 알고 각오 단단히 해야 할 거요."

"인제 보니, 소장님께서 청랑을 이곳에 잡아두는 계획을 철저히 만들어 놓으셨군요?"

"그렇소. 그렇게라도 하지 않으면 청랑은 훌쩍 가버릴 테고 이 외딴곳에 나 개나리만 남아 외로이 지내느니 적어도 왕초 청랑의 호위(보디가드)쯤은 있어야 안전할 것 아니겠소?"

"알겠습니다. 그런 뜻이라면 저도 1년 연장의 보람이 있겠습니다."

그렇다. 더 넓은 현장을 돌아보는 데는 한나절을 허비해도 반 정도만 답사할 수 있다. 현장 요소요소도 작업장에 흩어져서 일하는 일꾼들, 왕초 청랑의 모습이 보이자 반가움과 용기를 보인다.

"드디어 왕초가 오셨군요. 혹여 안 오시면 어쩌나 해서 우리도 귀국 보따리를 싸야 하나보다 했습니다."

"무슨 말씀들이오? 여러분들이 여기 남아 있는데 내 어찌 아니 올 수 있단 말이오? 나 혼자만 휴가를 다녀와서 미안하오만 여러분들도 꼭 휴가를 가고자 하는 사람 있으면 보내드리리다."

"아닙니다. 우리 근로자들은 한 번 귀국하면 다시 오기가 쉽지 않기에 그런 어리석은 짓은 안 할 겁니다."

"그래요. 기왕에 이 먼 곳까지 왔으니, 고생되더라도 참고 그 대신 돈이라도 더 벌어서 갑시다."

"그럼요. 왕초하고 같이하라면, 우리는 얼마든지 있을 것입니다."

"좋소이다. 앞으로도 우리 벽돌 팀에게 주어진 일이 만만치가 않아요. 공단 외곽의 울타리 공사가 총 길이 30킬로미터니까 백리 장성을 벽돌로 쌓아갈 것이오. 우리가 모두 힘을 합쳐 대역사를 이루어 봅시다."

"예 예, 우리도 왕초하고 같이하라면 얼마든지요."

청랑과 일꾼들의 대화가 듣고 있는 소장 개나리를 흐뭇하게 한다. 청랑의 벽돌 팀은 한국에서 선발돼 온 벽돌공 외에 대다수의 많은 일꾼들은 이곳 현지인들이다. 서로 간의 소통과 화합이 중요한 부분이다. 이곳 현지인들도 청랑과의 소통은 비교적 잘되고 있다. 이곳 공단 주변의 농촌 마을 대다수가 농사일과 병행하며 공사현장으로 출근하고 있다. 멀고 가까운 곳의 사람들 모두가 공단을 거치는 마을버스에 북새통을 이룬다. 관할 시에서는 두세 개의 운송업자를 선발해서 마을버스 운행을 허가했다.

아직은 도시 일터가 많지 않은 중국이기에 공단의 노동력 흡수는 그들에게 삶의 희망을 주기도 한다. 수많은 현지인 근로자 중에는 여자 인부도 적지 않다. 남녀 간의 임금 격차가 있다 해도 그들에게는 월급봉투를 만져볼 기회의 일자리다. 벽돌 팀에도 20여 명의 한국인 기능공과 40여 명의 현지인 인부들이 있다. 여러 개의 공장 건물과 외곽 울타리의 작업장에 분산되어 있다. 그 모두의 효율적인 작업 진행을 준비하고 관리해야 하는 청랑 역시 바쁜 일과다.

예기치 않은 사고

한중수교와 중국의 개혁개방 정책의 상징성을 띤 이곳 공단은 이름하여 난항상(난징, 항주, 상하이) 접경의 경제특구로 지정하고 선전매체를 동원 대대적인 홍보를 하고 있다. 공단이 완공되면 수만 명의 일자리가 생기고 기술이전도 예상된다. 이곳 S 전자 공장 설립의 주간사는 한국의 S 전자지만 내용상으로는 독일의 B 전자와 합작 운영키로 함으로써 일본 제품을 능가할 수 있다는 공감대를 형성하면서 중국인들의 관심을 끌고 있다. 따라서 공단 주변에는 새로운 상업지와 주거지가 형성되면서 자연적으로 신도시가 생겨났다.

그동안 이어졌던 폐쇄적인 사회주의에서 개혁개방의 바람을 수용하는 상하이 당국의 뜻과 맞물리는 성과로 인해 상해시 당서기 마국평의 정치적 입지가 한층 더 높아졌다. 그는 당의 개혁개방 정책 자문인 쑹리매에게 칭찬을 아끼지 않았다. '쑹리매 위원의 협조와 선견지명이 우리 상하시 당의 입지를 한층 더 높여 놓았어요. 앞으로도 많은 조언을 부탁드립니다.'라고 할 정도이다.

"과찬의 말씀입니다. 나 쏭리매는 장사꾼에 불과하여, 정치와는 무관한 사람이에요, 서기장님."

쏭리매, 그가 지난날 브라질에 있을 때 그곳으로 이주해온 화교(중국인)들의 신변 안전과 권익을 보호하기 위해서 중보회라는 조직을 만들어 큰 성과를 거둘 정도로 정치적 감각이 뛰어나지만 그런데도 정치에는 관심을 두지 않고 오로지 사업에만 전념하여 가문을 지키면서 틀 속에 얽매이지 않은 자유로움에 만족하는 쏭리매.

그에게는 언제나 청랑의 그림자만은 놓고 싶지 않아서, 마음의 끈에 묶여 있으려 한다. 그런 그녀에게는 내 남자 청랑이 가까운 거리에 와있는데 1백 킬로미터의 거리라지만 1시간만 달리면 그에게 갈 수 있다. 그가 다녀간 지 이제 겨우 열흘 남짓인데, 보고 싶어진다. 그렇다고 체면 없이 무작정 찾아가기는 그렇고 명분이라도 있어야 하겠는데, 그럴 즈음 수행 비서인 왕춘희 과장의 전화가 왔다.

"회장님께서 저의 동행이 필요치 않으시면 저 혼자서 공단에 좀 다녀오려 합니다만?"

"오늘은 특별히 출장이 없다만 왕 과장이 거기를 왜?"

"예, 회장님. 오늘이 공단에 식료품(식재료)을 납품하는 날인데 자재과장이 다른 곳에 출장 중이어서 제가 대신 가야 할 것 같습니다."

"그런 일이라면 사장하고 의논해서 그렇게 하려무나."

전화를 끊고 난 쏭리매. 잠깐, 그녀는 무릎을 '탁' 쳤다. 내가 왜 그 생각을 못 했을까? 그래 그러면 되겠다. 공단 식당에서는 하루에 수백 명씩의 근로자에게 제공하는 식자재가 엄청난 양이다. 그것을 납품 조달하는 업체가 주언량 무역이다. 열흘에 한 번씩 5톤 트럭 냉동 탑차 2대로 실어가야 한다. 공단 내의 식당 운영은 한국 업체지만, 한국에서 직접 들여오는 값의 반값이면 충분한 현지 구매를 택한 것이다. 그리고 거래 당사자가 주언량 무역인 것이다. 한국의 동양 무역이 중개했다.

쑹리매는 다시 무역 사무실에 전화를 걸었다.

"예, 회장님."

"왕 과장이 언제쯤 공장으로 떠날 건가?"

"예, 냉동 창고에서 물품을 차에 싣고 하다 보면 오후쯤에나 출발할 것 같습니다."

"그렇다면 떠날 때 나도 왕 과장 차에 함께 타고 싶은데 괜찮겠나?"

"화물 트럭인데 그 먼 곳까지는 많이 불편하실 텐데요?"

"괜찮다. 나도 모처럼 바람도 쐬고 싶으니 내가 입을 회사 점프 하나 실어두게나."

"예, 회장님."

이제 됐다, 그 방법이 있는 것을. 쑹리매는 사막에서 오아시스를 만난 기분이다. 그녀의 마음은 회사 일과는 무관하게 오로지 청랑을 만나러 가는 사안이 좋을 뿐이다. 업무는 회사 직원들의 몫이고, 지금부턴 왕 과장의 조수가 되어 회사 재킷으로 위장하고 모자까지 눌러 쓰니 영락없는 하급직원이다.

"회장님, 타십시오."

"쉿, 이제부턴 회장이 아니네. 그저 평사원이고, 내 나름의 나들이이니, 힘든 일일랑 시키지 않았으면 하네."

"네, 회장님."

"이 사람 왕 과장, 그새 까먹었나? 내 실체를 좀 숨겨달라는데도?"

"예 예, 습관이 돼 있는 바람에 그만."

"알았네. 조심하게."

조수석에 앉은 쑹리매는 연신 콧노래다. 그러다가 흠칫 놀라는 쑹리매.

"내 정신 좀 보게. 깜박하고 선물 준비를 안 했으니?"

쑹리매의 중얼거림에 왕춘희 과장이 반문한다.

"누구에게 줄 선물을 말씀하시는 거예요? 회장님."

"누군 누구야? 내 친구 청랑에게 줄 선물 말이다."

"그거라면 걱정하실 거 없습니다. 회장님."

"어째서?"

"생각해 보세요. 가시는 회장님 그 자체가 선물이잖아요?"

"예끼, 이 사람. 내가 무슨 물건인가? 사람이지."

"그러니까요. 그분에게는 여자 친구인 회장님을 만나는 것만으로도 최고의 반가움일 테니까요."

"듣고 보니 왕 과장의 말이 맞는 것 같기도 하네."

"그렇죠? 회장님."

"허허, 그 회장님 소린 빼랬잖아?"

"그러면 어떻게 부르나요? 회.장.님?"

"간단하게 쑹 대리라고 불러. 오늘만 말이야."

"예, 알겠습니다. 쑹 대리님."

"그 '님'자도 빼버리고."

"정말 어려워요, 쑹 대리."

"그렇지. 잘했어. 그렇게 하면 되는 거야"

차 안에서 대화를 나누는 동안 그들이 탄 식품 차는 공단에 도착했다.

"자 이제부터는 우리는 각자 자기 볼일을 보기로 하자. 그리고 이곳 누구에게도 나의 신분을 밝혀서는 안 되네. 조용히 있다가 돌아갈 테니까."

"그런데 쑹 대리께선 어쩌시려고요?"

"나야 뭐, 청랑을 만나면 되는 거니, 걱정 말고 왕 과장 일이나 알아서 챙기고 이따가 여기서 만나세."

쑹리매는 우선 눈에 보이는 가까운 작업장으로 갔다. 금방 만날 수 있으리라 믿었던 청랑이 보이지 않는다. 그는 책임자인 듯한 사람에게 청랑 왕초가 어딨느냐고 물었다. 지금은 어느 작업장에 있는지 모르겠으나 아마도 여기서 멀리 떨어진 곳에 있을 거라 한다.

"그곳이 어딘지 알려만 주시면 걸어서 가면 될 테니, 알려주세요."

라고 했다.

"그건 불가능합니다. 무전기로 왕초의 행방을 찾을 수는 있으나, 이곳은 걸어서 다니는 곳이 못 됩니다. 누구인지 신분을 밝히시면 어디 있는지 확인은 해 보겠습니다. 부탁드립니다."

"저는 식자재를 싣고 온 직원입니다. 청랑 왕초에게 전해 달라는 회사에서의 부탁을 받았기에."

없는 말을 만들어 내자니 이내 진땀이 난다.

"잠깐만 기다리세요."

하고는 무전기로 호출한다.

"예 여기는 1공구 구 반장입니다. 청랑 왕초께선 응답하세요. 오버."

"아 여기는 청랑 왜 그러나 구 반장?"

"예, 식자재 회사의 직원이 왕초께 전언이 있어 만나러 가겠답니다. 오버."

"그렇다면 바꿔주게. 구 반장."

"통화하십시오. 직원분."

목례를 하고 무전기를 받아든 쑹리매다.

"말씀하세요. 직원분. 내가 청랑이오."
"네 왕초님, 저예요. 쑹…."
하다가
"아니에요. 저 왕 과장입니다."
자칫 자신의 이름을 말하려다 겨우 왕 과장으로 둘러댔다.
"아 왕 과장. 거기서 기다려요. 내가 그곳으로 갈 테니."
"이상하다. 왕 과장이 여기 있는데?"
자재과 책상 위의 무전기가 열려 있었다.
"아니 식자재 왕 과장님, 누가 당신 이름을 팔고 청랑 왕초를 찾는데요?"
"아 그거요. 우리 회사에 나와 이름이 같은 직원이 있거든요."
재치 있게 둘러대긴 했지만 진짜 왕 과장은 알고 있다. 무전기의 가짜는 쑹리매라는 것을. 그리고 청랑도 알고 있다. 쑹리매다. 그녀가 신분을 숨기고 나 청랑을 만나려고 여기까지 왔구나. 체면 때문에 위장을 한 거고.
"저, 구 반장님. 고맙습니다. 왕초께서 오시면 제가 식자재 창고 쪽에 있다고 전해주세요."
"그러세요. 아마도 한 20분은 기다려야 할 겁니다."
쑹리매가 식자재 트럭 주위에서 서성거린 지 어언 10여 분 남짓…. 달려온 청랑이 큰소리로 알린다.
"왕 과장, 내가 청랑이오. 누가 무슨 말을 전해 달라기에…. 그래 그 모자 좀 벗으시오. 왕 과장인지 쑹 대리인지 확인해야 하니까?"
그녀는 모자를 벗으면서
"내가 위장을 썼는데도 용케도 알아보네?"
반가움에 달려와 안기는 쑹리매다.

"거봐요. 금세 탄로 날 허술한 위장술하고는? 차라리 사무실에서 나를 불러 달라 하면 될 것을?"

"그럴까도 했는데 무슨 여자가 시도 때도 없이 남자를 찾아다닌다 할까 봐 완벽한 위장술을 동원했는데?"

"그러게, 자신의 유창한 한국말을 중국 사람 모두가 잘하는 줄 아는 모양이군."

"아차, 내가 그걸 잊고 있었구나. 그래도 청랑 당신에게 난 들킨 거잖아."

"그래도 지금의 그 남장은 그럴듯한데? 기왕에 작업복으로 무장하고 왔으니 현장이나 한번 돌아볼까?"

"그래, 나도 그러고 싶다."

청랑은 작업복의 쑹리매를 태우고 공구마다 들려서 체크하고, 대화하고 차에 탄다. 또 다음 공구를 향해서 가는데

"어찌 된 거야? 청랑."

"뭐가?"

"간 곳마다 사람들은 청랑을 반기고 있잖아. 나 혼자만 청랑이 반가운 줄 알았는데 그게 아니잖아? 그중에 여자 일꾼들은 더 친절을 보이고 컵에다 무슨 차 같은 것도 따라주고 하잖아. 부럽고 샘나는데?"

"그래서 내가 한 병 얻어 왔지. 작은 병이니 마셔보렴. 갈증이 해소될 거야."

"안 그래도 목이 탔는데."

그녀는 뚜껑을 열어 단숨에 마셔댄다.

"아, 시원하다. 이제야 살 것 같군."

"이건 첨가물이 안 든 생수고 내가 가는 순간이 저 사람들 휴식시

간이야. 물도 마시고 담배도 피우고 덕담도 하면서 허물없는 휴식하는 거야. 내가 그렇게 하자고 했거든. 그러다가 내가 사라지면 그들 나름대로 주어진 일을 잘 완수해 놓기에 나무랄 데가 없는 거야."

"누가 왕초 아니랄까 봐? 그런데 문제는 아직 새파랗게 젊은 여자들이 청랑을 친구처럼 막 대하는 거는 위계질서가 없는 거잖아?"

"그게 뭐 어때서? 생각해봐. 그들과 나는 똑같은 노동자들이고, 다만 내가 그들이 일할 수 있게 준비해주는 각자의 역할이 다를 뿐이야. 다 같은 동료 노동자끼리 격의 없이 대하는 건 당연지사인데 하나도 이상할 거 없구먼."

"아무리 그렇다 해도 청랑은 그들을 너무 편애하는 거 같거든."

"오늘은 내가 사랑하고 존경하는 쑹리매 회장이 나무람이 많구나. 그들 모두가 쑹리매 나라의 백성들인데 농사일에만 매달리다가 모처럼 오래도록 일할 수 있는 행운을 얻었다면서, 일해서 번 돈으로 아이들 학교에 보낼 수 있고 배불리 먹을 수 있어 좋다면서 밝은 표정들인데 그 얼마나 보기 좋고 흐뭇한 일인가. 나 청랑 역시 동료 노동자들의 그런 모습이 보기 좋고. 쑹리매도 이 나라 지도층의 한 사람으로서 마음속으로는 이것이 개혁개방의 첫걸음이라고 하는 그 마음 내가 알고 있는데? 우리 둘 다 공평하게 보람을 나누고 있어 나는 좋은데."

"그래 그 말은 맞는데 은근히 신경 쓰이네."

"뭐가 또?"

"저 젊은 여자 일꾼들의 과다 친절이 은근히 쑹리매란 여자의 질투심을 자극한단 말이야?"

"이봐요 쑹 여사, 정신 차리세요. 그 새댁들은 다들 임자 있는 사람들이고 자신들의 삶에 바빠서 한눈팔지 않는 사람들이야. 그러기에 그 사람들은 청랑을 남자로 보는 게 아니고 작업팀장으로만 본다는 사실을 명심하시길 바랍니다. 그보다도 위장까지 하고 오신 나의 절친에게 무엇을 대접해야 좋을까?"

"지금 나한테 묻는 거야?"

"그래 당사자가 쑹리매인데?"

"그럼 내가 하자는 대로 할 거야? 그렇다면 이렇게 하자. 지금처럼 몇 군데 작업장에 더 들리고 나면 퇴근일 것 같은데 청랑의 숙소에 나를 재워 달랄 수는 없고, 나와 함께 상하이로 가자. 우리 집에 가서 자고 내일 아침 일찍 출발해서 오면 되잖아?"

"이거 큰일 났군. 내가 먼저 약속했으니 번복할 수는 없고. 그래 그렇게 하자. 그 대신 내 전용 작업차를 가져가는 거다."

"그럴 거 뭐 있어? 내가 내일 아침 태워다주면 되잖아?"

"그건 안 될 말, 이중으로 오가고 할 거 뭐 있어? 내 차로 출근하는 게 훨씬 더 효율적이야."

"그래 그럼. 내 욕심을 줄이는 수밖에."

"그 문제는 됐고 식자재 하역도 끝나갈 텐데 가봐야 하는 거 아닌가?"

"왕 과장 말로는 오후 5시경에 하역이 끝난다고 했으니 지금이 3시니까 두어 시간 여유가 있네."

"그럼 잘됐다. 2공장과 3공장 사이에 관리동이 있으니 그곳 작업장에 들려도 되겠다."

청랑은 차를 몰아 관리동으로 향했다. 더 넓은 공단 내부를 달리는 동안 연신 경탄을 쏟아내는 쑹리매다.

"이렇게 만들고 보니 어마어마하게 큰 공장이네. 남의 나라에 이런 정도의 공장을 만들어 내는 한국이란 나라가 대단한 거야. 그

능력에 감탄하지 않을 수가 없네. 그게 다 이웃끼리 다투지 말고 잘 지내자는 뜻이기도 하고. 땅덩어리의 차이가 크기는 해도 한국의 옛말에 '작은 고추가 더 맵다'라는 속담과도 딱 들어맞는 거야."

그들은 관리동 앞에서 차를 멈추고 내렸다.

"이 건물은 좀 특이하네? 현관 양쪽으로 전면의 벽이 번쩍번쩍하는 걸 보니 유리 같기도 하고?"

"그래 맞아. 저것은 그냥 유리창이 아니고 유리로 만든 블록이야. 가로세로 20센티에 두께 10센티의 유리 조각으로 멋을 살리는 건축물이지. 저 벽돌을 쌓고 있는 사람들은 우리 팀원들이고."

"그럼 청랑도 벽돌을 쌓을 줄 알겠네?"

"당연히 그래야겠지만, 손동작이 더듬거리며 말을 듣지 않고 머릿속으로만 쌓을 줄 아는 거지. 많은 세월을 줄곧 그래왔으니까."

"역시 그랬었구나. 오늘 여기 와서 청랑의 새로운 면을 보게 되네."

"실망했겠구나. 아무것도 할 줄 모르는 청랑이란 걸 알게 되었으니 말이야."

"그래, 청랑이란 남자, 감춰져 있던 새로운 것이 하나씩 드러날 때마다 쑹리매란 여자는 깜짝깜짝 놀라게 되네."

"이곳 관리동은 3층 건물인데 지금 쌓고 있는 곳이 2층 상단이니까 3분의 2 정도의 작업에 와 있는 셈이지."

외부 발판 위라 운신의 폭이 좁은 데서 3개 조가 조심스레 작업하고 있다. 한 손으로 잡기에는 유리 벽돌의 크기와 무게가 있어서, 보조공이 한 장씩 집어주면 벽돌공이 받아서 쌓아 올린다.

작업 중 한눈을 팔았는지 삐끗하고 발을 헛디디는가 싶더니 악 소리와 함께 휘청하고 넘어지는 인부다. 그것도 아래층 땅바닥을 향해서다.

큰일이다. 놀란 청랑이 동시에 몸을 날려 추락하는 사람의 낙하지점을 향해서 슬라이딩으로 몸을 던진다. 퍽 하는 소리와 함께 발판을 받치고 있는 기둥에 청랑의 어깨가 부딪히고 넘어진 그의 배 위로 낙하물이 쾅 하고 덮친다. 유리 벽돌 두어 장은 간발의 차이로 옆 땅바닥으로 뒹굴어 깨어지고 쓰러진 청랑은 움직이지 않은 채 배 위에는 추락한 인부의 몸뚱이가 덮쳐있다.

순간적인 사태에 쑹리매는 물론 놀란 사람들이 몰려들었다. 밑에 깔린 사람의 배가 터졌을 수도 있다. 추락한 인부도 밑에 깔린 사람도 움직이질 않는다. 죽었을 수도 있다. 기절해 있는 상태의 밑 사람은 두 팔을 벌린 채 추락한 물체를 안은 채였고 쑹리매는 다급하게 낙하물을 옆으로 젖혔다. 그리고 청랑을 흔들었다.

"정신 차려요! 청랑."

옆 사람들도 함께 그를 흔들어댄다. 쑹리매는 청랑의 목을 받치며 일으켜서 자신의 무릎 위에 얹었다. 그제야 끙하는 움직임에 쑹리매는 소리친다.

"청랑이 살았어요. 누가 좀 도와주세요. 병원엘 가야 해요!"

사람들이 합세해서 그를 들어 옮기려는데 스스로 일어나면서

"나는 괜찮아요. 추락한 사람은 어찌 되었소?"

하는 첫 마디에 또 한 번 놀라는 사람들이다. 그때야 옆으로 젖혀졌던 사람도 정신이 돌아온 듯 일어난다.

"어 다들 일어나네. 모두가 살았어." 하고 사람들은 환호성을 한다. 왕초 청랑 그는 심하게 부딪힌 어깨에 통증을 느끼는 듯 만지면서

"그 사람은 어찌 되었소? 많이 다쳤을 텐데."

"전 괜찮아요, 왕초님. 저 때문에 왕초님이 많이 다쳤을 텐데 병원엘 가셔야 해요. 죄송해요, 저 때문에 왕초님이…."

안절부절못하는 그 인부는 여자 인부였다. 추락하는 순간 놀라서 기절했을 뿐 다친 데는 없었다.

"다행입니다. 앞으로는 조심하시오."

청랑의 인간 매트리스가 한 사람 인부의 생명을 보호했다. 그 덕에 청랑의 어깨와 복부 아래에 심한 충격을 피할 수가 없었다. 원래 강한 체력의 소유자라 일어나서 걸으려는데 왠지 부자연스레 보인다.

"왕초 괜찮으세요?"

사람들의 걱정스러운 질문에

"난 괜찮으니 물이나 한 잔 주시오."

"네, 여기 있어요."

언제 가서 가져왔는지 물을 받쳐주는 사람은 조금 전 추락한 그 여자 인부였다. 물 사발을 단숨에 들이킨 청랑.

"어, 시원하다."

"죄송해요, 왕초님. 제 실수로 그만."

여인은 고개를 움츠린 채 미안해함이 역력하다.

"그리 생각할 거 없어요. 안 다쳤으니 다행이고 앞으로는 안전에 특히 조심해야 할 것이오."

사람들은 어안이 벙벙했다.

"자 여러분들 놀랐을 테니 오늘 작업은 마치도록 하고, 반장의 안전에 대한 설명도 듣고 쉰 다음에 퇴근하도록 해요. 나는 손님을 배웅해야 하니 내일 봅시다."

"자, 인제 그만 갑시다. 쑹리매."

"그래요. 운전은 내가 할게요."

"그래 주겠소?"

돌아서는 청랑의 뒷모습을 본 사람들은 깜짝 놀란다. 등짝과 엉덩이 부분의 옷이 그물처럼 구멍투성이라. 슬라이딩과 동시에 등을 눕히며 낙하물을 받으려 했기 때문이다.
"왕초의 등살이 무사한지 모르겠군요?"
"무슨 소리요? 내 등살이 왜요?"
"그렇구나. 세상에 청랑의 등짝이 바닥의 자갈 모래에 부싯돌이 되려 했네."
쏭리매가 혀를 찬다. 쯧쯧, 세상에 식당의 냉동 창고에는 하역 작업이 끝나 있었다. 주언량 무역의 왕춘희 과장도 납품 서류에 사인을 받아 나오고 있었다.
"어머나 청랑님 아니세요?"
"왕 과장께서 오셨군요. 예, 식자재 납품 때문에 쏭 대리하고 같이 왔어요."
"쏭 대리라…. 그 재미있게 되었군요. 회장에서 대리로 강등이라? 징계를 먹은 건가? 아니면 위장 취업인가?"
"쉿, 감춰진 것 일부러 들통 내려 말고 청랑도 이 차로 나갑시다."
"아니오. 두 분은 먼저 가시오. 나는 사무실에서 오늘의 작업 보고를 하고 나중에 내 차로 갈 테니 그리 아시오. 쏭 대리."
"글쎄 상처를 입은 그 몸으로 운전할 수 있을까?"
"그 정도는 아니니 염려 마시고 나는 한두 시간쯤 늦게 갈 테니 회장의 신분 들통나지 않으려면 지금 출발하시는 게 좋을 텐데?"
"그럼 청랑님의 뜻을 이 왕춘희가 받들어 출발하겠습니다."
"매정하기는?"
출발하는 차에서의 알 수 없는 중얼거림이다.
"참으로 놀라운 일이야."
"무슨 말씀이세요? 회장님."

"음, 그게 말이다."

쑹리매는 조금 전 추락사고 현장의 사실을 왕 과장에게 들려주었다.

"그런 일이 있었군요. 그분은 우리 회장님과 정말 걸맞은 상대군요."

"정말 그럴까? 나는 늘 그 사람보다는 부족하다고 생각되는데."

"아무려면 어때요. 두 분께선 세상에서 둘도 없는 정인이시잖아요."

"그래, 그 사실 만으로도 자랑스럽긴 하다만 내 마음 한구석은 늘 허전하거든."

"그것은 회장님 역시 여자이기 때문이에요."

"아마도 그렇겠지?"

"이제 다 왔어요. 회장님."

"그래 오늘은 왕 과장 덕분에 잘 다녀왔다. 가서 쉬어라."

"예 회장님, 내일 뵐게요."

쑹리매도 바로 집으로 올라갔다. 유모가 나왔다.

"잘 다녀오셨어요? 언니. 어딜 갔다 오셨기에 오늘은 별난 차림이네요?"

"별나다니 뭐가?"

"그렇잖아요? 청바지에다 티셔츠 하며 어디 낚시라도 갔다 온 모습이잖아요?"

"그래, 회사에서 물품을 운송한다기에 한번 가보고 왔더니 이런 모습이구나."

"예 언니, 씻고 오세요. 그동안 저녁준비 할게요."

쑹리매는 욕조의 따뜻한 물에 몸을 담그고 오늘의 피로를 녹여

본다. 그러나 낮에의 일이 가져다준 놀란 가슴이 그대로다. 하마터면 청랑을 잃을 수도 있는 상황이었기에. 그가 살신성인하여 한 사람의 생명을 구하긴 했지만 정말 아찔한 순간이어서 지금도 마음이 안정되지 않는 쑹리매다. 다친 데는 없다고 했지만 정말 괜찮은 것일까? 그래, 그는 강한 체력과 의지를 가진 사나이다. 염려를 거두자고 생각하니 가벼워지는 기분이다. 조금 후면 그가 올 것이다.

"유모, 음식은 조금 넉넉해도 될 것 같다."

"왜요? 언니. 오늘 외출로 인해 허기가 오나 보죠?"

"그건 아닌 데 조금 있으면 청랑이 올 거야."

"네? 청랑님이 오신다고요? 알았어요, 언니. 그렇다면 서둘러야지."

유모의 움직임이 빨라진다.

"해물이랑 몇 가지 넣어서 국을 만들고, 언니보다는 청랑님이 좋아하시는 음식을 만들어야지…."

"유모가 지금 뭐라고 중얼대나?"

"아니에요, 언니."

"아니긴 뭐가 아니야? 언니보다는 청랑이 더 좋은데 어쩌고 했잖아?"

"그래요, 언니. 청랑님이 좋아하는 음식이 뭘까 하고 생각했어요."

"그래 유모가 청랑을 위해서라니, 내 오늘은 봐준다."

"안 봐주면 뭐 청랑님을 언니 혼자서만 좋아하란 법이 있나요? 내가 청랑님을 얼마나 좋아하는데, 불 속에서 타죽을 뻔한 나를 구해내신 생명의 은인이신데…."

"이 사람 유모, 아직도 혼자서 중얼대고만 있나?"

"아니에요, 언니."

유모는 여전히 음식 준비에 정성을 들인다.

청랑은 노무과에 작업 일지를 써서 내고 소장실을 노크했다.

"안녕하세요? 소장님."

"어서 와요, 청랑."

"오늘 작업을 마감했습니다. 소장님."

"수고 많았소. 앉으시오. 차나 한잔합시다. 어때요 청랑 유리 블록 쌓기는 잘되고 있는 거요?"

"예, 소장님. 지금은 2층 상단을 쌓고 있으니 5분의 3 정도 진행이 된 것 같습니다. 앞으로 한 보름이면 관리동의 유리 벽돌 작업은 끝낼 수 있을 겁니다."

"그래요. 나 역시 오랜 현장 경험에도 불구하고 유리 블록 시공은 처음인데 청랑 왕초의 풍부한 경험과 실력이 돋보여요. 정말 잘했어요. 그래서 말인데, 내 오늘 청랑과 선술 한잔하고 싶은데 시간이 어떻소?"

"하, 이걸 어쩐담. 소장님의 말씀 고맙습니다만, 오늘은 선약이 있으니 양해를 바랍니다. 다음에 제가 한잔 사겠습니다."

"이거 안됐군. 모처럼 청랑과 한잔하려 했는데, 먼저 선수를 놓은 사람이 있었군. 그래요. 나는 다음을 기다리겠소."

"그럼 전 이만 물러갑니다."

"그러시오."

청랑은 소장실을 나와 사무실 밖으로 향했다. 가만있자, 저 사람 등이 왜 저런 거야? 옷이 온통 곰보투성이잖아? 돌아서 나가는 청랑의 뒷모습을 보고 놀란 소장이 뒤따라 나오며 직원들에게 물었다. 오늘 사고 현장에 있었던 관리동 담당 기사 우 대리가 소장에게 낮에 있었던 추락사고를 얘기했다.

"이 사람아, 그 얘길 왜 인제야 하는가? 저 사람 가기 전에 당장 불러오게."

우 대리가 쫓아 나가면서

"잠깐만요, 청랑 왕초."

청랑은 이제 막 자신의 픽업 차에 시동을 걸었다. 숨이 목에까지 차서 헐레벌떡 달려온 우 대리를 보고

"무슨 일이오? 우 대리."

"소장님께서 왕초를 당장 모시랍니다."

"아니 왜요? 내 이제 소장실에서 방금 나왔거늘?"

"왕초가 나가시는 뒤 등짝을 보시고는 나 우 기사에게 불호령이 떨어졌어요. 낮에 일을 미처 보고를 못 했거든요."

"그거야 일에 정신없이 쫓기는 우 대리인데 아시면서 왜 그러신데?"

"왕초께서 바쁜 일 있더라도 소장의 화를 좀 앉혀주고 가세요."

"그럽시다, 까짓것. 죄 없는 우 대리가 질타를 받아서야 되겠소?"

청랑은 우 대리를 따라 사무실로 돌아왔다.

"부르셨습니까? 소장님."

"이보시오, 청랑. 등짝이 온통 흙 구멍투성이인 우리 회사 유니폼을 입고서 거리를 활보하겠다는 거요? 소장이 개나리란 자가 회사 옷을 걸레가 다 되도록 입어야 한다고 광고라도 하겠다는 거요?"

"소장님께서 농담이 지나치십니다. 내 등짝이 어때서요? 오늘 아침에 세탁돼 있던 옷을 꺼내 입고 나왔는데 새 옷일 때보다 훨씬 더 편한 옷입니다."

"청랑 왕초, 잔말 말고 이 옷으로 갈아입으시오. 본부장의 명령이오."

예기치 않은 사고

마지못해 입었던 옷을 벗어두고 우선 소장 앞에 놓인 새 점퍼로 갈아입었다. 소장은 우 대리를 질타한 다음, 자재부에 일러 새 옷을 가져오라 했다.

"이제 됐습니까? 소장님."

"거봐요, 아주 잘 맞는 거 같군. 이젠 가도 좋소. 그리고 한마디만 더 합시다. 이렇게 벌집같이 구멍 난 옷을 입고 본부장의 인색함을 선전하려 한 이유가 무엇이오? 들어나 봅시다."

본부장이 들어 올린 옷을 받아든 청랑이다. 그리고 깜짝 놀라는 청랑 그가 보아도 과연 벌집이란 표현 그대로 누더기가 되어 있었다.

"전혀 몰랐습니다. 죄송합니다."

그것은 사실이었다. 추락하는 사람을 구했다는 안도감에 그다음의 사항엔 전혀 관심이 없었다. 슬라이딩 때 돌자갈과의 마찰에서 생긴 구멍들이다.

"새 옷을 주셔서 고맙게 잘 입겠습니다. 소장님."

"이보시오 청랑 이 개나리가 그런 인사나 듣자고 이러는 게 아니오. 자칫 잘못했으면 우리의 협객 청랑의 목숨을 잃을 수도 있는 무모한 돌진에 화가 났던 것이오. 덕분에 한 사람의 목숨을 살린 것은 다행이지만 너무나 큰 대가를 치를 뻔한 사태에 놀랐기 때문이오. 어디 다친 데는 없는 거요?"

"저야 뭐 괜찮고 인부도 상처 없다고 하니 다행으로 생각하고 나중에 말씀드리려고 했습니다."

"아무튼, 다녀오시오."

"그럼 전 이만."

청랑은 사무실을 나와 차를 몰았다.

"저 사람이 저렇다니까."

소장은 직원들 앞에서 허탈하게 웃음 짓는다.

"안 되겠다. 관리과장, 오늘 저녁엔 식사 겸해서 소주라도 한잔합시다. 우 대리로부터 청랑 왕초의 영웅담을 들으면서 말이오."

"예, 소장님. 말씀대로 준비하겠습니다."

"비록 주인공 없는 회식이지만, 우리 회사로서는 자칫 있을법한 불운을 행운으로 바꾸어 놓은 순간이기도 하고요."

달리는 차 안에서 청랑은 본부장의 고마움을 새삼 느끼고 있다. 그가 나에게 배려하는 만큼 내가 그에게 도움은 되고 있기는 한 건가? 그러기에 나는 나에게 맡겨지는 일에 최선을 다하고 있을 뿐이다. 오늘의 돌발상황에 대해서는 나도 그 방법밖에 없었으니 그 또한 최선이라 해도 되는 걸까? 결과가 좋았기에 다행이다. 스스로 통쾌함을 느끼면서 탁 트인 도로를 1시간 남짓 달려서 상하이 시내 7번가에 도착했다. 그리고 곧바로 전화했다.

"왔으면 바로 올라오지 않고 뭐 하는 거야?"

"그래야 하는데 막상 내 불쑥 들어가기가 좀 그렇네?"

"오라, 이 쑹리매더러 마중을 나와라, 그 말씀이렷다? 내 곧바로 내려갈 테니 주차장에 차를 두고 1층 로비로 와."

"그래 그럼."

로비에 들어서는 청랑을 직원들이 알아본다.

"어서 오세요, 청랑님. 회장님께서 곧 내려오신답니다."

쑹리매는 직원들에게 이르기를 청랑은 우리 가족 중의 한 사람이니 서먹하지 않게 하라 했다.

"어서 와요, 청랑. 바로 올라오지 않고 뭐 하는 거야?"

"생각보다 늦었네?"

직원들 앞에서 큰소리로 어필하는 쑹리매 회장이다.

"응, 우리 본부장이 나를 잡고 놓아주지 않아서야."

"아니 왜?"

"오늘 저녁에 술 한잔하자는 걸 선약 있다 하고 돌아서는 나의 등짝을 보고 화가 났던 거야. 청랑의 등짝이 벌집이 될 정도의 사고를 소장인 자기만 모르고 있었다는 거야."

"그 양반 화가 날 만도 하네. 그래서 새 옷이었구나."

"그래, 회사 망신시키지 말고 당장 갈아입으라는 거야."

"그 본부장이 청랑을 많이 생각하는구나. 같이 오지 그랬어? 그랬으면 여기서 한잔 대접할 수 있었을 텐데."

"우리 말은 바로 하자. 오늘 낮에만 해도 식자재 납품 직원 쑹 대리로 위장하고 몰래 왔다 간 사실이 들통나길 바라는 건 설마 아니겠지? 더구나 몰래 침투한 자와 공범이 돼버린 나는 어떡하고?"

"듣고 보니 그러네. 쑹리매의 위장 침투라, 무엇 때문이었을까? 세상에 영원한 비밀은 없으니까, 사과도 할 겸 본부장을 한번 초대하도록 하자."

"어서 와요, 청랑님. 이 유모가 많이 기다렸어요. 청랑님, 그간 잘 있었어요?"

"유모님, 암요."

"반가워요, 청랑님."

하면서 쪼르르 달려간 유모가 청랑의 허리를 껴안는다. 자그마한 키의 유모 머리가 청랑의 턱을 받친다. 청랑은 유모의 어깨를 다독여주며, 어색함을 커버해준다.

"유모가 안 하던 짓을 하네? 청랑에게 함부로 대하면 쓰나?"

"그러지 마세요, 언니. 난생처음인걸요."

"그러기에 조심하라는 거지. 잘못 불이라도 붙으면 내가 불 끄기 힘들어지잖아."

"알았어요, 언니. 이제 안 그러면 되잖아요."

"저런 저, 토라지는 거 하곤?"

청랑은 웃고만 있다.

"식사 준비됐어요, 언니. 청랑님도 오시고요."

"금세 풀어졌군. 유모님은 성격이 명랑하고 좋으신 편이야."

쑹리매에게만 살짝 어필했는데 유모가 들은 모양이다.

"그렇지요. 청랑님? 이 유모가 성격 하나는 끝내주는 편이거든요."

"그래, 알았다 알았어. 내가 유모에게 졌다 졌어, 이제 됐니?"

"언니가 그렇게 생각하신다면야 휴전합시다. 더 진행하다가는 청랑님의 배꼽에 탈이 생길지도 모르니까요."

"우왓하하."

폭소가 청랑에게서 터져 나왔다.

"고맙습니다, 유모님. 맛있는 음식과 웃음을 주셔서 말입니다."

"그러니까 청랑님이 집으로 자주자주 오셔야 해요."

"참, 청랑의 그 웃옷 좀 벗어보시오. 상처가 생겼을 거야."

"뭐 별일 있으려고?"

마지못해 내보이는 청랑의 어깨와 목 사이에 퍼렇게 멍이 들고 피부도 벗겨져 있다.

"어머나, 이렇게 큰 상처를 그냥 참으셨다니?"

하고 유모도 놀라서 어쩔 줄을 모른다.

"유모가 가서 상비약통 가져와라."

"예 언니."

금세 약통이 오고 유모가 대야에 따뜻한 물을 가져왔다. 수건을 적셔 말라붙은 핏자국을 닦아내는 쑹리매의 손놀림이 바빠진다.

"미련한 사람, 이렇게 상처가 깊은데도 그냥 참다니."
"그러게 말이에요, 언니. 어디서 이렇게 다쳤대요?"
"이 등짝은 또 뭐야? 온통 긁힌 핏자국이잖아."
"유모야, 수건 좀 다시 적셔주라."
"예, 언니."
소파에 엎드리게 해놓고 수건을 적셔서 닦아내기를 수차례. 약을 바르고 하느라 쑹래매와 유모 두 여자가 정신없이 바쁘다.
"약을 발랐으니 붕대를 감아야겠다. 이제 일어나 앉아 봐요. 붕대를 감게."
그러나 여자들이 치료하거나 말거나 엎드린 채 잠들어 있는 청랑이다. 어깨와 등 몇 군데 패인 상처에다 소독약과 아무는 약과 부기를 빼게 하는 약 모두가 따끔하게 자극을 주었을 텐데도 미동도 하지 않은 채 이제는 코까지 골고 있다. 세상에 이렇게 미련한 사내가 또 있을까? 쑹리매도 처음 보는 청랑의 또 다른 모습이다.
"그래 피곤도 하겠지. 그냥 자게 놔두자. 유모는 약상자 정리하고."
"예, 언니. 그런데 언니, 환자 치료하는 솜씨가 보통 아니네요. 완전 전문의사 같아요."
"유모에게는 그렇게 보일 수도 있을 거야. 내가 의사는 아니라도 간호사 수준은 된다. 지난날 주린칭 사장이 교통사고로 오랫동안 병원에 입원했을 때 수년간 곁에서 간호를 해왔던 나였기에 약 바르고 간병하는 데는 익숙해져 있는 셈이야. 유모의 도움으로 응급 치료는 했으니 별일 없을 거야. 청랑은 잠들어 있으니 그냥 두고 유모도 쉬어라."
"예, 언니."
약상자를 챙겨서 유모는 자신의 침소로 가고 쑹리매도 약 냄새

묻은 손을 씻고 와서 잠든 청랑의 옆 소파에 기대었다. 저렇게 평화로울까? 덩달아 편해진 마음으로 쑹리매도 졸음에 젖어 든다.

해가 진 공단 현장은 저녁 식사 시간이다. 근로자는 근로자 식당에서 사무실 직원들은 직원 식당에서다. 오늘의 직원 식당에는 본부장의 요청으로 간단한 소주잔을 곁들인 작은 회식이 마련됐다. 본부장의 서두는 역시 안전이었다. 우 대리로부터 전해 들은 보고를 상기시키면서
"자, 우리 직원들 모두가 이역만리 중국에까지 와서 고생들이 많습니다. 그 이유나 목적은 각자의 가족들과 자신의 좀 더 나은 장래를 위해서일 것입니다. 그러기에 임무가 끝날 때까지 안전하게 자신을 지켜서 건강한 모습으로 귀향하는 것입니다. 그것은 비록 우리 직원들뿐만이 아니고 현장 전체의 안전이기를 바라는 본부장의 바람이고 당부입니다. 특히 오늘은 자칫 생길 뻔한 불상사가 비껴갈 수 있었기에 지금 우리는 편한 마음으로 술잔을 들 수 있습니다. 잔을 높이 들어 건배합시다. 건배!"
모두 잔을 부딪치고 마신다. 한잔 술에 피로가 가셔지고 즐거워지는 현장 노가다들이다.
"그런데 우 대리, 그 사람 어디 간다고 하던가?"
"누구를 말씀하십니까? 본부장님."
"누군 누구겠나? 야구장의 외야수처럼 슬라이딩으로 낙하하는 인부를 받아낸 선수 말일세."
"청랑 왕초 말씀이군요?"
"그래도 우 대리한테는 말했을 거 아닌가?"
"하도 급하게 차로 출발하는지라 물어보진 못했습니다. 본부장님,

지금쯤은 자신의 숙소에 있지 않겠습니까? 불러올까요? 소장님."

"그럴 거 없네. 슬라이딩하면서 육중한 물체를 안고 넘어졌으니 내상을 입었을 수도 있으니 쉬도록 놔두게."

소장은 짐작하고 있다. 소장에게는 선약이 있어서라도 미리 말한 청랑이다. 그리고 우 대리가 본 식자재를 싣고 온 직원과 같이 있었다면 그 식자재 납품회사는 주언량 무역이다. 그렇다면, 그 직원은 청랑에게 무슨 전갈을 가져왔을지도 모른다. 그 회사의 회장인 쏭리매는 청랑 왕초의 친구라고 했으니까. 그럼 혹시 청랑이 상하이로 간 것일 수도 있다. 소장 개나리의 생각이 적중했다.

쏭리매의 응급 치료 덕에 통증이 가셔진 청랑이 소파에 엎드린 채 자다가 깬 것은 한 시간쯤 후였다. '아, 내가 여기서 잠들었다니?' 일어나 보니 맞은편 소파에는 쏭리매가 비스듬히 앉은 채로 잠들어 있다.

'허허, 나 때문에 쏭리매가 앉아서 자고 있다니?'

미안한 마음이다. 움츠린 채 잠들어 있는 그녀에게 옆에 있는 점포를 가만히 덮어 주었다. 그러고는 세면장으로 걸어갔다. 화장실을 보기 위해서다. 당시에는 괜찮았던 허벅지와 윗부분이 걸을 때마다 욱신거린다.

어? 왜 이럴까? 왜 이러기는? 2층에서 추락하는 여인의 엉덩이가 그곳을 강타했으니 당연한 거 아닌가? 덕분에 여공은 놀라서 기절했을 뿐 다친 곳 없이 금세 살아났다는 사실을 지금에야 깨달은 청랑. 역시 미련한 곰탱인가? 돌아와 보니 쏭리매도 깨어있었다.

"어딜 갔다 오는 거야? 그런데 걸음걸이가 왜 그래? 부자연스럽잖아."

"응, 화장실에 갔었어. 걸으니까 약간 뻐근할 뿐이야. 그곳이

망가진 건 아니고?"

"그렇게도 농담이 하고 싶은 거야?"

"농담이 아니라 걱정돼서 하는 소리야. 혹시라도 남자 구실을 못할까 봐."

청랑은 대답 대신 웃고만 있다. 쑹리매도 덩달아 웃으면서

"내가 지금 무슨 말을 하는 거야? 아니다. 그냥 웃어넘길 일이 아닌 것 같은데 어서 가서 진찰을 해 보자."

"이보세요. 쑹리매가 무슨 외과 의사라고 착각하시는 거 아냐? 왜 이러셔?"

"이래 봬도 나 쑹리매가 왕년에 죽음 직전에 이른 교통사고 환자를 3년씩이나 돌보았다는 사실을 몰라서겠지."

"참, 그렇지. 작고한 린칭 사장이 교통사고로 사경을 넘나들 때 쑹리매의 간호로 살아날 수 있었다는 사실은 나도 알고 있지. 그래 좋다. 나도 그 화타 같은 명의에게 진료 한 번 받아볼까?"

"그래 잘 생각했다. 지금의 그 상처는 쑹리매의 치료가 꼭 필요한 거야."

그들은 침실로 갔다.

"허허, 이 환자, 가장 중요한 중심추가 자칫 꺾어질 뻔했구나. 양쪽 둔덕에는 피멍이 들었을 정도이니 하마터면 그 추락녀가 내 남자 청랑의 중심을 망칠 뻔했구나?"

쑹리매의 손이 닿을 때마다 움찔하는 청랑이다.

"아프더라도 조금만 참고 가만히 있어라."

여인은 더운물에 수건을 짜서 그곳을 감싸서 덮어 준다.

"이 상태로 좀 있으면 괜찮아질 거야. 나도 이젠 잘래. 거기 팔베개나 좀 주라."

여인은 사내의 품 안에서 잠이 든다. 상하이의 밤은 역시 이들 남녀를 극히 자연스럽게 감싸준다. 그들 스스로가 깨어날 때까지 말이다. 오늘에서 내일로 이어지는 인간들의 삶에 징검다리가 되기도 하는 이 밤이야말로 인간들에게는 가장 아늑한 휴식 공간이다.

이제 막 새벽으로 가는 분기점이다. 어제의 낙하물에 맞아서 죽은 줄 알았던 사내의 근이 삿갓을 쓴 채로 벌떡 일어선다. 그 뜨거움에 놀란 여인이 얼른 빗장을 열어 자신의 은밀한 곳에 담아 버린다. 그들은 이제 한 몸이 되어 뜨거운 강을 헤엄치며 함께 건너려 한다. 우아하게 출발하여, 때로는 회오리처럼 휘어지는 여인의 헤엄 질에 뒤엉키며 무아지경에 이르러서는 가쁜 숨을 몰아쉰다. 한 차례의 격랑을 지나온 여인의 얼굴에는 행복이 그리고 화사함이 돋보인다. 쏭리매는 속삭인다.

"청랑은 갈수록 태산이야."

"뭘 말하는 거야? 청랑을 못 잊어할 또 하나의 여자가 생겼으니 말이야."

"그건 늘 해왔던 쏭리매의 일이잖아?"

"그게 아니라 난 진지하게 얘기하고 있는데 건성으로 듣기는?"

"낮에 현장에서 추락한 여자 인부 말이야."

"그런데 그게 왜?"

"생각해봐. 자칫 잘못 잃을 뻔한 자신의 목숨을 구해준 남자인데?"

"허허, 천하의 여걸 쏭리매가 그런 생각을 하다니 의외인데? 그건 작업자의 부주의에서 일어난 안전사고일 뿐이고 그 사고에 휩쓸린 일꾼과 책임자의 관계일 뿐이야. 그 이상도 그 이하도 아닌 극히 평범한 사안이야."

"그것은 청랑 혼자의 생각이고, 사건 당사자인 여자의 마음은 그렇지가 않거든. 원인이야 어찌 됐든 살신성인이 되어 내 목숨을 구해준 그가 남자인데 은혜의 고마움을 넘어서 흠모하는 마음이 싹트고 자라서 마음속에 자리하는데, 상대가 원치 않는다고 하더라도 내가 가진 전부를 주고 싶어지는 게 여자의 마음인 거야. 그러기에 그 여공도 청랑이란 남자를 가만두려 하지 않을 거란 말이야."

"이런 사람하곤. 생각해낸 것이 고작 그런 거였어? 비약하지 마라. 절대로 그런 일은 없을 테니."

"그래 좋아. 지금의 그 호언장담이 무색해지는 그때엔 이 쑹리매의 예단을 인정하겠지. 그래도 절대로라는 표현은 청랑에게 어울리지 않음을 내가 아는데, 청랑이란 남자 그 누구보다도 마음 여린 사람이잖아."

"인제 보니 있지도 않은 일을 사실화하려 드는 쑹리매가 전에 없이 예민해진 것은 무엇 때문일까? 혹시 내가 무슨 잘못이라도?"

"아니야, 그런 건. 절대로라는 말은 이럴 때 쓰는 거야. 무슨 일이 어떻게 일어나든 청랑에 대한 내 마음은 변함없을 거고. 나 한 번 더 안아주라."

그녀는 온몸을 던져 지금 내 남자의 사랑을 먹고 마신다. 그리고 깊은 잠에 취해버린다.

"언니, 일어나세요. 해가 올랐어요."

유모가 요란스레 떠들어댄다. 그 소리에 눈을 뜬 쑹리매. 돌아보니 지금껏 청랑의 팔베개에 올려진 자신의 머리에 다리는 청랑의 배 위에 제멋대로 걸쳐져 있다. 다시 들려오는 유모의 목소리.

"언니, 그만 자고 일어나세요. 아침밥 다 됐어요."

"알았다. 곧 나갈게."

청랑도 늦잠에서 깨어났다.

"다친 데 상처는 괜찮은 거야?"

"그럼 괜찮지 않고? 밤새껏 점검해 놓고선?"

"내가 그랬던가? 은근히 민망스럽게 하네. 나가자 유모의 3차 호출이 도착하기 전에 가서 밥이나 먹자."

"청랑님, 잘 주무셨어요?"

"예, 유모님도요?"

"유모가 빨리도 일어나서 많이 준비했네?"

"언니도 참, 내가 빨리 일어난 게 아니고 언니가 늦잠 잔 거예요. 청랑님까지 꼼짝 못 하게 붙들고서 말이에요."

"유모의 수다가 또 시작이…."

"식기 전에 어서들 드세요. 언니 청랑님도요."

"잘 먹겠습니다. 유모님."

"어떻게 할까요? 식사하고 나서 내가 차로 태워다 줄까?"

"고마운 말씀이긴 한데 그보다는 쑹리매 회장의 체력 안배가 중요하니 오늘은 집에서 쉬시길 바랍니다. 칭베이 그룹 산하에 있는 무역과 외식 산업 모두에 있는 많은 직원의 생계가 회장에게 달려 있음을 명심하길 바랍니다."

"그래 알았어. 청랑의 말대로 할 테니 조심해서 잘 가라."

쑹리매와 유모의 배웅을 받으며 상하이를 벗어나 줄곧 달려서 현장에 도착하니 아침 아홉 시다. 사무실에 먼저 들러서

"소장님 늦어서 죄송합니다."

"나는 청랑의 다친 상처 때문에 못 나오고 병원에 있을 거로 생각했는데 그 정도는 아니어서 다행이오."

"그럼 전 현장으로 가보겠습니다."

"잠깐, 나도 현장에 나갈 참이었는데 같이 갑시다. 우선 관리동으로 먼저 가봅시다."

소장은 조수석에 청랑을 앉히고 관리동에 먼저 들렀다. 작업 중이던 우 대리가 다가오며

"소장님, 오셨습니까? 청랑왕초께서도 오셨군요. 어제 다친 곳은 괜찮으십니까?"

"나는 괜찮은데 어제 그 인부는 일 나왔습니까?"

"그럼요. 아무 곳도 아프지 않다면서 일을 하고 오히려 왕초께서 다쳤을 거라 걱정하는 거 같아요."

"그럼 됐어요. 그 인부가 아무 탈 없다니 다행이오."

소장도 내려서 우 대리의 설명을 듣고 고개를 끄덕인다. 그때 2층 외벽에서 작업하던 그 여인이 청랑을 발견하고는 조용히 내려온다. 소장과 청랑 우 대리가 있는 곳으로 와서는 꾸벅하고 인사를 하고

"왕초님, 괜찮으신지요? 저를 살리려다 다치셨으니 어쩌나 하고 밤새껏 걱정했습니다."

"난 괜찮아요. 새댁은 괜찮은가요?"

언어 소통이 정확하진 않지만, 중국어를 전공한 우 대리가 통역을 거들어준다.

"전 안 아파요. 이렇게 멀쩡하잖아요."

하면서 두 팔을 올리고 한 바퀴 빙그르르 건재함을 과시한다.

"저 높은 데서 떨어졌는데도 죽지 않은 것은 왕초님 덕분이에요. 이 은혜 내 평생 잊지 못할 거예요."

"그렇게 부담 가질 거 없어요. 현장에서는 가끔 있는 일이에요."

"왕초님이 안 다치셨다니 저도 마음이 편해지네요."

하고 여공은 일터로 돌아갔다.

"우 대리가 저 여공의 인적사항을 파악해서 보고하게. 다친 데는 없다고 하나 놀랐을 테니. 위로금이라도 조금 지급해야 할 테니까."

"알겠습니다, 소장님."

"공구별로 일이 잘되고 있으니 청랑 왕초는 오늘 나와 같이 다니도록 합시다. 이젠 외곽 담장공사 쪽으로 가봅시다."

그들은 공단 외곽으로 차를 몰았다.

"모두가 잘들 하고 있구면. 벌써 많이 나갔는걸."

소장은 만족한 표정이다.

"이제 겨우 1킬로 정도입니다. 총 길이 38킬로이니까 아직은 까마득한 백 리 담장입니다."

"역시 청랑의 실력이 돋보인단 말이야. 일은 잘되고 있으니 오늘 점심은 나하고 같이 합시다."

"어제는 소장님께 미안했습니다."

"무슨 소리요? 새삼스레."

"소장님의 뜻에 응하지 못하고 나 혼자 도망치듯 해서 말입니다."

"그거야 선약이 있다는 사람 붙들 수는 없고, 우리 직원들끼리 한잔하면서 우 대리를 다그쳤지. 그래서 당시 상황을 경청하면서 즐거운 회식이 되었어요. 인체 공학적으로 가장 무거운 여자의 엉덩이가 먼저 떨어지며 공교롭게도 청랑의 사타구니를 강타했다는 우 대리의 목격담에 깜짝 놀란 관리과장이 그렇다면 남자의 핵심 부위가 마비된 거 아니냐고 익살을 놓는 통에 한바탕 웃음바다가 되었었지."

"허허, 우 대리가 당시에는 건물 안쪽에서라 보이지 않았음에도 근거 없는 코미디를 연출했었군요. 본인인 나 자신도 모르는 일을?"

"그러기에 가상 설명이라 하지 않았소? 다만 확실한 것은 청랑이 약간 절뚝거리며 자신의 사타구니 쪽을 자꾸만 만지더라는, 그 말에는 청랑도 설명이 쉽지 않을 텐데요?"

"소장님까지 농담이 재미있으신 모양인데 당사자가 들으면 민망해할 겁니다. 그런데 소장님께선 그 여공에게 위로금을 주어야겠다는 생각을 어찌하신 겁니까?"

"생각해 보시오. 청랑은 살신성인으로 한 사람 생명을 구했는데 소장인 내가 할 일이 뭐겠소? 여기는 타국이요. 당장에는 이상이 없다 해도 높은 곳에서 추락했으니 후유증이 생길 수도 있고, 우리 한국에서는 인명을 중시한다는 진면목을 보여, 당사자를 위로해 주는 것이 좋으리라 생각했기 때문이오. 어떻소? 청랑의 생각은?"

"소장님의 깊은 뜻에 경의를 표합니다. 소장님이 말씀하시지 않았으면 팀장인 내라도 해야 하니까요."

"그러고 보니 내가 청랑 왕초의 생각을 잘 짚은 셈이군. 우리 외곽에까지 나왔으니 어디 가서 허기라도 메웁시다."

공단 외곽에는 급조된 가건물에 띄엄띄엄 음식점이 생겨났다. 그중에 짜장면을 만드는 식당을 찾아들었다. 주문을 묻는 종업원에게 짜장면 둘에 양장피 하나 소주, 아니지 빼갈 한 병을 서툰 중국어와 손가락 동작으로 주문했다. 그다음은 폭소와 함께

"역시 청랑하고 같이 다니면 엉뚱하면서도 재미있단 말이야."

소장과 팀장, 상하 관계이기도 하지만 언제부터인가 막역한 친구 사이가 되어 있은 지 오래다. 음식과 빼갈이 나왔다. 둘은 허겁지겁 몇 젓갈을 먹고는

"역시 본고장 음식이라 맛이 일품이군. 이제 허기를 면했으니

예기치 않은 사고

빼갈 한 잔 해볼까? 한 잔 받아요, 청랑."

"소장님도요."

둘은 술잔을 부딪친다.

"청랑 왕초와 내가 한솥밥을 먹은 지가 어언 4년째가 되어가는군."

"그렇습니다, 소장님."

"그동안 나는 소장이랍시고 늘 청랑에게 일 독촉이나 또 다른 신세만 진 것 같고 해준 것은 하나도 없어 미안하기만 해요."

"천만에요. 나는 줄곧 소장님 곁에 있으면서 만족합니다. 노가다 인생인 나에게는 그대로 인간미 넘치는 개나리 본부장이라는 넓고 큰 우산 아래서 풍우 걱정 안 하고 지내는 것이 얼마나 큰 행운입니까?"

"청랑이 정말 그렇게 생각한 거요?"

"그렇습니다. 그러기에 여기까지 따라오지 않았습니까? 물론 돈벌이가 목적이었긴 하지만."

"그래요. 청랑이란 사람 언제나 솔직하고 다 좋은데, 한 가지 흠을 잡으라면 현실에서 보여주는 것 외에는 도무지 깊은 곳에 묻어둔 그 속내를 알 수가 없단 말이야. 이를테면 지금의 일 말고, 머릿속에 그리고 있는 또 다른 그림이 무엇인지 최종목표가 어디인지가 있을 법한데 가늠이 안 된단 말씀이야."

"그건 간단합니다. 보시다시피 늘 노가다 인생으로서 주어진 일에 몰두하고 땀 흐르면 수건으로 닦고 목마르면 물 마시고 허기지면 밥 한 그릇에 술 한 사발로 만족하고 자고 나면 다시 일하는 노가다 청랑을 늘 보셨잖습니까? 그러다가 늙어서 기력이 쇠해지면 향리로 돌아가 텃밭을 일구면서 그것에 만족해야겠지요.

지금으로선 그 외의 생각은 안 하려고 합니다."

"역시 그것이었군. 그러다가 여건이 만들어지면, 사람들이 놀랄 정도의 기이한 행보를 하시겠다 그 말씀이군."

"이 청랑도 사람이니 전혀 아니라고 말할 수 없지만, 이 노가다란 것이 내 발목을 놓아주지 않으면 그 아무것도 할 수 없는 것 아니겠습니까? 소장님께서 이 청랑을 과대평가하려 하십니다만 지금까지 드린 말씀 그 외에는 더는 들려 드릴 밑천이 없습니다."

"그거 잘 됐군."

"잘되다니요? 무엇이 말씀입니까?"

"몰라서 묻는 거요? 노가다란 놈이 청랑의 발목을 쉽게 놓아주면, 노가다가 천직인 나만 남겨두고 가버릴 텐데 그때는 혼자서 터벅대는 이 개나리가 측은하지도 않소?"

"소장님 말씀대로라면 아직도 노가다에서 청랑의 쓰임새가 남아 있다는 거로군요. 고맙습니다. 소장님."

"이곳 중국의 난항상 공단에서 본부장 개나리와 왕초 청랑이라, 이 두 사람 노가다가 함께 있는 이상, 이 거대한 프로젝트는 성공리에 끝낼 수 있을 것이오. 자 이제 그만 일어납시다. 아직도 남겨놓은 청랑의 속내는 다음에 듣기로 합시다."

사무실로 돌아온 두 사람이다. 청랑은 숙소로 갔다. 언제나 청랑에게 휴식을 주는 곳이다. 깍지를 낀 손바닥에 뒷머리를 얹어 누우니 식후라 노곤함과 함께 어제의 피로가 한꺼번에 몰려온다. 오후의 단잠은 보약이다.

관리동 담당의 우 기사가 소장실을 노크한다.

"무슨 일인가? 우 대리."

"네, 소장님께서 말씀하신 추락 여공의 신상에 대해 보고 드리려고요."

"그래 알아보았는가?"

"네, 본인에게 물어보고 자필 진술서를 받아왔습니다. 보십시오, 소장님."

"음, 번역까지 해왔군. 우 대리가 중국어에 능통한 편이지?"

"짧은 식견으로 번역을 해보았습니다."

양친 부모가 있고 무남독녀라 부친은 지병 때문에 수년째 투병 중이고, 모친은 남편의 병시중하느라 농사일도 제대로 할 수 없기에 외딸인 기린화가 생계를 이어가는 소녀 가장이다. 연로하신 부모를 모시다 보니 미혼인 채로 마흔 살이 가까웠다. 다행히 공단 공사가 시작되고 얼마 전부터 이곳 공사장에서 일하게 되어 희망에 부풀어 있는데 본의 아니게 사고를 당하게 되어 미안하다는 뜻과 계속 일할 수 있게 해주시길 바랍니다. 기린화 올림이라고 적혀있다.

"역시 그랬었군. 수고했다, 우 대리. 내 검토해서 관리과장에게 처리하라 하겠네. 우 대리는 나가면서 관리과장 들어오라 하게."

"부르셨습니까? 소장님."

"관리과장이 이거 읽어보고 판단을 말씀하시오."

"예, 소장님. 이건 관리동 추락 인부의 자술서가 아닙니까?"

"그렇소. 그 사람 신상명세요."

"이대로라면, 아주 열악한 환경에 있는 사람이군요. 그렇다면 소장님께선 이번 사고 사건을 매듭짓고자 하시는군요."

"그래요. 당장은 이상이 없다지만, 후유증이 따를 수도 있으니 관련 규정이 있는지를 묻고 있는 것이고?"

"자세한 건 찾아보겠습니다만 먼저 치료와 그 후에 발생하는 후유증이 구분되는 거로 압니다만. 지금은 상처가 없으니 다행이고 후유증의 예방 차원에서 소정의 위로금을 지급하는 게 좋겠습니다. 그리고 합의서를 받아두면 말썽의 소지가 없어질 겁니다."

"그럼 그 문제는 관리과장이 잘 처리토록 하시오."

"예, 소장님. 금액은 어느 정도로 할까요?"

"내 생각엔 그 사람이 받는 월 급여의 석 달 치 정도면 적당하지 않을까 하는데 관리과장 생각을 담아서 처리하시오."

"네, 알겠습니다. 소장님, 그리고 청랑 왕초는 어찌해야 합니까?"

"그렇군. 그 사람도 같은 사안인데 그 점을 간과하고 있었군."

"따지고 보면 그 사람도 근로자고 작업 중의 사고였으니 같은 개념에서 처리하는 게 옳지 않을까요?"

"그렇게 하도록 하시오. 어쩌면 내색은 안 해도 어깨나 어디쯤 붕대를 감고 있을지도 모르겠고?"

"그럼 본부장님의 뜻을 참작해서 처리하겠습니다."

관리과장은 우 대리에게 그 여공을 데려오라 했다. 관리동 작업장에서는 열심히 작업 중인 여공이다. 우 대리는 일손이 여유가 있는 쪽의 한 명을 솎아서 대신 작업하게 하고 여공을 차에 태워 사무실로 갔다.

"우 대리가 의자를 내주시오."

"예, 과장님."

"그리고 기린화 씨는 거기 앉으시오."

여공은 무슨 일인가 싶어 긴장하는 눈치다. 관리과장은 작성된 서류를 내놓고 말을 한다.

"어디 아픈 데는 없습니까?"

그녀는 고개를 끄덕였다.

"나는 중국말을 잘 모르니 한국말로 해야 하고 기린화씨도 한

예기치 않은 사고 123

국말을 잘 모를 테니 소통을 위해서 우 대리가 통역을 하는 게 좋겠어요."

"예, 과장님."

"우선 우 대리가 이 합의서 내용을 읽어주고 그녀의 답을 들어보게."

우 대리가 내용을 번역해서 읽어주었다. 당사자인 기린화는 의외의 내용에 손을 가로젓는다.

"난 다친 데가 없어요. 아픈 데도 없고요. 오히려 낙하하는 나를 받느라고 밑에 깔린 왕초님이 다치셨을 거예요. 그분이 염려될 뿐 나는 괜찮으니 일을 잘할 수 있어요. 그러니 그만두라는 말만 하지 말아주세요."

"기린화 씨에게 일을 그만두게 하려는 얘기가 아니니까 걱정하지 마시고, 혹시나 나중에라도 아플까 봐 받아두었다가 약을 사 드시라고 이 돈을 드리는 것이니, 부담 갖지 말고 받으시면 됩니다. 그리고 여기 서명란에 사인하시고요. 일당 5천 원이면 한 달 임금 15만 원에 3달 해서 45만 원입니다."

"아닙니다. 이 돈 미리 받으면 나중에는 어찌 갚으라고요? 저는 안 할래요."

"이 돈은 갚지 않아도 되고, 지금 일하고 있는 품삯도 그대로 지급되는 것이니 받아가세요."

여인은 어리둥절했다가 겨우 수긍이 갔는지 절을 몇 번씩이나 하고 나갔다. 이렇게 많은 돈을 처음 접해보는 거금이다. 이 돈이면 부친의 약값 하고도 반년 정도의 생활비는 된다.

여인이 일터에 돌아오니 왕초 청랑이 와 있었다.

"왕초님, 어떡해요?"

"뭘 말입니까?"

"저의 생명을 구해주신 분은 왕초님인데, 내가 돈을 받았어요. 이건 이치에 맞지 않는 거예요."

"그렇지가 않아요. 혹시 나중에라도 기린화 씨가 몸살이라도 나면 약 사드시라고 회사에서 주는 것이니 당연히 받아도 됩니다. 소장님께서 그렇게 결정한 것이니 지나치면 고맙다고 인사하시면 됩니다. 그리고 일은 계속해도 되니 빠지지 말고 꼬박꼬박 나오시고요."

"감사합니다, 왕초님."

"그래요. 이제부턴 정신 바짝 차려야 합니다."

이 말을 남기고 청랑은 차를 타고 다음 공구로 내달렸다. 그는 회사에서의 이번 일 처리에 만족했다. 청랑은 흩어져 있는 작업장을 돌며 작업상의 난맥이 있으면 해결책을 마련해주고, 순회하다 보면 하루해가 지나간다. 일꾼들이 퇴근하는 것을 보고 청랑은 사무실에 들러 작업일지를 기록한다.

"청랑왕초, 가시기 전에 나 좀 보고 가시오."

관리과장이다.

"얘긴 본인에게 들었습니다. 저희 일꾼에게 잘 처리해주신 과장님께 감사드립니다."

"그 문제는 나 개인의 주관이 아니고 소장님의 뜻이 담긴 회사의 방침입니다. 그래서 그 방침에 따라 청랑왕초께도 같은 적용을 하기로 했습니다. 본인의 통장 번호를 주시면 내일 중으로 입금처리 하겠소."

"뭐 나한테까지야 그럴 거 없습니다. 내 팀에서 일어난 일, 오히려 회사에 미안할 따름이오. 걱정하지 마시오."

"청랑은 팀의 왕초지만 우리 회사로선 사용자로 볼 수 없는 근로

예기치 않은 사고 125

자란 말이외다. 우리 회사의 근로자가 사타구니에 치명타를 입고 걸음걸이가 심히 불편해 보이는데 그것도 여인의 엉덩이로 말이오."

"허허, 이거야말로 과장님께 변명의 여지가 없게 되었군요. 좋소이다. 회사의 처분에 따르겠습니다."

"청랑왕초, 조심하시오. 그 사타구니가 두고두고 화근이 될지도 모르니까."

"실은 그곳이 편하지는 않은데 과장님께서 놀리시니 잊었던 통증이 되살아납니다."

청랑은 안주머니에서 통장을 내놓으며

"과장님께서 보관했다 주세요."

"어디 봅시다. 거금이 들어있으면 내가 도로 빌려 쓸 거고. 그런데 이거 잔고가 없는 빈 통장 아니오? 천하에 청랑왕초가 무일푼이었다니, 가불이라도 말씀하시지 않고요?"

"어쩌다 보니 그렇게 되었습니다."

아니나 다를까 처음엔 몰랐는데 시간이 가면서 은근히 사타구니에 통증이 몰려온다. 그로 인해 걸음걸이가 부자연스레 보인다. 되도록 표 안 나게 걸으려고 해도 자세히 보는 사람에겐 노출되고 있다. 관리동에 청랑이 다녀갈 때면 기린화가 그 모습을 감지하고는 미안함이 앞선다. 그녀 자신으로 인한 상처라고 생각하니 치료라도 해주어야 하는데 쉽게 말을 붙일 수도 없고 해서 전전긍긍이다. 본래 타박상이란 처음에는 감각이 정지되었다가 시간에 따라서 서서히 통증이 나타나는 것이다. 당일 쏭리매의 집에 갔을 때는 어깨의 부상만 표면화되었을 뿐 사타구니의 통증은 전혀 느끼질 못했었다. 그러나 지금은 다르다. 까짓것 이것쯤이야 금방 나아지겠지 하며 청랑은 자신의 체력을 믿고 있다.

관리동의 유리 벽 쌓기도 거의 막바지에 다다랐다. 3층 슬라브 밑까지 바짝 올려 쌓은 다음 줄눈 작업까지 끝이 났다. 이제는 작업 중에 묻은 모르타르의 백색 얼룩을 깨끗이 닦아내기만 하면 유리 벽면의 중후한 멋을 볼 수 있을 것이다.

벽면을 닦는 일은 섬세한 손길을 가진 여공들의 몫이다. 그렇지만 한 번 겪은 추락사고였기에 안전문제에 신경 쓰는 청랑왕초다. 작은 키에 매달려서 하는 작업이라 더딜 수밖에 없었다. 좀 더 안전하고 효과적인 방법은 없을까? 생각 끝에 착안한 것이 고작 사람이 두 배 길이의 대나무 끝에 솔을 달고 벽면에 물보라를 먹인 다음 대나무 끝의 솔로 닦아내니 작업 시간도 단축되고 사람들도 수월해졌다. 관리동의 유리 벽을 끝으로 각 공장 건물의 쌓기 작업은 하나하나 마감되어 가고, 인부들은 일자리가 없어질까 걱정들이다. 여공들 역시 마찬가지다.

여공 기린화는 회사에서 받은 위로금으로 오랜 병석에서 고생하는 아버지의 치료를 한 번쯤은 적극적으로 할 수 있었다. 마지막 꺼져가는 생명줄을 간신히 붙들고는 있었지만, 돈으로 할 방법을 찾아서 해보는 것이 그녀가 평소에 바라던 소원이었다. 끝내는 떠나고 마는 부친의 운명이었지만 그나마 좋다는 약첩이라도 써볼 수 있었다는 것이 그녀에게는 마음의 위안이 된다.

이제 기린화는 전날의 어두웠던 표정에서 벗어났다. 굳게 닫혀 있던 말문이 트이고 생기를 되찾은 듯 말도 곧잘 하려 든다.

"왕초님, 여기 일이 끝나 가는데 저는 어떡해요? 일을 해야 하는 형편이에요."

걱정이 담긴 자신의 처지를 노골적으로 표현하였다.

"본인이 원한다면 일을 계속할 수는 있지만 여자로서는 힘에 부치는 작업이오."

"그런 건 문제없어요. 왕초님이 시켜만 주신다면 무슨 일이든 잘할 수 있어요. 전 어릴 때부터 농사일에 단련된 몸이에요. 곡괭이 질이며 삽질까지 뭐든지 자신 있어요."

그녀는 자신이 일하고자 하는 일념에 앵무새처럼 자기 피알을 해댄다. 의욕이 충만해 있다는 증거다. 그러한 사람보다 더 좋은 일꾼은 없다고 생각된다. 그래, 이런 사람들과 남은 공사를 해나가리라. 왕초 청랑의 결심은 굳어졌다.

"기린화 씨, 우리 현장에서는 지금껏 꾸준히 일해 온 사람 중에서 일을 계속하겠다는 사람은 모두가 같이 일할 수 있도록 하겠으니, 그렇게 알고 있어요."

"감사합니다, 왕초님. 열심히 하겠습니다."

일을 계속해도 된다는 확답을 얻어낸 기린화는 마음이 가벼웠다. 이제는 일자리 걱정은 안 해도 된다. 부지런히 나와서 일을 하기만 하면 된다. 월말이 되면 노임이 나올 테고 홀어머니와 생활하고도 돈이 남을 것이다. 차곡차곡 모으면 이젠 남에게 돈을 빌리지 않아도 되고 지독한 가난에서 벗어날 수가 있다. 우선 거기까지만 생각하자.

이런 생각은 비단 기린화 한 사람만의 꿈이 아니다. 부분적이긴 하지만 "난항상 공단" 주변의 많은 근로자에게 희망을 주고 있다. 이것은 개혁개방 정책을 제일 먼저 주창하고 도입한 상하이시의 위상을 높여주는 효과를 가져왔다. 중국 정부에서는 이러한 정책을 점차로 확대해 나가고자 했다. 그래서 중국민들의 삶의 질을 높임으로써 당국을 믿고 따르는 인민들이 될 것이다.

근래에 와서는 상하이의 당서기 마국평의 이름이 중앙당에서의 자리를 넓혀가고, 그는 가끔 상하이시 당 회의 석상에서 이렇게 말하기를 주저하지 않았다. '개혁개방 정책을 제일 먼저 계획하고 도입한 우리 상하이시의 외자 유치 사업이 성공을 거두고 있어요. 당 동지 여러분의 노고가 컸기 때문이오. 특히, 쑹리매 위원의 전문지식과 도움이 없었다면, 절대 쉽지가 않았을 것이오.'라는 칭찬을 아끼지 않았다. 이러한 그들의 국가적 또는 정치적인 이해와는 관계없이, 주어진 일터에서 양질의 근로자들을 데리고 앞에 놓인 일들을 소화하면서 그들 근로자의 희로애락을 목격도 하면서 때로는 그들의 편에 서기도 하고 때로는 나 혼자가 되어 타향에서의 고독을 삼키면서, 변함없는 노가다의 길을 가고 있는 청랑이다.

　이제는 본 공장 건물에서의 벽돌 쌓기 작업은 끝이 났다. 새로이 발생하는 추가 작업 외에는 왕초 청랑의 그림자는 공단 외곽 울타리 공사에서만 볼 수가 있다. 단순한 듯하면서도 길고 험난한 공사다. 기초 공사에서부터 마감까지 총괄시공을 왕초 청랑에게 책임지워놓은 본부장이다. 굴착기를 앞세워 터파기해나가고 다음은 철근조립과 거푸집을 씌우고, 콘크리트를 타설하는 기초 공사가 설치되면 그 위에다가 사람 키 높이 이상의 붉은 벽돌을 쌓는 작업이다. 총 길이 38km. 백 리 장성을 쌓아가는 동안 중간중간 흐르는 하천에는 교량을 설치하고 언덕이나 바위 같은 장애물은 깨트리고 제거해야 하는 거대한 토목공사다. 물론 해당 기사가 딸려 있지만, 총책은 청랑이다. 본부장 개나리는 청랑을 잘 알고 있다. 아무리 난공사 일지라도 끝내 해놓고 마는 겁 없는 사내 왕초 청랑이기에 그에게 맡겨놓은 소장 개나리는 낮잠을 자도 편한 마음이다.

　그렇지만 광활한 평원에 펼쳐진 작업장이 늘 조용한 것만은 아니다. 때로는 광기 어린 비바람이 몰아치며, 천둥 번개를 동반하여 아직 굳지도 않은 구조물을 쓰러뜨리기도 한다. 그럴 때면 제일 염려되는 것이 작업자들의 안전이다. 많은 숫자의 사람들을 대피시켜야 한다. 띄엄띄엄 설치해놓은 컨테이너가 임시 대피소 역할을 하지만 그것만으로는 태부족이다. 어찌 보면 악조건에서 위험이란 예고 없이 닥치는 성벽 공사에서 남자 인부들은 그런대로 같이 이끌어 나가면 되지만 많지 않은 여공들이 부담스럽다. 해결책을 찾아야 한다.

석양이 가까워질 무렵 소장 개나리가 청랑의 작업장에 왔다.

"벌써 많이 진척되었는걸."

"뭐 이제 겨우 10킬로 정도에 와 있을 뿐입니다."

"해놓고 보니 웅장하고 좋아 보이는데. 그만큼 청랑의 고생이 많았겠지. 애로사항 같은 거 있으면 말해보시오."

"한 가지 절박한 문제가 있긴 합니다만 소장님께서 도와주셔야 겠습니다."

"말해 보시오? 무엇인지?"

"저기 있는 여공들 말입니다. 계속해서 나오기에 일을 시키긴 합니다만 험한 이곳 작업에서는 한계가 있습니다. 체력도 문제지만 광풍이 몰아칠 때면 그들을 안전하게 보호할 수가 없습니다. 그래서 저 몇 명 안 되는 여공들을 건물동 안에서 할 수 있는 일에 옮겨주셨으면 합니다. 이를테면 청소 작업이라든지 아니면 칠이나, 타일 작업 등의 보조역할을 할 수 있는 곳으로 말입니다. 부탁드립니다. 소장님."

"알겠소. 그런 문제라면 청랑 혼자만의 책임은 아닌 듯하고, 우리 회사 차원에서 해결책을 찾아봅시다. 일꾼들이 손을 씻는 거 보니 마감 시간이 되었나보군."

순회 버스가 오고 그걸 타고 정문 앞에 가면 집으로 가는 대중

교통 버스와 연결된다. 일꾼들은 저마다 꾸벅 인사를 하고는 순회 버스로 달려간다.

"청랑, 우리도 갑시다. 어디 가서 돼지비계라도 씹어서 목구멍 청소라도 합시다."

공단 외곽의 허름한 선술집 한곳에 둘은 마주 앉았다. 삶은 돼지고기 한 접시에 빼갈 한 병이다. 애주가인 그들에겐 이 정도면 충분한 술상이다.

"자, 한잔 합시다, 청랑."

"예, 소장님."

"이 술 한 잔이면 오늘 밤 꿈나라로 가는 데는 장애물이 없을 겁니다."

"그거야 나도 마찬가지요. 청랑과 내가 함께 마시는 이 술은 언제 어디서라도 화끈하고 기분이 좋아지거든."

"그렇습니까?"

둘은 주거니 받거니.

다음 날 청랑의 작업장으로 노무과장이 차를 가지고 왔다.

"어서 오시오. 노무과장께서 어인 일로?"

"본부장님의 명령을 받고 왔습니다. 이곳에서 일하고 있는 여공들을 실내 작업장으로 옮기라는 소장의 지시입니다. 그 사람들을 불러서 차에 태워주십시오. 왕초."

"그렇게 하시지요."

여공은 모두가 5명이다. 청랑은 그들을 모아놓고 말을 했다.

"여러분들은 오늘로서 이 외곽 작업장에서의 일을 종료하고 실내 작업장으로 이동하게 되었습니다. 노무과장께서 여러분들을 데리러 왔으니, 저 차를 타고 같이 가도록 하세요. 그동안 비바람 속에서 일하느라 고생들 많았어요."

"감사합니다, 왕초님."

여공들은 좋아들 했다.

"나한테 고마워할 건 없고 회사에서 결정한 일이니 소장님과 회사에 고맙게 생각하면 됩니다."

모두들 차에 오르는데

"왕초님, 저는 안 갈래요. 여기 왕초님 있는 데서 계속 일할래요."

"무슨 소리요? 그건 안 될 말이오. 여러분들의 안전을 생각해서 특별히 회사에서 내린 결정이니 따르도록 하시오."

기린화다.

"힘들어도 괜찮으니, 왕초님 있는 데가 더 안전해요. 그곳에 갔다가 갑자기 그만두라하면 어떡해요? 저는 계속 일을 해야 돼요."

"그건 염려 안 해도 돼요. 그곳이나 이곳 모두가 회사의 일터고, 나는 기린화 씨가 좀 더 안전한 곳에서 일하기를 바랄 뿐이오."

청랑의 설득에 마지못해 차에 오른 기린화다. 노무과장은 차를 달려 공장건물 내부에다 여공들을 내려놓고

"여러분들은 앞으로 이곳을 시작으로 전 공장의 청소를 맡게 될 것이오. 다들 안전에 주의하고 열심히 해주시길 바라오. 그리고 여러분들의 작업질서를 위해서, 기린화 씨가 조장이 되어 청소 팀을 이끌어 갈 것이오. 조장은 회사의 지침에 따라 조원들을 통솔해야 하며, 조장의 말은 곧 회사의 지시라 생각하고 잘 협조해 주길 바랍니다. 그리고 모든 작업 도구와 작업복은 조장을 통해서 지급됩니다. 여러분들 이의 없으시죠?"

"예, 과장님."

그들은 그렇게 청소 반에 투입되고 그들을 안전지대로 보낸 청

랑은 홀가분했다. 본부장 개나리가 청랑의 고민거리를 해결해준 셈이다. 청소조의 기린화 조장은 부지런한 천성과 그동안의 현장 경험을 바탕으로 조원들을 잘 리드해 간다. 완공된 공장 내부에 청소가 끝나면 필요한 기계가 하나둘씩 반입되어 설치되고 있다. 모든 공정이 내년 3월에 맞추어져 있다. 지금이 7월이라 8개월 후면 완공과 동시에 첫 가동이 시작될 것이다.

공장의 가동이 시작되면 핵심 근로자는 한국의 본 공장에서 파견 근무를 하게하고, 그 외의 95%의 인원은 현지 모집을 통해 인원을 확보, 기초교육과정을 거쳐서 실무에 투입한다는 방침이다. 한 개동의 공장에 2백 명이니 10개 동이면 2천 명의 신입사원을 모집한다.

다음 달 초에 상해시보를 통해 모집공고가 나갈 예정이다. 공단에서 근접한 3개 지역, 난징, 항주, 상하이, 즉 난,항,상 지역의 주민들은 벌써부터 들뜬 마음이다. 우리 가족 중, 누구 하나라도 저곳에 일자리를 얻어야 한다. 이곳 중국에서는 최초의 외국 기업이다. 취업만 되면 장래가 보장되는 직장이다. 소문은 꼬리에 꼬리를 물고 젊은이들은 모집공고가 발표되기를 손꼽아 기다리고 있다.

드디어 상해시보에 모집공고가 실렸다. 단 첫째 조건이 통근이 가능한 3개 지구 거주자로 국한됐다. 난징과 항주, 상하이는 통근 거리가 한 시간 정도이다. '나이는 만 35세 이하로 제한한다.'로 되어 있다. 이 기준은 시행사와 상하이시 당국의 협의 끝에 결정된 것이다. 시행사인 S전자에서는 연령을 30세 이하로 제한코자 했으나 당국의 권유에 의해 35세로 올려 잡은 것이다. 치열한 경쟁이 예상된다.

잔뜩 벼르고 있었던 기린화가 자칫 경직될 뻔한 숨통이 푸우하고 풀리는 순간임을 맛보았다. 35세의 나이가 간신히 턱걸이였기 때문이다. 30에 비해서 경쟁력이 떨어지는 자신의 나이이긴 하나 결코 포기할 수 없는 절체절명의 기회이다. 조상 대대로 물려받은 가난에서 벗어나야 한다. 그러자면 기필코 입사해야 한다. 그깟 나이가 무슨 상관이냐. 일만 잘하면 되는 것이지. 내 나이 35세. 대여섯 살쯤은 정신력으로 극복할 수 있다. 감점의 요소이긴 해도, 나는 아직 미혼이다. 그리고 근면과 성실, 정직, 건강한 체력이 뒷받침해줄 것이다. 제일 염려했던 학력 조건은 소학교 졸업이면 된다고 한다. 어려움 속에서도 고집스럽게 다녔던 소학교다. 기린화는 금세 합격이 된 것처럼 마음이 가벼워진다.

그녀는 오늘도 여전히 현장 청소원으로 노가다에 몸을 맡기고 있다.

"기린화 조장, 3공장 청소가 언제쯤 끝날 거 같습니까?"

현장에 나온 노무과장의 질문이다.

"네, 과장님. 오늘이면 3공장은 끝낼 수 있을 것 같아요."

"그렇다면 내일은 4공장으로 갈 수 있겠군요. 4공장의 기계 설치가 바쁜 것 같으니 협조해주시오."

기린화의 공장 청소 조는 노무과장 직속으로 돼 있다. 청소조장 기린화는 맡은 일에 잘 적응하고 예상외로 좋은 성과를 올리고 있다. 기린화 청소조의 점심은 집에서 준비해온 도시락이다. 함바에서 많은 근로자들이 식사를 하지만 비싸지는 않아도 식대가 지출된다. 그래서 현지 일꾼들은 집에서 주먹밥 같은 것을 준비해 오는 사람들이 많이 있다. 늘 도시락을 챙겨주던 어머니가 외할아버지 기일이라 한 이틀 다녀오겠다. 하시면서 집을 비운 사이, 기린화는 늦잠을 잔 것이다. 허겁지겁 일어나 출근시간 맞추느라 도시락은커녕 아침밥도 못 먹고 나온 그녀였다. 평소에 소화력 강한 그녀의 식성에 한 끼를 굶었으니 뱃속에선 연신 허기를 호소한다.

오늘 점심은 도리 없이 함바에서 때워야 했다. 동료들의 도시락 점심을 뒤로하고 함바식당으로 달려갔다. 길게 늘어진 줄 끝에 서서 한발 한발 딸려 들어갔다. 식기에 넉넉히 담은 밥과 반찬을 들고 한쪽 끝으로 자리 잡아 정신없이 먹어대는 기린화다.

오늘의 메뉴에는 갈비찜이 있었다. 모처럼 대해보는 특식이라 더 먹고 싶은 충동이었으나 그럴 수는 없었다. 한 사람 몫 외에는 더 달랄 수는 없었다. 미련을 남긴 채 돌아설 수밖에. 그녀의 현장에서의 복장은 언제나 남장이다. 거추장스런 치마보다는 인민복 바지에다 겉저고리, 길어진 뒷머리는 감아올려 작업모를 썼기에 외관상은 남자와 구별키가 어렵다.

그녀가 식당 문을 나오다 때늦게 식당으로 들어서는 사내를 보고는 그 자리에 굳어버리는 기린화다. 저분은 청랑왕초? 그분이 맞구나. 기린화는 문 안쪽에 서서 기다렸다. 배식을 받은 청랑이 한쪽 자리에 앉자 다가가는 기린화.

"왕초님, 아니세요? 저는 왕초님 밑에서 일하던 기린화예요."

"어? 기린화 씨가? 그간 잘 지냈어요?"

"네, 왕초님 덕분에 잘 지내고 있습니다. 왕초님도 안녕하시지요?"

"그럼요. 그런데 기린화 씨가 어쩐 일로? 아, 그렇지. 식사하러 오셨군요."

"예, 왕초님. 그럼 나와 함께 같이 먹읍시다."

"아니에요. 전 벌써 먹었는걸요. 나가려다 왕초님이 보이기에 도로 온 거에요."

"그럼 그 동안은 어디서 식사를?"

"예, 저희들은 집에서 도시락을 가져 왔었는데 오늘은 늦잠을 잔 탓에 도시락을 못 챙겼어요."

"그랬었군. 잘 왔어요. 나도 기린화 씨와 여공들을 보내놓고 잘 적응들 하시나 궁금했는데 어때요? 일은 할 만한가요?"

"예, 그런데 저한테는 말씀 놓으세요. 나이도 한참어린 저인데 불편해요. 왕초님이 말씀을 높이고 계시니까 전 더 어려워져요, 왕초님. 그리고 저는 그동안 왕초님께 배운 대로 하다 보니 일이 어렵지 않게 잘되고 있어요. 그러니 철없는 제자라 하고 해라 하세요."

"청랑왕초의 제자 기린화라? 듣기는 괜찮은데 너무 불공평하지 않을까?"

"감사합니다, 스승님. 아니 왕초님."

"기린화 씨가 명랑해진 걸 보니 괜찮아 보이는군. 여기 잠깐만 기다려요. 내 가서 한 가지 더 가져와야 하니까." 청랑은 주방 앞으로 갔다.

"아주머니, 오늘 찜이 맛있는데 한 3인분만 싸 주세요. 식권은 제가 드릴 테니. 오늘 점심에 못 온 사람들 있으니 보내줘야겠어요."

"네, 왕초님. 그렇게 일꾼들 챙기시다간 왕초님 지갑이 남아나지 않겠네요."

주방장은 3인분보다 넉넉히 싸서 준다.

"많이 주셨군요."

식권 5장을 내놓는 청랑이다.

"왕초님, 3인분이니 3장만 받겠습니다. 덤으로 조금 더 담았으니 개의치 마시고요."

"고맙습니다, 주방장님."

청랑은 포장된 갈비찜을 들고 와서 기린화에게 준다.

"이게 뭐예요? 왕초님."

"이게 오늘 모처럼 나온 갈비찜이니, 가져가서 어머님도 드리고 기린화 씨도 드세요. 일 많이 해서 기력이 소진됐을 테니 보충토록 해요. 이것은 왕초인 내가 기린화 씨에게 일 많이 시킨 미안함에서 주는 거요."

"안 그러셔도 되는데 그 대신 저에게 말씀하실 때는 끝에 가서요 '씨' 하는 어휘를 빼시겠다면 제가 가져갈게요."

"허허, 기린화에게 내가 지고 말았군요."

"좋아요, 스승님. 전 이만 물러가옵니다."

남장녀 기린화 씨가 전에 없이 활달한 모습에 안도를 느끼는 왕초 청랑. '일에 잘 적응하고 있었구나. 그래야지.'

작업장에 돌아온 기린화는 감격스러웠다. 우연이라지만 왕초를 만나서 그에게서 음식까지 챙겨 받았으니 그동안 잠시 잊고 있었던 왕초 청랑을 보고나니 왠지 가슴이 뛰고 두근거린다. 그간 어렵게만 느껴져서 조심스레 대했던 그분에게 오늘은 스승님이라 부르면서 겁 없이 애교까지 섞어서 수다를 떨고 온 내가 아니냐. 나 스스로가 그분과 바짝 가까워진 느낌에 들떠있는 지금의 기분은 무엇 때문일까?

그랬다. 사실 기린화는 나이가 서른다섯이 된 지금까지 이성에 대한 생각을 해본 적이 거의 없었다. 그것은 삶에 찌들고 궁핍한 생활의 연속에서 감성적인 생각 따윈 깊은 속 밑바닥에 가라앉아 잠을 자고 있었을 뿐이다. 내 가족과 생계를 걱정하느라 거의 백치에 가까운 감정 속에서 살아온 그녀였다. 그러다가 어느 날 일터의 높은 곳에서 아래로 추락하면서 혼절했다가 깨어났고, 생각지도 않은 위로금을 받게 되어 투병 중인 부친에게 약을 사드리는 기쁨을 얻을 수 있었다. 그러한 기쁨도 잠시, 부친과 끝내 별세하는 슬픈 순간도 겪었다. 가장 절박한 순간을 지나온 기린화

예기치 않은 사고

의 운명에 이제부턴 따사로운 햇살이 내려지는 것일까? 부친의 약값에 쓰고도 남은 돈이기에 그녀로서는 많은 금액의 보상금이었다. 놀지 않고 일해서 받은 월급이 합쳐져서 홀어머니를 모시는 그녀의 생활이 여유로워진 지금에야 무디었던 감정도 조금씩 되살아나는 여인의 모습으로 돌아오고 있는 것이리라. 그렇다. 자칫 사라질 뻔한 내 목숨을 구해준 그가 왕초 청랑이란 분이다. 내 나름대로 스승님이라 불렀지만 그 뜻이 나에게는 하늘같이 보이는 남자라는 함축성이 담겨져 있기도 한 것이 아닐까? 은혜를 입었으면 보답을 하는 것이 인지상정이다. 당장은 아니래도 언젠가는 보답을 해야 한다는 막연한 생각이 그녀를 붙들고 있다.

"이봐요 기린화 반장, 무슨 생각에 넋을 놓고 있는 거야?"

동료들의 핀잔에 깜짝 놀란 그녀다.

"아니야, 아무것도. 생각은 무슨?"

계면쩍게 얼버무리는 그다. 그리고 식당에서 가져온 갈비찜을 동료들과 나눠 먹을까 생각했는데 그러지 않기로 했다. 그러자면 누가 누가 사주더라 하고 하면 행여나 엉뚱한 소문이라도 생산되면 왕초에게 누가 될 것도 같고 매사가 그녀에겐 걸림 돌투성이다. 에라, 모르겠다. 이럴 땐 그가 시키는 대로 따르자. 어머니와 함께 먹어라 하지 않았던가?

퇴근을 해서 집에 오니 어머니가 와 있었다. 가져온 갈비찜을 냄비에다 담아서 다시 데웠다.

"어머니, 이것 좀 드세요."

"얘야, 이게 웬 고기냐? 이렇게 많은 쇠고기 찜이 어디서 났느냐?"

"우선 맛부터 보세요. 내가 일하는 곳에서 우리들 일 시키는 왕초님이 '어머님께 드리라.' 하면서 사주신 거예요."

"이런 고마울 데가. 나는 그분을 알지도 못하는데? 이렇게 귀한 것을 보내다니 아마 그분이 너를 곱게 보았나 보구나."

"네, 엄마. 내가 열심히 일한다고 칭찬했어요. 이거 양념이 잘 됐으니 식기 전에 어서 드세요."

"오냐, 그래 정말 맛있구나. 세상에 그런 마음씨 넓은 사람이면, 내 딸 기린화나 좀 데려가면 얼마나 좋을까?"

"엄마는? 그 사람이 나를 어디로 왜 데려가요?"

"어디긴 어디냐? 다 큰 딸애니 자기 여자로 데려가면 되는 거지."

"엄마는? 그런 잘난 사람이 나 같은 걸 쳐다보기나 하겠어요?"

"그래, 너도 이제부터 뒷걸음질만 하지 말고 모양새도 좀 다듬고 잘난 체해 보거라. 본래 바탕은 남들한테 빠지지 않는 네가 아니냐?"

"엄마에겐 내가 딸이라서 그렇게도 보이지만 우리 형편에 그럴 여유가 어디 있어요?"

"그렇지가 않다. 그동안 네가 공단 일터에 계속 다닌 덕택에 우리도 이젠 부자가 부럽지 않다. 먹을 것도 넉넉하고 모아진 돈 다 합치면 너 시집갈 밑천은 충분하단다. 그러니 이제부턴 옹색한 마음은 버리고 출근할 때 얼굴에 분칠도 하고 다니거라."

"이제 보니 우리 엄마 통이 커지셨네?"

"왜 아니겠니? 워낙 없는 살림에 찌들어서 그렇지. 마음의 꿈은 옹졸하지만은 않았단다. 이제부터라도 너는 이 어미가 못 다 한 바람까지 많이 가지면서 살아야 한다."

"고마워요, 엄마."

기린화는 모처럼 엄마와 희망적인 덕담을 나누었다. 그녀는 다음 날부터 자신의 내면 깊숙이 잠자는 여자의 미를 하나씩 꺼내 보기로 했다.

그동안 입고 다녔던 남장의 낡은 인민복 바지저고리는 벗어 던지고 하체를 편하게 감싸주는 몸뻬 바지에다 여성스런 저고리를 입었다. 그녀의 변모된 모습을 보는 사람마다 깜짝 놀란다. 저 사람이 청소반장 기린화가 맞는 거야? 이제 보니 그가 여자였구나. 늘 인민복 속에 숨어서 뻣뻣한 막대기 모양의 남자인 줄 알았는데, 옷이 날개라더니, 저렇게 입으니 여성스러움이 돋보이네?
"과장님, 안녕하세요?"
"어? 기린화 조장이 여자가 맞긴 맞구나."
노무과장의 말이다.
"과장님도 참, 언제는 이 기린화가 남자였습니까?"
"그래요, 기 조장이 여자로 보이기는 처음이오. 그동안 이름만 여자였지 늘 막대기 같은 남장이었으니까."
그랬었구나. 사람들은 여태 나를 여자로 보지 않았었구나. 그런 걸 본인만 모르고 있었으니……. 그렇다면 왕초님도 나를 막대기로 보았었겠구나. 그런데도 조금도 그런 내색은 않고 여자니까 안전하고 덜 힘든 곳이어야 한다면서 실내 청소 반으로 보내지 않았던가. 이젠 왕초님도 나를 보면 깜짝 놀라실 거야. 막대기 모습이던 기린화가 여자로 변신해 있으니까. 애초에 여자였던 기린화의 참모습을 어서 빨리 왕초께 보여주어야지 하는 마음이 그녀를 들뜨게 한다.
그런데 하루, 이틀, 또 며칠이 지나도록 왕초 청랑은 공장 내부 작업장에 나타나지 않는다. 일부러 찾아올 리 없는 왕초임을 뻔히 알면서도 줄곧 기다렸음을 뒤늦게 깨달은 그녀는 현실을 직감하고는 쓴웃음을 삼킨다. 내가 그분을 좋아하고 있는 건가? 그것도 나 혼자만의 생각으로? 안 되겠다. 가만히 앉아서 감 떨어지길 바라는 내가 무모한 거야. 왕초님을 못 본 지가 보름이나 되었구나. 바보같이 기다리지만 말고 지난번처럼 함바로 가보면 만날 수 있을 거야. 그래서 나의 여자다운 모습을 보여드려야지.

기린화는 점심시간이 되어서 함바로 갔다. 역시 길게 늘어선 근로자들 사이에 줄을 서서 식당 안으로 빨려들면서, 사방으로 시선을 휘두르며 왕초를 찾아본다. 그러나 그 어디에도 그가 찾고자 하는 청랑은 보이지 않는다. 혹시 다른 곳에서 식사를? 그분이라면 직원 식당 쪽일 수도 있는데? 그건 아니다. 그분의 성격상 언제나 우리와 같은 일꾼들과 함께하는 식당에서 식사하는 사람이다.

차례가 된 그녀는 배식을 받아서 한쪽 자리에 앉았다. 시선을 기다림에 집중하느라 숟가락질이 방향을 잃고 있다. 오늘은 안 오시나보다. 약속을 한 것도 아니면서 나 혼자만의 생각일 뿐. 그래 밥이나 먹자. 모두들 식사 후 나간 빈자리가 많아졌다. 막상 식판으로 생각을 돌리니 밥상은 식어 있었다. 그래도 그녀에게는 진수성찬이다. 보낸 시간이 그녀에게 허겁지겁 밥을 먹인다.

"늦었습니다, 주방장님. 밥 남은 거 있으면 한 그릇 주십시오."

"그럼요. 왕초님은 항상 늦게라도 오시기에 저희 주방에서는 챙겨 놓는답니다."

"감사합니다."

"아닙니다. 오히려 저희 주방 팀들을 테러범으로부터 구해주신 왕초님입니다. 허허, 그걸 아직도 기억하시다니?"

배식을 받아 자리에 앉는 청랑왕초다. 그 광경을 목격한 기린화가 넋을 놓고 있다. 그분이다. 왕초님이 오셨다. 그분이 나를 못 본 것인가? 그럴 수도 있겠지. 평소에 막대기 같은 기린화만 보다가, 전혀 다른 모습의 여자가 기린화일 거라는 생각은 전혀 못했을 거니까. 그래 내가 가서 인사를 드려야지.

"안녕하세요, 왕초님. 오늘은 많이 늦으셨네요?"

"어? 이게 누구야? 기린화 씨구나. 오오라. 식기를 들고 있는 걸 보니 오늘도 늦잠을 잔 모양이군. 어쨌든 잘 왔어요. 앉아요, 거기. 나 혼자 썰렁하다 했는데 잘됐네요. 우리 같이 먹읍시다."

"예, 왕초님." 기린화는 다소곳이 마주앉아 청랑을 바라보니, 별다른 반응 없이 밥을 먹고 있다.

"저, 왕초님." 그 소리에 고개를 들고 보니 아직도 밥은 먹지 않고 있는 기린화다.

"왜 그래요? 밥은 먹지 않고? 무슨 일 있어요? 말해 봐요. 무슨 일인지?"

아직도 변해진 내 모습에 전혀 무관심한 상대의 태도가 기린화에게 실망을 안겨준다.

"서글퍼요, 저는. 왕초님께선 저 기린화를 여전히 막대기로 보시는군요."

"무슨 말이오? 막대기라니? 나는 한 번도 그런 적이 없는데. 기린화가 막대기라니 누가 그런 소릴 해요?"

"모두가 다요. 심지어 울 엄마까지 도요."

"하하, 어머니께서 그러셨다면 이유가 있어서일 거야. 오오라 기린화의 그 인민복 차림이 마음에 안 드셨던 모양이군."

"맞아요. 엄마가 지난 번 왕초님이 주신 그 갈비찜을 잡수시고는 이렇게 귀한 것을 사주신 사람이면 마음이 넓은 사람일 거라면서 내 딸 기린화나 좀 데려갔으면 하시잖아요. 그래서 저는 '엄마 나 같은 사람을 누가 데려가겠어요?' 했더니, 그러기에 그 막대기처럼 보이는 남장은 벗어버리고 맵시를 내고 얼굴에 분칠도 하고 여자로서의 본바탕을 찾으라는 거예요."

"그건 어머니께서 맞는 말씀 하신 거네. 그게 다 딸의 장래를 생각해서 하신 어머니의 애착이 담긴 말씀이니 좋은 뜻으로 받아들여요."

"그게 무슨 소용이겠어요? 왕초님이 몰라주시는데?"

"내가? 아, 그러고 보니 기린화의 옷 모양이 바뀌었구나. 역시 여성스러움이 돋보이는군. 그러나 내가 아는 기란화는 남장을 했건 여장을 했건 간에 여전히 착하고 일 잘하는 여인 기린화니까."

"그 말씀은 기린화가 남자이건 여자이건 상관없이 똑같은 일꾼으로만 보인다 그 말씀이군요? 나 기린화가 도시락도 그냥 두고 여기까지 달려온 건 여장을 한 내 모습을 왕초님께 보여 드리고 싶어서였는데, 그래서 나의 여성스러움을 보여드리고 감동을 받는 왕초님을 보고 싶어서였는데, 시큰둥하시는 걸 보니 역시 나는 막대기에 불과했나 봐요."

"하하, 이제 보니 나의 무심한 표정이 기린화를 오해하게 했구나. 그랬다면 내가 미안하고, 기린화가 나에게 부르는 왕초는 팀을 이끄는 왕초이고 그 왕초가 보는 기린화는 우리 팀의 일꾼 중의 한 사람임이 맞는 거야. 그리고 여자로서의 모든 조건이 완벽하다는 것도 잘 알고 있는 왕초인데 다만 기린화의 여성스러움을 남자의 사심으로 평가하지 않으려 했을 뿐이야. 지금의 그 모습을 객관적으로 평가하자면 여성의 아름다움을 두루 갖춘 기린화니까 앞으로는 많고 많은 남자들 중에서 '기린화의 배필감은 나다!' 하고 달려드는 사내가 많을 테니, 그중에서 좋은 사내 선택해서 행복하기를 바라는 왕초라고 한다면, 기린화의 오해가 풀릴 법도 한데?"

"알았어요, 왕초님. 고맙네요. 그리고 제가 주제파악을 못하고서 왕초님의 인정을 받고 싶었거든요."

사실이다. 기린화의 여심이 청랑을 향해서 조금씩 다가가고 있음이다.

"왕초님도 보고 밥도 먹고 했으니 전 이만 일터로 갈래요." 상기된 얼굴을 한 채 기린화는 식기 반납도 잊고 줄행랑을 쳤다.

'늘 우울했던 기린화의 모습이 명랑해졌군.'

"잘 먹었습니다, 주방장님." 두 개의 식기를 반납하고 청랑도 함바에서 나왔다. 오늘 보니 기린화가 여자이고 싶었던 것을 오래도록 참고 있었구나. 사람이 때를 넘기면서도 잊고 있었던 자아를 재발견했다는 것은 자신의 새로운 탄생을 의미하는 것과 함께 생의 가치관과 행복을 누릴 수 있는 권리를 찾아가는 계기이기도 하니 기린화에게는 잘된 일이야. 청랑은 왕초로서 한 제자의 도약을 보는 것 같아서 흐뭇한 마음이다.

기린화는 일터로 오면서 콧노래를 불렀다. 오늘은 쌓였던 체증이 쑥 내려가는 기분이다. 왕초를 만나고 그곳에서 한바탕 푸념까지 할 수 있었으니 말이다.

"이봐요, 기 조장. 밥은 안 먹고 어딜 갔다 오는 거야?"

"내가 어디 갔겠어? 함바에서 밥 먹고 오는 거야."

"무슨 소리야? 도시락을 놔두고 식당엔 왜 간 거야? 누가 공짜로 밥을 사준 건가?"

"공짜는 무슨? 도시락이 없으니까 내 돈 주고 사먹고 왔지."

"이렇게 정신 나간 사람 봤나? 엄연히 당신 도시락이 여기 있는데 거짓말을 밥 먹듯 하네. 기 조장 그렇게 안 봤는데 이제 보니 몹쓸 인간이군."

"아차, 내 정신 좀 보게. 도시락 가져온 걸 깜빡 잊고 착각을 하였으니 이 일을 어쩌면 좋아? 언니들 미안해요. 거짓말 하려한 건 아니었는데 정말 미안해요. 언니."

"이런 세상에 기 조장의 말이 사실이라면 정신이 나가긴 나간 모양이군. 지난번에 높은 곳에서 떨어졌다더니 머리를 다쳐서 이상해진 모양이군. 그러면 그렇지 그 높은 데서 추락했는데 멀쩡할 수가 있나? 요즘 들어 왠지 이상해 보이더라니? 오늘따라 옷차림도 다르고 바람난 여자처럼 식당으로 돌아다니고, 아무래도 기 조장이 이상해진 건 맞아."

청소부 동료들이 수군수군 댄다. 그렇다. 동료들 말대로 내가 변하고 있는 건 사실이다. 머리를 다치거나 해서 이상해진 것이 아니라, 그동안 내가 잊고 있었던 인간의 본성을 더 정확히 말하자면 여자의 감성 그것이 생각 키우는 대로 하나씩 따라가려 하고 있는 것이다. 그래서 오늘은 나의 흠모대상인 남자에게 내 마음을 보여주고 싶은 감정 탓에 싸온 도시락 그 자체를 망각한 채 식당으로 달려갔던 것이다.

쌍포돛대에서의 만남

오전 11시, 막 회의를 끝낸 S건설 현장 사무소다. 전화벨 소리가 요란하게 울린다.

"예, 건설 사무소입니다."

"아 여기 상하이 주재 한국영사관이요. 소장님 계시면 좀 바꿔주시오."

"예, 잠깐만요. 소장님, 영사관이라는데 소장님을 찾습니다."

"그래? 건설소장 개나리입니다."

"안녕하세요? 본부장님, 나 상하이 영사, 공창호입니다. 그간 잘 지내셨고요?"

"그럼요 덕분에 잘 있습니다만. 영사께서 무슨 일로 저를?"

"예, 오늘은 사적인 일로 전화했습니다. 소장님, 다름이 아니고, 전에 만났던 청량왕초, 그분 아직도 그곳에 있습니까?"

"그럼요. 지금도 우리 현장에 있습니다만, 무슨 일로 찾으시는지요?"

"그럼 잘됐군요. 본부장님께서 선약이 없으시면, 오늘 저녁식사라도 하고 싶습니다. 어떠신지요?"

"저야 우리 영사님과 함께하는 시간이 영광입니다만, 역시 초청하신 장본인은 청랑이 아닙니까?"

"왜 이러십니까, 두 분께서는 바늘과 실 같은 사이임을 잘 알고 있습니다. 소장님과 청랑왕초 두 분을 상하이로 초대하겠습니다."

"그럼 청랑을 대동하고 영사관으로 가겠습니다."

"그보다는 사적으로 술도 한잔하고 싶으니 오늘 오후 7시쯤 상하이 7번가에 있는 쌍포돛대에서 만납시다."

"예, 그럼 그렇게 알겠습니다."

수화기를 내려놓은 본부장은 생각한다. 공창호 영사가 청랑을 찾는다? 아무튼 흥미로운 일이군. 영사는 보좌관에게 일러둔다.

"오늘 공단에 있는 한국 측 본부장하고 저녁 약속이 있으니, 7번가에 있는 식당에 5인석 정도의 자리를 예약해 두시오."

"예, 영사님." 오후 중반쯤에 음식점 쌍포돛대에 전화벨이 울리고 상하이 주재 한국 영사관에서 예약을 하고자 한다.

"우리 영사님과 함께 다섯 분이 식사를 하시고자 하니 자리를 부탁드립니다."

"예, 말씀대로 준비해 놓겠습니다."

마담 류정강은 회장실에 전화를 했다. 평소와는 달리 외국 공관의 영사가 예약을 했으니 쑹리매 회장에게 알려야 할 것 같아서였다.

"회장님이 안 계시는데요. 손님이 오신대서 공항에 가신다 했어요."

"그럼 오시는 대로 저에게 전화 주셨으면 해요. 전할 말씀이 있어서요."

쑹리매는 한국에서 청아와 설린 두 조카와 루산나가 온다기에 공항에 마중나간 것이었다. 쑹리매가 공항 출구에서 기다린 지 20분쯤 지나자, 그들이 게이트를 나온다.

"어서 와요, 화백언니."

"나와 주었구나, 쑹리매. 그간 잘 지낸 거야?"

"안녕하세요? 작은엄마."

"오, 청아구나. 설린이도 오고. 모두가 반갑구나."

"저희들도요. 작은엄마도 잘 지내신 거죠?"

"그럼, 그새 몰라보게 훌쩍 컸구나. 대견스럽다, 너희들."

"누나는 대학생이고 저는 고등학생인 걸요. 성린 형도 잘 있지요?"

"그래 그 애는 방학인데도 공부가 밀렸다고 안 오는구나. 자 어서들 집으로 가자."

쑹리매가 타고 온 회사전용 버스에 모두들 태워 쑹리매의 자택으로 왔다. 전에도 한 번 왔던 곳이라 낯설지 않은 집이다. 손님 맞이 준비하느라 유모의 손이 바빠졌다.

"유모님께 신세지게 되었네요. 잘 부탁해요."

"반가워요. 화백님과 조카들도요."

"방학이 된 아이들이 온다기에 나도 그냥 따라 나섰어요. 한 이틀 머물다 가려고요. 설 선장도 같이 오자 했더니, 회사 핑계 대면서 슬쩍 빠지는 거 있지."

"그거야 설 선장 생각엔, 언니와 나 두 사람한테서 항상 샌드위치가 되는 거보다 안 오는 게 상책이다 생각했을 거예요."

"그런데 내 깜빡했는데 식당 지배인이 전화해 달라했어요."

"그래 알았어. 내 전화하고 올 테니 너희들 쉬어라. 언니도요."

그녀는 서재로 가서 식당에 전화했다.

"정강이 무슨 일이야? 전화해 달랬다면서?"

"예 언니, 예약 손님이 있는데 좀 특별한 사람이어서 언니께 알리는 거예요."

"누군데 그래?"

"예 언니, 상하이 주재 한국 영사 일행 대여섯이 식사하러 온다고 했어요. 7시라고 했어요."

"그래, 내 좀 있다 내려가 볼게. 준비나 잘해두어라."

점심 식사 후에 짧은 휴식을 하고 있는 청랑에게로 소장 개나리가 찾아왔다.

"청랑이 바쁠 것 같아서 내가 왔어요."

"어서 오십시오, 소장님. 어인 일로 여기까지?"

"폐일언하고 오늘은 청랑을 찾아 달라 하는 사람이 있어서 왔어요. 상하이 주재 공영사가 청랑을 만나자고 했어요."

"나를 왜요?"

"특별한 이유는 없는 것 같고 그저 저녁식사 겸 술 한잔 하고 싶다고 7시에 7번가 쌍포돛대로 와달라고 했으니, 나와 함께 갑시다."

"그럼 소장님을 초대한 것을 나 청랑을 보디가드로 데려가실 생각이군요."

"틀렸어요. 이번에는 거꾸로요. 초대받은 사람은 청랑이고 내가 청랑을 호위해야 하오. 그리고 관리과장도 동행할까 하는데?"

"그게 좋겠습니다. 우리 편이 많을수록 좋을 것 같습니다."

"내 뜻은 그게 아니고 그곳에 갔다하면 나 혼자서 와야 할 거 같아서 관리과장을 대동하는 것이오."

"역시 소장님께선 오늘도 나를 표리부동한 사람으로 만들고 싶은 모양이군요."

"아니라고 딱 잡아 뗄 일이 아닐 것 같은데? 아무튼 6시엔 출발해야 하니 늦지 않게 사무실로 오시오."

라는 말을 남기고 소장이 휑하니 사라진다. 사라지는 소장의 뒷모습을 멀거니 바라보며, 이상하다 왜 나를? 아니겠지. 영사와 본부장 간의 만남에 본부장이 술친구로 나를 끼워주고 싶은 거겠지.

집에서 손객들을 쉬게 한 다음, 쑹리매 회장은 쌍포돛대에 내려왔다.

"어서 와요, 언니."

"그래 준비는 잘 되고 있나? 그 사람들 귀한 손님이니 음식 준비도 잘해야 하고 룸도 넓고 편한 곳으로 해야겠다. 경우에 따라 사람 숫자가 많아질 수도 있으니까 주방장에게도 일러두고. 그 사람들 오는 대로 정강이 잘 안내 해드리고 나는 나중에 다시 들리마."

"예, 언니. 염려 마세요."

7시가 조금 못되어 영사 일행이 먼저 왔다.

"어서 오세요, 영사님."

"오 지배인, 한국에서 오신 내 형수님 내외분이니 예약된 자리에 안내해 주시오."

"네, 영사님."

"아주 널찍한 자리군."

"네. 대여섯 분이 오신다고 하셨기에."

"맞소. 좀 있으면 다른 분들도 곧 도착할 것이오."

공영사가 형님 내외라고 부른 사람은 한국의 여화산업 공장장인 공구호 내외였다. 그랬다. 공영사의 집안 형인 공구호 공장장이 강변식장 주인 춘천댁과 함께 산사에서 조용하게 혼례를 치룬 후 같이 생활한 지가 여러 달이 지났다. 늦은 혼인이라 소문내지 않고 신혼여행도 생략했었다. 그랬다가 이번에 시간을 내어 겸사 겸사해서 동생인 공영사가 있는 상하이로 여행 온 것이었다.

"아주 좋은 식당이군. 은은하면서도 웅장하군. 식당 이름도 한국적이고."

공구호의 감탄사다.

"안내드리느라 인사가 늦었습니다. 영사님을 처음 뵙는군요. 저는 이곳 지배인이자 마담 류정강이에요. 잘 부탁드립니다."

"그래요 나는 한국의 영사 공창호입니다. 이분들은 좀 전에 말씀드렸듯이 나의 형님 내외분이십니다. 오늘 마담께 신세지겠습니다."

"염려마세요. 저희 회장님 당부도 있었으니 잘 모시도록 하겠습니다."

마담 정강은 예의바르고 지적인 외모를 가진 절세미인이다. 때마침 쑹리매가 들어서면서

"어서 오세요. 공영사님. 오랜만에 뵙습니다. 그리고 저희 집을 찾아주셔서 영사님께 감사드립니다."

"쑹리매 회장님, 편하게 대해 주세요. 저는 나이로도 정치로도 한참 후배입니다."

"그렇지가 않습니다. 영사님은 나라를 대표해서 우리 상하이에 오신 분이에요. 여기 같이 오신 분들도 한국 분이시군요. 잘 오셨습니다. 저는 이 집 주인 쑹리매입니다."

"예, 저는 한국에서 온 공구호이고 여긴 저의 안사람입니다. 동생이 있는 곳이라 구경 왔습니다. 아주 좋은 곳이군요."

서로의 수인사는 끝났다. 그때 루산나 화백과 자녀들 청아와

설린이 들어온다.
"이리들 오너라. 인사드려라. 이곳 상하이 주재 한국 영사이시다."
"안녕하세요? 부산에서 온 설청아입니다. 내 동생 설설린이고 저희 엄마입니다."
"저는 설설린입니다. 그리고 이 집 주인이신 분이 저희 작은엄마입니다."
"오, 그래 모두들 우리 동포들이구나. 만나서 반갑구나."
"인사가 늦었습니다. 저는 이 애들의 엄마인 루산나예요. 이곳에서 우리의 영사님을 만나서 반갑습니다. 두 분께도요."
"예. 고맙습니다."
인사들이 엉키면서 두서가 없었다.
"그럼 오셨으니 같이 자리하시지요?"
"아닙니다. 저희들은 따로 자리가 있습니다. 인사를 드렸으니 저희 자리로 갈게요."
"그래요, 화백언니."
"우리는 4번룸이에요."
"영사님, 저도 이만. 필요할 땐 부르세요."
쏭리매도 루산나 가족과 함께 나갔다.
"화백언니, 이쪽이에요."
쏭리매의 안내로 자리에 앉은 루산나 가족들이다.
"레스토랑이 우하하고 좋구나."
"괜찮게 꾸민다고 마음 쓰긴 했는데 화백언니 눈에 좋게 보인다니 다행이에요."
"작은엄마, 정말 근사해요."
"고맙구나. 그런데 모두가 찬사를 보내는데 설린이는 왜 아무런 반응이 없는 거야?"

"나야 뭐 누나하고 엄마가 작은엄마까지 다해 버렸으니 마땅히 더 좋은 단어가 떠오르지 않아서야. 앉아서 맛있게 먹는 걸로 대신할게요."

"그래, 오늘은 여기서 양식을 먹어보는 것도 괜찮을 거야."

스프와 스테이크가 나오고, 와인도 한 병 오른다.

"자, 어서들 먹자. 화백언니와 나는 와인부터 한잔해요."

"그래, 그게 좋겠다."

"작은엄마, 우리도 와인쯤은 먹을 줄 알거든요?"

"참, 그렇구나. 내가 그만 깜빡하고 너희들 어릴 적 생각만 하고 있었구나. 우리 다 같이 한잔 하자."

"작은엄마!"

"응, 왜?"

"방금 전 공영사라는 분, 여기에 자주 오시나요?"

"아니야, 작년에 상하이시 주체의 행사 끝나고 여기서 만찬을 같이 한 적이 있었고, 오늘이 두 번째야. 아마도 개인적으로 몇 사람 초대하셨나봐. 아까 너희들과 인사할 때 옆에 있던 사람은 한국에서 온 그분의 형님 내외분이시고 또 다른 사람들도 곧 올 건가봐."

그때다. 막 도착한 공단의 건설 본부장 일행이 현관으로 들어선다.

"어서 오세요 손님, 제가 안내해 드릴게요."

"고맙소. 우리는 7시에 이곳에서 만나기로 약속한 사람이 있는데 와있는지 모르겠어요?"

"그럼 상하이 주재 한국 영사님 말씀이군요?"

"그렇습니다. 주인장."

"예 좀 전에 오셨어요. 그리고 저는 이곳 쌍포돛대의 지배인 겸 마담인 류정강이에요. 이쪽이에요. 영사님, 기다리시는 손님 오셨습니다."

공영사는 자리에서 일어난다.

"어서 오십시오, 본부장님."

"이거 영사님보다 우리가 늦었군요. 죄송합니다. 그 대신 청랑왕초를 대동하고 왔습니다."

"오랜만입니다. 청랑왕초, 반갑습니다. 공영사님, 그런데 어쩐 일로 저까지 불렀습니까?"

"왜요? 저는 뭐, 협객 청랑을 모시면 안 되는 법이라도 있습니까?"

"협객이라? 과분한 말씀입니다. 다만 듣기는 좋군요."

"청랑왕초께서 옆을 보시오. 혹시 아시는 분인지?"

"어? 공구호 공장장 아니십니까?"

"그럼, 오신다는 분이 청랑 형이셨군요. 이럴 수가? 놀랍습니다. 왕초형을 여기서 만나다니?"

"나도 그렇소. 공형이 여기에 있을 줄은 전혀 생각 못했어요. 그러고 보니 공 형 때문에 영사께서 나를 호출하셨군요."

"호출이라니 당치 않아요. 제가 어찌 감히 협객 청랑을 호출하겠습니까? 두 분을 만나게 해드리고 싶어서 모신 겁니다."

"공 형, 우리 본부장께서도 같이 왔습니다."

"그래요. 나 개나리 소장이에요. 공장장이 벌써 나를 잊으신 거 같군요."

"그럴 리가요. 죄송합니다. 나의 왕초형이 크게 앞을 가리는 바람에, 소장님께 인사할 수가 없었습니다."

"자, 나는 나의 형님께서 잘 아시는 동포 분들을 한자리에 모이게 주선했으니 이 정도면 영사 자격이 있는 거 아닙니까?"

"고맙네, 아우. 왕초와 본부장 두 분을 만날 수 있게 된 것은 나에게는 최고의 기쁨이네. 저의 안사람입니다."

"청랑 형부, 소장님 두 분 오랜만이에요."

"어? 강변식당 사장님? 이제 두 분이 합치셨군요. 기별을 주시지 않고요? 그랬으면 우리 개나리 팀도 달려갔을 텐데 늦게나마 축하드립니다."

"말씀만으로도 고마워요. 소장님과 왕초님."

"영사님 우리 관리과장도 같이 오자고 했습니다."

"잘 오셨어요, 과장님."

"고맙습니다. 우리 공단과 영사관과의 소통은 저의 소관이기에 혹시 무슨 밀담이라도 엿듣고자 따라왔습니다."

"그렇다면 우리와는 달리 본부장께서 조심하셔야겠습니다."

"그렇지가 않습니다. 나 본부장을 밀착 경호하는 관리과장이 항상 옆에 있으니 오히려 든든 하오이다."

"아무튼 내 형님의 지인 분들을 모시고 같이 자리할 수 있어서 정말 좋습니다. 오늘은 그런 뜻에서 이 공창호가 쏘는 것이니 무례하다 마시고 마음껏 드시길 바랍니다."

"고맙네, 내 아우 창호야. 그런데 한 가지 섭섭한 것은 오시는 분이 청랑왕초와 본부장이라 밝히지 않았다는 점이네."

"형님도 참, 미리 밝혔으면 구호 형이 깜짝 놀라는 재미있는 그 표정을 내 평생 구경하지 못했을 텐데 그런 명장면을 놓치는 일을 내가 왜 합니까? 비록 형님한테만이 아니고 이 집주인에게도 공단에서 오신다는 얘기를 안 했습니다."

"그건 영사께서 너무하셨어요. 우리 공단 사람이 무슨 비밀 요원도 아닌데?"

"그건 모르시는 말씀이에요. 만약에 내가 초대한 사람이 본부장과 청랑왕초다 하고 밝혔으면, 득달같이 나타난 이 집 사장이 청랑왕초를 우리에게서 뺏어갈 텐데. 그걸 아는 내가 손해 볼 짓을 왜 합니까? 두고 보십시오. 조금 있으면, 내 형님처럼 기겁을 하는 장면이 연출될 테니까요."

"듣고 보니 공영사의 깊은 뜻에 공감이 갑니다. 나 역시 그러한 위기감에서 관리과장을 대동한 거예요."

"아니 두 분께서 왜 이러십니까? 나 청랑이 뭘 어쨌다고 나의 공 형 앞에서 함정을 파시는 겁니까?"

"함정이라? 두고 봅시다. 나의 구호 형이 깜짝 놀라실 명장면이 연출될 테니. 그런 의미에서 한잔들 하십시다."

"좋습니다. 이 개나리가 공영사님의 유머에 박수를 보냅니다."

"다들 내 형님의 지인 분들이시니 오늘은 저도 영사가 아닌 동생으로 선배님들과 같이 하겠습니다."

한편 마담 류정강은 머릿속이 혼란스러워진다. 분명 그 사람인데? 언젠가 허름한 복장을 하고 나타나서, 혼자서 고독을 씹다가, 그 류정강의 마음을 온통 들쑤셔 놓고 가버린 그 방랑거사 같은 그 사내와 흡사한데 지금도 그때 그 허름한 모양새 그대로인데 그런 사람이 전혀 다른 부류의 신사들과 대등한 어울림을 하고 있지 않은가? 만약에 그 사내가 맞는다면 내 분명 절세가인의 고고함을 보여 주리라. 우선 확인을 해야겠다.

마담 정강은 와인 한 병 챙겨들고 안주용 요리 한 접시를 웨이터 손에 들려서 영사 일행이 있는 2번 룸을 노크했다.

"마담 류정강이에요. 맛있게들 드시는지요? 귀한 분들 저희 가게에 모시게 되어 관심이 크신 저희 회장님을 대신해서 제가 한 잔씩 올리겠습니다."

"그렇다면 감사히 받아야지요."

마담 정강은 순서 없이 한쪽에서 한 잔씩 따라 나간다.

"자, 마담도 같이 한잔해요."

공영사가 권하니, 기다렸다는 듯이 얼른 잔을 받는다. 그리고 정강에게 다들 고맙다는 표시를 하고 건배를 했다.

"역시 이 집의 쑹리매 회장에 버금갈 만한 절세미인이십니다."

"칭찬 감사합니다. 그런데 혹시 저분은 언젠가 오셨다가 바람같이 사라진 그 방랑거사. 또 뭐라더라? 맞다 청랑이란 분 아니세요?"

"그렇소, 마담. 기억력이 좋으시군요."

"다시 오셔서 반가워요. 그리고 다행이구요."

"다행이라니 뭐가요?"

"모르시겠어요? 그때 소녀의 마음을 온통 들쑤셔 놓고 가셨으면서 그 후로 언젠가는 한 번쯤 오시겠지 하고 기다렸었는데 그 이상한 분이 드디어 왔군요."

"아니? 류 마담 나는 아무 말도 하지 않고 앉았다가 그대로 갔는데 이분들 앞에서 나를 이상한 사람으로 몰아세우다니 이거 생사람 잡지 마시오."

"허허. 류 마담 말대로라면 청랑왕초가 무슨 일을 저지르긴 했구먼. 마담에게 사건의 진상이나 들어봅시다."

"그래요. 선생님들 저분 청랑이란 거사의 도도함 때문에 소녀의 자존심이랑 존재 가치가 무참히 내려앉고 말았습니다."

"저런? 그 방랑거사란 자가 어쨌기에? 그 다음을 말해보시오."

"소녀가 저희 가게를 찾으신 손님들에게 감사의 인사를 다니다 보니, 한쪽에 홀로 앉아 말없이 술잔만 기울이고 있는 사나이가 고독해 보이기도 하고 해서 말벗이라도 되어 줄까 옆에 앉았더니 그 사나이는 이렇게 말하더군요. '이보시오 마담, 멀찌감치 떨어져 앉는 것이 좋을 거요.' '왜요? 제가 뭐 잘못했나요?' 하니 '그런 건 아니지만 보시다시피 내 형색이 말하듯이 나는 땀내 나는 노동자에 불과하니 그리 아시오.' '알았어요. 손님 땀내는 모르겠는데.' 하면서 맞은편에 앉았지요. 그리고 마지못해 주는 듯한 한잔 술을 받았지요. 내 딴에는 괜찮은 외모의 여자라고 자부했는데 무시당하는 듯해서 오기가 생기더군요. 그래서 한잔 술을 단숨에 비우고는 솟는 감정을 억제하고서, '선생님은 한국사람 같은데 여기는 무슨 일로 오신 거예요?' 하고 물어보니, 대답 역시 '나는 선생이 아니오, 일터로 가기 위해 한국에서 온 노동자요.' 하기에, '그럼 어디로 가는데 이 시간에 혼자 있는 거예요?' '질문이 많으시군. 그럼 말하리다. 나는 난·항·상 공단으로 가야 하는데 시간이 늦어 어쩔 수 없이 상하이에서 자고 내일 아침 일찍 가야해요. 아는 지인이 있어 전화를 했는데 닿지 않아 여기서 술 한 잔 하고 가려던 참이오.' '그럼 숙소는요?' '예 칭베이 호텔에 예약을 해 두었어요.' 그렇게 이야기 몇 마디 주고받다보니, 나도 모르게 마음이 끌려가고 있었나 봐요. '저 한잔 더 주시겠어요? 노동자 선생은 이름도 없군요.' 했더니 '내 이름은 청랑이오. 이제 나도 조금만 더 있다 갈 테니 마담은 장사에나 신경 쓰시오.' 하고는 얘기마저 단절하려 하는 거예요. '좋아요! 그럼 선생도 혼자고 나도 임자 없는 몸이니 오늘은 노동자 선생을 따라 갈래요.' 하고 내 마음 내키는 대로 얘기했지요. 그랬더니, '그건 안 돼요 천하절색 마담이 나 같은 사람과는 전혀 어울리지 않을 뿐더러, 나를 배려하고 이해해주는 여친이 있으니, 마담의 말은 농담으로 듣겠소이다.' 이 류정강 난생 처음 용기를 내어 도전했다가 참패를 당한 기분이어서, '그러려면 무엇 때문에 가지 않고 내 속을 흔들어요?' 하고 못된 성질을 쏟아냈지요. 그랬더니 '안 그래도 일어나려던 참이었소! 잘 마시고 갑니다.' 그것이 끝이었어요. 이 류정강이 명색이 상하이 대학에선 메이퀸이었는데 우리 회장님의 강의에 공감하고 반해서 장사를 배워 앞으로 내 장사를 해보겠다고 여기에 자원해서 일하고 있는데, 일이 다 재미있고 좋은데 그때 그날 방랑거사에게 나름대로 참패를 당하고 보니 그 후 오랫동안 그 이상한 남자가 머릿속에서 사라지지 않고, 언젠가는 다시 오겠지, 오기만 해봐라 내 그냥 고이 보내지 않을 거다 했는데, 드디어 오늘 나타나셨어요. 행색은 여전히 허름하고 덥수룩한데, 같이 오신 분들은 보통 분들이 아니시니, 도대체 청랑이란 사람의 정체가 뭐예요?"

"이래도 저에게 술 한 잔 안주실래요?"

"미안해요, 류정강. 나는 의도적으로 상대를 무시하거나 함부로 대할 의도 같은 거 없는 사람이니 오해가 있었다면 털어버리시오. 아마도 그때의 내 행동에 모순이 있었던 모양입니다. 지금까지의 류 마담 이야기는 덕담으로 듣고 넘깁시다. 그런 마음으로 내가 술 한 잔 드리리다."

"고마워요, 청랑 선생님. 소녀가 속이 좁았네요."

"그런 일이 있었군. 하마터면 왕초 청랑에게 또 하나의 여자가 생길 뻔 했군. 앞으로도 조심 해야겠소 이다, 청랑. 지금도 류 마담 표정을 보니 완전히 포기한 것 같지는 않은데?"

"맞아요. 소녀가 마음을 접었다고 말하지는 않았습니다. 다만 오늘도 이 류정강, 딱지를 맞고 물러나겠습니다. 즐거운 시간 되십시오."

"역시 마담의 덕담에 좋은 만찬이 되는군요. 아니 그렇습니까? 형님?"

"그렇군. 역시 왕초형은 바람 잘 날이 없군요. 저 유 마담이 호락호락 물러서지 않을 것 같아서 심히 걱정스럽습니다."

"이거 큰일 났네. 그럼 우리 화천언니는요?"

"화천언니라니요?"

나가려던 정강이 돌아서며, 반문한다.

"허허, 아무 일도 아니오. 당신 그 얘길 왜 하는 거야? 여기서."

"왜요? 내가 없는 말 했어요? 청랑님을 죽고 못 잊어 하는 화천언니가 있는데."

"염려 마세요, 언니. 그분은 그분이고 나는 나니까. 청랑님을 나 혼자 갖자고 하지는 않을 테니까."

하면서 살짝 미소를 남기고 가는 정강이다.

루산나 가족과 함께 식사를 하던 쑹리매가 일어나면서
"언니, 아까 인사했던 그쪽 손님들한테 한 번 가봐야겠어요."

"그래 당연히 가봐야지. 여긴 신경 쓰지 말고 가 보거라."

"작은엄마, 아까 그 영사님 말씀이죠?"

"그래, 청아야. 그 자리에 두어 사람 더 참석한다니 내 가보고 오마."

"그러세요, 작은 엄마."

2호룸에서 나오는 정강과 마주친 쑹리매다.

"그쪽 손님들 뭐 부족해하는 것 없더냐?"

"염려마세요, 언니. 언니 대신에 와인 한 병 가져가서 인사하고 나오는 거예요."

"잘했다, 정강아. 내 그냥 한번 가보고 올게."

"그런데 언니, 이상한 일이에요."

"왜 뭐가?"

"있잖아요. 그때 그 사람이 왔어요."

"이 사람아, 밑도 끝도 없이 그 사람이라니? 누군데 어디를 왔단 말이냐?"

"가보시면 알아요."

정강은 무슨 신기한 보물이라도 발견한 듯 호들갑이다. 그리고 앞장선 정강에 뒤따르는 쑹리매다.

"영사님, 우리 회장님 모시고 왔습니다."

"어서 오세요. 쑹 위원님."

"미안합니다. 내 조카들 하고 있느라 늦었습니다. 그리고 정강아, 그 사람이 누구냐?"

"저기 보세요. 전에 나를 울려놓고 가버린 저기 저 방랑거사 말이에요."

"아니, 당신은 청랑? 그리고 본부장님도 함께 오셨군요. 영사님도 참, 본부장님과 청랑을 초대해놓고 말씀을 안 하시다니 귀띔은 해주셨어야지요."

"미안합니다. 쑹 위원님. 그게 어디 내 맘대로 할 수 있는 일입니까?"

"잘 있었소? 쑹리매 회장님."

"그래요. 나야 잘 있었지만 한국 분들이 짜고서 나를 골리시는군요."

"그럼 언니께서도 아시는 분이에요?"

"그래 정강아. 알아도 너무도 잘 안단다."

"역시 이 정강의 안목이 틀리지 않았어요. 언니께서 아시는 분이라면, 괜찮은 남자임에는 틀림없군요. 그렇다면, 더더욱 내 마음 접을 수가 없네요."

"그 보세요. 쑝 위웜께 미리 말씀드렸다면, 청랑 선생은 오는 즉시 뺏어갔을 테고, 그러기 전에 나의 형님과 청랑왕초 두 분께 먼저 한잔 술을 나누실 시간을 먼저 드려야겠다는 나의 욕심이었으니 양해해 주시길 바랍니다."

"그러셨군요. 그런 뜻이었다면 당연히 잘하셨습니다."

"이야기를 듣고 보니 안 되겠어요, 언니."

"자네는 또 뭐가 안 된다는 거야?"

"왜긴요, 오늘은 이 만찬이 끝나는 대로 기필코 저 방랑거사를 제가 모실 거예요."

"이 사람 정강, 자네가 아니래도 청랑을 붙들고 늘어질 사람이 많다네. 그러니 오늘은 단념하게."

"언니, 저 말고 또 누가 있어요? 설마, 언니는 아니겠지요?"

"나도 그중의 한 사람이지만, 정강이 4호실에 가서 그 학생들을 좀 데려와줄래?"

"언니는 나를 따돌리지 못해 안달이네요."

"저 말버릇하곤? 어서 가서 데려오기나 해라."

정강은 뾰루퉁해서 나간다. 곧이어 정강을 따라 학생들이 들어온다.

"영사 아저씨, 저희들 또 왔습니다. 마담 아줌마가 가자고 해서 왔는데 무슨 일이에요?"

"오 너희들, 내가 불렀다. 청아하고 설린이, 여기 누가 와있는

지 보아라."

"어머나, 랑 아저씨 아니세요?"

"오 그래, 청아와 설린이, 너희들이 와있었구나? 반갑구나."

"저희들도요."

청아와 설린은 동시에 청랑에게로 가서 안긴다.

"그래그래, 설청아 설설린 다 컸구나. 내 너희들 보려고 여기 오게 되었구나. 그리고 보니, 초대해주신 공영사께 감사드려야겠어요."

"그래, 부모님들은 안녕하시고?"

"네 아저씨, 엄마도 같이 왔어요. 아마 엄마도 아저씨 보시면 깜짝 놀랄 거예요. 랑 아저씨의 첫사랑 여인 루산나 화백이 옆방에 있으니, 저하고 같이 가요. 네?"

청랑은 생각지도 못한 갑작스런 상황에 적이 당황스러웠다.

"그래요. 어서 가 봐요. 화백 언니가 반가워할 거예요."

"어서 가요, 아저씨."

청랑은 두 아이들의 성화에 일어섰다.

"그럼 여러분들 양해를 믿고 잠깐 실례하겠습니다."

"우린 괜찮으니 얼른 가보세요. 쑹리매 위원님, 이 공 영사의 예측이 적중하지 않았습니까?"

"그렇군요. 일국의 영사님이시라 혜안이 뛰어나시군요. 그건 영사님뿐이 아니고 이 본부장 개나리도 이럴 줄 알고 나 혼자 돌아가는 신세 면하려고 우리 관리과장을 대동했어요."

"잘 생각하셨어요, 본부장님. 공 이사께서는 놀라지 않는군요?"

"그야 청랑왕초가 가는 곳엔 이변이 있을 거라는 예측, 가능한 일이니까요."

"어머나, 여러 선생님들의 말씀대로라면 정말 기이한 분이네요."

"그렇다고 볼 수 있지. 그러기에 나 개나리가 협객 청랑이라는 별호를 붙인 거예요."

"여기 높으신 선생님들 모두가 그렇게 생각하시는 분이라면 지난번에 저의 방심으로 놓쳤지만 오늘은 기필코 이 류정강이 도전해야겠으니 언니께서 조금만 도와주세요, 네?"

"이 사람 정강, 자네 차례까지 갈려면 오랜 시간이 걸릴 걸세. 어쩌면 늙어서 무덤 직전까지 가야할걸?"

"그런 게 어디 있어요? 언니."

"왜 내 말이 안 믿어지나? 지금 여기만 해도 자네 말고도 셋이야. 그와 같이 있기를 원하는 사람이."

"이제 보니 언니께서 저를 따돌리려고 하시는 말씀이라 못 믿겠어요."

"정강아, 그런 억지소리 하지 마라. 우선 4호실 룸에 있는 화백 루산나가 첫사랑 여인으로 그만 보면 매달리려 들고, 그다음은 우리 집 노처녀 유모가 청랑님을 불속에서 나를 살려낸 생명의 은인이시니, 내가 가진 무엇이든 다 바칠래요. 하고 덤벼들지 않나. 또 한국에서는 그의 아내가 있을 테고 그 외에도 분명 그를 흠모하는 여자가 있을 거야."

"네 맞아요, 회장님. 저를 지금의 식당사장으로 키워준 그 언니 화천어부가 있어요. 청랑님이 절대로 먼저 찾는 일은 없었지만 어쩌다가 우리 저이 공장장하고 저분 소장님하고 우리 식당에 오시면 제가 몰래 기별을 하지요. 오늘 손님들 중에 청랑님이 오신 댔어요! 라는 말만 들으면 백리 길을 멀다 않고 밤중에라도 차를 몰고 달려오거든요. 그리고는 나에게 하는 말은 언제나 바람 같은 저 사나이, 불어오는 그 길목을 놓치고 나면 언제 다시 불어올지도 기약 없는 사람이기에 내 이렇게 달려오지 않을 수가 없단다. 하거든요."
 춘천 댁의 화천어부 이야기에 음 하고 가늘게 신음소리를 내는 쑹리매다. 그러고는 정강을 돌아보며
 "거 봐라, 내 말이 맞잖니? 이쯤 되면 정강이 마음을 접어야겠지?"
 "그래도 언니, 명색이 상하이대학의 메이퀸인 저의 자존심이 쉽게 접어지질 않네요."
 "이거 큰일이군. 누가 잘못 들으면 천하의 난봉꾼으로 오해받기 십상이군."
 "그러니 정강이 정말로 청랑이 좋아 보인다면, 마음으로 존경하는 정도로 끝 내거라."
 "언니 자신은 단념하지 못하면서, 나보고만 그래요?"
 "이 사람 정강아, 나는 이미 청랑의 여자야. 지금은 가까이에 있고, 그에게도 내가 있는데 설마 나에게까지 앞지르려는 건 아니겠지?"
 쑹리매는 젊은 혈기의 류정강을 조용히 달래었다.

 "엄마, 청랑 아저씨 오셨어."
 "뭐? 청랑이? 청랑이 여길 어떻게?"
 아이들의 외침에 깜짝 놀라는 화백 루산나다.
 "루산나 가족이 와있으리란 생각은 못했었어."
 둘은 가벼운 포옹을 했다.
 "그간 잘 지낸 거지?"
 "그럼 나야 늘 집 아니면 화랑에서 번갈아 가며 잘 지낸다만 청랑오빠는 아직도 중국에 있었구나."
 "그래 나도 이곳 중국에서 정신없이 일에 묻혀 지냈었지."
 "울 엄마가 제일 좋아하네?"

"그래 반가운 사람이니 좋을 수밖에."
"우리 아빠가 보았으면 질투깨나 하겠는 걸?"
"그래 그건 누나 말이 맞아."
"얘들 봐라. 아저씨 앞에서 못하는 소리가 없네."
"뭐 그거야 농담이기도 하겠지만 솔직한 표현이기도 하네. 청아와 설린이가 자란 만큼 농담도 늘었구나."
"랑 아저씨, 저도 한 번 안아 주세요."
"저도요."
"그래, 우리 조카들 한 번 안아보자. 설린이는 어깨가 넓어졌구나."
"쟤는 머슴애라 뻣뻣하죠."
"음, 청아는 이제 숙녀가 다 됐는걸."
"고마워요. 랑 아저씨."
"그런데 쑹리매도 청랑오빠 오는 줄 모르는 것 같은데?"
"와서 보니 그렇더군. 아마 공영사가 말하지 않았던 모양이야."
"참, 영사의 초대 손님인데 가봐야 하잖아? 어서 가봐요."
"그래, 우리 다 같이 가자."
"아까 인사는 했는데 가도 괜찮을까?"
"뭐 어때서. 다들 한국 사람들인데."
그들은 4룸을 두고 2룸으로 합세했다.
"안녕들 하세요? 염치불구하고 왔습니다. 청랑오빠가 가자고 해서요. 영사님과 형님 내외분은 먼저 인사드렸고 저는 부산에서 온 루산나예요."
"잘 오셨습니다. 저는 청랑과 한 현장에 있는 소장 개나리입니다. 저는 관리과장이고요."
"인사드렸으니 저는 저희 자리로 가겠습니다."

"아닙니다, 화백님. 여기 모두가 청랑의 지인들이니 함께 있어도 됩니다."

공영사가 앉기를 권한다.

"그렇게 해요, 화백언니. 우리 같이 있다가 가요."

"저 류정강 화백님께 인사드려요. 저는 이곳 가게를 회장 언니 대신에 맡고 있습니다."

"그래요. 정강 씨는 쑹리매 회장보다 젊고 매력이 넘치는 재원 같아요."

"칭찬 고맙습니다. 화백님은 역시 안목이 정확하시네요."

"이 사람 좀 봐, 정강이 자화자찬이 너무 지나친 거 아니냐?"

"그러게요. 그런 것도 같고요. 그보다도 회장님과 화백님, 중후한 인품을 가지신 두 분 인생 선배님께 진심으로 사과드립니다. 잠깐이나마 철없는 생각으로 청랑이란 방랑거사를 넘보려 했음을 말입니다."

"진즉에 그럴 것이지. 역시 류정강은 상하이대학 메이퀸 출신답다, 얘."

"그렇지만 언니님들, 방심하지 마세요. 저 류정강 언제 갑자기 돌변할지는 저 자신도 잘 모릅니다. 저는 이제 일하러 갑니다."

"그럼 저도 우리 가족끼리 따로 하겠으니, 영사님과 본부장님, 청랑의 지인 분들과 얘기들 나누세요. 그리고 이 쑹리매가 따로 객실 2개를 준비해 두었으니 하나는 영사님 형제분이 쓰시고 하나는 본부장님 일행께서 주무세요. 청랑은 저희 집에 붙잡아 두겠습니다."

"나의 형님 내외분은 저희 관사에 계셔도 되는데 쑹리매 위원의 배려에 내 형님을 편하게 해드리게 되는군요."

"우리 현장 팀은 우리 현장 숙소에 가면 되는데……."

"그건 안 됩니다. 본부장님이 가시고 나면 내일 아침엔 청랑을 데려다 주어야 되니, 저희 호텔에서 주무시고, 청랑을 데려가시 길 바랍니다."

"뜻이 그러시다면 신세지겠습니다."

"정강아, 영사님과 본부장님 일행이 계시는 동안 잘 보살펴 드려야 한다."

"그럼 방랑거사는요?"

"그분도 함께 있을 거니까 똑같은 입장이지 않을까?"

"알겠어요, 언니. 염려 말고 올라가세요. 화백님도요."

쑹리매와 루산나 가족은 쑹리매의 자택으로 갔다.

"자 본부장님, 우리 모두 한 잔 더 합시다."

"그럽시다."

마담 정강이 들어왔다. 술과 안주를 웨이터에게 들려서다.

"이 술은 저희 회장님께서 특별히 올리라고 주문하신 거예요. 부담 없이 드셔도 됩니다. 그리고 두 분 선배 언니들이 가고 없으니 마음 놓고 끼일래요. 괜찮으시죠?"

"우리야 뭐 마담이 있어준다면 금상첨화지."

"그럼 됐어요. 제 마음의 고객님들과 같이 있고 싶기도 하지만 쑹리매 회장님의 뜻을 대신하는 거예요. 찾아온 화백언니의 가족을 소홀히 할 수 없기에 저에게 당부하고 가신 거예요."

"회장과 마담의 뜻이 동시에 담긴 배려이니, 우리들이 감사드립니다."

마담 정강이 정성스레 따라주는 술잔으로 건배를 하는 주객이요 사나이들이다.

"저는 한국을 대표해서 이곳에 와있는 영사입니다만, 저의 형님 내외분과 공단 본부장님 그리고 청랑왕초 모두가 저에게는 인생 선배이시고 형님들입니다. 그러기에 저를 좀 편하게 대해 주시길 바랍니다."

"영사께서 겸손이 지나치시오. 우리는 오늘 내 나라를 대신하는 영사와 같이하는 만찬이라 든든하고 편안해요. 그리고 상하이를 대표하는 미인 류정강 마담과도 벗하고 있으니 그 또한 좋고요. 아무튼 이 개나리와 왕초 청랑이 삭막한 공단을 벗어나서 오늘 하루를 호강하고 있으니, 공영사께 고마울 따름입니다."

"나 역시 두 분 선배님들의 노고가 우리 한국의 위상을 이곳 중국에 심어놓고 있는 대 역사를 하시는 위대한 분임을 잘 알고 있습니다. 오늘의 이 자리는 정말 뜻밖이었어요. 우리 공구호 공장장께서 동생을 잘 두신 덕분에 오늘에 나까지 과분한 대접을 받고 있어요."

"그런 소리 마시오, 청랑. 잘은 모르지만 그대가 지금까지 다수의 개인이나 나라를 위해서 행하여온 공로가 적지 않음인데 지나친 겸손은 당치 않아요."

"그렇습니다. 본부장님의 말씀이 옳아요. 오늘 이 공기호가 청랑 형을 만났으니 우리네 공장을 담보해서라도 마음껏 취하고 싶습니다."

"이러지들 마시오. 아무리 그래도 나는 노가다에서 한낱 일꾼일 뿐이오."

"안되겠다. 쌍포돛대의 마담 류정강이 천하절색 미인의 마음을 담아 한 잔 올릴 터이니, 청랑님도 저처럼 자신의 자랑도 하시고 그러세요. 소녀는 시간이 지날수록 청랑님에 대한 궁금증이 더욱 많아지네요."

쌍포돛대에서의 만남

"그래요. 마담의 말에도 일리가 있어요. 내 언젠가 베이징 주재 양일찬 대사께서 나한테 하신 말씀이 이보게 공영사. 청랑이란 사람 겉으로 보이는 것처럼 그냥 근로자가 아닐세. 앞으로 유심히 지켜보게나. 라고 하시던 그 말씀을 지금도 나는 잊지 않고 있어요."

"이럴 수가? 그럼 양 대사께서는 지금도 청랑을 줄곧 감시하라, 여차하면 잡아들이겠다, 그런 말씀이오?"

"오해 마세요. 그런 뜻이 아니라 양 대사께서는 은근히 청랑왕초와의 친분을 과시한 것입니다. 아니? 류 마담, 이쪽에 있었는데 언제 그쪽으로 갔어요?"

"모르겠네요. 술 따르느라 저도 모르게 청랑님 옆에 와 있었네요."

"저런 일이 있나? 병에 걸려도 단단히 걸렸군."

"정말이세요? 본부장님이 보시기엔 제가 무슨 병에라도 걸린 사람처럼 보이나요?"

"그래요. 이를테면 상사병 같은 거 말이오."

"바로 보셨어요, 본부장님. 안 그래도 소녀의 몸에 열이 나고 가슴이 두근거리는 증세가 아무래도 남자에게 기대고 싶은 병인가 봐요. 어떻게 치료방법이 없을까요? 본부장님께서 저를 좀 도와주시와요."

"그렇다면 그 병을 낫게 할 사람은 원인 제공을 한 청랑왕초밖에 없겠군."

"허허, 이제 보니 마담의 엇박자에 본부장님까지 장단을 맞추시다니? 이보세요, 정강 소녀. 사춘기가 늦게 접어든 류 마담의 나이 겨우 서른다섯에 불과한 아가씨인데 비해 이 청랑 아저씨는 인생의 고개를 넘어선 40중반에서 이제는 내리막길로 가고 있는 사람으로서, 패기 발랄한 정강 소녀에게 박수를 보내는 걸로, 정강이 우리를 환영해준 고마움의 뜻으로 내 조카를 대하는 심정으로 한 번 안아주지."

"정말이세요, 청랑 선생님? 삼촌도 좋고 오라버니도 좋으니 안아만 주신다면 다시는 보채지 않을게요."

정강은 막무가내로 청랑의 가슴에로 육탄 공격을 해온다. 청랑은 그런 정강을 어린애를 대하듯 가볍게 어깨를 다독여준다. 좌중은 박수를 보낸다.

"이제는 바로 앉을 때가 됐는데?"

"알았어요, 청랑님. 조금만 더 있을게요."

"역시 정강은 앞으로 많은 남자들을 꼼짝 못하게 다스릴 애교 덩어리야."

"소녀 정강, 청랑님의 그 말씀 칭찬으로 간직할게요. 그리고 이제는 소녀에게 맺혔던 마음을 시원하게 풀 수 있어서 감사합니다. 지난번에 회장언니한테 이상한 방랑거사라고 투정했는데 이제는 오늘의 내 기분을 자랑할 거예요."

"역시 정강 마담은 오늘 우리 일행에게 최고의 즐거움을 안겨 주었기에 고마움의 뜻에서 우리가 주는 팁을 거절하진 않겠지?"

"그러시지 않아도 되는데 딱히 거절할 명분이 없으니 기꺼이 받겠습니다."

"그런데 이건 너무 많아요, 본부장님."

"그냥 넣어 두시오, 마담. 우리 여러 사람인데 혼자서 다 챙겨 주시느라 애 많이 썼으니 괘념치 마시오. 자 우리는 이제 정해진 객실로 갑시다. 그리고 청랑은 쏭리매 회장댁으로 가시오."

엉거주춤해 있는 청랑을 본 정강이

"제가 대신 전화해 드릴게요."

"회장언니, 만찬이 끝났는데 청랑님 모시고 갈게요."
"아니야, 내가 내려갈 테니 잠깐 기다리시게 하여라."
"예 언니."
바로 내려온 쑹리매다.
"모두들 객실로 가셨구나?"
"예, 언니. 우리도 올라가요."
청랑과 함께 칭베이 9층에 있는 쑹리매의 자택으로 갔다.
"화백언니, 청랑이 왔어요."
하고 들어서는데, 유모가 먼저 현관으로 달려 나온다.
"어서 오세요, 청랑님. 이 유모가 눈 빠지게 기다렸어요."
"잘 지냈어요? 유모님."
"아니, 유모가 왜 청랑을 기다리나?"
"언니도 참, 제가 아는 남자는 청랑님뿐이잖아요?"
"어서 와요, 청랑오빠! 루산나가 소파에서 일어나며 청랑의 손을 잡는다.
"그래 먼 길을 왔구나. 설 선장도 같이 왔으면 좋을 텐데 바쁜 모양이구나?"
"그런 게 아닐걸. 모르긴 해도 쑹리매가 설 선장에게 등 돌리고 청랑에게로 가버렸으니 와봤자 찬밥 신세가 되는 걸 짐작했겠지? 그거야 쑹리매가 설 선장 내외를 위해서 한 결정이란 걸 알면서도 자존심은 상하겠지. 사내들이란 본래 여자에 대한 욕심이 끝이 없거든."
"그럼 청랑 당신도?"
동시에 반문하는 두 여인이다.
"이거 또 말실수에 꼬리를 잡히는군. 조카들은 잠든 모양이군."

"청랑을 기다리다 자리들 갔나봐."

"청랑님, 시원한 물이에요. 약주 드셨으니 마시세요."

"고맙습니다, 유모님. 유모님도 같이 앉으시지요."

"아니에요. 두 분 언니께 눈총 받기 싫어서 전 갈래요."

"그래 잘 생각했다. 유모는 이제 자러가도 된다."

"이제 보니 유모가 청랑오빠에게 지극정성이네. 청랑오빠가 공연히 유모 마음에 바람 넣는 거 아냐?"

"내가 그럴 리가 있나? 유모의 성격이 활달한 편이야."

"화백언니, 그건 내가 설명해줄게. 몇 년 전에 청랑이 와서 얼마간 머물렀는데 그때 나는 베이징에 출장 중이었고 내 친정 엄마가 화장실 가려다 잘못 넘어지면서 촛불을 쓰러뜨려 집에 불이 나고 말았지. 마침 산책하던 본인은 산책이라 했지만 내 집이 염려되어 야간 순찰이었겠지. 청랑이 화재를 목격하고 달려갔을 땐 집 전체에 불이 붙었고 안에 있던 어머니와 유모, 성린이까지 못 나온 채, 질식 상태였는데 청랑이 뛰어들어 성린을 업고 나왔고 다시 들어가서 나의 친정어마와 유모를 업고 끼고 해서 나온 거예요. 덕분에 세 식구 모두가 살아나게 되었고 그 후 유모가 말하기를 청랑님에게 잡혔던 겨드랑이가 아직도 식지 않았다고 또 한 번 겨드랑이를 잡혔으면……. 유모에게 남자는 청랑님뿐이라나. 하고 심심하면 노래를 한다니까."

"듣고 보니 유모의 그 노래에 진심이 담겨있네 뭐. 자네 같으면 안 그러겠나?"

"하기는 청랑 덕에 살아난 건 유모보다 내가 먼저였으니까. 여자의 위기를 보고는 그냥 못 넘기는 청랑오빠이기에 나 루산나는 자꾸자꾸 밀려나게 되잖아?"

쌍포돛대에서의 만남

"그러나 계획적인 것은 아니었고 그러한 순간이면 누구라도 마찬가지일 거야. 그것이 우연이기도 하고 그 순간을 비켜서지 못한 청랑의 운명일 뿐이야."

"그래 그건 청랑의 말이 맞네."

"그런가? 그 운명이란 것이 청랑오빠에게 행복으로만 이어졌으면 좋겠구나."

"그래, 화백언니의 그런 바람을 담아 우리 한 잔 더해도 괜찮겠지?"

"그래 연한 걸로 하자."

쑹리매는 와인과 간단한 먹거리를 가져왔다.

"화백언니, 모처럼 만난 청랑인데 우리 셋이서 한잔해요. 그리고 우리의 희한한 인연을 생각하며 건배해요."

"그래 그러자. 나 루산나는 쑹리매 같은 친구가 있어서 정말 좋다. 이건 진심이야. 무엇 땜에 쑹리매한테 언니소릴 듣는 진 몰라도 우리는 언제나 친구야."

"그래도 우리에겐 순서라는 게 있잖아요. 언니가 먼저 선택했던 남자를 후에 가진 쑹리매니까. 어쩌면 어른들의 논리대로라면 작은댁이라는 개념이기도 하고."

"어쨌든 나 루산나는 쑹리매란 친구(동생)을 얻으면서, 그보다 더 큰 은혜를 입고 있기에 항상 고마움을 느끼고 있음이야. 내가 못했던 설씨 가문의 대를 이어준 것도 쑹리매고 내가 못 다하고 말았던 청랑오빠에게도 쑹리매의 진심을 고스란히 담아내고 있으니 나에게는 정말 보물 같은 친구야. 덧붙인다면 실제로는 설 선장이 우리 둘에게는 공동의 남자이고 내 아들 설린이도 우리 세 사람의 공동의 아들인데, 그러한 설 선장인데 나 때문에 쑹리매가 의도적으로 멀리할 건 없는 거야. 그 생각을 하면 오히려 내가 미안한 생각이 드는 거야."

"화백언니, 꼭 그런 것만은 아니야. 따지고 보면 언니가 모르는 사이 내 맘대로 설 선장을 빌려서, 아니지 훔쳤다고 해야겠지? 내 맘대로 지내보고 우리 주씨 가문의 대를 이었으니, 그러한 크나큰 허물을 저지른 나인데도 너그러이 포용해준 화백언니기에 나 역시 언니가 좋기만 하거든. 이제 나에겐 화백언니가 있어서 외롭지 않고 설 선장이야 그 아이들의 아버지로서의 존재일 뿐이고, 나에게는 청랑이란 남자가 있으니 더 이상 부러울 게 없어요. 그리고 바람과 같이 떠도는 내 남자 청랑. 그를 찾아 헤매기도 바쁜데 내 무슨 재주로 두 남자를 감당하겠어요? 그럴 능력도 자신도 없고요. 설사 나에게만은 내 남자 청랑을 찾으려는 많은 여자가 있다 해도 나는 개의치 않을 거예요. 내가 그를 좋아하고 내가 사랑을 하고 또 받으면 되는 거예요. 청랑에 대한 내 마음은 그게 전부니까. 설 선장이야 언니가 잘 보호하면 되는 거예요."

"이 사람 쑹리매야, 내가 설 선장이 귀찮아질 땐 가끔씩이라도 좀 데려가거라."

"이 여인들 이제 보니 큰일 낼 사람들이야. 듣자하니, 언니동생하면서 한 남자의 인생을 떡 주무르듯 하고 있으니? 같은 남자 입장에서 보니 설 선장이 측은해지는구나. 나야 뭐 떠돌이 인생이지만 설 선장은 그래도 당당한 위치에 있는 사람인데?"

"청랑오빠, 비약하지 말아요. 하마터면 죽을 뻔한 설 선장을 청랑이 살려냈다면서요?"

"그거야 내가 했다기보다는 설 선장 본인의 운명이겠지."

"그래요, 청랑오빠. 말씀 부인하지는 않으리다. 그리고 다행히도 그 운명이란 것이 청랑오빠를 쑹리매와 엮어 놓았기에 뺏어올 수는 없다 해도 여인 루산나가 청랑의 첫사랑이었다는 것만은 두 사람 다 인정해 주길 바란다."

그러고는 한잔 술을 그윽이 드리우는 루산나다.

"화백언니, 언니와 나 과거와 지금 청랑의 여자이지만, 그 사실은 변함없고 지울 수도 없어요. 청랑이란 남자, 무한한 정을 가진 사람이라 첫사랑 루산나는 루산나대로, 쑹리매는 쑹리매대로 각자에게 걸맞은 정을 줄 수 있는 그러한 청랑이니까, 그에게는 언니와 내가 영원한 정인임을 우리가 잊지 않아야 해요."

그들은 그렇게 밤 가는 줄 모르고 기상천외한 덕담으로 자신들의 관계를 남의 얘기인 것처럼 예사로이 하고 있다. 예술을 하고 사업을 하는 여자들이어서일까? 질투와 소유욕이 주 무기인 여자의 본능을 상실한 듯한, 두 여자의 말도 안 되는 인생론에 끼워져서, 아무런 답 같은 거 찾지 못하는 청랑이다.

이럴 땐 한 잔 술이 약이다. 청랑이 술을 마시든 말든 망상 속을 걷는 듯 한 두 여자의 담화가 수그러지는가 싶더니, 한다는 소리가

"화백언니, 내일이면 청랑이 노가다로 가버릴 테니, 오늘 밤은 우리 셋이서 같이 자자."

"그래, 나도 동감이야."

그 소리에 정신이 번쩍 든 청랑.

"무슨 소리야? 나는 여기 소파만으로 충분하니, 그대로 놔두고 루산나와 쑹리매 두 사람은 침대로 가거라."

"그건 아니 될 말씀. 오늘의 청랑은 우리 자매의 포로니까 그냥 있어주라. 그래도 괴롭히진 않을 테니 걱정 말고."

침대로 떠밀린 청랑의 양팔이 베개가 되어 여인의 머리에 하나

씩 눌러지고 나란히 누워버린다. 이들은 이제 막 중년에 들어서는 남녀들이다.

"오늘은 청랑의 숨겨둔 속내를 한두 개쯤 벗겨보고 싶은데 화백언니는 어때?"

"그야 흥미롭지만 그리 쉽게 벗겨질까?"

"그건 염려 말아요, 언니. 청랑이란 남자, 아주 솔직한 성격이니까 어렵지 않을 거예요."

"이 친구들 보게? 맞는 말이긴 한데, 나로 인해 다른 사람의 인격에 누가 되는 일은 못한다는 청랑임을 잘 아실 텐데?"

"이보세요, 청랑. 얘기를 꺼내기도 전에 바리게이트부터 치시겠다? 그래도 이것만은 묻지 않을 수가 없네. 내가 입수한 정보에 의하면, 오늘 저녁 영사와의 만찬에서 공영사의 형수인 춘천식당 사장이, 얘기 중에 화천언니와 청랑이 어쩌고 한 것 같은데? 그냥 들어 넘기려고 했는데 은근히 궁금해지네?"

"화천언니라……. 영사의 형수가 말하는 화천이라면? 저만치에로 흘러가는 뜬구름에 손 흔드는, 참으로 바보스런 여자가 있는데, 공영사 형수와는 친분이 있기에 과장된 표현을 했을 거야."

"겨우 그 정도의 대답으론 시원치가 않은데? 과장된 표현이라면 어떤 것을 표현한 건지는 해명이 필요한데? 설마, 네 맘대로 상상해라 뭐 그런 건 아니겠지?"

"자신의 일 외에는 초연하던 쏭리매가 오늘은 공세가 예리하구나. 그래 쏭리매에게 일부러 숨기려는 생각은 없었는데 나 이외에 다른 사람을 논한다는 것은 그 사람의 인격에 흠집을 내는 것일 수도 있기에 못하고 있는 것이야."

"그래, 알았다. 청랑에게서 더 이상은 들을 수는 없을 거 같으니 내 나름대로 추리해 보는 수밖에. 흘러가는 뜬구름은 청랑일 테고 손을 흔든다는 것은 자신의 정인을 배웅하는 것이고, 바보스런 여자는 사내에게서 정을 놓지 못하는 그런 여자이다. 뭐, 이정도면 거의 맞는 추리가 아닌가?"

"허허, 천하의 쑹리매가 그런 상상을 하다니? 설령 그 말이 맞는다고 하더라도, 쑹리매와 청랑의 사랑에 버금가랴?"

"그렇긴 하지만 그래도 왠지, 청랑의 그늘에서 멀리 있지 않은 것 같아서 신경 쓰이네. 그러고 보면 나 쑹리매도 보통의 여자와 다를 바 없나 보다."

"그러게 말이다. 쑹리매 자넨 지금 청랑오빠의 한쪽 팔베개를 하고 있는 나보다도, 실체도 없고 보이지도 않는 이야기속의 인물 정도에 신경을 쓰다니 루산나 정도는 별거 아니다 뭐 그런 건가? 방심하지 말게나. 지금도 내 아우 쑹리매만 아니었으면 벌써 청랑을 냉큼 낚아챘을 거야."

"화백언니, 언니의 운신을 옴짝 못하게 막아 놓는 건 내가 아니라 설 선장이란 보호막 때문이야."

"그래, 쑹리매의 말대로 설 선장의 존재가 두고두고 화근인데, 그래도 오늘은 나에게 이정도면 크나큰 행운이야. 청랑오빠의 팔베개가 포근하고 아늑하구나. 나에게 이런 행운을 만들어준 쑹리매가 고맙구나."

"역시 그랬구나. 지금의 이 분위기가 언니에게는 그렇게도 좋은 거야?"

"그럼. 말로는 표현할 수 없는 감동이지."

"그래, 화백언니와 청랑, 첫사랑이었던 두 사람 다 내 집에 온 나의 귀한 손님이기에, 그들의 마음에 대해서는 나로서도 어쩌지 못하는 거니까, 혹시라도 둘이서 싸움질만 않기를 바랄 뿐이야."
"염려마라, 쑹리매야. 동생 때문에 내 마음의 요동을 접어야 하는 아쉬움은 있지만, 그래도 이정도의 행운이면 괜찮은 거다."
"가만, 그런데 언니와 나 제멋대로 얘기하는데도 왜 아무런 반응이 없지?"
돌아보니 미세한 코골이를 하며 이내 잠들어가는 청랑이다.
"이 남자 보게. 벌써 잠들어 있잖아? 팔베개에 얹혀있는 여인들의 머리가 무거웠을 텐데도?"
"깜짝 놀란 두 여자의 양심이 팔베개에서 머리를 내려놓는다. 그러고는 자칫 경직되어 있을지도 모를, 팔의 근육을 풀어주는 지압을 하는 여인들이다.
"화백언니?"
"응 그래, 말해보렴."
"언니에게 말이지만 요즘은 청랑 곁에 가장 가까이 있는 여자는 나 쑹리매니까……. 이곳 중국에서 얼마를 더 머물지는 몰라도 이곳에 있는 동안만이라도 열심히 친구할 거야."
"그래. 객지 생활이란 것이 많이도 외롭고 고달플 텐데 그나마 청랑의 곁에 쑹리매가 있어서 다행이야. 청랑오빠가 나 루산나에게도 잊을 수 없는 사람임엔 틀림없지만 쑹리매는 여러 가지 입지 조건이 좋은 여자니까 청랑을 잘 보호해줄 수 있으리라 믿는다."
이렇게 상하이의 밤은 가고, 그들 모두는 각자 제자리로 돌아갔다.
화백 루산나는 이번에도 딸 청아의 출생에 관한 진실을 아무에게도 말하지 못했다. 당사자인 청랑에게도. 심금을 터놓고 얘기할 수 있는 쑹리매에게만은 말해주려 했는데, 끝내 말하지를 못했다. 루산나는 딸 청아와 아들 설린의 어머니다. 딸아이 청아는 루산나와 청랑의 유전자로, 아들 설린은 쏭리매와 설 선장의 유전자로 태어났다. 물론 아이들 본인은 모르고 있는 사실이다. 아들 설린의 출생에 대해서는 설 선장과 루산나 쏭리매, 그리고 시어른까지 어른들 모두가 알고 있지만 딸 청아에 관해서는 오직 엄마인 루산나만이 알고 있다. 이번에야말로 청아가 청랑 당신의 친딸이라고 말하려, 그러나 또 다음 기회를 기다리는 수밖에……

돌아오는 비행기에서 아이들은 말한다.

"작은엄마는 우리들을 진심으로 사랑해주는 좋은 분이에요."

"그래 설린아, 작은엄마처럼 우리 가족에게 잘해주는 분은 이 세상 어디에도 없을 거야. 훗날 너희들이 장성해서 성공하면 작은엄마의 진심을 잊지 않아야 한다."

"예 엄마, 그럴게요."

루산나 가족의 이번 상하이 여행은 정말 값진 것이었다. 아이들에게는 혈육의 만남을 주었고, 루산나는 청랑의 따듯함을 안고 간다.

기린화란 여자

상하이의 쑹리매는 청랑이 일하는 공단으로 보름이 멀다하고 다녀가는 횟수가 잦았다. 그것은 청랑에 대한 쑹리매의 깊은 애정 때문이었다. 그리고 되도록이면 현장사무소엔 들리지 않는 쑹리매다. 현장 본부에 부담을 주지 않으려는 생각에서다. 청바지와 재킷 정도의 남성복에다 훤칠한 키와 눌러 쓴 모자 속에는 그녀의 진짜 모습이 감추어져 있다. 공단 외곽의 울타리 공사하는 곳에 가면 만나지는 청랑이다. 그를 만나면 행복해지는 쑹리매다.

그녀가 성인이 된 이후 가장 열정적인 사랑과 행복을 구가하고 있는 오늘날이다. 누가 뭐래도 청랑이란 사내의 가치관을 잘 이해하고 따를 줄 아는 여자, 쑹리매다. 청랑 역시 그런 여자 쑹리매가 고맙고 속 깊은 사랑의 친구이다.

"오늘 우리 회사 무역 쪽에서 공단에 가는 차편이 있나 알아봐 줄래?"

"회장님께서 공단 가시려고요?"

"그럴게, 왕 과장. 청랑에게 가서 함바밥이나 얻어먹고 와야겠다."

오전 10시에 출발하는 식자재 운송 화물차가 있다는 왕 과장의 보고다.

"그럼 그 차 조수석에 내가 타고 간다고 얘기해 놓게. 올 때는 그쪽 건설사 차나 청랑의 차를 빌려 타면 될 거야."

"예, 회장님."

회사의 작업복으로 갈아입은 쑹리매 회장은 화물차 조수석에 앉았다.

"화물차라서 많이 불편하실 겁니다, 회장님."

"괜찮네. 높고 시야가 넓어서 좋은데? 나를 그곳까지 태워다 주기만 하면 되네."

"예, 회장님."

"이보게, 팽기사. 오늘 공단에 가서부터는 회장이 아닌 조수신분이 되는 거네. 호칭에 유의하게."

"예, 회장님."

"허허, 그 회장소리는 빼라니까?"

"예, 예, 평소의 습관이라서 어렵습니다."

"그래그래, 공단에 도착하면 잘 될 걸세."

고속도로 위를 달리는 차 안에서 시야에 들어오는 탁 트인 넓은 들판을 바라보면서

"역시 이 나라 중국은 대륙이야. 저 넓은 땅에 씨앗을 심고 비료를 흠뻑 먹이면, 풍요로운 수확으로 10억의 중국민들의 삶이 좀 더 나아지겠지."

극히 개방적인 여인 쑹리매에게 잠깐 스치는 애국심의 발로인가? 그 생각도 잠시

"공단에 도착하면 점심시간이 되겠지? 불문곡직하고 근로자의 대열에 끼워서기만 하면 된다. 배식을 받아 자리에 앉게 되면 생각지도 않고 있던 청랑의 눈에 띄게 되어 그의 놀라는 표정 또한 흥미롭겠지?"

청소반장 기린화도 예외는 아니다. 오늘은 의도적으로 도시락을 준비하지 않았다. 팀 동료들에게는 늦잠 때문이라는 핑계를 남기고 함바 집으로 갔다. 그녀가 줄 서있는 순서는 앞머리에서 보다는 끝 꼬리에 더 가까웠다. 이제는 많은 남성 근로자들 틈에 서서도 담담한 그녀의 뱃심이다. 뭇 사내들의 시선이 자신에게 와 닿기를 은근히 바라고 있을지도 모른다. 스스로도 괜찮아 보이는 자신의 몸매가 볼륨 있게 보여주는 몸빼 바지 차림에다 덜 헝클어진 머리 다듬이가 그녀의 마음을 말해주고 있다.

그리고 그녀는 S전자의 신입사원 모집에 응시하기로 결심했다. 그동안 방치해 있던 자기 자신을 이제는 자기계발 쪽으로 급선회하려는 기린화다.

배식을 받은 기린화는 앉을 곳을 찾아서 이리저리 시선을 돌려보았다. 역시 만석이다. 잠시 서 있으니, 먼저 식사한 두 사람이 자리를 내어준다.

"저도 좀 앉을게요."

옆자리의 남성에게 양해를 구하고서 비집고 앉았다. 행여나 하고 사방을 둘러보아도 그녀가 아는 사람은 보이지 않는다. 아는 사람이라기보다는 왕초청랑을 찾는 것이다.

'오늘은 안 오시나보다.'

그녀는 체념하고 식사를 시작했다. 식기가 금방 비워진다. 식기를 반납하고 나오는데 더 이상 줄 서있는 사람은 없다. 식당 안에도 빈

자리가 많아졌다. 왕초님을 못 만날 줄 알았으면 도시락을 싸오는 건데, 지불한 밥값이 아까워진다. 그리고 돌아서는 발길이 허전해진다.

그때 한 대의 냉동트럭이 식당 앞마당에 와서 서고 운전사와 조수가 내린다. 기린화의 눈에 비친 조수는 남장을 한 쌍리매였다. 조수치고는 옷에 기름때도 없는 데다, 혈색도 여자처럼 고와 보인다. 차에서 내리고부터는 운전사가 조수를 안내해서 식당 안으로 들어가는 기현상이 보인다. 적어도 기린화의 눈에는 말이다.

'조수가 아니고 상사인가?'

발길을 돌리려는데 픽업차가 마당에 와서 멈추고 적재함에 타고 온 네댓 명의 일꾼들이 운전석에서 내린 사람은 왕초 청량이 아닌가?

'왕초님이 오셨구나.'

그녀는 반가움에 왕초님 하고 부르려다 멈칫했다. 주위 사람들을 의식해서 자제한 것이다. 약간은 먼발치에 있는 기린화를 알 턱이 없는 왕초와 일꾼들은 식당 안으로 들어가고, 이제 어쩐다? 왕초님께 내가 온 것을 알려야 하는데, 인사라도 하고, 나의 여자다운 모습을 보여줘야 하는데 그러려면 다시 식당 안으로 들어가야 한다. 그런데 나는 이미 식사를 하고 나왔지 않은가? 그렇지만 이대로는 갈 수 없다.

물이라도 먹는 척하고 식당 안으로 들어가자, 망설이던 그녀가 식당 안으로 들어가서 물 컵을 잡았을 땐 왕초는 배식을 받아 일꾼들과 자리하고 있었다. 그리고 좀 더 안쪽자리에는 좀 전의 그 트럭 운전사와 조수가 식사하기기 위해 자리에 앉아있고 운전사가 조수 몫의 배식을 대신 받아주는 것 같았다.

기린화는 물 한 컵을 들고 왕초가 마주 보이는 곳에, 다소 멀찌

감치 식탁 의자에 앉았다. 그런데 한쪽 자리에서 식사하던 트럭 운전사가 왕초 쪽으로 가서 인사와 함께 무슨 말을 하는 것 같더니 왕초님이 일어나서 조수가 있는 곳으로 가는 게 아닌가? 왕초나 조수가 서로의 손을 잡고 반기는 것을 보니 아는 사이인가 보다. 어째 조수치고는 차림새가 말쑥해 보인다 싶더니, 그냥 조수는 아니었던가? 남자들끼리라 한 잔 술을 같이한 사람일 수도 있겠지. 나는 왕초님이 인사를 나눴으니 제자리로 가실 때 아는 척을 해야지. 그런데 기린화의 예상과는 달리 왕초님은 그 자리에 앉아버린 채, 조수와의 이야기가 계속되고 운전사가 왕초의 밥그릇을 들어다가 갖다 주는 것이 아닌가? 그리고 운전사는 한 테이블 건너로 비켜 앉아 따로 식사를 하고 있다.

아니, 무슨 조수란 자가 왕초님을 붙들고 늘어질 게 뭐람? 오늘따라 별 이상한 남자들이 나타나서 기린화의 계획에 초를 치다니? 안되겠다. 마냥 기다리자니 작업시간은 다가오고, 이야기는 다음에 하더라도 인사나 하고 가야지. 기린화는 일어나서 물 컵을 갖다놓고 청랑왕초에게로 갔다.

"왕초님, 안녕하세요? 저예요. 밥 먹으로 왔다가 왕초님이 보이기에 인사드리고 가려고요."

"오, 기린화 씨 아니오? 그럼 식사를 해야지요? 배식을 받아오세요. 여기서 같이 먹읍시다."

"벌써 먹었는걸요."

"그렇군요. 그럼 앉기라도 해요."

"예, 왕초님. 이 분은 왕초님의 친구 분이시군요?"

"그래요 서로 인사들 하시오. 이쪽은 이곳 현장의 청소반장인 기린화 씨고 이쪽은……."

하는데 쑹리매가 가로챘다.

"나는 이곳 식당에 식자재를 납품하러온 트럭의 조수예요. 쑹리매입니다."

"안녕하세요? 저는 청소반의 기린화입니다. 그런데 여자처럼 연약해 보이는 분이 트럭 조수를 하시네요?"

"뭐, 살다보면 그럴 수도 있지요. 하지만 계속하는 건 아니고 밥이라도 한 그릇 얻어먹고 싶을 때만 한 번씩 따라다닌다오."

"그래도 조수 노릇은 우악스런 남자가 할 수 있는 직업인데 여자처럼 연약해 보이는 분이 하시기 엔 무리일 테니 이참에 직업을 바꾸세요. 마침 이곳 공장 가동 때를 대비해서 공원을 모집한다 하니 지원해 보세요. 저도 지원서를 내볼 생각이에요."

"고마워요, 기린화 씨. 정보를 주어서요."

"고맙긴요. 왕초님의 친구 분이시라 말씀드린 거예요."

"이보시오들, 이제 농담들 그만하시고. 기린화 씨 이 신출내기 조수는 남자가 아니고 여자란 말이오."

"예? 그게 정말이세요? 어쩐지 좀 이상하다 싶었는데 저를 속이셨군요?"

"오해마세요. 내가 속인 게 아니라 기린화 씨가 먼저 나를 남자로 만들어 버렸으니 그저 따라갈 수밖에 없었지요."

"그건 쑹리매 님이 남장을 하고서 보는 사람의 눈을 속이신 거예요."

"그래요. 실은 그런 생각으로 남장을 한 건 맞는데 전에 보니 기린화 씨도 남장이더니 지금은 왜 여인의 본 보습으로 돌아온 거요?"

"그럼 언제 저를 보신 적이 있었군요?"

"그럼요. 지난번에 기린화 씨가 작업장 높은 곳에서 아래로 떨어지는 것을 보았지요. 떨어져서 꼼짝을 않기에 두 남자가 포개진 채 죽었구나 하고 깜짝 놀랐어요."

"어머나, 그 장면을 보셨군요. 그 당시에 이 기린화가 죽었을 목숨인데 왕초님이 저를 살려주셨어요. 저에게는 왕초님이 생명의 은인이신데 보답할 길이 없어 미안하고 마음이 편치 않아요. 어떡하면 좋아요? 쏭리매 님께서 여자이시니 가르쳐 주세요."

"보은의 방법이라? 이거 갑자기 난제를 떠안았군. 그렇다면 오늘의 이 조수가 생각하기엔 그런 보답 같은 거 생각지 않아도 돼요. 청랑왕초란 사람은 본래가 인명구조를 잘하는 사람이고 벌써 여러 사람을 구해낸 전문가이니, 그냥 고맙구나 생각하고 지금처럼 본래의 여자 모습으로 잘 살아가면 그것으로 만족해하는 청랑왕초예요."

"그런 법이 어디 있어요? 그건 왕초님을 무시하는 말씀이네요. 내 아무리 모자라는 여자지만 내가 가진 것 무엇이든 다주고 싶은 마음인데, 그런 말씀을 하시다니. 친구라면서 실망스럽네요."

"음, 역시 보통의 난제가 아니로군."

"기린화 씨, 마음 쓸 거 없어요. 내 작업장에서 한 팀원으로 일하다가 위험한 순간이었기에 할 수 있는 일을 한 것인데, 이 친구 쏭리매 씨의 말이 맞아요. 아무런 부담도 갖지 말고 지금처럼 건강한 여자의 모습으로 잘 살아가면 나는 그것으로 만족해요."

"안 되겠어요. 두 분과 얘기하면 숨이 막힐 것 같아서 이만 돌아갈래요. 작업 시간이 다 되어서. 이만 안녕히 계세요."

기린화는 인사를 하고도 불만이 가득한 모습으로 돌아갔다.

"역시 예상보다 훨씬 더 심각하게 나타나는군."

"뭐가 또?"

"기린화의 태도가 심상치가 않네. 모르긴 해도 청랑을 그냥 놔두지 않을 것 같은데? 생명의 은인에게 보은을 해야 한다는 생각. 살아있는 그 자체가 청랑 때문이니 나는 그 남자의 것이나 다름없다. 그러한 개념이 점점 더 그를 지배하고 그동안 환경에 의해 잠재돼 있던 이성이 꿈틀거리고 그러한 마음의 대상이 청랑이란 남자인 거야."

"설마? 그건 쑹리매의 지나친 비약이다."

"아니야. 설마가 사람 잡는다는 소리 못 들었어? 오늘의 기린화를 보면 이미 점화된 이성의 불길이 타오르기 시작한 거야. 한 번 점화된 불길을 스스로는 끌 수 없는 것이 여자의 마음인 거야."

"그래도 나하고는 상관없는 일이야."

"그건 청랑 혼자의 생각이고, 여자란 자신의 감정과 진심이 받아들여지지 않았을 땐 자격지심과 좌절감에 젖게 되어 상처의 응어리가 되는 거야. 자신은 결코 주려고만 했지, 얻으려고 하지는 않았다고 착각하여 내 뜻을 받아들이지 않는 상대가 원망스러워지는 거야."

"거기까진 생각 못했는데 쑹리매의 분석을 듣고 보니 그럴 수도 있겠네. 그렇지만 기린화는 심성이 착한 아가씬데, 상처주지 않을 무난한 방법을 쑹리매가 만들어 볼 수 없을까?"

"쉽진 않겠지만 생각을 해봐야지. 그런데 문제는 기린화의 공격 대상이 청랑이라는 거야. 그런데 내가 참견하면 저 여자 질투하는 거 아냐? 하고 오해 받을 수도 있는데?"

"그게 두려우면 아무 일도 못하는 것일 테고. 그런 것에 구애받을 쑹리매가 아닐 뿐더러, 질투 같은 거 없는 사람이잖아?"

"속단 하지 마라. 쑹리매도 여자인 것을. 여자에게서 질투를 빼면 산송장이나 다를 바 없다잖아. 그러고 보면 나 쑹리매를 위해서도 방관만 할 수 없게 되네. 이렇게 하자. 회사 차가 식자재를 내리는 동안 청랑이 날 데리고 기린화의 작업장으로 가자."

"그 다음은 어떻게 하려고?"

"오늘 저녁에 쏭리매가 기린화를 초대하고 청랑과 같이 와서 저녁식사 같이 하자고 해봐야겠다. 거절하면 어쩔 수 없고, 초대에 응하면 같이 밥 먹으면서 얘기하는 것도 괜찮을 것 같아서야."

"그래 그럼. 기사한테 얘기해 놓고 가자."

쏭리매는 청랑의 차를 타고 기린화의 작업장으로 갔다. 청소작업은 10개 동 중에서 5개 동으로 접어들었다. 청랑의 차가 도착하자 먼발치에서도 알아본 기린화가 달려 나온다.

"어서 오세요, 왕초님. 조수님도 오셨군요. 여기까지 어쩐 일로 오셨어요?"

"아까 식사 후에 언짢게 가신 것 같아서, 내 얘기가 불편해서라면 사과하려고요."

"아니에요, 조수님. 오히려 저의 이해력이 부족했음을 미안해하고 있었어요. 여긴 앉을 자리도 변변찮아서 죄송합니다."

"괜찮아요, 기린화 씨. 그래서 말인데, 오늘 내가 청랑을 저녁식사에 초대하려고 하는데 함께 초대하고 싶어요. 어때요. 바쁘지 않으면 오실 수 있지요?"

"청랑님 초대하시는 자리에 제가 끼어도 될는지요?"

"청랑뿐이 아니고 기린화 씨도 정식으로 초대할게요. 그럼 그렇게 알고 갈 테니 퇴근 후에 청랑의 차로 함께 오시면 될 거예요."

"그럴게요, 조수님."

"그럼 나는 퇴근 때쯤 기린화 씨를 데리러 오겠습니다."

청랑은 쏭리매를 식자재 트럭에 데려다 주고 일터로 갔다. 쏭리매도 화물차의 조수석에 타고 유유히 사라졌다. 작업시간에는 각자의 자기 일에 충실했다.

퇴근 이후에 청랑은 청소반이 있는 곳으로 차를 몰았다. 기린화도 조원들이 가고 없는 그곳에 혼자서 기다리고 있었다.

"늦어서 미안해요."

"어서 타시오. 저희도 방금 끝나고 조원들도 방금 퇴근했어요."

기린화를 태운 채 고속도로에 올라 상하이를 향해서 달리는 차에서 기린화는 신이 났다.

"찻길이 시원하게 뚫려있네요?"

난생처음 남자와 함께 그것도 왕초님과 함께 라니 이렇게 신나는 드라이브가 처음인 그녀다.

"어디로 가느냐고 묻지도 않는군요?"

"그건 물어서 뭐하나요? 왕초님과 함께하는 드라이브인데, 아무려면 어때요. 저는 밤새껏 아무리 먼 곳이라도 괜찮아요."

"그러면 내가 말하지요. 지금 우리가 초대받아 가는 곳은 상하이에 있는 식당이에요."

"그럼 더욱 좋네요. 저는 여태껏 상하이에는 한 번도 못 갔거든요."

"그렇게 먼 곳이 아닌데도 못 가봤다고요?"

"예, 저희 집은 농사짓는 시골이고 가난했기 때문에 도시에 다녀올 일이 없었거든요. 아버지가 돌아가시기 전에 약 지으러 난징에 한 번 다녀온 것뿐이에요."

"그랬군요. 왕초님이 저한테 이랬어요 저랬어요 하는 존칭은 하지 마세요. 제가 불편해요."

"그럼 어떻게 다 큰 처녀에게 함부로 해라 할 수 없는 것이 본래 나의 습관이니 괘념치 마시오."

"그래도 저는 왕초님에 비하면 한참 아래인 아이인걸요. 말씀을 놓지 않으시면 대답도 안 할래요."

"이거 큰일이군. 내 노력해 보리다."

고속도로를 한 시간쯤 달려서야 상하이에 도착한 청랑의 차다. 쌍포돛대의 옥외 주차장에 차를 세운 청랑은 기린화를 데리고 레스토랑 쌍포돛대로 들어섰다. 기린화는 놀란 토끼 눈으로 사방을 두리번거린다.

"어서 오세요, 청랑님. 오랜만에 뵙네요."

"잘 있었어요? 정강 마담."

"청랑님과 같이 오신 분이군요."

"예, 현장 동료인 기린화 씨예요."

"잘 오셨어요. 이쪽에 자리가 준비돼 있습니다."

안내된 곳은 카운터에서 가까운 별실이었다.

"회장님께서 곧 오실 테니 시원한 거라도 드시고 계셔요. 오랜만에 오셨는데 청랑님 옆에 앉아도 되죠?"

"그건 자유지만 땀내 나는 내 옆에는 편치가 않을 텐데?"

"땀내면 어떻고 매운 내면 어때요? 청랑님 옆이라면 상관없습니다. 이렇게 팔짱도 하고 싶은데……."

하면서 정말로 팔짱을 끼는 것이 아닌가? 기린화는 난생 처음 보는 희한한 광경에 입을 다물지 못한다. 그러면서 청랑 쪽을 보니 그저 빙그레 웃기만 한다.

그때다. 쑹리매가 들어서면서

"정강이 또 청랑을 괴롭히는구나."

"회장 언니는 제가 뭐 어쨌다고요?"

"어서 와요, 기린화 씨. 나 조수 쑹리매예요."

"예, 조수님께서 초대해주셔서 감사합니다."

그때다. 바깥이 소란스럽다.

"청랑님이 오셨다면서요? 어디 계세요? 청랑님."

하면서 들어오는 유모다. 그녀는 들어서면서 쪼르르 청랑 옆으로 달려가더니

"보고 싶었어요, 청랑님."

하고 정강을 밀어내고 앉아서 팔짱을 낀다.

"유모님, 이런 법이 어디 있어요? 내가 먼저 자리 잡았는데?"

"먼저고 나중이면 어때요? 정강님은 절세 미모에다 많은 남자들이 따를 것이니, 이 유모의 마음을 이해해주리라 믿어요."

"이 사람들아, 모처럼 초대한 손님 앞에서 자중치 못하고?"

"조수님, 전 괜찮아요. 재미있는데요 뭐. 다만 왕초님이 염려되긴 하네요."

"기린화 씨가 보기에도 청랑이 위험해 보이는 거죠?"

그러는 사이 음식이 들어오고.

"자, 먹읍시다. 오늘은 우리 다섯 식구의 회식이니 즐겁게 보냅시다."

"그런데 회장 언니는 언제부터 조수가 되셨어요?"

"오늘 아침에 된 거야. 그리고 내가 소개하지. 청랑과 함께 온 기린화 씨는 공단 현장의 청소반장이시고, 이쪽은 이곳 식당의 지배인인 류정강이고 이쪽은 우리 집 유모, 그리고 나, 모두가 청랑의 친구들이니, 다 같이 함께 잘 지내도록 해요. 그리고 한 가지 공통점이 있다면 지배인 정강만 빼고는 모두가 청랑에게 생명을 위험으로부터 구제받은 사람들이에요."

"그럼 저 말고도 다른 분들도 왕초님 덕분에 살아났단 말이에요?"

"그렇다니까."

"생각에 따라 그렇게 말할 수도 있지만 그것은 각자의 운명일

뿐이니, 꼭 나하고 결부시켜서 생각할 필요는 없을 것 같아요."

"청랑님, 다른 분들은 그러한 인연이지만 나 정강은 청랑님 때문에 마음의 상처가 큰 사람이에요."

"왜 그랬을까? 왕초님은 누구에게 상처를 줄 만큼 나쁜 사람이 아닌데?"

"그게 아니라 기린화 씨, 청랑이란 남자를 죽도록 사랑하고 싶은, 다시 말하자면 한 번만이라도 안기고 싶은 정강의 마음을 모른 척 한다는 거예요."

"그 말은 맞아요. 나 유모도 정강 지배인과 동감이에요."

"이 사람들, 청랑이 무슨 불사신인가? 이 여자 저 여자 다 안아주게?"

"그래요. 회장 언니만 아니었어도 우리들 소망을 이룰 수 있었을지도 모르는데?"

"그런 소리 마라. 나 아니었으면 청랑을 만날 수가 있었고? 괜한 생떼 하지들 말아라. 우리들 여자 여럿이서 한 남자를 괴롭혀서야 되겠니?"

"회장 언니는 우리가 뭘 어쨌다고요?"

정강과 유모가 한통속이 되어 한바탕 웃음이다.

"그럼 됐고, 지금까지의 내 말은 농담이었으니, 기린화 씨도 오해 없길 바래요. 청랑이란 남자, 많은 여자들이 좋아하는 애인 같은 남자니까 그 남자에겐 하고 싶은 말이 있으면 속에 담아두지 말고 언제든지 해도 돼요. 기린화 반장."

"고마워요. 조수언니가 그렇게 말씀해주셔서요. 안 그래도 언젠가부터 소녀의 마음에 왕초님의 존재가 남자로 보이고 가슴이 두근거리고 기린화의 전부를 맡기고 싶은 충동이었는데 오늘 여기 와서 보니 그동안 나 혼자만 여자인 줄 착각 속에 감히 주제 넘는 생각을 하고 있었구나 하고 깨달았어요. 정신 차리어라 멍청한 기린화야 라고 할래요."

"허허, 이런 이제 보니 쏭리매 회장만 빼고 세 여자들 모두가 늦깎이 사춘기를 맞이했군. 조금만 참고 기다리면 쏭리매와 청랑처럼 중년에 접어든 사람 말고 생생하고 젊은 청년들이 그대들의 고민을 풀어줄 것이니, 얌전이들 기다리다 시집갈 생각이나 하세요. 아가씨들요, 이 사람 청랑은 쏭리매란 여인의 뒤에만 숨어 있으면 되니까."

"그건 그렇고, 이 쏭리매가 기린화 씨에게 선물 하나 하고 싶은데 뭐든 말해 봐요."

"그래도 돼요? 조수언니. 그럼 말할게요. 그러기 전에 먼저 말씀부터 낮추시고 저를 대해 주세요. 제 나이가 이제 겨우 서른다섯이에요."

"그래도 될까?"

"그럼요. 그렇게 하셔야 한 가지 청을 드릴 수 있습니다."

"그래, 그럼 어서 말해봐라."

"저의 바람은 앞으로 전자공장이 가동되면 그곳에서 일하고 싶어요. 원서는 내겠지만 경쟁률이 높을 것 같아서 걱정이에요. 조수언니라면 도와주실 수 있을 것 같아서요."

"음 그렇군. 그 문제라면 청랑과 내가 도울 수 있을 것 같으니 방법을 생각해보자."

"고마워요, 조수언니."

"그래 어떤 방법이 좋을까? 청랑."

"그렇다면 기린화의 응시 원서에다 상하이시 당 위원이신 쏭리매의 추천서가 첨부되면 되겠군."

"그래, 쏭리매의 이름이 효력을 발휘할지 모르겠으나 어디 한 번 해보자."

"고마워요, 조수언니."

"이거 기린화 덕에 영원한 조수언니가 되는구나."

"틀린 말은 아니네 뭐. 앞으로도 가끔은 조수 복장을 하고 공단에 나타날 쏭리매 회장인데 좋은 호칭이네."

"그런가?"

웃음 속에 난생처음 거대도시 상하이에서 만찬을 하고 조수로 알았던 쏭리매의 진면목을 알게 된 기린화다.

"어떡할까? 청랑은 음주 상태니 운전은 곤란하고 기린화는 모친이 기다리실 테니 우리 직원을 시켜 회사 차로 데려다줄까?"

"아니에요, 언니. 그러시지 않아도 돼요. 저희 엄마는 제가 만약 안 들어오는 날엔 신랑감 찾아서 데이트하는 거라 생각하신댔어요. 노처녀로 늙으니 시집을 가기만 하면 하는 바람이래요."

"그럼 됐다. 우리 집에서 유모와 함께 자면 되겠다."

"고마워요, 조수언니."

이렇게 해서 기린화는 청랑과 쏭리매의 관계를 알게 되었고 유모와 한방에서 잠을 자고 유모가 만들어주는 간단한 식사를 하고, 청랑의 차를 타고 현장으로 돌아왔다.

"왕초님, 감사해요. 왕초님 덕분에 난생 처음 상하이 구경도 하고 좋은 음식도 먹을 수 있었습니다."

"그건 내 덕이 아니고 그 집 주인인 쏭리매 회장이 정식으로 기린화를 초대한 것이에요. 모두가 기린화의 착한 심성 덕이라고 생각하면 돼요."

"조수언니가 왕초님의 친구라는 사실을 알았으니 앞으로는 왕초님께 이상한 마음 품지 않을게요."

"잘 생각했어요, 기린화 반장."

기린화를 작업장에 내려주고, 외곽의 울타리 현장으로 간 청랑이다. 이제는 기린화의 생각을 정상 궤도에 올려놓는 데 성공했으니, 한 여자의 추락사고 후유증까지 치료가 완료된 셈이다.

S전자 신입사원 모집에 서류접수가 마감됐다. 2천 명 모집에 2만 명의 지원자가 몰렸다. 서류 심사에서 2천 2백 명을 선발했다. 쑹리매의 추천이 있는 기린화의 합격은 무난했다. 이제 남은 것은 면접이다. 최종 면접에서 2백 명의 탈락이 예상된다.

드디어 면접이 시작되는 날이다. 하루에 250명씩 해서 열흘 동안 지속된다. 면접관은 S전자에서는 공장의 실무 총괄인 공장장과 이사, 부장해서 3명이고, 공단의 건설 본부장과, 상하이 시에서는 당의 공업 국장과 쑹리매 전문 위원이 선정되어 있다. 면접 기준은 나이와 건강, 인성을 기준으로 시행된다. 서류심사에서 10대 1의 경쟁을 뚫고 올라온 사람들이라 최종 탈락에서 제외되기를 간절히 바라고 있을 것이다.

기린화도 마음 조이기는 마찬가지다. 쑹리매의 추천으로 서류심사에는 합격했지만 면접이야말로 스스로의 능력으로 통과해야 한다. 강박관념이 그녀의 가슴을 짓누른다. 면접 통지서에 기재된 날짜는 사흘 후인 시작 3일째 날이다.

'그래, 부딪혀보자. 그동안의 건설 노동과 청소반의 경험으로 도전해볼 것이다.'

나름대로 단정한 매무시를 하고 면접장인 관리 동으로 갔다.

차례가 되어 면접관 앞에 앉았다. 6명의 면접관 앞에서 마주 앉은 사람 얼굴만 보일 뿐 다음의 얼굴까지 볼 짬이 없다.

"관등성명을 말하시오."

"예, 저희 집은 항루의 동쪽마을 변두리입니다. 이름은 기린화입니다."

"나이와 가족관계를 말해 봐요."

"예, 나이는 만35세이고 가족은 어머니와 저 두 식구입니다."

다음 질문자는 건설 본부장이다.

"아직 미혼이란 말인데 나이에 비하면 이해가 안 가는 부분인데 왜 여태 시집을 안 갔는지 이유를 말해줄 수 있겠소?"

"예, 안 간 게 아니고 못 갔습니다. 저는 가난한 농부의 외동딸로 태어나서 그 후에 제가 철들기 전부터 병석에 누워계신 아버지 대신 농사일을 하는 어머니를 도와야 했기 때문에 다른 생각을 할 여유가 없었습니다."

"그럼 지금은 무슨 일을 하고 있어요?"

공업국장의 질문이다.

"예, 줄곧 농사일에 매달렸다가 2년 전부터 이곳 '난·항·상' 공단의 공사현장에서 일하고 있습니다."

공업국장의 질문과 수험생의 답변은 간략했다.

"그렇다면 지원자가 공사현장에서 일하는 동안 기억에 남을 만한 일 있으면 한 가지 말해 보시오."

"예, 저는 2층 건물 외벽 공사에서 조공 역을 하던 중 방심하여 추락한 적이 있습니다. 죽었구나 하는 순간 정신을 잃었고, 다시 정신이 돌아왔을 때 죽지 않았구나 하는 생각에 꿈만 같았습니다. 이상하게도 나의 몸체가 푹신한 이불 위에 얹혀 있고 아프지도 않았습니다. 그런데 사람이 죽었다 하는 소리와 함께 나는 옆으로 밀쳐졌고 그곳엔 이불이 아닌 사람이 누워있었습니다. 저희들의 작업팀 왕초님이었습니다. 다행히 그분도 살아있었고 저의 추락을 방관하지 않고 살신성인의 정신으로, 한 생명을 구해낸 분이 저에게는 생명의 은인입니다. 미약한 저로서는 보은의 방법도 없고 하여 열심히 일하면서 그분의 정신을 본받으며 살아야겠다. 하는 것입니다. 만약에 저에게 기회를 주신다면 S전자의 사원이 되어 오래도록 일하면서 잘 살고 싶은 바람입니다."

"응시생의 이야기는 잘 들었으니 가서 기다리면 합격 유무는 집으로 개별 통지가 갈 것이오."

라고 말하는 면접관은 쑹리매 위원이다.

수험생 기린화는 그를 알아보지 못했다. 지금의 면접관은 기린화가 전에 만났던 조수 쑹리매의 모습이 아니었기 때문이다. 목소리에서 와 닿는 느낌이 조금은 이상했지만, 쑹리매라고는 생각지 못했다. 면접관들의 질문에 있는 그대로 대답을 하고 나니 홀가분한 마음이다. 이제는 운명에 맡기자. 까짓것 나이가 많아서나 또 다른 이유로 탈락된다 하더라도 다음 청소부 모집에 응시하면 되니까.

공단의 S전자 신입사원 면접은 기린화 이후로도 일주일 간 계속되고 끝이 났다. 관리동 게시판에 합격자 명단이 발표되었다. 10개 동의 공장별로 이름이 명기돼 있었다. 기린화는 제10공장의 품질관리부에 명단이 올라 있었다.

그녀는 뛸 듯이 기뻤다. 드디어 합격이다. 마음 조이며 기다렸던 바람이 이루어진 것이다. 합격자 명단에는 개인별 나이가 함께 기재돼 있었다. 기린화가 최고령자다. 합격자 모두가 거의 30세 미만이었다. 1차 서류 심사에서 걸러내고, 면접에서도 감점의 대상일 수밖에 없었다.

　기린화는 놀라지 않을 수 없었다. 어째서 나만이 살아남았을까? 그렇구나. 조수언니의 추천 때문이다. 조수언니의 도움이 없었으면 불가능한 일이 아니었던가? 그건 사실이다. 쏭리매의 추천이 아니었으면 서류심사에서 탈락했을 것이고 최종 면접에서 면접관 6명 중 3명의 동의가 있어야 했다. 마지막 질문자인 쏭리매가 기린화의 진면목을 말할 수 있게 기회를 준 것이다. 말하자면 기린화의 사명감에 대한 확고한 정신력을 말할 수 있게 한 것이다. 쏭리매의 의도를 알고 있는 공업국장과 기린화가 추락여공임을 알고 있는 본부장까지 3명의 점수가 합격을 만들어낸 것이다. 그리고 마지막 답변에서 채용의 명분을 얻어냄으로써 배경으로 인한 합격이라고 하는 오해의 소지를 없애버린 것이다.

　눈을 씻고 다시 보아도 틀림없는 합격이다. 기린화는 아무라도 붙들고 자랑하고 싶어진다.

　'그래 그렇구나. 누구보다 먼저 왕초님에게 알려야지.'

　그러나 그가 기린화의 일터에까지 오지 않는 지금은 알릴 길이 없다. 왕초가 있는 외곽 울타리 작업장까지는 너무 먼 거리다. 그녀는 청소작업반에서 일을 하면서도 마음은 들떠 있는 지금이다. 그러나 동료 청소반원들에게는 말하지 않기로 했다. 기회조차 얻지 못한 그들에게 자랑은 즐거움만 주지는 않기 때문이다. 그래 점심 때 함바로 가면 왕초님을 만날 수 있을 것이다.

　그녀는 정오가 되어 함바로 달려갔다. 오늘은 운 좋게도 기린화가 함바에 도착함과 동시에 청량왕초의 차가 저만치 주차장에 와서 주차하고 있다. 그러고는 줄 서있는 근로자들 꼬리에 따라서는 청량이다. 기린화도 뒤질세라 그의 뒤에 설 수 있었다.

"왕초님, 저예요."

하는 소리에 돌아보는 청랑.

"어? 기린화 씨. 오늘도 도시락을 못 싸온 모양이군."

"네, 왕초님. 그래서 왔어요."

"그럼 배식 받아서 우리 같이 먹읍시다."

청랑은 상하 구별 없이 언제나 친절한 사람이다. 그들은 배식을 받아서 한쪽 빈자리에 앉았다.

"어서 먹어요. 배고팠을 텐데."

"왕초님도 어서 드세요."

"참, 공장의 신입사원 면접은 잘 본 거요?"

"예, 왕초님. 오늘 아침 관리돈 게시판에 합격자 명단이 발표되었어요."

"그래서요? 기린화는 당연히 합격했을 테고?"

"어떻게 아셨어요? 왕초님."

"그럼 합격했다는 말이군요."

"예, 이 기린화의 이름이 합격자 명단에 턱 붙어있지 않겠어요? 저는 너무 좋아서 그 사실을 왕초님께 알리고 싶어서 이곳으로 달려온 거예요."

"정말 잘된 일이오. 축하해요. 기린화 반장."

"고마워요, 왕초님. 저는 누구보다도 왕초님께 축하받는 일이 제일 기뻐요."

"이제는 기린화 씨가 좋은 직장을 갖게 되어 더욱 더 잘살 수 있을 거요. 이제 멀지 않은 장래에 기린화 씨의 혼례식에 참석할 일만 남았군."

"왕초님도 참, 그게 어디 쉬운 일인가요 뭐? 저는 무엇보다 왕초님이 상하이에 오래오래 계셨으면 해요."

"고마운 얘기로 듣고, 나는 한국 사람이라 공사가 끝나는 대로 돌아가야 할 것이오."

"안돼요, 그건."

"왜요?"

"생각해 보세요. 왕초님이 죽을 뻔한 저의 생명을 구해주셨는데, 앞으로 새 직장에서 돈 벌면 작은 보은이라도 해야 하는데 기다리셔야 해요."

"아하, 그런 건 마음 쓰지 않아도 되고, 이미 기린화로부터 충분한 보은을 받았으니 됐어요. 이번의 합격은 나의 제자인 기린화의 합격이니 왕초로서는 제일 큰 선물을 받은 것이니 만족해요."

"그럼 전 어떡해요? 왕초님이 안 계시면 저의 앞날을 의논해줄 사람이 없잖아요?"

"아, 그런 건 이제 스스로도 잘하고 있고, 시간이 지나면서 기린화와 딱 맞는 의논상대가 생길 테니, 걱정 안 해도 되고, 그 이전에 혹시라도 어려움이 생기면 쑹리매 여사에게 의논하면 도움이 될 것이오."

"그 조수언니 말씀이군요?"

"맞아요. 기린화에겐 조수언니가 되겠군."

"참 왕초님, 그러고 보니 저의 입사시험 합격이 조수언니가 도와준 것 같았어요. 고맙다는 인사를 해야 하니 언제 저를 상하이에 데려다 주세요. 네?"

"그건 그렇게 하지 않아도 조수언니가 이곳에 올 수도 있을 거요. 그러니 그때 만나서 얘기하면 될 거요. 언젠가는 회사의 식자재 차에 조수로 올 거니까."

"그러다가 조수 노릇 안 해 버리면요?"

"그건 그때 가서 생각하기로 하고. 일어나요, 내 차로 작업장에 데려다 줄게요."

"고마워요, 왕초님."

기린화를 공장 청소 작업장에 데려다 주고 청랑은 차를 돌려 나왔다. 지난번에 잘 달래놓았다고 생각했는데, 기린화의 마음은 여전히 청랑의 그늘을 벗어나지 않고 싶은 것 같아 보인다.

이곳 건축공사는 거의 다 마감이 되어가고 토목작업인 도로 포장에 들어갔다. 공장 건물들 사이에 두고 길의 이쪽 끝에서 저쪽 끝까지는 너무 길어서 활주로를 방불케 한다. 외곽의 울타리 공사도 30킬로나 이어져 있고 마지막 10km의 작업만 남겨져서 종착점을 향해서 다가가고 있다. 백리 장성의 울타리 5킬로 지점마다 출입구와 초소가 설치되어 있다. 드나드는 사람과 차량 등을 통제할 수 있게 만들어져 있다.

공장이 가동되고 2천여 명의 신입사원과 함께 기린화도 출근 대열에 끼었다. 수십 대의 회사의 통근버스에서 내려진 2천여 명의 사원 행렬이 장관을 이룬다. 불과 3년 전만 해도 황무지였던 이곳 난항상 지구가 거대한 공업단지로 탈바꿈되었다. 따라서 주위에는 자연적으로 신흥 마을이 생겨나고 많은 사람들의 삶의 소리가 이어진다.

기린화는 지난날의 찌들고 가난했던 농부의 딸에서 이제는 새 문명이 몰고 온 거대한 소용돌이 속으로 흡수되면서 바쁜 나날을 소화하고 있다. 새로이 입사한 신입사원들 모두가 꿈과 희망에 부풀어 있다. 열심히 일하고 월말이 되면 봉급을 받고 가난한 농민으로만 살고 있는 내 가족에게는 큰 보탬이 되리라.

사람들은 이들을 일컬어 농민공이란 새로운 이름을 붙여준다. 아마도 이들이 상하이를 중심으로 탄생한 제1세대 농민공일 것이다. 이들이야말로 자신의 개척은 물론 중국의 개혁개방 정책이란 열차에 탄 최초의 승객이라 할 수 있다. 한국의 자본 S전자 공장이 가동되면서부터는 상하이시의 재정 자립도가 한층 높아질 것이다. 따라서 상하이시 당 재정위원이기도한 쑹리매 위원의 어깨도 가벼워졌다. 그는 지금까지 자신의 사업체에 부과되는 세액을 초과해서, 당에 보탬을 주어왔는데 이제는 그러지 않아도 되는 것이다. 그렇다고 그 돈을 아껴서 치부를 하자는 뜻은 없다. 쑹리매의 성격상 또 다른 곳에 쓰임새를 찾을 것일 수도 있다.

청랑이 전담해온 외곽 울타리 공사는 이제 제 6관문을 넘어서고 있다. 각 관문마다에 설치되는 경비실은 건축공사에 해당된다. 토목공사와 건축공사를 함께 하고 있는 것이다. 마지막 10관문까지는 3개월의 공사 기간이 소요된다. 그 남은 3개월은 1년 연장했던 청랑의 체류 만료일과 맞물려 있다. 공정에 약간의 차이는 있겠지만 외곽 성벽 공사를 마쳐야만 청랑이 한국으로 돌아갈 것이다.

상하이의 쑹리매는 15일이 경과되면 어김없이 청랑을 찾아온다. 그녀에게는 청랑이 내 가족, 내 남자라고 생각하고 있는 듯하다. 그녀가 올 때는 언제나 식자재를 실은 냉동 탑차의 조수석에 동승하고 온다. 지금은 건설식당의 식자재가 줄어든 반면, S전자 공장의 구내식당들과 납품계약이 된 주언량 무역이기에 더 많은 식자재를 조달한다. 대다수의 사람들은 쑹리매가 남편을 찾아오는 주말 부부쯤으로 알고 있다. 쑹리매 역시 그러한 착각 속에서 오고 가는 것이다. 그때마다 그들은 소박한 식사에다 가벼운 술 한 잔쯤은 공단 주변에 새로 생겨난 식당에서 얼마든지 이용할 수 있다.

그리고 구태여 상하이까지 가지 않아도 그들을 재워줄 숙박시설도 생겨나 있어서 찾아온 쑹리매를 편히 재워서 보낼 수가 있다.

쑹리매가 식품 차의 조수가 되어 찾아온 오늘은 토요일 오후다. 식품 차는 언제나 청랑의 작업장에 먼저 와서 쑹리매를 내려주고 식당 재료 창고로 간다. 혹시 있을지도 모를 청랑의 다른 스케줄을 만들지 않게 하기 위함이다.

S전자에 갓 입사한 기린화도 한 달이 지나면서 첫 번째 봉급을 받았다. 감회가 새롭다. 퇴근을 하여 집에 온 기린화는 모친 앞에 봉투를 놓고

"엄니, 나 회사에서 첫 월급 받았어요."

그녀의 모친은 의아해 하면서

"무슨 소리냐? 새삼스레? 그동안에 너는 꼬박꼬박 월급을 받아왔지 않았느냐? 그것도 2년 동안이나."

"그게 아니라 엄마, 내가 정식으로 입사한 회사에서 받은 첫 월급이란 말이에요."

"음, 그러고 보니 네가 전자 회사에 입사한 걸 깜빡 잊었구나. 장하다 내 딸 기린화야. 이 돈을 꼬박꼬박 모아서 그동안 모아둔 것 합쳐서 너 시집보내고 새집도 사주고 해야겠다."

"참 엄마, 그 돈에서 몇 만 원만 주세요."

"그래, 네가 뭐 사고 싶은 게 있구나?"

"아니에요, 엄마. 내가 지난번에 얘기했듯이 엄마 딸 기린화가 회사에 들어갈 수 있게 도와준 사람들이 있어요. 그분들에게 식사대접하면서 고맙다는 인사를 하려고요."

"그렇구나. 당연히 고맙다는 인사를 해야지."

"그럼 내일 일요일은 쉬는 날이라 제가 찾아가려고요. 가서 애

기하다가 늦어지면 자고 올지 모르니 걱정하지 마세요. 엄마."

"그러려무나. 상대가 남자이면 신랑감이 될 만한지 잘보고 괜찮다 싶으면 꼭 붙잡아라."

"에이, 엄마도. 그런 거 아니에요. 그분은 여자란 말이에요. 그리고 난 그렇게 빨리는 시집 안 가요. 어렵게 얻은 직장에서 오래도록 일하면서 울 엄마하고 자유롭게 살 거예요."

"그건 안 된다. 지금 네 나이가 몇인데 한가한 소리하느냐?"

모녀간의 통상적인 얘기라 할까? 그리고 한 주가 시작되고, 지난 일요일을 놓친 기린화는 토요일 근무를 마치고 서둘러서 육관문의 울타리 공사장에 갈 생각이다. 가서 왕초님을 만나야 한다.

6관문은 기린화가 일하는 제10공장의 출입관문이다. 10공장에서 나오면 6관문으로 가는 중도에 공장 근로자 식당이 있다. 그 옆의 식자재 창고 앞을 지나가려는데 냉동 탑차가 서 있고 식품을 내리는 사람이 있다.

'그래 저 사람에게 조수언니가 있는 곳을 물어보자. 그런 다음에 왕초님더러 그곳에 데려다 달라고 하면 되겠구나.'

기린화는 달려가서

"기사 아저씨, 조수님은 안 오셨나요?"

"조수님이라니 누구 말입니까?"

"거 있잖아요, 쑹리맨가 하는 조수님 말이에요."

"아, 그분은 우리 회사 회장님이신데?"

"맞아요. 회장님이라 했어요. 그분이 오늘은 어디 계시나요?"

"나, 여기 있어요. 기린화 씨."

하며 식품고 쪽에서 걸어오고 있는 쑹리매다.

"안녕하세요? 조수언니께서 오셨군요."

"그래 반가워요. 기린화 양. 내가 온 줄 어찌 알고 찾는 거예요?"

"언니께서 오신 줄은 모르고 왕초님을 찾아가서 언니께 데려다 달라 할 참이었어요."

"왜 무슨 일 생긴 건가?"

"아니에요, 언니. 실은 이번에 회사에서 첫 월급을 탔거든요. 그래서 언니 모시고 저녁식사 대접하면서 고맙다는 인사드리려고요. 그런데 조수언니께 데려다 줄 사람은 왕초님밖에 없잖아요."

"그럼 여기서 기다려요. 청랑이 이리로 온다니까."

"정말이세요, 언니? 여기로 왕초님이?"

"그래 청랑이 오는 대로 같이 가서 식사라도 같이 해요."

"예, 조수언니. 그리고 고마워요. 언니덕분에 회사에 들어갈 수 있었습니다."

"아닐세. 그건 기린화의 실력과 자격이 충분했던 거야."

마침 청랑의 차가 와서 멎는다.

"오래 기다리게 해서 미안해요."

"아니야, 우리 물품 하역도 이제 끝났는걸."

"그랬다면 다행이군."

"안녕하세요? 왕초님. 저 기린화예요."

"어? 기린화 양이 여길 어떻게?"

"지나가다 조수언니를 만났어요."

"그래요 반가워요. 그러고 보니 오랜만에 보게 되는군요."

"미안해요, 왕초님. 진즉 찾아뵀어야 하는데."

"안 그래도 퇴근길에 청랑을 찾아가다가 나를 먼저 만난 거야. 아마 기린화가 청랑에게 할 말이 있었던 거 같은데."

"그래요. 왕초님께 상하이의 조수언니한테 데려다 달라고 부탁하려던 거였어요."

"그랬다면 잘됐네. 기왕에 우리 다 같이 만났으니 어디 가서 저녁이나 먹자. 내가 살 테니까."

"아니에요, 왕초님. 오늘은 저에게 밥을 살 수 있는 기회를 주셔야 해요."

"아무렴 어때요, 갑시다. 기린화 양 집 가까운 곳으로 가는 것이 좋겠군."

"아니에요. 왕초님 제가 집에 가는 거 걱정 안 하셔도 돼요. 오늘은 늦거나 한다고 말씀드렸거든요. 저는 상하이까지 가야된다고 생각했기에."

"그래서 허락은 하셨고?"

"예, 장래의 신랑감만 데려온다면 자고와도 된다고 했어요."

"저런, 기린화 모녀의 생각을 짐작컨대 오늘은 청랑이 조심해야겠는걸."

"조수언니, 그건 아니에요."

"왜? 청랑은 뭐 남자가 아닌가? 한때는 연모도 했었잖아?"

"그랬지요. 그때는 잠시 철없는 생각으로 열병을 앓았지만 조수언니가 말끔히 치료해주셨잖아요."

"그 말은 이 쏭리매가 방해를 했다는 거구나."

"전혀 아닌 건 아니지만 저의 철없는 생각이라 했잖아요. 용서하세요, 조수언니."

"그런 일에 용서까지야. 그래 알았다. 기린화의 첫 월급으로 한턱 쏘겠다니 먹어 주어야지. 가서 빼갈이나 한 잔 하자."

그들은 새로 생겨난 마을의 중화요리 집으로 갔다. 면 요리 식사에다 해물안주 하나 시키고, 빼갈 한 잔씩을 손에 들고 건배를 했다.

"신입사원 기린화의 앞날에 행운이 함께 하기를 위하여!"
쑹리매의 선창으로 축배를 들었다.

"축하한다, 기린화야."

"고맙습니다. 왕초님과 조수언니를 알게 된 것이 제 인생에서 가장 큰 행운이에요."

"그래그래, 청랑과 나도 기린화의 젊은 꿈을 볼 수 있어서 얼마나 좋은지 모른다."

"참 조수언니, 언니의 영향력이 저를 돕지 않았다면 이렇게 크고 좋은 회사에 취업할 수 없었을 거예요. 그렇게 명망 높으신 분인 줄 모르고 조수언니로만 알았으니 이토록 바보스런 기린화의 운세가 그리 나쁜 것만은 아닌 것 같아요. 조수언니."

"그건 맞는 말이야. 기린화의 어린 시절과 소녀 시절은 고생을 겪으면서 지내왔지만 앞으로는 점점 좋아질 거야. 그 대신 경거망동해서 어려움에 휩쓸리지 않게 정신 바짝 차려야 한다."

"알았어요. 언니 말씀 명심할게요. 그보다 왕초님은 언젠가는 떠나신다면서요?"

"그래요. 하던 일이 끝나면 가게 될 거요."

"그런 왕초님이 가시면 조수언닌 어떡해요?"

"글쎄 말이다. 욕심 같아선 계속 붙들고 싶지만 그렇게 할 수만은 없구나."

"왜요 언니, 그냥 있으라고 하면 되잖아요?"

"아서라, 가는 청랑을 어느 누가 잡을 수 있단 말이냐?"

"그렇다면 언니와 내가 한쪽 팔씩 잡고 놓아주지 않으면, 인정이 많은 왕초님이라 끝내 뿌리치지 못할 거예요."

"허허 이런, 기린화가 벌써 청랑의 약점을 읽고 있었다니, 고삐가 풀리면 큰일 나겠는걸?"

"실은 언니요, 저의 마음 한구석엔 왕초님의 한쪽 팔이라도 잡고 싶어져요. 그러자면 높은 곳에서 한번만 더 추락할까 봐요."

"이런 이런, 그러다가 정말 죽어버리면? 아무리 절실하더라도 그런 위험한 방법은 두 번 쓰면 효험이 없는 거야."

"그럼 어떡해요? 언니. 그 방법 말고는 없는데?"

"그럴 때는 단념하고 기다리는 거야. 청랑은 바람이니까 가다가 벽이나 산에 부딪히면 다시 돌아오겠지 하고 말이다."

"왕초님은 조수언니 말씀이 맞는다고 생각하세요?"

"그래 다 맞는 건 아니지만 바람의 방향을 알면서도 막지 않고 항상 열어놓는 쑹리매이기에 그와 나는 오랜 세월을 함께하는 진정한 벗이 되는 거야. 그리고 세상을 덮고도 남을 쑹리매의 그물이 크기도 하지만 여간 촘촘한 게 아니거든."

"그러시군요. 왕초님과 조수언니 두 분의 고매한 정신세계는 이 철없는 기린화의 부족함을 단단히 고쳐주는군요. 고마워요 두 분."

"자, 오늘은 기린화의 첫 봉급에서 단단히 얻어먹었으니, 다음에 내가 자리를 마련키로 하고, 이제 기린화를 그의 집으로 데려다 주자."

"고마워요, 언니."

"그리고 늦게 들어가는 기린화가 빈손으로 가는 것은 모친께 예의가 아니니, 이걸 드리고서 오늘 늦게 와서 미안합니다! 하면 용서하실 거야."

"알았어요. 그리고 만두 고마워요, 언니."

기린화를 데려다 주고 두 사람은 세워둔 택시에 도로 탔다.

"기사양반, 우리가 처음 탔던 그곳으로 데려다 주세요."

"예, 손님."

"기린화가 나더러 조수언니 하고 따르는 걸 보면 붙임성도 있고 심성이 착한 아이야."

"그렇긴 하지. 그리고 특히 외로움을 많이 타는 것은 그 애가 자라온 환경 탓이기도 할 거야."

"손님, 다 왔습니다."

"고마워요, 기사님."

택시에서 내린 그들은 난항상공단의 밤길을 한가롭게 걸어본다. 하늘에는 유난히도 많은 별들이 반짝인다. 청랑과 쏭리매 그들에게 마음의 벽이란 거 없어진 지는 오래다. 근간에 생겨난 듯 눈앞의 모텔은 이들 남녀를 받아들이는데, 결코 인색하지 않았다.

"실은 여기 오기 전에 쏭리매를 상하이 집에까지 데려다 줄까 생각했는데 그만……."

"그랬었어? 나를 생각해서였겠지만 그 먼 곳까지 뭐 하러? 그랬다간 내일 아침에 오려면 바쁘기만 하지. 이제는 이곳에도 우리를 재워줄 숙박시설은 얼마든지 있는데, 떠밀려서 그냥 갈 내가 아니지. 툭하면 종적을 알 수 없는 청랑을 찾아서 낯선 곳을 헤매느니, 이렇게 가까이 있을 때 함께 하고 싶은 것이 내 마음이야."

그랬다. 쏭리매가 가장 믿고 의지하고 싶은 곳이 있다면 바로 이 사내 청랑인 것이다. 쏭리매의 그런 바램을 안아주는데 청랑은 인색하지 않았다.

"청랑이 이곳 상하이에 머물 수 있는 시간이 얼마나 되는 거야?"

"아마도 3개월이 고작일 거야. 그때면 내가 할 일이 없어질 테니까."

"그때 가서 청랑더러 몇 달 더 있다가 가라 하면 안 될까?"

"만약에 그렇게 되면, 쑹리매에게 번거롭고 귀찮기만 할 걸?"

"그런 말이 어딨어? 나에게는 청랑이 곁에 있기만 하면 평생이라도 좋은데. 청랑이 더 머물려고 안 할 테니까 그의 조국과 가족들, 그리고 많은 사람들을 사랑할 줄 아는 청랑임을 너무나도 잘 알고 있는 내가, 무슨 염치로 그의 가야 할 길을 막을 수 있단 말인가? 때때로 보고 싶어지면 차라리 내가 나서서 언제나처럼 찾아내면 될 것을."

"그리고 보면 본의 아니게 쑹리매만 골탕 먹인 게 한두 번이 아니었네?"

"그런 거 아니야. 그때마다 마음 졸이고 기다리고 설레다 만났을 때의 그 순간만은 나만이 얻을 수 있었던 최고의 선물이요 환의였었지. 정말 바보처럼 무모하기 짝이 없는 여자가 누군지 잘 모르는 모양이군. 천하의 여걸 쑹리매가 그깟 청랑이 무어라고 마음의 끈을 놓지 못하다니. 이 일을 어쩌면 좋단 말인가? 그런 쓸데없는 염려는 접어두라. 나 쑹리매는 쑹리매일 뿐이니까. 그보다도 청랑이 한국으로 가면 뭐하고 지낼 거야?"

"그거야 내가 하는 일이 노가다니까. 공사판에서 왕초를 하든지 여의치 않으면 막노동이라도 해야겠지?"

"그런 원론적인 답변 말고. 내 생각엔 너무 힘든 일에만 매달리지 말고, 마음속에 잠재웠던 생각을 꺼내서 펼쳐 볼 수 있잖아? 내가 아는 청랑은 무슨 일이든지 잘할 수 있는 사람이니까."

"기초가 부실한 이 청랑을 쑹리매가 과대평가하는구나."

"그렇지가 않아. 정직함과 패기의 바탕 위에 선 청랑인데 못할 일이 뭐 있겠어? 청랑이 뭘 하든지 간에 쑹리매가 조금이라도 보탬이 되고 싶어서야."

"그래, 쑹리매의 그 마음만은 고맙게 받을 것이니 내 걱정 말고 쏭리매나 건강하게 잘 있으면 나는 그걸로 만족할 거야. 그리고 만약에 쏭리매의 예측대로 나의 생활에 변화가 생긴다면 이런 정도일 거야. 내 고향 비사벌의 한적한 농촌마을, 사람들이 오가는 길목에 자그마한 집을 짓고, 나 홀로 밥을 하고 차를 끓이고 찾아드는 길손 있으면 마주앉아 이야기를 나누고 조용한 시간이면 종이 위에 반성문이라도 아니면 낙서를 그리면서 지낼 수도 있을 거야."
"음, 청랑의 가슴속에 그런 것이 있었구나. 그런데 왜 나 홀로야? 가족들이 있고 아내와 아이들이 있을 텐데?"
"물론이지. 그러나 나는 나의 헝클어진 삶에서 내 가족을 비롯하여 나의 가까운 사람들에게 적지 않은 실망을 남겼거든. 물론 고의적인 건 아니었지만. 그들 각자 나름대로 섭섭함이 있을 거야."
"그것은 청랑의 자책일 뿐이야. 내가 아는 청랑은 어느 누구에게도 해를 끼치지 않으려는 인간애를 가진 사람이잖아. 그런데 왜 가족들로부터 멀어질 거라 생각하는 거야?"
"그래, 내놓고 말하기엔 떳떳하지 못한 사항이지만 쏭리매의 집요한 질문이니 대답을 안 할 수가 없구나."
"쏭리매가 알다시피 청랑의 노가다란 언제나 집을 떠나 방방곡곡에다 일판을 벌여놓고 각 현장을 순회하다보니 한곳에 머무는 시간이 고작 며칠씩이야. 그렇다고 매번 값비싼 호텔이나 여관을 이용할 수는 없고 현장에서 일꾼들과 같이 잘 때도 있고 어떤 때는 인근 시골마을에 값싼 월세 방을 얻어놓고 그곳에서 잠깐 자고 그러고는 또 다른 현장으로 순회해야 하는 왕초 청랑이라……. 어느 날 조금은 큰 도시의 현장에 갔을 때, 현장의 다른 파트의 왕초들과 식사를 하면서, 여름이라 마신 맥주 한 잔 덕분에 화장실을 찾아가는데 주방 후문에서 훌쩍이는 아가씨가 있기에 그런가 보다 하고 지나치다가 어디서 본 것 같은데 잘 기억이 나지 않았었어. 다시 식탁으로 돌아왔을 때 주인에게 물어보았었지. 지금 주방문 뒤에서 울고 있는 아가씨가 있는데 무슨 일이냐고? 식당주인의 대답인즉 어제 처음 온 아가씬데 홀 서빙을 하랬더니 자신은 그런 일 하러온 것이 아니고 공장에 취업인 줄 알고 왔다는 거예요. 그래서 '무슨 소리냐 손님 접대를 위해 돈을 주고 너를 사왔는데 하고 야단 좀 했더니 저러고 있네요.'라는 주인의 설명이었다. '그러면 주인장께서 돈을 주고 사람을 사왔다는 말이오?' '제가 사온 것이 아니라 화장품상을 가장한 뚜쟁이 아줌마가 데려왔다'는 거야. 취직을 시켜주기로 하고 데려왔으니 '여기서 일시키면 된다'고 해서 그 뚜쟁이에게 대가를 치렀다는 거였어. 그럼 '어디서 데려왔느냐'고 했더니 '영해의 산골마을'이라는 소리에, 생각나는 게 있어서, '주인장, 미안하지만, 저 아가씨를 집으로 돌려보내시오. 본인이 원치 않는 일을 강제로 시킬 수는 없어요.' 했더니, '그건 안 됩니다. 저희가 엄연히 돈을 주고 샀는데.' 하고 거부감을 말하기에, '본인의 동의도 없이 사람을 사고 파는 것이 불법인 줄 모르시오? 내가 주인장의 장사를 방해하고자 해서가 아니니 지금 당장 돌려보내시오. 저 아가씨는 내가 자주 보지는 않았으나 내가 일하고 있는 영해병원 현장 숙소의 안집 딸이오.' '그러시다면 저희가 손해가 많지만 왕초님 말씀대로 하겠습니다.' '그럼 됐소이다. 내 더 이상 말하지 않으리다. 그 뚜쟁이에게 건넨 돈이 얼마요?' '예 50만 원 받아갔어요. 내 딴엔 괜찮은 거래다 했는데…!' '이보시오 주인장, 사람이 무슨 물건이오, 사고팔게? 정신 차리시오. 그리고 그 돈은 내가 줄 터이니 그리 아시오.' '예예 바로 보내겠습니다.' 나는 현장으로 와서 경리부에서 50만 원을 인출해서 식당주인에게 주고서 '그래 그 아가씨 돌려보냈습니까?' '아니오! 가라고 했는데 왕초님을 보고 간다고, 아직 안 가고 있습니다.' 하고 데려왔기에, '집에 가라고 하면 얼른 갈 것이지 여기가 어디라고 머뭇거리는 거야.' 하고 나무랐지. '그래도 돈을 대신 갚아주고 저를 구해주신 분에게 인사는 하고 가야겠기에, 그리고 그 돈을 당장 갚아 드려야 하는데 저에게는 지금 그만한 돈이 없어요.' '그래 아가씨의 말뜻은 알겠는데 내가 인사나 듣자고 한 일이 아니고 뚜쟁이에게 속은 것 외에는 본인의 잘못 아니니 그 돈은 갚지 않아도 돼요. 내가 그 뚜쟁이를 찾아서 받아내면 되니까 지금 바로 집으로 가요. 그리고 주인장이 아가씨 사기를 당한 처지에 차비도 없을 텐데 일을 시키려고 하루라도 붙잡아 두었으니 하루 품삯으로 생각하고 차비를 내어 주시오.' '예, 청량왕초 말씀대로 하지요.' 하고 5천 원을 내어주더군. '이거면 집에 가는 버스비는 충분해요. 고맙습니다. 그런데 혹시 저희 집 아래채에 어쩌다가 한 번씩 오시는 아저씨 아니세요?' '이제야 나도 확신이 가는군. 그래요 내가 바로 댁의 부친에게 방 하나를 빌려 쓰는 노가다 아저씨요.' 그리하여, 자칫 헛디뎌서 추락할 뻔한 인생 하나를 구출했다는 안도감을 가질 수 있었지. 그 일이 있은 후 한 달여 동안 맞닥뜨린 적이 없었는데 산골의 병원 신축 현장으로 가는 버스의 중간 기착에서 누가 아저씨 하고 부르는 소리에 돌아보니 뚜쟁이 사건의 그 아가씨였어. 그와 또 한 명의 친구가 산행 차림이었는데 행선지가 같은 방향, 같은 버스였어. 얘 너를 그 위험에서 냉큼 구해주셨다는 분이 이 아저씨야? 그래 맞아. 둘은 몇 마디 주고받더니, 그 친구란 아가씨가 아저씨 잠깐 말씀드릴 게 있으니 다음 차 타셔도 됩니다 하고 붙들고는 '내 친구를 구해주셨으니 제가 한 잔 살 테니 같이 가요.' 하고 나의 갈 길을 멈추게 하는 꽤나 남성적인 기질의 제안에, '이봐요 아가씨들 나는 그대들과 데이트나 하고 다닐 그런 총각이 아니니, 유부남인 아저씨에게 시간 낭비 말고 갈 길로 갑시다. 나도 일정이 한가하지 않으니.' 했는데도 '아저씨가 바쁘신 분인 줄 저희도 알아요. 그래도 아저씨를 그냥 보내는 건 저희들 도리가 아니에요. 이 고을 약수가 유명하여 그걸로 만든 닭백숙 하고 딱 한잔만 하고 가시면 돼요. 그렇게 해주세요! 아저씨.' 그래서 그 산골 친구란 자의 설득에, 그만 버스를 보내고 말았지."

"음, 그 산골 친구가 청랑의 여린 곳을 정확히 찔렀군."

그들은 익숙해져 있는 듯 주왕산 자락에 있는 닭백숙 전문식당을 선택했고, 우리는 동동주라 일컫는 전통 곡주를 앞에 놓고 대작을 하다 보니, 산골의 친구라는 녀석의 주량이 청랑이란 자의 주량을 훨씬 더 능가하더라고. 몇 사발을 마시다 보니 해는 지고 산골이라 버스도 일찍 끊어지고 민박을 겸하고 있는 그 집에서 허리끈을 풀어놓고 마음껏 마셔대는 거였어. 등 뒤의 미닫이를 옆으로 밀면 건넛방이 나오고 산골의 두 아가씨 미닫이 턱을 넘어 그곳에서 자고 청랑은 앉은 자리에서 잠들었지. 문제는 술에 취해 정신이 혼미해진 사람들이 별빛만 내려지는 들창문을 열고 밖으로 나가 저쪽의 화장실에 소피를 쏟아내고 돌아와서 더듬거리다가 손에 잡히는 문고리를 잡아당겨 다시 자리에 가서 누운 산골처녀이고. 그들이 기분에 도취되어 마신 술은 그들의 정신을 마비시켰고, 청랑 역시 예외가 아니어서 잠결에 몸을 뒤척이다 손에 닿는 물체는 사람이고 여체이니 무의식중에 급소가 꿈틀대어 집에서 하던 버릇 그대로 내 아내이겠거니 덮치고는 그대로 잠들고 말

앉으니. 이튿날 새벽잠에서 깬 그들 모두가 밤에 있었던 자신들의 행위를 정확히 알지도 못하는 해괴한 사건이 벌어졌는데도 비몽사몽간의 아리송한 느낌만이 있을 뿐이다. 그 날의 일은 길가다가 우연히 마주친 술친구하고 한잔 술을 나누고 헤어졌다는 것, 과음을 해서 머리가 멍해졌다는 그런 정도였다. 정말 무분별한 과음 탓에 며칠 동안 속 쓰림을 겪어야 했던 청랑이고 산골 여자들도 그런 정도로 훌쩍 한 달이 지나고 청랑은 여전히 현장마다의 순회 길에 오르면서, 어느 날 같은 곳의 버스를 타고 가는 중간쯤에서 탑승하는 그때 그 산골 여자들을 또 만났다. 반색을 하는 그녀들. 잎담배 납품처에서 알바를 하고 퇴근길이라 했다. '자 나는 여기서 내려야 하니 잘들 가요.' 하는 청랑의 말을 묵살한 채 따라 내리는 그들. '놀랄 거 없어요, 아저씨. 우리들 집이 이 마을이거든요.' '아참 그렇지 내가 깜빡 했었군.' 돌아서는 청랑을 산골녀들은 그냥 보내려 하지 않았고 산골친구의 모친이 장사하는 민박집으로 유인하면서, '지금 해 저물 저녁인데 현장엔 내일 가시고 저의 엄마 네에서 한 잔 하고 민박이니 자고 가셔도 되잖아요?' '아가씨들 마을에서 괜히 헛소문 달지 말고 집으로들 돌아가요.' 그러나 그 정도의 말은 들은 체도 않으려는 그들에게 결국은 합세하게 되어 산골친구 엄마에게 고객으로의 환대를 받게 되었다. '아저씨 오늘은 인심 나쁘지 않은 울 엄마네에서 한 잔 하시고 불도 안 땐 썰렁한 자취방에서 감기 들지 마시고 여기서 주무세요.'

설득력 있는 기질 친구 키 큰 친구에게 포로가 되고 말았다. 노가다인 청랑은 그저 그렇게 돼 버리고 비켜갈 줄 모르는 과음에 취해서 그 자리에 쓰러져서 잠을 자는 청랑이다. 민박의 특징인 미닫이 너머의 방에서 산골 여자들이 자든 말든 청랑의 잠은 새벽에야 깨어난다. 오늘은 일찍 현장으로 가리라. 그러나 그것은 혼자만의 생각이다. 지난 일을 생각해 냈음일까 옆에는 작은 산골이 가벼운 옷차림으로 누워있었다. 잠들었는지 아닌지는 몰라도 몸을 뒤척이며 사내의 품속으로 파고든다. 지난번 약수터 민박에서 꿈속에 스쳐간 내 사내라고 생각하는 모양이다. 지금도 혈관 속을 오르내리는 주독에 빠져있는 그들이라 사내는 참을성을 잃고 여체를 점하고 말았다. 저항 없이 순순히 받아들이는 산골녀. 먼동이 틈과 동시에 사내는 민박을 나와서 현장으로 갔다. 이것은 청랑의 실수 중에 대실수였다. 그리고 그는 또 다음 현장으로 몇 군데 일터를 돌아서, 서울의 집에 도착하면, 적게는 보름 많게는 20일이 훌쩍 넘어간다. 그런 식으로 떠도는 남편이 곱게 보일리가 없는 아내의 속 쓰림은 당연한 것이다. 따라서 노골적인 불만을 냉소적으로 표현하는 아내를 탓할 수도, 탓하려고도 않는 남편이다. 그래서 미안한 마음은 늘 가져야 하는 남편이란 사내. 그 무렵 한곳에서 제일 오래 머물러야 하는 곳, 대관령에 위치한 유제품 공장의 폐수 처리장 공사 현장이다. 일터에 있는 그에게 누가 찾아왔다는 경비실의 전언이다. 나가보니 그때 그 산골녀들이다. 민박에서의 술자리 이후 두어 달이 지날 때쯤이다. 여기까지 어찌 알고 찾아왔느냐는 의아스런 질문에 다음의 행선지가 대관령이라는 소리를 귀담아 두었다고 한다. 그래도 그렇지 이 먼 곳에까지? 왜 왔느냐는 뜻이다. 나 가출했어요 라는 단답이다. 가출이라니 왜? 단짝인 키 큰 기질의 산골이 시집을 가게 되었고 작은 산골은 임신을 했다한다. 앞으로는 나 홀로가 되어 장차 불룩해질 배를 안고 그냥 버틸 수는 없는 두려움 때문에 라고 한다. 스스로는 아무런 결정이 서지 않은 상태에서 라고 한다. 그렇다고 임신을 시킨 사내에게 책임을 물으려고 온 것은 아니라고 한다. 막상 가출을 하고보니 갈 곳이 없어져서 라고 했다. 산골녀에게 임신을 시킨 사내가 자신임을 이제야 깨달은 청랑이다. 당황스런 것은 사내다. 그 자신이 기혼자라는 사실이다. 아무런 자격도 없는 내가, 고의는 아니었다 해도 왜 그런 실수를. 그러나 지금은 실수여부를 생각할 겨를이 없다. 그래 잘 왔다. 우선 임시로 기거하고 있는 셋방으로 그들을 안내하고 쉬어라. 현장에 하던 일 마치고 다시 오마. 산골 녀들은 자신들을 평온하게 맞이해주는 아저씨가 고마웠고 지금의 이 방이 내 집처럼 평안하다. 난감해진 것은 청랑이다. 이런 일이 있으리라고는 전혀 생각지 못했음이다. 일손이 잡히지 않는다. 사무실에는 집에 손님이 찾아왔으니 라는 말을 남기고 나왔다. 처녀의 몸에 임신을 했다니 큰일 중에 큰일이다. 사람들의 비난과 함께 혼인길이 막힐 거고 상대의 사내란 놈은 버젓이 처자가 있는 유부남이 아닌가. '천하에 나쁜 놈 어쩌자고 그런 짓을.' 자책 속에 셋방에 와보니 산골 녀들은 제멋대로 늘어져 자고 있다. 허허, 이런. 문 열리는 소리에 깨어난 산골 녀들. 키 큰 산골이 외친다. "아저씨예! 배 고픕니더! 어디 가서 밥이라도 먹으이시데. 그래 나가자 식당에라도 가서. 그럴 거 없습니더. 내 배낭에 라면 몇 봉지 하고 들어있으니 여기 냄비나 좀 주이소." "그래 물 끓이는 냄비가 있긴 한데." 키 큰 산골 타고난 기질에 라면 끓이고 소주 두어 병 가방에서 꺼낸다. "많이도 준비해 왔구나." "또 있습니더." 빵과 과자 봉지 등 온통 쏟아 놓으니 간이 분식집이 되었다. 사내는 따라놓은 소주부터 한 잔 들이켰다. "이제 어쩔 건데?" "모르겠어요. 무조건 집을 나와야 한다는 생각이고 보니 다른 생각은 하지 못했어요. 우선 먹고 살아야 하니 직장을 잡든 어디 가서 식모살이라도 해야겠지요." "그보다도 임신을 했다면 뱃속에 있는 생명은 어찌할 건데?" "그것도 잘 모르겠어요. 마음은 낳고 싶지만 지금으로선 아무런 방법이 없잖아요. 아저씨가 지우라면 지워야 되고 저로서는 선택의 여지가 없어요." "그렇군. 우선 사용하는 셋방이 있으니 이곳에서 쉬면서 생각해보자." 사내놈은 뜻밖의 난관에 봉착했다. 한사람의 인생이 걸린 문제이고 우선 본인의 뜻이 중요하다. '그래 이제는 냉철하게 생각해야 돼. 어떻게 하는 것이 본인에게 도움이 되는지를?' "어쩌겠어요. 이제 와서 시집 안 간 처녀이니 누구에게 날 데려가시오 하고 뻔뻔스럽게 나설 수도 없는 일. 그냥 시집 같은 거 단념하고 혼자 살래요. 어디 가서 무슨 일을 하든, 나 혼자 먹고사는 건 어떻게 되겠지요. 그래서 일자리를 얻을 때까지만이라도 아저씨한테 신세를 져야 할까 봐요." "그래 우선 여기 있으면서 시간을 갖고 생각해보자." 사내놈의 대답이다. 문제는 잉태를 한 것이다. 그것이야 말로 속단할 문제가 아니다. 사내놈으로선 낙태를 권유할 자신이 없다. 설사 산골녀 스스로가 그리한다 해도 사내놈으로선 잉태된 생명을 함부로 할 위인이 못된다. 그것은 또 다른 큰 죄를 짓는 것이기에 그래 될 대로 되어라. 이들은 그렇게 해서 동거 아닌 동거에 들고 말았다. 그 풍문을 전해들은 사내놈의 아내는 폭발했고 급기야 이혼을 요구해왔다. 개구리가 올챙이 적 모른다고 자신은 지난 날 술 취한 놈 자취방에 몰래 숨어들어 술 취한 놈 내 사내로 만들어서 잉태를 해버리니 발목 잡힌 사내놈 도망칠 생각 않고 혼일을 하고 살아온 그들인데 지금의 사내 행위가 가정의 법칙을 깨뜨린 몹쓸 놈으로만 여겨져서 서둘러 이혼을 외쳐댄다. 시간이 지나면 해결된다 하며 사내의 설득쯤은 통하지가 않는 그의 아내. 아직 철모르는 자신의 새끼들을 시댁 노모에게 훌쩍 던져 놓고 돌아서는 백치 같은 아내. 그러고는 이혼을 외쳐대는 집요한 공세에 속수무책인 사내놈의 앞날이 뒤죽박죽이 되는 순간이다. 사내는 모친 앞에 무릎을 꿇은 채 질타를 당했으나 스스로가 저지른 최악의 상황에 무기력해지고, 이혼을 쟁취한 백치 아내는 금세 걸맞은 상대를 만나 새 삶을 차렸고 어린 자식들은 사내의 모친, 아이들의 할머니에게 맡겨진 채 산골녀는 어부지리로 그 자리에 눌러 앉으니 그가 지금의 아내다. 사내놈도 인간인지라 노모에게 맡겨진 어린 새끼들이 불쌍하고 지어미 애비 떨어진 손녀들을 앞에 두고 바라보는 할머니의 심정 또한 마음의 아픔이 클진대 그래도 '네 팔자가 그 모양이니 어쩌겠나! 내가 저 애들을 맡아 키울 테니 기왕에 내 집에 들어와 한식구가 되었으니 남편의 전처 자식도 내 자식이나 다름없으니, 마음이라도 붙여 주거라.' 하시는 노모였다. 그 후 사내는 산골녀가 어머니 말씀에 공감해 주기를 기대했고 그럴 수 있으리라 생각하면서, 현실을 극복하려 했으나 사내의 그러한 기대는 망상으로만 남았다. 사내놈은 도덕적 해이에 얽매이면서 그가 해온 일터와 회사 사람들로부터 스스로를 떼어 놓으면서 그래도 이미 얽혀져 버린 산골녀와 그에게서 태어난 아이를 지켜야 한다는 어쩔 수 없는 상황에서 막일이라도 해야겠다. 무작정 눈에 띄는 공사판을 찾아들었으니 그를 받아주는 일터는 없었다. '왕초께서 농담도 잘하시오. 이왕 오셨으니 술이나 한 잔 합시다.'로 돌려세우곤 한다. 여기는 아는 사람이 없겠지 하고 '막일을 시켜주시오!' 하면, 마침 일꾼이 필요한데 하고 나온 책임자는 '왕초께서 어인일로? 오랜만이니 술이나 한 잔 합시다.'로 일관하니, 내 몸으로 막일을 하겠다는 데도 아무데서도 받아주지 않는 사내. 무슨 놈의 팔자가 이 모양일까? 그래 내 얼굴을 알지 못하는 곳 먼 곳으로 가자. 그래서 간 곳이 남쪽 끝 거제도로 가서 일터에 뛰어들었는데 거기서도 왕초라고 부르는 사람이 있어 겁을 먹었는데 다행히 내쫓지는 않아서 일을 한 지 3일 만에 흑상어란 주점에 사내놈을 왕초라고 부르는 그 친구와 한 잔 술을 나누고 있었지. "얘기를 하다 보니 그 사내놈의 얘기가 길어졌군. 그런데 그 사내의 얘기를 왜, 어디서부터 한 걸까? 쏭리매가 지루하지도 않나? 그 사내 얘길 말없이 듣고만 있었다니?"

"그래, 내가 듣고 싶다 했잖아. 왜 나 홀로라고 하는 이유가 무엇이냐고 가족들이 있을 텐데도 불구하고 라고 내가 질문한 거야."

"그랬었군. 그런데도 내가 동문서답을 한 거야? 천하의 여걸 앞에서 미안해지네."

"아니야, 아주 잘 들었어. 청랑의 방랑이 거기서 시작되었구나."

"나의 떠돌이 생활은 그 이전에도 있었는데 뭘."

"그 이전엔 일을 위한 방랑이고 그것 말고 마음의 방랑 말이야."

"그럼 대답을 한 건가?"

"그래 아주 솔직하게 잘 말해주었어. 청랑의 운명이 고생스럽긴 했지만 그 운명의 한 자락이 이 쏭리매에게도 와주었다니 나로서는 다행이고 고마운 일이야."

"그렇긴 하지만 나 자신 이외의 누구를 성토해야 하는 그런 말은 안 하려고 했는데 누워서 침 뱉는 행위였네."

"그렇게 자책할 거 없다고 본다. 가끔은 이 쏭리매가 임자 있는 그 사내를 그 누구로부터 훔치는 것 같아 미안함을 달고 있었는데 이제는 그러한 마음의 부담이 덜어지네. 어쩌면 인간의 간사한 마음이겠지?"

"그리고 보니 나의 소극적인 태도가 쏭리매에게 마음의 부담을 주었구나. 그렇지만 나 청랑이 쏭리매를 대할 때만은 언제나 진심이었다고 하면 믿어질까?"

그래, 청랑이란 사내는 자신의 의지와는 달리 여전히 방랑을 하고 있었구나. 쉽게 멈추어지지 않는 그 길을 아직도 가고 있는 그를 잠시라도 내 품에서 쉬어가게 하리라. 쏭리매는 사내의 가슴으로 깊게 파고든다. 이제 나는 나의 혼신을 다해서 이 밤을 그와 함께 하리라. 그리고 그들은 어디쯤에서 깊은 잠에 젖어든다.

격정의 순간을 지나온 다음이리라. 쏭리매는 꿈속에서 외친다.

"청랑, 그대의 가는 길이 멀고 고달프다 하더라도, 가끔은 우리 함께 쉬어가자. 지금처럼 말이다."

그녀는 꿈에서 깨어났다.

"아직도 자는 거야?"

사내의 턱수염을 깨무는 여인의 몸짓에 그들은 다시 한 몸이 되고 만다.

"쏭리매를 상하이까지 데려다줄게."

"아니야, 그럴 거 없어. 지금은 난항상공단과 상하이로 연결 운행하는 고속버스가 있으니, 그걸 타면 되는데, 뭐 하러 시간낭비를? 좀 있다가 일어나면 어디 가서 해장국이라도 먹고, 청랑이 출근하는 거 보고 갈 거야."

"그래 그럼. 그런데 천하의 여걸 쏭리매 회장이 어쩌다가 노가다 사나이와 어울리더니 그의 방랑 끼를 닮아가네? 그러면 안 되는데?"

"안될 게 뭐 있어? 쏭리매가 원해서 하는 짓인데 닮는 게 당연한 거지. 그래도 나는 청랑을 닮아간다는 그 소리가 듣기 좋구먼."

"정말 못 말리는 별난 사람이네."

"그 말도 괜찮고. 이제 아침 요기도 했으니, 나 버스 타는 거 보고 갈래?"

"당연하지. 마침 버스가 오는군."

"아마도 오늘의 첫 차일 거야. 이제 간다. 청랑도 잘 있고."

손을 흔드는 쑹리매다. 그녀는 갔다.

청랑은 되돌아서 현장으로 차를 몰았다. 현장 사무소에서 오늘의 작업사항을 브리핑하고 나와서 다시 일터로 내달렸다. 자욱한 먼지를 날리면서.

한편 고속버스에 오른 쑹리매는 뒷머리를 의자에 기대면서 바로 잠이 든다. 청랑과의 지난밤이 그녀에게 지금의 단잠을 불어 넣어 주고 있다. 보약 같은 휴면 휴식이다.

상하이에 도착했을 땐 상쾌한 기분이다. 막힘없는 혈액순환과 생기가 그녀의 아름다움을 더욱 돋보이게 한다. 집에 도착한 즉시 화장대 앞에 앉는 그녀이다.

"언제 오셨어요? 언니."

유모가 늦잠에서 방금 일어난 듯 눈을 부비면서 나온다.

"내 오는 줄 몰랐구나, 어젯밤 늦게 왔는데."

"어머나, 난 그것도 모르고 잠들었었나 봐요. 미안해요, 언니."

"아니야, 유모 잘못이 아니고 내가 너무 늦게 온 탓이야. 그러나 나 화장 좀 하게 내버려 둘래?"

"알았어요, 언니."

깜박 속아 넘어가는 유모를 따돌리고 거울속의 자신을 감상해 본다. 사랑을 먹은 후의 얼굴이라 더욱 화사해 보인다. 세월이 무색할 정도다. 쑹리매에게 가장 가까운 혈육은 주성린과 설설린 두 아들이다. 가정에 의해 각각 다른 가문의 계승자로 있지만, 나 자신이 낳은 혈육임이 분명하다. 그리고 또 다른 측면에서 가장 가까운 사람은 청랑이다. 내 남편은 아니지만 쑹리매에게는 그 이상의 존재이다. 대륙의 한 곳에 나 홀로 여인으로 남겨진 쑹리매가 흔들리지 않게 버팀목이 된 소중한 존재이다. 그 사람이야말로 쑹리매가 삶의 보람을 갖게 하는 유일한 내 남자다. 그러한 청랑이 험로인 노가다를 걸으면서 마음은 때때로 허공을 방황하고 있는 것이다. 인정 많고 욕심 없는 그가 왜 그래야만 하는가? 정의롭고 의협심 강한 그 사내가 좀 더 안전지대를 걸었으면 하는 바람인데…….

그녀는 자리에서 일어나 방안을 왔다갔다 서성이며, 손끝을 잘게 깨물어본다.

'나는 그를 사랑한다. 내가 사랑하는 그의 자존심을 건드리지 않으면서도 할 수 있는 방법이 없을까? 나 쑹리매가 조금이라도 그를 도울 수 있는 기회가 있을 거야.'

"언니, 식사준비 다 됐어요."

하는 유모의 소리에 혼자만의 생각에서 깨어났다.

"그래, 알았다."

쑹리매는 간편한 실내복 차림으로 식탁에 앉았다.

"언니는 그새 화장을 예쁘게 하셨네요?"

"나, 화장 안했는데?"

"아니긴요. 몰라보게 아름다워졌는데요?"

"얘 유모야, 농담 그만해라. 유모가 늦잠 때문에 미안해서 그러는구나?"

"언니는 괜히 생사람 잡으려드네요. 내 딴에는 본 그대로 말했을 뿐이에요. 그리고 이상하시네요. 식사도 얼른 안 드시고? 혹시 다이어트 하시려는 거예요?

"이봐 유모, 이렇게 날씬한 내 몸맨데 다이어트가 왜 나와? 어제 늦게까지 과음을 했더니 입맛이 덜할 뿐이야. 주스나 한 잔 다오."
"그 이상하네?"
유모가 주스를 가져오며 고개를 갸우뚱한다.
"이상할 거 하나도 없으니 참견할 생각 말거라."
주스만 한 잔 마시고 일어서는 쑹리매다. 사실 어제 '늦게 왔노라'고 유모에게 말한 것을 번복하지 않으려다 보니 유모의 생각을 갸우뚱하게 이어가게 된다. 사실은 새벽에 먹은 해장국이기에 더 이상의 식사가 필요치 않은 것이다. 한 가지를 감추려다 보니 계속적인 변명을 생산해야 했다. '역시 거짓말은 아무나 하는 것이 아니구나.'

시간의 흐름은 '쉬어가자!' 하는 인간들의 소리쯤은 못들은 척 빨리도 지나간다. 3년여의 시간을 먹으면서, 중국의 '난항상'공단의 공사도 막바지에 와있다. 전자 공장 가동률 90퍼센트에, 건설 인원은 거의가 줄어들었고 대신에 공장 종업원들로 사람이 바뀌었다. 따라서 청랑이 주도해온 외곽 울타리 공사도 완성단계에 이르렀다. 백리장성을 이어와서 마감까지는 3킬로 정도만 남겨놓고 있다.
"청랑왕초, 오늘은 선약 잡지 말고 퇴근 후에 직원식당에서 저녁이나 함께 합시다. 먼저 귀국하는 사람도 있고 하니 소주나 한 잔 나눕시다."
"알겠습니다, 본부장님. 퇴근 시간에 오겠습니다."
청랑은 일터로 차를 몰며 생각한다.
'건설 팀들의 철수가 진행되는 걸 보니 실감이 나는구나. 나 청랑이 이곳 중국대륙 한쪽의 황무지에 뛰어든 지도 어언 3년이라. 돌이켜보면 청랑의 노가다 인생 중에 한 페이지를 장식함에 결코

부족함이 없으리라.'

차를 달려 6관문 앞에 다다르니, 공장으로 들어가는 통근 버스와 걸어서 들어가는 근로자들에 막혀서 잠시 멈추었다. 한 무리 사람을 보내려면 5분쯤은 대기해야 될 듯싶다.

"왕초님, 안녕하세요? 저 기린화예요."

뜻밖이다.

"오, 기린화 씨가 지금 출근하는군요."

"예 왕초님, 반가워요. 저랑 잠깐만 얘기해요. 괜찮으시죠?"

"나야 괜찮지만 기린화의 출근시간이 바쁠 텐데?"

"저도 30분 정도의 시간 여유가 있거든요."

"그렇다면 좋아요. 내 차에 타요. 근처에서 차 한 잔 하면 되겠군."

주위에는 거대한 공장을 보고 생겨난 찻집이랑 음식점이 많았다. 차에서 내려 간이 찻집에 마주 앉았다.

"왕초님을 못 볼까봐 마음 조였어요."

"왜? 기린화에게 무슨 일이 있는 건가?"

"그런 건 아니지만 왕초님이 여기 있을 기간이 얼마 남지 않았다 생각하니 나를 안 보고 그냥 떠나시면 어쩌나 하고 아침이면 일찍 나와 6관문 앞에서 기다리곤 했어요."

"그랬었군. 그럼 무슨 일인지 어서 말해 봐요."

"그럼 말할 테니 꼭 들어주셔야 해요."

"그래요. 내가 할 수 있는 일이라면?"

"왕초님과 저녁식사 한 번 하고 싶어요. 들어주실 거죠?"

"식사라면 기린화의 첫 월급에서 크게 얻어먹었으니 이젠 그러지 않아도 돼요. 그 대신 기린화가 일하는데 애로가 없으면 나는 그것으로 만족해요."

"그럼 전 어떡해요? 여태껏 생각만 해오다 큰 맘 먹고 말씀드린 건데 그냥 지나치면 제 마음 두고두고 편치 않을 것 같아요."

"큰일이군. 이걸 어쩐다? 오늘은 사무실 직원들과 회식이 있고 내일 점심이면 어떨까?"

"그러지 말고 오늘 회식 끝나고 오셔도 돼요. 오늘은 저희 반에 야근이 있거든요. 회식하러 멀리 안 가시니 끝나고 오셔서 저 좀 데려다 주시면 안 될까요?"

"허허, 이거 참 난처하군."

기린화는 알고 있다. 마음 여린 왕초가 거절하지 않으리란 것을. 그보다도 지금 기회를 놓치면, 영영 왕초를 못 만날지도 모른다는 생각 때문이다. 그녀에게는 왕초가 생명의 은인이라는 생각이 지워지지 않고 있기에 응석을 부려도 된다고, 아니 그러고 싶어진다.

"저의 야근이 8시 반에 끝나는데 9시쯤에 6관문 밖에서 기다릴 게요."

"직원들과의 회식이 늦어질 수도 있는데?"

"그래도 기다릴래요."

"그래 그럼, 가능한 한 시간을 맞춰 보도록 하지."

기린화를 6관문 앞에 내려주고 작업장에 도착하니, 일꾼들은 각자의 맡은 바 일을 알아서들 하고 있다. 시간과 함께 그에게 주어졌던 일도 종착지에 이른 것 같다.

되돌아보면 걸어온 길이 짧지 않음에 감개무량함을 느낀다. 그는 알고 있다. 일의 끝일수록 방심해서는 안 된다는 것을. 마지막 1초가 일의 승패를 좌우한다는 신념으로 어디에서건 일꾼들의 손 씻는 모습을 확인하는 습관이 몸에 배어 있는 왕초다.

"수고들 많았고 내일 또 봅시다."

그는 일터를 나와서 본부를 향해 차를 몰았다. 30분을 달려서 본부식당에 도착하니 모두들 기다리고 있다.

"어서 오시오, 청랑왕초."

"늦어서 미안합니다."

"아니오. 우리도 방금 모였어요. 이쪽으로 오시오. 오랜만에 청랑과 나란히 앉아봅시다."

옆자리를 권하는 소장 개나리다.

"그간 오랫동안 생사고락을 같이한 직원 5명이 내일 날짜로 귀국선을 타겠기에, 송별하는 뜻에서 마련된 자리니 한잔들 나눕시다."

"고맙습니다, 소장님. 그리고 먼저 귀국하게 되어 죄송합니다."

"그럴 거 없어요. 우리도 곧 뒤따라 갈 것이오."

술잔들이 오가고

"청랑왕초 한 잔 합시다. 나 개나리는 청랑이란 협객이 함께 있어 주어서 마음 든든하게 이곳 현장을 지켜올 수 있었다오."

"별말씀을요. 오히려 나 청랑이 소장님의 우산 아래서 잘 지내 왔음을 고맙게 생각합니다."

"우리 건배 합시다. 청랑과 나 개나리, 가는 날짜는 다르겠지만 얼마 후면 우리도 여기를 떠날 것이기에 오늘은 감회가 남다르오. 청랑왕초, 지난 날 본사로부터 이곳 난항상공단으로 발령받았을 때 두려움 같은 것이 없지 않았어요. 일이야 설계와 공정이 가리키는 대로 가면 될 것이지만, 이념이 다른 적성 국가에서의 적응력과 신변보호의 불안감도 함께였어요. 그러한 저해요소를 극복함에 있어서 청랑을 믿고 의지함이 컸었는데 역시 청랑이란 인물은 모두의 기대를 저버리지 않았고 공사를 완료하는 데 크게 기여했어요."

"소장님의 저에 대한 과찬이 지나치십니다."

"그렇지가 않아요. 엊그제 본사로부터 우리 현장에 격려 전문을 보냈어요. 본부장인 개나리에게 포상에 대한 결정권을 주겠다고요."

"그렇다면 본부장님께 축하드릴 일입니다."

"그렇다고 남용할 생각은 없고 꼭 필요한 사항에만 적용할까 해요. 혹시라도 청랑이 하고 있는 외곽 성벽 공사에 애로사항 있으면 말하시오."

"저희 쪽은 없습니다. 지금 이대로라면 무난히 끝낼 수 있을 것입니다. 소장님께서 나중에 막걸리나 한 통 내려주시면 일꾼들 모두 한 잔씩 나눌 수 있겠습니다."

"막걸리라, 역시 청랑은 이곳 중국에서 가장 얻기 어려운 것을 주문하는군. 아니 이곳 빼갈의 열 배 정도는 비쌀걸? 핫하하."

"그러게 말입니다."

8시 반이라 회식이 끝나려면 조금은 더 있어야 될 것 같다. 그래도 청랑은 일어났다. 소장에게만 살짝 양해를 구했다. 일꾼 한 사람과 약속이 있어서라고 말하고는 식당을 나왔다. 오늘은 평소처럼 많이 마시지는 않았다. 차 운전도 해야 하고 아무튼 6관문까지는 30분은 소요된다. 약속이니 만큼 많이 기다리게 해서는 안 된다. 날씨가 흐리고 구름이 짙어서 거리에 가로등이 없는 곳은 어둡다. 지금 가면 9시에는 도착할 수 있으리라. 아직은 이곳에 음주단속 같은 법령은 없는 때이라 속력을 높여 차를 몰았다. 어두운 밤이다. 각 출입관문 주변에만 몇 개씩의 가로등이 있을 뿐이다.

야근을 마친 기린화는 팀의 몇몇 동료들과 나오다가, 다들 통근 버스에 오르고 그녀 혼자서만 걸어서 6관문을 나왔다. 경비실에는 2명의 경비원이 지키고 있다. 정문을 걸어서 나오는 기린화

기린화란 여자

를 경비원이 불러 세운다.

"이보시오, 아가씨. 이 밤중에 혼자서 어딜 가는 거요?"

"예, 야근 마치고 가는 길이에요. 아저씨."

"이봐요, 야근을 마쳤으면 통근버스를 타야지, 혼자서 어둡고 위험한 곳으로 왜 가느냐 그 말이오. 나가지 마시오."

"아저씨, 저희 오빠가 관문 밖에 데리러 온댔어요. 이 앞에서 기다릴 게요."

"그렇다면 나가시오. 멀리 가지는 말고요."

기린화는 경비실을 비켜선 가로등 밑에 서 있었다. 마을과는 거리가 멀어져 있어 을씨년스런 분위기다. 경비실이 옆에 있긴 해도 마음 편한 자리는 아니다. 그녀는 팔짱을 모은 채 5관문 쪽을 응시하고 있다. 그러나 아직은 오는 차가 보이지 않고 어둠만 있을 뿐이다.

"야, 이것 봐라! 저기 외로이 서있는 꾸냥이잖아. 아마 우릴 기다리는 모양인데 그냥 두고 갈 수는 없잖아?"

서너 명의 사내들이 우르르 몰려왔다.

"어이 꾸냥, 우릴 기다린 것 같은데 같이 가면 되겠네."

한 녀석이 기린화의 팔을 잡는다.

"왜 이러세요? 나는 여기서 사람을 기다린단 말예요."

"어떤 사람? 그게 누군데 이 밤중에 꾸냥을 세워놓고 여태 안 오는데, 그럴 거 없이 우리도 꾸냥이 필요하니 잘 됐네."

하고 강제로 팔을 잡아끈다.

"이거 놓으세요!"

저항이 통할 리가 없다. 위기감이 온다. 다급해진 그녀가

"사람 살려요!"

하고 소리쳤다. 어슴푸레한 비명소리에 경비가 밖으로 나왔다.

사내들에게 이끌리듯 하는 비명소리는 아까 그 꾸냥이다.

"어서 나와 보게. 저자들 강제 납치잖아. 거기 서지 못해! 우리 회사 사원이니 그대로 놓지 그래."

경비원의 제동에 불량배들이 돌아섰다.

"오라 너희들, 경비님들이시군. 남의 일에 참견 말고 꺼지시지 그래. 이 여자는 우리들을 기다리고 있었어."

"아니에요. 살려주세요, 아저씨."

경비들이 다가서서 그들을 제지하려들자

"이 자식들 누구보고 이래라 저래라야!"

놈들의 주먹 하나가 날아든다. 경비원들도 장정이다. 격투가 벌어지고, 수적이나 힘에서 왈패들에게 밀려서 넘어지는 경비원이다. 그들의 폭행이 멈추지 않는다. 그때다. 한 대의 자동차가 멈춰서고 내리는 사람은 청랑이다. 경비원들은 넘어져서 구타를 당하고 한 놈이 여자를 붙들고 있다.

"이보게들! 그만 두지 못해? 사람을 폭행하면 안 되잖아. 그 여자를 놓아주고 썩 꺼지지 못해?"

"이건 또 뭐야? 한국 놈이잖아."

놈들은 혼자인 상대의 말이 가소롭게 들린다.

"네놈도 죽고 싶은 모양이군."

그들 네 놈 중 세 놈이 한꺼번에 달려든다. 사태를 직감한 청랑은 사정을 두지 않았다. 놈들의 선제공격을 팔꿈치로 막으면서, 동시에 나가는 펀치에 놈들의 턱이 차례로 돌아간다. 놈들도 건달이다. 한방에 나가떨어질 정도는 아니다. 어둠이 깔린 밤이다. 다른 때처럼 강약을 적용할 때가 아니다. 휙 하고 돌려 차는 그의 발길이 두 놈을 쓰러뜨리고 눈앞에 다가온 놈의 가슴팍은 청랑의 팔꿈치가 숨을 멎게 했다. 억 하고 휘청거리는 놈의 턱은 청랑의 주먹에 고마움을 느끼며 큰 대자로 누워버린다. 놈들은 청랑의 분노를 비껴가지 못하고 땅바닥에 뒹군 채다.

"이놈들아, 아직도 덤비고 싶은 놈은 이리 나와!"

그러나 그 누구도 일어나지 못한 채 손을 들어 가로젓는다. 항복의 뜻이다.

"네놈들, 오늘은 이 정도로 끝내지만, 다시 한 번 여기에 나타나서 못된 짓을 하려들면 그때는 사정 봐 주는 일 없을 테니 명심하거라. 나는 이 공장의 경비반장이다. 그리고 우리 회사 각 관문의 경비 반에는 나보다 훨씬 월등한 실력을 가진 사람들이니 명심하고 지금 내 마음이 변하기 전에 썩 꺼지어라."

불량들은 슬슬 기어서 뒷걸음을 치다 절뚝거리며 사라진다.

"기린화는 어디 다친 데 없는 거냐? 내가 늦게 온 탓에 큰일을 당할 뻔 했군."

순식간에 일어난 일에 놀라서 경비원의 뒤에 움츠리고 있던 기린화가 말문이 막힌 채 청랑에게로 와서 얼굴을 파묻는다.

"정말 다행입니다. 꾸냥의 오빠 분께서 조금만 늦었어도 우리 모두가 놈들에게 봉변을 당했을 겁니다."

"아니오. 선생들께서 내 동생을 구해 주신 거예요. 고맙습니다. 그리고 앞으로도 공단 근로자들을 노리는 불량배가 많을 수도 있으니 긴장을 늦추지 말아야 할 거요. 그럼 수고들 하십시오."

청랑은 기린화와 함께 그곳을 벗어났다.

"많이 놀랐겠군?"

"무서웠어요, 왕초님."

"그래 옛 말에도 밤길에는 마주치는 짐승보다 사람이 더 무섭다고 했는데 항상 조심해야 하는 거야. 그리고 내가 좀 더 일찍 왔어야 했는데 9시에 시간을 맞추다 보니……."

"아니에요. 왕초님이 늦진 않았는데, 그런 놈들이 나타나리라는 생각을 못한 내 잘못이에요."

"나는 회식에서 밥을 먹었는데 기린화가 배고프겠구나?"

"저도 야근 때는 간식이 나와서 먹었어요. 회식하고 오는 분께 다시 밥 먹자고 할 수는 없잖아요?"

"그럼 됐네. 식사도 했으니 집까지 데려다 줄게."

"아니에요, 왕초님. 지금은 집에 안 갈래요. 조금 전의 일 때문에 가슴이 진정이 안 되고 불안하기만 해요. 어디 가서 술이라도 마셔야 할까 봐요."

"그래 그럼, 기린화의 집 가까운 곳에 가자. 간단하게 한 잔 마시고 바로 들어갈 수 있게."

"그건 안 돼요, 왕초님. 저의집 근처에는 식당 같은 거 없거든요."

"그럼 어떡한다?"

"어떡하긴요? 어차피 저랑 약속했으니 이 근처 아무데나 가요. 식사는 생략하고 얘기나 해요."

"그렇게라도 해야겠군. 이 근처에는 조금 전의 그 녀석들이 노는 곳 같으니 비켜진 곳으로 가자."

청랑은 차를 몰아 2관문 쪽으로 갔다. 불이 켜진 상점으로 들어갔다. 기린화는 술과 안주를 청하고, 다소곳이 잔을 채워 청랑에게 주고는

"저도 한 잔 주세요. 오늘은 왕초님과 기분 좋은 약속이었는데 그놈들 때문에 망쳐버렸어요. 많이 언짢으시죠?"

"아니야. 나보다도 기린화가 많이 놀랐을 거야."

"저도 이젠 괜찮아졌어요. 그놈들이 왕초님께 얻어맞고 혼비백산하는 걸 보니 통쾌하기도 하구요."

"그랬다면 다행이고."

기린화는 한 잔 술을 마시더니, 표정이 밝아진다.

"이제 기분이 나아져 보이는군."

"그래요. 왕초님 술 한 잔이 약이네요."

"그렇다고 과음하면 독이 될 수도 있는 거야."

"그런데 오늘 보니 왕초님은 그냥 왕초님이 아니고 조직의 보스였나 봐요."

"그것도 맞는 말이지. 노가다 일꾼들의 책임자니까. 그리고 정확하게 말하자면 왕초님이 아니고 그냥 왕초라고만 부르면 되는 거야."

"어떻게 그래요? 새파란 계집아이가 왕초하고 부르면 너무 건방지잖아요."

"그런 건 아닌데, 아무튼 기린화가 편한 대로 부르면 되는 거야."

"그럼 이렇게 할래요. 아까 경비 아저씨가 꾸냥의 오빠께서 라고 했는데 저도 왕초오빠 하고 부르면 되겠네요."

"그래 그것도 괜찮겠다."

"그런데 저 때문에 왕초 오라버니 회식을 망친 것 같아서 미안해요."

"그렇지가 않아. 도중에 나오긴 했지만 직원들 중에 내일 귀국하는 사람이 몇 명 있어서 송별회 겸 저녁식사 같이 한 거야."

"그럼 오라버니도 언젠가는 한국으로 가시겠네요."

"그래야겠지. 그럼 전 어떡해요? 내가 아는 남자라고는 왕초오빠밖에 없는데."

"기린화는 내 말 잘 들어봐. 왕초는 언제나 일하는 작업장의 왕초일 뿐이야. 기린화는 왕초라고 부르는 팀원의 한 사람이고. 그렇기에 여자인 기린화가 보는 남자는 앞으로 시간이 지나면 나타나게 될 거야. 지금의 기린화는 좋은 직장에서 성실하게 일하는 착한 심성을 가진 1등 여자니까 좋은 배필 만나서 행복한 가정을 이루게 될 거야. 차분하게 기다리면 될 텐데 무슨 걱정이야. 이 정도면 왕초 오라비로서 상담사 역할을 잘하는 거지?"

"틀렸어요. 오라비는 제 마음과 전혀 다른 얘길 하시네요."

"그거야 지금에는 그렇게 들릴지 모른다. 훗날에 닿으면 왕초 오라버니가 딱 맞는 말씀 하셨군, 하고 감탄사가 나올걸?"

"그렇다 해도 그건 그때 가서 생각하면 되는 거고, 지금의 기린화는 왕초 오라버니가 살려놓았잖아요. 그렇게 살아난 한 여자가 자신을 살려낸 남자에게 보은을 하고 싶어 안기고 싶은 마음 간절한데 묵살과 외면을 당하고 난 후에 얻어지는 마음의 병은 어떡하라구요? 오랜 생각 끝에 오늘이구나 했는데, 슬퍼지네요. 한 번만 안아주면 그 다음은 새로운 나의 길을 갈 수 있을 것 같은데……."

기린화는 이야기하며 줄곧 마신 술에 취하는 모양이다. 말끝이 흐려지며 식탁에 볼을 기대고 만다.

"이거 큰일이군. 벌써 취했구나."

술값을 치르고 기린화를 업고 나온 청랑이다. 방법이 없다. 멀지 않은 곳에 여관의 불빛이 보인다. 도리가 없구나. 그를 업어다 여관방 침대에다 누이고 이불을 덮어주었다. 그러고는 가만히 나오려했다.

"오라버니, 가지 마세요. 기린화를 혼자 두고 가버리면 전 어떡하라고요? 무서워요."

애절한 목소리다. 발길이 얼어붙은 거 같다. 그녀는 잠들지 않앗다. '청랑, 너는 과연 이 상태로 떠날 수가 있느냐? 그러지를 못하는 너가 아니냐.' 사내는 결국 주저앉고 말았다.

기린화는 몸을 일으키며 사내의 목을 감고 매달린다. 사내의 인내력이 무너지고 마는 순간이다. 기린화는 애정의 목마름을 해소하려는 듯 필사적이다. 청랑, 그에게서 또 하나의 여인이 정을 가져가는 순간이구나. 잘한 일일까? 지금은 그 누구도 정의를 내릴 수가 없다. 다만 애정의 물오름이 무르익어 터질 것만 같은 자신의 심신을 그 남자에게 쏟아놓은 지금은 세상을 다 얻은 것 같은 황홀함에 젖어있는 기린화다. 잊고 있었던 서른다섯의 성숙함이 비로소 터지는 순간에 스스로가 느끼는 신비감은 말할 수가 없을 정도인데, 그래서 청랑오빠에게 안기고 싶었구나. 왕초오빠가 나의 갈망을 끝까지 외면했다면 그가 살린 내 생명을 반납했을지도 모른다. 이제 나는 짝짓기를 한 진짜 여자이다. 그가 원한다면 나는 언제라도 그의 여자가 될 것이다.

기린화는 밝고 명랑한 모습이 되어졌다. 회사일도 자신에게도 모두가 긍정적이다. 가끔은 내 남자 왕초가 떠오르긴 하지만 왕초 오라버니 입장이 있을 테니 그를 귀찮게 하지는 않을 것이다.

청랑은 시간이 흐르면서 기린화에 대한 연민과 자책을 오가며 번민을 하곤 한다.

내가 왜 그랬을까? 조금만 더 마음을 다잡고 뿌리칠 것을. 그날 밤 그녀와의 이부자리에 선혈이 낭자했음은 기린화가 고이 간직해온 처녀성이 무너졌음을 말함인데 그녀의 아픔이 컸을진대 마음이 편치 않구나. 옛말에 여자가 한을 품으면 오뉴월에도 서리가 내린다 했는데, 그녀의 생각은 지금은 어느 쪽일까?

그러한 청랑의 염려와는 달리 자기개발에 괄목할 만한 성과를 보이고 있는 기린화다. 결과로 부품 선별반의 반장이 되어 10명의 팀원을 리드하는 위치에 있다. 반장 수당이 월급에 덧붙여졌다. 그녀는 퇴근 후에 집에 와서 잠자리에 들면서 지난 일을 잠깐 되새겨 본다.

찌들고 가난한 농촌에서 일생을 묻을 뻔한 내가 지금은 주위 사람들이 부러워하는 세련된 직장인이다. 엄마와의 함께하는 생활도 넉넉해졌고, 지난 날 꺼칠했던 얼굴 피부색이 지금은 영양크림을 먹어서인지, 팽팽하고 윤기가 흐른다. 기린화 꾸냥은 미모가 출중하다. 키도 훤칠하고 몸매 좋고, 보는 이들의 감탄사다. 저 잘났다고 폼 잡는 머슴애들 정도는 눈 아래로 보인다.

내가 너무 건방져진 탓일까? 그런 건 아닌데 왜일까? 내 머리 속에 있는 남자의 존재가 왕초오빠여서일까? 그러고 보니 오라버니가 그의 나라 한국으로 돌아갈 날이 멀지 않았겠구나. 나의 주위 어디엔가 우뚝 서서 나 기린화를 지켜주는 보호자라 생각되어 마음 든든했는데, 그러한 그가 떠나고 나면 다시는 못 볼 것 같은 허전함이 그녀의 밤잠을 설치게 한다. '지난 날 내가 그에게 꼭 한 번만 안기고 나면 더 이상 아무것도 바라지 않을 게요.'라고 다짐했는데 지금은 또다시 그의 모습이 내 마음을 놓아주지 않는 것은 무엇 때문일까? '답답해서 미칠 것만 같구나. 안 되겠다. 오늘은 그를 만나 근황을 알아봐야겠다.'

오늘은 그녀가 좀 더 원숙한 옷차림으로 출근길에 나섰다.
"애야, 네가 오늘은 웬일이냐?"
"왜요? 엄마."
"봐라, 니 그 홍콩 배우들이 입는 청바지에, 궁둥이가 실룩대는 게, 어디 광대놀음이라도 가는 게냐?"

"그래요 엄마, 오늘은 좀 늦을지도 몰라요."
"저렇게 덜렁대는 거 보면 요즘에 눈 맞은 사내라고 생겼나? 제발 그랬으면 얼마나 좋을꼬. 과년한 나이에 짝이라도 있어야 하는데……."
엄마의 넋두리를 뒤로한 채 통근버스가 정차하는 큰 길로 나가서 막 도착하는 통근버스에 올랐다. 승객들의 시선이 그녀에게 집중된다. 아는 사람에게는 눈인사를 하고 빈자리에 가서 앉는 기린화다.
정오에 건설 현장 함바로 가볼까? 차가 없이는 갈 수 없는 먼 거리다. 지금 그가 작업하는 외곽 성벽 작업장도 멀다. 만날 수 있다는 기대감에 쉽게만 생각했는데 모든 것이 여의치가 않았다. 이럴 때 왕초가 불쑥 찾아와주면 좋겠는데, 그것은 바람일 뿐이다. 바쁘기도 하겠지만 그보다도 그의 기억 속에 나의 존재가 남아 있기나 할까? 어쩌다 만나면 늘 보채기만 했던 나였으니 찾아올 리가 없을 테고 어쩌면 공사가 마감됐을지도? 그러면 출국 날짜도 정해져 있을 텐데? 여기까지 생각한 그녀는 일손이 잡히지 않는다. 안 되겠다. 퇴근길 버스를 타고 건설 본부 앞에 가면 오라버니를 만날 수 있을 것이다. 아니면 소식이라도 접할 수 있을 거라 생각하니 마음이 편해진다.
그랬다. 공단의 외곽 성벽작업은 어제부로 끝이 났다. 총길이 38킬로의 백리장벽이 완공되었다. 오후 일찍 작업이 끝나면서 돼지 한 마리 잡아서 준공식 겸해서 고사를 올렸다. 오늘부턴 업무인계와 주변 정리를 하고 오는 일요일 오전 비행기로 출국하게 된다.
혹시나 모르고 찾아올지도 모를 쑹리매에게는 전화를 해두었다. 이곳의 전부 정리가 끝나는 대로 토요일에 가겠다고 했다.

쑹리매가 말한다.

"청랑이 조금 앞당겨서 오면 안 될까? 금요일쯤으로?"

"글쎄다. 그래도 되지만 너무 빨리 가서 쑹리매의 일에 방해될까 봐서야."

"그런 게 어딨어? 청랑과 나의 시간보다 더 중요한 건 없으니, 괜한 핑계 말고 금요일에 기다릴게."

"그래 알았어. 오늘이 화요일이니까 3일의 여유가 있다. 여권수속은 건설관리과에서 대행해줄 것이니, 오늘은 전장 38km의 울타리를 따라가 볼 생각이다. 그래도 나의 노력이 함께한 작품인데."

그는 사무실을 나와서 천천히 차를 몰았다. 제5관문을 지나 6관문 쪽으로 달리다 문득 근처에 있는 10공장의 기린화가 생각났다. 그렇다. 기린화에게도 출국 사실은 알려야겠지. 조용히 지내는 그의 마음을 흔들지 않고 그냥 갈까도 생각했지만, 도리가 아닌 것 같기에 얘기하기로 했다.

마침 정오가 가까워 온다. 공장 앞에서 기다렸다가 나오면 밥이라도 먹여 보내야겠다. 그는 6관문 안쪽 주차장에 차를 세워두고 공장과 식당 건물을 바라보고 있으려니 감회가 새롭다. 내가 저곳을 얼마나 오랫동안 누비고 다녔더냐? 이 거대한 공단에도 청랑의 투박한 발자취가 묻어 있으리라.

정오의 시간과 함께 각 공장의 문으로, 많은 근로자들이 쏟아져 나와서 식당 안으로 쏠려 들어간다. 잠시 그들을 보고 있는데 옆으로 다가온 사람은 경비원이었다.

"그때 그 선생님 아니세요? 들어오실 때 건설복을 입고 있어서 예사로 생각했었는데 서 계시는 모습이 선생님이셨어요."

"그래요, 그때가 어두웠을 때였는데 날 알아보시다니 고맙군요."

"웬걸요, 저희들이 얼른 알아보았어야 했는데 죄송합니다. 그때는 정말 고마웠습니다. 선생님이 아니었으면 낭패를 당할 뻔했는데……."

"그래요. 그 후론 어땠습니까? 또 다시 찾아오진 않았습니까?"

"예. 그놈들도 혼쭐이 났는지 다시는 오지 않았습니다. 그런데 오늘도 동생 분 만나러 오신 거군요?"

"그렇긴 한데, 사전 연락 없이 왔더니 하도 사람이 많아서 얼른 알아볼 수가 없네요."

"그럼 제가 가서 찾아드릴 테니 이름하고 소속만 대십시오. 지금이 점심때이니 식당에 가서 찾아보겠습니다."

"그럼 부탁드리겠습니다."

소속은 제10공장 부품관리반장 기린화라고 적어주었다. 경비원은 식당 카운터에 쪽지를 놓고 찾아달라고 했다.

"가만있자, 기린화라면 조금 전에 들어온 것 같은데, 어디 보자, 저기 있군."

아직은 줄을 서서 배식구 쪽으로 다가서고 있는 기린화다.

"기린화 반장."

관리인이 부르는 소리에 돌아보는 그녀.

"왜요 아저씨, 저를 부르셨어요?"

"그래요. 저기 정문의 경비분이 기 반장을 찾아요."

"무슨 일로 저를?"

"그건 나도 모르겠는데, 직접 온 걸 보면 심상치가 않은데, 없다고 할까요?"

"아니에요. 내가 잘못한 거 없으니 가볼게요."

"아저씨 제가 기린화예요. 무슨 일로 저를?"

"아 그때 그 아가씨로군. 오빠분이 기다리고 있어요."
"네? 오라버니가요? 어디에요? 어디 계세요?"
기린화는 황급히 식당 밖으로 나왔다.
"아저씨, 어디에요? 그분이 어딧어요?"
사방을 한눈에 담으려는 기린화다.
"저기 경비실 안쪽 주차장에 계십니다."
"고마워요, 아저씨."
왕초다. 그가 왔다. 한달음에 달려가는 기린화다. 오라버니를 외치며 무작정 안겨드는 그녀다.
"그래, 내가 와서 식사 방해했구나."
대답 대신 너무도 기뻐서 왕초의 가슴에 얼굴을 묻은 채다.
"그래그래, 내가 갑자기 나타나서 당황했구나? 나는 그저……."
하며 기린화의 어깨를 다독이는 왕초다.
"아니에요. 오라버닐 어디 가서 찾을까 하고 하루 종일 노심초사 했는데 이렇게 와주어서 얼마나 다행인지 몰라요."
"그러고 보니 내가 오길 잘했구나?"
"그걸 말씀이라고 하세요? 역시 오라버닌 나의 기다림을 피해가질 못한다니까. 어서가요 오라버니."
"어디를 가자는 거야?"
"어디긴 어디긴요. 밥시간에 오셨으니 우리 근로자 식당에서 식사하세요. 반찬이랑 괜찮게 나오거든요."
"고맙지만 그건 안 될 말이야. 많은 동료들이 볼 텐데 잘못 오해해서 안 좋은 소문이라도 생기면 기린화의 혼인길이 지장 오는데."
"그게 무슨 상관이에요? 오히려 나는 자랑스러운데. 너희들 보아라, 나 기린화에겐 이렇게 듬직한 오라버니가 있단 말이라고 말이에요."

"그래 좋아. 후에 생기는 일은 기린화에게 맡기기로 하고 내 따라가지."

식당 안은 모여든 근로자들로 장사진을 이루고 있다. 대부분이 여공들이다. 홍일점이 된 그가 조금은 어색하여 엉거주춤하고 있는데

"여기 앉아 있어요, 오라버니. 제가 배식 받아 올 테니까요."

"아니야, 그럴 거 없다. 나도 줄서면 될 것을."

"그래도 오늘은 안 돼요. 기린화 반장의 명령이니 그대로 얌전히 앉아계세요."

그녀는 허리 굽혀 얼굴에다 살짝 애교를 띠운다.

"허허, 이거 어쩔 수가 없군그래."

기린화는 신명이 났다.

"기 반장 언니, 저분 누구에요? 언니신랑? 아니지. 기 언니가 미혼이니. 애인이구나?"

"잘생겼다. 부럽다 언니. 모두들 지나면서 눈인사 하는 사람, 안녕하세요, 하는 사람, 누구하나 그냥 지나치려 않는 사람들이다."

"어서 드세요, 오라버니."

배식을 가져와서 마주 앉는 기린화다.

"기린화가 동료사원들에게서 인기가 좋은 모양인데? 내가 대신 환대를 받으니 말이야."

"이제 아셨어요? 이래봬도 한 매력쯤은 먹은 기린화예요."

"어쩐 일이야, 자기 자랑을 다하고?"

"그만큼 저의 기분이 날아갈 것만 같거든요. 어때요 오라버니, 음식이 괜찮죠?"

"그래 바깥의 일반식당보다도 나은데?"

"그 보세요. 저는 매일매일 이런 정도의 식사에다 하는 일도 재미있고, 지난날에는 상상도 못했던 지금이에요. 이게 다 오라버니 덕이에요."

 "아니야, 이 모두가 기린화 자신의 노력이 가져다준 거야. 그리고 기린화의 긍정적인 사고방식도 보기 좋고, 그걸 보는 나는 고마움을 느끼게 되고. 그런데 오늘의 기린화는 아주 세련돼 보이는데?"

 "그렇죠? 저의 지금 모양새가 어색하지는 않아요?"

 "그래, 좋아 보인다."

 "그럼 다행이다. 오늘은 오라버니를 만날 생각으로 패션에 신경 좀 담았거든요."

 "그럼 내가 잘 왔네. 실은 나도 기린화에게 할 말이 있어서 온 거야. 이젠 내가 맡은 일도 끝나고 해서 며칠 후면 이곳을 떠날 거야. 그래서 기린화에게 말해 주려고 온 거야. 한편으론 조용히 잘 있는 기린화를 모른 척 그냥 떠날까도 했는데……."

 "그런 법이 어딧어요? 기린화를 두고 말없이 가버리려 했다니 그 무슨 말도 안 되는 소리예요? 평소 오라버니의 지나친 결벽 때문에 그럴 수도 있겠다 싶어 오늘은 내가 먼저 찾아 나서려 마음먹고 점심 때 함바나 아니면 공사현장으로 가보려고도 했는데 거리가 멀어서 막막하고 퇴근길에 건설사무소에 가야겠다, 마음먹고 있었어요. 그래서 언제쯤 떠나실 건데요?"

 "출국 날짜가 이번 일요일로 잡혔어. 오전 10시 상하이발 대한항공이야. 오늘이 수요일이니 남은 시간 잔무 정리하고 하다보면 기린화에게 찾아오지 못할 거야."

 "그럼 어떡해요? 오라버니가 지금 가면 다시는 안 올지도 모르잖아요?"

"쉬운 일은 아니겠지. 그리 알고 작업시간 다 됐으니 이제 들어가야지."

"그래요. 지금은 작업에 들어가야 하니, 이따가 퇴근 후에 만나요. 오라버니."

"지금 이렇게 보았으면 됐는데 뭐 하러 또? 이젠 나한테 마음 쓰지 말고, 기린화가 건강하게 잘 지내기를 바란다."

"안 돼요, 오라버니. 지금 가시면 다시는 못 볼지도 모르는데, 나 오후작업 안 들어갈래요."

"그건 안 될 말, 사적인 일로 회사일 펑크 내면 안 되잖아? 그런 무책임한 태도는 옳지 않아."

"그럼 어떡해요? 난 아직 아무 말도 못했는데. 가슴속에 응어리로 남겨두라고요?"

"그럼 이렇게 하자. 기린화의 퇴근 시간에 다시 올 테니 지금은 일터에 들어가고, 반장의 중책은 망각하지 말아야지."

"알았어요, 오라버니. 진즉에 그러실 것이지."

"그럼 이따 봐요."

기린화는 토끼처럼 근무처로 돌아갔다. 청랑은 나오면서 기린화를 찾아준 경비원에게 고맙다는 인사를 하고 6관문을 나와 7관문 8관문을 통과하면서 천천히 공장 외곽을 돌아본다.

청랑, 그가 중국 체류 3년 동안 이렇게 한가로이 서성거리기는 처음이다. 언제나 바쁘게 움직였고 그때그때 최선을 다했다고 자부해도 되는 걸까? 사람에게는 완벽이란 없다. 그리고 최선이 있을 뿐이다. 그는 결코 타인에게서 비난받을 만한 오점을 남기지 않았다. 단 한 가지 기린화라는 한 여자의 마음을 충족시키지 못함은 마음의 부담으로 남는다. 그녀의 마음에 부족함을 주었을지라도 원망의 상처를 남겨서는 안 된다. 그러기에 퇴근 후의 약속을 뿌리치지 못했던 것이다.

청랑은 중국 생활 3년이었으면서도 중국과 중국 사람들을 잘 모른다. 잠깐 잠깐 스치는 대화와 좋은 얼굴로 인사하는 그런 정도였다. 다만 쑹리매란 걸출한 여친이 있었기에 결코 외롭지 않았다. 그는 또 관광 같은 것은 하지도 않았고 생각지도 않았다. 우물 안 개구리처럼 그저 난항상(난징, 항주, 상하이) 공단의 일터에서 쑹리매가 있는 상하이로 오간 것이 전부였다. 그러한 그였기에 훗날에 그 누구에게도 중국에 대한 흥미로움은 들려주지 못하리라.

눈과 귀를 막고 지내온 그가 '중국생활 3년입네' 조차도 말하기 민망할 따름이다. 그는 마지막 끝 지점 울타리 기둥을 잡고 나란히 서본다. 너는 잘 알고 있으리라, 청랑이란 이름의 한 인간을! 소슬바람이 불어온다. 그는 입을 크게 열어, 그 바람을 마음껏 마셔본다. 중국이란 대륙의 바람을!

청랑이 6관문을 다시 온 것은 오후 6시쯤이다. 그는 관문 안으로 들어가지 않았다. 퇴근과 함께 쏟아져 나오는 공원들의 출구를 온통 메우고 있다. 몇 대의 통근버스가 그들을 흡수하고 있다. 그 광경을 별 생각 없이 바라보며 자신의 차에 기대서 있는 청랑에게 손을 흔드는 아가씨들이다.

"오래 기다렸군요?"

한달음에 달려온 기린화다.

"아니야. 좀 전에 와서 퇴근하는 여공들의 인사를 받고 있었지."

"안 돼요 그건. 누가 벌써 나의 오라버니께 눈독을 들인대? 안 되겠다. 어서 가요 오라버니. 저 많은 여자들이 벌떼같이 덤비기 전에 여기를 벗어나야 해요."

"이제 보니 기린화도 농담을 아주 잘하는군."

"농담 아니에요. 이성에 목마른 여자들, 언제 갑자기 사랑녀로 돌변할지 모르잖아요? 저처럼요."

"설마, 그렇게까지야?"

"오라버니는 설마가 사람 잡는다는 소리 못 들었어요? 방심은 금물이니 어서 가기나 해요."

"그래, 어디로 갈까? 기린화의 집으로 데려다줄까?"

"그래요 그럼. 저희 집에 가서 밥 먹어요. 제가 준비할 테니까. 그 대신 울 엄마한테는 잘 말해야 돼요."

"왜? 어떻게?"

"울 엄마는 분명 신랑감과 함께 온 줄 알고 좋아할 거예요. 그러니 엄마에게 실망감을 안 주려면 실제처럼 해야 한단 말이에요."

"그건 아니야. 내가 왜 조용히 계시는 기린화의 모친께 마음에도 없는 거짓말을 한단 말이야? 그 뒷감당은 어찌하려고?"

"그러게요. 울 엄마는 늘쌍 너 신랑감은 언제 데려오는 거냐 하시는데 마음 같아선 오라버니께 한번쯤이라도 대역을 부탁하고 싶었으나 차마 말 못했는데 집으로 가자고 하는 그 말씀에 저로서는 절호의 찬스로구나 생각되거든요."

"이거 큰일이군. 어쨌든 거짓말로 어른을 속인다는 것은 죄가 되는 것이니, 집에 가자는 얘기 없었던 걸로 하자."

"이제 보니 오라버니도 말씀을 번복하시네요."

"그래 그건 정말 미안하다. 말을 바꾸려고 한 건 아니었는데 무심코 한 말이 그렇게 되고 말았구나."

"괜찮아요. 오라버니, 저도 순간적인 제 욕심에서 나온 말이니 괘념치 마세요. 그렇지만 아깝네요."

"그건 또 무슨 뜻이야?"

"실은 울 엄마 아주 늦은 나이에 저를 낳으셨거든요. 40세에 낳았으니 지금은 연세가 많은 편이에요. 거기다가 어려운 생활 형편에 병든 남편 대신 일만 하셨으니 건강도 약해져서 앞으로 얼마를 더 사실지 가늠하지 못하겠어요. 그런 어머니가, 기린화야 이제는 네가 벌어오는 돈으로 넉넉한 생활이 되었으니. 처녀귀신 안되려면 신랑감하나 덥석 물고와라. 내 딸이 지 사내와 마주 앉아 웃고 하는 거 한 번만이라도 볼 수 있으면 죽어도 여한이 없겠구나 하시는데, 기린화 시집갈 생각 추호도 없으니 엄마에게 미안해서 연극이라도 보였으면 하는 바람인데 방도가 없잖아요. 그래서 오라버니께 잠깐 응석을 해본 거예요. 그것 말고는 이 기린화가 왕초 오라버니를 곤란하게 하는 일은 없을 거예요."

얘기하는 그녀의 눈가에 이슬이 고이려다 사라진다.

"그래, 기린화의 집으로 가자. 오늘은 기린화의 집에서 신세를 져야겠다."

"정말이에요? 오라버니."

"그래, 기린화에게 말해놓고 번복해서는 내 평생 후회될 것 같다. 가다가 어머니 좋아하시는 거 좀 챙겨서 가자."

"고마워요, 오라버니."

길가 상점에서 과자랑 빵하고 과일과 마실 것 몇 가지 챙겼다. 그런 기린화의 모습이 섬세하다.

"그런데 문제가 있네."

"뭐가요?"

"모친께서 날 보시고는 어디서 저런 나이든 고물을 데리고 왔나 하고 실망하실 것 같아서야."

"오라버니는? 누굴 놀리시는 거예요? 오라버니가 나보다 얼마나 위인지는 몰라도 오라버니 턱밑에 바짝 다가선 여자라구요. 잘 아시면서 그러네."

"이게 되로 주고 말로 받는구나."

"그러게요. 앞으론 애기 취급 안 하기예요?"

더 없이 밝고 명랑해진 기린화다. 몇 가구 안 되는 농촌마을 나지막한 초가삼간. 그래도 앞마당까지 차가 들어갈 수 있다. 마당에 자동차가 와 닿는 소리에 부엌에 있던 노모가 내다본다.

"엄마 나 왔어요. 기린화예요."

"오냐, 그런데 손님이 오셨구나?"

"네 엄마, 저와 친한 오라버니예요."

"아이구 이를 어쩌나, 너저분한 걸 치우지도 않았는데?"

노모는 허둥지둥 마루에 걸레질을 한다.

"엄마 내가 할 테니 그만두고 인사부터 하세요."

"그래 그렇지. 내 정신 좀 봐. 어서 와요, 집이 누추해서."

"안녕하세요? 어머님. 청랑이라고 합니다."

"아이구 이렇게 훤칠한 청년이 내 딸애의 동무라니 어서 안으로 들어와요."

반갑게 맞이하는 노모이다.

"그래 나이는 몇 살이오?"

"말씀 낮추세요, 어머님. 저는……."

하고 말하려는데 앞질러서

"저보다 두 살 위예요, 엄마."

하는 기린화다. 그러지 않았으면 청랑은 곧이곧대로 사십 몇 살입니다 하겠기에. 그래놓고 둘은 마주보며 웃음을 참느라 애를 쓴다.

"그렇구나. 나이도 걸맞고 인물 좋고, 하기야 내 딸 기린화도 저만하면 한 인물감이니…….."

하고 은근히 딸 자랑을 끼워 넣는 노련함이 보이신다.

"엄마 이거 좀 드세요. 엄마가 좋아하는 과자하고, 왕오빠가 사 온 거예요."

"그냥 와도 되는데 뭐 하러? 내 솔직한 말이네만 내 딸을 따라 와 준 것만도 고맙네."

"감사합니다, 어머니. 환대해주셔서 영광입니다."

"그거야 당연하지. 내 딸을 데려갈 사람인데."

"엄마는? 처음 온 사람한테 그런 말이 어딨어요? 민망하게."

"왜 내 말이 틀렸나? 남정네가 이 사람은 내 여자다 하고, 한 번 손을 잡으면 절대로 놓아서는 안 되는 법이니라. 안 그런가? 이 사람."

"아 예예. 맞는 말씀입니다."

"와! 이제 보니 울 엄마 보통이 아니시네?"

"얘는, 날 그렇게 무시하는 거 아니다. 내 비록 일흔이 넘은 지금이지만 소싯적엔 그래도 어깨 너머로 훔친 글에 내 이름자는 쓸 줄 안단다."

"그래요. 알았어요, 엄마. 그 얘기는 귀에 못이 박히도록 들었으니 그만 자랑하세요."

"그러냐? 내가 그렇게 자주 한 건 아닌데, 내 오늘 처음으로 귀한 손님맞이하고 보니 뭐든 있는 대로 자랑하고 싶구나. 내 집에 왔으니 어려워말고 편히 쉬게나. 내 금방 밥상을 보아 올 테니. 딸의 퇴근시간 맞춰서 저녁 준비를 해놨었네."

"엄마도 참, 내가 오늘은 늦을지도 모른다고 했잖아요?"

"그걸 내가 깜빡했지 뭐야. 아침에 딸이 나갈 때 홍콩배우같이 청바지 입고 궁뎅이 실룩거리며 가는 모습이 떠올라서 오늘은 분명 짝지을 청년이랑 같이 올 꺼다 생각했는데 딱 들어맞았지 뭐야?"

청랑은 말없이 빙그레 웃기만 했다. 그리고 감탄했다. 기린화의 모친께서 유머러스하고 사람 대하는 태도는 칠십은 넘긴 촌로라고는 믿어지지 않을 정도다. 단조로운 시골밥상이지만 순백한 맛이다.

"찬이 없어도 많이 드시게나."

"네, 잘 먹겠습니다. 어머니."

기린화는 청랑이 불러주는 어머니 소리가 감격스럽다. 들어올 때 가게에서 사 온 빼갈을 내놓는 기린화다.

"엄마도 한 잔 하세요."

"오냐, 술까지 사왔구나."

"랑 오빠, 우리 같이 한잔해요."

"빼갈이 어머님께 너무 독하지 않을까?"

"염려마세요. 울 엄마 한 잔 술은 거뜬하시니 까요."

"그렇다네. 나도 한 잔쯤은 할 수 있네."

그래서 기린화 모친의 오늘 기분은 최고조에 달했다. 모친은 일어나서 부엌으로 나가서 딸의 방이 눅눅하지 않게 군불을 지핀다.

"기린화야, 이젠 네 방으로 가거라. 내가 방을 덥혀 놨다. 그놈의 술이 독하기는 독하구나. 딱 한 잔 마셨는데 팔다리에 힘이 없어져서, 나도 좀 쉬어야겠다."

노모는 이런저런 핑계로 딸의 합방을 재촉하여 확실한 인연을 맺어주려 하고 있다. 기린화는 자신의 방에 이부자리를 펴고 손바닥으로 아랫목을 짚어보았다. 따스하게 덥혀진 방바닥이다.

"랑 오빠, 저희 집은 침대가 없어요. 불편하더라도 온돌이니 그냥 주무세요. 전 잠깐 나갔다 올게요. 그리고 고마워요. 울 엄마를 허물없이 대해 주셔서요."

"그야 어른에게 당연히 갖춰야 할 예의이고 그리고 기린화에게는 단 한 분뿐인 어머니시잖아."

기린화가 나가고 청랑은 자리에 누웠다. 방의 벽에는 가지각색의 종이로 도배질이 되어있다. 돈을 들여 사온 것이 아닌 공짜 종이가 생기는 대로 조각조각 발라져 있다. 누굴 초대해서 방을 공개한다는 생각 같은 거 전혀 없었던 듯하다.

모녀가 나란히 누웠다.

"엄마는 어떻게 보셨어요? 그 오라버니를."

"음, 겉보기엔 일등남자 같다만, 속내는 네가 더 잘 알 것 아니냐?"

"그래요 엄마. 좋은 사람이에요. 사실은 저 사람 랑 오빠가 공사판 높은데서 떨어지던 나를 몸으로 받아서 살려낸 사람이에요."

"지금 뭐라고 한 거냐? 그럼 저 청년이 우리 딸의 생명을 건져준 그 사람이란 말이냐? 내 그런 줄 알았으면 절을 열 번이라도 더해야 하는데 왜 진즉 말하지 않았니? 우리에겐 참으로 귀한 손님이구나. 그러면 저 청년이 너와 함께 노동판에서 같이 일한 사람이냐?"

"그래요 엄마. 건설회사의 책임자예요."

"그러면 너에게 위로금인가 하는 그 많은 돈을 준 사람도 저 사람이고?"

"네, 맞아요. 건설회사에다 얘기를 해서 돈을 주게 한 사람이 저사람 랑 오빠예요."

"이런 경사스런 일이 우리에게 있었음은 하늘의 도우심이야. 그런데 넌 왜 여기 있는 거냐?"

"난 엄마하고 같이 자려고요."

"안 된다. 다 큰 딸애가 징그럽게 어미 옆에 있으려 하다니. 나는 너하고 자기 싫다. 모처럼 찾아온 행운을 냉큼 붙잡아야지 우물쭈물하다 놓쳐버리면 너 처녀신세 면치 못한다. 얼른 건너가서 못되게 굴지 말고 다소곳이 곱살 맞게 잘해야 한다."

"그래도 난 엄마 옆이 좋은데."

"얘는 누굴 바보로 아나? 마음에 없는 소리 그만하고 냉큼 건너가거라. 네년의 속내를 내가 다 알고 있는데 내 눈치 떠보려 하지 말고 너의 소원이나 풀거라."

그녀는 모친에게 떠밀리다시피 나와서 자신의 방으로 갔다.

"불편하지 않으세요? 랑 오빠. 벌써 잠이 들었나?"

그렇다. 뒷머리가 닿은 지 오래여서 잠든 상태의 청랑이다.

"이렇게 불편한 자세로는 안돼요."

그녀는 랑의 셔츠와 바지를 조심스레 벗겨내었다. 그래도 사내는 엷은 코를 골고 있다. 기린화는 잠옷차림인 자신을 사내의 턱 밑에 다소곳이 뉘었다. 그가 잠에서 깨어나 안아주기를 바라면서. 지난번의 딱 한 번 만이란 작심은 간곳없고 그가 열었다가 잠겨 있는 기린화 성의 문을 다시 열어주기를 바라면서다. 너무 익어서 터질 것만 같은 나를 두고 무심히 잠들어 있는 이 사내가 야속하기만 하다.

이대로는 안 되겠다. 그녀는 자신의 심신을 밀착해갔다. 내 나이 서른다섯 청춘의 전성기에 있는 내가 망설일 게 뭐 있느냐. 내가 좋아하는 그가 한 이불 속에 있는데. 그녀는 사내의 팔을 들어 자신의 허리에 감았다. 다음은 엄지와 검지로 콧잔등을 잡으니 깨어나는 사내다.

"랑 오빠, 잠만 자면 어떡해요?"
"어?"

놀란 그의 가슴을 파고드는 여인의 침공에 속수무책인 사내. 그도 목석이 아니다. 깊숙이 안아주는 사내의 품속에서 여인은 쌓였던 정념을 쏟으면서 사내의 전부를 깊게 간직하려 한다. 강한 흡인력으로 묶어둔 채로다. 그들은 알고 있다. 같이 할 시간이 많지 않다는 것을.

"랑 오빠, 내가 랑 오빠의 아기를 낳아서 키우면 안 될까?"
느닷없는 기린화의 제안에 랑은 깜짝 놀랐다.
"무슨 소리야? 어쩌려고 그런 생각을?"
"내 어차피 시집은 안 갈 거고, 랑 오빠와도 기약 없는 이별인데, 아이와 함께라면 랑 오빠 보듯 하며 잘 살 수 있을 것 같은데."
"글쎄다. 모르긴 해도 고행을 자초하려는 기린화의 어리석음을 운명이란 것이 허락지 않을 거야."
"어째서인데? 나의 이 건강한 여체에 지난번하고 지금 두 번씩이나 깊은 사랑을 했는데 이 기린화가 잉태하는 건 시간문제일 걸. 아마도 랑 오빠를 꼭 닮은 아기일 거야."
"기린화의 그런 마음이라면 내가 미안할 뿐이야. 나는 기린화에게 그런 고생을 안기고 싶지도 않지만 그런 일은 없을 거야."
"왜 그렇게 단정적인데? 내가 아기도 못 가지는 불량품 여자는 아닌데."
"그래. 기린화는 완벽한 조건을 갖춘 여자 중의 여자이지. 하지만 문제는 나한테 있는 거야."
"랑 오빠가 왜요?"
"잘 들어라. 내가 사는 한국은 좁은 면적의 국토에 비해 인구가 많아져서 인구 억제책의 일환으로 산아제한 제도를 시행했거든. 부부 중의 한쪽에 불임시술을 권장했는데 내가 그중의 한 사람이야. 그 이후로는 여자에게 임신을 시킬 수 없는 쓸모없는 사내가 된 거야."

"그런 일이 있었구나. 랑 오빠 닮은 아기를 갖고 싶었는데 아쉽게도 운명이 허락지 않는구나. 그렇다면 랑 오빠에게서 받은 사랑만 간직하고 살래요."

"그래, 생각을 한곳에 고정하지 말고 시간이 지나면서 폭풍이 가라앉고 평온이 찾아올 거야. 기린화는 젊고 건강한 심신을 지닌 여자니까 때가 되면 걸맞은 남자가 생길 거야."

"랑 오빠가 그렇게까지 나를 염려하지 않아도 돼요. 지금까지만으로도 나에게 꿈과 사랑을 준 랑 오빠인데. 오빠가 어디에 계시든 건강하게 잘 지내셔야 해요."

기린화의 노모는 칠순이 지난 터라 잠이 없기도 하지만, 오늘은 아침 일찍 부엌에서 식사 준비를 하고 있다. 내 딸의 생명을 구해준 사람이고 또 밤새껏 내 딸한테 시달렸을 테니, 따듯한 밥이라도 먹여서 보내야지. 내 딸년이지만 보통 강단이 아니라서 사내에게 땀깨나 흘리게 했을 거야.

"애 기린화야, 회사 갈 준비해라. 밥 먹어야지."

"예 엄마, 지금 나가요."

"저것이 사랑 맛에 취해서 아직도 저러고 있구나. 어쨌든 언약을 단단히 받아놓은 것은 잘하는 일이야. 내 나이 벌써 일흔 다섯 언제까지나 너를 지켜주지 못할 내가 아니냐. 미안하구나."

노모는 자신의 생을 점치고 있는 듯하다.

"엄마가 많이도 준비하셨네."

"내 오늘은 아침 일찍부터 서둘렀지. 이 사람 많이 드시게나."

"예 어머님, 감사히 잘 먹겠습니다."

"그 사람 참, 어머니 소리가 낯설지가 않구나. 고맙네, 그렇게 불러주어서."

"당연합니다. 제가 좋아하는 기린화의 어머니시니, 저에게도 어머니입니다."

"그런가? 내가 지금껏 살아오면서 가장 듣기 좋은 말이었네. 부디 그 마음 변치 말고 우리 기린화를 잘 지켜주길 바라네."

"예 어머니. 기린화가 똑똑하고 야무져서 잘 살 거예요."

"어서 가요, 랑 오빠."

"그럼 안녕히 계십시오."

"다음에 또 오시게나."

6관문 앞에 기린화를 내려주고 돌아서는 청랑 마음이 찡해온다.

"고마워요, 랑 오빠."

그 자리에 서서 손을 흔드는 기린화다. 청랑의 차가 떠나고 그녀는 억제했던 서글픔을 움켜쥐고 와락 눈물이 고인다. 인간이 갖는 감정의 선물이리라. 이제 그는 가고 없다.

이른 출근이라 자리에 앉은 그녀는 꿈같은 시간을 떠올려 본다. 그래. 나는 그 누구보다 깊고 진정한 사랑을 했다. 이제는 그 사랑을 가슴에 담고 주어진 일에 전념하자. 밝아진 기린화다.

목요일 아침이다. 청랑의 숙소로 우 대리가 왔다.

"안녕하세요? 청랑왕초님."

"아니 우 대리가 아침 일찍 웬일이오?"

"왕초께서 외출하실까봐 미리 온 거예요. 본부장님께서 왕초를 찾으십니다. 이따가 10시쯤에 들리시랍니다."

"알았어요. 나 때문에 우 대리가 고생하시는군요."

"찾으셨습니까? 본부장님."

"어서 오시오, 청랑. 청랑이 떠날 때가 다 되가는 거 같아서 한 번 보자고 했어요. 앉으시오. 커피나 한 잔 합시다."

"무슨 하실 말씀이라도?"

"그래요, 미스 김. 관리과장 들어오라고 해요. 아 한 과장, 내가 말한 거 정리됐으면 이리 주시오."

"예, 본부장님."

소장은 관리과장에게서 건네받은 봉투를 청랑에게 준다.

"이게 무엇입니까? 소장님."

"아 그건 청랑이 그간 우리 회사에서 일한 성과급이요. 열어보시오. 수당도 합쳐졌으니 별도의 수당은 없습니다."

"아니 본부장님, 저는 그간 꼬박꼬박 봉급을 받았는데 이건 너무 과분합니다."

"그렇지가 않아요. 청랑이 그간에 우리 회사에 기여한 공로가 많기에 그 정도는 지불해도 된다는 회사의 결정이니 요긴하게 쓰길 바랍니다. 관리과장도 알겠지만 청랑이 우리 회사에 기여한 것을 금액으로 따지면 수십억 원의 손실을 사전에 막아서, 이익을 창출케 한 것이니 당연한 대가라 생각하면 되고, 귀국해서 때가 되면 우리 다시 만납시다."

"그러시다면 감사히 받겠습니다. 본부장님, 그리고 관리과장님."

"별말씀을요. 관리과장인 저로서는 본부장님과 회사의 방침에 따랐을 뿐입니다."

"그래 여기는 언제 떠날 거요?"

"출국시간은 과장님이 아시다시피 일요일 오전입니다만 내일, 금요일 오후쯤 상하이로 나갈까 합니다. 상하이의 쑹리매 회장이

와달라고 하니, 잠깐이라도 들려야 할 거 같습니다."

"듣고 보니 그렇군. 쏭리매 위원이 청랑을 그냥 가버리게 놔둘 리가 없을 테니. 두 분 사이가 어디 보통 사입니까?"

"본부장님께선 괜히 이상한 생각 마시고 내일 두 분도 같이 나가시지요. 나 청랑이 술 한 잔 사겠습니다."

"고마운 말씀이나 사양하겠소. 청랑의 천금 같은 시간을 우리가 뺏을 만큼의 훼방꾼은 되기 싫소이다. 쏭리매 위원께 안부나 전해주시오."

"그럼 내일은 뵙지 않고 바로 떠나겠습니다."

청랑은 현장사무소를 나와 숙소에 왔다. 비로소 소장으로부터 건네받은 봉투를 개봉했다. 총 근무시간 37개월 퇴직금 및 성과급 1천 8백만 원, 위 금액을 청랑에게 지급함. S건설 '난·항·상' 공단 건설 본부장 개나리. 라고 명기된 서류와 함께 한국 외환은행의 예금증서가 들어있었다. 그는 곧바로 공단 내의 외환은행 지점에 가서 예탁 처리했다. 한국에 가서 찾을 수 있도록 해놓고서, 숙소에 와서 뒷머리를 기대어 생각을 비웠다. 몇 시간이라도 휴식이 필요한 지금이다.

오후 퇴근 시간 무렵에는 팀 일꾼들과의 송별 술 한 잔이라도 약속이 되어있다. 어젯밤 기린화와의 송별연이 지금 보약 같은 잠을 가져다준다.

저녁 6시다. 일꾼들과는 닭튀김 몇 마리 놓고 한잔 술을 마주했다. 그들은 왕초가 먼저 떠나게 되어 섭섭하다 한다.

"내가 먼저 가게 돼서 미안하기도 하고 나 개인으로서는 기쁘기도 합니다. 아마도 올 때는 내가 당신들보다 2년쯤 먼저 왔으니 이 정도면 공평한 거 같은데. 그리고 두어 달 후면 전원 귀국하게 될 거예요. 내가 조금 먼저 가서 일거리가 있나 하고 살펴볼 테니, 그리들 아시고 자, 한잔들 합시다. 그리고 그동안 우리 팀원들 일 많이 시킨 벌금으로 이 왕초가 쏘는 것이니 마음껏 듭시다."

"무슨 소리예요? 왕초를 먼저 보내는 송별주인데 우리가 낼 겁니다."

"그러려면 동작이 빨랐어야지. 내가 벌써 선수를 놓았으니 바꿀 수가 없지요."

"왕초께서 가신다니 저희도 섭섭하네요."

"아니 내가 간다는 걸 주방장께서 어찌 아셨습니까?"

"왜 이러십니까? 우리 주방에서는 왕초님의 일거수일투족을 예의주시하고 있답니다. 우리 현장의 영웅이신 왕초님을 송별하는 뜻에서 지금까지의 술상은 우리 식당에서 드리는 겁니다."

"그건 안 됩니다. 장사하시는 식당 사장님께 저희가 손해를 보여서는 안 됩니다."

"그렇지가 않습니다. 일 년 전 이곳 식당에서의 테러 사건 때, 우리 모든 식구가 왕초께 충분한 은혜를 입었습니다. 그 후로 인사도 못 했는데 오늘 이렇게라도 왕초께 진 빚을 갚을 수 있어서 우리도 좋은걸요."

"허허, 그동안 식당에서 저에게 공짜로 주신 선짓국만 해도 적지 않는데, 아무튼 고맙게 잘 먹겠습니다."

"모두가 같은 내무반을 쓰는 동료들이라 느지막한 시간에 잠자리에 들었다. 난항상 공단의 3년 세월 동안 나를 재워준 내무반에서의 마지막 밤이다.

오랜만의 늦잠에서 깨어보니 모두 일터로 나가고 홀로였다. 그는 현장사무소에 들러서 직원들과 작별인사를 했다. 어제는 안 들리고 바로 가겠다고 했으나 도망치듯 하는 듯한 인상을 남기고 싶지 않아서였다.

"회사 차를 내어 줄 테니 타고 가시오."

본부장의 말이다.

"아닙니다. 오랜만에 높다란 고속버스에 앉아보고 싶다고 본부장의 호의를 사양하고, 정문 앞 정류장에서 버스를 탔다. 1시간을 달려서 상하이에 도착하니, 정오를 막 넘어선 시간이다. 그는 곧바로 상하이의 한국 영사관에 들렀다.

정문에서 신분확인을 하고 사무실로 들어서는 그에게

"누구신지?"

하는 직원이다.

"나는 건설공단의 근로자 청랑이오. 영사님을 뵙고자 왔습니다."

"잠깐만 기다리세요."

여직원이 영사 집무실로 들어간다.

"영사님, 건설공단에서 근로자 청랑이라는 분이 영사님을 면담하겠다고 합니다. 어찌할까요?"

한가롭던 공창호 영사가 벌떡 자리에서 일어난다.

"박 주임, 지금 뭐라 했소? 방금 청랑이라 하지 않았소?"

"예 영사님, 분명히 그렇게 말씀드렸습니다."

"그럼 들어오시라! 해요. 아니 그럴 거 없이 내가 나가지."

공 영사가 황급히 나오면서

"청랑 선생, 선생께서 웬일입니까?"

"안녕하십니까? 영사님. 바쁘신데 제가 온 건 아닌지요?"

"아닙니다. 잘 오셨습니다. 저의 집무실로 들어갑시다. 박 주임, 차 좀 내오시오."

"예, 영사님."

"그간 잘 지내셨습니까? 왕초형."

"그 호칭은 좀, 아니요."

"한국에 있는 기호형을 대신해서 불러봤는데 좋네요."

"어쨌든 고맙습니다. 실은 제가 온 것은 이번에 한국으로 돌아가게 되어서, 영사께 인사나 드리고 가야겠기에 왔습니다."

"고맙습니다, 왕토형. 만약에 그냥 가셨으면 제 마음이 무척 섭섭했을 겁니다. 갑시다, 왕초형. 식사 전일 테니 우리 관내 식당에서 점심 같이합시다."

우리 입맛에 맞는 한식이다.

"내가 알기로는 왕초형의 중국 체류가 3년은 된 것 같은데 그동안 고생이 많았으리라 생각되지만, 우리 국익에 큰 몫을 한 왕초형입니다."

"과찬의 말씀이오. 내가 맡은 일에 최선을 다하고자 했습니다만 아쉬움이 남는군요. 참 베이징에 양 대사님은 잘 계신가요?"

"그럼요 연결해드릴 테니 직접 통화해보세요."

"아닙니다. 바쁘신 분인데 내가 어찌, 나중에라도 두 분이 만나게 되시면 안부나 전해주세요. 인사 못 드리고 가게 되어 죄송하다고 말입니다."

"그래요. 내 분명 그렇게 전하리다. 그리고 왕초형이 기호형을 만나게 되면 안부를 전해주세요. 늘 같은 생각이지만 기호형이 왕초형을 만난 건 기호형 본인도 그렇고 우리 집안으로서도 행운이었습니다."

"과분한 말씀이오. 내 아무것도 도움 주지 못했는데?"

"어쨌든 왕초형, 잘 가시고 행운이 함께 하길 바랍니다."

공창호 영사와 점심을 같이 하고 영사관을 나와서, 칭베이 쪽으로 가는 청랑이다. 그는 비로소 처음으로 상하이 중심가를 하나하나 눈에 담아본다. 지난날 빼앗겼던 내 나라를 되찾고자 했던 선인들이 은거했던 곳이 여기 상하이라 했다. 그분들의 흔적들이 여기 어디쯤 있으리라. 아직은 그곳을 한 번도 찾지는 않았지만, 한국인으로서 보은의 마음으로 이곳 상하이 거리를 걷고 있는 청랑이다.

가다가 와 닿는 공중전화에서 쑹리매에게 전화를 하는 청랑 전화를 받은 쑹리매다.

"청랑이구나. 청랑이 상하이에서 왔구나. 왔으면 바로 집으로 올 것이지? 어디야? 내 금방 모시러 갈게."

"그래 줄래?"

"한 5분이면 현관 앞에 갈 수 있을 거야."

쑹리매는 선걸음에 1층으로 내려와서 청랑을 맞이한다.

"어서 와요. 청랑. 안 그래도 지금쯤은 올 거다. 하고 기다리는 중이야. 그래 현장에서의 잔무 처리는 다 된 거로구나."

"잔무랄 게 뭐 있나. 그냥 놓아두고 오면 되는 것을."

"그런 말이 어딨어? 청랑이란 사람 그냥 대충 놓아두고 하는 사람 아니잖아."

"허허 이거야 원, 청랑이란 친구. 오나가나 과대평가 듣는 통에 심히 곤혹스럽거든."

"그런가? 나는 청랑의 그런 모습이 재미있고 좋은데?"

"아무튼, 고맙다. 그런데 오다 보니 빈손이었네. 매점에 잠깐 들려 먹을 거라도 사 가야겠다. 유모도 있고 한데."

"그런 걱정 안 해도 된다. 집에 다 준비돼 있으니 낭비할 생각 말고 그냥 갑시다. 청랑님, 그리고 우리 집 유모는 청랑의 그림자만 보아도 꺼벅 넘어가니까."

"유모야, 청랑이 왔다!"

집안으로 들어서며 외치는 쏭리매의 소리에, 황급히 나오는 유모.

"청랑님, 오셨어요? 보고 싶었어요."

하면서 신발도 벗기 전에 팔짱을 끼며 매달린다.

"그간 잘 있었어요? 유모님."

"이봐 유모, 그 팔짱은 좀 놓고 얘기해라."

"왜요. 언니? 내가 좋아서 그러는데 괜히 야단이셔."

"그래 알았다 알았어."

"유모님이 늘 반겨주셔서 감사합니다."

"그 보세요. 언니, 청랑님도 좋다고 하시잖아요."

라면서 청랑의 가슴에 살짝 기대어온다. 청랑은 그러한 유모의 어깨를 가볍게 다독이며

"우리 유모님은 여자 중에 1등 여자입니다."

"그렇죠? 청랑님."

하며 어린애같이 되어가는 유모다. 이 집 사람 모두가 청랑을 내 가족처럼 대해주는 덕에 마음의 벽 같은 거 없어지는 그다.

"청랑이 떠날 때까지는 만 하루가 남았으니 그동안은 아무 데도 안 가고 편히 쉬게 할 거야."

"오라! 하루 동안 나를 감금하시겠다 그 말씀이군."

"이런? 청랑의 지금 표현은 너무 배은적이다."

"그런가? 어쨌든 고맙다. 이건 나의 진심이야."

"그래. 엎드려서 절 받기네. 그래도 기분은 좋은데."

쏭리매와 청랑 그들은 지나간 몇 달 동안은 접촉이 잦았다. 쏭리매가 보름이 멀다 하고 청랑에게 찾아가곤 했으니까. 가히 주

말부부처럼 지내왔다. 쑹리매 자신은 홀로된 싱글이기에 거리낄 게 없지만, 청랑은 아내가 있는 몸이다. 그러기에 사심 없는 정을 주면서도 청랑의 근본을 깨뜨리지 않으려고 노력하는 쑹리매다. 아내는 아내대로 연인은 연인대로라는, 쑹리매의 분리 철학이다. 청랑의 아내가 자신의 남편을 방랑에서 멈추게 할 수 있을 때면 박수를 보내고 싶은 쑹리매다. 그러나 그리되기 이전까지는 마음의 부담 없이 청랑이란 사내를 공유할 것이다. 그녀는 지금 청랑을 깊숙이 끌어안은 채 속삭인다.

"내 사랑 청랑 내가 언제 어느 때건 청랑의 나라 한국에 갔을 때, 그대를 찾으려면 또다시 기상천외한 방법을 동원해야만 할까? 바람처럼 흘러가는 사내라는 핑계로 말이야?"

"아니야, 이제는 그렇게 하지 않아도 될 거야. 내가 얌전히 붙어있지는 않더라도, 문패와 전화는 놓여 있을 테니까 그들에게 물으면 나의 행선지는 알 수 있을 거야."

"그렇구나. 이제는 마음 놓고 보내도 되겠다. 언제든지 연락이 닿을 수 있으니까."

"그래, 지난날 번지 없는 청랑을 찾느라 많은 고생을 하게 한 쑹리매에게 미안하고 또 미안함이 크다. 이제 한 가지 예측 가능한 것이 있다면, 내 고향 비사벌에 자그마한 집을 지어 나를 찾고 싶은 사람이라면 언제든지 올 수 있게 할 거야. 마음 편히 쉬어갈 수 있는 그런 집 말이다. 노가다가 함께이든 아니든 간에."

"그래 그런 곳이라면 나 쑹리매도 방문객 중의 한 사람이 될 수 있겠다. 벌써 기대되는구나. 청랑."

그가 상하이에서의 하루는 쑹리매의 진심 어린 보살핌 그 자체이다.

일요일 아침 쑹리매의 손수 운전으로 상하이 공항으로 와서, 대합실의 커피숍에 자리하고자 했다. 이륙 전 한 시간을 커피와 함께하리라. 막 들어서는 곳 어디에서

"조수언니!"

하고 다가오는 사람은 기린화다. 나를 조수 언니라고 호칭하는 단 한 사람, 기린화 그가 미리 와 있었다.

"반갑구나. 청랑을 보러 왔구나."

"네, 맞아요. 청랑 오라버니가 가신다기에 만나고 싶어서 약속도 없이 나온 거예요."

"오라, 그러고 보니 오라버니 호칭도 그렇고 비행기 시간까지 아는 걸 보니 둘 사이가 심상치 않은데?"

"아니에요, 언니. 그냥 왔어요."

"그냥이 아닌데? 기린화가 보은을 해야 한다고 안달이더니 기어코 보은했구나."

"미안해요, 조수 언니. 랑 오라버니 너무 나무라지 마세요. 저, 기린화가 죽는다고 협박을 했으니까요."

"우선 들어가자. 판단은 나 조수가 한다. 오늘은 조수가 아닌 운전사로 한 계급 올라있으니 각오들 단단히 해야 할 거야. 우선 차부터 시키자. 커피가 좋겠지? 청랑은 왜 꿀 먹은 벙어리야? 기린화의 나에 대한 배신을 어떤 형태로든 설명해 보시지요. 왕초 청랑?"

쑹리매가 정색을 하고 던지는 질문에 적이 당황해하는 청랑이다.

"미안해요, 쑹리매. 기린화 혼자의 배신이 아니고 나 때문이야."

"어럽쇼, 이젠 변론까지 하려 드는구나."

"죄송해요, 언니. 언니와 오라버니 관계를 알면서도 일을 만든 제가 잘못했어요. 저를 혼내주세요, 언니."

"그래 좋아. 기린화는 그렇다손 치더라도 청랑은 왜 나에게 말하지 않았었는지 들어나 보자."

"실은 말을 하려고 했는데, 말을 하면 듣는 쑹리매의 자존심을 상하게 할 수 있다는 두려움 때문이었고 또 하나는 기린화의 인격을 어떤 형태로든 짓밟게 된다는 것 때문이었어. 차라리 쑹리매에게 매를 맞을 때 맞더라도 하고 망설인 거야. 그런데 청랑이 쑹리매에게 벌 받을 시간이 너무 빨리 와버린 거야. 쑹리매에게는 면목 없고 이젠 어떤 처분도 달게 받을 거야."

"언니께 저도 죄송해요. 언니께서 내리는 처벌을 기꺼이 감수하겠습니다. 행여나 용서해주시면 하는 마음으로요."

"그래 마음 약한 청랑의 여린 감정에다 불을 지피고자 호시탐탐 공격을 준비해온 기린화를 방심한 쑹리매가 허를 찔리고 말았구나. 어차피 기린화의 예리한 공격을 피할 수 없었던 청랑이고 보면 순간의 용렬함을 앞세워 잠깐 문밖에라도 세워두면 옳다구나 횡재로다 좋아지는 건 기린화일 터니, 그러기 전에 내가 참는 수밖에. 덧붙여서 나에게 손아래 동생 하나 생겼다 하고 넘어갈 테니, 언제나 진심이란 걸 잃어버리지 않기를 바란다."

"고마워요, 언니. 욕심이 앞선 저의 허물을 용서해주시는 언니께, 처신 조심할게요."

"그래 지금의 그 생각 변치 않길 바란다. 그리고 오늘 여기까지 나온 건 잘한 일이다. 이제부턴 기린화가 청랑의 막내 여자이니, 언니인 쑹리매가 잘 돌볼 거야. 먼 곳에 있다 해서 너무 염려 안 해도 된다."

"조수 언니, 고마워요."

감격의 눈물이 기린화의 눈시울을 적신다.

"이 사람이 그런 일에 울기는, 우리는 다 같이 청랑이란 남자와 인연을 맺은 행운의 여자들이 아닌가. 참 잊을 뻔했네. 가거든 시간 내서 동양 무역 부산 본사에 들려주었으면 한다."

"거긴 왜? 무슨 전할 말이라도?"

"그래, 그 회사에다 청랑에게 갈 약간의 경비를 송금해 두었거든. 여기서 직접 주려다가 사양할 청랑의 고집도 문제고 언젠가처럼 공산당 간부인 나와 연관된 공작금으로 오인되어 곤욕을 치르게 할 순 없잖아."

"그래, 쏭리매의 뜻은 고마운데 역시 나의 자존심을 흔드는구나."

"무슨 소리? 자존심이 밥 먹여주는 것 아니니, 나와는 제발 그런 것 따지지 말자. 오히려 내 자존심이 울려고 한다."

"그래 알았어. 쏭리매의 당부 잊지 않을게."

"랑 오라버니, 저는 넥타이 하나 준비했어요. 제 마음이니 받아주세요."

"그래 사양하면 안 되겠지?"

"청랑, 이제 시간 됐으니 들어가 봐야지."

"잘 있어라, 쏭리매."

청랑은 다가서는 그녀를 포옹한다.

"기린화도 잘 지내고."

"무슨 남자가 작별인사치곤 밋밋하다. 기린화도 한 번 안아주라."

쏭리매의 떠밀림에 가서 안기는 기린화다. 이제 게이트 안으로 사라지는 청랑이다.

"갈 사람 갔으니 우리도 돌아가자. 어떡할래? 다른 볼일 없으면 기린화도 내 차로 같이 갈까?"

"네 언니, 상하이까지만 태워주시면 그곳에서 버스가 바로 있어요."

"그래."

쑹리매는 기린화를 태우고 공항을 나와 시내로 달렸다. 30분 정도 달려서 회사 앞까지 왔다. 오는 도중 차 안에서 기린화는 말한다.

"언니는 높으신 분인데 버릇없이 조수언니, 하고 불러서 미안해요."

"그게 어때서? 사실이잖아. 내가 처음 기린화를 만났을 때 조수로 변장한 건 사실이니까. 그땐 누구에게라도 그렇게 불리길 바랐으니까."

"그래도 지금은 아니잖아요. 다들 회장님, 하고 부르는데 저도 그렇게 부를래요."

"그건 아니다. 지금은 우리 둘 다 한 남자의 여자가 되어있고 나이로 보나 순서를 따져도 내가 형님이니까 편하게 그냥 언니라고 불러라. 그 자리는 기린화 스스로가 선택했으니 그렇게 하려무나."

"고마워요, 형님 언니."

"그래 회사 일은 할 만한 거야?"

"네, 언니. 저는 회사 일이 날마다 즐거워요. 언니께서 뽑아주지 않았으면 기린화는 영영 청소하는 여자로만 남았을 거예요. 지금은 울 엄마 말씀대로 부자처럼 잘살고 있어요."

"이제 곧 점심때가 다 되었으니 내 집에 가서 밥 먹고 가거라."

"그래도 돼요? 언니."

"그럼 당연하지."

"유모야 나 왔다."

"예 언니. 잘 다녀오시고, 청랑님은 잘 가셨고요?"

"그래, 그리고 손님 왔으니, 우리 셋이서 점심 먹자."

"누가 오셨는데요?"

"안녕하세요? 유모 언니, 저 기린화예요."

"어서 와요. 아직 젊은 아가씨네?"

"그래. 기린화는 나의 아우뻘 되는 사람이니, 앞으로 잘 지내길 바란다."

"그럼 우리 집에서 같이 사는 거예요?"

"그런 뜻이 아니고 만났을 때 친하게 지내자는 거야."

"알았어요, 언니."

"유모 언니가 주신 점심, 맛있게 잘 먹고 갑니다."

"언니 저 갈게요."

"그래 그럼, 내가 태워다 줄까?"

"아니에요. 버스 타면 집 근처에 내리는걸요."

기린화는 항주로 가는 버스에 올랐다. 그녀는 지금도 감격에 젖어있다. 모두가 고마운 분들이다. 그들에게는 하잘것없는 존재에 불과한 나 기린화를 그 누구도 냉대하지 않았다. 오히려 나를 감싸주고 있는 사람들이다.

그랬다. 기린화가 지금 느끼고 있는 그대로이다. 청랑도 쏭리매도 기린화를 대함에 있어 모두가 말이다.

청랑, 그가 떠나갔다. 아직도 그는 비행기에서 가고 있을 것이다. 그런 생각을 하면서 잠깐 오후의 휴식을 가져보는 쏭리매다.

고향에서의 새 출발

이륙한 지 두 시간 남짓 후에 한국의 김포공항에 내려진 청랑이다. 해외 취업 3년여의 고행 끝에 돌아온 그다. 공항버스로 서울역에, 다시 지하철로 수원에 있는 집까지는 설렘 그대로다.

역시 남편의 귀환을 반기는 아내다. 꼬맹이였던 아이들도 훌쩍 자라 있다. 아내와 아이들의 환영을 받으면서 비로소 집에 온 실감을 느껴본다. 서로 간의 노고를 위로함은 당연한 수순이다. 오랜만에 내 남편의 체취에 젖어보는 오늘 밤은 아내가 갖는 행복 그대로이다.

다음 날이 되어서야 여기가 건설공단이 아닌 한국의 아침임을 느낄 수가 있었다. 어머니와 가족들의 안부가 궁금하다. 다들 잘 지내는지 모르겠구나? 반반의 질문이다.

"어머니께서는 당신 봉급 중에서 매달 20만 원씩 보내드렸으니 잘 지내실 거예요."

"그래 그걸로 큰 아이들 생활비랑 쪼개서 쓸려면 힘드시겠구나."

그 말에는 아내의 대답은 없어졌다. 아이들에 관해서는 관심

밖이라는 뜻이다. 청랑이 가장 안타까워하는 부분이다.

"큰애들도 가끔 왕래하게 해서 형제들끼리 우애를 쌓을 수 있게 하지 그랬어?"

역시 대답이 없다. 아내로서는 안 들었으면 하는 말이다. 청랑은 더는 말을 하지 않았다. 어차피 공감하지 않으려는 사람에게 강요하지는 않으리라. 해서 설득 가능하다면 좋겠지만 그렇지가 않을진대 분란만 자초할 뿐이다. 그것이 어제오늘의 일이 아니건만 자연스레 받아들일 수 있어야 할 부부간의 나눔인데도 그러지 않으려는 아내의 태도가 개탄스러울 뿐이다. 이것이 나에게만 지워진 마음의 아픔이라면 그걸 두고 운명이라고 해야 할까? 청랑의 마음은 또 한 번 흩어져서 허공을 가르고 있다.

그는 이삼일을 두문불출했다. 그런 다음에 생각하고 움직이리라. 아내는 끼니마다 진수성찬을 만들어서 자신의 정성임을 과시하려 한다. 밤이면 애정을 교환하고 그런 것이면 남편의 마음이 만족할 것이라고 여겨지는 아내일까? 아내에게서 그 이상의 기대는 접기로 한 청랑이다.

그래서일까, 평온한 나날이다.

"한 며칠을 편히 쉬었으니 이제는 몇 군데를 다녀봐야겠다. 어머니와 아이들에게도 가봐야 하고 회사에도 귀국 신고를 해야 하니까. 그리고 고향의 선산에도 들려야 하니 며칠은 걸릴 거야."

"몇 년씩도 집 떠나 있었는데 며칠쯤이야. 다녀와요."

꽤나 인심을 쓰는 척하는 아내다.

집을 나선 그는 수원역에서 부산행 기차를 탔다. 먼저 어머니와 가족들에게 가봐야 했다. 다행히도 서울과 부산으로 나뉘었던 가족들이 한곳에 합쳐져서 생활하고 있었다. 서울에 있었던 아이들이 고등학교를 졸업하고 할머니 슬하로 내려온 것이다. 늘 객지에서 전전하는 청랑으로선 안심이 되는 부분이다.

"어머니, 죄송합니다. 아이들 데리고 고생만 하시게 해서요."

"아니다. 이제는 다 커서 지 할 일 알아서 잘하고 오히려 저희가 할매를 챙겨주고 해서 괜찮다. 다만 딸애들이라 저녁 늦게 들어오면 마음 쓰인다만 걱정 말거라."

"예, 어머니. 그리고 저 고향에 좀 다녀올까 합니다. 선산에도 가보고 볼일도 좀 있고 해서 다녀오겠습니다."

"그래, 조심해서 댕기거라."

하는 당부를 잊지 않으신다.

청랑은 다음 날로 향리인 비사벌에 들렸다. 그는 도착 즉시 군청에 가서 지난날 매입해 놓았던 땅에 집을 짓기 위한 형질 변경을 신청했다.

"향리에 자그마한 집을 짓고 텃밭이라도 해볼까 합니다만……."

"마침 잘 오셨소. 안 그래도 청랑 선생께 연락하려고 했었는데."

"저를 찾고자 했다면 무슨 일 있습니까?"

"그렇습니다. 금번에 지방도 확장공사에 선생 명의의 토지가 도로에 편입되어서 토지 보상 문제를 결정해야겠기에 지주의 동의를 받고자 합니다."

건설과장은 지적도와 서류를 내놓고

"이 부분인데, 670평방미터로 보상 협의가 되는 대로 공사에 들어갈 겁니다. 보상금은 $1m^3$당 5천 원 x $70m^3$ = 336만 원입니다. 협조 부탁드립니다."

"좋소이다. 국가사업이니 서명하겠습니다."

따라서 동시에 형질 변경 건도 매듭지었다.

그는 시간을 지체하지 않았다. 어쩌면 오랫동안 몸담았던 노가다를 탈피하려 하는지도 모른다. 건축사를 찾아가 설계를 의뢰했다. 본채와 별채 2개 동의 건물을 만들 셈이다. 건축비는 상하이에서 받은 퇴직금이면 여유가 있다. 인근 마을 사람들은 의아해했다.

'저 사람이 갑자기 왜, 저곳에다 집을 짓는 거야? 농사를 지을 사람도 아닌데 혹시 농산물 수집이라도 하려나?' 집은 크지 않아도 된다. 가운데로 거실과 주방, 그가 사용할 서재 겸 침실, 그리고 혹시나 찾아올지도 모를 방문객들이 쉬어갈 수 있는 객실이 서너 개 정도가 합쳐진 아담한 주택이면 된다.

그리고 별채라기보다는 사람들의 짐작대로 농산물을 저장할 수 있는 냉장용 창고다. 이 지역에서 많이 생산되는 양파의 저장 창고이다. 청랑이 노가다를 그만두면, 먹고는 살아야 하므로 창고를 빌려주고 물품 보관료라도 받아야 할 거 같아서였다.

그는 어느 날 이곳의 비사벌 중학교를 찾아갔다. 그에게는 이 학교에 오랜 빚이 있었다. 소년 시절 이곳 학교에 다니다가 자퇴를 하면서 미납된 월사금이 있었다. 그 미납금이 부담되어 스스로 중퇴를 한 것이다. 당시의 금액으로 월 몇백 원에 불과했지만 가정 형편이 허락지 않았음이다. 그에게는 30년이 지난 지금에도 가장 무거웠던 마음의 빚이었다. 그는 그것을 갚고자 학교를 찾은 것이다.

물론 지금으로서는 굳이 갚아야 할 의무는 없다. 소위 말하는 법적인 공소시효가 지나서 월사금의 채무 자체가 소멸한 지금이다. 그리고 중등 교의 의무교육이 시행된 지도 오래되었다. 학교에서도 지금은 근거자료가 없어서 받지 못한다고 했다.

"그럼 이렇게 하시지요. 이 문제는 학교 측과는 달리 내 마음의 빚이니, 기부형식으로 해서, 일십만 원을 내겠습니다."

"그러시다면 우리 학교로서도 고맙게 받아들이겠습니다."
"그리고 학교 측에 한 가지 더 부탁이 있습니다."
"말씀해 보십시오. 선생님."
"허허, 선생님은 내가 아니고 그쪽이잖습니까?"
"그렇긴 하지만 연세가 저희보다 높으신 것 같아서요."
"하긴 그렇군요. 제가 선생님과 이 학교에 부탁드리고자 하는 것은 다시 이 비사벌 중학교의 학생이 되고 싶습니다. 지난날 중단했던 공부를 다시 하고자 하니 길을 열어주십시오. 저에 대한 학적부를 검토하시고 편입을 할 수 있도록 부탁드립니다."
"가만, 지금의 연세가 어찌 되었습니까? 내 나이는 지금 만 43세입니다만, 나이가 문제 됩니까?"
"예, 한 번도 없었던 일이라서?"
"그렇다면 학칙이나 법에 저촉되는지를 보시고 가능하면 저에게 기회를 주셨으면 합니다."
"알겠습니다. 일단 교무회의에서 논의한 다음 가부 간의 결과를 통보해 드리겠습니다. 연락처를 주십시오."
"그러실 거 없습니다. 지금 미보리에 거주하고 있으니 3일 후에 다시 오겠습니다."

청랑은 학교를 나와서 지난날 16세 소년 시절 통학했던 그 길을 따라서 걸어본다.

한편 그날 오후 비사벌 중학교 교무회의는 27년 전 학생이었던 청랑의 편입 건에 대한 의견이 분분하다. 학칙이나 법적 근거에는 별문제가 없으나 정서적인 사항이 걸림돌이다. 15세의 학생들 속에 43세의 노 학생이 끼었을 때 교우 간의 인식차가 괴리가 된다. 그러나 본인의 의지가 확고하고 원만한 심성으로 보아 교우들과 어울림에 별문제가 없을 것 같다는 결론으로 교무회의에서 편입을 받아들이기로 했다.
3일 후에 찾아간 청랑을 교무과장이 반긴다.
"축하해요, 청랑 학생. 학생을 새 학기 3학년에 편입키로 결정되었어요."
"감사합니다."
청랑은 교장실로 안내되었다.
"어서 와요. 청랑 학생."
"감사합니다. 교장 선생님."
"허허, 우리들 나이는 동갑인데 한 사람은 교장이고, 한 사람은 학생이라?"
"그렇습니다. 교장 선생님. 같은 나이라도 교장과 제자인 엄격한 사제지간입니다. 본분을 잊지 않도록 노력하겠습니다."
"그래요. 우리 학교 역사상 희귀한 사건에 동참했으니 좋은 결실을 이루어 봅시다."
"감사합니다. 혹시라도 제자 청랑에게서 늙은이 끼가 보이더래도 너그러이 봐 주시길 바랍니다."
"어쩌면 그럴 수도 있겠군. 역시 내 평생에 별난 제자를 두게 되었으니…."
청랑의 다음 행보는 부산의 동양무역이다. 그는 놀라지 않을 수 없었다. 그곳에는 주언량 무역의 쑹리매로부터 천만 원의 거금이 송금되어 있었다. 보내준 돈이기에 찾기는 했으나 그 돈의 용처에 대해 고심하는 청랑이다.
그는 상하이의 쑹리매에게 전화를 했다.
"쑹리매 여사, 그렇게 큰 금액을 나더러 어떻게 하라고 보낸 거야?"

"내 말 했잖아. 청랑이 하고자 하는 일에 보탬이 되었으면 한다고."

"그렇지만 너무 과분하잖아."

"그렇지가 않아. 나의 경제력에 비하면 아주 적은 것이니 부담 갖지 않았으면 한다. 그보다도 지금은 뭐 하고 지내는지 궁금하네?"

"응, 전에 말했듯이 내 고향 마을 앞 들판에다 조그만 집을 하나 짓는 중이야. 초가삼간으로 말이야."

"이제는 아주 은둔 생활을 하실 모양이네?"

"그럴지도 몰라. 아무튼, 집이 완성되면 쑹리매를 초대할 생각이야."

"내가 그때까지 한가롭게 기다릴 수가 있을까 모르겠네? 생각이 나면 불시에 찾아가는 수가 있을 거야."

"그래 알았어."

청랑은 생각한다. 그녀가 보낸 돈을 의미 있는 곳에 쓰고 싶은데, 그 금액에 합당한 장학재단을 만들면 어떨까? 그는 관청에 설립인가를 신청하고 일천만 원을 출자금으로 했다. 이름은 쑹리매 장학재단이고 재단 이사장으로 쑹리매를 등록했다. 실제 운영은 청랑이 맡아서 하기로 했다. 참으로 긴 시간에, 청랑을 잡고 있던 노가다의 늪에서 서서히 탈피하고자 하는 그의 몸부림이다.

이제부터는 고향인 비사벌에 가서 농사하며 살고 싶다는 청랑의 발언에 아내인 유송은 발끈한다.

"당신 지금 무슨 소릴 하는 거예요? 농사라니 그 조그만 땅에 농사지어서 어떻게 생활하려고? 농촌 사람 모두가 도회지에 나가 살겠다고 몸부림인데, 아이들 교육 문제를 생각해서도 일부러 도회지로 나가야 하는데 도로 농촌이라니. 나는 그렇게 못하겠어요. 이제는 장사도 자리 잡혔고 집도 있으니 큰 불편 없이 살 수 있는데, 그런 바보 같

고향에서의 새 출발

은 생각을 하다니 나는 못 해요. 정 가고 싶으면 혼자서나 해요."

　아내의 단호한 태도다. 틀린 말은 아니다. 현실적으로는 아내의 판단이 맞는 것이기도 하다. 그러나 청랑 역시 아내의 동의를 얻을 수 있으리란 생각은 하지 않았다. 그러기에 일부러 저질러놓고 아내를 설득할 수 있는 데까지 해보리라는 생각이다. 청랑은 말했다.

　"초가삼간이나마 새로 지은 집에서 저장창고 두어 개 만들어서 보관료 받으면 생활할 수 있고 아이들 학교는 중학교까지는 시골에서 하고 고등학교부터는 가까운 부산이나 대구 쪽에 유학을 보낼 수도 있으니 염려 안 해도 되고, 너무 멀리 떨어진 이곳 수원보다는 부산의 가족들과도 가까운 곳이기도 하니, 비사벌이 괜찮을 것 같은데 당신이 내 뜻을 따라 주었으면 한다."

　그러나 가족이란 개념에서는 두 사람의 상반된 생각이기에 좁혀지기가 어려웠다. 쉽게 생각하면 될 것을 그 부분에서는 이기적인 생각을 버리지 못하는 아내 유송이다. '나와 내 새끼 남편 이외의 전처 자식과 함께 있는 시댁 모든 식구가 가까이에 있을수록 부담스럽다'는 게 그녀의 생각이다. 그러한 아내의 생각을 따를 수 없는 것이 또한 청랑이다. '이토록 부부관계란 멀고도 가까운 것인가? 그래, 나 청랑이 그 누구에게도 강요한 적이 없었거늘 지금도 마찬가지다. 될 대로 되어라. 아내는 아내대로다. 내 당신 뜻을 따르느라 고행을 자초하느니 이 대로를 고수하리라.'

　"내 미리 말하건대, 혹시라도 집 짓는데 돈이 모자라느니 하고 지난번에 맡긴 돈 내놓으라 하지 마소. 그 돈 천만 원 이미 다 쓰고 없으니 그런 줄 알아요."

　"무슨 소리야? 내가 귀국해서 다시 공사할 때 밑천할 거라고 했는데 벌써 다 쓰고 없다니?"

"보면 모르겠어요? 그 돈으로 집 사고 가게도 넓히고 했으니 그리 알아요."

"이 사람아, 그래도 반은 남아 있을 거 아닌가?"

"설사 남아 있다 해도 공사를 안 하는 이상 어림없어요. 앞으로 나도 내 새끼랑 먹고 살아야 하니까."

아내의 냉담한 항변을 듣고 있자니 정말로 인생의 삭막함이 느껴진다. 청랑은 더 이상 말을 하지 않았다. 아내에게 있는 돈을 도로 내놓으라 할 생각은 애초에 없었지만, 먼저 선수를 놓는 아내의 마음을 읽을 수가 있었다. 그리고 씁쓸한 여운이 남는다.

'지난날 인신매매의 위기에 처한 그녀를 구하지만 않았더라도 지금과 같은 언쟁과 갈등은 하지 않아도 될 것을. 또 가족 간의 불협화음을 겪지 않아도 될 법한데.' 청랑에게 가장 절실함은 내 가족 간의 화목인데 수시로 다가오는 자괴감이 나를 방황하게 만드는구나. 그래 안 되는 것을 억지로 얽어맬 수는 없는 일. 이제라도 독자 행보를 하는 수밖에. 추후에의 결과는 생각하지 말자.

"그래, 나는 우리 가족 모두가 잘되기를 바라고 당신의 협조를 얻고자 했는데 당신이 싫다고 하니 어쩔 수가 없구나. 내 생각도 여기서 멈출 수가 없으니, 행여나 죽지는 않았나 하고 궁금해지면 찾아와서 확인해 보든지? 나는 당신뿐이 아니고 내 가족들에게 미움을 많이 남겼으니, 그들 역시 한 번쯤이라도 찾아와 주면 다행이고."

이렇듯 지지리도 못난 사내가 자신의 심중을 아내 앞에서 넋두리하는 것이다. 그렇지만 그것을 못 알아듣는 건지 아니면 알고도 모른 척하고 싶은 건지는 아내인 그녀만이 알 것이다. 그러기에 지금까지의 진행 상황도 아내에게 말하지 않았다. 남편으로서 아내에게 말해주어야 할 의무감 같은 것이 사라진 지금이다.

"나 지방에 좀 다녀와야겠다."
아내의 대답이 있든 없든 간에, 그는 일의 진행에 전력을 쏟아야 한다.

1989년 3월이다. 고향 마을 미보리의 작은 주택이 착공 6개월 만에 완공되었다. 그가 소년 시절 이곳 집을 떠난 지 30년 만에 다시 돌아온 것이다. 그는 이곳에의 정착을 아직은 아무에게도 공개하지 않았다. 그냥 이곳에서 조용히 지내다 보면 하나둘 자연스레 지인들이 알게 될 것이고 다만 상하이의 쑹리매에만은 서신을 보냈다.
'그대가 알고 있는 노가다 왕초 청랑이 향리인 시골 마을에 작은 움막 하나 만들었으니, 언제까지일지는 모르나 이곳에 생각을 묻으며 지낼까 하오. 행여 그대가 필요로 해서 나에게 전갈이 오면 언제라도 달려갈 것이고 반대로 그대가 이곳이 궁금해서 오려 한다면 항시 라도 문은 열려 있을 것이오. 미리 연락하고 오면 어디까지라도 내가 마중하리다. 이제 비로소 그대에게 알려주는 나의 주소는 대한민국 경상남도 비사벌 미보리 426번지. 전화번호는 비사벌국 7174번이오. 상하이의 쑹리매에. 노가다 청랑이. 3월의 중간쯤에서.'
라고 적었다.
'전화가 아닌 편지라, 어디 한 번 읽어볼까? 주소가 적힌 편지를 보냈음은 그의 정착지가 정해졌다는 뜻이리라. 노가다 왕초에서 농사꾼으로 변신한 청랑은 어떤 모습일까? 그래 어제부턴 평범한 농사꾼으로 지내려 하는지도 모른다. 언젠가는 짬을 내서 한 번 가보리라.'
이제는 학생 청랑이다. 그는 등하교가 끝날 때까지는 교복을 벗지 않았다. 집에서 학교에까지는 4km, 십리 길이다. 걸어서 한 시간 거리여서 특별한 사항이 아니면 걸어서다. 동급생들로부터 이름이 불리는 일은 거의 없다. 아저씨, 아니면 노생이다. 늙은 학생이란 뜻이다. 그래도 상관없다. 좋기만 하다. 욕심 같아선 '어이! 청랑!' 하고 불러주는 급우가 있었으면 하는 바람이지만, 오히려 그들은 우리 아버지와 같은 나이인데 하며 뒷걸음질하는 학생이 있는가 하면, '안녕하세요! 청랑 학생의 아버지 아니세요?' 하는 친구도 있어 한바탕 폭소를 만들기도 한다.

학생 청랑이 집에 와서 교복을 벗었을 때의 이야기다. 그것은 동급생들이 착각을 일으키기에 충분했다. 이제 곧 여름 방학이다. 아직은 아무에게도 알리지 않았기에 찾아오는 사람은 없었다. 쑹리매 장학재단이라는 현판이 현관 기둥에 세워져 있을 뿐이다. 밤이 되면 서재의 불빛이 책상 앞의 청랑의 그림자를 만들어주고 있다. 뒤처진 학과 공부를 따라잡으려면 밤을 새워도 부족하지만 그러지 않기로 했다. 낙제 점수만 면할 수 있으면 된다. 이렇게 해서 청랑의 시간은 두어 달이 훌쩍 지나갔다.

상하이의 쑹리매도 청랑의 편지를 받으면서는 그가 있는 곳이 확실해졌으니, 내일이라도 출발하면 만날 수가 있겠다고 했는데 당의 정책 모임이 잦은 데다가 베이징에 있는 아들, 성린에게 다녀오고 하다 보니 지금까지 오고 말았다.

그녀는 수화기를 들고 어딘가로 다이얼을 돌린다. 한국의 친구 청랑에게다.

"한국의 비사벌국 7174번 연결 부탁드립니다."

전화벨 소리만 울릴 뿐 받는 사람이 없다.

'낮이라 출타 중인 모양이군, 안 받으면 그만이지, 내가 언제는 예고하고 갔더냐? 청랑이란 남자 무작정 찾아가야만 만날 수도 있는 사람 아니더냐. 이따가 밤에라도 한 번 더 전화 해보고 받든 안 받든 간에 내일은 무조건 출발하리라.'

그랬다. 청랑은 낮에 전화를 받을 수가 없다. 등교해서 수업 중이기 때문이다. 하교 후에 집에까지 걸어와서 어질러진 곳 여기저기 정리정돈 하다 보면 금세 어두워진다.

'따르릉' 하고 울리는 전화벨 소리다. 수화기를 든 청랑에게
"여기 전화국인데 국제전화 연결해드리겠습니다."
"여보세요, 여기 청랑입니다."
"집에 들어왔구나. 청랑, 나 쑹리매야."
"그래, 쑹리매구나. 밤에 전화한 걸 보니 무슨 일 있구나?"
"그래, 다른 일은 아니고 내일 내가 청랑에게 가려는데 괜찮은 거지?"
"그래, 쑹리매가 온다는데 나야 반갑지."
"혹시라도 청랑이 출타할까 미리 전화한 거야."
"그래 잘했어. 전화하지 않았으면 모르고 외출했을 수도 있었을 거야. 시간을 말해주면 내가 공항까지 마중 나갈게."
"그러지 않아도 된다. 주소가 분명하니 얼마든지 찾아갈 수 있다."
"쑹리매엔 생소한 시골인데도?"
"그래서 부산의 동양 무역에다 길 안내를 해줄 가이드를 부탁할 거야."
"그래, 그럼 안심하고 기다릴게."

통화를 마친 청랑은 마음이 바빠진다. 본래 누굴 초대하는 데는 익숙지 않은 그다. 그저 혼자서 아무 생각 없이 지내다가 있는 모습 그대로를 보여주면 그만인, 그의 성격인데 이번만은 그렇지 않은 듯하다.

다음 날은 아침 일찍 읍내의 시장에 가서 식료품 몇 가지 챙겨서 냉장고에 넣을 건 넣고 하다 보니 평소에 썰렁했던 주방이 제법 넉넉해진 모습이다. 이 정도면 몇 사람의 식객은 굶기지 않을 정도다.

해 질 무렵이다. 승용차 한 대가 열려 있는 마당 입구에 멈추더니 운전자가 내려서 안으로 들어온다. 무엇을 확인하려는 태도이다. 그는 마당 중간에까지 왔다가 되돌아서 나간다. 그러고는 아예 차를 몰고 들어온다.

"이 집이 틀림없습니다."

확신에 찬 운전자의 말이었다.

누구에게 하는 말일까? 운전자는 마당을 걸어오면서 현관 입구에 세워진 현판을 보았다. '쏭리매 장학재단'이란 글귀가 그에게 답을 주었다.

"이 집이 회장님께서 찾으시는 그 집입니다."

"그럴 리가요? 그 집은 작은 움막이라고 했는데."

운전자가 열어주는 문으로 내리면서, 혼잣말하는 쏭리매다. 그러면서 현관 가까이에 다가선 그녀가 깜짝 놀란다. 통나무의 반쪽 면에 큼직하게 새겨진 글씨는 분명 쏭리매라는 자신의 이름이 아닌가. 그녀에게도 익숙해져 있는 한글이다.

'이 사람 청랑이 나를 놀래주려고 한 장난일 거다. 이 집에 아무도 없나?'

문은 온통 열려 있으면서 사람들이 들어왔는데도 안에서는 반응이 없다. 주인 없는 집에 선뜩 들어서기가 망설여지지만, 현판에 쏭리매라 써진 자신의 이름을 믿고 들어섰다. 거실 마루며 주방이랑 모두가 새로 지어진 집이 분명했다. 거실 가운데는 딱딱한 나무 의자가 소파를 대신하고 탁자 위에는 전화기가 놓여 있다. '전화번호 7174번 칠월칠석과 같음.' 알 수 없는 뜻을 적어놓고 있다. 전화기 옆 메모지에는 '주인, 청랑이 잠깐 외출 중이니 청랑이 귀가 전에 오신 분이 있으면 잠깐 기다리시길 바랍니다.'

쏭리매 일행은 청랑이 남긴 메모지를 확인하고 마음 놓고 나무 소파에 앉았다. 다행히 방석이 깔려 있어 딱딱함을 덜어준다. 일행은 세 사람이다. 쏭리매와 그의 수행 비서인 왕춘희 과장과 운전을 하여 동행한 동양 무역의 양 무역 과장이다.

그 사이 '따르릉' 하고 전화벨이 울린다. 쏭리매가 수화기를 들었다.

"예, 청랑의 집입니다. 누구신지요?"

"내가 청랑인데 내 이름을 도용하는 사람이 대체 누굽니까?"

"글쎄 누굴까?"

"하하, 역시 쏭리매 회장이군. 낮에까지 계속 기다리다 잠깐 나오게 돼서. 미안해요. 내가 지금 군청에서 중요한 일이 있어 시간이 지체될 거 같은데 어떡하지?"

"어떡하기는 뭘 어떡하겠나. 여기가 청랑의 집이라 감히 쫓아낼 사람 없을 테고, 우리는 여행 보따리 내려놓고 쉬고 있을 것이니, 볼일 마치고 오든지 말든지 알아서 하시오."

"그건 그렇지만 저녁때가 지나서 배고플 텐데, 어떡한다? 아, 내가 손수 요리해 주려고 식재료를 준비해 두었는데…."

"그럼 뭐야? 내가 늦을 테니, 배고프면 쏭리매가 알아서 챙겨 먹어라, 뭐 그런 뜻이군?"

"꼭 그런 것은 아니지만."

"그래 알았어. 재료 있는 대로 몽땅 뒤져서 다 먹어 버릴 테니, 천천히 와도 괜찮아요."

"그래 안 되겠다. 왕 과장, 이 집 주방을 뒤져서라도 우리가 알아서 해 먹어야겠다. 굶어 죽지 않으려면 말이다."
 "회장님은 그대로 계세요. 제가 보고 뭐든 만들어 볼게요."
 "왕 과장, 우선 물이라도 한 모금 마시고 보자."
 냉장고에 있는 물병에서 한 잔의 물은 한여름의 생명수다.
 "회장님, 여기 라면이라는 거 있는데 이거 한 번 끓여볼까요?"
 "그래, 그거 괜찮을 거 같은데 조리방법을 알 수 있겠나?"
 "여기 포장지에 적힌 대로 하면 될 거예요."
 왕 과장과 쑹리매는 중국인이다. 중국에도 라면이 수입 판매하기는 해도, 우동이나 만두 등 밀가루 음식(면 요리)에 가려져서 대중화되지 않았기에 라면을 접할 기회가 없었다.
 "참 라면에 대해선 양 과장이 잘 아시겠군?"
 "그렇습니다. 우리 한국에선 보편화되어 있습니다. 라면 요리는 제가 하겠습니다. 김치랑은 왕 과장께서 챙기십시오."
 양무역 과장의 라면 끓이기는 5분을 넘지 않았다. 끓는 물에다 라면 세 봉지를 큼직한 냄비에다 넣고 끓여서 식탁 위에 올려놓는다. 각자 빈 그릇을 배당하고는
 "이제 취향대로 덜어 잡수시면 됩니다. 김치를 곁들여서 드시면 더욱 좋고요."
 "거참 신기하고도 간편하군. 어디 한 번 먹어봅시다."
 라면이란 것을 처음 먹어보는 쑹리매다.
 "그거 괜찮은데, 나는 일본인들이 주로 먹는 음식인 줄 알았는데…."
 "그렇습니다. 본래는 일본에서 개발 생산되었는데 후에 한국으로 도입되어 생산 판매한 지도 꽤 오래되었습니다. 여기에 밥을 말아 드시면 괜찮기도 합니다."

"그래 볼까? 왕 과장이 밥솥 한번 열어보렴."

"예, 여기 밥이 있네요."

작은 공깃밥 하나씩을 곁들이니 또 다른 맛이다.

"이거 괜찮은 음식이군. 그러고 보니 이 집주인 청랑이 머리를 썼군. 다들 내가 챙겨주길 기다리지 말고 알아서들 만들어서 먹어라. 그런 뜻이었네."

"맞아요, 회장님. 저기 저 기둥에 보세요. 이 집에는 모두가 셀프입니다. 식재료는 주방에, 간편복은 객실에 있으니, 각자 편한 대로 사용하시면 됩니다."

"역시 청랑의 혜안이군."

군 교육청 학무과장과 장학관이 모인 회의에 참석하고 나온 청랑의 마음은 바쁘다. 집에는 멀리서 찾아온 손님이 있다. 평소와는 달리 택시를 탔다. 읍내서 집까지는 10분 만에 도착했다. 현관으로 들어선 그는

"늦어서 미안해요, 쑹리매."

"주인 없는 집에서 잘 놀고 있었으니 미안해할 건 없고, 어디 보자 왕초 청랑이 얼굴 축난 데는 없나?"

쑹리매가 일어나서 청랑의 손을 잡는다.

"반갑구나, 쑹 여사."

그는 포옹으로 대신한다.

"안녕하셨어요? 청랑님. 저 왕춘희예요."

"잘 오셨어요, 왕 과장님. 쑹리매 회장 혼자가 아니라서 안심이 되는군요."

"저야 뭐, 회장님의 수행 비서며, 특히나 청랑님을 찾아 나설 땐 당연히 왕춘희가 있어야 하거든요."

"안녕하세요? 전 동양 무역에 근무하는 양무역입니다."

"고맙습니다, 양 선생. 선생이 아니었으면 이곳을 찾기 힘들었을 텐데."

"그건 맞아요, 청랑. 양 과장 덕에 쉽게 찾아올 수 있었어요."

"그럼 다들 시장하실 텐데 잠깐 기다리시면 내가 식사 준비하리다."

"이보세요, 청랑. 그리 서둘 거 없이 앉기나 하자. 우리는 배고픔 같은 거 못 느끼는 사람들이거든."

"무슨 소리야? 그럼 요기를 하셨다는 말이로군."

"당연하지. 집주인이 언제 올지도 모르는데 마냥 굶고 있을 수야 없지. 우리 양 과장이 맛있는 라면 요리를 만들어서 잘 먹었으니 염려 안 하셔도 되네요."

"그랬었군."

"그보다 나 쑹리매는 청랑이 자리 잡은 곳이 어떤 곳인가 했는데, 와서 보니 좋은 곳이구나. 여기가 청랑의 고향인 비사벌이라 했던가?"

"그래 맞아. 옛 이름 그대로이고 창성골이라고도 하지. 그러고 보니 양 과장께서도 이곳이 처음이겠군요."

"아닙니다. 오래전 소년 시절에 이곳을 지나친 적이 있습니다. 실은 제 고향도 이곳 비사벌입니다. 여기서 10여 킬로 떨어진 화진리입니다. 지금은 가족들 전부가 부산으로 옮겼습니다만, 그 때문에 이번에 쑹리매 회장님의 길 안내를 제가 맡게 된 거고요."

"어쩐지 양 과장이 거침없이 잘 찾아오더라니?"

"예, 두 분께서는 저에게 말씀 낮추셔야 합니다. 전 아직 나이도 한참 아래인 데다, 회장님이시고 한 분은 고향의 대선배이시니, 저에게는 좀 쉽게 대해주셨으면 합니다."

"그렇게 말하는 양 과장도 간발의 차이로 우릴 뒤쫓아 오는데 이럴 땐 어찌해야 하는 건지, 왕 과장님이 말씀 좀 해보세요."

"청랑님, 저도 왕초 청랑님의 말씀 때문에 불편해요. 이참에 동양의 양 과장과 저에 대한 존칭을 없애주세요."

"그렇게 해요, 청랑. 젊은 사람들 청을 들어줍시다."

"그래요, 그럼."

"감사합니다, 선배님."

"그렇다고 내가 양 과장의 학교 선배는 아니네. 그저 인생 선배일 뿐이야."

"그건 선배님이 틀렸습니다. 이 양 무역도 비사벌 중학교 출신입니다."

"그랬었군. 그렇다면 양 과장이 나의 선배이네."

"무슨 말씀입니까. 저는 비사벌 중 17회입니다."

"그것 보게, 나는 지금 비사벌 중3에 재학 중이니까."

"네?"

모두 깜짝 놀란다.

"에이, 선배님도 농담이 심하십니다."

"그렇게 들릴 수도 있겠으나 사실이네. 저쪽 서재에 걸려있는 교복을 보게나."

"제가 들어올 때 언뜻 보았습니다. 옛날에 입었던 교복을 기념 삼아 걸어두었구나 싶어 나의 대선배시구나 하고 생각했습니다."

"그래 내가 본래 비사벌 중 11회이었네. 그러나 2학년 말에 자퇴했었지. 그리고 오랜 시간이 지난 지금에야 다시 복학해서 3학년에 재학 중이란 말일세."

"그게 정말입니까? 놀랍습니다."

"인제 보니 다들 실망스러운 표정들이군."

"천만의 말씀입니다. 선배님."

"나도 아니야. 청랑에게 그런 일이 있었다니 놀라지 않을 사람이 어딨겠어? 그런데 한 번도 그런 말을 안 했잖아."

"누가 언제 물어보기나 했나? 묻지 않은 쑹리매에 말할 기회가 없었을 뿐이야."

"하긴 그러고 보면 청랑의 학벌에 관해서는 전혀 관심을 두지 않았던 나였으니까."

"그보다도 눈높이와 기대치를 합법화해버린 건 아니고?"

"그래 지금 생각하면 고고한 인격과 학벌을 가진 청랑이라고 생각해 버렸거든. 왜냐하면, 나의 그런 생각을 부정할 만한 그 아무것도 발견할 수 없었으니까."

"저도 마찬가지였어요. 청랑님, 왕초님, 선배님에게 붙여지는 왕초님은 무슨 뜻입니까?"

"말 그대로이네. 때와 장소에 따라서 다르게 해석될 수 있지만 나는 말 그대로 노가다 오야지란 일본말이 싫어서 왕초라고 불러달라고 한 것이네. 노가다 왕초 말일세."

"선배님께선 정말 대단하십니다."

"뭐가 말인가?"

"지금 15~6세의 학생들과 급우가 되신 용기 말입니다."

"그게 뭐 어때서? 나는 좋기만 한데. 가만 그들이 내 이름 그대로 청랑이라고 불러주면 좋겠는데 노생, 아니면 숙생이라고 부르는 거야."

"역시 내 친구 청랑이야."

고향에서의 새 출발 287

"쑹리매가 그렇게 말해주니 위로가 되기도 하고 조금은 쑥스럽네."
"선배님, 제가 여기에 올 때는 회장님을 안내해드리고 화진리로 가서 자고 올까 생각했습니다."
"이 사람아, 가족 전체가 부산으로 이주했다면서 또 누가 남아 있는가?"
"친지들이 있긴 합니다만."
"그럼 가지 말고 여기서 자고 만나볼 사람 있으면 내일 만나고 쑹리매 회장 갈 때쯤 합세해도 될 걸세."
"자, 우리 이제 저녁 먹은 지도 오래됐으니 술이나 한잔하자."
"모두가 손님들이니 앉아들 있으면 금방 준비할게. 그동안 각자들 마음에 드는 방 하나씩 차지해서 여장을 풀도록. 그곳에는 아무거나 편한 옷이 있을 거야."

청랑은 식육점에서 가져온 다져진 고기에다 양념을 바르고 프라이팬에 굽고 양파와 마늘, 고추장 이런 것들을 가져다 놓았다. 그가 고기를 구워서 쟁반에다 담아내는 모습은 일반 주부를 방불케 한다.

"자, 다들 모이셔도 됩니다."

객이 옷을 갈아입는 짧은 시간에 차려진 상이다. 놀라는 사람들이다.

"청랑이 음식 만드는 건 언제 배운 거야?"
"아, 그게 말이다. 내가 자퇴하고 가출을 했을 때 고등학생과 대학생인 두 사람 고향 선배와 셋이서 자취를 했던 경력과 그때 터득한 거야. 자, 밥이 필요하면 밥솥을 열면 되고 술은 여기 맥주와 소주가 있으니 취향대로 드시면 됩니다. 어때, 이만하면 손님 접대가 조금은 되는 거지?"
"그래 청랑이란 사람 대체 못 하는 게 뭐야?"

"아무튼, 잘 먹겠습니다. 청랑님. 대신에 술은 제가 한 잔씩 올리겠습니다."

"고맙네. 그리고 두 분 과장에게는 내가 한 잔씩 드리겠네."

"우리 건배하자!"

"참 두 분께 이런 말씀 여쭤봐도 될는지 모르겠습니다."

"말해보게, 괜찮으니."

"저어, 그게 말입니다."

"이 사람이 말을 하려다 말고 왜 그렇게 뜸을 들이나? 우리 사이가 어떤 관계냐고 묻고 싶은 거지?"

"예, 맞습니다."

"그 질문을 망설이는 양 과장이 엉뚱한 상상을 하는 건 아니겠지?"

"아, 아닙니다, 그렇지만 궁금한 점이….'

"그럴 테지. 쑹리매 회장과 나 청랑은 오랜 친구야. 어째서 중국과 한국, 각기 다른 국적의 사람이 친구가 되었냐고 묻고 싶겠지?"

"그 대답은 내가 하지. 내가 청랑이란 한 인간을 좋아하고 사랑하니까. 물론 남자로서도 좋아하고 깊고 다정다감한 인간애와 정직하고 솔직한 개성이 돋보이기에 내가 먼저 친구 하자고 했었지. 이러한 사실은 동양 무역의 몇몇 사람들도 오래전부터 알고 있을 걸세. 그 외에 더 알고 싶은 것이 있는가?"

"아, 아닙니다. 두 분의 말씀을 듣고 나니 저의 세상 보는 안목이 부족했음을 많이 느낍니다."

"꼭 그렇지만은 않네. 사람에 따라서는 판단이 다를 수도 있으니까. 반년 전까지만 해도 상하이에서 공사 일에 몸담았던 청랑이 노가다 왕초를 접은 채 시골에 묻혀 지낸다기에 생사가 궁금해서 내가 불쑥 찾아온 것이라네."

고향에서의 새 출발

"저희 동양과의 거래 문제도 있으셨구요."

"물론이네. 그렇지만 나로서는 청랑을 만나는 일이 더 큰 비중이라 할 수 있네. 양 과장의 학교 선배인 노생 청랑은 보편적인 가치관을 중시하는 사람이지만 더 훨씬 자랑스러운 선배일 거야."

"잘 알겠습니다, 회장님. 그리고 선배님, 지금껏 마신 술이 슬슬 졸음을 몰고 옵니다. 먼저 일어나겠습니다."

"그래, 그럼 들어가서 쉬게나. 화장실 옆의 4호실이 편할 거야. 왕 과장은 주방 옆 2호실에 가면 되고."

"예, 저도 자러 갈래요. 회장님."

"그래, 편히 쉬어라. 청랑이 그래도 집 구조를 잘 만들어 놓았네."

"그래 다른 건 몰라도 오는 사람들 잠자리만큼은 편하게 제공해야겠다고 생각한 거야."

"그래, 나도 편해서 좋지만 나 말고도 청랑을 찾는 사람들 모두가 나름대로 소중한 사람들일 테니까."

"그렇다고 내가 먼저, 누굴 초청하는 일은 없을 거야. 누구든 스스로가 마음 내켜서 찾아드는 길손이면 편히 쉬게 해서 보냈으면 하는 바람이야. 그리고 이 집을 짓고 나서, 제일 첫 방문객이 쏭리매인데 불편해하지 않을까 염려가 되네?"

"쓸데없는 걱정, 나는 너무도 편하고 좋으니까, 이처럼 청랑의 곁에 함께 있을 기회가 흔치 않거늘 이러한 순간이야말로 나 쏭리매의 인생에서 가장 평화로운 행복감을 느끼는 때야."

"그렇다면 다행이고. 다만 침실에 침대가 없는 온돌방이라서 익숙지 않은 도회지 사람들은 불편할 거야."

"천만에, 불편한 거 하나도 없으니 재워주는 것만도 고맙지 뭐야. 그런데 청랑, 한 가지 궁금한 게 있다. 현관 입구에 세워진 현판에 '쑹리매 장학재단'이라고 쓰여 있던데 무슨 뜻이야?"

"아 그거, 안 그래도 설명하려고 했었어. 거기 적혀있는 그대로야. 장본인인 쑹리매 회장과 사전협의 없이 내 맘대로 시행한 것은 미안한 일이지만, 나로서는 다른 방법이 없었던거야. 동양 무역에 가서 쑹리매가 송금해준 돈을 찾고 보니 거금인 천만 원이잖아. 나 개인이 쓰기엔 너무 많고, 용처를 찾아보니, 그래 장학재단을 만들어 뜻 있는 일에 쓰기로 하자. 어려운 가정 형편 때문에 학업을 이어가기 힘든 위기에 처한 학생들에게 도움을 주자, 모두는 아니라도 1년에 2명씩 선정해서 진학의 기회를 열어주자는 뜻에서, 1인에 20만 원씩의 지원을 목표로 장학재단설립인가를 받고 출자금의 당사자인 쑹리매를 초대 이사장으로 선임한 거야. 사전 동의 없이 쑹리매의 이름이 사용되어서 거북스럽다면 언제든지 바꿀 수는 있지만, 그대로가 좋을 것 같아서. 쑹리매를 만나서 승인을 받을 생각이었어."

"정말 못 말리는 사람이군. 나 쑹리매가 내 남자 청랑 자신을 위해서 쓰라고 준 것을 좋은 일에 쓰겠다니 나무랄 수는 없지만, 기왕이면 청랑의 이름으로 하지 그랬어?"

"그럴까도 했는데 나는 현재 학생 신분이기 때문에 다른 학생에게 위화감을 주는 악영향이 될 수 있겠다 싶어 재단 관리자의 역할을 맡기로 한 거야."

"그래, 그럼 당분간 그렇게 하기로 하고, 지속 가능한 운영을 하려면 추가자금이 필요할 텐데 내가 좀 더 지원할까?"

"그렇게까지 않아도 된다. 은행에 예치된 천만 원의 이자가 있고, 그 외에 창고의 임대 수익이 합쳐지면 충분한 운영이 될 거야. 이곳의 창고와 주택도 장학재단 재산으로 되어있으니, 어때? 이만하면 공동 출자한 재단임이 맞는 거 아닌가?"

고향에서의 새 출발

"그래 좋아. 나는 무엇보다도 청랑과 쏭리매가 함께하는 그 자체가 더욱 감동을 주는구나. 억지 춘향이라 했던가."

"장학재단 이사장이 된 기분이?"

"싫지만은 않은데?"

"어렵소. 깊숙이 숨겨져 있는 한국 속담까지?"

"왜 이러실까. 한국어의 이수자 쏭리매를 잊었나 본데?"

그녀는 사려 깊고 인정 많은 이 사내의 품속으로 다가간다. 얼마 만인가. 청랑이 상하이를 떠난 지가 반년이 조금 지났지만, 여인으로서는 무척이나 오랜 시간이 지난 느낌이다. 나는 오늘 이 사내의 가슴에 마음껏 안기리라. 미보리 청랑의 집에 등불이 점멸되고 이들 남녀는 사랑의 격랑 속을 거침없이 헤엄쳐 가고 있다. 굽이치는 여울목을 돌아서 한 차례 소용돌이를 거치고서야 평온한 단잠에 취해 드는 그들이다.

이들 두 사람 이렇게 사랑을 해온 지도 오랜 세월이 흘렀다. 청랑 그가, 때로는 자격지심에 휩싸이며 때로는 운명론을 말하면서 정처 없이 노동판을 헤맬 때도 여인 쏭리매는 이 사나이를 찾아내기를 주저하지 않았다. 그에게는 유일한 내 남자이기 때문이다. 그리고 깊은 사랑을 했다. 이들에게는 세간에서 흔히 말하는 그런 불륜이 아니다. 나의 욕심 때문에 다른 그 누구에게 손해를 보이고자 하는 사심 같은 거 전혀 없다. 다만 서로가 좋아하고 사랑하는 그들이기에 언제나 서로의 인격과 의사를 존중함이 먼저이다. 그러기에 상대의 아픔은 곧 나의 아픔이다. 청랑이 내색하지 않기에 물어볼 수는 없지만 분명 그에게는 고뇌의 그림자가 스칠 때가 있음을 쏭리매는 느낄 수가 있다. 그렇지만 그것을 일부러 헤집어서 번거롭게 하기보다는 그 무언가에 의해서 자연적

치유가 될 수 있다면 더없이 좋은 결과일 것이다.

그랬다. 쑹리매의 짐작대로 청랑에게는 남모르는 고뇌가 있다. 그는 언제나 스스로가 평범한 인간이기를 갈망하고 있다. 한 가정의 가장으로서 소임을 다하고 싶은 마음 간절한 그였지만, 그러한 바램과 의무 같은 것을 반쯤은 희석한 것은 그의 아내다. 이렇듯 인간관계란 훗날을 가늠할 수 없는 그저 바람뿐이던가? 순리에 발을 얹어 그냥 따르면 될 것을. 그러지 않으려는 아내의 이기적인 생각에 청랑의 정서를 만신창이로 만들고 있다. 그러기에 청랑의 방황은 멈추어지질 않는다. 오랜 시간이 흘렀는데도 말이다. 어찌 보면 천륜을 외면했다는 청랑이 미워서 발길을 끊고 지내는 동기간들이고 보면 속수무책인 그로서는 이제 나 혼자가 되어 향리에 집을 지은 것이다. 그리고 언제나 문을 열어둔 채 그를 찾아오는 사람이 있기를 기대해본다.

청랑은 아직도 곤한 잠에 취해있는 쑹리매의 곁을 살며시 빠져나왔다. 주방으로 가서 어제 들어올 때 나와서 냉장고에 넣어 두었던 식자재들을 꺼내 보았다. 마른미역은 전에 있었던 거 큰 그릇 물에다가 담가서 불리고 다진 쇠고기는 밀가루와 함께 숟가락으로 잘 섞어 떡갈비를 만들었다. 부드러워진 미역을 잘 씻어서 큰 냄비에 넣고 물과 함께 쇠고기를 썰어 넣어 국을 끓이고, 프라이팬에 식용유를 두르고 만들어진 떡갈비를 익혀본다. 우리말로는 떡갈비요, 서양인들은 스테이크라고 하는 것이다. 양파와 감자를 채 썰어서 식용유로 볶음을 했다. 잘 익혀진 요리들을 쟁반에다 담아서 식탁에 올려놓은 다음 큰 수박 하나를 반으로 갈라서 한쪽을 큰 쟁반에다 올려놓으니 붉은 속살이 선명하다. 옆에는 43이라는 숫자가 쓰인 양초가 있다.

　잠에서 깨어난 사람들이 세수하고 식탁으로 나오니 경이로운 광경이 그들을 놀라게 한다.

　"청랑님, 언제 이렇게 많은 것을 준비하셨어요? 저를 깨우지 않고요?"

　"그럴 수야 없지. 곤히 잠들어 있는 숙녀를 깨우는 건 예의가 아니지."

　"선배님, 저는 숙녀가 아니잖습니까?"

　"그렇긴 하지만 양 과장의 요리 솜씨를 믿을 수가 없었거든."

　"청랑이 웬일로 미역국을 끓인 거야?"

　"아, 우리 한국에서는 생일날이면 미역국을 먹어야 하거든."

　"그럼 오늘 청랑의 생일이란 말이야?"

　"나는 아니고 오늘이 7월 7석이면 쏭리매 회장의 생일로 기억되는데."

　"뭐야? 날짜가 벌써 그렇게 되었나? 본인인 내가 깜빡 잊고 있었는데 청랑이 그걸 기억하고 있었구나."

　"도회지 같았으면 어디 근사한 데 가서 생일파티라고 해주어야 했는데 여긴 시골이니 이번엔 집에서 이렇게라도 해야 할 거 같아서. 차린 건 약소해도 이해하길 바란다."

　"그런 소리 마라, 청랑. 너무나도 감격해서 눈물이 날 것 같다."

　"자, 앉읍시다. 케이크를 못 사고 수박으로 대신했고 큰 양초에서 43주년이라 새겼으니, 촛불을 켜고 생일 송을 부릅시다."

　"축하합니다. 사랑하는 우리 쏭리매 회장의 생일을 축하합니다."

　"촛불은 당사자인 쏭리매 회장께서 힘껏 불어서 끄시길 바랍니다."

　쏭리매 회장의 입바람에 촛불이 꺼지고 박수가 쏟아진다.

"고맙다. 내 친구 청랑이 준 내 생애 최고의 선물이야."

"그래 오래오래 건강하고 행복하길 바란다."

"회장님께서 오늘 다니실 일정이 어떠하신지요? 제가 잘 안내를 하겠습니다."

"그러지 않아도 돼요. 양 과장, 오늘은 이 집 주인과 함께 집 근처 가까운 곳을 산책할까 하니 양 과장은 염려 말고 친지들이 있는 향리에나 다녀와요."

"그럼 그렇게 하겠습니다. 선배님께서도 동의하시는 거죠?"

"여부가 있나. 동양 무역과 쑹리매 회장 간의 거래인데, 나야 권한 밖이지. 그 대신 그곳에 가서 잘 때가 마땅치 않으면 망설이지 말고 이곳으로 오게나."

"고맙습니다. 선배님."

양 과장이 화진리로 떠나고 왕춘희 과장은 주방에서 설거지한다.

"그냥 둬요, 왕 과장. 설거지는 주인의 몫인데."

"그런 게 어딨어요? 청랑님. 우리 회장님을 대신해서 하는 거예요."

"잘 생각했다, 왕 과장. 우리가 청랑에게서 맛있는 거 잘 얻어먹었으니 설거지쯤은 당연히 해야겠지."

"내가 좀 거들까?"

"아니에요. 저 혼자 일거리도 모자라니 회장님은 청랑님과 정담이나 나누세요."

"그래 그럼."

그때다. 밖에서는 트럭 소리와 사람 소리가 뒤엉켜서 들려온다.

"밖에 소란한 걸 보니 누가 왔나 보네."

"그렇군. 아마도 창고에 농산물을 저장하려는 모양이야. 바로 옆이니까 여기 거실에서도 보일 거야."

"그래도 청랑이 가봐야 하잖아?"

"그러지 않아도 된다. 왜냐하면, 농협에 임대를 놓았거든. 아마 자기네들이 매입한 마늘이랑 양파 같은 거 저장하는 것이니 그쪽 직원들이 나와서 할 거야. 지금은 방학이라 시간 여유가 있지만, 평소에는 학교에도 가야 하고 해서 필요로 하는 그들에게 맡겨버린 거야."

"잘했네. 임대료에 너무 집착하지 말고 수요가 많을 것 같으면 창고를 더 만들면 될 거 같네."

"안 그래도 터가 남아 있으니 냉장용 창고를 하나 더 만들까 하고 생각 중이야."

"여기 마루에 앉아서도 잘 보이네. 일부러 이렇게 만든 모양이네?"

"그래 맞아. 그래야 사람들의 삶을 보는 것도 흥미롭고 또 문제가 발견되면 바로 달려갈 수 있기에. 그 외는 가끔 기계실에 들러 이상 유무를 확인 점검하는 것이 내가 하는 일이야. 냉장실의 온도 조절은 자신들에 맞게 스스로가 잘 조절하고 있으므로 걱정 안 해도 되는 거야."

"인제 보니 청랑의 사업가적인 기질이 보통 아니네? 내가 진즉 알았더라면 우리 칭베이의 경영을 맡기는 건데."

"아서요, 쑹리매 회장님. 때는 이미 지나갔거든요. 그리고 나 청랑은 칭베이 같은 큰 사업체를 관리할 만한 그릇이 못 되거든요. 그 대신 칭베이 그룹과 그 회장인 쑹리매의 만수무강을 기원합니다."

"그래 고맙다. 청랑. 그대가 내 맘속에 자리하고 있어서 얼마나 든든한지 몰라. 나에게 욕심이 없는 건 아니지만, 그렇다고 청랑이란 사내를 나만이 독점하려 하진 않을 거야. 왜냐하면, 그와 함께 하는 운명이란 것이 허락지 않을 테니까."

"그래, 쏭리매야. 우리 그런 생각으로 살아가자."

"그런데 청랑, 저 앞 도로에 웬 사람들이 저렇게 줄지어서 어디를 가는 거야?"

"아, 그게 모르고 있었구나. 오늘이 장날이야. 5일마다 한 번씩 펼쳐지는 읍내 장에 가는 사람들이지. 5일 내내 생업에 매달리다가 너도나도 장마당으로 몰려들어 한바탕 굿판에 휩쓸리는 거야."

"그럼 우리도 한 번 가보자. 풍물도 보고 사람들도 만나고 하면 재미있겠는데?"

"그렇지만 자동차도 없고 걸어서는 힘들 텐데."

"그게 무슨 상관이야? 저기 보면 우리보다 훨씬 나이 든 사람들도 걸어가는데, 아직은 쏭리매의 체력이 탄탄하단 말입니다."

"그래 그럼 한 번 가보자. 미스 왕도 같이 가요."

"아닙니다, 청랑님. 저는 좀 빼주세요. 저는 온종일 걸어 다닐 자신이 없으니 집이나 지키고 있을래요."

"저런, 저 젊은 사람들이 약해빠져서야? 쯧쯧 이 나라가 걱정되네."

"회장님도 참, 제가 왜 이 나라예요? 엄연한 중국 사람 왕춘희예요."

"그래그래 싫다는데 억지로 데려갈 사람 없으니 집이나 잘 보거라. 청랑이란 보디가드와 함께라면 수행 비서쯤은 옆에 없어도 괜찮으니까."

"예 예, 회장님이 무슨 말씀을 하시든 전 안 갈 테니 어서 다녀오시기나 하세요. 그런데 회장님의 그 옷차림은 뭐예요?"

"왜 내 옷차림이 어때서? 상하이에서는 회장이란 체면 때문에 정장했었지만 여기서는 평범한 여자의 멋을 가져보련다, 왜?"

"그래, 그러고 보니 그 타이트한 청바지 차림은 멋있어 보이는데?"

"기왕이면 그 밀짚모자도 주라."

"와 정말 멋있고 샘나네요. 회장님."

"샘낼 거 없다, 춘희야. 너희 때는 젊음이란 것이 꽉 차 있잖아. 내 나이 중년인데 여자로서는 전성기를 훨씬 지나버린 지금이야. 그래도 내 남자 청랑에게 많은 잘 보이고 싶은 여자이거든."

"무슨 소리야? 지금의 그 모습은 어떤 젊은이도 따라잡을 수 없는 원숙함이 돋보이는 여걸 쑹리매 그대로인데? 자, 이제 갑시다. 여사님."

"그래, 가자 가. 사람들은 청랑과 나를 부부쯤으로 봐주겠지?"

"그럴 거야. 내가 여자와 같이 있는 거 본 사람은 이곳에서는 아무도 없었으니까."

"그렇다면 오늘은 나 쑹리매가 사람들로부터 즐거운 오해를 받게 되겠구나."

쑹리매는 굽 높은 구두 대신에 가벼운 운동화를 신었다. 거리에 나선 쑹리매는 청랑의 팔짱을 끼고 자유로움과 그들만의 이야기로 사람들을 따라가 본다.

오리정 쉼터를 지나서 장터에 도달했다. 북적이는 사람들로 활기찬 시장이다. 입심 좋은 장돌뱅이들은 내 물품이 천하일품이요 외치면서 소비자들의 발걸음을 멈칫거리게 한다.

"청랑, 저것 좀 봐. 저거 신발 아니야?"

"그래 맞아. 저것은 볏짚으로 만든 짚신이라는 거야. 지금의 운동화나 고무신 이전에는 모두가 저걸 신고 다녔겠지? 지금도 아주 보수적인 생각의 농부 중에는 짚신을 만들어서 신고 다니는 사람이 있을 거야."

"그럼 우리도 저거 한 켤레 사볼까?"

"왜 그걸 사서 뭐 하게?"

"뭐하긴 한번 신어보자는 거지."

"그래 그럼. 내가 하나 사 주지. 아주머니 그 짚신 한 켤레 얼맙니까?"

"네, 한 켤레 100원입니다. 사세요. 선생님."

"이거 아주머니가 만든 겁니까?"

"아입니더. 우리 집 바깥양반이 만든 거라예. 아주 촘촘하게 삼아서 모양도 괜찮아예."

"그러네요. 이거 한 켤레 주세요."

"왜 한 켤레야? 이왕이면 청랑 것도 같이 사자."

"그래 그럼. 아주머니 두 켤레 주세요."

"예 예, 선생님. 그리고 사모님 거는 좀 작은 치수로 드릴게요."

"이백 원이면 되는 거죠?"

쑹리매는 먼저 돈을 내고 짚신을 받아서 허리춤에 꿰찬다.

"아니 왜 그걸, 허리에다 매다는 거야?"

"뭘 몰라도 한참 모르시네. 먼 길 가려면 손이 무겁지 않아서 좋고 잃어버릴 염려 없으니, 당연히 허리에 꿰차야지."

"그건 지난날의 우리 조상들 생활상인데 쑹리매가 그걸 어떻게 안 거냐?"

"내가 얘길 안 했던가? 옛날 브라질에서 한국어를 배울 때, 그 책 속의 그림을 본 적이 있었거든. 짚신을 신으면 여름에는 통풍이 잘되고 겨울에는 빙판에 미끄러지지 않는, 장점이 있다는 거쯤은 알고 있지."

"허허 이거야! 이방인인 쑹리매가 한국인인 나보다 우리 문화를 더 잘 알고 있으니 방심하면 안 되겠는걸."

"그래 봤자, 청랑의 여자 쑹리매일 뿐이야. 짚신도 샀겠다, 이 젠 먼 길 가기 전에 어디 주막에나 가보자."

"인제 보니 쑹리매가 한국의 고전을 달달 외우셨군. 그래 좋아."

청랑은 쑹리매와 함께 장터 마당에 자리 잡은 커다란 채알 안으로 들어갔다. 장꾼들을 상대로 한 가설식당이다. 기다란 탁자에 나무 의자, 그들이 오기를 기다린 듯하다.

"아지매, 여기 국밥 두 그릇 주이소."

"여 잠깐만 기다리이소."

커다란 가마솥이 2개, 하나는 국솥, 하나는 밥솥이다. 뚝배기에 국밥, 국 따로 밥 따로다. 반찬은 양파와 마늘 풋고추와 된장이다.

"뜨거우니 조심해서 드세요."

"예, 잘 먹겠습니다."

"그런데 사모님은 이곳 사람이 아니네예? 내가 이 바닥에서 장사한 지 20여 년인데 저렇게 아름다운 미인은 처음이라예. 선생님은 복도 많으십니더."

"감사합니다. 아주머니께서 좋게 봐 주시네요."

"진짜라예."

"역시 아지매가 사람 볼 줄 아시네요. 이 사람이 그런 소리는 많이 듣는 편입니다."

"아지매는 그렇다 치고 청랑까지 왜 이래? 쑥스럽게."

그러면서도 행복해지는 쑹리매다.

"이럴 땐 나도 보통의 여자인가 봐."

"무슨 뜻이야?"

"그런 게 있어. 청랑은 몰라도 된다."

"선생님요, 저는 압니더. 사모님의 마음을. 행복하다는 뜻이라예. 그리고 오늘은 우리 국밥 장사도 잘될 것 같아서 이 아지매도 행복합니데이."

"아지매, 저도 국밥 한 그릇 주이소."

"어서 오이소. 진짜 선생님이 오셨네요. 소 선생님."

"아지매요, 나 말고 또 다른 선생이 왔습니까?"

"그럼요. 저쪽에 선생님 내외분이 밥 자시고 있네요."

"아니 저 친구가? 아지매요 저 친구는 선생이 아니고 노생입니다."

"노생이나 선생님이나 그게 그거잖아요?"

"어이 청랑, 장에 왔구나?"

"아니 자넨 소 선생이 아닌가? 안 먹고는 못 살겠는 모양이제."

"그래, 장날에 국밥에다 소주 한 잔 안 먹어서야 되겠나? 이보게 청랑 자네 부인이시군. 안녕하세요? 처음 뵙겠습니다. 저는 청랑의 동기생인 소달구입니다."

"네 안녕하세요? 쑹리매라 합니다."

"아 예 예, 그럼 노생의 부인께선 한국분이 아니셨던가?"

"그렇네, 소 선생. 쑹리매 여사는 중국의 상하이 태생이네."

"그러시구나. 노생 자네는 재주도 조으이. 근 30년을 잠적해 있더니 그사이에 상하이로 장가드셨구나."

"이 사람 소 선생, 선생님이 학생한테 농담이 지나치시네."

"농담이라니? 나는 사실대로 말한 건데?"

"소 선생님 말씀이 맞아요. 청랑이 상하이로 온 건 맞습니다."

"쉿, 이 사람 쑹리매. 지금 우리 앞에 있는 소 선생은 나한테는 호랑이 같은 담임선생님이야."

"그럼 선생님께 저의 노생 청랑을 더욱더 잘 봐 주십사 부탁드려요."

"예, 부인. 그런데 저 사람 청랑이 어느 날 갑자기 우리 학교에 나타나고부터는 과거 동기생이었는데 제가 여간 곤혹스러워진 게 아닙니다. 다른 학생들처럼 마음대로 대할 수 있나. 본래 실력파였던 노생에게 함부로 가르치려 했다가 오히려 선생의 밑바닥 실력이 들통 나서 코가 납작해진 게 한두 번이 아닙니다. 노생, 이렇게 만났으니 소주 한 잔 어때?"

"그야 선생님이 눈감아 주신다면 마다할 리 없지."

"부인께선 어떠신지요? 저야 두 분의 뜻이 합쳐지는데 어떡하겠어요?"

"역시 부인께선 우리 남성들의 세계를 이해하시는군요. 아지매, 여기 소주 한 병 주세요."

소주병을 들고나온 주모가 한마디 거든다.

"소 선생님께서 아까부터 이분더러 노생 노생하고 부르는데 노생이 이분 선생님의 이름입니꺼?"

"그래요. 그 사람의 이름이 노생입니다. 그러면 성이 노 씨고 이름이 생이네요."

"틀렸습니다. 아지매요. 좀 더 자세히 설명할게요. 나는 지금 소달구 선생님에게 공부하는 학생입니다. 나이가 많은 학생이라 해서 듣기 좋게 노생이라고 합니다."

"그럼 미인 부인께서는 중학생하고 부부가 된 거네요?"

"맞아요. 저 사람 노생 청랑은 젊은 날에 세계 여러 곳을 다니면서 큰일을 하느라 공부를 잠시 중단했다가 지금에야 시간을 얻어서 복학한 거예요."

"그렇구나."

주모는 고개를 갸웃하며 물러난다.

"부인께 말씀이지만 노생과 저는 가끔 이렇게 한 잔씩 하곤 합니다. 괜찮으시다면 한 잔 드리겠습니다."

"고마워요, 선생님."

"청랑과 나는 학교에서는 사제 간이지만 학교 밖에 나오면 동갑내기 친구입니다. 그것도 술친구로 호흡이 잘 맞거든요. 앞으로도 저와 함께 술타령하다 귀가가 늦더라도 너무 나무라지 마십시오."

"그럼요, 선생님하고 라면 참아 드리겠습니다."

"청랑 자네는 훌륭한 부인을 두셨네. 그리고 두 분의 나들이 시간을 뺏으면 안 되니까 나는 이만 가겠네."

"잘 가게, 소 선생."

"부인께도 실례 많았습니다."

"안녕히 가세요, 선생님."

소달구 선생과 헤어진 청랑과 쑹리매도 국밥집을 나와서 장마당 이곳저곳을 걸어본다. 쑹리매는 오랜만에 서민들의 삶의 표정을 보게 되면서 모두가 신기하고 좋게만 느껴진다. 그것은 내 남자 청랑과 함께이기에 더욱 그러하다.

시장의 끝자락을 벗어나니 버스 정류장이 보이고 저만치에 찻집이다.

"저기서 좀 쉬었다 갈까?"

그들이 들어서자 찻집 안의 사람마다 한 번씩은 시선을 보내온다. 평범한 청랑보다는 동행한 여인 쑹리매를 보는 것이다. 이국적인 풍모에 절세미인이다.

"내 얼굴에 뭐가 묻었나?"

사람들의 시선을 의식한 쑹리매의 표현이다.

"그래, 홍조 띤 얼굴이라 보기 좋은데. 아까 국밥집에서 마신 술 때문인가 봐. 그보다도 허름한 사내 옆의 절세미인이라 대조적인 인물화에 흥미를 느끼는 거지."

"설마? 청랑이 나를 놀리고 싶은 모양이구나."

"아니야. 나는 사실 그대로를 말하는 거야."

"그래 어지러운 비행기 한 번 타자."

그때 이들 쪽으로 다가서는 중년의 여인이 있다.

"혹시 저를 모르시겠습니꺼?"

"누구신지?"

"저 표진숙입니다."

"아, 그러고 보니 생각이 납니다. 하도 많은 세월이 흐른 뒤라 얼른 알아보지 못했습니다. 죄송합니다."

"아니에요. 저도 저쪽에 앉았다가 들어오시는 걸 보고 긴가민가했는데 청랑이란 소리가 들리기에 혹시나 했는데 청랑님이 맞는군요. 부인과 같이 오셨군요. 실례가 됐습니다."

"아니에요. 서로가 아는 사이 같은데 앉으시지요."

"고맙습니다. 이해해 주신다면 잠깐 앉겠습니다."

청랑은 당황스러웠다. 갑작스러운 표씨녀의 출현에 그것도 20여 년이 지난 지금이다. 그러나 청랑을 알아보고 다가선 그녀를 모른 척할 수는 없었다.

"그간 잘 지내셨죠?"

"그럼요. 청랑님 덕분에 잘 지내고 있습니더."

"잘 지내신다니 정말 좋은 일입니다. 그때 이후 벌써 20년 만이니 차 한 잔 대접하겠습니다."

"고맙습니더. 그럼 커피로 할게요. 청랑님의 커피를 달게 마시고 나면 뒷맛은 아주 쓰디쓴 커피가 되거든요."

"그럼 설탕을 많이 넣어 달라 할까요?"
"아니에요. 그때 그래야 했는데 이젠 다 지난 얘기예요."
"진숙 씨의 말씀 속엔 아직도 저에 대해 언짢음이 남아 있군요. 그랬다면 지금이라도 다시 한번 사과드립니다."
"아니에요. 지금껏 잊고 있다가 오랜만에 만나니 반갑기도 하고 투정 한번 하고 싶네요."
"옆에서 들으니 청랑이 이분께 많이 잘못한 일이 있었구나?"
"그래, 그렇다고 할 수도 있지. 일부러는 아니지만, 나의 실수라면 실수라고 할 수도 있을 거야."
"부인께서 오해하지 마세요. 청랑님이 저에게 오해 살 만한 일을 하신 건 없고, 한 번쯤은 투정하고 싶은 거예요."
"그러세요. 마음에 담아 두지 말고 속 시원히 털어버리세요."

"부인께서 그리 말씀해 주시니 감사한 마음으로 차 한 잔의 얘기를 할게요. 20년 전 어느 날 바로 이 찻집이었어요. 당시 우체국 성 계장의 주선으로 처음으로 청랑님과 차 한 잔을 마주하고 헤어졌을 뿐인데, 왠지 스물두 살의 처녀 가슴에 불꽃이 일고, 다시 한번 내려와서 내 손을 잡아주기를 기대했어요. 약속도 없었는데 말이에요. 기다리다 못해서 주소를 알아 연모의 마음을 담아 편지를 띄우고, 올 엄마에게 성화해서 내 짝으론 괜찮은 총각 같으니 서울에 가서 한번 만나보라고 부탁을 했었지요. 그때만 해도 바로 이곳, 여객 영업소에서 매표업무를 하던 표진숙이라 나름대로 촌티를 벗었다고 자부하고 용기가 있었나 봐요. 서울에 다녀온 엄마도 좋은 사람 같으니 너 하기 나름이다, 바싹 다가서 보라 하시기에 마음을 굳히고 노골적으로 청혼에 버금 하는 서신을 보내기 시작했다 아입니꺼. 그런데 기다리는 속 시원한 답은 없고 뭐 미안합니다, 아직은 마음의 준비가 안 돼 있어서라고 하는 식의 답서로 처녀 가슴을 타들어 가게 했어요. 보다 못해 엄마를 보내 당시 이 마을에 계시던 청랑님의 집안 할아버지를 찾아가서 댁의 손자를 설득해서 혼사를 이룰 수 있도록 해달라고 부탁한 뒤에 울 엄마의 말씀이 이제는 다시는 거절은 못 할 것이라 했는데, 얼마 후에 그에게서 온 답신을 읽고는 나는 털썩 주저앉고 말았어요.

"아니, 그 사람이 뭐라고 적어 보냈는데요?"

쑹리매가 거들고 나선다.

"제가 참 기가 막혔습니다. 나의 집안 할아버지로부터 말씀 잘 전해 들었습니다. 표 씨 처녀의 나에 대한 마음 고맙기가 이를 데 없으나, 나 청랑의 인간됨이 표 씨 처녀의 기대에 한참 못 미치니, 낭자께서 마음을 접으시고 나보다 훨씬 나은 배필을 선택하시길 바랍니다. 내 참 기가 막혀서, 그날 밤은 엉엉 울기도 하고 지가 뭐 잘났다고 나에게 딱지를 놓는다? 야속하고 억울한 마음에 어디 두고 보자. 아무튼, 당시에는 그런 심정이었어요."

"청랑이 백 번 잘못했네."

"그렇지요?"

"그래서 가만두었어요? 나 같으면 찾아가서 담판을 지었을 텐데."

"어쩌겠어요? 본인이 싫다는데 그 후 실연의 상처가 아물어 갈 즈음 나의 매표창구에 상복을 입은 사람이 표를 사는데 그 사람임을 딱 한 번 차 한 잔을 나눈 사람인데도 그 사람 청랑을 알아본 나였어요. 그는 나에게 미안함을 표시하더군요. 그러나 나는 되살아나는 앙금 때문에 외면해 버렸어요. 지금 생각하면 그때의 내 경솔했음이 후회됩니다. 늦었지만 사과드릴게요."

"아닙니다. 듣고 보니 내 잘못이 큽니다. 당시의 나로서는 나에게 너무도 하자가 많았기에 순수한 표 씨 낭자에게 다가설 수 없다는 생각과 단 한 번 차 한잔 나눈 것이라 상대에게 피해를 주지 않았으니 하는 안이한 생각이었는데?"

"그런 말씀이 어딨어요? 비록 손 한 번 잡지도 않았지만, 마음으론 내 남자이리라고 생각했던 나였는데 다 지나간 옛일이지만 기왕에 만났으니 이것만은 묻지 않을 수가 없네요. 그때의 내 자존심은 회복이 안 된 채로 묻혀 버렸어요."

"그렇지. 그건 맞는 말이에요. 천하의 청랑이란 사내가 진심으로 다가서는 여인의 청혼을 못 받아들인 이유가 뭔지? 표 씨 낭자보다 내가 더 궁금하네?"

"그래 난처하게 되었는데 그래도 말은 해야겠지. 그때 진숙 씨를 처음 만난 것은 쏭리매도 잘 아는 루산나를 보내고 난 얼마 후였어. 사람들은 몰라도 당시에 나는 술에 젖어 있을 때가 많았지. 겉으로는 멀쩡해 보이는 나에게 친구의 장모 되는 분이 몇 번이고 조언하면서 향리에 가는 길이 있으면 좋은 짝이 될 만한 처녀가 여객 영업소에 근무하고 있으니 만나보라고 하신 거야. 그 후로도 여러 달이 지난 어느 날 향리에 볼일 있어 갔다가 그분의 말씀이 생각나서 우체국에 있는 친구를 만나 얘기했더니 자신도 잘 알고 있는 낭자인데 좋은 사람이라면서 그 친구의 주선으로 이곳에서 차 한잔을 나누게 되었고 서로가 호감을 느낀 상태에서 헤어졌고 그 후 어느 날 낭자의 모친께서 서울 나들이에 겸해서 찾아왔다 하셨고 누추한 나의 하숙방에서 기어이 하루를 지내시겠다 하시면서 이것저것 나에 대한 신상명세를 죄다 확인하시고는 내 사위가 되었으면 한다는 말씀으로 가셨는데, 나는 당시 인척 형 내외와 함께 셋집을 얻어 작은 방을 사용하고 있을 때였는데 나는 노가다 하느라 새벽에 나가서 밤늦게 한 잔 술에 취해서 들어오는 날의 연속이었고, 내가 루산나를 잃은 후유증을 술과 함께하고 들어온 어느 날, 갈증을 느낀 만취 상태로 '형수요, 물!' 하다가 갓난아기에게 젖꼭지를 물리고 잠든 형수는 반응이 없고 취한 녀석도 제풀에 잠들었는데 그래도 인정을 베풀겠다고 물 주전자와 컵을 취한의 머리맡에 갖다 두고 나오려다 발에 걸려 넘어지니 깜깜한 밤중이라 사내 위로 포개진 여체와 비몽사몽 간에 살이 섞어지게 되었으니, 그동안 전혀 모르고 있었던 청랑에 비해 호시탐탐 마음을 태우던 안집 딸이 얼결에 '소원성취했노라'고 노골적인 태도로 나오니, 그녀의 부모는 멀쩡한 내 딸을 버려 놓았으니 '네 놈이 책임지라'고 다그쳤고 속없는 안집 딸 '임신을 했다'고 자랑삼아 외쳐대니, 그래도 양심이란 게 남아 있는 놈이라 선택의 여지가 없게 되었으니, 이 모두가 사내의 신중치 못한 행동에서 비롯된 것이기에, 많은 세월이 지난 지금에야 부끄러운 답을 드리게 되었습니다. 당시에는 추호도 표 씨 낭자를 경시하지 않았다고 하면 변명이 될는지요?"

"그랬었군요. 바보 같은 표진숙. 당시에 만난 자리에서 손목을 잡고 놓지 말았어야 했는데 안집 딸에게 선수를 뺏긴 것이 안타깝네요. 이제 됐어요. 청랑께서 솔직하게 말씀해 주셔서 고마워요. 그럼 혹시 지금 여기 있는 부인이 안집 딸인가요?"

"나는 아니지만, 두 사람의 시작에서 매듭까지 잘 해결되었으니 우연히 만들어진 이 자리가 의미 있는 만남이 되었군요."

"청랑님의 부인이 아니시다면 오늘은 만난 김에 진숙이가 매달려도 되겠군요. 또다시 20년을 후회하지 않으려면 말이에요."

"이런, 내가 오늘 공연히 장 구경 가자고 졸랐다가 청랑을 빼앗

기게 생겼군."

"왜들 이러십니까? 여자분들이 농담을 잘도 하십니다. 내 지난날 이곳의 우체국 친구를 통해서 들었소만 '전화국에 근무하는 사람을 신랑으로 만나 부산에서 잘 산다'고 들어서 마음속으로 축하를 했는데, 자녀는 몇이나 두었는지요?"

"예, 아들 딸 남매를 두었어요. 지금은 잠시 친정에 다니러 온 거예요. 그때 당시 청랑이란 남자에게 바람맞은 진숙이가 홧김에 서방질한다고 무조건 소개팅으로 만난 남자와 결혼해서 7년인가 살다가 병을 이기지 못한 남편이 죽으니, 졸지에 과부가 되어서 어린아이 둘을 데리고 살아야 했어요. 앞이 캄캄했어요. 어려움이 닥칠 때마다 잘 알지도 못한 청랑이란 남자가 원망스럽기도 하고, 말도 안 되는 생각을 하면서 말입니다. 청랑 그 남자가 나에게 바람만 주지 않았어도 과부가 되지 않았을 거라고 말입니다. 이젠 됐어요. 한동안 쓸데없는 오해에다 안 좋은 내 팔자를 두고 남 탓만 하는 여자였으니, 지금은 진숙이가 용서를 빌어야겠어요."

청랑은 한 여인의 팔자타령을 들으면서 편치 않은 마음이다. 어디엔가 청랑 자신의 탓도 있는 것 같아서다. 그냥 말없이 소심해져 있는 듯한 청랑을 보고, 진숙이 민망한 듯

"청랑님, 못난 진숙이의 신세타령이었으니 그냥 흘려버리세요. 그리고 부탁 하나 하입시더. 앞으로는 언제 어디서 마주쳐도 이 진숙이를 외면하지 말고 친구처럼 대해 주이소. 부인께서도 말입이더. 저는 이만 약속한 사람 올 시간이 되어서 내 자리로 가볼랍니더."

진숙이 가고 나니 청랑의 심사는 광풍이 지나간 듯 어지럽다.

"쑹리매에게 많이 미안하네. 모처럼 나들이에 별 희한한 내 모습을 보게 했으니 말이다."

고향에서의 새 출발

"나는 괜찮아. 청랑의 과거가 양파 껍질 벗겨지듯 미스테리한 과거가 또 하나 드러났으니 흥미가 더해지는데?"

"불쾌한 건 아니고?"

"그런 거 없다. 청랑의 진면목이 가면 갈수록 또렷해지는 건 자타를 위해서도 좋은 거야. 청랑을 둘러싼 지난 사건들이 하나 같이 누굴 해코지하려 하지 않았다는 거야."

"그렇게 보았다니 다행이다만, 느닷없이 쏭리매 앞에서 한 방씩 터지고 나면, 온몸에 식은땀이 젖어난단 말이야."

"그럴 거 뭐 있어? 그럴 때마다 청랑이란 한 인간의 가치관을 확인시켜 주는데, 이제는 '청랑에 대해서 쏭리매가 모르는 게 없는데.'라고 하고 싶은데, 다시는 나를 놀라게 하지는 않겠지?"

"그래, 나에 대한 모든 것을 털어놓고 사는 내 성격이지만 듣는 사람이 언짢아지는 원인 자체가 없어야 하는 것이 더욱 중요한데, 이제는 감춰진 청랑의 밑천이 바닥을 보인 셈이니 쏭리매가 다시는 기대 않는 게 좋을 거야."

"알았어요, 청랑님. 하지만 앞으로도 오늘 같은 걸작이 한 개쯤 더 나왔으면 하고 은근히 기다려지는 건 무엇 때문일까?"

"그거야 뭐라도 꼬투리를 잡고 싶은 여자들의 심리겠지?"

"그러고 보니 나도 여자로서 갖출 건 다 가진 셈이네."

"그래 쏭리매야말로 완벽한 여자임엔 틀림없지."

"두 분 잘 다녀오셨어요? 회장 언니. 시골 오일장 풍경이 어땠어요?"

"그래, 장사꾼들과 장 보러 온 사람들이 뒤엉켜서 굉장하더라. 상하이 번화가는 저리 가라야. 왕 과장은 혼자서 지루하지 않았나 모르겠네?"

"지루하긴요. 저 나름대로는 바빴습니다. 집 안 청소랑 이것저것 좀 치웠어요."

"그냥 쉴 것이지 인제 보니 빨래까지 해놓았네."

"예, 청랑님의 속옷이랑 모두 세탁기에 돌렸어요."

"그냥 두지 않고, 그 지저분한 것을?"

"예, 말도 마세요. 홀아비 냄새가 진동하더군요."

"그랬다면 우리 노처녀 왕 과장의 코끝이 시큰했겠구나?"

"그래서 힘들지도 않고 즐겁던데요."

"허허, 이거야 본의 아니게 왕 과장에게 미안하고 쑥스러운데?"

"괜찮아요, 청랑님. 제가 이렇게 해놓지 않으면 저의 회장님께서 본인이 하시겠다고 야단법석일 텐데 그러기 전에 제가 선수를 친 거예요."

"그래 잘했다. 춘희야."

"그런데 시장에서 뭐 사 오신 거 없습니까? 밥은 해놓았는데 반찬을 준비 못 했어요. 언니."

"오늘 장터국밥을 먹어보니 맛있길래 3인분 포장해서 가져왔다. 그걸로 반찬 하면 되겠다. 어서 먹자."

"장터 국이 별미네요."

"그럴 거야. 소 내장을 손질해서 넣고 푹 끓인 것으로 이 고장의 별미이고 일명 수구래 국이라고도 하지."

"이젠 청랑이 남이 만든 국밥으로 나 쑹리매를 붙들어 앉히려는구나."

"그건 아니지요, 회장 언니. 청랑님이 저에게 하신 이야긴데 언니가 나설 일이 아니지요."

"얘가 점점?"

"아, 잘 먹었다. 이제 설거지만 하면 오늘 일과를 다 한 셈이니 저는 잠자리로 갈래요. 두 분은 내일 아침에 다시 뵙겠습니다."

칠석의 더위를 머금은 미보리의 산야에 어둠이 내리고 근처 시냇물의 흐르는 소리가 들릴 듯 말 듯 하고 밤의 색채는 점점 짙어간다. 오늘 많이 걸은 탓인지 쑹리매는 누워서 움직일 때마다 신음이다. 자신의 체력에 대해 호언장담하던 그녀의 기개는 간곳없고,

"아이고, 허리야, 다리야, 청랑이 어떻게 좀 해봐라. 그렇게 웃지만 말고."

"그러면 바닥에 배를 붙이고 엎드려라. 그렇지, 그 자세로 그냥 있어라."

청랑은 쑹리매의 허리며 다리를 두 손으로 지압하기 시작한다.

"이봐요 청랑, 그 한쪽만이 아니고 이쪽도 아프단 말이야. 아야. 그래 거기야."

"음, 그래 알았어."

"아니, 그곳 말고 이쪽이랬잖아."

"응, 알고 있어. 진행 중이니 조금만 참으세요. 이거 종아리 근육이 뭉쳐져 있구나."

청랑의 손은 알통같이 경직된 그녀의 종아리가 부드러워질 때까지 마사지한다.

"이제 좀 괜찮아진 거야?"

반응이 없다. 간간이 새어 나온 신음마저 끊어졌다. 자세히 보니 두 손등에 턱을 고인 채 잠들어 있는 그녀다.

"그새 잠들었군."

청랑은 깨질세라 보물 다루듯, 조심스레 쑹리매를 바로 눕혔다.

"이제 보니 옷을 입은 채로군. 답답할 텐데 어쩌지? 하고 있는데, 한 번 뒤척이며 가슴을 두드리더니
"여보 청랑, 내 옷 좀 벗겨주라 답답해 죽겠어."
"응, 그래 알았어."
그는 청바지의 허리띠를 풀고 발끝에서 당겨보았다. 당겨올 리가 없다. 안 되겠다. 허리 앞의 지프를 내리고 단지 같은 엉덩이를 한 손으로 받쳐 올려 허리춤에서 거꾸로 벗겨 내렸다. 타이트하게 입혀진 엉덩이를 벗겨내는 데는 쉽지가 않았다. 그는 혼잣말로 중얼거린다.
"이렇게 벗기 힘든 옷을 왜 입고 다니는데?"
"그건 청랑이 모르는 소리. 청바지야말로 여자가 자신의 정조를 보호할 수 있는 최상의 개인장비거든."
"아니 그럼, 쏭리매가 잠들지 않았었단 말이야?"
"잠들었었지. 그랬는데 지금 깬 거야. 아무리 깊게 잠들었다 해도 여자가 자신의 하의가 벗겨지는데 깨지 않을 사람이 어딨겠어? 이 청바지는 여자 스스로 허용하지 않는 이상, 그 누구도 강제로 벗겨내질 못하는 거거든."
"그럼 지금의 상황은?"
"그래, 내가 무의식중에도 동의하고 협조를 한 것이야. 그래서 여자가 청바지를 입을 땐 두 가지 효과를 노리는 거야. 하나는 자신의 몸매를 좀 더 타이트하게 해서 사람들의 시선을 유혹하는 거고, 또 하나는 치한으로부터 정조를 지키는 방어 장비가 되는 거야."
"유혹과 방어라. 역시 여자의 이중성을 함께하는 청바지를 최초로 고안한 사람이 누구일까?"
"이로 인해 돈방석에 앉기라도 했겠구나. 아마 그런 설도 있는

것 같아서."

"그나저나 얘기만 하지 말고 이 블라우스 좀 벗겨줄래? 답답해서 죽을 지경이야."

"응, 그래. 그렇게 움츠리고 방어만 하지 말고 두 팔을 위로 들고 협조를 해야잖아. 나를 치한으로 생각지 않는다면 말이다."

"그래 알았어. 후유, 이제야 좀 살 거 같다. 청랑도 그 답답한 겉옷 좀 벗어라. 얼마나 시원한지 몰라."

"어때, 근육이 좀 풀린 것 같나? 아픈 데는 없고?"

"응, 청랑의 손이 약손인가 봐. 아프기는커녕 생기가 솟는데? 우리 서로 안고 자자."

"응."

여인이 사내 품으로 안겨든다.

"더워서 죽겠다던 사람이 금세 달라졌군."

"더우면 어때서? 나 쑹리매는 사랑을 하고 싶은데 내 남자 청랑의 깊은 정을 먹고 싶은데."

미보리의 깊은 밤이다. 여인 쑹리매의 성 아늑한 곳에 청랑이란 사내의 묵직한 영혼을 담아서 요동치는 격랑 속을 헤치면서 그들은 무아지경으로 떠밀려가고 있다. 자신들의 신념과 의지로 인정을 만들면서 그들만의 사랑을 하는 것이다. 먼 훗날이란 것에 큰 의미를 두지 않는 이들이다. 지금의 서로에게 의지하고 위하는 일이 있을 뿐이다. 사람들의 왜곡된 시선이나 질책, 형식적이고 빛바랜 윤리관 같은 거는 그때그때 자신들의 양심과 부딪혔을 때 그 결과에 따르면 되는 것이다. 이것이 쑹리매와 청랑의 인생관이다. 이들은 이제 사랑의 말미에 찾아드는 달고 깊은 잠에 빠져있다. 새 아침이 올 때까지.

동쪽 창문이 밝아오면서, 언제나 새벽 인간인 청랑은 살며시 이불 속을 빠져 나왔다. 그는 멀리 가지 않았다. 저장용 저온창고를 돌아보고 아직은 공터로 남아 있는 텃밭에서, 풋고추 몇 개 따고, 파 마늘 한 뿌리씩 뽑아서 돌아왔다. 아직은 아무도 일어나지 않았기에 밭에서 아예 껍질을 벗겨서 온 파와 마늘 고추를 잘 씻어서 썰고 다져서 뚝배기에 담고 된장 한 숟갈 크게 넣고 멸치까지 넣었으니 이젠 물만 붓고 끓이면 된다.

쑹리매의 수행비서 왕춘희 과장도 젊은 여인이라 잠이 많은 듯 아직도 꿈나라이다. 청랑은 밥솥에 쌀을 안치고 오늘은 나름대로 실력 발휘를 해볼 셈이다. 실력이라야 한국식 된장찌개가 고작이다.

"청랑님, 절 깨우시지 않고요?"

눈을 비비고 나오던 왕 비서가 깜짝 놀란다.

"어머나 벌써, 밥 익은 냄새와 된장찌개 끓는 소리가 나는 걸 보니 청랑님이 다하시고선 소녀를 민망하게 하시네요."

"개의치 말아요. 본래 젊은이들은 늦잠이 많다는 걸 잘 알고 있기에 내가 새치기를 한 거니까. 우리 집 손님들이 맛있게만 먹어 주면 되는 거예요."

"얘 춘희야, 맛있는 냄새 나는 걸 보니 네가 일찍 일어나서 준비했구나?"

쑹리매가 나오면서 자신의 존재를 부각한다.

"일찍은요? 저도 조금 전에 일어났어요."

"그렇다면 청랑이?"

"예 언니, 미안해요."

"그래도 어쩌겠니? 청랑이 주인 노릇 하겠다는데 우리는 굿이나 보고 떡이나 먹자."

고향에서의 새 출발

"자, 손님들, 차린 건 없지만 맛있게들 드시길 바랍니다."
"음, 맛있는데. 춘희야, 너도 한번 먹어보렴."
"정말 그래요, 회장 언니."
"조금은 염려했는데 손님들 입맛에 맞다니 다행이다."
얼큰함에 이마에 땀방울이 맺히는 여인들이다.
"한국의 된장찌개 맛이 중국의 짜장보다 나은데?"
"자, 그다음은 식후에 커피 대령이오. 이 집의 커피 맛도 천천히 음미하십시오. 손님들."
"거참, 다 좋은데 말끝마다 손님 손님 하는데 나 쑹리매가 이방인 취급받는 건 정말 싫다. 그것도 청랑에게 말이야."
"그래요, 청랑님. 저는 괜찮은데 회장 언니께 그러시면 안 되잖아요?"
"아차, 나의 말실수라. 회장님과 비서님의 협공을 불러왔군."
"그래, 말 실언을 인정하니 이번은 참겠다만 청랑의 마음에서 거리가 생기는 건 있을 수 없는 일이야. 그거야말로 나 쑹리매를 가장 슬프게 하는 거야."
"그래그래, 알았어. 소벌로 가는 길목에 아담하게 자리 잡은 청랑의 집 마루에서 찾아온 쑹리매와 그의 수행비서 춘희와 함께 아침 식사 후에 커피 한 잔이 청랑 자신을 감동케 하는 낭만이다.
'부르릉' 소리와 함께 차에서 내리는 사람은 동양의 양 무역 과장이다.
"어서 와요, 양 과장."
"회장님과 왕 비서님, 잘 계셨습니까? 그리고 선배님께서도요?"
"10시에 오는 줄 알았는데 생각보다 빨리 왔네? 아직 식사 전이겠군."

"아닙니다. 제가 떠난다니까 친척 집에서 일찍 해준 밥을 먹고 왔습니다."

"그랬다면 이 집 커피 맛이 일품이니 이리 와서 앉아요. 자 한 잔 들게."

"예, 선배님. 역시 시골에서는 흔치 않은 커피 맛입니다."

"그런가? 그 커피 한 잔은 쑹리매 회장 일행을 부산에까지 잘 안내해 드리라는 청랑의 부탁일세."

"여부가 있겠습니까? 우리 회사의 귀빈이신 회장님을 잘 가이드 하라는 특별임무를 수행 중인 접니다."

"그렇군. 어쨌든 잘 부탁하네."

"예, 선배님."

"여보 청랑, 나 부산에 가면 설린이를 잠깐 보고 갈지도 몰라."

"그런 애매한 표현이 어딨어? 당연히 만나고 가야지. 가거든 내가 아는 사람들에게 안부 전하고."

"알았어, 청랑."

그들을 태운 차가 시야에서 사라질 때까지 그 자리에 서 있는 청랑이다. 쑹리매의 마음도 연신 뒤를 돌아다보고 있으리라.

중3의 노생 청랑에겐 지금의 방학 기간이 한가하지만은 않다. 그는 이참에 저장용 창고를 확대하기로 했다. 남아 있는 4백 평 부지에 2개 동의 건물을 더 만들기로 하고 읍내에 있는 비사벌 건축사 사무소에 설계 감리를 의뢰했다. 건축사 대표이자 설계사는 중학교 입학 동기생이었던 서창영 건축사다. 설계를 마치고 건축에 들어가면 날씨 이변이 없는 이상 삼사 개월이면 된다. 구조가 간편한 창고 건물이라 공사 기간이 짧다. 아직은 청랑에게 있는 잉여자금으로 건축비가 부족하지 않다.
 쏭리매 일행이 부산의 루산나 화랑에 도착한 것은 정오가 조금 지나서였다.
 "화백 언니, 나 왔어요."
 "아니, 이게 누군가? 쏭리매 회장 아니신가? 어서 와라, 반갑구나."
 "그간 잘 지냈어요? 화백 언니."
 둘은 포옹하며 반긴다.
 "나야 잘 있지만, 쏭리매도 별일 없었지? 점심 식사 전이겠지?"
 "그래요, 언니. 우선 밥 생각이 나네요."
 "마침 잘됐다. 우리도 식사 전이니 나가서 먹을까?"
 "화백 언니, 번거롭게 나가지 말고 여기서 갖다 달라고 해서 먹자. 오래전에 먹었던 짜장면 집이 그대로 있나 모르겠네."
 "그럼 있지. 미스 홍아, 네가 가서 우리 사람 숫자대로 주문하고 와라."
 "네, 관장님."
 "아무튼, 잘 왔다. 왕 비서님과 같이 오신 분도 이쪽으로 앉으세요."
 "화백님, 왕춘희예요. 인사가 늦었습니다."
 "그러고 보니 내가 두서없이 설쳐댔네. 저분은 처음 보는 분이신데?"
 "인사해요, 양 과장. 이곳 관장인 나의 루산나 언니시고 이쪽은 동양 무역 양 과장이에요."
 "안녕하세요? 양 무역입니다."
 "어서 와요, 양 과장님. 내가 지금 갑자기 나타난 쏭리매 아우 때문에 두서를 잃었으니 이해 바랍니다.

"언니도 참, 내가 예고 없이 나타난 게 어디 한두 번인가 뭐?"
"그래도 매번 놀래주는 건 사실이잖아."
"그래 나야 이렇게 멀쩡하게 잘 다니지만, 언니네 가족들도 다들 잘 지내시지요?"
"그럼 어른들도 아이들도 다 잘 있다네. 설린이는 이제 고등학생이고 설 선장은 거제도에 있으니 쑹리매가 가면 만나질 거야."
"아니야, 언니. 나 설 선장에게는 볼일 없는 거 알잖아. 이렇게 화백 언니만 보면 되는 거야. 설린이는 언니 슬하에서 잘 있으니 마주치면 보고 그렇지 않으면 다음에 보면 되는 거야."
"그런 말이 어딨어? 여기까지 왔는데 모두 다 보는 게 당연한 거야. 동양 무역 과장님을 동행한 거 보니 사업차 나왔구나?"
"이번에는 다른 일 때문에 처음 가는 곳에 길 안내를 부탁한 거야."
"역시 쑹리매를 돕는 건 사업 파트너인 동양 무역이구나. 이번에는 또 어디를 찾아야 했기에?"
"화백님, 그 대답은 수행비서 춘희가 말씀드릴게요. 저희 회장님은 이번에도 역시 청랑님을 찾아 나선 거예요."
"그건 또 무슨 소리야? 작년까지만 해도 랑오빠가 쑹리매가 있는 상하이에 있었잖아? 이번에는 또 어디에 숨었길래 숨바꼭질이래?"
"제가 말씀드릴게요. 그분이 있는 곳이 비사벌이라기에 찾고 보니 저의 고향 선배시더군요."
"비사벌이라면 청랑 오빠 고향이잖아. 왜 시골에 가 있었을까? 하던 일이 여의치 않았었나? 그래 잘 있기는 하고? 건강은 괜찮은지 염려되네?"
"그만해라 언니, 숨넘어가겠다. 수만 리 길을 찾아 나선 나에게보다도 걱정이 더 많잖아?"

"내가 그랬나? 하도 의외의 소식이라서?"

"화백님, 염려 마십시오. 청랑 선배께서는 무사 무탈합니다. 마침 방학이라 넉넉한 시간으로 회장님 일행을 잘 보살펴 주었고요."

"방학이라니, 그건 또 무슨 소리예요? 청랑 오빠가 학교 선생이라도 됐단 말입니까?"

"허허, 노생이신 청랑 선배를 멀리 이곳 부산의 화백님에게까지 관심의 대상이니, 그 선배야말로 베일에 싸인 인물이군요."

"잠깐, 과장님 말씀 중에 노생은 또 뭐예요?"

"화백님이 들으신 대로 노생(老生)이란 말 그대로지요. 저에게는 중학교 대선배였던 그분이 30년간의 휴학 끝에 복학해서 지금은 중3 학생이기에 사람들은 그를 일컬어 노생이라 부른답니다."

"그렇구나. 청랑이 기어이 노생(老生)의 길을 선택했구나."

"그뿐입니까? 지금의 담임선생은 30년 전의 동기생이고요."

"이를 어째. 청랑 오빠에게 그런 아픔이 숨어 있었구나."

"화백 언니, 그건 우리 생각이고 청랑 본인은 오히려 당당하던데. 그곳 5일 장터 국밥집에서 담임인 소달구 선생을 만났는데 학교 밖에선 너 나 하는 친구고, 학교 안에 들어서면 실력을 가늠할 수 없는 제자 노생 때문에 심히 곤혹스럽다는 거야. 청랑이 말하기를 내 고향 언덕이나 길가에 아담한 집을 짓고, 나를 알고 있는 사람들이 자유롭게 찾아와서 쉬어갈 수 있게 하고 싶어 이곳에 와서 있지만, 그 누구에게도 일부러는 소재를 알리지도 초대하는 일은 없을 거라고. 우연히 알게 되어서 찾아오는 이 있다면 편히 쉬어갈 수 있게 하리라 그래서 그 자신이 만들어 놓은 미움이 덜해진다면……. 내가 부산 간다고 하니 언니를 만나리라 짐작하고는 언니네 가족 모두에게 안부 전하라고 하더구나. 화백

언니도 기회 봐서 찾아가면 반가워할 거야."
"나야 뭐 보고 싶긴 하지만 청랑은 쑹리매의 남자잖아."
"화백 언니가 그렇게 말해 버리면 나야 할 말이 없지만 그래도 화백 루산나의 첫사랑 남자잖아."
"그건 사실이지만 오래전의 일이었고 지금의 내 아우 쑹리매가 그의 곁을 지켜주고 있는데 내 어찌 또다시 그에게 연정을 품을 수 있으리."
"아니, 그럼 두 분께서 동시에 청랑 선배를 좋아했단 말입니까?"
"그랬었지, 화백 언니와 나는 과거와 현재를 말하고 있는 것이니 양 과장의 관심은 여기까지여야 해요."
"회장님의 말씀 명심하겠습니다."
"양 과장이 내 뜻을 받아줘서 고맙고 앞으로도 많은 일을 하고자 하는 청랑에게, 나로 인해 잘못 전해지는 소문이 걸림돌이 되어서는 안 된다는 바람 때문이오."
"지금 회장님께서 저에게 잘 말씀해주셨습니다. 그러지 않으셨다면 이 양 무역은 깊은 생각 없이 자랑삼아 청랑 선배 얘기를 떠들고 다녔을 수도 있었습니다."
"그래요. 양 과장은 모르고 있었겠지만, 동양 무역의 수뇌부에서도 주언량 무역의 쑹리매와 루산나 화백 그리고 청랑의 친분에 대해서 잘 알고 있을 것이오. 그러면서 이번 나의 부탁에 양 과장을 보낸 것은 동양 내에서 그만큼 양 과장의 인격을 신뢰하고 있다는 뜻일 게요. 그리고 이번 여행에서 양 과장의 도움에 감사해요."
쑹리매는 작은 봉투 하나를 내놓았다.
"이것은 나의 작은 성의이니 받아두세요."
"이러시면 안 됩니다. 회장님, 저로서는 당연한 회사의 직무수행이니 사적인 거는 받을 수가 없습니다."

"그렇지가 않아요. 양 과장은 그렇다 해도 내가 타고 다닌 자동차의 연료는 당연한 나의 몫이어야 하니 양 과장이 내 뜻에 따라주길 바라요."

"그러시다면 염치없으나 회장님의 뜻이라 감사히 받겠습니다."

"이제 우리는 화백 언니 댁에서 하루를 더 보내야 하니, 양 과장은 회사로 돌아가서 그분들께 고맙다고 인사 전해주고요."

"예, 회장님. 전 이만 가보겠습니다."

양 과장을 보내고 쏭리매는 다시 루산나와 마주 앉았다.

"화백 언니는 어때? 그림 사업은 잘되고 있는 거야?"

"화랑이 무슨 사업이라 할 수 있겠나. 취미와 함께 예술 하는 거로 생각하면 되는 거지. 그래도 한 달에 2점씩은 찾는 사람이 있으니까 직원 봉급 주고 화랑 유지비하고 학원비 정도는 생기거든."

"그러고 보니 한국에서는 학부모들의 교육열 때문에 학원비가 많이 든다고 하더라. 청아는 대학생이니 학원 안 가도 될 거고 설린이가 문제겠구나. 그래서 말인데 언니, 내가 조금 도우면 안 될까?"

"그건 안 되네. 쏭리매의 뜻은 고맙지만 나도 그 정도는 된다. 청아와 설린이 한꺼번에 둘 다 다닐 때도 잘했는데 이젠 설린이만 보내면 되니까 학원비 부담은 반으로 줄었다네. 그리고 설린이는 애지중지 키운 내 아들인데 학원비 줘 놓고 도로 데려가려는 생각은 아니겠지?"

"화백 언니, 그건 너무 심한 표현이다. 설마 쏭리매가 그런 생각을 하리라는, 그런 어림도 없는 상상을 한 거야? 아니면 내가 언니 자존심을 상하게 한 건가?"

"아니야, 쏭리매와 내가 그런 거 초월한 지가 오래인데 농담으로 한 거야. 그런 핑계로 이런 기회에 한 번쯤은 경고를 해두는 것도 언니 된 나로서는 통쾌한 기분인데."

"화백 언니는 꼭 그렇게 티를 내야겠어요?"

"티를 낸다 그 말도 근사하네. 처음부터 지금까지 다시 맞추어도 쑹리매가 루산나의 동생임이 분명한데."

"거추장스러운 나이만 빼면 말이에요."

"그렇구나. 잊고 있었는데 쑹리매가 루산나보다 위였었네. 그렇다 해도 여자들 특히 동서지간에는 서열이 있고 언제나 앞선 루산나의 뒤를 쑹리매가 따르고 있으니까."

"아이고, 그래요. 루산나 언니. 그 점은 말 안 해도 잘 알고 있으니 안심 놓으세요."

"그런데 아우님은 한국에 얼마 동안 머물 예정인가?"

"난 오늘만 화백 언니하고 같이 있다가 내일이면 가야 해요. 상하이를 떠나와서 2박 3일을 청랑에게 가 있었으니 이젠 가봐야 해요."

"그렇다면 큰일이구나."

"왜 또 무슨 일이에요? 엊그제 방학을 하면서 설린이가 학교 친구들하고 동해안 쪽에 캠핑인가를 가고 없지 뭐야, 4박 5일이라 했으니 한 이틀 더 있어야 올 텐데 못 보고 가서 어떡하니?"

"다음에 올 때 만나면 되니 언니는 신경 쓰지 말아요."

"그럼 설 선장이라도 보고 가라."

"왜요? 마누라인 본인은 가기 싫고 대신에 쑹리매를 공물로 바치겠다? 나는 그렇게는 못 하겠소이다. 옛날처럼 독수공방 사내품이 아쉬웠을 땐 설 선장이 임자 없는 마도로스로 보였지만, 지금은 엄연한 화백 언니 남편인데 내가 그를 찾을 이유가 없어졌고, 나에게는 그 어떤 사내와도 바꿀 수 없는 청랑이란 사내가 존

고향에서의 새 출발

재하는데 그 사람 외의 다른 사내는 의미가 없어요."

"인제 보니 쑹리매가 나 들으라고 하는 소리 같구나. 내가 청랑 오빠에게 옛정이라도 호소할까 봐서지?"

"그런 거 아니에요. 내가 청랑의 마음 전부를 내 맘대로 할 수 있다고는 생각하지 않아요. 잘은 모르지만, 인정 많은 청랑에게는 그를 좋아하는 여자들이 많을진대, 그 누구라도 찾아들면 뿌리치지 못하는 청랑의 인간성을 잘 아는 내가 어찌 그를 탓할 수가 있으리오. 그러기에 나 쑹리매는 나만 고집하지 않을 거예요. 그리고 그의 진정과 진심이 나를 떠나지 않는 이상 쑹리매는 쑹리매의 방법으로 청랑을 사랑할 거예요. 설사 그 어떤 여자가 청랑에게 안겼다가 갔다 해도, 나 쑹리매는 개의치 않을 거예요. 왜냐하면, 청랑으로서는 어쩔 수 없었던 사항이었을 거고, 절대 경거망동하지 않는 사람이기에."

"그래, 청이 오빠를 이해하려는 쑹리매의 그 마음을 그 어떤 여자가 감히 흉내 낼 수 있을까? 그리고 오늘 숙소는 우리 집으로 하자. 집에 계시는 어른들만이라도 만나야 하지 않겠어?"

"그러지 않을래요. 언니."

"왜? 아이들한테는 조부모인데?"

"그래요. 설린이를 잘 보살펴 주신 거는 고마운데 그 부분은 조손 간 혈육의 만족도가 한몫했으니 그에 가름하고 오늘은 마음으로만 인사하고 안 갈래요. 만나고 나면 그분들에게 필요 이상의 상상과 기대를 남기게 할 뿐이에요."

"호텔을 예약해서 화백 언니가 나와 함께 있어 줄래요?"

"그래, 그렇게 하자. 여기서 멀지 않은 부산호텔이 좋겠구나."

루산나가 전화를 걸었다.

"부산호텔이죠?"

"언니, 그 전화 이리 주세요. 내가 직접 할게요."

"그럴래?"

"여보세요. 나 상하이에서 온 쑹리매입니다. 오늘 묵을 객실 하나 부탁할게요. 예, 예, 707호라고요? 알겠습니다. 한 시간 후에 가겠습니다."

분명 중국인 신분인데, 한국어의 능통함이 통화했던 호텔 측 사람들을 놀라게 하고 있다.

"언니는 청아에게 얘기하고 밖에서 같이 저녁 먹자고 해요."

"그랬으면 좋겠는데, 청아도 방학이랍시고 대구 쪽 외가에 가고 없다네. 역시 요즘 아이들은 저네들 시간이 더욱 소중하다고 생각하니까, 다 키워놓으면 얼굴 보기 쉽지 않은, 그래서 품 안의 자식이란 옛말이 실감 나네요. 그래 나도 오늘은 멀리서 온 귀빈과 함께하려면 일찍 문 닫아야겠다. 미스 홍아 문 닫을 준비하거라."

"잠깐만 언니, 서두를 거 없어요. 누가 쫓아내지도 않는데? 여기 언니네 화랑이 편하고 좋으니 좀 더 있읍시다."

"그래 그럼."

"그리고 나 언니한테 부탁이 있는데, 그림 몇 점 주면 안 되나요?"

"안 될 거는 없지만 몇 점씩이나 뭐하게?"

"뭐하긴요? 우리 집에 걸어 놓으려고 그래요."

"그럴 거면 한 점이면 되니, 내가 하나 선물할게."

"아니야, 언니. 내가 한 다섯 작품 필요해서인데 그렇게 해주라. 언니."

"이 사람이 그런데 한꺼번에 다섯 점이 왜 필요한데? 혹시라도 나 장사시켜줄 생각이라면 그러지 않아도 된다. 이래 봬도 이곳

고향에서의 새 출발 325

미술계에서는 제법 잘 나가는 화가 루산나야."

"누가 아니래? 그러니까 지명도가 높은 루산나 화백의 작품을 원하는 거야. 안 되겠다, 언니, 내 솔직하게 말할게. 실은 청랑이 새로 지은 농가 주택에 걸어주고 싶어서 주문하는 거야. 3점은 청랑의 집에 2점은 상하이로 가져갈 거야. 나는 내일 상하이로 가야 하니까 나 대신 언니가 좀 갖다 주었으면 해. 언니가 못 가면 청아를 대신 보내도 되고. 내 가서 보니 청랑의 집 벽이 너무 허전한 것 같아서야. 그림값에다 표구비하고 운송비까지 내가 다 드릴 테니 언니가 수고를 해주라."

"인제 보니 쑹리매가 기어코 나를 청랑에게 보내려 하는구나. 그가 말했다면서? 우연히 알게 되어 스스로 마음 내켜 찾아오면 문전박대는 하지 않겠다고."

"그러니까 언니가 아니라도 청아가 알기만 하면 바로 달려가려 할 텐데?"

"왜 그렇게 생각하는데?"

"그러는 언니는 몇 번이고 나한테 말하려다 말고 한 것을 아니라고는 않겠지? 내 짐작이 맞는다면 말이야."

"쑹리매가 알고 있구나."

"그래, 언니. 청아의 친부가 청랑이라는 것을 나는 짐작할 수 있었어. 그리고 아직은 아무에게도 말하지 않았다는 것도."

"그래 내 진즉에 쑹리매와 청랑에게 말하려고 했었지. 설 선장에게도 말이야. 그런데 청아에게 닿을 마음의 충격을 생각하고는 말을 못 한 거야. 때가 되면 당사자에게 말해줘야 하는데 그것이 옳은 건지? 나만 알고 영원히 묻고 가야 하는 건지 쑹리매에 자문하고 싶었어. 그러다가 지금까지도 말을 못 한 거야. 설순구와의 약혼 20일 전에 청랑을 만나서 사랑을 나누었고 상심과 몸살에 몸져누운 나를 이제는 '내 것이다'라고 번갯불에 콩 구워 먹듯 덮치고는 다음 날 출항을 했고, 사오 개월 후에 브라질 산토스에 도착했노라고 알려온 거야. 후에 출산하게 된 나도 설순구도 전혀 다른 생각을 하지 않았는데 청아 이후 수년 동안의 불임에 대해 검진을 하러 가서 의사에게 원인에 대한 설명을 듣고서야 설 선장과는 임신할 수 없다는 것을 알게 되어 청천벽력 같은 심정이었어. 설 선장은 나와의 약혼 후에 넉 달 만에 브라질에 도착했고 그곳에 있던 쑹리매 자네를 만나 큰아이 성린이를 잉태케 했고, 그다음의 항해에서 설린이를 낳게 했으니 설 선장과 자네와는 궁합이 잘 맞았던 거야. 의사의 말로는 설 선장과의 첫 관계 때 거부감을 다스리지 못하고 심리적으로 겁을 먹은 난자의 문이 상대의 정자를 받아들이지 않고 문을 닫아버린다는 거야. 지난 일이긴 하지만 설 선장이 그래도 쑹리매를 통해서 설린 형제를 낳게 한 것은 다행이야. 그 때문에 자네가 설린이를 데려왔을 때 시어른과 나는 쑹리매를 우리 가족으로 생각했었어. 말하자면 설 선장의 작은댁으로 말이야. 지금도 그 생각들은 변함없지만, 자네의 곧은 성격에다 청랑이란 사내가 나타나서 방해를 하는 거야."

"그건 아니다, 언니. 청랑이란 사람 무슨 일에 의도적이거나 자신만을 위해서 남의 일을 방해한다거나 해를 입히는 그런 사람은 아니잖아?"

"그래 맞아. 그런데 내가 왜 이러지? 나도 모르는 사이 내가 청랑 오빠를 성토하고 있는 듯하잖아."

"그것 봐요. 역시 루산나의 마음속에서 청랑을 완전히 털어내지 못하고 있구나. 내가 그런 화백 언니의 마음을 아는데, 루산나와 쑹리매 우리 두 여자만은 청랑을 슬프게 하지 말자. 지금껏 그가 걸어온 길, 또 앞으로도 그가 가는 길이 험난할지라도 우리 두 여자만큼은 그에게 희망을 주는 여자가 되자. 청랑이야말로 언제나 정의롭고 인정 넘치는 남자야. 그러한 남자를 만날 수 있었던 여자들은 행운을 얻었다고 할 수 있는데, 혹시라도 그걸 망각하고 제 잘난 척 그의 마음을 괴롭히는 여자가 있을지도 모르는데, 루산나와 쑹리매 우리 두 여자만은 청랑의 영원한 애인으로 남기로 노력하자."

"그래, 고맙다. 쑹리매야. 내 마음 달래어 주려는 네 마음 너무도 고맙구나."

"이제 됐다. 그림은 쑹리매가 직접 선택하거라."

"그래 알았어. 그리고 언니! 내 분명히 말하지만, 이 그림은 쑹리매가 사랑하는 남자 청랑에게 보내는 것이니 쑹리매의 자존심에 걸맞은 제값으로 계산해서 받아야 해. 만에 하나라도 그렇지 못할 때는 쑹리매의 진심을 가로챘다는 의심을 받을 테니까."

"그래 알았어. 쑹리매야. 그 오해라는 거, 겁이 나서도 꼼짝 못하겠구나."

화백 루산나는 집으로 전화해서 시어른인 성봉 내외에게 말했다.

"모처럼 아이들도 여행가고 없으니 친구랑 얘기하다 늦으면 자고 갈 거예요. 기다리지 마세요."

하고는 쑹리매가 왔다는 얘기는 하지 않았다. 알리지 말자고 하는 쑹리매의 뜻이기 때문이다.

한때는 맹목적인 이성의 호기심에 선택한 남자, 하룻밤 섹스로 쌓여있던 갈증을 풀고자 했던 그 상대의 설 선장, 그것이 계기가 되어 1년에 한 번씩 찾아드는 외항 선장 설순구와의 서너 차례 섹스 끝에 두 아이를 잉태케 한 그와의 인연을 단절하기는 쉽지 않은 일이었으나 막연했던 둘째 아이 설린의 장래를 진심으로 받아준 그의 아내 루산나이기에 한때는 설 선장만이 내 남자라 했던 여자들만의 아집에서 벗어난 지금인데 그러한 설순구에 다시는 인연의 고리를 남겨 놓아서는 안 된다고 결심한 쏭리매다. 그녀가 그렇게 할 수 있었던 것은 청랑이라는 대안이 있었기 때문이다. 만약에 청랑이란 방랑아를 만나지 못했다면 그녀는 아직도 설순구의 주위에서 허우적대고 있을지도 모른다. 다행히도 지금은 루산나와 쏭리매가 친자매 못지않게 신뢰와 정을 쌓고 있다.

그들은 화랑을 나와서 호텔로 향했다. 프런트에서 객실 키를 받아 707호에 여장을 풀었다.

"우리 스카이라운지에 올라가서 요기나 하고 오자."

"그래, 와인도 한잔하고."

그들은 가벼운 옷차림으로 10층의 라운지로 올라갔다.

"춘희야, 뭐 좀 시켜봐라."

"예, 알았어요. 회장님."

웨이터가 왔다.

"여기 스테이크와 와인 주세요. 3인분으로요."

"네, 손님. 잠깐만 기다리시면 바로 올리겠습니다."

"참 쏭리매야, 오늘이 양력으로 8월 7일이지만 음력으론 칠월칠석이 가까워진 것 같은데 칠월칠석은 쏭리매의 생일이잖아."

"그래요, 언니. 벌써 지나갔어요. 언니."

"저런, 언제이길래? 해마다 빠지지 않고 사람들을 초대해서 잔치한 것 같은데 왜? 올해엔 그냥 넘어가려고?"

"그래요, 언니. 전에는 행적이 묘연한 청랑을 찾느라고 일부러 그랬지만 지금은 큰 의미가 없어졌어요. 그래서 관심을 두지 않아 모르고 있었는데 엊그제 아침에 느닷없이 미역국을 차려놨지 않겠어요.”

"누가?"

"누구긴 누구겠어요? 청랑이지. 거기다가 수박을 반으로 잘라놓고 옆에다 촛불을 켜놓고는 케이크를 못 샀으니, 대신하여 수박이라면서 생일 송까지 합창케 하고는 생일을 축하해, 하고 하지 않겠어요? 막상 그 순간을 접하고 보니 잊어버렸던 나를 다시 찾은 것 같아서 어찌나 감격스럽던지.”

"왜 아니겠니? 랑 오빠가 잊지 않고 잘 챙겨주었구나. 늦었지만 나도 축하할게.”

"그래, 고맙다, 언니. 그런데 언니, 언니가 고민하는 청아의 출생 비밀 공개 여부를 나한테 물었잖아?”

"그랬었지. 쑝리매의 의견을 듣고 싶어.”

"그렇다면 내 생각을 말할게. 그 사람은 앞으로도 언니만 알고 당사자나 누구에게도 말하지 않는 게 좋겠어. 설린이가 자신을 낳은 친엄마가 쑝리매인 줄 모르고 루산나 화백이 친모인 줄 알 듯이 말이야. 언제라도 스스로 알게 되어 물어올 때까지 이대로 덮어두는 게 좋을 것 같애. 세상에 천륜과 인륜이란 게 분명히 구분되긴 하지만 그 두 부분이 서로 공존하면서 조화롭게 살아가는 것도 운명이며 슬기로운 인생이라 생각되는데, 지금의 언니와 내가 그러한 운명에 부딪히며 잘살고 있잖아. 내 뜻과는 달리 어떤 짓궂은 사람이 일부러 터뜨리기 전에는 그냥 그대로 넘어가는 것이 당사자 모두를 위한 길이라면 내 양심쯤은 가책을 받지 않아도 될 것이라고, 이것이 쑝리매의 대답이야.”

"그래, 쑝리매의 말대로 할게. 이제야 마음이 가벼워지는구나. 역시 동서양 세계를 누비는 쑝리매의 명석한 판단이 루산나의 어수선한 머릿속을 깨끗이 정리해주는구나."
 이들 의자매의 오늘 밤은 부산호텔 707호실이 아늑하게 감싸주고 있다.

 다음날은 쑹리매가 왕 비서와 함께 상하이로 돌아가고 루산나는 화랑 일에 한층 더 몰두하고 있다.
 한편 미보리의 노생 청랑은 새로 시작한 냉장창고 짓는 데에 관심을 집중하고 있다. 물론 공사 자체야 전문가에게 맡겼으니 청랑의 노가다 관록과 식견을 보태지 않아도 된다. 다만 공정과 계약에 따라 공사대금 집행만 잘해주면 그들 작업자를 돕는 것이다. 가끔 건축사 서찬영을 만나 대포 한 잔 나누며, 설명을 들을 기회가 있고 그 외의 밤에는 간간이 독서 했다. 이제는 먹물이 마른 노생의 머릿속이지만 그 옛날 휴학을 한 이후에도 객지의 하숙방에서 의욕에 떠밀려서 이따금 책을 안고 씨름한 덕택으로 중3의 실력 정도는 충분하다. 그렇다고 월말고사 때는 피할 수 없어 응시는 하지만 반 수석이나 눈에 띄는 성적 같은 거와는 거리가 먼 그다. 낙제만 면하면 된다는 것이 노생 청랑의 지론이다. 그래서 그는 고교과정의 통신교재를 받아서 나 홀로 공부에 시간을 쪼갠다.
 쑹리매를 보낸 며칠 후에 밤 전화가 왔다.
 "나, 쑹리매야."
 "응, 그래 잘 가긴 한 거야?"
 "그럼 잘 왔지. 그런데 청랑은 지금 뭐 하고 있는 거야?"
 "응, 쑹리매가 떠난 직후부터 냉동창고 하나를 더 짓기 위해 준비에 들어갔는데 건물 설계를 의뢰하고 시공계획서까지 행정절차를 겨우 마친 셈이야."

"그렇다면 여전히 바쁜 나날이겠구나."

"그렇긴 해도 공사 전체를 전문 업체에 맡겼으니 나야 그들을 뒤쫓아 가기만 하면 되는데 쑹리매 회장께서 여러 날 자리를 비웠으니 지장이나 생기지 않았는지?"

"오라, 내 남자 청랑님이 걱정하고 있다 이거로군."

"그래 걱정은 했지."

"이보세요, 청랑. 그대가 염려할 만한 아무 일도 일어나지 않았으니 안심하시구려. 그리고 청랑 당신 수첩에 적힌 메모를 다시금 확인해보세요. 그럼 이만 끊는다."

이럴 수가? 밑도 끝도 없이 전화를 끊어버린다.? 그러나 그 의미를 청랑은 알고 있다.

청랑은 다음 날 외환은행 부산지점에 전화했다. 통장명세를 확인코자 문의를 했다. 그러나 본인 여부를 확인하기 전에는 알려줄 수 없다고 했다. 자신의 신상 내용을 말했으나 불가하다 했다. 신분증을 소지하고 직접 은행에 와야 한다는 것이다. 이해가 가는 부분이다. 아직은 선진국처럼 전산시스템이 전문화돼 있지 않은 상태에서 비밀보장과 예금자 관리를 확실히 하고자 함이리라. 아직은 자금이 급하게 필요치 않다. 그리고 기대하지도 않았었다. 다만 쑹리매가 청랑의 하고자 하는 일에 도움을 주고 싶어서 자금 지원을 한 것이다. 그래 다음에 시간을 내서 가보면 되는 것이다. 그러나 만약에 쑹리매가 자금을 보냈다면 장학재단을 본 궤도에 올려놓아야 한다.

그래서 1년에 2명으로 한정해 놓은 대상자를 더 늘려야 한다. 그래 얼마인지는 모르지만, 지금보다는 배로 늘려 4명에게 20만 원씩 모두 80만 원으로 해서 다가오는 새 학년부터 첫 시행을 하면 된다. 2천만 원에 대한 예금이자 연 3%로 하면 60만 원에다 창고 임대 수익에서 20만 원을 충당하면 80만 원으로 4명의 장학생을 선발할 수 있다. 대상자는 고등학교 진학을 앞둔 중3 학생을 대상으로 하므로 20만 원이면 고교 3년간의 학비는 충분하다. 학비 외의 교재나 생활은 본인이 자체 해결하면 되는 것이다.

일이란 계획이 서면 즉시 실행에 옮겨야 한다. 그는 짬을 내어 부산으로 갔다. 외환은행 부산지점에서 확인했다. 놀라운 일이다. 청랑에게 입금된 금액은 오천만 원이다. 청랑은 즉시 전화국으로 가서 쑹리매에 타전했다.

"청랑이 웬일이야? 무슨 일 있어?"

"그래 메모를 확인했는데 너무 큰 글씨야."

"그렇게 생각할 거 없다. 나에게는 적은 숫자에 불과하니 청랑이 알아서 잘 처리하면 되는 거야. 청랑 지금은 내가 좀 바쁘니 다음에 통화하자."

통화는 끝났다. 청랑은 천만 원을 찾아서 장학재단 쪽으로 옮겨서 자신의 재단 자산을 늘렸다. 현금 2천하고 미보리의 주택과 창고 등을 재단의 자산으로 묶었다. 부동산의 가격 2천 5백으로 하여 4천 5백의 자산이 되었다. 그는 군 교육청에다 선발 장학생을 2명에서 4명으로 늘려 달라고 요청했다.

이제 여름 방학이 끝나고 학년 말에 접어들었다. 노생 청랑은 동급생을 틈에서 학업에 열중했다. 그는 수업이 끝나면 곧바로 미보리로 귀가한다. 급우들은 노생의 사생활에 대해 잘 모른다. 무슨 저장창고의 관리자로서 그에 딸린 사택에 의탁하고 있는 사람쯤으로 알고 있다. 간혹 어떤 학생들의 입에서는 노생이 우리 아버지와 친구 간이더라 하는 웃지 못할 풍문을 몰고 오는 아이들도 있었다.

의자매의 결심

오후 해거름에 학교에서 돌아와 보니 집 안마당에 포니 승용차 한 대가 와 있었다.

누가 왔나? 자동차 번호판에는 부산 자 ○○○○번이라고 돼 있다. 청랑은 외출할 때도 대문이나 현관문을 잠그지 않는다. 특별히 도둑맞은 물품이 없기 때문이기도 하지만 혹시라도 그를 찾아온 사람이 잠긴 문 때문에 밖에서 기다려야 하는 소외감을 주지 않기 위해서다. 가재도구라야 책걸상과 교과서 몇 권, 주방에 식기와 식탁, 방 벽에는 낡은 옷가지 몇 개가 걸려 있을 뿐이다. 괜찮아 보이는 겉껍데기나 보고 집안에 침투한 도둑이라 할지라도 건물을 통째로 들고 가기 전에는 전혀 챙겨갈 게 없을 것이다.

"분명 누가 왔는데? 누구길래? 안에 누가 왔나?"

현관으로 들어서며 미리 큰소리로 주인이 왔음을 알렸다. 혹시라도 도둑이면 슬쩍 달아나고 아니면 얼굴이나 보자는 심정이다.

"청랑 오빠, 이제 오는구나."

"이게 누구신가? 루산나 화백."
"그래 나야, 루산나. 집주인 기다리다 눈 빠지겠다."
"그래 언제 왔노? 반갑다, 루산나야."
"랑 오빠, 오랜만인데 한 번 안아주라."
그녀는 스스럼없이 달려와 안긴다.
"그래그래, 그간 잘 있었고?"
"얘에 루산나야, 어지간히 하고 인제 그만 떨어져라. 나도 인사 좀 받자."
그제야 물러서며
"미안미안, 가시나 조금 참으면 안 되나? 너 인사하는 게 뭐 그리 급하노?"
"청랑 오빠, 나는 안 보입니꺼? 저 가시나한테 혼 뺏기지 말고 나도 한 번 안아 보입시더. 서양사람 인사로 말입니더."
"어서 와요, 은옥 씨. 그간 잘 지내셨어요? 참으로 오랜만입니다."
"그 정도로 오래는 안 됐심더. 작년쯤에서 자갈치 복 집에서였으니까 한 1년 조금 넘었네요."
"그라고 보니 생각납니다. 그런데 여긴 우째 알고 찾아온 겁니까?"
"나도 몰라예. 야아 산나가 똑바로 찾아오길래 따라왔심더. 실은 루산나가 그림 배달 가자기에 영문도 모르고 왔는데 와서 보니 청랑 오빠에게 온 거예요. 벽에 한 번 보이소. 그림이 잘 걸렸는지?"
"역시 전문가의 솜씨라 제자리에 잘 걸어 놓았구나. 우선 앉아 들 있어요. 내 옷 좀 갈아입고."
"그런데 오빠예, 지금 거 입고 있는 교복은 뭐고, 중학생 모자는 또 뭡니꺼?"
"아, 이거 본 그대로 나의 교복이에요. 노생 청랑의 교복이고 나 지금 수업 마치고 오는 길이에요."

"정말입니꺼? 이거 천지가 진동할 일이네요."

"그래 은옥아, 랑 오빠가 30년 휴학 끝에 복학한 거야."

"루산나가 그걸 우째 알았노?"

"다 아는 수가 있심더. 이 루산나 화백이 천리안을 가진 자라는 것을 모르시나 봐."

"그렇다면? 쏭리매가 말해주었구나."

"그건 아니에요. 쏭리매는 랑 오빠가 있는 이곳 집만 가르쳐 주었고 노생 청랑에 대한 자세한 내력은 동양 무역 회사의 양 무역 과장이 말해주었어요. 노생이 자신의 선배였다가 현재는 후배라고 말이에요."

"그 친구가 나의 사생활을 온통 터뜨려 놓았구나."

청랑은 평상복으로 갈아입고 나왔다. 그래 봐야 낡은 작업복 빨아 놓은 것이다.

"청랑 오빠는 예나 지금이나 그 허름한 작업복 스타일은 변함이 없군요."

"내 지저분한 모습은 여전하다 그 말이군."

"아니요, 곡해 마세요. 이 은옥이가 보기엔 서부의 황야를 달리는 무법자, 정의의 총잡이 같은데요, 뭐."

"역시 은옥 씨는 루산나보다는 안목이 뛰어나단 말씀이야."

"얘 은옥아, 널 데려오기만 하면 칭찬은 전부 네가 차지하고 난 뭐야?"

"그런 소리 마라. 실속은 언제나 네 차지잖아."

"그거야 뭐 내가 주인공이니까 당연한 일이고. 우리 배고프다. 뭐 먹을 거 없나?"

"그래 멀리서 왔으니까 배고플까 봐 잠시만 쉬면서 기다려라. 잠깐이면 된다."

청랑은 주방으로 갔다. 큰 냄비의 물을 가스 불에 올리고 호박 하나 꺼내서 얇게 채를 썰었다. 작은 냄비에 불을 붙이고 마른 멸치 몇 개 집어넣고 끓인다. 큰 냄비 끓는 물에 국수 한 묶음 헐어서 넣으니 금세 끓어오른다. 젓가락으로 국수 한 입 건져서 찬물에 흔들어 먹어 본다.

"됐어. 익었구나."

불을 끄고 미리 받은 양푼이의 찬물에 국수를 건져서 담고 작은 냄비 멸치 끓는 물에 호박 채를 넣어 살짝 익음에 불을 껐다. 큰 양푼이 국수를 찬물에 서너 번 씻어서 소쿠리에 건지고 큰 대접에 한 그릇씩 담아 식탁에 올려놓고 멸칫국물 냄비째로 식탁 가운데 자리하여

"자, 다들 모이세요."

냉장고에서 미리 만들어 넣어둔 양념장을 꺼내놓으니, 다 된 셈이다.

"내 짐작으론 두 여사의 식성에 맞으리라 생각하고 밀국수를 준비했으니 우선 허기라도 메웁시다."

"청랑 오빠, 벌써야? 이제 겨우 삼십 분인데. 우리네 주부들보다 빠르잖아? 혹시 익히다 만 것 아니야?"

"배고프다는 사람이 그런 걱정 할 새가 어딨노? 내가 확인했으니까 먹어보기나 해라. 맛이 어떤지 말이야. 멸칫국물은 각자 취향대로. 여기 국자가 있으니 그리고 양념장을 놓치면 맛이 감해진다는 것을 명심하시고."

두 여인 주방장의 설명에 따라 제 몫 국수 챙기기에 바쁘다. 후

루룩 한 젓갈 입에 담고는 음, 말 대신에 미소가 흐른다.
"맛이 있다는 거구나."
고개 한 번 끄덕이고는 한 손을 내젓는다. 말 시키지 말라는 뜻이렷다. 안심이 된 주인 청랑도 국수를 먹기 시작한다. 그러고는
"괜찮네, 이 노생의 국수 삶는 솜씨가."
자화자찬이다.
"아, 잘 먹었다. 청랑 오빠, 아예 국수 장사를 하면 돈 많이 벌 것 같은데?"
"그래요, 랑 오빠. 나 부산에서 사 먹은 것보다 월등한 맛이에요."
"과연 그럴까? 아마도 다들 배고픔이 맛을 한껏 도와준 덕택이지?"
"이보세요, 노생 오라버니. 사람의 진심을 그대로 받아들이세요. 겸손이 지나치면 질책이 뒤따르거든요."
"그래 알았다. 그리고 그림 잘 가져왔다마는, 이곳까지 가져오느라고 힘들었겠구나."
"안 그래도 나도 루산나의 작품이 갖고 싶었는데. 그림값은 내가 지급하마. 화랑의 규칙대로 계산서를 다오. 운송비까지 합산해서 말이다."
"청랑 오빠, 어쩌면 그렇게 쑹리매와 똑같은 말을 하노? 한 치도 안 틀리게 말이다. 내가 질투가 날 정도다. 쑹리매와 친구 하더니 두 사람이 아주아주 닮아졌다니까?"
"뭐 그러려고? 나는 그저…."
"아니야, 랑 오빠. 실은 쑹리매가 청랑의 미보리 주택이 허전해 보이더라면서 선물하는 거라면서 값을 다 치른 거야. 자기는 상하이로 가니 나더러 갖다 주라고 한 거야."

"음, 그랬었군. 아무튼, 쑹리매도 고맙고, 난 루산나의 그림이라서 더욱 좋고. 그리고 루산나와 은옥 씨도 만나게 되는 일이야 득의 행운이잖아."

"그래, 그런 쑹리매가 랑 오빠 옆에 있어서 다행이야. 내가 그에게 말했지. 그림이 필요하면 한 점만 하면 될 것이지, 내가 그림 하나 선물할 테니 괜히 필요치 않은 것을 일부러 사지 않아도 된다고 했더니 그가 이렇게 말하더군. 그런 게 아니야 화백 언니, 나 쑹리매가 진정으로 사랑하는 내 남자 청랑에게 주려는 것이야 라고 거침없이 말하더군. 그리고 화백 언니 청랑은 지금의 거처를 그 누구에게도 알리지도 초대도 않을 거야. 아마도 우연히 알게 되어 찾아오는 지인이 있으면 그 또한 반갑게 맞아줄 것이라고. 청랑을 대변하고 있음이야."

"그랬었군. 역시 쑹리매가 내 맘속을 꿰뚫고 있었군."

"그런데 랑 오빠, 현관 입구에 있는 현판에 쑹리매 장학재단은 또 뭐야?"

"아, 그거 현판에 쓰여 있는 그대로야. 지난날 내가 상하이를 떠나올 때 보탬이 되라고 준 돈이 있었는데 와서 보니 너무 큰 금액이었어. 나에게는 회사에서 준 전별금과 퇴직 수당도 있어서 충분하니 쑹리매의 뜻을 좋은 곳에 담아 보기로 한 거야. 본인의 동의 없이 나 혼자 생각으로 등록하여 설립인가를 받고 보니, 마음에 걸리는 것이었어. 초청하고 쑹리매의 이름을 그대로 쓰기로 하고 동의를 구했던 거야. 또 쑹리매가 한국을 찾아오는 명분도 필요할 것 같기도 해서 그렇게 된 거야. 지금은 규모가 작지만 조금씩 키워볼 생각이야. 흘러가는 세월을 먹으면서 말이야."

"그래, 장학사업은 보람 있는 일이니까 성공하길 바래."

나 루산나가 학창시절 이곳 미보리의 청랑 오빠 집을 다녀간 지 꼭 26년 만에 다시 왔구나. 그 후 청랑을 찾아 다시 한번 오기는 했지만 랑 오빠는 만나지 못한 채 어무이가 말아주는 밀국수 한 그릇 맛있게 먹고 간 적이 있었지. 26년 전 그때 소녀 루산나가 순진한 소년 청랑을 유혹했었지. 매미 소리 귀뚜라미 우는 소리를 무서워 죽겠다고 핑계하면서 은근히 내 곁으로 불러들여서 소년의 순정을 잔뜩 움츠리고 있는 소년에게 잠결에 몸부림치는 척하며 강제로 떠맡겼거든. 지금은 어느덧 사십 중반에 가까워졌건만, 난 그날의 추억을 잊을 수가 없는데 나 말고 다른 사람도 그럴까? 그때 그 소녀와 소년이 오랜 시간이 지나서야 비로소 다시 만나 함께 있는 지금인데 그때처럼 유혹도 강제권이 섞인 응석도 하지 못하니 웬일일까? 마음은 그러고도 싶은데 용기를 내지 못하는구나. 그것은 쏭리매란 자유분방한 여인이 청랑을 붙들고 있기 때문일까?

국수 한 그릇에 허기를 면하고 마음이 부른 은옥은 집안 이곳 저곳을 두루 살펴보고, 생각에 생각이 꼬리를 무는 루산나는 산만한 머릿속이 더욱 헝클어지는데

"자, 여사님들. 커피 사 왔습니다. 식사 후이니 한 잔들 하시고 자유시간 가져도 됩니다. 그리고 이후로는 식사 당번에서 이 노생은 물러나 있겠으니 저녁 식사부터는 여사들께서 수고해주길 바랍니다. 물론 식재료는 냉장고 속을 뒤지면 될 것이오."

"염려 마세요, 주인장. 우리가 잘 알아서 밥하고 반찬 잘 챙겨 먹을 테니까 성급하게 쫓아내지나 마세요. 그런데 청랑 오빠 궁금한 게 있는데 물어봐도 되는지 모르겠네."

"그래, 뭐든지 물어보렴."

"청랑 오빠에게도 아내와 자식들 가족이 있을 텐데 왜 혼자 낙

향해서 지내고 있는 거야?"

"그야 내가 노생의 길을 선택했으니까 여기 있어야 하고 그들은 생활 터전이 그쪽이니까 어쩔 수가 없는 것 아니겠어?"

"그렇다면 노생에서 벗어나면 여기를 떠나서 가족에게로 가겠구나."

"그건 아닐 거야. 내 생각은 여기에 그대로 눌러있고 싶을 뿐이야."

"왜? 청랑 오빠는 가족을 소중히 생각지 않는가 봐?"

"그럴 리가 있겠나. 가족은 누구에게나 모두가 소중한 거야. 그때그때 사람의 환경에 따라 다소 차이가 있을 뿐이지."

"그렇다면 청랑의 지금은 어떤 환경인데?"

"인제 보니 루산나의 질문 공세가 너무도 예리해서 피할 수가 없구나."

"그래, 나는 궁금하기도 하고 듣고 싶어. 그리고 청랑에게 어려운 일이 아니었으면 하는 바람이야."

"그래, 나도 그러고는 싶지만, 세상사가 내 뜻대로만 되지 않다는 것을…. 나 청랑은 내 아내를 포함해서 모든 가족을 아끼고 사랑함은 당연하지만, 그것이 나에게서 점점 멀어지는 것 같아서 안타까울 뿐이야. 그 원인은 모두가 나의 부덕에서 비롯된 것이기에 나 자신이 안고 가야만 하겠지. 내 젊은 날에 무던히도 사랑했던 루산나를 떠나보낸 다음에 한동안 마음을 잡지 못하고 방황을 했었지. 그러면서 형편없이 찌그러지는 내 모습을 발견하고 안 되겠다 싶어 코앞에 와 닿는 한 여자와 부딪혀서 혼인했었지. 그 여자의 모든 것이 보통에서 한 발쯤 뒤로 물러서서 있는 듯하여, 변변치 못한 내 인생에 걸맞은 동반자가 되겠거니 생각하고, 나름대로 노력하고 살아가려 했는데, 나의 직업이란 것이 월급쟁이가 아닌 공사판 노가다인 것이 탈이었어. 새벽에 나가면 밤늦은 귀가에다 늘 술에 젖어서 들어오질 않나. 노가다 왕초랍시고 허구한 날 지방으로 오가면서 며칠 만에야 집이라고 찾아드는 남편. 거기다가 생활은 늘 쪼들림을 면치 못하고 보니 뭇 여자 관점에서, 이 남편이란 사내가 곱게 보일 리가 없겠지. 이 인간이 먼발치에서 보기에는 제법 잘난 것처럼 보이더니, 막상 내가 가지고 보니 날이 갈수록 형편없네. 저 사람 심성 좋고 괜찮은 총각이야. 사람들이 이곳저곳에서 눈독 들이고 입질하는 소리에 귀가 솔깃해져서, 몸달아 오른 내가 먼저 하면서, 관심도 보이지 않는 그 사내가 오늘도 취해서 갈증을 호소하며 잠든 사이를 내가 먼저 덥석 물었더니만 내 속을 불편하게 하는 것이 갈수록 태산이네. 지금도 제 잘난 거는 주위에서도 다들 인정하지만, 거기다가 내가 좀 부족한 건지도 알고 나도 아는데 허구한 날 바깥으로 나도는 인간이라 혹시 술과 계집에 푹 빠져있는 것은 아닌가? 내 눈으로 확인한 건 아니지만 필경 그럴 것이야, 라고 생각하니, 쌓여온 사내에 대한 의구심과 노파심 그리고 자격지심이 뒤엉키면서 만들어지는 스트레스가 나 자신을 분노케 하는 것이다. 거기다가 엎친 데 덮친 격으로 지방 현장을 순회하다가 우연히도 곤경에 처한 듯한 산골 처녀를 구출해 주었는데, 시간이 지나면서 청랑이 가는 길목을 지킨 듯이 만나자고, 고맙다 매달리는 그들 패거리에 휩싸여서, 주는 술과 떡을 독인 줄도 모르고 받아먹었으니 문제가 될 수밖에. 그 사실을 알게 된 그의 아내는, '이 인간이 기어코 판을 벌였구나, 한바탕 난리를 쳐도 분이 안 풀리는데, 이 인간 어디 얼마나 견디나 두고 보자.' 그 길로 자신의 사촌

언니를 대동하고 아이들을 데리고 부산의 시댁으로 내려가서 영문도 모르는 시어머니 앞에 훌쩍 내던져 놓고 그래도 어미라 부르며 매달리는 아이들 손을 뿌리치고 가버리는 백치 같은 여자. 사내는 모친의 호출을 받고 달려가서 무릎 꿇고서 사죄하고 돌아오니 그의 아내는 이혼을 요구했고, 자신을 달래며 사정하는 사내에게 '너 같은 인간에게 더 이상의 타협은 필요 없다. 아이들은 너 새끼니 네가 가지고 나에게는 이혼만 해다오.' 라고 하는 아내에게 속수무책인 그 사내가 청랑이다. 소환장을 받은 그들은 관할법원에서 합의 이혼에 서명했고 돌아서는 아내의 장난기 섞인 표정과 가벼운 발걸음을 볼 수 있었다."

"저런 일이? 그러기에 뭐 하러 남의 일을 눈여겨보나? 내 일이 아닌데 하고 그냥 지나쳤으면 아무 탈이 없었을 텐데. 청랑 오빤 언제나 정에 약한 것이 문제야. 나한테만 빼놓고, 여자란 본래 자신에게 은혜를 준 사내가 있으면 그걸로 끝나는 게 아니고 그 사내의 마음으로 비집고 들어앉으려 하거든."

"그래, 지난날의 루산나에게는 내가 많이 미안하고 그 미안함 때문에 그 후론 어떤 여자에게도 상대의 바람을 외면하지 못하는 습관이 생겼는지도 몰라. 어쨌든 모두가 내가 부덕한 까닭이고 자업자득이야. 그 후로 곧바로 재혼했다는 소식을 풍문으로 들었고, 내 아이들은 할머니에게 맡겨진 채로야. 아내의 빈자리를 대신 메꾸어 아이들을 돌볼 수 있을 거란 기대감에 산골녀를 보내지 않았고, 어부지리로 들어앉은 산골녀는 사내의 바람쯤은 어리석음으로 돌렸고, 사내는 아무것도 모르고 피해를 본 아이들에 대한 마음과 도덕성을 잃은 채 그를 질타하는 가족들의 시선에서 한 발 멀어져 있는 지금의 청랑. 오늘 루산나의 질문에 이런 대답을 한다는 것이 곤혹스럽구나. 많은 것을 바라지는 않지만, 전처의 아이들이 소외감을 느끼지 않도록 친모 없는 그 자리를 대신한 그대가 엄마로서의 보호자가 되어 달라고, 이것이 가족들의 가장 절실한 바람이었음인데 세월이 지난 지금도 아이들을 가까이하려 하지 않음은 안타까운 일이다. 강제로는 될 수 없는 일이기에 답답함을 안고 기회만 있으면 방랑길에 오르는 청랑이다. 지금은 향리인 이곳 미보리에 자리 잡고 머무르면서, 그를 아는 사람들 가족들을 포함 그를 사랑했던 사람들 아니면 그를 미워했던 사람들이라 할지라도 그들의 마음에 따라 언제든지 자유롭게 왔다 갈 수 있기를 바라는 마음에서, 청랑의 이곳 미보리 쉼터는 계속 존재할 것이다. 여기까지가 루산나의 질문에 대한 궁색한 변명이다."

"청랑 오빠의 지난 일이 절대 평탄하지 않았구나. 청랑이 늘 잘 되기를 바랐는데."

"그래, 루산나의 그 마음 고맙구나. 앞으로의 내 인생에 어떠한 난관이 있을는지 모르겠으나, 지금의 이 정도면 괜찮은 것 아니냐? 자유로움 속에서 내가 아는 사람들을 맞이해서 쉬어가게 할 수 있는 내 마음이 이토록 편안한데. 앞으로도 나는 소벌로 가는 길목인 이곳 미보리의 작은집에서 오래도록 머물 거야. 그럼 편히들 쉬어라. 나는 공사현장을 한 번 돌아보고 올 테니까."

"알았어요, 청랑 오빠. 우리 염려 마시고 다녀와요. 그리고 랑 오빠! 루산나는 물론이고 나 은옥이도 이 집에서 자고 가도 되는 거지요?"

"그럼요. 이 집은 주인의 뜻보다는 객의 생각이 우선이니 있고 싶은 대로 있어도 됩니다."

청랑은 현관을 나섰다. 옆을 돌아서 뒤꼍으로 가면 저온저장창고를 짓고 있는 공사현장이다. 주택에 비하면 제법 덩치가 큰 건물이다. 철재 빔과 앵글을 조립해서 뼈대가 올라가고 약 50퍼센트의 공정이 진행 중이다. 현장을 돌아서 사무실로 가니, 설계 감리자인 건축사 서창영이 와서 건설소장과 담소 중이다.

"수고들 많으십니다."

"어서 오세요, 청랑."

"어, 서 건축이 왔었구나."

"그래, 오랜만일세. 청랑!"

"오랜만이긴? 이 사람. 엊그제 봐놓고선."

"그랬던가? 내 기억으론 한참이나 지난 것 같아서 말이네."

"그런가? 지금 서 건축의 서두를 보면 그냥 하는 소린 아닌 것 같고? 본론을 말해보게."

"그야 오랜만이니 술 한잔하자는 거였네."

"역시 그거였군. 그렇지만 나는 아니 되네."

"안 되다니?"

"자넨 건축주이고 나는 공사 시공자 겸 감리자이네. 거기다가 우린 친구 간이고."

"그러한데 안 될 게 뭐 있나?"

"그건 맞는 말이네만 나는 아직 학생이네. 그것도 중학생 신분이니 술은 사양하겠네."

"이 사람아, 새삼스레 왜 이러나? 학생이면 다 같은 학생인가? 자네는 노생(老生)이란 말일세. 그리고 노생에게는 술을 마셔도 괜찮다는 특혜가 있는 것쯤은 내가 잘 알고 있네. 거기다가 오늘은 술값 내라고는 안 할 테니 시간 좀 내보게."

"그래도 좀 곤란한데. 내 집에 손님이 와 있거든."

"그런가? 그렇다면 자네 집으로 가면 되겠네? 손님은 손님대로 두고 우린 따로 앉아서 한 잔 나누면 되지 않겠나?"

"그래도 아니 되네. 멀리서 온 사람들이라 조용히 쉬게 하고 싶은데."

"멀리서 라면? 혹시 자네 부인께서 오신 건가?"

"그런 거 아니고 부산에서 동생들이 왔다네. 여동생 말일세."

"그렇다면 더욱 잘됐네. 오라비 친구인데, 뭐 불편할 거 없잖아? 넓은 공간의 청랑의 집인데 간단하게 한 잔만 나눔세. 오늘 모처럼 좋은 술 한 병 생겼기에 큰맘 먹고 노생과 한잔 하려 했더니 문전박대가 심하구나."

"이 사람아, 진즉에 그리 말할 것이지. 내 딴에는 대주가인 자네, 시작했다 하면 끈질기게 술자리를 고집하는 서 건축에 밤새 끌려다닐 걸 생각하니 아득함이 떠올라서 그런 것이네."

"염려 말게. 내 오늘은 노생의 손님들을 생각해서 길게 시간 잡을 생각 없으니 안심하게."

"그렇다면 좋아. 우리 집으로 가세나. 그리고 현장소장도 함께 갑시다."

"전 괜찮으니 두 분이 가십시오."

"그러지 말고 함께 갑시다. 나 서창영이 소장한테 할 말도 있고 하니."

그 사이 청랑은 집으로 전화한다. 수화기를 든 루사나.

"청랑 오빠, 왜요?"

"아 여기 현장인데 공사 관계자하고 잠깐 집에 들르고자 하니 부담 갖지 말고 편히 있어도 된다."

"괜찮아요, 랑 오빠. 우리는 괜찮으니 염려 말고 같이들 오세요."

얼마 후에 대문을 들어서는 사내들 제법 왁자지껄하다. 물론 서 건축의 너스레가 대부분이지만 일부러 헛기침하고 들어서는 그들에게

"청랑오빠, 친구분들하고 오셨군요?"

"응, 현장 분들이야."

"이 사람 청랑 친구면 친구지 현장 사람은 또 뭐야. 저는 청랑의 친구이자 청랑에겐 불청객인 서창영입니다."

"전 현장의 갈제라고 합니다."

"어서들 오세요. 오빠 친구분들 반가워요. 우리는 청랑 오빠의 동생들인 루산나와 정은옥입니다."

"와아, 청랑에게 이렇게 뛰어난 미모의 여동생이 있었다니 놀랍습니다. 저희는 이 친구 청랑이 엄포 때문에 잠깐만 있다가 가겠다고 약속했으니 오래 있진 않을 겁니다."

"아니에요. 오빠 친구분이신데 마음 편히 계셔도 됩니다."

"고맙군요. 실은 술 한 병 생겨서 같이 오자고 했더니 무조건 안 된다는 청랑을 간신히 사정사정해서 온 겁니다."

"잘 오셨습니다. 말씀 듣고 보니 청랑오빠가 좀 심했군요. 어서 이쪽으로 앉으세요."

"감사합니다. 친절하신 동생분."

"언제 어디서나 서건축의 넉살은 여전하군."

"이거 왜 이러시나? 내가 틀린 말은 안 했는데?"

"옳은 말씀 하셨어요. 랑오빠가 좀 그런 데가 있어요. 친구분들께서 이해하시면 됩니다."

"청랑, 잘 들으셨지? 미안하네만 이젠 술잔하고 김치 같은 거 좀 부탁하네."

"이 사람 서 건축, 청랑의 집에서는 모든 것이 셀프라는 걸 모르시나?"

"그렇군. 내 깜박했네. 그럼 내가 가서 가져와야겠군."

"아니에요. 그냥 앉아 계세요. 오늘은 제가 갖다 드릴게요."

"감사합니다. 동생분들."

루산나와 은옥은 서로 눈짓을 주고받으며 주방으로 가서 양파와 고추 썰어 넣고 볶은 돼지고기와 계란 부침과 나물무침 두어 가지를 들고 나왔다.

"와, 이거 정말 대단합니다."

"정말 그러네. 언제 이렇게 준비했대? 인제 보니 이 사람들 오라비 살림 거덜 내려고 작심을 했군."

"뭐, 오빠네 집 모든 것이 셀프라면서? 아까 랑오빠 전화 받고 친구분들 같이 오신다기에 랑오빠 수고를 덜어주자 마음먹고 해 놓은 거야."

"감사합니다. 잘 먹겠습니다. 어떻습니까? 기왕 음식까지 만들어 주셨으니 괜찮으시다면 같이 한잔하셔도?"

"그래도 될까요?"

"되다마다요. 오빠 집에 오셨으니 한잔하시는 것도 괜찮을 겁니다."

"참 랑오빠, 우리가 끼어도 될까요?"

"그럼, 다들 중년인데 내외할 것 뭐 있나. 같이 먹자. 여기 서 건축은 나하고 동갑내기고 갈소장도 우리와 비슷할 거야."

"네, 저는 청랑 형보다는 서너 살 아래입니다."

"그런데 랑오빠가 계속 서건축 서건축 하는데 이름 같지는 않고, 무슨 뜻이에요?"

"아 그거, 말 그대로야. 서가 성을 가진 건축사라는 뜻이야. 시간이 짧을 때는 '서건'하고 확 줄여서 부르기도 하지. 공식 직함은 서라벌 설계사무소 소장님이시지. 또 이 고장에선 제법 잘 나가는 친구인데 이름값 한다고 술판을 시작했다 하면 길게 물고 늘어지는 습관 때문에 오늘 침입을 방어하려다가 결국은 뚫리고 만 거야. 그리고 이쪽은 건설사를 대행한 우리 현장의 갈제 소장이시고."

"그럼 동생 되시는 루산나 씨와 은옥 씨는 가정주부시겠군요."

"궁금하다면 내가 말해주지. 내 동생들로 말하자면 가정주부이면서도 전문직에 종사하는 신세대 여성이라네. 화백 루산나는 루산나 화랑의 관장이며 중견 화가이고, 은옥 선생은 부산의 남도여고의 선생님이야. 또 뭐 더 알고 싶은 게 있나? 서건."

"아닐세. 훌륭한 동생들을 둔 청랑이 부럽네."

"랑오빠, 평범하게 말하면 될 것을 너무 과장된 표현이다. 죄송해요, 오빠 친구분들."

"아닙니다. 청랑이 본래 거짓말을 못 하는 사람이니 저는 듣기가 좋습니다. 청랑이 지금 현재는 노생(老生)입니다만, 저와는 중학교 동창이었습니다. 현재는 건축을 위한 저의 의뢰인이고 건축주입니다. 엄격히 말하면 갑을관계에서 청랑은 갑이고 우리는 을인 셈이죠. 만약에 을이 갑의 눈 밖에 나면 괘씸죄로 불이익을 당할지 모르기 때문에 가끔가다가 귀한 술을 가져와서 사정사정해야만 못 이긴 척하며 그래 먹어주지, 하는 이 친구를 보면 을의 초라함이 서글퍼지거든요."

"이 사람 서건, 엄살이 너무 심하다. 적당히 해라."

"그건 랑오빠 말이 맞는 것 같아요. 내가 아는 랑오빠는 전혀 갑질 같은 거와는 거리가 먼 사람이거든요. 괜한 오해 같은 거는

의자매의 결심

없었으면 해요."

"그럼요. 청랑이 그런 사람 아니란 걸 잘 알고 있습니다."

"허허 이 사람 서건, 금세 뒷걸음질 친 걸 가지고 이 청랑을 갑질 자로 음해하려 드는가?"

"아니야 그저 웃자고 해본 농담이었네."

"그래 좋아 서건, 자네가 먼저 시작했으니까, 오늘은 달갑지 않은 갑이 되어 부탁 하나 하겠네. 물론 설계와 시방서대로 잘하겠지만, 특히 전기공사 말일세, 전 시스템에 적용되는 부품을 절전용으로 해줘야겠네. 그리고 창고 내의 온도 조절이나 스프링쿨러, 작동 같은 것도 모두 자동화 시스템으로 해 달라고 당부하네."

"아니 이 사람 老生 그렇게 하려면 설계를 변경해야 하고 그에 따른 추가 비용이 발생하네. 따라서 공사비도 추가해야 하는데 그래도 하겠는가?"

"물론이네! 추가 비용이 발생한다면 그 비용은 건축주인 내가 당연히 부담해야겠지? 그러나 내가 알기론 설계는 이미 서라벌 건축에서 치밀하게 잘해놓았을 테니 변경할 이유가 없고 추가 비용도 필요치 않을 것 같은데? 어때요 갈 소장께서 확인해 보시면 나 청랑은 그 뜻에 따르리다."

"청랑, 자네가 뭘 몰라도 한참 모르는군. 추가 비용이 발생하는데 현장소장이 자기 돈으로 해줄 수는 없는 일. 안 그렇소? 갈 소장!"

"그렇습니다. 월급쟁이인 현장소장이 자비로 충당할 수는 없겠지요. 바로 그거야 이제야 내 말뜻을 알아듣겠지, 청랑."

"하지만 감독님."

"하지만 뭐요?"

"그 추가 비용이란 걸 청구할 수가 없게 되었습니다."

"이봐요 갈 소장 어째서 그렇게 말하는지요?"

"예 그 이유는 청랑형의 말씀대로 설계와 시방서에 완벽하게 그려져 있고 기재 돼 있으니까요. 그 설계와 시방서 대로만 시공하면 절전에다 자동장치까지 잘될 수 있을 테니 염려 마십시오. 건축주가 현장 소장에게 하시는 당부로 알겠습니다."

"고맙소. 역시 갈제 소장이요. 언제 봐서, 내가 거나하게 한잔 사리다. 그리고 서건, 자네 혹시 설계를 직접 하지 않고 다른 업체에다 하도급을 준 건 아니겠지? 본인이 설계하고도 머릿속에 남아있지 않다면 이거야말로 보통문제가 아닐세. 그러기에 갑과 을의 차이점이 분명히 구분되는 거야."

"그럴 리가?"

고개를 갸우뚱하며 계면쩍어하는 서건축 이다.

"청랑 오빠, 서건축님을 그렇게 몰아붙이면 어떡해요? 이제 보니 대책 없이 갑을 공격하러 들었던 서건축님이 갑의 페이스에 말려들고 말았군요."

"그렇지요? 루산나 화백, 청랑과 소장이 협공해 오리라는 생각을 전혀 생각지 못하고 내가 방심한 탓이야."

"협공이라 했습니까? 나는 그런 적이 없어요. 다만 건축주의 요청에 사실대로 말했을 뿐입니다."

"허허 이제 보니 소장이 기회가 오면 나한테 한 방 먹이겠다, 작심했었구나. 난 그런 줄도 모르고 '가재와 게는 한 편'인 줄로만 생각한 내가 어리석었지."

"거봐 서건의 그런 안이한 사고방식이 문제야. 자네같이 점과 선을 먹고 사는 사람이 한 치의 오차가 있어서는 안 된다는 원칙을 망각하고 있었다니? 이것도 한 잔의 술김에 라고 핑계를 할 텐가?"

"친구로만 알고 있었던 내 잘못이야. 오늘은 무조건 내가 졌네! 항복이야 항복."

좌중은 웃음을 참지 못한다.

"제가 보기에도 오늘은 서 선생님이 우리 청랑 오빠의 적수가 못되네요."

"이거 왜 이러십니까? 은옥 선생까지. 상대 진영에 서시다니?"

"그보다도 서 건축님이 청랑오빠에 대해서 간과하고 있는 게 있어요."

"그건 아닙니다. 은옥 선생님, 우리 친구 중에서 나만큼 청랑을 잘 아는 자 없다고 생각했는데. 다만 나의 전문분야에서 공격당할 줄은 꿈에도 생각 못 했습니다."

"이 사람 서건, 상대가 모른다고 생각해서 내 맘대로 단정 짓는 건 자네의 실수였어."

"그건 맞아요. 나 은옥이 알기로도 청랑오빠는 수많은 전투를 경험한 백전노장이에요. 궁지에 몰린 많은 사람을 구출한 협객으로도 유명하고, 지금 논하고 있는 건설 건축 분야에도 휴학하고 가출한 지난 30년 동안 몸담았던 사실을 모르셨군요."

"그렇습니다. 전혀 모르고 있었습니다. 지금 우리가 앉아 있는 이 주택과 이미 가동하고 있는 창고를 나에게 맡겨서 지을 때도 전혀 아는 척하지 않았는데 오늘 처음 그것도 간접적으로 표현하는데 정곡을 찔리고 허둥대는 내 꼴이 우습게 되어버렸습니다."

"이 사람이 갑자기 저자세가 되어버렸군. 언제나 호기로운 서 건축은 어디 가고? 누가 뭐래도 서건 자네는 정통파 건축가이고 나 청랑은 노가다 현장의 일꾼이었을 뿐이네. 그러기에 정통파인 서건 앞에서는 안다고 내세울 게 없었다네. 오늘은 운 좋게 나한테 서건을 놀려줄 기회가 왔을 뿐이네. 어떤가 이만하면 갑질로 공짜 술 얻어먹은 건 아니지 않나?"

"그러고 보니 을의 속내가 담긴 술 한 병이 허공으로 날아가 버렸구나. 한편으론, 그동안 내가 몰랐던 청랑의 진면목을 알게 되었고 나의 우둔함을 깨닫게 된 건 큰 수확이야. 그렇지만 오늘 이 자리엔, 갈 소장은 물론이고 루산나 화백, 은옥 선생까지도 내 편은 하나도 없다는 것을 실감했네."

"이 사람 서건, 섭섭했겠군."

"그래, 적어도 지금은 말일세."

"솔직해서 좋군. 그리고 명심하게 민심은 언제나 정의의 편이란 걸. 와 하하하"

"아니 갈 소장이 갑자기 왜 이러시나?"

"왜 이러긴요. 통쾌해서 그러지요. 서건축 형님이 청랑형님께 깨지는 소리를 들으니 통쾌해서 그럽니다. 와 하하."

"이 사람이 그런데, 내 평소에 갈 소장에게 일을 가지고 잔소릴 좀 한 것인데 인제 와서 나 깨지는 소리가 그렇게 통쾌한가? 다분히 보복성이 엿보이는데?"

"오해 마십시오. 서건축 형님. 어쨌든 오늘처럼 저를 통쾌하게 만들어 준 서건축 형님께 감사드립니다."

"그래그래 자네만이겠나? 두 분 숙녀들 보는 데서 참패를 당하는 것도 괜찮은 기분이네. 상대가 협객 청랑이니 말일세. 갈소장 우리 인제 그만 일어나세. 예기치 못한 한 방을 더 얻어맞기 전에 말일세."

그들은 한바탕 넉살을 남기고 돌아갔다. 그리 늦은 시간은 아니지만 지금껏 마신 한 잔의 술이 모두의 혈관을 무디게 한다.

"자 두 사람은 편히 잘 쉬어라. 나는 대문하고 현관문 잠그고 올 테니까. 특히나 여기까지 루산나를 데리고 온 은옥씨는 루산나가 잘 보호해드려라."

"그럼 나는 누가 보호해 주고?"

루산나의 넋두리를 귓전으로 청랑은 마당을 한 바퀴 돌아서 대문의 빗장을 채우고 현관문도 안으로 잠갔다. 샤워장 겸 화장실의 옆 3호실에 불이 켜져 있는 걸 보면 오늘의 객들이 그곳에 있었음을 확인하고 청랑은 서재의 침대에 누웠다. 금세 잠이 들 것 같다. 내일은 등교해야 하니. 일찍 자두자. 그는 바로 코를 골았다.

"얘 은옥아 너 잠든 거야?"

"응 졸려 죽겠어."

"그래 태평도 하구나. 난 이렇게 잠을 청하지 못하고 있는데."

"그래도 나는 잘래."

어느새 잠이 든 은옥이다. 그러나 루산나만이 이 생각 저 생각에 부딪히면서 잠을 이루지 못하고 있다. 그녀는 잠옷 바람으로 살며시 방문을 열고 거실로 나왔다. 응접실 테이블을 대충 치운 것 같은데 술병만이 댕그렇게 남아있다. 왜 안 치웠을까? 가서 보니 아직 덜 비워진 채 술이 남아있었다. 그렇구나! 그래서 병을 버리지 않았구나. 진열장에 넣으려는 것을 깜빡했었구나. 지금이라도 갖다 두어야지, 아니야 그럴 필요 없이 이거라도 마시자. 그러면 잠이 오겠지.

그녀는 주방으로 가서 글라스에다 얼음 한 개를 담아 테이블로 왔다. 병을 거꾸로 해서 쏟아부으니 꼭 한 잔의 술이다. 이름은 모르겠지만 병에 붙어 있는 딱지에는 1950년산 코냑이라고 쓰여있다. 차갑고 톡 쏘는 맛이 잡다한 생각들을 쫓아버리는 것 같았다.

잠시 눈을 감아본다. 한 잔술의 효과가 생긴 것일까? 그녀는 앉은 채로 잠이 든다. 그리고 점점 옆으로 기울어지는 그녀의 한쪽 어깨가 소파 날개에 기대어졌다. 아무도 보는 이 없었지만, 그녀의 잠든 표정은 분명 허전한 모습이었을 것이다. 루산나가 잠든 거실은 엷은 미등으로 밝혀져 있다.

시간은 자정을 넘어 새벽으로 달려가고 있다. 청랑의 갈증과 소변이 그를 거실로 불러내었다. 우선 화장실로 달려갔다. 다시 나와 갈증의 부름에 주방으로 가려다 비로소 거실의 응접 소파로 눈을 돌렸다. 소파의 벽에 가린 채 아무것도 보이지 않았으나 직감일까? 약간은 숨소리가 느껴진다. 가까이 다가간 그는 깜짝 놀랐다. 아니 루산나가 거실에서 자고 있다니 왜? 방안이 더워서일까? 그렇지는 않을 텐데. 창문에 모기장을 붙여 모기의 침입을 막으면서 통풍이 잘되고 있음을 확인해둔 청랑이기에 아무튼 침실이 아닌 거실에서 그냥 자게 둘 수는 없다.

청랑은 소파의 산나를 깨웠다. 흔들림에 깨어난 그녀.

"어? 랑오빠."

그녀는 반사적으로 청랑의 가슴에 안겨들었다.

"왜 방에서 자지 않고?"

"그런 浪 오빠는 왜 나온 거야?"

"응, 나는 자다가 소변과 갈증에 불려 나온 거지."

"그럼 물은 마신 거야?"

"아니 아직. 주방으로 물 찾아가려던 중에 거실에 있는 너를 본 거야."

"그럼 잠깐 기다려. 내가 물 가져올게."

루산나는 주방으로 가 컵에다 물을 가져왔다.

"자 어서 마셔."

의자매의 결심 355

"응 고맙다. 낯선 곳에 와서 은옥씨 혼자 자게 하지 말고 어서 들어가 자라. 아직은 밤 시간이 많이 남았다."

"그래 그래야겠지? 그렇지만 내 마음은 浪이 있는 곳으로 가고 싶은데."

"루산나의 농담이 여전하구나. 설 선장이 들었으면 참담한 심정일 거야."

"浪오빤 이럴 때 설 선장이 왜 나와?"

"그야 설 선장이 루산나의 남편이니까."

"청랑오빤 정말 무정한 사람이야. 남의 속도 모르고. 만나는 자리마다 설 선장 아니면 쏭리매가 있어 그들 때문에 어쩔 수 없이 밀려나서 속상했는데 그들이 없는 지금이야말로 청랑을 내 맘대로 할 수 있는 절호의 찬스인데. 오히려 여기 없는 그들의 이름을 불러 이 루산나의 마음을 가로막으려 하다니, 정말 내 모습이 초라해진다. 명색이 첫사랑인 남자에게 근접 불허를 당하다니. 정말 울고 싶다."

"루산나 그리 생각 말아라. 우리가 첫사랑인 것도 맞고 지금도 소중함은 변함없는데 그래도 지켜야 할 도의적인 선이 있는 거야. 내가 설 선장을 모르는 사람도 아니고 그의 아내이고 내 첫사랑이었던 루산나를 지켜주어야 함은 당연히 내가 할 일인데."

"그거야 청랑의 생각이고 지금의 내 마음은 어떡하고? 그런 매우 흔한 이유 같은 건 다 잊어버리고 싶은데 청랑이 루산나를 안아준다고 해서 비난할 사람은 아무도 없을 텐데 우리 사이를 설 선장 그도 알고 쏭리매도 아는데 유독 청랑만이 모른 척 일부러 멀리하려는 것 같아서 내 마음 허공을 가르는구나."

루산나는 독백과 함께 애틋함을 담아 청랑의 가슴에 기대어온다. 청랑은 그녀의 어깨를 조용히 감싸 안으며 말한다.

"우리 이 정도에서 산나의 남편 설선장과 딸 청아에게 부끄럽지 않은 아내와 엄마가 되었으면 한다."

"그래야겠지만 청랑을 만난 지금은 말처럼 쉬운 일이 아니네. 그리고 나는 이미 내 남편과 딸아이를 속이고 사는 여자야."

"그건 또 무슨 말도 안 되는 소리야? 누가 보아도 지금까지 현모양처의 자리를 잘 지켜온 루산나잖아. 오늘은 날 놀리느라 별소릴 다 하는구나."

"그래, 청랑이 내 말을 믿고 싶지 않겠지만 내가 용기를 내어 말할 수밖에 없겠네. 사실은 내 딸 청아가 청랑의 딸이야."

"그거야 루산나의 딸이니 나한테도 딸 같은 존재이고 오래전부터 그렇게 인식됐잖아?"

"그랬었지, 하지만 좀 더 진실을 말한다면 그 애는 나와 청랑 사이에서 태어난 청랑의 친딸이란 말이다."

청랑은 놀라지 않을 수가 없었다.

"믿어지지가 않는다. 설마 그런 일이?"

"그래 맞아, 청랑이 내 딸 청아의 친부야. 지난번에 랑이 나의 화랑에 왔을 때 말하려다 못 한 거야. 그 말 하려고 불렀었는데 그 이전에도 몇 번이고 고백하려다 참고 또 참았던 거야."

" 그럼 이 사실을 루산나 혼자서만 알고 있다가 나한테 처음 말하는 거야?"

"아니야, 엊그제 쑹리매가 왔을 때, 그가 먼저 짐작하고 묻길래 말을 안 할 수가 없었어. 그리고 쑹리매에게 자문했었지. 이 모든 사실을 당사자 모두에게 말해야 하는 거 아니냐고? 그런데 쑹리매가 반대를 하더군. 당사자들, 특히 청아가 받을 충격이 클 테니 본인이 스스로 알게 되어 물어올 때까지 기다리는 게 좋겠다고. 쑹리매의 아들 주성린이 친부가 설선장이란 사실을 모르고 있듯이 말이에요. 그러나 오늘은 청랑에게 만이라도 말해주고 싶었기에, 이제는 마음이 가벼워지는구나.”

"그런데 루산나의 결혼 이후에 우리가 한 번도 접촉한 적이 없었는데?”

"그래 그렇기에 나도 전혀 생각지 못하고 있었는데, 청아 이후로는 설선장과 나 사이에 임신이 안 되는 거야. 수시로 터지는 시어른의 성화에 못 이겨 검진하러 갔는데, 의사의 말로는 설선장과의 관계에서는 임신할 수 없다는 거야. 그 이유로는 설선장과의 첫 관계에서 성급한 남성의 과격행위에 놀란 자궁이 관계 때마다 난자의 문을 닫아서 정자의 출입을 불허한다는 거였어. 그렇다면 청아의 잉태는 어떻게? 하는 의문을 갖게 되었고, 끝내는 유전자 검사를 의뢰했었지. 아무도 모르게 나 혼자서 말이야. 결과는 청아와 설 선장의 유전자가 99% 불일치로 나오는 거야. 그때가 청아의 나이 여섯 살 때였으니까 나 역시 6년 동안을 전혀 모른 상태에서 지내왔고 비로소 정신이 번쩍 들었어. 그렇다면 청랑오빠 밖에 없다. 돌이켜보면 지난날 내가 수원에서 청랑오빠와 마지막 사랑을 하고 내려와서 20일 만에 설선장과 약혼을 했고, 상심으로 몸져누운 나를 덮치고는 다음 날로 출항을 했는데, 한 달이 지나면서 임신 사실을, 그 후 8개월 만에 귀항한 설선장이고 그가 출항 날로부터 아홉 달 만에 출산하면서 이상하다. 아직은 한 달이 남았는데 조산을 하다니? 하는 의아심이었는데 금세 잊어먹었지. 가족들 모두가 당연한 출산이라 여겼고, 오랜 세월 후에야 알게 되었으니. 그리고 보면 청랑오빠가 아니었으면 청아가 태어나지 못했을 거야. 그 애가 어릴 적부터 청랑을 많이도 닮았다 싶었지만 우연일 거로 생각했고, 만날 때마다 유난히 청랑을 따르는 청아가 예사롭지 않음을 쑹리매만 짐작하고 있었던 거야."

"우째서 이런 일이?"

하고는 할 말을 잃은 청랑이다. 루산나의 푸념이 이어진다.

"나는 나 자신에게 두 가지 원망을 하곤 했었지. 하나는 설순구의 해양대 졸업파티에의 동행을 끝내 뿌리치지 못하고 술의 마법과 함께 내 몸을 그에게 도둑맞은 거하고, 날 돌려세우려는 청랑의 설득을 뿌리치지 못했다는 그 두 가지가 나 자신을 벌하고 있는 거야"

듣고 있던 청랑은 말이 없다. 기대어 오는 루산나의 심신을 조심스레 감싸주고 있을 뿐이다. 밤공기의 서늘함이 루산나의 현실을 더욱 움츠러들게 하는 것 같다.

"안 되겠다. 이러다간 감기 들겠다. 침실로 들어가서 따뜻하게 자라."

"그럼 청랑은?"

"나야 내 서재로 가서 자면 되는 거고."

"그럼 나도 안 갈래. 여기 이대로 있을래."

"왜?"

"나 혼자는 안 갈 거야. 청랑이 우리 방으로 가든지."

"그곳엔 은옥씨가 자고 있는데 왜 혼자라는 거야?"

"은옥이가 있어 봤댔자 몸부림에다 귀찮기만 할 테니, 청랑이 같이 가 있어 주어라."

"그건 안 돼."

"왜?"

"왜라니. 말 만한 두 여자가 자는데 내가 거길 왜 가야 해? 염치없는 행동인데."

"그렇다면 방법이 없겠네. 이 루산나가 서재로 가는 수밖에. 그 다음은 청랑이 알아서 하시고. 이 방이든, 저 방이든 여자는 다 있으니까, 방문을 열기에 따라서 뺨을 맞든지 아니면 사랑을 맞든 지야. 혹시 모르지 은옥이도 평소에 랑을 좋아했으니까, 운 좋으면 뺨을 면할지도."

그리고는 일어나서 서재로 가버리는 루산나다. 난처해진 건 청랑이다. 이제는 선택의 여지가 없다. 거실에 그대로 있든지 아니면 서재로 가든 지다. 한참 동안 거실의 소파에서 생각에 잠긴다.

내가 이대로 있으면 루산나의 간절한 바램을 외면함과 동시에 문전 박대하는 꼴이 된다. 루산나, 그가 누구던가? 지난날 첫사랑 여인이 었으면서 그녀의 딸 청아를 그와 내가 함께 낳았다고 하지 않느냐?

청랑은 몸을 일으켜 서재로 갔다. 청랑이 사용하는 침대에는 루산나가 극히 자유로운 상태가 되어 큰대자로 누운 채 잠들어있다. 옆으로 밀쳐져 있는 홑이불을 당겨서 가만히 덮어 주고는 그 자신도 옆의 빈자리에 조심스레 누웠다. 그리고 눈을 감았다. 잠은 청하기도 전에 눈꺼풀을 누른다.

그러나 쏟아지는 잠을 시샘이라도 하듯, 한 개씩의 팔과 다리가 철그덕 청랑의 가슴과 다리에 얹히더니 뒤이어 여인의 뜨거운 가슴이 사내의 반쪽을 점령해 버린다. 그랬다. 지금의 루산나는 스스로 청랑의 여자이기를 자처하듯 깊게 파고든다. 그랬다. 참으로 오랜 시간을 지나면서 기어이 찾아든 이 여인을 그 누가 나무랄 것인가? 이제 혼자만의 가슴에 쌓아 두었던 그간의 이야기를 지금에야 하려 하는데, 그러나 여인을 돌려세울 용기도, 모질지도 못한 사내인데 이들 남녀의 몸과 마음이 한데 어우러지면서 깊고 깊은 시간으로 가고 있는데 그 무슨 이유를 담아 돌을 던질 수가 있으랴. 설사 그 누가 돌을 던져 긁힌 자국이 생긴다 해도 그들이 만들고 있는 내공에 의해 치유되리라. 실로 20년 만에 다시 품어보는 내 사랑이기에 루산나는 두려움 하나 없는 밝은 표정으로 그녀는 말한다.

"랑오빠, 우리 딸 청아에게 언제쯤 어떤 식으로 사실을 말해주어야 할지 모르겠어."

"……."

"왜 대답이 없는 거야? 청랑의 생각을 말해주라."

"그래야 하는 데 어려운 일이구나. 어떤 이유에서든 진실을 은폐해서는 안 되겠지만, 청아와 그의 아버지인 설선장, 모두에게 충격을 주어서는 안 되잖아. 지금 그대로가 행복하고 평화로운데 루산나의 번민을 그들에게 나누고자 해서는 안 될 것 같다. 될 수만 있다면 지금 이대로가 좋을 것이고, 어쩌다가 본인이 알게 되어 물어오면은 사실대로 말해주면 좋지 않을까 싶구나."

"어쩜 그렇게 쏭리매와 똑같은 말을 하는구나. 그래, 어느 누가 생각하더라도 그것이 최선의 답일 테니까. 참 그리고 보니 지금의 우리를 쏭리매가 알면 배신감을 느끼겠지? 그가 나에게 의리를 지킨다고 정인이었던 설 선장에게서 한발 비켜서 있는데 나는 쏭리매의 남자인 청랑을 몰래 훔치고 있으니 언제라도 그에게 석고대죄해야 하지 않을까? 오늘의 내 마음을 어쩔 수 없었다고 말이야."

"그래 우리가 쏭리매의 마음을 일부러 상하게 하려는 건 아니었다 해도 미안하긴 하다. 설 선장에게도 말이야."

"청랑오빠 자책하지 말아요. 모두가 나 때문이었으니까. 어쩌면 쏭리매가 이런 일을 예측하고 나를 보낸 건지도 몰라. 나름 배려하는 뜻에서."

"배려라… 뭐야 그럼. 한 여자가 자신의 남자를 내가 아닌 다른 여자에게 나누어준다? 맹수는 자신이 사냥해 놓은 먹잇감을 다른 무리에게는 절대로 양보하지 않다가 동질성의 혈육에게는 나눠주는 뭐 그런 형태인가? 그렇다면 나 청랑의 존재가 그런 먹잇감이었던가? 이해가 안 가는 부분이군."

"이보세요 청랑오빠, 상대의 말을 끝까지 듣기도 전에 비약해서 꼬투리를 잡을 건 뭐야? 그렇게 속 좁은 청랑이 아니잖아. 나는 쑹리매의 아량을 기대하면서 해본 말인데, 그래 청랑과 설 선장 두 사나이를 쑹리매와 나는 공유하면서도 상대에게 화가 나지 않는 특이한 인연이니까, 나에게 오늘의 이 시간을 일부러 만들어준 쑹리매니까, 나는 쑹리매에게 숨김없이 자랑할 거야."

루산나의 넋두리를 듣는지 마는지 멍하게 있는 청랑을 보고 루산나가 소리를 꽥 지른다.

"청랑 오빠!"

"아이 깜짝이야, 지금 나를 불렀나?"

"랑 오빤 내 말 듣고 있는 거야?"

"응 그래 듣고 있지."

"청랑은 쑹리매를 만나면 우째 말할 건데?"

"뭐 특별히 할 말 없으니 가만히 있지 뭐."

"그게 뭐야 나는 자랑삼아 얘기할 건데, 청랑은 시침을 떼고 가만히 있겠다? 그거야말로 일 저질러놓고 안 그런 척하는 솔직하지 못한 사람으로 오해를 받을 텐데?"

"그럼 어떡하노, 가만히 있는 사람 건드려서 자존심을 긁는 거보다는 물어올 때까지 기다리는 게 좋지 않을까? 만약에 알고서든 모르고서든 나에게 물으면 사실대로 얘기하고 그다음은 쑹리매의 판단에 맡겨야겠지."

"그럼 뭐야? 쑹리매에게 미안해하지 않아도 된다는 거야?"

"그야 모르지, 쑹리매가 실망스러워한다든지, 심기 불편해하면 미안하다 하는 거고, 그래, 내가 예측했으니 잘했다. 이해한다고 하면 그래 미안하고 이해해줘서 고맙다고 해야겠지."

"그렇구나, 쑹리매와 청랑 두 사람이 어쩜 그렇게 한 치의 오차도 없이 생각들이 닮을 수가 있는 거야? 부럽고 시샘 난다. 아서라, 내 어찌 쑹리매의 지혜로운 인격을 따라잡을 수 있으리? 어쩌다가 생각이 나면 쑹리매의 묵인하에 이곳 미보리에 청랑을 찾아올 거야. 그래도 되는 거지?"

"그래, 언제든지 누구하고라도 와도 된다. 이곳 청랑의 집은 언제나 열려 있으니까."

벽에 걸린 세 점의 그림과 옛정을 남겨두고 루산나와 은옥은 떠나갔다.

저온 창고의 건축은 건축대로, 학교 수업은 수업대로 시간을 같이하며 달려가고 있다. 이해를 넘기기 직전에 창고건립은 완공되었고, 겨울 방학을 지나면서 교생? 청랑도 그동안 배운 것을 점검해보는 기회가 왔다. 열심히 등교해 온 중학 3학년 과정은 겨우 낙제를 면하고 집중했던 통신 강의 덕에 대입 검정고시에 합격했다. 따라서 고교과정을 동시에 이수한 셈이다. 이렇듯 청랑의 인생에서 가장 갖고 싶었던 것을 손에 쥔 셈이다. 언제나 그의 마음을 짓눌렀던 무 학력의 떠돌이에서 이제는 고등학교의 학력과 동등한 자격을 가진 사회인으로서의 자부심을 얻게 되었다. 대학이야 가지 않아도 된다. 이대로라면 만족하다. 더 이상의 과욕은 사양한다. 나에게 주어지는 앞으로의 일쯤은 능히 해낼 수 있을 것이다. 입학에서 졸업까지는 30년의 긴 시간이었다.

의자매의 결심

이제 쑹리매 장학재단의 운영자로서 4명의 장학생을 선정하여 그들의 고교 진학을 도왔다. 더불어 선행의 결과라 하여 비사벌 고교의 명예 졸업장을 줬다. 청랑은 이러한 사실을 종이에 담아 쑹리매에게 우편을 보냈다. 모두가 쑹리매의 후원 덕분이라고, 그간에 쑹리매가 나에게 준 진정한 사랑이 나에게는 용기와 삶을 일깨울 수 있었기에 내 인생에 최고의 선물이고 행운이라고 청랑은 말하고 있다.

그러한 내용의 편지를 받아보는 쑹리매는 기쁨을 감추지 못한다. 드디어 해냈구나. 내 남자 청랑이 그의 가슴이 더욱 많은 것을 담을 수 있는 그릇인데, 그가 하고 싶었던 무엇인가를 늦게나마 시작하려 하는구나. 축하한다. 청랑, 그녀는 혼자서 쾌재를 불렀다. 내 언제 시간 내어 그를 만나 축배를 나눠야지, 그보다도 우선 전화라도 해야겠다. 그녀는 책상 위의 수화기를 집어 들었다. 손가락으로 다이얼을 돌리려다 멈칫했다. 아니야, 전화하는 게 아니지, 들었던 수화기를 도루 내려놓는 그녀는 혼자서 중얼거린다. '언제라도 그냥 가서 만나면 될 것을. 전화는 생략하는 게 좋겠다. 여기는 홍콩이나 타이완이 아니다. 내가 있는 이곳은 중국 공산당의 중심부나 다름없는 상하이다. 내 아무리 개혁개방에 앞장서 온 쑹리매라 해도 신분은 공산당 상하이시 당 간부이다. 그의 나라 한국은 자유 민주주의 나라다. 북한 공산주의와 대치하고 있는 지금인데, 불필요한 전화 때문에 자칫 오해되어 그를 곤혹스럽게 만들 소지가 있을 수도 있다. 그와 내가 이념과는 무관한 극히 건전한 인간애적인 관계라 해도 쓸데없는 오해로부터 청랑을 보호함이 최우선이다. 나에게 소식을 전하고자 편지를 하긴 했어도 답서(答書)나 전화 같은 거 기다리지 않을 것이다.'

역시 쑹리매의 판단은 현명했다. 이제 막 완공된 창고를 개관한 청랑이다. 따라서 물품 보관을 의뢰해 오는 한주들이 생기기 시작한다. 기존의 2개 동은 농협에서 위탁 관리하고 있으니 그쪽에 맡겨 두면 되고 새로 신축한 2개의 창고는 직접 관리해야 한다. 입·출고를 전담할 관리직원 한 사람이 있어야 함은 당연하다. 수확기가 되면 주산물인 양파와 마늘을 생산하는 농가로서는 일정 기간 저장했다가, 제값이 형성되었을 때 출하를 하면 두 배 이상의 안정된 소득을 얻을 수 있는 것이다. 트럭으로 수십 대 분의 물량을 저장할 수 있는 대형 창고여서 인근 농가들의 생산량을 충분히 수용할 수가 있다. 청랑은 인근 지역민들의 생산품을 우선시하고 보관료도 낮게 책정했다. 그동안은 좁은 곳, 자가 저장이 여의치 않아서 비를 맞혀서 썩히거나 아니면 타지에서 온 상인들에게 헐값에 넘길 수밖에 없었던 농가들이었으나 지금은 위탁 저장할 곳이 생겼으니 대부분 사람이 저온 창고를 이용코자 한다. 그 반면에 해마다 생산된 제자리에서 밭떼기를 해서 폭리를 누렸던 수집상들과 투기꾼들은 물량 확보에 차질이 생겼다. 그들은 전해와 다름없이 큰 기대를 하고 찾아왔으나 '지금은 창고에 저장키로 했으니 팔 물건이 없습니다.' 라고 하니 기대를 걸고 왔는데 저놈의 창고가 우리 장사를 방해하다니, 라고 생각하니 실망과 분노가 뒤따른다. '이런 괘씸한 창고주가 우리 사업영역을 방해한다. 그냥 넘어갈 수 없음이야.' 그러나 창고주는 아무런 하자가 없다. 농민들이 자발적으로 의뢰해 오는 물품만 보관했을 뿐 그 외는 유치 활동을 한 적이 없다. 꾼들의 생각처럼 그들의 영업을 방해하고자 하는 뜻은 전혀 없었기에 그 누구와도 시비의 대상이 아니다. 그러던 어느 날 서너 대의 자동차가 창고 앞마당에 세워지고 앞선 승용차에서는 건장한 사내들이 내리고 뒤 트럭에는 양파 가마니가 반쯤 실려 있다. 그들은 의도적으로 농민들이 싣고 오는 우마차의 통로를 막은 채다.

"왜들 이러시오?"

"우리 집 양파를 이곳에 저장키로 창고주와 예약이 되어있어요."

"무슨 소리, 우리가 창고 전체를 사용키로 먼저 계약했으니 당신들은 다른 데로 가시오."

"아니오, 우리 농가들은 오늘 이곳에 저장키로 약속했어요."

"이봐, 당신들 안 된다면 안 되는 줄 알아."

우마차에 실린 농가들의 양파 자루가 바닥에 동댕이쳐진다. 다분히 계획된 행패다. 그들의 난동에 속수무책인 농민들이다. 창고를 관리하던 직원이 급히 청랑에게 무전을 쳤다. 마을 이장을 만나고 있던 청랑이 급보를 받고 달려왔다. 들어서면서 보니 마당을 장악하고 있는 대여섯의 사내들 모양새가 예사롭지가 않다.

"무슨 일들이오?"

"당신이야? 창고주가?"

"그렇소만 왜 그러시오?"

"아, 우리 트럭에 실려 있는 양파를 저장해야 하니 이 창고를 좀 사용해야겠소."

"그렇다면 저장할 품이 어느 정도인지 모르겠으나 선약한 농민들 거 받아들인 다음에 남는 공간이 있으면 받아들이겠소."

"뭐야? 이 친구 말귀를 못 알아듣는 군, 감히 우리 제의를 무시하겠다? 그렇게는 안 되지. 우리가 누군지 모르는구나. 감히 겁도 없이?"

"당신들이 누군지 모르겠으나 나는 더 할 말 없으니 돌아들 가시오."

"이거 말로서는 안 되겠군, 이봐 우리로 말하자면 대구에 자갈마당파야."

다분히 위압적인 자세다.

"보아하니 젊은이들 같은데 말들이 거칠군, 어쨌든 나는 농민들과의 약속이 먼저이니 인제 그만 비켜 주시오."

"뭐야? 이 자식이 말귀를 못 알아먹는군."

앞선 놈이 달려들며 주먹을 날린다. 예상했던 청랑이다. 어쩔 수가 없군. 들어오는 주먹을 피해 놈의 손목을 낚아채어 등 뒤로 꺾어 서며 방패막이로 다음 놈의 주먹에 부딪히게 했다. 퍽 하는 둔탁한 소리와 함께 앞으로 밀어 버렸다. 두 놈의 사내가 포개져서 저만치로 넘어진다. 연이어 달려드는 나머지 놈들 청랑의 팔꿈치를 넘지 못하고 휙휙 바람을 가르는 소리 다음에는 퍽퍽 하면서 차례로 넘어지는 사내들이다. 상대가 여섯이나 되기에 사정을 두지 않는 청랑의 동작이다. 오래 끌면 안 되겠기에 상대의 급소를 찌르는 청랑의 동작이다. 쓰러진 놈들은 쉬이 일어나지 못한다. 우마차와 함께 온 주위 사람들은 넋을 놓은 채 입을 다물지 못한다.

"너희들이 자갈마당이라 했나? 이곳은 자갈이 없는 흙이다. 농민들과 함께 하는 흙, 너희들 입속에 밥을 넣어주는 귀중한 흙이란 말이다. 그 흙과 함께 땀 흘려서 농사짓고 사는 사람들이 있는 평화로운 곳이란 말이다. 그래도 할 말이 남았느냐?"

사내들은 아픈 몸인데도 무릎을 꿇었다.

"형님을 몰라본 저희 용서하십시오."

"형님? 허허 분별없이 막무가내로 날뛰는 자네들에게 내가 형님 노릇을 왜 하나? 너희들 돌아가서 그 쓸 만한 덩치로 땀 흘리며 살

의자매의 결심

면 더 좋을 것이야. 그리고 다시는 이곳에 오지 마라. 너희들을 사주한 군납업자가 누군진 몰라도 나에게 직접 오라 해라. 그리고 이것은 내가 너희들에게 주는 마지막 선처이니 가다가 목이나 축이거라." 청랑은 백 원짜리 지폐 한 뭉치를 그들 앞에 던져 주었다.

1만 원이었다. 쌀 한 가마에 5백 원이니 20가마 값이다.

"나는 여기까지다. 돌아들 가거라."

"감사합니다. 형님, 존함이라도 기억하게 해 주십시오."

"형님, 그래 그 형님 소리 듣기 싫어서도 말해야겠군. 나는 조용하고 평화로운 이곳에서 땀 흘리며 살고자 하는 노가다 왕초였던 청랑이다."

"예? 그럼 원주 제천의 공기호, 원덕칠 형님이 말씀하시던 청랑왕초 그분이란 말씀입니까?"

"그렇네. 그 두 사람은 나의 옛 친구일세. 알았으면 그만 돌아들 가라."

"예, 형님, 형님을 뵙게 되어 영광입니다."

그들은 연신 허리를 굽실하며 돌아갔다.

"여러 어르신들 괜한 일로 놀라게 해서 미안합니다. 어서 창고에 입고하십시오."

"정말 대단하고 고마우이."

우마차들이 들고나는 것을 조금은 지켜보던 청랑은 사무실 겸 서재로 돌아왔다. 오랜만에 맞닥뜨린 한바탕 활극으로 팔다리가 뻐근해 온다. 그는 의자에 기댄 채 눈을 감았다. 참으로 세상은 넓고도 좁구나. 자갈마당의 녀석 중에도 공기호와 원덕칠의 과거사가 묻어 있었다니! 생각지도 못한 뜻밖의 사항이 스쳐 간 오늘이었다.

밤이 되면서는 청랑의 집 서재에서 새어 나는 작은 불빛만이

보일 뿐이다. 그가 외지에 출타하지 않고 집에 있을 때면 늦은 밤이라도 창고 주위를 한 번씩 순회하는 일이 매일의 습관이다. 손전등 하나 들고서 오가며 나의 울타리에 사람 냄새라도 심어놓고자 함이었다. 그렇게 한 바퀴 돌고서는 침실로 들어와서 잠을 청해본다. 금세 잠이 들 때도 있지만 그렇지 않을 때도 있다. 낮에는 창고로 밀려드는 입·출고 때문에 시끌벅적 제법 사람 사는 곳 같은데 밤의 고요함은 그에게 잠재된 생각을 왔다, 사라지게 한다. '그래, 그 생각들이 사라지기 전에 그 자신이 여기에 와 있는 이유를 담아서 종이 위에 그려나 보자. 궁금해하는 사람들의 질문에 떠듬거리며 어설픈 대답을 하느니, 기록으로 남겨두면 청랑의 생각이었구나 하고 흥미롭게 들어주겠지. 그래 그것이다.' 그래 지금부터는 이곳 서재에서 호야 등불과 어우러지는 청랑의 긴 이야기가 미보리의 밤을 밝힐 것이다.

어제는 자갈마당파 조폭들이 소란을 피우려다 청랑의 호통에 혼비백산으로 돌아갔다. 지금은 아니지만, 원주 제천의 건달 두목이었던 기호파와 덕칠 파에 몸담았다가 그들 두목의 개과천선에 조직이 해체되어 갈 곳을 잃은 행동대 아이들이 자갈마당파에 흡수되어 있음을 알고 있었던 양봉구가 원주 사람이었다. 양봉구, 그가 수년 전부터 이곳 비사군에서 생산된 양파를 매입해서 군 조달청에 납품하는 군납업자다. 해마다 많은 양의 양파를 군납하여 재미를 보았는데 새로 생긴 청랑의 창고 시설 때문에 그의 양파 수집에 큰 차질이 생겼다.

그는 분노했다. 웬 놈이 갑자기 나타나서 창고를 만들고 재배 농가들의 양파를 죄다 흡수해 가버리니 양봉구의 군납은 치명타를 입었다. '그래 네 놈의 창고 때문이다. 이 양봉구 가만히 있을 수 없지.' 그는 원주 똘마니들이 섞여 있는 자갈마당파 조폭들을 동원해서 보낸 것이다. 먼저 창고주의 기를 꺾어놓은 다음에 시시비비를 가릴 판이었다.

그러나 거꾸로 묵사발이 되어서 돌아왔다는 전언에 아연실색을 금치 못한 양봉구다. 덧붙여 '조폭들에게 사주한 군납업자를 창고주에게 보내라 했다.'고 한다. 건장한 사내 6인의 조폭이 얻어맞고 왔다면 필시 나 양봉구를 가만두지 않으려나 보다. 두려워진다. '와달라'는 전언을 '듣지 못했다.' 하고 가지 말아버릴까? 아니지, 명색이 군납업자임을 자처하면서 수년에 걸쳐 이곳 농가들과 호흡하며 큰손의 사업가로 관록을 보여 왔던 내가 아니더냐. 군납업자 양 사장이 창고주가 겁이 나서 도망쳤다더라. 그럴 수는 없지. 이 양봉구가 그래도 배경과 함께 이곳 들판을 주름잡던 군납업자가 아닌가. 1군 사령부의 보급감 양 소령은 나와는 인척으로 나 양봉구를 남달리 챙겨주는 사람이다.

그는 날을 잡아 힘깨나 쓰는 경호원 한 명을 대동하고 창고로 찾아갔다. 그가 탄 자동차가 도착하면서 창고에서 나오는 관리인에게

"당신이 사장이오?"

"아닙니다. 저는 직원이고 사장님은 안에 계십니다만 누구시라고 할까요?"

"나 군납업자 양봉구요. 이곳 사장이 나를 보자고 한다기에 왔으니 말해주시오."

"예, 잠시만요."

하고 돌아서는데

"무슨 일입니까? 아저씨."

서재에 있던 청랑이 들어오는 자동차를 보았기에 나오면서

"혹시 나를 찾아오신 분이오?"

"예, 찾아오신 분이 군납업자라 하십니다."

"그래요? 양 사장이시죠? 어서 오세요. 나 청랑이라 합니다."

"아니 주인장이 나를 아십니까?"

"그럼요. 이 바닥에서 대량으로 양파를 수집해온 양 사장님을 모르는 사람은 없습니다. 오셨으니 이리로 앉읍시다."

주인은 마당 한쪽에 있는 평상으로 양봉구를 안내한다. 키가 작달막하고 다부진 인상을 보이는 양봉구다. 생각과는 달리 극히 평범해 보이는 창고주라 이 정도쯤이야 하고 가볍게 본 양봉구는 퉁명스럽게 내뱉는다.

"그래 나를 왜 보자고 한 거요?"

"아, 지난번에 불미스러운 일이 있었기에 사과도 할 겸 부탁도 있고 해서 한번 만나고 싶었습니다. 지난번엔 양 사장님이 보낸 사람들의 요청을 받아들이지 못했습니다만 지금은 창고의 빈 곳이 남아 있어서 양 사장님의 물품을 우리 창고에 맡겨주시길 부탁드립니다."

"이보시오 창고주인, 지금 누구에게 병 주고 약 주는 겁니까? 당신이 나의 양파 수집을 방해해 놓고서 내가 저장할 양파가 어딨어요? 지난 일도 그렇고 또다시 나의 일을 방해한다면 그때는 가만있지 않을 거요."

"오해하셨다면 미안합니다만 일부러 사장님의 일을 방해하려 한 것은 아니었고 농민들과의 선약이 있었기 때문입니다."

"뭐요? 내가 사야 할 양파 모두를 당신 창고에 가둬놓고선 그런 말을 하다니, 그 때문에 나는 물량을 사지 못했고 군에서는 물품이 안 온다고 독촉이고 보급 담당 양 소령은 군납할 물품을 가로채는 자가 누구냐고 하는 걸 내가 간신히 말려놓고 왔어요. 또 한 번 그런 일이 있으면 이곳 창고가 부서지든 말든 나 역시 막지를 못해요."

다분히 협박성의 말투다.

"허허, 양 사장께서 뭔가 단단히 오해하셨군요. 나는 양파를 가로챈 적도 없고 그럴 생각도 없습니다. 다만 농민들의 저장 의뢰가 오면 나로서도 거절할 명분이 없습니다."

"뭐야? 이제 보니 이 친구 겁이 없군. 그게 그거지 뭐야, 내 사업과 막중한 군납을 방해한 건 당신 창고야."

양봉구는 마주 앉은 청랑의 멱살을 잡고 흔든다. 드디어 양봉구의 화풀이가 시작된 것이다. 기왕에 찾아온 양봉구와 합리적인 생각을 교화코자 했던 청랑이었으나 지금은 더 이상의 대화를 포기해야 했다. 그는 자신의 멱살을 잡은 양봉구의 손을 떼어놓았다.

"더 이상의 할 말이 없으니 돌아가시오."

뭐야? 이 자식이 하면서 달려드는 양봉구를 슬쩍 비켜서니 자신의 헛동작에 스스로 넘어지고 만다.

"야, 이놈이 사람 치네? 저놈 잡아라!"

하고 같이 온 경호원에게 명령한다.

"어이, 사람을 때려놓고 어딜 가려고?"

아예 막말로 나오는 보디 녀석의 주먹이 돌아서는 청랑을 향해 날아든다. 그래 피하지 않은 채로 손바닥으로 오는 주먹 받아 잡고 위로 젖히는 순간 청랑의 반대편 팔꿈치가 놈의 턱을 밀어버린다. 퍽 하는 소리와 함께 한발 뒤로 밀려나는 경호원의 목덜미가 돌려 차는 청랑의 발목에 휘감긴다. 고꾸라지는 경호원의 상체가 닿기 전에 걷어 올려 찬다. 단 세 번의 동작에 보디의 큼직한 덩치가 하늘을 향한 채 누워버린다. 기대하고 지켜보던 양봉구가 입을 벌린 채, 달아나려 한다.

"이봐요 양 사장, 데리고 왔으면 갈 때도 같이 가야지, 혼자 가는 법이 어딨소. 보시다시피 내 동작은 끝났으니 이리 오시오."

도망가려던 양봉구 마지못해 다시 와서 무릎을 꿇는다.

"이러지 마시오. 사업가인 양봉구 사장께서."

청랑은 그의 손을 잡아 평상에 같이 앉았다. 누워있는 녀석은 아직도 일어나지 못하고 있다.

"잠시 혼절했으니 염려 마세요, 양 사장님, 금방 일어날 거예요."

"용서하세요. 선생, 선생을 몰라보고 이 양봉구가 무례를 범했습니다."

"아니오, 사업하는 사람은 자신의 사업에 걸림돌이 생기면 화도 내고 그렇게 돼 있어요. 그 정도는 나 청랑이 이해합니다. 다만 너무 극단적인 방법은 하지 않아야 합니다."

"역시 이 양봉구의 생각이 짧았습니다."

그때 쓰러졌던 보디가 일어난다. 그는 곧바로 무릎을 꿇었다. 조폭들의 생리다.

"잘못했습니다. 형님, 용서하십시오, 형님."

"이보게 나는 자네의 보스가 아니니 그만 일어나게."

"예, 형님, 감사합니다. 대 형님의 존함이라도 말씀해 주십시오. 형님."

"허허 이 사람 나는 자네 같은 건달들하고는 거리가 먼 사람이네. 그저 날만 새면 공사판에 나가서 시멘트 가루와 땀이 범벅되는 작업복을 입고 살아온 노가다 일꾼 청랑일세. 지금은 조용한 곳에서 살고자 내 고향인 이곳 미보리에 와 있는 걸세."

"그럼 오래전 제천의 관동팔경에 오셨던 청랑왕초가 형님입니까?"

"관동팔경이라, 음식점 말인가?"

"네, 형님 제천에서 제일 큰 음식점입니다."

"그러고 보니 생각나는군. 당시에 모처럼 건설팀들과 회식에 갔다가 오늘의 자체처럼 무섭게 덤비는 자들이 있었지."

보디는 다시 바닥에 무릎을 꿇는다.

"죽을죄를 지었습니다. 형님, 그때도 형님의 주먹 한 방에 죽었다 깨어났는데 형님을 몰라본 죄로 오늘 이 지경이 되었습니다."

"그랬었는가? 그리고 보니 자네는 가끔 나타나서 그 우람한 몸집으로 나를 싸움꾼으로 만들어 놓는군."

"송구합니다, 형님!"

"이제 그만하면 됐네. 그리고 양봉구 사장께 부탁이 있습니다."

"말씀하세요, 청랑선생."

"다름 아니라 그동안 이곳 농민들이 생산해 온 많은 양의 양파를 판로 걱정 없이 수매해 준 양 사장의 공로가 적지 않음은 이 고을 사람들 모두가 고맙게 생각하고 있어요. 그러나 한편으론 농민들도 생산비 공제하고 한 푼이라도 더 얻고 싶은 심정을 우리가 이해하고 양 사장같이 잘 나가는 분들이 도와주어야 한다고 생각합니다. 나도 그런 취지에서 창고를 만들게 되었고요. 군납처에서도 시세에 따라서 납품가가 정해질 것이므로 그 문제는 전문가이신 양 사장께서 잘 대처할 수 있으리라 생각됩니다."

"또 한 가지 본래부터 양파 재배를 최초 도입해서 경작한 것은 이곳 비사군의 선각자이시고, 그 때문에 이곳이 주산지가 되었던 것이 사실입니다. 처음에는 수출국인 일본에서 기술진이 와서 지질조사도 하고 이곳만이 재배 가능한 지역이라고 못 박았지요. 그러나 우리나라 전 지역이 재배 가능한 토질임을 나중에야 알았지요. 해서 지금은 제주도와 전라도 무안이나 충남 서산에서도 이곳보다 더 많은 양을 재배 수확하고 있어요."
"아니, 그게 정말입니까? 선생."
"모르고 계셨군요. 아마 그곳으로 사람을 보내면 보다 많은 양파를 확보할 수 있을 겁니다."
"고맙습니다. 선생께서 이 양봉구의 아둔함을 깨우쳐 주셨습니다."
"천만에요. 이곳 청랑의 창고가 부서지는 것을 미리 방지하는 것입니다."
"선생, 창고파손 운운한 것은 무심코 내뱉은 양봉구의 실언이니 잊어버리십시오."
"그러리다. 핫하하하."
그들은 웃음으로 헤어졌다. 돌아가는 길에 보디 관팔이 말한다.
"죄송합니다. 사장님의 체면을 세워드리지 못해서요."
"괜찮네. 오늘은 관팔이 아닌 호팔이가 와서도 결과는 마찬가지 일걸세. 그런데 한 가지 아쉬운 것은 관동팔경인가에서 마주친 적이 있었다면서 젊은 사람이 그리도 눈썰미가 없어서야."
"죄송합니다. 그때도 섣불리 덤볐다가 얻어맞는데 정신이 없어 사람은 자세히 못 보고 나의 보스가 엎드려서 청랑 왕초를 몰라봬서 죄송하다는 말만 들었을 뿐입니다. 지금도 그 이름을 듣고서야 그때 일을 생각했고요. 어쨌든 오늘 이 정도로 끝난 것은 다행입니다. 그리고 이 관팔이가 얼른 무릎을 꿇었기 때문입니다."
"예끼 이 사람, 자네가 기절해 있을 때 내가 먼저 무릎을 꿇었었네. 뻗어 있는 자네를 살리려고 말이야."
"그랬었군요."
"그래서 말인데 오늘 이후로는 이 양봉구가 자네들을 찾지 않을 걸세. 그 대신 조폭 관팔이 아닌 땀 흘리며 살아가는 관팔을 만났을 때 내 술 한잔 사는 데 인색하지 않을 걸세. 내 말 명심하고 잘 가게나, 관팔!"

양봉구는 얼마간의 지폐를 관팔의 주머니에 넣어주었다.

"감사합니다. 사장님."

그 후 얼마간의 시간이 흐른 다음 여주에 있는 여화산업 공장으로 관팔이 찾아왔다.

"누구신데, 무슨 일로 오셨습니까?"

덩치 큰 관팔을 의아스럽게 맞이하는 여직원이다.

"예, 나는 원주에서 온 관팔인데 공장장님께 전할 말이 있어서 왔습니다."

"잠깐 기다리세요."

"누가 날 찾아왔다고?"

하면서 나오는 공기호 공장장이다.

"날 찾는 사람이 당신이오?"

"예, 선배님, 저 관팔입니다. 인사 받으십시오."

하고는 땅바닥에 넙죽 엎드린다.

"이 사람이 왜 이러나. 젊은 사람이 밑도 끝도 없이? 나는 자네를 모르는데?"

"당연한 말씀입니다. 옛날 선배님께서 기호파 보스에서 은퇴하기 직전에 입문했기에 저를 모르시는 게 당연합니다. 그때 바로 형님께서 조직을 해산시켰기 때문에 갈 곳이 없는 저로서는 떠돌다가 3년 전에 대구의 자갈마당파에 들어갔습니다."

"이봐요 젊은이, 그랬으면 되었지, 지금은 그쪽 세계와 아무 상관이 없는 나를 찾아와 관심 밖인 얘기를 하는 이유가 뭔가? 나는 더 들을 이유가 없으니 그만 돌아가게."

공기호 공장장은 일어나 사무실로 들어가려 한다.

다급해진 관팔은 급기야

"청랑 왕초께서……"

그 소리에 홱 돌아서는 공장장이다.

"자네 지금 뭐라고 했나? 청랑왕초라고 했나?"

"예, 맞습니다. 그분을 만났습니다."

"그래? 언제, 어디서? 자세히 말해보게."

"예, 선배님, 얼마 전 원주의 군납업자 양봉구 사장이 저를 찾아와서 같이 가야 할 곳이 있다면서 저를 데리고 갔는데, 비사벌 고을의 저온저장용 창고였어요. 그곳 주인을 만났더니 왜 양봉구의 사업을 방해하느냐고, 나는 당신들 사업을 방해한 적이 '없다고.' 하는 창고주의 멱살을 잡는 양봉구 사장의 손을 조용히 떼어놓는 그에게 흥분한 양 사장이, 저돌적으로 달려들다가 상대가 비켜서는 바람에 헛손질을 하다가 넘어지면서 저에게 합세하기를 원하길래, 경호원 노릇을 해야겠기에 돌려세우며 한주먹 휘둘렀죠. 피하지도 않는 상대의 손에 내 주먹이 닿는가 했는데 연달아 두어 방 얻어맞고는 정신을 잃었었죠. 그리고는 깨어난 즉시 무릎을 꿇어 용서를 빌고 존함을 물었었죠. 나는 자네 같은 조폭의 형이 아니네. 굳이 말해야 한다면 시멘트 가루와 땀이 범벅되는 노가다에서 일해 온 청랑이네 하더이다. 형님을 몰라보고 죽을죄를 지었습니다. 사죄하고 물러났습니다. 저는 그 이후로 마음이 바뀌어 개과천선하려고 합니다. 이제부터라도 땀 흘리며 일할 수 있게 저를 좀 도와주십시오. 공장장님."

"음, 땀 흘려 일하겠다는 자네 생각이 기특하네만 지금 여기는 빈자리가 없네. 자네의 결심이 확고하다면 우선 원덕칠 사장을 찾아가 보게. 그곳에서 공구리 일을 하고 있으면 추후에라도 이곳에 빈자리가 생기면 그때는 자네를 부르겠네."

"감사합니다. 형님."

"이 사람, 관팔군, 자네의 성향을 바꾸려면 우선 상대를 부르는 호칭부터 고쳐야 하네. 건달의 습관에서 하나씩 벗어나야 한단 말일세."

"알겠습니다. 형님."

"그래그래 알았으니 이만 돌아가게."

"예, 형님."

"음, 오랫동안 몸에 베인 습관을 털어내려면 적지 않은 시간이 걸리겠는걸."

"그렇습니다. 형님."

"아, 잠깐, 관팔군, 내 깜빡하고 청랑왕초의 전화번호를 묻지 않았군. 몇 번인가?"

"죄송합니다. 상무님, 저도 알지 못하고 있습니다. 제가 다시 가서 알아올까요?"

"그럴 거 없네. 내가 직접 알아보면 되네."

"그럼 전 이만, 안녕히 계십시오."

왕초 청랑의 소식을 가져온 관팔은 갔다. 공 상무는 사무실 직원에게 비사벌의 전화국을 연결케 했다.

"상무님, 연결되었습니다."

"여보세요? 그곳 미보리 마을에서 창고업을 하는 청랑선생의 전화번호를 알고 싶습니다."

"실례지만 어디에 누구십니까?"

"예, 여기는 여주에 있는 여화 산업의 상무 공기호라고 합니다."

"무슨 일인진 몰라도 공 선생의 연락처를 알려주시면 그쪽으로 전화하시라고 전해 드리겠습니다. 개인의 사생활 보호 차원이니 양해하시길 바랍니다."

"좋습니다. 이곳 전화는 지금 연결된 이 전화로 여주국 0909번입니다."

"그러면 선생님의 전화번호와 이름을 청랑선생께 알려드리겠습니다."

공 상무는 전화기를 내려놓고 잠시 생각에 잠긴다. 그가 있는 거처를 안 이상 바로 찾아도 되겠지만 출장 중이거나 시간이 어긋날 수도 있겠기에 약속을 하고서 찾아가려 한다. 다음날 청량으로부터 전화가 왔다.

"공형, 미안해요. 내 그냥 차일피일 하다 보니, 전화를 못 했는데 전화국으로부터 전갈을 받았어요."

"왕초형, 내 불문곡직하고 그곳으로 가보고 싶은데 언제 가면 되겠어요?" "공형의 회사업무가 바쁠 텐데 시간이 되겠어요?"

"무슨 말씀, 내 아무리 바쁘다 해도 왕초형을 만나러 갈 시간은 얼마든지 있습니다."

"그렇다면 언제든지 오시오. 문을 활짝 열어놓고 기다릴 테니."

"좋아요. 내 조만간 불현듯 나타나리다."

요즘의 청랑은 거의 서재에서 보내는 시간이 대부분이다. 뒤늦게 시작한 집필에의 의욕은 그의 인생을 둘러싼 많은 번민을 잊게 해 준다. 그러기에 그는 지금의 이곳을 누구에게나 일부러 알리는 데는 익숙지가 않다. 그렇다고 숨어 사는 것도 아니기에 구태여 누굴 초대해서 저기 변명 같은 거 늘어놓기에는 서로에게

의자매의 결심 379

무의미하기 때문이다. 인간에겐 세월과 나이와 기력이 정비례함을 잊지 않는 것이 현명하리라.

"여기가 왕초 청랑의 집이구나……."

앞마당에 한 대의 승용차가 와 닿는다.

"왕초형 계십니까?"

굵직한 사내의 목소리다.

"공 상무로구나."

모퉁이를 돌아서 오던 청랑이다.

"나 여기 있소. 어서 오시오. 공기호 공장장."

"잘 있었어요, 왕초형?"

"허허 내가 왕초에서 밀려난 지 오래됐는데 아직도……."

"아무튼, 잘 왔어요. 공형."

힘찬 사나이들의 포옹이다. 그들이 누구든가 서로가 어려웠던 시기에 도움을 주고받았던 그들이 아닌가?

"왕초형은 상하이에서 언제 왔습니까?

"아, 그러고 보니 1년쯤, 아니지 한 2년쯤 되어가는 거 같아요."

"참으로 무심합니다. 왕초형, 그렇게 오래 되었으면서도 이 공기호에게 전혀 소식을 안 주시다니요?"

"미안해요. 공형, 내 돌아와서 노생 생활 1년에 중학을 졸업하고 뒤에 있는 저장창고 만들고 하다 보니 그만 늦어버렸어요."

"늦은 게 아니라 아예 연락할 마음 없었던 건 아니고요? 하기야 나의 왕초형이 언제는 나 여기 있네 하고 스스로 밝힌 적이 없는 분이니까."

"허허, 내가 그랬던가? 그러고 보니 청랑인 내가 생각해도 무심하기 짝이 없는 사람이군. 아차 그러고 보니 내가 상하이를 떠나올 때 공창호 영사에게 점심까지 얻어먹고 공영사가 나에게 말하기를 한국에 가시면 나의 기호 형님에게 안부 전해 주세요, 한 것을 2년씩이나 미뤄왔으니 내가 큰 실수를 했군."

"그랬습니까? 왕초형답게 잘하셨습니다."

"자, 공형과 내가 오랜만에 만났으니 어디 가서 점심 겸 소주라도 한잔합시다."

"그거 좋습니다. 그런데 왕초형은 저한테 언제까지 공형 운운하며 존칭을 버리지 않을 겁니까? 영 불편해서 죽겠습니다. 좀 더 다정하게 기호 동생, 이라고 할 수는 없습니까?"

"그것참 어려운 일이군, 습관도 습관이지만 나이도 비슷하고 거기다가 훌륭한 인품으로 회사의 중역이니 내가 막 대하기는 좀……."

"벌써 잊으셨습니까? 왕초형이 아니었으면 건달 보스에다 삼청교육대에 잡혀가서 죽었을지도 모를 공기호입니다. 이젠 나를 좀 편하게 대해 주세요. 왕초형."

"그래 좋아, 기호 동생 한 사람을 업고서 왕초 이름을 유지해 봄세."

도축장 옆 고기 식당에서 소주잔을 마주한 청랑과 공기호 두 사나이 시간 가는 줄 모르고 회포에 젖는다.

"왕초형께 한 가지 궁금한 게 있습니다."

"뭐가 말인가?"

"형수님과 아이들은 어디에 있고 왜 혼자만 있는 겁니까?"

"아, 그게 말일세, 내 아까 말하지 않았던가? 수원에서 잘 지내고 있다고."

"제가 알기로는 늘 객지로 나다니던 왕초형인데, 노가다를 떠나있는 지금에도 혼자서 있으면 형수님이 그냥 두고 보지는 않을 텐데요?"

"그렇지가 않네. 나의 방랑벽도 문제지만, 같이 있게 되면 나의 요구사항이 그 사람에게는 아주 귀찮고 하기 싫은 일이거든, 그 때문에 나를 이곳에 내버려 두는 것은 나로서는 다행이라 해야겠지."

"그 말씀대로라면 형님께선 아내에게 얽매이지 않고 혼자가 자유롭다 이말 입니까?"

"얼마나 좋은가? 나를 찾는 지인들에게 편히 쉬어가게 할 수 있는 곳이면 나에게는 좋은 곳이네. 나는 그렇다 치고 공 상무는 제수씨와 잘 지내시겠지? 안부가 늦었네."

"그럼요. 괜찮게 되는 장사 덕에 아내 춘천댁의 수입이 공장장의 월급보다 훨씬 나은 편입니다."

"그렇다면 아주 좋은 현상 아닌가? 축하와 함께 앞날의 번창을 기대하네."

"감사합니다. 아마도 제가 청랑형 있는 곳에 다녀왔노라 하면 왜 모시고 오지 않았느냐고 제 안식구가 아쉬워할 겁니다. 그리고 이 공기호가 청랑형의 변신을 보고 있으면 신기하고 대견스러워서 형의 그 깊이를 가늠할 수가 없습니다."

"이 사람 공 상무, 그저 보편적인 자질을 가진 청랑이라 봐주면 되는 것이네. 나보다도 공 상무야말로 입지전적 인물이 아닌가? 남보다 짧은 시간에 주식회사 여화 산업의 상무에 올라있으니 말일세."

"과찬의 말씀입니다만 그게 다 청랑 형의 덕택인 걸요. 그러기에 나 역시 청랑형의 뜻을 본받고는 싶으나 그게 어디 아무나 할 수 있는 일입니까?"

"이 사람 공 상무, 한두 가지는 몰라도 모두 다 본뜰 생각은 말게나. 그중엔 비정상인 것도 많으니까. 그래서 나는 나름대로 지난 일을 되돌아보는 반성문을 틈틈이 만들어 본다네. 그렇다고 결코 후회 같은 건 하지 않을 걸세. 그때마다 내 운명을 거역할 수 없었으니까."

"그리고 보면 청랑 형이 어떤 일에 부딪혔을 때 타산 같은 거 앞세우지 않고 있는 그대로를 받아들인 형이었으니까요."

"그래, 공 상무가 그렇게 이해해 주어서 고맙네."

"참 오늘 낮에 들어오다 보니 현관 입구에 쑹리매 장학재단이란 현판이 세워져 있던데 청랑형이 운영하는 겁니까?"

"그렇다네. 하지만 아직은 시작에 불과하네. 이번 새 학기에 4명의 학생을 선발해서 고교 진학을 지원했네. 재단의 운영은 공 상무도 만난 적이 있는 상하이의 쑹리매 회장의 출연금으로 시작했네."

"그렇군요. 그분이 한국에서까지 그런 뜻을 담았군요."

"그렇네. 처음에 내 처지를 돕기 위해 그냥 준 것인데 나 혼자 쓰기에는 너무 큰 금액이어서 내 맘대로, 재단을 설립하고 쑹리매 회장에게는 사후통보와 동의를 구했었네. 그랬더니 이름까지는 허용하는데 그 대신 시작부터 운영 일체와 책임소재까지 청랑에게 위임한다 하더군."

"그랬군요. 청랑형의 정의로움이 또 한 번 빛을 발하는군요."

"그래, 시작하고 보니 마음은 뿌듯하네. 어떤가? 공 상무 우리 지금 이대로 소박하게 살아가면 되지 않겠나?"

"그럼요. 청랑 형과 함께하는 술맛이 한층 좋은 것은 이런 때문이겠지요."

"그렇다면 공 상무가 기왕 내려온 김에 며칠쯤 술독에 푹 잠겼다 가지 않겠나?"

"천만에요. 왕초형이 누굴 회사에서 쫓겨나는 거 보고 싶은 겁니까? 내일은 일찍 올라가겠습니다."

"내 그럴 줄 알았네. 행여라도 그럼 며칠 더 있겠소 라고 할까 봐 은근히 겁이 났는데."

"웬걸요. 왕초형이 누굽니까? 공 상무, 저 사람 제 밥줄 끊어질까 봐 내 아무리 붙잡아도 회사일 바빠 나는 가야겠다는 대답쯤은 알고 있는 형님이잖소."

"허허, 이거야 원. 공 상무에게 내 얄팍한 속내를 들키고 말았군. 그런 의미에서 오늘의 마지막 술잔으로 건배하자."

다음 날 아침 일찍 일어난 청랑은 푸줏간 옆의 식당으로 가서 선지해장국 한 냄비를 사 왔다. 쌀을 씻어 밥을 짓고 다시 한번 데운 해장국으로 아침밥을 준비했다. 해오름에 일어난 공 상무와 겸상을 했다.

"형님의 해장국 솜씨가 일품이군요."

"그거야 솜씨 대신에 발품을 팔았지. 도축장 옆 식당에서 사 온 거네."

"좋군요. 이 정도면 그냥 이곳에 눌러있고 싶어지는데요."

"이 사람 큰일 날 소리, 우핫하하, 두 사내의 유쾌한 웃음소리다.

"왕초형, 잘 지내십시오."

"공 상무도 조심해서 잘 가게나."

이곳 청랑의 집에 또 한 사람의 지인이 다녀갔다. 청랑은 농가들이 맡긴 양파 보관에 신경을 기울였다. 저장했다가 출하할 때 상해서 나오는 양파가 없어야 한다. 창고 내의 온도 조절은 물론이고 그보다도 양파를 담은 저장용 가마니가 중요하다. 통풍이 잘 안 되는 가마니 속에서 발생하는 열기로 인해 밭에서 뽑을 때

호미 끝에 찍힌 상처 부분이 썩어져 나오기가 일쑤다. 개선책이 없을까? 그래! 그물, 고기 잡는 그물이면? 열기만 빠져나가고 식품은 부패를 면할 수 있을 것이다. 가마니나 마대에 구멍을 뻥뻥 뚫어서 통풍을 원활히 하는 방법, 그물자루를 만들면 되는 것이다. 방법은 마대를 생산하는 공장에다 의뢰하면 된다. 좋아, 청랑은 마대를 만드는 공장엘 찾아갔다. 부산항의 부둣가 근처에 있는 공장을 물어물어 찾을 수 있었다.

"무슨 일로 오셨는지요?"

"예, 사장님을 만나고자 왔습니다."

그곳 직원에 안내되어 2층 계단에 올라서니 사무실이 있었다. 사장실로 들어갔던 직원이 나오면서

"들어오시랍니다."

사장실로 들어선 청랑의 시야에 근무복 차림의 중년의 여인이 만지던 서류를 덮고

"제가 이곳의 사장입니다만 절 만나러 오셨다고요?"

"에, 처음 뵙겠습니다. 저는 농촌 마을에 조그맣게 위탁 창고를 운영하는 청량이라고 합니다."

"그런데 선생께선 무슨 일로 나를?"

"예 저는 농산물을 담는 마대에 대해서 의논드리고 싶어서입니다."

"마대에 관한 거라면 여기까지 안 오셔도 지역마다 대리점이 있는데 그곳에서도 얼마든지 살 수 있을 거예요."

"알고 있습니다만 기존 마대와는 별도의 특수마대가 필요하기에 사장님께 의논드릴까 해서 왔습니다."

"그러시다면 말씀하세요. 들어보기나 합시다."

"그럼 말씀드리겠습니다. 제가 있는 곳은 비사군 미보리 마을이며 그 일대는 양파 집산지입니다. 저는 오랜 객지 생활에서 낙향하여 서너 개의 창고를 만들고 농가로부터 생산된 양파를 위탁 저장하고 있습니다. 물론 가마니와 마대에다 담긴 양파를 보관하다 보니 썩어 나가는 게 많아서 통풍이 잘되는 그물 마대를 생산 사용하고자 사장님을 찾아왔습니다."

'통풍이 잘되는 그물 마대라…….'

순간 사장의 눈동자가 반짝 빛난다.

"선생의 생각을 구체적으로 말씀해 보세요."

"예, 제 생각은 기존의 투박한 마대보다는 실이 가늘고 질긴 것으로 그물처럼 얼기설기 천을 짜서 통풍이 잘되는 농산물 전용 자루를 만들었으면 하는 생각입니다만, 고급재료가 아닌 질기고 값싼 소재로 말입니다. 그렇게 할 수만 있다면 곡물을 제외한 양파, 마늘, 배추, 양배추 등을 신선한 상태로 공급할 수 있으리라 생각됩니다만 사장님께서 관심을 두고 추진할 수는 없으신지요? 지금 당장은 아니라도 빠를수록 좋을 듯합니다. 언젠가는 그 누구에 의해서라도 만들어지겠지마는 그 전에 사장님께 제일 먼저 의논드리게 됩니다."

"그래요. 듣고 보니 좋은 발상입니다. 우리 공장에서 시도를 해보겠습니다. 그런데 그렇게 하려면 특허권 문제가 생기겠는데?"

"염려 마십시오. 제품에 대한 특허권은 사장님이 가지시고 성공하시면 아이디어 제공자에게 소주나 한잔 사시면 됩니다. 그리고 제품이 나오면 이 창고지기가 10만 장을 예약 구매하겠습니다. 저는 장삿속이 아닌 농가에다 원가로 공급할 예정이니 그 점을 참작해 주셨으면 합니다."

"좋아요. 청랑선생, 이삼일만 생각할 여유를 주세요. 그리고 선생의 연락처를 알려주세요."

"예, 사장님. 저의 주소는 영남도 비사군 미보리로 426번지며 전화는 비사벌국 7174입니다."

"그렇군요. 이곳은 주식회사 부산 마대 공업사이며 전화는 영도국 8484번에 사장은 마성녀입니다. 그리고 청랑께서는 이 문제를 다른 회사에는 얘기 않기를 바랍니다."

"당연하지요. 마성녀 사장께서 포기하시지 않는 이상 절대로 그런 일은 없을 겁니다."

면담을 마친 청랑은 부산 마대 사장실을 나왔다. 청랑을 보내고 난 마성녀 사장은 자신의 무릎을 '탁' 쳤다. '바로 그거야. 청랑이란 사람. 나에게 참신한 아이디어를 던지고 갔다.' 그녀는 곧바로 종이 위에 도안을 그리기 시작한다. 공장장과 기획실장을 불러 구체적인 초안과 계획서를 준비해서 특허출원을 했다. 드디어 농산물 저장용 그물망으로 특허를 따내는 데 성공했다. 그 후 3일이 지나서 어디론가 전화를 한다.

"청랑선생, 나 부산 마대 공업사의 마성녀입니다. 선생의 아이디어로 특허를 따내고 곧바로 제품 생산에 들어가니 그리 아시고 한 번 들러 주세요."

"예, 그러지요. 출발 전에 전화 드리고 가겠습니다."

마성녀 사장은 즉시 제품 생산에 들어갔다. 먼저 원단 생산 시스템을 보강해서 그물 원단을 만들어내고 20kg을 담을 수 있는 크기로 자루를 만들기 시작했다. 창고업자 청랑이란 자가 와서 보아야만 하겠지만 그가 와서 마음에 들지 않아서 구매를 취소한다 해도 염려될 거 없다. 이 그물망 아이디어 자체가 마대공업 사장에게 확신하게 했기 때문이다. 청랑이 마대 공업사를 처음 다녀온 날로부터 보름쯤 지나서 전화했다.
"여기 미보리 창고의 청랑인데 사장님과 통화 부탁합니다."
"사장님, 전화에요. 미보리의 청랑이랍니다."
"그래? 이리 줘 봐."
수화기를 뺏듯이 받아든 사장,
"청랑 선생, 나 사장이에요. 우리 회사에는 언제 오실 거예요?"
"예, 지금 출발하면 3시쯤이면 공장에 들를 수 있겠습니다."
"그럼 기다리겠습니다."
설마 온다는 약속 변경되지는 않겠지, 마성녀 사장의 노파심일 뿐 오후 3시에 어김없이 나타난 청랑이다.
"어서 오세요, 선생."
사장은 처음 때와는 달리 그를 환대한다.
"사장님께서도 잘 계셨습니까?"
"그럼요. 선생의 말을 믿고 의욕적으로 추진하고 있습니다만 판로에 대해서는 아직 미지수입니다. 그렇지만 선생께서 도와주시리라 믿습니다."
"사장님의 그 말씀은 은근히 나 청랑에게 책임을 묻는 거 같습니다."
"그런 뜻이 아니고 선생에게 그만큼 신뢰를 얹어놓고 있다는 말씀입니다."
"염려 마십시오. 제가 구매키로 한 10만 장은 최우선으로 가져가겠습니다. 왜냐하면, 사장님의 도안과 구상이 내가 생각하는 그물망과 다르지 않으리라 믿기 때문입니다."
"역시 청랑 선생은 이 마성녀의 근심을 툭 털어주시는군요."
"그래서 장부일언 중천금이라 하지요."

"허허, 선생은 시골에 묻혀 사신다면서 갱물 먹고 지내온 부산의 마성녀를 꼼짝 못하게 하는군요. 오셨으니 우리 공장 시스템을 한 번 둘러보시고 저녁에는 소주나 한잔합시다."

"그래도 되겠습니까?"

"물론이요. 우리는 이제 동업자가 되고 특허권에 대한 한 잔 술의 약속도 있잖습니까?"

청랑은 사장의 안내로 공장을 견학하는 특례를 누렸다. 그리고 사무실로 와서 10만 장의 구매계약서에 서명했다. 물품 대금 5백만 원의 십 퍼센트를 계약금으로 선급 처리했다. 사장 마성녀는 속으로 감탄했다. 허름한 작업복 차림의 촌뜨기 사내가 갱물에 절인 여사장 마성녀를 놀라게 하고 있다.

"이제 가십시다. 선생의 아이디어로 특허를 받았으니 한 잔 술은 내가 사야지 않겠어요?"

"그런 뜻이 담긴 한 잔 술이라면 당연히 마셔야지요."

사장 마성녀의 추후에라도 특허권에 대한 청랑의 소유권을 차단하겠다는 계산된 발언에 흔쾌히 답하는 청랑이다. '역시 청랑이란 이 사내 특허권의 중요성을 모르는 사람이구나.' 그러나 그걸 모르는 게 아니라 애초에 특허권에의 미련 같은 거 없었던 청랑이다.

"어디로 갈까요? 청랑선생?"

"그거야 사장님 좋을 대로 하십시오. 저야 받는 입장이니 주시는 분의 뜻에 따라야지요."

"그럼 이렇게 해요. 선생께서 부산에 오셨으니 자갈치에 가서 복국이라도 먹읍시다."

자갈치의 복어전문집, 지난날에 와본 곳이기도 하다. 마 사장도 수행원 없이 청랑과 단둘이다. 그만큼 상대남에 대한 경계심 같은 거 없다는 뜻이다.

그들은 복집의 한쪽 자리에 앉았다.

"어서 오세요. 사장님, 오랜만에 오셨군요. 바쁘셨던 모양입니다."

"바빴다기보다는 같이 올 사람이 없어서 못 왔는데 오늘은 술 친구가 있어서 왔습니다. 우리는 복 냄비하고 소주 한 병 주세요. 그리고 복지리도 보내 주시고요."

"예 예 알겠습니다."

마대 사장과 동석한 청랑은 마음속으로 흠칫 놀랐다. 사장이란 이 여자 완전히 남성적 기질에다 술꾼이로구나 싶다.

"청랑선생, 양해하세요. 처음부터 소주로 막 들이대서 염치가 없습니다만 한 잔 술 하는 사람에게 소주만 한 술이 없거든요."

"나도 그렇게 생각합니다."

"다행이군요. 그러나 내 기분에 들떠서 상대의 취향이나 의견을 묻지도 않았으니 말입니다."

"잊으셨습니까? 특허를 취득하면 소주 한 잔 사기로 하지 않았습니까?"

"참 그랬었지요. 그때 그 말을 들었을 땐 옳지, 모처럼 제대로 된 술꾼을 만났구나 했는데 역시 선생은 한 잔 술의 의미를 잘 아시는 분이군요. 아무튼, 저로서는 복요리가 좋은 거라 믿었으니 나쁘지는 않을 거예요."

"그렇습니다. 저도 좋아하는 음식입니다."

"자, 한잔합시다."

호쾌하게 술잔을 부딪는 그들이다.

"그런데 선생께서는 자신의 아이디어인 특허에 대해서는 전혀 관심을 두지 않으신 듯하니 그 속내가 어디에 있는지 가름이 안 되는군요."

"아, 그거야 그 분야의 전문가가 잘 활용하여 좋은 성과를 낼 수 있을 테고, 나 청랑은 한 잔 술에 세상이 즐겁고 늘 작업복에다 농산물 저장창고 문을 여닫는데 만족해하는 창고지기에 불과합니다."

그때 식당 안 주인이 다가오며

"마 사장님, 복싱건탕 가져왔습니다."

"고마워요, 아지매."

"사장님께서 오늘은 친구분 하고 같이 오셨네요."

"그래요. 우리 회사 고객이며 친구예요."

"잘 오셨어요. 친구분님, 마 사장님은 가끔 혼자서만 잘 오시는데."

하고 수다를 놓는다.

"그렇군요."

통상적인 화답이다.

"가만, 인제 보니 전에 모친분과 함께 오셨던 왕초님, 그분이 맞으시죠?"

"왕초라니? 그 또 무슨 소리여요? 그럼 청랑이 골목대장이란 말이오?"

"그게 아니고 사장님, 뭐라더라? 아, 맞다. 노가다 왕초라고 했어요."

"그게 정말이요 청랑?"

"허허 속절없이 내 밑천이 들통나는군."

"오랜만에 오셨어요. 왕초님, 그때 같이 오셨던 모친께서는 잘 계십니꺼?"

"예, 아주머니, 저희 어머니는 잘 계십니다."

"그때 모친께서 어찌나 웃기시던지 그날 밤에 내 배꼽 치료하느라 애먹었습니다."

"감사합니다. 저의 모친 때문에 많이 웃으셨다니."

"그때도 왕초란 이름 때문에 어찌나 웃기시던지? 아 내 정신 좀 보소, 왕초님이 오시기만 하면 내가 일을 제대로 못 한다니까."

한바탕 수다를 놓고 가는 식당 안주인이다.

"이보시오, 청랑 혹시 남포동이나 서면의 조직 두목이었어요?"

"그럴 리가요, 조금 전에 들으신 대로 노가다 오야지, 그 오야지란 일본 말이 싫어서 나 스스로 오야지가 아닌 왕초다, 했더니 그때부터 사람들이 나를 왕초청랑이라 불렀어요."

"이런 세상에, 그러고 보니 나와 동급이네? 우리 회사 사람들도 내 앞을 벗어나면 마 여사, 아니면 오야지라고 하거든요."

"그럴 수도 있겠군요."

"사장님, 그리고 청랑선생, 이 복 집에는 나만 와본 줄 알고 기껏 자랑했더니 그게 아니었네."

"미안해요. 미리 말씀 못 드려서, 내 지난날에 어머님 따라 자갈치에 왔다가 여기에 들렀던 적이 있어요. 그리고 왕초 논란으로 한바탕 웃음 소동이 있었는데, 이 집 안주인의 총명한 기억력이 나를 알아보고 말았습니다."

"그러네요. 이 집 안주인 덕에 청랑에 대한 내력 하나쯤 알게 된 것이 어딘데요. 청랑의 내력을 한꺼번에 아는 것보단 양파 껍질처럼 한 장, 한 꺼풀씩 벗겨보는 재미도 괜찮거든요."

"그렇습니까? 하지만 양파는 벗겨봤댔자 속살은 여전히 같은 색깔과 같은 맛일 뿐입니다."

"역시 선생의 말씀은 더 이상 숨겨진 내력이 없다는 말씀이군요."
"자, 한잔합시다."
그들은 술잔을 부딪쳤다. 시간이 지날수록 복 집 안의 빈자리가 줄어든다. 퇴근 후의 식객들이다.

"어서 오세요. 선생님."
"아줌마, 우리도 복 냄비하고 소주 한 병 주세요."
"네네 금방 올리겠습니다." 미리 준비된 복 냄비를 가져와서 가스버너에 불을 붙이고 올려놓는 안주인이다.
"오랜만에 오셨네요. 화백님과 선생님."
"그래요, 아줌마."
"오늘은 무슨 좋은 날인가 봐요. 화백님."
"왜요, 아주머니? 우리 말고 또 누가 나타난 사람 있습니까?"
"그럼요 화백님, 언젠가 오래전에 디게 웃기시던 할매와 같이 왔던 왕초인가 하는 분도 오셨거든요. 왜 화백님도 같이 있었잖아요."
"잠깐, 지금 뭐라 했습니까? 아주머니, 누가 왔다고요?"
주인아줌마는 무슨 특급정보라도 알려주듯 화백의 귀에다 입술을 가까이하고 속삭인다.
"그때 그 노가다 왕초란 분이 저쪽에 와 있단 말이에요."
'아차, 내가 함부로 말하면 안 되는 건데, 이러다가 장사 망가지는 것 아닌지 모르겠네. 고객의 비밀을 말하면 안 되는 건데 요놈의 주둥이가 문제야' 하면서 돌아선다.
"아니, 아줌마. 말을 하다말고 왜 그래요. 비밀은 뭐고 문제는 또 뭐예요?"
주인댁 다시 돌아선다. 화백이 다그치지 않아도 말하지 않고는 못 배기는 주인댁이 아닌가?

"저, 화백님, 왕초란 분 혼자가 아니고 이 바닥에서 꽤 잘 나가는 여사장하고 같이 있어요."

"에이, 아줌마도 그게 뭐 대단한 거라고? 상대가 사장이면 사업상 만나는 술자리겠지, 알았어요, 아줌마."

주인댁은 고개를 갸우뚱하고 가버린다. 왕초와 화백이 싸웠나? 아주 친한 사인 줄 알았는데 여자와 같이 있다는 데도 시큰둥한 걸 보면 차라리 다행이다. 내 입방아가 욕 안 먹고 넘어갈 수 있으니.

"얘, 은옥아! 한잔하자."

"응, 역시 복국은 속을 편하게 해 주거든."

화백 루산나는 또 한잔이다.

"그런데 루산나야, 이 집 아줌마 너 귀에다 대고 무슨 말 하더노?"

"아, 그거 무슨 왕초하고 여사장이 저쪽에 와 있다나 뭐 나하고 상관없는 얘기야. 이 집 단골 여사장과 조폭 왕초 얘기를 나한테 할 필요 없는데 저 아줌마 매사를 그냥 넘기지 못하는 게 흠이야."

"그래도 너한테만 알려주는 거잖아?"

"그건 그렇지만 나하고 상관없는 일에 신경 쓰지 말고 술이나 마시자."

건배하고 한 술잔 쭉 들이키는 그녀들은 중등교사 정은옥과 화백 루산나다. 그들은 자신들의 영역 외는 무관심 하려 하는 예술가의 본능적인 자존심이다. 그러나 은옥의 생각은 다르다.

"얘, 화백아, 아까 주인아줌마가 너한테 왕초 어쩌고 했으면 혹시?"

"혹시 뭔데?"

"왕초는 청랑을 두고 한 말이 아닐까?"

"설마? 그 오빠가 이 집 아는 여사장하고 왜 여기를?"

"그야 모르지, 그 오빠가 아닐 수도 있지만 맞을 수도 있잖아. 너 인제 보니 청랑에 대한 관심이 멀어졌구나. 전 같으면 자다가도 벌떡 일어날 이름인데."

"그건 아니야. 관심이 없는 건 아니야."

"그러면 확인이라도 해보자. 여기서는 안 보이잖아."

전 같으면 탁 트인 객석 마루라 몸을 돌려 훑어보기만 하면 다 보이는데 지금은 탁자와 탁자 사이로 사람 앉은키만큼의 나무 칸막이가 되어있어 앉아서는 확인할 수가 없다.

"그러고 보니 궁금하긴 하네?"

지금은 비사벌에 있을 청랑을 얼마 전에 보고 온 루산나 화백이다. 혹시 어무이한테 다니러 왔나? 그래도 이곳 부산에는 나 말고는 아는 여자라고는 없을 텐데, 안 되겠다. 남의 좌석을 기웃거릴 수는 없고, 이 집 안댁에게 다시 물어봐야겠다.

"아지매요!"

하고 주인댁 쪽으로 손짓을 해서 불렀다.

"화백님, 뭐 더 필요한 거 있습니꺼?"

"그보다 아지매요, 아까 그 왕초니 하는 사람, 아직도 거기 있습니까?" "그럼요. 왜요? 싸우셨어요? 전에는 아주 친하셨잖아요. 그러고 보니 싸우신 게 맞네. 왕초라는 사람은 딴 여자하고 왔고, 화백님은 별로 관심 없어하는 걸 보니."

"그럼 아지매 보기에는 내가 아는 왕초가 맞는다는 말입니꺼?"

"화백님도 참, 내가 이래 봐도 눈썰미랑 기억력 하나는 알아준다는 거 아입니꺼. 안 믿어지면 한 번 가보시던가요? 역시 싸우셨구나. 망설이는 거 보니."

의자매의 결심 395

"애, 루산나야, 내가 확인해 보고 올게. 아지매 어딥니꺼?"
"그 자리가 저기 저 끝에 2번 테이블이요."
은옥이 화장실 가는 척 지나치며 슬쩍 쳐다보았다. 눈길이 마주친 것은 여자였다. 그리고는 두 사람 동시에 깜짝 놀랐다.
"어? 너는 마성녀, 마성녀 맞지?"
"그래 정은옥, 네가 웬일이냐? 복 먹으러 왔나?"
"그래 오랜만이다. 마성녀, 니 혼자 왔나?"
"아니다. 니 이 보면 모르나 남자 친구하고 같이 왔다 아이가?"
"그렇구나. 어떤 친군데?"
"그냥 사업상 아는 친구다. 너는? 너도 혼자 오지는 않았을 테고?"
"그래 나는 루산나 하고 같이 왔다."
"뭐? 루산나면 그림 하는 화가 루산나 말이가?"
"그래, 화백 루산나 말고 루산나가 또 있더나? 그럼 내가 가보고 와야지."
두 사람의 대화를 듣던 청랑이 깜짝 놀랐다. 정은옥이면 루산나의 단짝 은옥이? 그는 돌아보지 않을 수 없었다. 놀라운 일이다. 은옥이가 맞다.
"아니? 은옥씨, 은옥 씨가 여길?"
"청랑 오빠,? 청랑오빠가 맞네. 나는 긴가민가했는데. 역시 청랑오빠였구나."
"야아, 정은옥 네가 청랑선생을 우째 아노?"
"무슨 소리, 너보다는 옛날부터 우리 오빠였느니라."
이럴 수가. 놀란 것은 마성녀 사장이다.
"청랑 오빠, 화백 루산나도 왔습니더."
"그래요. 어디? 고마, 우리 자리로 가입시더."

"안 된다. 너그들 뭐라카노? 나하고 같이 온 청랑선생을 오빠 어쩌고 하면서 납치를 하시겠다. 그것은 안 될 말씀 차라리 너그들이 이쪽으로 오너라. 그 가시나 얼굴 좀 보자."

"청랑오빠 괜찮겠습니꺼? 우리가 여기로 합석해도 말입니더."

"마성녀 사장께서 정식 초대하신 거니 그렇게 해요."

"알겠심더. 내 가서 루산나 데리고 올게요."

은옥이 가고 얼떨떨해진 마성녀. 도대체 어찌하여 내 여고 동창들하고 오빠 동생으로 아는 사이인가? 청랑선생, 귀신이 곡할 일이네.

"우째서 저 친구들하고 오빠 동생 입니꺼?"

그때 은옥이 루산나를 데리고 왔다.

"청랑 오빠, 정말이네. 랑 오빠가 여긴 어떻게? 그리고 마성녀, 니는 우리 청랑오빠를 우째 알고?"

"어쨌든 오랜만이다. 마성녀. 이 집 아줌마가 이 루산나의 왕초 오빠가 잘 나가는 여사장과 함께 있다더니, 마성녀사장 너였구나."

"그래 나야말로 청랑 선생과 오늘 좋은 기분으로 한 잔 하려 하는데 느닷없이 뛰어든 여고 동창들이 훼방을 놓다니?"

"천만에 훼방이라니? 정신 차려라. 마성녀, 분명히 말하지만 청랑오빠는 틀림없는 나의 오빠인데 너 우짤끼고? 우리를 합석시켜 줄래, 아니면 청랑 오빠를 우리 자리로 데려 가버릴까?"

"그래, 앉아라, 앉아. 오랜만이다. 영교하고 은옥이, 동창 모임에서 가끔 보긴 했어도 우리 셋이 따로 만난 건 처음이다."

"얘들아, 그래 마성녀 넌 사장이랍시고 매번 바쁘다고 핑계가 많더니 오늘은 어쩐 일이냐? 나의 랑 오빠하고 술 데이트라?"

"얘들아, 오해하지 마라. 청랑선생과 나는 사업파트너야."

"정말이에요 랑 오빠?"

"그래, 우리 농촌에서 필요한 물품을 마 사장께 부탁해 놓은 거야."

"그럼, 랑 오빠가 마성녀 사장의 고객이네!"

"얘들아, 은옥이, 영교, 그것은 사업장 얘기고, 지금은 사업시간 외의 술 데이트야."

"오라, 인제 보니 너 마성녀, 사업 핑계로 우리의 청랑 오빠를 적당히 유혹해 보시겠다 그거로군."

"그래, 너희도 알다시피 나 홀로 된 지 오래인 이 마성녀가 아니냐? 그래서 모처럼 만난 청랑이란 남자와 독수공방 한 번 면해 볼까 했더니 너희들이 나타나서 초를 치다니. 이 마성녀의 꿈이 물 건너가는 소리가 들리는구나!"

"그러기에, 성녀사장, 그대가 넘볼 사람을 넘봐야지, 감히 우리 청랑오빠를 넘보다니?"

"허허, 여고 동창생들께서는, 나 청랑을 담은 농담일랑 그만하고, 한 잔술의 즐거움을 그대로 가져갑시다."

"그래요 청랑선생, 그러고 보니, 사장님에게는, 미안합니다. 갑자기 내 동생들이 뛰어들어 여사님의 심기를 어지럽힌 거 같습니다."

"괜찮아요, 그게 어디 청랑의 잘못이겠습니까? 오늘의 이 복집을 선택한 것은 나, 마성녀인데, 누굴 탓하겠습니까. 소위 청랑선생의 동생이라 자처하는 저 친구들이 이곳에 나타나리라곤, 전혀 생각지 못한 내가, 운이 안 좋은 거예요."

"그래 마성녀, 네 말대로 너의 운이 안 좋지만, 반대로. 이 집을 선택하게 된 청랑오빠는 액운을 면하게 된 거잖아."

"그건 또 무슨 소리야? 어째서 액운이라고 생각해?"

"그거야 중년 여사장에다 싱글인 성녀 네가, '청랑 선생님! 이 독신녀의 고독이 어떻고' 하면서, '오늘은 저와 함께 있어 달라'고 매달리면, 마음 약한 청랑오빠. 이러, 저러지도 못하고서 얼마나 난처해지겠니? 그러한 오빠를 우리가 구제할 수 있었으니 얼마나 다행인가?"
"그래, 너희들 그 못된 상상을 전혀 부인하지는 않을게. 예나 지금이나 남자 복이 없는 나 마성녀에게 다가오던 행운 같은 것이 너희들 때문에 날아가 버렸으니, 아쉬움은 남는구나. 그런데 나는 그렇다 치고, 청랑선생은 어느 쪽이에요?"
"음. 그것이…"
"어서 말해 봐요. 랑 오빤 어떤 생각인데?"
"음. 그게 말이다, 기어이 말을 해야 한다면, 마성녀 사장과 같은 미인과의 데이트를 못 하게 된 것은 손에 잡힐 듯한 행운을 놓친 거나 다름없겠지?"
"바로 그거에요. 청랑선생의 생각도 나와 같을 건데, 너희들은 정말로 얄미운 나의 여고 동창들이야. 그렇지만 어쩌겠니? 오랜만에 만났으니 술이나 한잔하자. 건배다."
"그런데 랑 오빠를 성녀 사장에게 누가 연결해 주었을까?"
"그러게 말이다. 본인인 나도 잘 모르겠네. 청랑선생이 직접 설명할 수밖에 없겠는데요."
"그거야 내가 필요에 의해 마대 공업사를 찾아갔고 그 회사를 선택한 경로를 말하자면, 내가 위탁받아 저장하는 양파의 부패를 방지하려면, 그물자루가 있어야 하는데, 판매 대리점을 모두 답사해도 아직은 그런 제품이 없다는 거야, 그래서 그걸 만들 수 있는 회사를 찾다 보니 마대 공업사가 적임이라 생각되어, 그곳 사장에게 주문제작을 의뢰하게 된 거였어. 고맙게도 마성녀 사장은 흔쾌히 승낙했고, 계약을 체결한 기념으로 오늘 이 복 집에서 소주 한 잔을 하게 된 건데 이곳에서 루산나와 은옥을 만났으니, 나로서는 일석이조가 된 셈이지."

"그렇게 된 거로구나. 그렇다면 성녀 사장, 친구로서 부탁한다. 우리 청랑오빠 많이 도와줘야겠다."

"그건 염려 마라. 너희가 말하지 않아도 그럴 수밖에 없게 되었어. 왜냐하면, 청랑선생은 이미 우리 회사에서 외면할 수 없는 아주 귀한 고객이 되어있거든, 한마디로 생산자와 소비자의 공생관계가 된 장사꾼이랑 말씀이다."

"그래 그건 좋은데 한 가지 찜찜한 건, 성녀 네가 사업자이기보다는, '나 홀로인 여자'라는 거야. 때문에, 영 마음이 놓이지 않는단 말이다."

"얘 영교 그림쟁이 듣자듣자 하니 여태껏 사업에만 전념해온 나를, 무슨 바람난 과부로 몰고 가다니? 고요히 잠자는 내 가슴에 돌팔매질하겠다? 그러면 내가 진짜로 청랑을 남자로 보는 수가 있다. 그때는 영교 너에게 책임이 있다는 걸 명심해라."

정색하는 마성녀다.

"아차, 나의 노파심이 코 고는 호랭이를 건드리는 격이 될 수도 있겠구나. 아! 아니다 농담이다 농담이야 내 말이 심했다면 미안하다 미안해."

"그것 봐라, 금방 뉘우칠 것을 가지고, 그러고 보니, 화백 루산나 너 청랑에게 보통으로 마음 쓰는 게 아니구나?"

"그래 그건 맞아, 나 은옥이가 잘 알고 있지."

"알고 있다니 그게 뭔데?"

"청랑오빠는, 루산나의 첫사랑 남자였어, 아주 오래된 우리들의 여고 때부터였지."

"그랬었어?"

"그러고 보니 저 새침데기 영교, 수업시간에도 멍하게 창밖을 내다보며 생각에 잠기다가 선생님에게 호된 질책을 받은 적이 있었지?"

"그래 성녀야. 그때는 내가 사춘기였는지, 순전히 청랑 오빠 생각만 머리에 꽉 차 있었거든."

"그럼 그때 영교 너를 이상한 아이로 만들었던 장본인이 청랑이야?"

"그래 맞아."

"야 영교, 그게 말이 안 되잖아? 그 정도였다면 지금은 청랑과 너 두 사람이 부부가 되어있어야지, 그런데 지금의 네 남편은 설 선장이잖아? 그리고 보니 문제 있는 여자는 나 마성녀가 아니고 너 최영교였네, 간 크게도 남편 따로 애인 따로 이중플레이를 하는 화가 루산나를 어찌 평가해야 하나? 뭐 예술가의 정신철학 뭐, 그런 건가?"

"마성녀 사장님, 너무 비약해서 생각지 마십시오. 내가 알고 있는 루산나 화백은 설선장과 함께 현모양처의 길을 충분히 가고 있습니다. 나 청랑과의 인연은 설 선장 이전의 일이었고요."

"그러면 청랑께서는 루산나의 남편인 설 선장을 알고 있단 말이에요?"

"그래 얘, 내 남편 설 선장의 목숨을 구해낸 청랑오빠야."

"이거야 원 뭐가 뭔지 알 수 없는 말들만 하는군?"

"자 이제 그 정도로 하고 우리 여고 동창생들 한 술잔 하자."

이들은 복집을 나와서 각자의 집으로 돌아갔다. 비사벌로 가는 버스의 막차 시간이 지났다. 청랑은 가야동의 어머니가 계시는 곳으로 방향을 잡았다. 나이가 중년을 넘어서는 그에게도, 어머니가 계시는 곳은 항상 포근함을 준다.

다음날은 아침 첫차로 비사벌에 갔다. 돌아와 보니 그리 바쁜 일은 없다. 그래도 여기가 청랑이 머물 수 있는 곳이고, 일을 할 수 있는 곳이기도 하다. 부산의 마대 공장을 다녀온 후 열흘이 지나면서, 생산된 그물자루 2천 장이 보내왔다. 첫 생산품이다. 청랑은 시범적으로 한 자루를 담아보았다. 담긴 자루 안의 양파가 생긴 모양 그대로 투명하게 보이고 통풍도 잘될 것같이 만들어졌다.

"청랑 선생, 어때요. 이 정도면 되겠습니까?"

"그럼요. 아주 잘 만들어졌습니다."

"내일부터 이곳 양파 농가에 한 집 당 10장씩 나눠주어야겠습니다. 사장님."

"그러세요. 청랑, 그러려면 가격을 정해야 할 텐데?"

"그거야 공장도 가격에 운송비만 붙이기로 했으니 그리하면 되고 내일 농가에 배분하는 10장씩은 시범용이니 돈은 받지 않을 겁니다."

"그럼 무료로 준다는 말입니까?"

"그렇습니다."

"그리하면 청랑께서 부담이 클 텐데, 우리 공장에서 부담할까요?"

"아닙니다. 사장님께 손해를 보일 수는 없습니다. 나는 저장 위탁료에서 충당이 되므로 손해가 없으니까 염려 하지 않으셔도 됩니다."

"고맙군요. 선생."

그랬다. 첫 생산 제품을 싣고 마성녀 사장이 직접 동행해 온 것이다. 자신의 회사에서 만든 첫 제품의 용처도 확인할 겸 청랑의 사업장도 내 눈으로 보고 싶었기에

"마 사장께서 직접 오시지 않아도 되는데 이렇게 오시다니 미안하군요."

"웬걸요? 나는 장사꾼이라 하지 않았습니까? 나에게 이익을 주는 곳이면 어디든지 갑니다. 그리고 청랑이 계신 곳도 궁금하

구요. 와서 보니 생각보다 근사하네요. 창고도 대단하고요."

"그렇게 봐 주시니 고맙습니다만 보시다시피 작은 시골 마을에 작은집이 있을 뿐입니다."

싣고 온 그물자루는 50장 묶음에 40둥치다. 재질이 가벼워서 하역하여 창고에 넣는 데는 금방 끝이 났다.

"자 이제 오신 분들 차라도 한잔 드셔야죠, 우리 집 마루로 들어갑시다."

사장과 회사 직원 겸 운전자가 거실로 안내되었다. 거실로 들어선 그들은 놀라는 기색이다.

"여기 쉬면서 잠깐만 기다리시면 내가 커피를 만들어 드리리다."

청랑은 물을 끓이고 커피를 타고 다과 한 접시 담아서 응접 테이블에 올려놓는다. 서툰 솜씨가 아니었다. 기사분께서 먼 길 오느라 고생 많았습니다.

"아닙니다. 우리 회사 일인데요. 뭐. 감사히 잘 먹겠습니다."

"커피 맛이 좋네요. 남자 솜씨치고는 말이에요."

"왜 이러십니까? 요리를 안 해서 그렇지 본래는 남자가 더 잘하는 겁니다. 그렇지요, 기사분?"

"네 그렇습니다. 청랑 선생님."

"그러면 두 분께선 차 드시면서 쉬고 계세요. 나 잠깐 나갔다 오겠습니다."

"예 다녀오세요."

청랑은 창고 쪽으로 갔다. 관리인에게 당부할 게 있어서다.

"창 아저씨는 지금 내린 그물자루 10장씩을 한 묶음으로, 20묶음만 해놓으세요. 내일 각 농가 사람들 불러서 나눠줘야겠어요."

"알았네."

의자매의 결심 403

사실과 진실 사이

　왕초 집주인 청랑이 자리를 뜬 사이 마성녀 사장은 거실 안을 천천히 돌면서 이곳저곳을 살펴보고 있었다. 조용하고 한적한 곳에 이런 집을 지었다니! 집은 넓고 좋은데 관리인 외에는 식구들이 안 보이는구나. 그러면 청랑 선생 혼자서 기거한단 말인가? 혼자 기거하면서 이렇게 큰 규모의 집을 만들었다니. 그럴 필요가 있었을까? 넓은 거실 하며 주방과 서재 이외에 여러 개의 방이 있고 화장실도 실내에다 수세식으로 해놓았으니, 가히 현대식 주택임에 틀림이 없다. 자신을 스스로 촌뜨기 창고지기라던 청랑이란 사내가, 정말 궁금증을 갖게 하는 인물이다.
　마성녀 사장은 벽에 걸려있는 서너 폭의 그림 쪽으로 가까이 다가가 본다. 언뜻 보아도 잘 그려진 풍경(동양)화다. 이곳 마을의 흙냄새가 섞여 있는 듯하다. 그림의 말미에 적혀있는 글씨를 보고 깜짝 놀랐다. 작가의 이름이 루산나였다. '나의 여고 동창생이며 화가인, 루산나의 작품이 여기에 왜? 왜라니? 얼마 전에 자갈치의 복집에서 만났던 그 루산나가 아니더냐? 그날 그가 청랑은 나의 오빠이니라…….' '성녀 너는 멀찌감치 물러나 있으라던 그 루산나의 그림이 여기에 걸려있다? 청랑이 사다가 걸어놓은 것일까? 아무튼, 그들은 지금도 보통 사이가 아닌 거구나. 혹시 직접 와서 걸어놓은 것일까? 그런데 내가 왜? 무엇 때문에 민감한 반응을 보이는가?' 그녀는 어이없는 자기 생각임을 깨닫고는 피식 웃고 돌아섰다.

그때 밖에 나갔던 청랑 그가 돌아왔다.

"미안합니다. 손님들만 있게 해서요."

"아닙니다. 실내가 잘 꾸며져서 감상하고 있었어요. 그런데 청랑, 가족은 안 보이고, 이 넓은 공간을 혼자서 사용하고 있네요? 혹시 독신인가요 아니면 별거라도?"

"예 그렇습니다. 내 아내는 여기서 한참 윗마을인 경기도에 있어요."

"의외네요. 왜지요?"

"그것은, 음, 어떻게 설명을 해야 할까? 그래 이렇게 변명할 수밖에……. 첫째는, 내 아내의 비위를 맞추지 못하고 방랑을 하는 남편이 못마땅하고 두 번째는, 농사일을 해야 하는 이곳이 싫어서 진작에 자리 잡힌 그곳에 눌려 있겠다는 아내와 내가, 서로의 관리에 소홀했기 때문입니다. 그 두 가지가 상호 간에 의견일치를 보기 전에는 여전히 이런 형태가 지속할 것입니다."

"안타까운 일이군요, 청랑이 말하는 그 첫 번째 이유의 핵심이 무엇인지는 잘 모르겠지만, 그래도 양쪽은 가족인데 서로에게서 멀어지기 전에 되돌아보는 지혜가 있었으면 해요 청랑."

"사장님의 염려, 고맙게 받겠습니다. 그리고 나의 이런 모습이 사람들 보기에 안 좋은 것도 압니다. 더 큰 노력 해야겠지요."

"그래요. 청랑, 참, 저기 벽에 걸린 그림은 루산나의 작품 같은데 역시 루산나는 자신의 흔적을 청랑에게 남기려 하는군요. 아 그 그림이 루산나의 작품이 맞긴 합니다만 다른 사람이 사서 준 거예요."

"그건 또 무슨 소리여요? 그럼, 작가는 루산나고 선물한 사람은 따로 있다? 혹시 여자인가요?"

"맞습니다. 루산나도 잘 아는 쑹리매란 여자입니다."

"그러고 보니, 현관 입구에 세워진 현판에 쑹리매 장학재단이라 되어있더군요."

"그렇습니다. 말하자면 재단 설립자인 셈이지요."

"그런데 그 현판이 왜 청랑의 집에 세워져 있는 거예요?"

"재단 사무실이 이곳입니다. 그리고 실제 운영자도 청랑이고요."

"이보세요 청랑 선생, 선생은 도대체 어떤 사람이에요? 이 마성녀 가면 갈수록 혼란스러워집니다."

"성녀 사장께서 궁금해 하시니 말씀드리지요. 쑹리매는 중국인으로 현재 상하이에 사는 나의 지인이에요. 내가 상하이 외곽의 건설현장에서 임무를 마치고 귀국했는데, 나한테 신세 진 것이 있기에, 고마움의 표시라면서 얼마간의 금전을 보내왔어요. 적지 않은 금액이라 내가 써버리기엔 무모한 것 같아서 장학재단을 설립하고 사후에 통보해서 쑹리매란 이름을 사용키로 승낙을 받은 겁니다. 대신에 설립과 운영에 관한 책임까지도 전부 위임받아서 청랑이 관리하게 되었습니다. 그가 지난해에 이곳을 다녀가면서 루산나에게 들러, 청랑의 집 거실 벽이 너무 허전하다며 저 그림을 사놓고 갔답니다. 그리고는 어느 날 갑자기 은옥 선생의 차에다 그림을 얹어 루산나와 함께 왔기에 그 사실을 알게 되었습니다."

"그럼 루산나와 은옥 그들 여자가 이곳을 다녀갔단 말입니까?"

"그랬습니다."

"그리고 바로 갔겠군요?"

"아닙니다. 그날 돌아가기엔 시간이 맞지 않았기에 빈방도 있고 해서 자고 가겠다는 것을 허용했습니다."

"그러면 우리 두 여자도 여기서 하룻밤 묵어가도 괜찮겠지요, 주인장?"

"시간이 바쁘지 않으시면 그렇게 해도 됩니다. 그리고 두 분은 멀리서 온 청랑의 손님이니 숙박비는 무료입니다."

"그렇다면 더욱 고맙군요. 이 사람 마대리! 우리 모처럼 공기 좋은 곳에 왔으니 오늘은 여기서 쉬어가자. 괜찮겠지?"

"사장님이 그렇게 하시겠다면 저야 좋지요."

"그럼 됐다. 우리가 이 집에 몇 번째 식객인지는 몰라도 마음은 편안해지는구나."

"다녀간 사람이 그리 많지는 않습니다. 이 집을 지은 지는 2년이 채 못 되었는데 마성녀 사장이 4번째 객입니다. 첫 번째는 상하이의 쏭리매 여사고, 두 번째 방문객이 루산나와 은옥 선생, 세 번째는 여화 산업의 공기호 상무였고 마성녀 사장 일행이 네 번째입니다."

"그 말씀대로라면 의외군요, 외부인사들을 고사하고라도 부모형제와 처자식들이 있을 텐데 아직도 다녀가지 않았단 말입니까?"

"그렇습니다. 아내는 기존의 아이들을 포용하지 못하고서 인간애가 모자란 모습을 보이는 탓에 실망감을 느낀 가족들의 왕래가 단절되고 보니, 청랑으로선 이 모든 사태가 자신의 부덕이 원인이라 생각되어 이러한 상황에서 벗어나고자 선택한 것이 이곳 향리이고 현실에서의 도피처라고 해도 되는 것인지?"

그리고 그 누구에게도 자신의 거처를 애써 알리지를 않았다. 그러나 그의 집 문은 언제나 열려 있다. 그의 가족들이나 그를 아는 지인들, 또 그를 미워했거나 사랑했던 사람들 그 누구라도 청랑이 있는 곳이라 찾아온다면 그는 언제라도 환영할 것이다. 기나긴 방랑의 시간에 이제는 쉬어가는 듯한 청랑의 지금은 의외로 평온함을 느끼고 있다. 청랑, 그는

"제 자신의 욕망 같은 거 때문에 주어지는 운명을 거스르면서까지 억지 행동은 하지 않을 것입니다. 그리고 그사람들을 사랑하며 살아가려 노력하겠습니다. 이것이 마성녀 사장의 질문에 답하는 청랑의 구차한 변명이기도 합니다."

"그랬었군요. 청랑 선생의 고뇌를 보는 것 같아 안타깝군요."

"그렇게 보이십니까? 그러나 나에게는 이 정도면 괜찮다고 생각합니다. 사람들은 누구에게나 나름대로 생각하고 행동할 자유가 있는 것입니다. 그것이 상식의 기준에서 벗어난다 할지라도 인위적으로 고쳐지기가 쉽지 않은 것 같기에 언제까지는 본인 스스로가 선악에 부딪히며 깨달음을 얻은 후에야 자신의 아집에서 벗어날 수 있으리라 봅니다. 자, 오늘의 손님 미보리의 작은집을 찾은 마성녀 사장과 일행의 배에서 허기진 소리가 들리는데, 갑시다. 이 고장의 맛 수구래 국밥집으로 안내하리다."

"좋아요. 금강산도 식후경이라 했는데."

그들은 도축장 옆 국밥집에 자리했다. 쇠고기의 부산물과 양념이 어우러져 끓여진 뚝배기를 앞에 놓은 그들은 한 숟갈의 국물 맛에 감탄을 쏟아낸다.

"이런 맛이면 소주 한 잔 있어야겠네요."

"마 사장님께서 괜찮으시다면 그리하시지요. 주인장. 여기 소

주 한 병 주십시오."

이들 주객은 소주 한잔 나올 만큼에 친숙해져 있다.

"청랑 선생님, 우리 서로 간에 호칭을 할 때는 끝부분의 님 자는 빼버립시다. 거추장스럽기도 하고 우리는 또 상호 간에 뜻을 같이하는 사업 파트너잖아요."

"나야 본래부터 이름만 불리는 게 제일 좋은데 마 사장께서 괜찮으시다면?"

"그럼요, 나는 전혀 손해 볼 거 없습니다. 왜냐고요? 여고 동창인 루산나와 정은옥의 오빠니가 나에게도 마찬가지이고, 모든 면에서 저보다는 위일 테니까요."

"듣고 보니 그러네요. 그러나 상대는 기업의 사장님이고 나는 촌동네의 서생이고 보면 어려운 자리였는데 까짓것 그렇게 합시다."

"어쨌든 청랑이 허락했으니까 이제부턴 나 편한 대로 부를게요. 자 그럼 우리 한잔해요. 청랑오빠."

"그래요 성녀 사장."

그들은 덕담 속에 다시 한 병 추가하고 보니 거나해져서 청랑의 집으로 돌아왔다. 역시 겪어보니 잠깐인데도 청랑 오빠 곁은 편하고 좋구나. 나의 여고 동창인 루산나와 정은옥이 그래서 청랑 오빠라면 껌벅 넘어가는 거였구나.

"마대리!"

"예 청랑님, 성녀 사장이 취한 것 같으니 잘 보호해서 편하게 자도록 해요."

"그럴게요. 청랑님. 저희 사장 겸 언니는 제가 잘 보호할 테니, 염려 마시고 주무세요."

다음날 일찍 일어난 청랑은 해장국 한 냄비를 사 왔다. 자는 사람 깰까 봐 도마소리를 내지 않으려고 사 온 것이다. 쌀을 씻어 밥을 짓고 하면서 그들 자매가 스스로 일어날 때까지 깨우지를 않았다. 그리고 청랑은 언제나 습관처럼 아침 산책에 나섰다. 오염되지 않은 촌리의 맑은 공기가 청랑의 머리를 맑게 해 준다. 한 시간의 산책에서 돌아와 보니, 마대 공업사의 두 여인은 주방에서 아침 준비에 열을 올리고 있다.

"벌써 일어들 나셨군. 잘들 자기나 한 거요? 그럼요, 오랜만에 아주 행복한 잠을 잤어요. 그리고 청랑이 없는 동안 식사 준비도 했고요."

"이런? 내가 돌아와서 하려고 했는데."

"천만의 말씀, 우리는 여자예요. 늦잠 잔 것도 미안한데 여기 주방 벽에는, 이 집을 찾은 누구에게나 필요한 음식은 모두 셀프입니다. 이 글귀를 보고서도 그냥 앉아있기는 좀 민망해서요. 이제 아침상 준비가 다 되었으니 같이 식사해요, 청랑님."

"그럽시다. 오늘은 마대리 덕분에 잘 먹겠습니다."

"웬걸요, 저보다는 사장 언니가 다 하신걸요."

"청랑 오빠, 전 이번에 이곳에 와서 보니 오기를 잘했다 싶어요."

"어째서요?"

"우연히 만나게 된 청랑오빠지만 그 남자의 여유롭고 그림 같은 삶을 볼 수 있었으니까요. 늘 치열한 삶이 상존하는 도시에만 있던 내가 이렇게 평화로운 풍경을 접한 것은 처음이에요. 모르긴 해도 시간이 지나면 다시 오고 싶을 것 같아요. 그럴 때는 다시 와도 되는 거죠?"

"그럼요. 청랑의 지인들 누구에게라도 문은 항상 열려 있다는 걸 기억하면 됩니다."

"그럼 다음에 또……."

마대 공업사 사람들은 떠나갔다. 청랑은 곧바로 관리인을 대동하고 손수레에 그물자루를 실었다. 그는 해당 농장 스무 집을 일일이 방문하여 시범용 그물자루를 나누어 주었다.

"이것은 무료로 드리는 것이니 써보시고 더 필요해서 가져가는 다음번부터는 정식으로 판매대금을 받겠습니다." 농가들은 고마움을 인사했고 그물자루의 우수성이 금세 여러 마을로 퍼져나갔다. 따라서 많은 주문이 들어왔고, 며칠 안 가서 2천 장의 그물자루가 동이 났다. 부산의 공장에 전화해서 만들어지는 대로 공급을 받으니 인근 고을까지 분배할 수 있었다. 당시로는 획기적인 제품이라 부산공장은 전국의 마대 대리점으로부터 주문이 쇄도했다.

그러나 청랑과의 10만 장을 선 계약해버린 공장으로서는 대리점들의 아우성을 들어야 했다. 마성녀 사장은 의외의 반응에 놀랐다. 각지의 도매상들은 웃돈을 주고도 공급받기를 원한다. 그러나 사장으로선 속수무책이다. 처음 시작 전에는 생산 후의 판로가 염려되어 10만 장을 구매하겠다는 청랑에 선뜻 계약 체결했다. 이러한 사태를 예측한 그였던가? 그러면서도 나한테는 전혀 내색지 않았던 그가 야속하게도 느껴진다. 맹랑한 장사꾼이로고, 그러나 당시의 청랑은 정반대의 생각이었다. 신제품의 판로가 여의치 않으면 생산회사에 어려움이 생길 수도 있다. 그렇게 되면 청랑 자신의 발상 때문에 해당 공장이 피해를 보아서는 아니 된다. 그래서 자신의 책임감을 얹어서 선계약을 한 것이다.

판매상들은 청랑과의 계약 단가보다 2배 이상을 제시해온다. 10만 장을 만들려면 1년 반 정도의 시간이 소요된다. 사장 마성녀는 꽉 막혀드는 가슴을 간신히 진정시키면서 미보리의 청랑에게 전화를 했다.

"마성녀 사장이 웬일로 전화했어요?"

"청랑오빠."

"아니 성녀 사장이 갑자기 오빠라니? 잠에서 덜 깬 건가?"

"농담 아니에요. 친구인 루산나 오빠인데 나도 아예 그렇게 부르기로 했어요."

"인제 보니 나한테 부탁할 사건이 생긴 게로군."

"짐작하고 있군요."

"그래 무슨 일인진 모르지만 말해 봐요."

"청랑오빠 큰일 났어요. 각지의 도매상들이 찾아와서 그물자루를 달라고 야단들이에요."

"그러면 생산되는 대로 주면 될 것이지 무슨 걱정일까?"

"청랑오빠. 난 속 터져 죽을 것만 같은데 그런 나를 일부러 놀리시는 거예요?"

"내가 마 사장을 놀리다니? 난 그런 적 없는데?"

"다 아시면서, 시치미를 떼시기는, 청랑오빠와의 계약 물량 10만 장을 만들려면 1년 이상 걸려야 하는데 판매상들의 원성을 막을 방법은 없고 걱정이에요."

"그거 잘됐군."

"잘되다니요? 나는 판매상들의 전화 소리만 들어도 가슴이 철렁 내려앉을 것 같은데 청랑 오빤 정말 짓궂군요."

"그럴 리가. 사장의 가슴앓이라면 병원부터 다녀와야겠군."

"안 되겠어요. 대리점들의 전화를 청랑에 돌려줄 테니 나대신 그 사람들 좀 막아주세요."

"역시 마대 공업사가 나하고 협상하자는군. 내가 어떻게 하면 되는 거야?"

"말하면 뭐해요? 칼자루는 청랑이 잡고 있는데."

"아니야 나는 절대로 그런 생각해 본 적 없는데. 그리고 추호도 마대 공업사에 손해나 어렵게 할 생각 없으니 내가 도울 일 있으면 말해 봐요. 아 그래, 나 청랑과 마대 공업사가 선 계약한 물량을 후 순위로 돌리면 되겠구나. 성녀 사장 생각은 어때요?"

"정말이에요 청랑오빠?"

"내 여태 빈말한 적이 없었기로 그렇게 해서 사장의 입장이 살아난다면 그 정도야 내가 양보하면 되니 지금부터라도 만들어지는 제품을 대리점이나 거래 상인들에게 먼저 공급하도록 해요. 그건 어디까지나 마대 공업사의 권한이니까."

"고마워요. 청랑오빠. 지금 우리 회사 신제품인 그물자루가 반응이 좋아서 값이 두 배나 뛰었어요. 그런데도 조건을 달지 않는 청랑오빠가 욕심이 없는 거예요? 아니면 멍청한 거예요?"

"허허 성녀 사장의 가슴앓이가 벌써 다 나은 모양이군. 덕담하는 거 보니."

"그래요. 청랑오빠의 그 시원한 한마디가 금세 이 마성녀의 기를 살려놓는군요."

"그래 마 사장. 나 청랑은 애초부터 사재기할 생각 같은 거 아니었어. 판로의 성패를 가늠할 수 없었던 마대 사장의 근심을 덜어주려고 한 방법이었는데 이제 나는 뒤 순위에 앉아서, 편안하게 관망하면 되고 기업은 유통경로를 넓혀서 전 지역으로 확대 공급하면 시장경제를 살리는데 이바지하는 사장의 영향력이 돋보일 거야. 아무튼, 판매상들에게 먼저 공급해 주고 여유가 있을 때 나에게 보내 주면 돼요."

"미안해요. 그리고 죄송해요. 청랑오빠. 나는 청랑오빠의 그런 깊은 속도 모르고 내 멋대로 투정을 했으니 말이에요."

"허긴, 성녀 사장의 그 투정이 맵긴 했는데 대신에 사장의 가슴 앓이가 나왔으니 그걸로 퉁 치는 수밖에⋯⋯."

전화를 끊고 난 마성녀 사장은 신바람이 났다.

그랬다. 청랑은 농가에서 생산된 채소류를 상하지 않는 상태에서 원형 그대로를 장기간 저장하는 데 목적이 있었을 뿐 그물자루를 판매해서 이익을 얻고자 하는 생각은 전혀 없었다. 이제는 각 농가에다 채소류를 부패하지 않게 보관하는 방법을 일깨우는 데 충분한 인식전환의 효과를 달성한 셈이다. 이제는 청랑이 공급하지 않아도 시장을 통해서 직접 사서 사용할 것이다. 청랑은 창고를 이용한 위탁과 저장에서 얻어지는 수익으로, 장학금을 줄 수 있는 대상의 학생 수를 점차 늘려 가고자 한다.

밤이 되면 미보리 청랑의 집 서재에는 창살 너머 등불 호야의 불빛이 늦게까지 켜져 있었다. 밝은 전등불이 있긴 하지만 청랑은 그래도 심지의 불꽃이 타고 있는 호야 등과 함께 하고픈 시간이다. 청랑이 소년 시절 가출하여 겨우 얻어지는 어설픈 잠자리의 머리맡에도, 그 많은 노가다를 전전하던 시절의 구석진 하숙방에서도 등불 호야는 언제나 청랑의 곁을 지켜주었다. 그러한 등불 호야를 청랑은 지금도 여전히 사랑하고 있다. 그 호야를 마주하고 앉아서 청랑은 생각이 나는 대로 이야기를 하는 중이다. 그저 듣기만 하는 호야 등이기에 그래도 계속되는 청랑의 이야기가 쉬이 끝날 것 같지는 않아 보인다.

중국의 상하이에서 돌아온 후 이곳 미보리에 정착한 지 어느덧 3년 차에 들어섰다. 어제는 그가 현장 노가다에서 완전히 손을 뗄 것인가? 30년 만에 복학하여 노생의 길을 시작하면서, 전혀 다른 분야에 자신을 던져놓은 지금의 청랑이다. 그로 인해 이전의 노가다와는 접촉할 기회마저 없어지고 보니 몸도 마음도 멀어져 있는 듯하다. 그러던 어느 한가로운 오후에 청랑의 집 전화벨의 요란함이 짧은 낮잠을 깨운다.

"예 청랑입니다."

"이보시오 청랑 왕초. 사람이 그리 무심해도 되는 거요? 나 S 건설의 개나리입니다."

"아! 개나리 본부장님, 본부장님께서 전화를 다 주시고, 웬일입니까?"

"웬일이라니? 뭘 하신다고 종적을 감추고 숨어있는 거요? 내 왕초를 찾느라고 노심초사했는데 이제야 목소리를 듣게 되는군. 폐일언하고 한번 들리시오. 의논할 것도 있고. 하니 청랑의 그 얼굴 좀 봅시다."

"알겠습니다. 내 이삼일 안으로 회사에 한 번 들리겠습니다."

개나리가 누구더냐. 지난날 그를 따라 상하이의 "난항상" 공단 건설현장에서 3년을 함께했던 그가 아니냐. 건설본부장이며 현장소장이었던 개나리, 그에게서 지금 전화가 온 것이다. 상하이에서 돌아온 이후, 전혀 연락하지 않았던 청랑이다. 정말 무심하기가 짝이 없는 청랑, 여러 사람에게서 들어온 말이다. 그럴 때마다 미안해지는 그다. 개나리 본부장과는 적지 않은 시간의 노가다를 같이하면서. 서로 간에 신뢰가 깊었던 사람 중에 하나다. 그런 그에게 일부러 연락하지 않았던 것은, 청랑 자신의 오랜 노가다에서 이제는 벗어나야지 하는 생각에서 일부러 그를 찾지 않았다. 그런데도 개나리는 지금 청랑을 찾고 있다.

아침 일찍, 서둘러서 미보리의 집을 나선 그가 서울역에 내린 것은 오후 2시가 조금 지나서였다. 택시에 오른 그에게 "어디로 모실까요 손님." 하고 목적지를 묻는 운전사가

"기사 양반 S건설 본사로 갑시다."

"거기가 어딘데요 손님?"

"내가 위치를 몰라서 택시를 탄 거니 수고스럽더래도 좀 알아서 데려다주시오."

고개를 갸우뚱하는 택시기사.

"잠시만요"

하고 생각에 잠기는 듯하더니.

"아 생각난다. 태평로에 있는 그 회사로군."

한 10여 분 달려서 내려준 택시기사에게 고맙다고 인사를 하고 S빌딩 현관으로 들어선 청랑은 어리둥절했다. 오랜만의 서울 나들이인데도 그의 행색은 여전히 작업복에다 촌놈 모습 그대로이다. 그의 덥수룩한 행색에 거부감을 느낀 수위가 앞을 가로막는다.

"여기는 못 들어갑니다."

"왜요?"

"보시다시피. 잡상인은 출입금지입니다."

여길 보세요 하고 가리키는 수위의 손가락 끝으로 따라가 본 청랑의 시선에 잡상인은 들어가지 마라는 안내문이 붙어있다. 그 글귀와 수위의 태도가 잘 어우러진 불공손 그 자체다.

"나는 잡상인이 아니오."

"그럼 뭐요?"

하면서 청랑의 세련되지 않은 행색을 아래위로 훑어보는 수위다.

"나는 사람을 만나러 왔어요."

"어떤 사람이요? 운전사들 대기실은 저쪽 지하 통로 입구에 있으니 그리로 가보시오."

까칠한 수위의 건방 끼가 도를 넘는다. 근무시간 내내 거수경례와 함께 일어섰다 앉기를 반복하다, 성큼 들어서는 허름한 행색의 잡상인에게 갑자기 갑질의 심리가 발동한 것이다. 그러나 어쩌랴! 번쩍이는 현대식 건물을 지키는 수위가 허름한 행색의 잡상인 청랑쯤에게 출입을 못하게 하고 싶다는데. 재미있는 친구로군. 은근히 장난기가 발동한 청랑이다.

"그럼 좋소이다. 나를 만나자고 부른 사람이니 있나 없나를 확인이나 해주시오."

"이것 봐라? 잡상인 주제에 꽤 끈질기군. 운전기사 대기실을 말해 주었는데도 말귀를 못 알아듣는군. 그래 누구인지 소속과 이름을 대시오. 당신 이름도 함께요."

"예 내 이름은 청랑이오. 그리고 내가 만나야 할 사람은 건설 본부에 개나리라는 사람이오. 자리에 있나 없나를 확인해 주시오."

"네? 그럼 당신이 운전사가 아닌 개나리 상무님을 찾아왔단 말이오?"

"이보시오 수위 양반, 그 사람이 운전사인지 상무인지는 모르지만, 만날 수 있는지 알아나 봐 주시오."

고개를 갸우뚱하며 수화기를 든 수위가

"여기 경비실입니다. 청랑이란 자가 상무님을 찾아왔다고 합니다."

"뭣이? 청랑이라 했나요."

"네 상무님, 잡상인 같은데 돌려보내 버릴까요?"

"이보게 수위 무슨 소릴 하는 거야? 그분 정중히 안내해서 같이 올라와요."

"네 상무님."

본부장 개나리는 수위의 전화를 받고 깜짝 놀랐다. 그러고는 생각한다. 분명 작업복 차림일 청랑은 잡상인으로 오판한 수위가 무례를 범했을지 모른다. 어이없는 수위의 태도에 실소를 아니면 한 방 주먹을 날리고 싶었을지도 모른다. 그동안 지나치면서 수위에게 묻어있는 듯한 건방 끼를 보았기에. 10층 엘리베이터에서 내린 수위가 상무실을 노크했다.

"수위 아저씨가 웬일이세요?"

여비서의 말이다.

"아, 상무님께서 손님을 모시고 오라 하셨어요."

"예에 들어오세요. 기다리고 계십니다."

청랑은 수위의 뒤를 따르고,

"모시고 왔습니다, 상무님."

"그래요? 어디 보자. 어서 오시오. 청랑, 이 개나리를 잊으려 했소이까?"

"안녕하셨어요. 본부장님!"

"나야 잘 있소만 청랑이야말로 소탈한 그 차림새가 여전하군. 천하의 청랑왕초를 몰라본 우리 회사 수위가 혹시 무례를 범하지나 않았는지 모르겠소. 그랬다면 사내교육 미흡이니 내가 대신 사과하리다. 나를 봐서라도 용서하시오."

"아닙니다. 서로가 농담 몇 마디 오갔을 뿐입니다."

옆에 서서 두 사람의 대화를 듣고 있던 수위의 자세가 돌변했다.

"상무님의 손님을 몰라보고 제가 큰 실수를 했습니다. 잘못했습니다. 상무님."

"무슨 소리야? 그럼 청랑에게 무슨 잘못이라도 했단 말이군.

그랬다면 나한테가 아니라 당사자인 청랑에게 잘 못한 부분을 사과해야지요."

"예 상무님. 그리고 선생님 죄송합니다. 선생님을 몰라보고 무례를 범했으니 용서해 주십시오."

라고 하면서 고개를 숙이는 수위다.

"이보시오 수위 양반 나는 선생이 아니오. 그리고 나의 깔끔하지 못한 행색이 나 자신을 잡상인으로 만든 것이니 수위 양반 잘못이 아니잖소. 수많은 출입자를 확인하는 것이 회사에 적을 둔 수위의 임무가 아니겠소. 다만 나에게 누구를 찾아왔다는 말을 할 기회를 막은 것은 아쉬운 점이오."

"허허 그러고도 우리 회사 수위의 육신이 멀쩡한 걸 보니 불행 중 다행이야. 자칫 한 발짝만 더 내디뎠으면 수위의 커다란 덩치가 낙엽이 될 뻔했는데."

그제야 속내로는 아직도 뻣뻣해 있던 수위가 그 자리에 무릎을 꿇는다.

"왕초님을 몰라보고 무례를 저지른 저를 용서하십시오. 사죄드립니다."

"그래요 알았으니 그만 일어나시오."

"그런 일이 있었군. 수위는 인제 그만 나가봐요."

"예 상무님. 그럼."

하고는 꽁무니가 빠지도록 사라졌다.

"역시 청랑은 약방의 감초야. 안 그래도 수위의 뻣뻣함이 가끔 들려왔는데, 왕초 청랑 앞에서는 순한 양으로 변했으니 말이야."

"그렇군요. 수위를 여기까지 불러올린 것은 상무님의 수위 길들이기였군요. 그래요, 내 잠깐 청랑의 위력을 빌린 셈이지. 어쨌든, 청랑왕초. 평소의 성품으로 보아 먼저 날 찾을 리는 없었을 테고, 내가 수소문할 수밖에 없었는데, 생각 끝에 여화벽돌공기호 공장장에게 전화했었지요. 그랬더니, 얼마 전에 청랑이 있는 곳에 다녀왔다고 하더군, 그 소리를 듣고 나는, 어째서 청랑 그 사람이 공장장 당신한테만 기별하고 나 개나리에는 무심하기 짝이 없냐고 투정을 했었지."

"아니 상무님도 잘 아시면서, 청랑왕초가 언제 자신의 거취에 대해서 나 여기 있네 하고 연락을 할 사람입니까?"

"나 역시 옛날 아이 중 하나가 청랑 왕초에게 잘못 덤볐다가 혼쭐이 나고서는 나를 찾아왔더군요. 그 녀석 때문에 왕초형이 있는 곳을 알게 되었다고 하더군. 그나저나 청랑왕초가 나 개나리를 영영 안 볼 작정이었소?"

"그럴리가요? 연락드린다는 것이 차일피일하다가 늦어진 것뿐입니다."

"하기야 청랑이 노가다에서 멀어지려 하는 마음 내가 알고 있지요. 그런데 어쩌지요. 나는 청랑이 필요한데."

"왜요? 무슨 일 있으십니까?"

"그래요. 그 때문에 청랑을 보자고 했어요."

"일에 관한 거라면 나 아니라도 일할 사람 많을 텐데 일부러 청랑을 찾으시다니, 역시 개나리 본부장께선 나의 든든한 후견인임은 틀림없습니다. 그리고 감사합니다."

"청랑이 그렇게 생각한다면 내가 청랑을 잊지 못한 보람이 있군."

"그런데 무슨 일입니까? 이 청랑을 다시 노가다에 잡아넣어 시키실 일이 무엇입니까?"

"역시 짐작을 했었군. 그래서 말인데 청랑이 나를 좀 도와주면 안 될까?"

"허허, 이제야 노가다에서 좀 멀어지려나 했는데, 함부로 뿌리칠 수 없는 개나리 본부장의 의리가 청랑의 발목을 잡는구나. 그러니, 어쩌겠습니까. 말씀에 따를 수밖에요. 내 잠시 노가다에의 졸업을 미루리다."

"고맙소, 청랑. 내 그럼 말하리다. 이번에 우리 회사의 혜성 제단에서 대학을 인수하고 새로운 캠퍼스를 짓기로 했어요. 해상 대학인데 본교는 서울에 있고. 남도의 대도시 달구벌과 비사벌의 경계지역에 부지를 조성하고 있어요. 50만 평의 부지에 10개 동의 강당과 2개 동의 기숙사 그리고 인근에 한 개의 성당을 지을 것이오. 성당은 학교의 소유가 아니고 학교 용지 안에 기존 성당이 있었는데 옮겨 주는 조건이오. 대학 캠퍼스 전체가 붉은 벽돌 외벽이며 성당도 마찬가지 형태요. 하여, 벽돌 공사의 달인이신 청랑 왕초를 내 어찌 찾지 않으리오. 아 마침 오는군. 낙 소장 인사하시오. 이분은 내가 말했던 벽돌 왕초 청랑이오. 그리고 이쪽은 현장소장 낙 이사입니다."

"소장 낙동강이오. 상무님으로부터 청랑왕초 얘기를 들어 알고 있습니다. 우리 현장을 잘 좀 도와주시오."

"부족함이 많은 이 사람이 만약에 일을 하게 된다면 최선을 다해 보겠습니다."

"기대합니다. 우리 본부장님께서 청랑왕초를 선정하고 결정하셨으니 우리는 한배를 타고 갈 수밖에 없습니다."

"그리고 청랑 왕초께 한 가지 조건이 있어요."

"무엇입니까? 본부장님,"

"이번의 벽돌 공사는 자재조달과 시공을 함께 하는 턴키베이스로 해야 하오. 단 시멘트 벽돌만을 회사에서 조달할 것이오. 세부사항은 다음 달 초 계약서에 명기하여 결정토록 합시다."

"알겠습니다. 본부장님."

"이제 공사 얘기는 이 정도로 하고 오랜만에 만났으니 저녁이나 같이합시다. 낙 이사, 어디가 좋을까?"

"글쎄요. 국일관이라면 본부장님도, 괜찮다고 하셨잖습니까."

"그럼 그곳에 예약해 두시오."

"그러겠습니다. 그리고 전 건축부에 내려갔다가 6시에 오겠습니다."

낙 소장이 나가고 청랑이 말한다.

"본부장님께선 붉은 벽돌 구매를 턴키로 묶으시면 자재부나 현장소장의 반발이 있지 않을까요?"

"그렇지가 않아요. 그것이 회사 방침이고, 현장이 너무 방대한 데다 낭비되는 자재의 손실을 막고 관리상의 효율을 얻기 위함이오. 예를 들면 작업자의 소홀로 땅속에 묻히는 일이 없어지고, 청랑에게도 좀 더 많은 책임을 지우고 싶어서요. 그리고 자재 대금은 매번 기성에 결제하면 될 것이니 청랑의 능력이면 잘해 내리라 믿어요."

"그건 그렇습니다만, 매 기성 때 자재 대금이 빠지지만 않는다면요?"

"그럼 됐소이다. 이번의 벽돌 공사는 청랑이 잘 해낼 터이고 가서 소주나 한잔합시다."

"본부장님 가시지요."

돌아온 낙 소장이 택시를 불러 놓았다고 한다. 음주운전은 피해야 한다는 낙 소장의 결정이었다.

"잘했어요. 낙 소장. 아직은 우리나라에선 운전자들의 인식 부족이지만 점차 아니, 아주 개선되어야 합니다."

개나리 본부장 일행이 한정식당 국일관에 들어선 것은 오후 7시경이다.

"어서 오세요. 손님분들 혹시 예약하셨는지요?"

"그래요. 우리는 S건설에서 왔어요."

"그러셨군요. 자리가 마련되어 있으니 안내해 드리겠습니다."

본부장이 먼저 술잔을 따르고 건배를 주도한다.

"어때요. 청랑, 이 집 음식이 괜찮은 편이어서 왔는데?"

"그럼요 국일관 하면 서울에서도 손꼽히는 집이 아닙니까?"

그때 마침 변국일 사장이 들어온다.

"인사가 늦었습니다. 본부장님, 먼저 오신 분들께 인사하고 오느라 그만."

"괘념치 마세요. 언제나 변함없는 변 사장님의 환대는 우리가 국일관을 잊을 수 없게 하는군요."

"감사합니다. 본부장님, 같이 오신 분들께서도 좋은 시간 되시길 바랍니다."

"변 사장님께 내가 소개하지요. 이쪽은 우리 회사 달비 현장의 소장이고 낙동강이라 합니다."

"예 잘 오셨습니다."

"소장님 그리고 이쪽은 잠깐 본부장님 대신 제가 직접 인사 말씀드리지요."

"저는 노가다 하는 청랑입니다. 그간 안녕하셨습니까? 변 사장님."

"아니 이럴 수가. 그대는 청랑왕초 아니시오?"

"그렇습니다. 오랜만에 뵙습니다."

"역시 청랑이었군요. 이거 얼마 만에 오신 거요, 그동안 많이 바쁘셨나 봅니다?"

"그렇지는 않았습니다만 서울에 올 일이 거의 없었습니다."

"그랬군요, 아니 두 분이 아는 사이입니까?"

"그럼요. 청랑왕초야말로 우리 국일관의 빈객 중의 빈객입니다."

"허허 이런 일이? 등잔 밑이 어둡다더니 오랜 시간을 같이 일했으면서도 청랑에 대한 나의 안목이 형편없을 줄이야?"

청랑은 일어서서 정중히 인사를 한다.

"두 분의 말씀 중에, 끼어들 수가 없어서 그냥 앉아있는 무례를 하고 말았습니다."

"아니요. 청랑, 왕초의 뒷모습에서 혹시나 했는데 역시 청랑이 맞았어요."

"그건 또 무슨 소리요? 뒷모습만 보고도 청랑인 줄 알 수 있었다니?"

"그건 저의 짐작이지요. 그동안 저희 국일관을 다녀간 많은 사람 중에 소탈한 작업복 차림은 왕초 청랑뿐이었으니까요. 그것도 잊을 만하면 한 번씩 말입니다. 그럴 때면 나 변국일은 경이롭고 흥미로운 생각에 빠진답니다."

"사장님도 참, 과찬이십니다."

"아니요, 그렇지가 않아요, 벌써 20년이나 되었어요. 내 나이 당시에 30대 중반에, 선친으로부터 이어받은 이 국일관을 운영하는 초년생이었는데, 우리 집에 자주 오시던, 모 언론사의 총무국장과 함께 나타난 약관 20대 젊은이가 청랑이었지요. 지금은 고인이 되신 이 국장님과는 사제 간 같고 어떤 때는 부자지간, 아니면 친구 사이 같기도 한두 분을 보았을 땐, 정말 신기했어요."

"오늘 변국일 사장님께서 새삼스레 그분을 생각나게 하시는군요."
순간 청랑의 얼굴에 아쉬움이 스쳐간다.
"언론사라! 그땐 청랑이 기자였던 모양이군, 말하자면 국일관에서의 특종 같은 거 찾아다니는 까칠한 눈매의 신문기자 말이오?"
"허허 본부장께서 하다 하다가 이제는 이 청랑의 근본까지 왜곡하시겠다 그 말씀이군요?"
"그럼 아니란 말이오?"
"아마도 그땐 말쑥한 양복에다 머릿기름 반지르르하게 멋을 내고픈 청년이었을 테고, 그건 본부장님의 상상일 뿐입니다."
"나 변국일의 기억으로는 그때도 청랑의 모양새가 지금처럼 허름한 작업복에다 까까머리이긴 했으니 덥수룩한 인상이었으니 말입니다. 그 후로 많은 세월이 흘렀어도 예나 지금이나 청랑의 모습은 변함이 없어요. 이 정도로 오늘의 인사를 가름하겠습니다."
"고맙습니다. 변 사장님 덕분에 청랑이 감고 있는 껍질을 한 꺼풀 벗기는 데 성공했으니까요."
"아닐 겁니다. 청랑이 서 있는 그곳의 깊이는 이 변국일도 잘 모르고 있습니다."
변국일 사장이 나가고 청랑은 한잔 술을 비웠다.
"역시 국일관에는 청랑과 같이 와야 운치 있는 식사가 되는구나."
"본부장님의 그 말씀은, 청랑의 지난 매력을 안주 삼아 마셔야겠다 뭐 그런 것입니까? 인제 보니 본부장님의 취향에 짓궂음이 보입니다."
"그건 본부장만이 아닙니다. 이 낙동강도 흥미로웠거든요."
"허허 이제 보니 두 분이 서서히 닮아가는군요."
"그렇게 보인다면 그것 또한 청랑 때문인 것을! 이처럼 기분 좋은 한잔 술이 우리 노가다에 활력을 주는 거 아니겠소? 어때요. 청랑, 이 개나리의 수준급 덕담이?"

"괜찮긴 합니다만, 나는 어지럽습니다. 비행기를 탄 것처럼 말입니다."

"그거 큰일이군, 그렇다면 청랑이 쓰러지기 전에 우리 이제 그만 일어납시다."

"잘 먹고 갑니다. 변 사장님."

"잘 가시오. 청랑, 그리고 본부장님과 낙 소장님도요."

그들은 국일관 문을 나섰다. 그때 저만치 앞에 지프차 한 대가 멎어서고 사복 차림의 두 사람이 차에서 내린다.

별 관심 없이 지나치려는데

"이보시오 청랑, 청랑이 아니시오?"

그 소리에 돌아다본 청랑은, 깜짝 놀란다.

"아니? 장군님 아닙니까?"

"그렇소, 나 윤본이오. 오랜만이오. 청랑. 식사하러 오셨군."

"그렇습니다. 윤 장군님!"

"아! 인사해요. 첨 대령. 이 사람으로 말할 것 같으면 이따금 우리 정보부를 골탕 먹이는 괴물 청랑이란 사람이오."

"노가다 하는 청랑입니다."

"그리고 이쪽은 야전군에 잇는 첨 대령이고……."

"예, 저는 첨성 대령입니다. 윤 장군께서 괴물이라 하시는 걸 보니, 대단하신 분이군요."

"모처럼 만났으니 같이 한잔했으면 좋은데 일행이 있으시군."

"예, 회사 분들과 식사하고 가는 중이었습니다."

"그랬었군. 그럼 이렇게 합시다. 오늘은 내가 붙잡지 않을 테니 청랑의 연락처를 주고 가시오. 내가 청랑을 찾기 위해 온통 헤매게 하지 않으려면 말이오. 청랑이 나를 먼저 찾진 않을 테고 이참에 명함이라도 받아놔야겠소."

"장군님, 저는 명함을 준비 못했습니다."

"그럼 하나 적어주시오."

청랑은 다시 식당으로 뒤돌아서 메모지 한 장을 얻어서 비사벌 미보리 마을 전화번호 7174 청랑이라고 적었다. "이제 됐어요. 잘 가시오. 청랑."

"좋은 시간 되십시오. 장군님."

"아니 두 분이 딱 만나셨군요."

"그렇습니다. 변 사장님, 내 오늘 청랑을 붙들고 싶으나 일행이 있으니 연락처를 받는 겁니다."

"전 이만 가겠습니다."

청랑은 국일관을 나왔다. 그때까지 일행들은 가지 않고 있었다.

"아직 안 가셨군요. 두 분께 죄송합니다."

"아니요, 우린 괜찮소만, 그 사람들도 오랜만에 만난 것 같은데 타고 온 차를 보면 군인인 것 같고."

"그렇습니다. 현역인 윤본이란 분입니다."

"아까 보니 그 사람에게 장군이라고 부르던데 혹시 학교의 선후배 관계요?"

"아니요. 윤본 장군은 현 정보부 차장이시고 또 한 분은 처음 보는 분인데 야전군에 첨성 대령이라 하더군요."

"그럼 언젠가 상하이에서 만났던 양 대사와 관계가 있는 사람이군."

"그렇습니다. 기억하시는군요. 지금의 주중대사인 양일찬 장군

사실과 진실 사이 427

이 정보부 1차장이었을 때 당시, 윤본 대령은 정보부 검찰국장이었어요."

"그랬었군. 청랑이야말로 귀한 인연들을 가지셨군. 나는 새도 떨어뜨린다는 정보부 수장들을 다 알고 있으니 말이오. 자, 다음 달 초에 날짜를 맞춰서 본사에 들리시오."

청랑은 그들과 헤어져서 수원행 지하철에 몸을 실었다. 실로 오랜만에 수원집을 찾았다. 예고 없이 나타난 남편이라 당황스런 아내다. 반갑다기보다는 어정쩡하고 밉기도 하고 괘씸하기도 했다. 그래도 아이들의 아버지다.

"집을 잊은 사람인 줄 알았는데 오늘은 무슨 바람이 불어서 나타났을까? 잘 데가 없어서 왔나?"

남편을 대하는 인사치곤 제법 가시 돋친 싸늘함이다.

"그래 미안하다. 일이 있어 서울에 왔다가 들린 것이야. 그간 별일 없었지? 아이들도 무탈하고?"

"별일도 다 있네. 언제부터 집 걱정이래?"

검게 그을린 얼굴에다 허름한 작업복 남편의 행색이 아내의 눈에는, '그러면 그렇지, 그 찌들은 농촌이 뭐가 좋다고? 행색을 보니 고생깨나 하는 모양이군. 그런 곳에 내가 안 따라가길 잘했지. 천만다행.'이라는 투의 언행에서 속내를 짐작할 수 있었다. 밤이 늦어도 집에 오면 밥을 찾던 남편의 습관을 아는지라 밥상을 준비하겠다고 한다. 상하이 현장에서 같이 있던 사람을 만나서 저녁을 먹었다고 했다. 그래도 부부간이라 형식적이든 아니든 간에 오늘 밤은 살을 맞대고 정을 나누었다. 그다음은 예측했던 얘기가 아내에게서 흘러나왔다.

"몇 년간 농촌에서 찌든 고생을 했으면 이젠 그곳을 청산하고 올라올 때가 되지 않았어?"

절실하고 간곡함이 담기지 않은 무덤덤한 말이었다.

"당신이 내려오지 그래. 농촌 생활도 겪어보니 지낼 만하던데."

"말이 되는 소릴 해야지. 아이들 학교와 교육문제를 생각하면 시골에 살던 사람도 도시로 가려고 애를 쓰는데, 나더러 시골로 내려가자고? 나는 그렇게는 못 하겠으니 농촌에 가자는 말은 두 번 다시 꺼내지도 말아요."

"그래, 아이들 교육문제를 생각하면 당신 말이 맞는 것도 같고, 그보다도 내가 보살펴야 할 내 주변 사람들이 당신에게는 부담스럽겠지."

그 말에는 대답이 없는 아내다. 모두가 내 가족이니 도리상 당연히 함께해야 한다는 남편의 생각이 틀린 것은 아니나 내 마음이 내키지 않아 죽어도 받아들여지지 않는 일을 억지로 하기보다는 철저히 방어망을 치고 있으면 내 일신이 편한데 차라리 별거가 더 나은 거 아닌가? 이들 부부의 입장 차가 커, 전쟁보다는 평화를 택하게 된 청랑이다. 그다음에 얻어지는 어설픈 자유와 함께 하는 청랑은 과연 그 자신이 얼마나 옳고 행복한 것일까? 결코, 그런 것은 아니다. 그러나 그것이 청랑의 한계요 운명이라 하겠다.

청랑은 오랜만에 아내와 막내아들과 함께 밥상을 마주했다. 아침에 책가방을 메고 나서는 아이들을 뒤로하고 집을 나섰다. 그 길로 그가 향한 곳은 여주에 있는 여화산업이다. 붉은 벽돌을 만들어내는 벽돌 공장이다.

"어서 와요. 왕초형, 연락도 없이 갑자기 웬일이에요?"

"내 공장장하고 의논할 일이 있어서 찾아왔소."

"자자 이리로 앉으세요. 왕초형. 지난번에 형한테 신세 지고 왔어요."

"공 상무도 참. 우리 사이의 신세랄 거 뭐 있소?"

여직원이 차를 가져왔다.

"그래 무슨 일입니까? 왕초형."

"아, 내가 이번에 개나리 본부장이 보자고 해서 갔는데, 나에게 또다시 벽돌 공사를 하라고 하는데 공형 생각은 어떻소?"

"거참 어려운 질문이군요. 왕초형이 노가다에서 손을 떼려는 듯 보였는데 개나리 소장이 제의를 해왔다? 그 양반도 왕초형의 뜻을 모르는바 아닐 텐데 그런 제안을 해 왔다면, 꼭 자기만을 위해서는 아닐 테고. 어쨌든 본인인 청랑 형의 생각이 중요합니다."

"역시 모호한 대답이군. 해도 괜찮다는 뜻이기도 하고?"

"그렇습니다. 왕초형은 어떤 대답을 했습니까?"

"물론 수락은 했지요. 그런데 문제가 있어요."

"문제라니 무슨?"

"재료까지 조달하는 턴키베이스 해야 한다는군. 그래서 공 상무의 도움이 필요하고요."

"그게 무슨 문제가 됩니까? 내가 왕초형에 도움이 될 수 있다면 그거야말로 나에게는 좋은 기회이지요."

"그렇다면 다행입니다. 아직은 계약체결 전이라 모르긴 해도 수백만 장의 벽돌이 필요할 것 같아요."

"그렇다면 왕초형 덕분에 내가 행운을 잡게 되네요. 지금부터 우리 공장이 밤낮으로 풀가동을 해야 하니 말입니다."

"그러면 공 상무가 나를 돕겠다니 나는 천군만마를 얻은 기쁨이오. 따라서 벽돌의 납품단가와 운송비 등은 다음에 공사 계약

때 견적서를 작성해서 함께 참석합시다."

"아니요. 건설회사와의 공사 계약 당사자는 청랑 형인데 우리 회사는 청랑 형과 계약을 하면 되는 것인데 주제넘게 내가 참석하는 것은 좀……."

"그렇지가 않아요. S건설의 개나리 본부장, 서로 모르는 사이도 아니고, 엄격히 말하면 우리는 동업자가 되오. 안 그렇소, 공 상무?"

"아무튼, 청랑 형의 뜻에 따르기로 하겠습니다."

"당연한 일이지요. 이제 공 상무와의 동조도 얻고 했으니 난 가봐야겠소이다."

"무슨 말씀이오? 청랑 형이 여기까지 왔는데 그냥 가다니요? 우리가 그 정도 사이밖에 안 됩니까? 청랑 형이 바쁜 건 알지만 그래도 한 잔 술을 아니 할 수 없지요."

"그래 좋아요. 공형과 한 잔이라면 내 그냥 마다하면 안 되겠지?"

"물론이지요. 어때요, 청랑형, 다른 데 갈 것 없이 우리 집으로 갑시다."

"공 상무 그건 좀……."

"왜요 또?"

"전에 남남이었을 때와는 달리 부부가 된 지금 남편의 술친구는 아내에게는 크나큰 민폐의 존재가 되는데……."

"형님도 참, 하나만 알고 둘은 모르시네. 이참에 장사꾼인 아내에게 매상 좀 올려주고 칭찬받아보는 것도 괜찮을 것 같은데 그것까지 막으려는 것은 아니겠지요? 그리고 우리 집사람이 형을 모르는 사람도 아니고, 보기만 하면 청랑 형부하고 껌뻑 반기지 않습니까?"

사실과 진실 사이

"공 상무가 나의 반론을 사전에 차단해 버리는군. 좋아요. 오랜만에 제수씨도 보고, 갑시다."

출발 전에 공장장은 집으로 전화를 걸었다.

"여보세요. 춘천댁, 나 공장장이오."

"뭐라고요? 이 양반이 자기 마누라를 남 부르듯 하네. 그래 춘천댁은 왜 찾수?"

"아, 지금 귀한 손님 한 분과 같이 갈 테니 준비 좀 해 놓으시오."

"알았어요. 우리 식당은 언제나 손님 맞을 준비가 돼 있으니 염려 말고 오세요. 서방님."

"청랑형, 이제 가십시다."

"그런데 공 상무는 부인에게도 택호를 붙이는군."

"왜요, 그럼 안 되나요?"

"음, 내가 알기로는 1촌을 건넨 다음 사람에게 붙이는 줄 알았는데 옆에서 듣자니 괜찮은 것 같기도 하고. 형식만 버린다면 말이야."

"그렇지요? 청랑형, 내가 본래 여보니 당신이니 하는 말이 입 밖에 잘 나오질 않아서, 너 어쩌고 하는 것보단 수월해서 그렇게 부르고 있는 겁니다. 물론 아내는 불만스러워하지만요. 가끔은 투정 속에 그냥 잘 넘어갑니다."

"거참 재미있는 일이군."

"다 왔습니다. 왕초형."

"공 상무의 집이 변함없는 그 모습 그대로군."

"어서 오세요. 상무님."

"아주머니, 우리 집사람 어디 갔습니까?"

"아니에요, 사모님은 안에서 전화 통화 중입니다."

이봐요 춘천, 아니지 그냥 '나 왔어요'라고 큰소리로 귀가를 알리는 공기호 공장장이다.

한편 아내 춘천댁은 차에서 내리는 남편과 객을 보고도 통화를 끊지 못한다.

"언니, 내 예감이 맞았어요. 우리 그이가 청랑 형부와 같이 왔어요. 네네 알았어요. 이따가 봐요. 이만 끊어요."

"이 사람이…! 그런데 내가 왔다는 데도 내다보질 않고 무슨 통화가 그렇게 길어. 아무튼, 들어갑시다. 왕초형."

'저 지금 나가요.' 하면서 황급히 나오는 아내 춘천댁이다.

"이 사람이 내가 왔다는 데도 전화기만 붙들고 앉았다?"

"미안해요, 미안해! 어서 오세요. 청랑 형부. 정말 오랜만이에요. 어서 안으로 들어가세요."

"잘 있었어요. 제수씨?"

"그럼요. 저야 우리 공장장 수발하느라 고생깨나 합니다만 정말 반가워요. 청랑 형부."

"이봐요. 춘천댁, 당신 눈에는 청랑 형부만 보이고 이 남편은 안중에도 없다 이거로군."

"왜 아니래요? 공 상무는 늘 보는 내 남편이지만 몇 년 만에 보는 청랑 형부가 더 반가운 건 당연지사 아닌가요?"

"그래요. 저도 반갑습니다. 지난번 상하이에 내외분이 오셨을 때 보고 지금이니 꽤 오래되었군요."

"잘 오셨어요. 형부. 지난번에 이이가 형부가 계시는 곳에 다녀왔다기에 혼자 왔다고 야단을 쳤지 뭐예요."

"그래서 오늘은 제수씨 보러 제가 왔잖습니까?"

춘천식당 업주이자 공 상무의 아내인 춘천댁은 신이 났다.

"얘기하고 앉아계시면 금방 저녁상 차려올게요."

그녀는 부엌으로 달려가며 주문한다.

"아줌마, 아까 준비한 그거가 됐으면 이리 주세요."

주인 춘천댁은 손수 음식을 나르며 밥상을 챙긴다.

"시장하실 텐데 어서 드세요."

매운탕이 올려진 버너에 불을 붙이며 장사꾼이 아닌 주인댁 아낙이 되어 귀빈을 맞는 자세다.

"청랑 형부는 무심도 하세요. 한국에 돌아왔으면 진작에 한 번 오시지 않고. 이제야 오시다니."

"미안합니다. 차일피일 하다 보니 그만 늦어버렸습니다."

"괜찮아요. 그래도 이렇게 오셨으니 정말 좋아요."

"아니 이봐요. 마누라. 왕초형은 날 찾아오신 귀빈인데 춘천댁이 더 난리법석이니 너무 오버하는 것 아니오?"

"왜 아니겠어요. 나는 이 정도에 불과하지만, 행여나 하고 먼 발치에서 기다리는 화천 언니를 생각하면 이보다 더 반가운 분이 어딨겠어요. 청랑 형부께서 일부러 화천 언니를 찾아가지 않는 이상 우리 공 상무가 유일한 징검다리가 되니 말이에요."

그때 마당으로 한 대의 승용차가 들어온다.

"호랑이도 제 말을 하면 온다더니 마침 오는군."

"누가 오는데?"

"누군 누구겠어요. 화천 언니지."

춘천댁은 뛰쳐나간다.

"어서 와요. 언니."

"잘 지낸 거야, 춘천아."

"그래 언니, 어서 들어가요."

"안녕하세요? 공 상무님."

"어서 오십시오. 처형."

다음은 청랑과 눈이 마주친 중년 여인. 말을 잇지 못하고 멈춰 서 버린다.

"아니 화천 어부가 여기까지 어쩐 일로?"

"춘천 아우가 기별해 주었어요. 청랑 왕초 당신이 오셨다고."

"그랬었군."

청랑은 그녀의 두 손을 잡아 준다. 동시에 화천 어부도 청랑에게 다가와 가만히 안겨든다.

"오랜만이에요. 보고 싶었어요."

그녀는 주위의 시선을 의식하지 못한 채다.

"그래요. 어서 이리로 앉읍시다."

정말 뜻밖이었다. 청랑은 화천 어부가 먼 이곳까지 오리라곤 생각을 하지 못했다.

"그럼 아까 우리가 들어올 때 전화통을 붙들고 있던 게 화천 처형하고였었군?"

"그래요. 공 상무 당신이 귀빈을 모시고 온다는 말을 들었을 때 혹시나 했는데 막상 차에서 내리는 청랑 형부를 확인하고는 바로 전화를 한 거예요."

"고맙네. 춘천 아우 자네가 아니었으면 바람 같은 청랑님을 만나기가 쉽지 않거늘."

그렇다. 청랑이 화천 어부와의 인연이 깊다고는 하나 일부러 그녀가 있는 곳을 찾아가지는 않을 것이다. 왜냐하면, 다른 친구들과의 형평성이 어긋날 수 있기 때문이다. 그러한 청랑의 마음을 그를 알고 있는 여인들은 청랑을 기다리지 않고 거의 위치가 사정거리 안에 있다고 확인되면 바로 달려가는 여인들이다. 그러

사실과 진실 사이

기에 오늘은 청랑이 화천 어부의 사정거리 안에 와 있음을 춘천댁을 통해서 알게 된 이상 한걸음에 달려온 것이다. 얼싸안고 춤이라도 추고 싶지만 그래도 체면이란 것이 있기에 참고 있다.

"그래 화천은 그 가족들과 행복하게 잘 지내리라 믿고."

"그래요. 이 화천 어부, 청랑님을 만나지 못한 것 빼고는 저의 노모와 딸 랑아와 함께 잘 있습니다. 나는 그렇다 치고 청랑님은 잘 지내신 거죠?"

"나야 뭐 화천 당신이 알다시피 변함없는 바람이잖소. 그래서 여기까지 왔고요."

"지난날 언젠가 춘천 아우로부터 청랑님을 상하이에서 보았다는 소릴 들었어요. 혹시 그곳에 정이 들어 또 나가실 건가요?"

"그건 아니오. 내가 어디를 가든 그 이유는 나에게 주어진 일 때문일 거요. 그러한 일의 향방이 청랑을 불러들이는 데는 전혀 어렵지 않을 것이오."

조용히 있던 공 상무가 끼어든다.

"화천 처형께 좋은 소식 하나 알려드리리다."

"뭔데요, 공 상무님?"

"얼마 후면 달비 공단에서 청랑 형을 몇 년쯤 묶어 둘 공사가 시작될 것이오. 그렇게 되면 왕초 청랑은 자연히 그곳에 머물게 될 것이고 그를 만나려면 달비골에만 찾아가면 될 테니까요."

"그게 정말이세요. 청랑 형부?"

"아직은 얘기 중이지만 곧 그렇게 될 것 같아요."

"거 참 잘 되었네요. 우리 화천 언니가 독수공방 신세를 면하게 되었으니 말이에요."

"이 사람 춘천아우, 농담이 지나치네. 청랑님이 어디 나 하나만의 남자인가? 청랑을 사모하는 여자는 나 말고도 여럿일 텐데."
 화천 어부의 질문 같은 넋두리에 청랑은 대답을 하지 않았다.
 "별 농담들을 다 하시는군."
 긍정도 부정도 하지 않은 애매한 대답이다.
 "공 상무님, 달비라는 곳이 어디예요?"
 "아 거기가 어디냐 하면 말입니다. 남쪽 지방의 달구벌과 비사벌의 경계 지점에 있는 지금은 한적한 마을인데 50만 평의 용지에 혜성학원 산하 해강대학의 캠퍼스를 만들 것이라 합니다. 10개 동의 강당이 들어서는데 온통 붉은 벽돌로 치장을 한다는 겁니다. 거기서 청랑형은 벽돌 공사를 전담하실 거고요. 그것이 내가 아는 전부입니다."
 "그렇군요. 공 상무님의 말씀대로라면 많은 시간이 필요하겠고, 따라서 청랑님의 고생이 많겠군요. 공 상무님이 우리 청랑왕초를 많이 도와주세요."
 "안 그래도 내가 할 일이 생겼어요. 처형, 우리 공장에서 생산되는 붉은 벽돌을 왕초형에게 납품하기로 했거든요."
 "그렇다면 아주 잘된 일이네요. 제부께서 왕초 옆을 오가면 얼마나 든든하겠어요. 저도 안심이 되고요."
 "정말이에요. 당신? 우리 공 상무가 청랑 형부와 함께 있다고요?"
 "이봐요. 마누라, 내가 왕초형과 같이 있는 게 아니고 밤낮으로 벽돌을 만들어 조달해야 한단 말이오."
 "아니 그게 그거지 뭐. 근데 이 양반이 말주변이 약한 나인 줄 알면서 말꼬리를 물고 늘어질 건 뭐람."
 "그래요. 그건 제수씨 말씀이 맞아요. 공 상무가 잠깐 실수한 거야."

"거봐요. 남편님, 청랑 형부가 내 말이 맞는다지 않아요. 그리고 우리 저이 일 많이 시켜서 우리 집 부자 만들어 주려는 청랑 형부께 감사드려요. 그래서 제가 술 한 잔 올릴게요, 형부."

"이 친구 춘천댁이 내가 할 말을 가로채는군."

"왜 아니래요. 그래서 부부 일심동체라잖아요. 고맙습니다. 제수씨."

좌중은 웃음꽃이 피고 공 상무 내외 말고는 가족이 아닌데도 가족적인 분위기다.

"벌써 시간이 이렇게 되었나? 밤 아홉 시네."

춘천댁이 손 등을 입으로 가져가며 헛하품을 해댄다.

"화천 언니, 별실 안방에 따뜻하게 불을 지펴 놓았으니 형부 모시고 가서 주무세요. 우리도 자러 갈게요. 여보, 공 상무, 인제 그만 갑시다."

이 집 안주인 춘천댁은 모처럼 만나게 된 화천과 청랑에게 조금이라도 시간을 더 주고 싶었다. 이곳 남한강 자락의 강변식당의 불이 조금은 일찍 점멸되었다. 그들의 빈객인 화천어부와 청랑왕초에게 사랑의 자리를 주기 위해서다. 그들은 춘천댁에게 떠밀리다시피 안방으로 가서 여장을 풀었다.

흐르는 남한강의 물결이 잘게 부서지는 소리, 어느새 찾아든 어둠이 강변의 외딴집을 덮어주는데, 그 집 주인인 춘천댁과 공 상무 내외는 찾아든 두 빈객을 맞이함에 정성을 다한다. 그들이 누구든가, 화천어부는 춘천댁의 젊은 날을 보살폈던 그리고 춘천댁의 오늘이 있게 해준 사람이고, 왕초 청랑은 공기호 공장장의 철없는 오류를 막아 오늘의 공 상무를 만드는 데 결정적인 가교

역을 한 사람들이다.

 화천어부와 왕초청랑, 그들을 보는 이에 따라서 정상적인 관계가 아닐지라도 노가다를 걸어왔던 청랑의 운명적인 길목에서 화천어부의 운명이 맞닥뜨린 그들의 인연이기에 결코 소홀히 할 수 없는 관계임을 말할 수 있다. 화천어부에는 오직 하나뿐인 내 남자, 청랑이 아니던가. 그러한 청랑을 실로 수년 만에 만난 것이다. 그녀에게는 바람처럼 떠도는 이 남자를 만나기란 그리 쉬운 일이 아니었다. 그녀는 자신으로 인해 청랑이란 한 사나이의 발목을 잡으면 안 되겠기에 흐르는 세월 속에 인고를 씹으며 조용하게 때로는 간절하게 기다려 온 것이다. 그러한 그녀에게 오늘은 그 바람이 바로 곁에 멈추어져 있지 않은가? 소녀처럼 마음이 들뜨는 화천어부다.

 "그리웠어요. 당신의 품이."

 중년의 여인 화천어부는 소란스럽지 않게 조용히 사내의 가슴으로 파고든다. 다가오는 여인의 정을 말없이 안아주는 청랑이다. 그녀는 행복하다. 이 사내의 품이……. 그래서 좀 더 깊은 곳으로 그의 전부를 가득 담아본다. 사내도 그런 그녀의 마음을 느끼고 있다. 그리고 그들은 깊은 수면 속으로 빠져든다. 오늘의 이 시간만은 이들에겐 서로가 내 사람이다.

 새벽녘이 되어서야 화천어부가 먼저 잠에서 깨어났다. 아직도 코골이가 멈추지 않는 청랑이다. 그래도 그 소리가 싫지 않은 그녀다. 그에게 하고 싶은 말이 많아서 깨우고 싶어도, 아니다! 좀 더 자게 그냥 두자, 그래도 팔베개쯤은 해야겠다. 그리고는 얼굴을 내 남자의 가슴에 대고 사내의 굵은 심장 소리를 듣는다. 어렴풋하게나마 느껴지는 여인의 체온이 끝내 사내를 잠의 늪에서 건

져내고 만다. 목석이 아닌 사내가 어찌 이 순간을 뿌리칠 수 있겠는가? 여인을 힘차게 끌어안는 사내다. 무아지경에 몰입된 여인의 정념이 거친 숨소리와 함께 가늘게 입 밖으로 새어 나온다. 화천어부와 청랑, 이들 두 사람만의 이야기쯤은 아랑곳없이 강변의 아침은 서서히 다가오고 있다.

"날이 빨리도 밝아지네요. 오는 아침을 좀 더 머뭇거리게 할 수는 없을까요?"

"그건 어려울걸."

"왜요?"

"그것은 어느 개인의 전유물이 아닌 우주가 만들어 내는 자연의 법칙이니까."

"듣고 보니 그러네. 이 화천이 공연한 욕심을 가진 거네요."

"그러기에 내가 말하지 않았던가? 화천의 아까운 청춘 그냥 보내지 말고 좋은 짝을 찾아서 재혼하라고."

"청랑도 참, 말이 되는 소릴 해요. 내 언제 청랑님 말고는 다른 남자를 생각한 적이 없거늘 그런 화천을 두고 남 말 하듯 하시네요. 섭섭해요. 청랑."

"나, 청랑이 화천의 마음을 모르는 건 아니지만, 이 세상에 괜찮은 남자도 많고 많은데 정처 없이 떠도는 바람 같은 청랑을 기약 없이 마음속에 담는 화천의 바보 같은 생각이 안타까울 뿐이야."

"그건 아니에요. 나 화천어부야말로 절망의 늪에서 허우적거릴 때 청랑으로 인해서 다시 태어난 여자예요. 그 후로 지금까지 나 자신을 긍정적인 잣대에 올려놓고 열심히 살아왔고요. 그 때문에 지금은 사랑하는 엄마와 딸도 있고 경제적으로도 부족함이 없이 잘살고 있고요. 그 모두가 청랑이 밑바탕을 깔아주었기 때문에요. 그리고 나에게는 청랑만큼 소중한 딸 랑아가 있어요. 그 애를 보면서 청랑을 생각하지요. 그리고 열심히 살았어요. 커가는 딸애를 보면 점점 더 청랑을 닮아가고요. 어쩌면 조용하면서도 자유분방한 성격까지도. 꼭 빼닮은걸요. 한 번 보고 싶지 않으세요?"

"그렇지만 내가 그 애를 볼 자격이 있을까? 내 한 번도 그 애의 손을 잡아 준 적이 없었거늘. 아무것도 모르고 있던 그 애에게 불필요한 나의 존재를 말해서 당신 모녀에게 평지풍파를 몰고 올 필요가 있을까? 내 화천 당신에게 부탁인데 그 애는 지금 호적에 있는 그대로 작고한 임 선생의 유복자 임랑으로 살게 하는 것이 좋을 듯해요. 언젠가는 그 아이 스스로 알게 되어 물어올 때까지 기다려주어야 하오."

"그렇지만 과정이야 어찌 됐든 자신을 낳아 준 친부가 존재한다는 사실, 그 자체가 그 애로선 더욱 희망적이지 않을까요? 우리가 무슨 불륜의 관계도 아니고 남편이 없는 어린 과부가 청랑에게 매달리며 애원해서 얻은 선물인데 그리고 십 수 년이 지난 지금에야 청랑에게 처음 알린 것을……. 그래요. 청랑의 말씀대로 참고 기다릴게요. 그렇지만 그 애가 자라서 시집갈 때가 되면은 그때는 말할 거예요. 딸애의 손을 잡고 입장하는 혼주가 되어 달라고 말이에요."

"잘 생각했어요. 내 그때는 틀림없이 시집가는 신부의 아버지가 되어 주리다."

"고마워요. 청랑. 저의 뜻을 마다하지 않고 받아주셔서요."

"당연한 일 아니겠소. 그리고 미안해요. 그렇게밖에 하지 못하는 내 처지가 개탄스러울 뿐이오."

"그렇지가 않아요. 랑아와 나 화천어부, 우리 모녀는 청랑의 그

사실과 진실 사이

존재만으로도 행복한걸요."

"그렇다면 다행이오. 그리고 나 청랑은 화천어부에 늘 빚을 지고 있는 마음이오."

"아니에요. 청랑, 평소에는 이 화천어부의 존재만 당신의 마음 한구석에 빈자리가 있다면 그곳에 밀쳐두고 청랑의 길을 가시면 돼요. 막히지 않는 그 길로 말이에요. 그것이면 족한 이 화천어부의 바람이에요."

"고맙소, 화천어부. 벌써 날이 다 샜네."

"당신은 좀 더 계시구려. 난 나가서 뭘 좀 만들어 볼게요."

여인은 자리를 털고 일어났다. 그리고 부엌으로 나갔다.

"언니, 잘 주무셨수?"

안주인 춘천댁이 벌써 밥 준비하고 있었다.

"춘천아, 자네가 먼저 나와 있었군."

"그래요, 언니. 내가 이 집 주인인데 찾아오신 손님 내외를 굶길 수야 없지요."

"이 사람아 고맙긴 하지만 말조심하게. 내외라니? 청랑이 들으면 화낼 일이야."

"화내기는요. 두 분이 부부가 아닌 건 맞지만 나에게는 언니와 형부이니 당연히 그렇게 보일 수밖에요."

"나야 자네를 이해하지만 그래도 그렇게 부르면 안 되는 걸세. 우리, 청랑의 처지를 생각하지. 춘천아."

"알았어요. 언니, 내 생각이 짧았어요. 그렇지만 내 마음은 그렇게 생각하고 싶은걸요."

"알았다. 알았어. 그리고 남녀관계에 있어서 꼭 부부라야만 되는 것은 아니니까 때로는 애인이란 표현만으로도 더욱 좋은 남녀

관계의 설정이 될 수가 있는 거거든."

"언니도 참."

아침 식탁에 앉은 공기호, 춘천댁 내외, 그리고 청랑과 화천어부, 그들 모두에게는 행복한 아침이다. 이 집 주인인 춘천댁 내외는 청랑과 화천어부를 자신들의 집에 하룻밤을 유숙케 했다는 사실이 더없는 보람으로 생각되었다. 이제 곧 떠날 시간이다.

"신세 많이 지고 갑니다."

"별말씀을요. 화천 언니와 청랑 형부 두 분이 같이 있는 것만 보아도 제 마음이 편한걸요."

"고맙다. 춘천아, 그리고 말해 주어서."

"그렇게 말하는 언니는 허구한 날 혼자서 속 태우지 말고 이제부터라도 적극적으로 형부를 찾아다니세요."

"이사람 춘천, 청랑님이 어디 그리 한가한 사람인가? 늘 바쁘게 다니는 분인데. 또 내가 그럴 처지도 못 되고."

"언니는 참!"

춘천댁도 더 이상의 말은 하지 않았다. 남편 공 상무의 눈치를 받았기 때문이다.

"잘 있게나 공 상무, 그리고 다음 달 초에 공사 계약 때는 공 상무가 나하고 같이 가기로 하고 S건설 본사에서 연락이 오는 대로 전화를 하겠네."

"알겠습니다. 왕초가 가자고 하면 가야겠지요. 그런데 왕초형, 그 많은 물량을 한꺼번에 조달하기가 쉽지는 않을 것 같습니다."

"그래서 말인데, 지금부터 건물의 기초 공사를 시작한다고 하니 우리에게는 6개월 정도의 예비 시간이 있다고 보고 지금부터라도 운송을 시작해서 미리 비축해 두면 좋을 것 같은데 공 상무 생각은 어떤가?"

"동감입니다. 왕초형의 구상대로가 좋을 듯하니 그렇게 하겠습니다."

"좋아! 우리가 의견일치를 보았으니 이제는 그만 가봐야겠네. 제수씨한테는 폐 많이 끼치고 갑니다."

"아니에요. 형부. 그리 생각 마시고 자주 좀 들리세요. 화천 언니도요."

"그래 고맙다. 춘천아, 제부께서도 안녕히 계세요. 청랑님은 내가 정거장까지 태워다 드릴게요."

"잘 가요, 언니."

춘천댁 내외의 배웅을 뒤로하고 청랑을 태운 화천어부의 차는 남한강변의 춘천식당을 빠져 나왔다.

"청랑님, 여기까지 오신 김에 우리 집에 들렀다가 가지 않을래요?"

"춘천까지 말이오?"

"그래요. 여기서는 그리 멀지 않는 곳이고, 난 좀 더 청랑님과 같이 있고 싶어요."

"화천의 그 마음 고맙지만, 다음 기회로 해요. 이번에는 시간도 바쁠 것 같고 하니 화천이 좀 이해해주면 안 될까?"

"청랑님도 참, 내가 이해하고 말고가 어딨어요? 바쁘신 줄 알면서도 잠깐 떼를 써 본 거예요. 그래도 이 화천의 하찮은 말인데도 무시하지 않는 청랑님이 얼마나 고마운데요."

"이봐요, 화천, 나를 부를 때 이름 끝에 님, 님 하는 그 님자를 빼고 이름만 부르시오. 서로가 편하게 대하면 될 것을 뭐하러 그리 어렵게?"

"그럼 청랑, 언제 또 오실 거예요? 이렇게 말이죠?"

"그래요. 그렇게 하면 될 것을."

"그런데 청랑이 급히 가야 할 일이 뭔데요?"

"아, 그건 좀 전에 말했듯이 야적장으로 사용할 부지를 구하는 일이오."

"그러려면 꽤 넓은 땅을 빌려야 되겠네요."

"그럴 거요. 아마도 한 2천 평은 있어야 하겠지. 그리고 장기간 사용하려면, 빌리는 것보다는 매입해서 쓰는 게 더 효율적일 거 같아요."

"그럼 매입자금이 많이 들겠군요?"

"그렇지가 않아요. 아직은 도심에서 멀리 있는 시골 땅이니까 지가가 높지는 않을 거요."

"그래도 2천 평이면 적잖은 돈일 텐데 청랑, 내가 좀 보태면 안 될까요?"

"그러지 않아도 돼요. 그 정도는 나에게 있는 거로 될 수 있으니 공연히 잘 있는 화천까지 끌어들이고 싶지는 않아요. 그러니 쓸데없는 생각 말고 있는 것 잘 간직해서 가족들과 편하게 살아요."

"내 딴에는 청랑이 공사 시작하면 적지 않은 자금이 필요할 것 같아 이것저것 염려되어서 해 본 소리여요. 괜히 핀잔이시네."

"그러기에 남자가 하는 일에 동정심을 가지고 기웃거리다가는 한 푼도 못 건지는 수가 있으니, 자신이 가진 것 잘 지키란 말이오."

"알았어요. 청랑, 그 말씀 명심할게요."

그녀는 마음속으로 감격스럽다. 청랑이란 이 남자, 나 화천을 아껴주고 감싸주는 남편 같은 느낌을 주고 있음이다. 그녀는 청랑을 원주역에 내려주고 돌아오면서 가슴 벅차고 그다음은 헤어짐의 허전함 같은 것이 교차한다.

청랑, 그는 여자인 화천이 필요로 하는 모든 것을 하나하나 주고 가는 나의 남자가 아니더냐. 실제는 아니지만, 가상 속의 남편이 되어 주고 있음이다. 청랑은 남쪽으로 가는 중앙선 열차 안에서 조용히 눈을 감고 생각에 잠긴다. 이번 나들이에 생각지도 않게 만난 화천어부에 마음의 상처를 주지 않았음은 잘한 일이다. 지난날의 청랑의 인생에서 생긴 과오의 자욱이 없어진 건 아니지만, 그래도 앞으로의 행보에서는 그 누구에게도 상처 주는 일은 없어야 할 것이다. 그런 생각을 하면서 어느새 잠이 드는 청랑이다. 잡다한 생각들을 놓쳐버린 상태에서 길게 말이다.

잠이 든 그를 싣고서 서너 시간을 달려온 기차는 달구벌 역에 청랑을 내려놓고는 제 갈 길로 곧장 가버린다. 사라지는 기차 꼬리에다 고맙다는 무언의 인사를 하고는 달비로 가는 버스 정류장을 찾아간다. 오랜 방랑을 해온 청랑이기에 차를 갈아타는 데는 이골이 나 있는 청랑이다. 달비골은 비사로 가는 도중에 있어서 졸지 않고 내리기만 하면 된다. 오늘은 무슨 일을 매듭짓고자 함은 아니었다.

달비골의 해강대학 공사 현장이 시야에 들어온다. 구마국도에서 1킬로미터 정도 떨어진 비슬산 자락을 등에 업은 넓은 분지에 학교 용지 조성이 막바지에 접어든 듯하다. 달비마을 입구 간이 정거장에서 내린 청랑이다. 복덕방이라 쓰인 문을 밀고 들어갔다. 안에는 이 고장 사람인 듯한 촌로들 서너 명이 장기판을 앞에 두고 있었다. 찾는 이 별로 없는 한가로운 복덕방에 나타난 청랑에게 그들은 별 관심을 보이지 않았다.

"누굴 찾아오셨소?"

촌로들의 손과 눈은 여전히 장기판에 집중되어 있다.

"어르신들, 나는 사람을 찾아온 것이 아니고 이 근처에 토지를 좀 알아볼까 하고 왔습니다."

촌로들은 동작을 멈추고 일제히 청랑과 시선을 마주하고는 반색을 한다. 그들은 자리를 내어주며

"이리 앉으시오. 선생, 그래 어떤 땅을 사려고 합니까?"

"아, 하시던 장기를 마저 하시지요."

"아니요, 어차피 끝나가는 장기였소."

느긋한 청랑의 태도에 오히려 마음이 바빠지는 복덕방 영감들이다.

"선생, 이 근방의 토지에 대해서는 우리가 잘 알고 있으니 농사지을 땅이 얼마나 필요한지 말씀해 보오."

"네에, 하지만 농사지을 땅이 아니고 자재를 쌓아 둘 야적장이 필요해서 그러니 허름하고 버려진 잡종지가 한 2천 평 정도면 되겠습니다. 알아봐 줄 수가 있으신지요?"

듣고 있던 노인들의 눈이 휘둥그레진다.

"2천 평이라, 한 필지로는 그리 큰 게 없을 텐데요."

"아, 여러 필지가 합해져도 상관없으니 알아보시고 있으면 연락을 주세요. 되도록 길가에 있는 토지면 더욱 좋고요. 울퉁불퉁하고 농토보다 값싼 땅이라야 합니다."

"알겠소. 그럼 선생의 연락처를 주고 가시오. 알아보고 바로 연락드리도록 하지요."

"나는 비사벌, 미보리에 있는 청랑이라 합니다. 전화는 7174번입니다. 조건이 맞으면 바로 매입할 것이니 연락해주세요."

복덕방을 나온 청랑은 다시 버스를 탔다. 역시 불편하다. 미보리에 돌아온 청랑은 생각했다. 공사가 시작되고 효율적으로 움직이려면 대중교통만으로는 안 되었다. 미보리에서 달비골로 왕래

하려면 자가용차가 있어야 한다. 그는 즉시 쓸 만한 중고차 한 대를 샀다.

요 며칠 비어 있었던 미보리 주택 청랑의 서재에 다시 불이 켜졌다. 주로 새벽 시간이다. 그에게는 새벽 시간이 잠자는 생각을 일깨우는데 더 수월하기 때문이다. 그가 하고 싶은 이야기는 많을 것이다. 그러기에 앞으로도 긴 시간을 이야기와 함께할 것이다. 낮이 되면 청랑이 운영하는 미보리의 창고 문이 수시로 열고 닫힌다. 그간 청랑이 부산의 마대 공업사와 함께 만드는 그 말 마대가 이제는 전국으로 보급되어 담기는 농작물의 숨구멍을 열어주는 데 큰 역할을 하고 있다. 따라서 청랑의 창고에도 그물 마대에 담긴 농작물이 적지 않게 들고난다. 앞으로의 시간을 창고업에만 전력하며 조용히 지내고자 했던 청랑을 오랫동안 그와 같이 했던 노가다가 또다시 청랑을 불러내고 있다. 그 부름을 결코 외면하지 못한 그는 또다시 바빠지려 한다.

달비골 복덕방에서 연락이 왔다. 청랑이 다녀간 사흘만이다. 청랑이 부탁한 야적장 부지가 물색 되었으니 와서 보고 결정하면 된다고 한다. 지체할 일이 아니다. 부지를 돌아보고 복덕방의 중개로 계약을 체결했다. 그쪽 주변 시세에 맞는 가격으로 매입하고 울퉁불퉁한 구릉지를 평평하게 했다. 물론 중장비를 동원했다. 며칠 후, S건설의 건설사업부로부터 연락이 왔다.

여화산업의 공기호 상무를 대동하고 서울의 S건설 본사에 나타난 청랑이다.

"어서 오시오 청랑왕초."

"안녕하셨습니까? 본부장님."

"어? 여화산업 공 상무도 같이 오셨군요. 내 그럴 줄 알았지.

어서 오시오. 공 상무."

"오랜만입니다. 본부장님, 실은 내가 올 자리가 아닌데도 청랑왕초께서 기어이 오자고 해서 왔습니다만."

"아마 그랬을 것이오. 청랑왕초가 공기호 공장장을 그냥 두었을 리가 있겠소? 아무튼, 잘 왔어요. 이번의 벽돌 공사는 S건설과 청리산업과의 계약이니 내적으로는 청리와 여화의 합작이 될 거라 생각되는데 내 짐작이 틀린 건 아니겠지요?"

"맞습니다. 이번의 자재 포함한 턴키베이스는 청리산업 혼자서 감당키가 어려워서 여화산업에 도움을 요청했습니다. 이 정도면 나 청랑이 공기호 상무를 괴롭히는 재미가 적지는 않겠지요?"

"웬걸요, 청랑 왕초께서 나 공기호를 많이 생각해 주신 것을 감사하게 생각합니다."

"공 상무, 그것은 나 청랑만의 생각이 아니고 말씀은 안 했지만, 본부장님의 생각도 같은 생각이었을 것이오."

"아무튼 이번 해강대학 건설공사는 우리 회사에서도 비중이 큰 사업이니 두 분의 협조를 기대합니다."

"잘 알겠습니다. 본부장님의 기대에 어긋나지 않게 최선을 다 하겠습니다. 그리고 총 3백만 장의 벽돌이니 적은 양이 아니오. 여화공장의 여주에서 달비 공사장까지는 먼 거리라 제때 운반하기가 쉽지는 않을 것이오."

"그렇습니다. 본부장님, 그래서 근처에 부지를 확보하고 야적장을 만들어 놨어요. 그다음의 생산과 운반은 공 상무가 알아서 하겠지만, 만만치가 않을 거요."

"염려 마십시오. 내가 누굽니까? 왕초형에게 배운 노가다 공기호가 아닙니까? 현재 비축된 백만 장에다 계속해서 공장을 가동해 생산할 거고 당장이라도 야적장으로 운송을 시작할 겁니다. 그리고 생산량이 부족할 때는 다른 공장에서 사 오는 방법이라도 마련할 것입니다."

"역시 청랑왕초와 공 상무입니다." 이렇게 해서 청리산업의 청랑왕초와 여화산업의 공기호는 작업에 착수했다. 차도에서 야적장까지의 30m 거리를 농지가 가로막고 있다. 부득이 1백여 평의 토지를 사들여야 했다. 학교 공사의 토목 공사에서 나오는 흙으로 1m 높이로 메꾸어서 진입로를 만들었다. 청랑은 여화산업의 공 상무에게 전화를 했다.

"왕초형, 공기호입니다."

"아, 공 상무, 진입로가 완성되었으니 야적장으로 차량이 마음대로 드나들 수 있을 거야."

"알았어요. 왕초형, 내일부터 벽돌운송을 시작하겠습니다."

"알았네! 공 상무."

여화산업의 공기호 상무는 바빠졌다. 그간 과잉 생산으로 판로가 여의치 않아 누적되었던 재고량이 이제는 효자 노릇을 하게 되었으니 공기호 상무로서는 신바람이 났다. 10톤 트럭 3대가 하루에 1만 장의 벽돌을 실어 나르기 시작했다. 아직은 건물의 기초 공사가 시작되는 단계여서 벽돌쌓기 작업까지는 6개월 정도의 시간 여유가 있다. 그동안에 야적장은 제 역할을 하겠고 쌓기 작업 시작부터는 바로 현장 투입하면 된다.

야적장 입구의 한 곳에는 컨테이너 2개가 자리 잡았다. 하나는 청리산업과 여화산업의 공동사무실용이고 하나는 일꾼들의 숙소 겸 경비실이다. 물론 공사 현장에는 함바와 공동 숙소가 만들어져 있다. 아직은 한가한 청랑이고 바쁜 것은 공기호다. 야적장에는 여화산업의 직원 한 사람과 인부 한 사람이 대기해 있다. 벽돌을 실은 차가 도착하면 운전기사와 조수가 하차하는 작업을 돕고 야간에는 경비 업무도 맡는다. 덤프트럭에 싣고 와서 주르륵 쏟아놓으면 쉬운 일이겠지만, 그다음은 다시 간추려야 하는 이중 작업이 되고 벽돌의 모서리가 깨지면 치장용의 가치가 상실된다.

벽돌 5장이 한 묶음으로 6백 묶음을 일일이 수작업으로 하차하는 것은 힘든 일이다. 장시간의 운전에서 하차까지 해야 하는 운전자들의 고된 모습을 물끄러미 바라보던 청랑왕초, 생각에 잠긴다. 이래서는 안 되겠다. 덜 힘들고 효율적인 방법을 찾아야 한다. 그렇다면 지게차를 이용하면 되지 않을까? 그는 곧장 사무실로 갔다. 전화했다.

"공 상무 나 청랑인데."

"예 왕초형 무슨 일입니까?"

"아, 내가 지금 달비 현장 야적장에 나와서 보니 벽돌의 상하차가 수작업만으론 일꾼들의 고충이 많을 것 같아서 지게차를 투입하면 어떨까 해서."

"그래요, 청랑형, 나도 그 생각을 해보는 중입니다."

"이심전심이로군. 그러자면 받침대가 있어야 하고 그 위에 한 3백 장씩 얹어서 지게차로 들어 올리고 내리면 좋을 것 같네. 그곳 공장에서 아예 그렇게 해서 실려 보내면 이쪽에선 내가 준비를 하겠네."

"알겠습니다. 왕초형."

청랑은 건설현장 사무소를 갔다. 현장소장 낙동강을 만나 타진했다.

"염려 마시오. 청랑왕초. 우리 회사 중기공장에 연락해서 벽돌

전용으로 지게차 한 대를 배정하도록 하겠소."
"고맙습니다. 소장님."
"고맙기까지야. 좋은 아이디어를 가지고 온 청랑과 나, 서로가 잘 되고자 하는 우리 현장 일 아니겠소."
역시 현장소장 낙동강은 청랑에게 협조적이다. 그날 이후 이틀이 지난날부터 양쪽 모두에서 지게차가 투입되어 작업이 이루어졌다. 이러한 사항을 현장소장으로부터 보고를 받은 본사의 개나리 본부장은 회심의 미소를 날린다. 역시 청랑이로군. 그가 있는 곳이면 꼬인 실타래도 스르르 풀린다지 않았던가. 그를 우리 회사의 대단위 사업에 참여케 한 것은 정말 잘한 일이야. 그는 현장소장에게 말한다.
"아직은 시작에 불과하지만, 앞으로도 가능한 한 청랑의 벽돌팀에게 협조를 아끼지 마시오. 절대로 손해 보는 일은 없을 테니까."
건설본부장 개나리의 청랑에 대한 믿음은 확고했다. 이제는 이곳 달비골 현장의 부지조성이 끝나고 건물 기초 공사의 토공 작업이 한창이다. 그와 함께 청리산업의 야적장에는 붉은색의 돌무더기가 커지고 있다. 그런 야적장 주위의 쓸모없는 구릉지가 자못 청랑의 심기를 자극하고 있다. 그냥 내버려 둬 버리기엔 좀. 그런 생각을 하면서 인근에 있는 복덕방을 다시 찾은 청랑이다.
"어서 오시오. 청랑 사장님."
이곳 복덕방의 촌로들은 이미 큼직하게 한 건 거래해 준 청랑을 유난히 반긴다.
"사장께서는 또 어떤 토지가 필요하신지요?"
그들 눈에는 저 허름한 작업복 차림의 사나이가 땅을 먹으러 온 하마로 보이는 모양이다.

"안녕들 하셨습니까? 지나가다가 어르신들께 물어볼 게 있어서 들렀습니다. 지금의 야적장 뒤쪽으로 쓸모없이 버려진 구릉지의 주인이 누구인지 모르지만, 중개하시면 내가 마저 사고 싶은데 할 수 있겠는지요?"

복덕방 인들의 눈과 귀가 번쩍 빛난다.

"청랑 선생께서 그런 생각이시라면 잘 되었습니다. 안 그래도 그 땅 주인의 불평이 대단해요. 야적장이 가로막히는 바람에 자기네 땅만 못쓰게 되었다고 야적장에서 그것을 마저 사가야 하지 않느냐고 말이오."

"그렇다면 잘 되었군요. 가격을 절충해 보십시오. 내가 보기엔 길게 꼬부라진 형태의 말 그대로 구릉지니 토지라고는 할 수 없고 메워서 평지로 만들려면 적지 않은 비용이 들어갈 것이기에 그 점을 고려하면 기존 주변 시세의 반값이면 이 사람이 매입할 수 있겠습니다."

"청랑 사장의 그런 뜻이라면 저쪽에서도 마다하지 않을 것입니다."

그랬다. 청랑은 극히 합리적인 생각에서 의견을 제시했다.

"연락 기다리겠습니다."

청랑은 돌아갔다. 30분이면 미보리의 집에 도착한다. 물론 자동차로 말이다. 청랑의 예측대로 거래가 성립되고 달비 현장에서 나오는 흙을 받아서 성토하고 기존 야적지와 수평의 높이로 7백 평의 면적을 넓혔다.

여주의 공 상무에게서 전화가 왔다.

"청랑형, 내일은 제가 달비현장으로 내려갈게요."

"공 상무가 바쁠 텐데 그럴 시간 있겠는가?"

"그럼요, 내일은 가도 될 것 같습니다."

"좋아, 그럼 내일 만나세."

오늘의 아침 햇살은 유난히 반짝인다. 달비골 해강대학 신축 공사 현장의 2층 사무실에 낯선 사람들 서넛이 현장소장 낙동강을 에워싸고 있다. 그들 모두의 표정이 밝지는 않았다. 현장소장과 마주하고 있는 사람은 이곳 남도의 양산과 고령, 진영 등지에서 붉은 벽돌을 생산하는 공장의 사주들이다. 아직은 적벽돌의 수요량이 많지 않은 지방이어서 판매에 어려움을 겪고 있는 처지다. 그래서 과잉 생산을 피해서 조심스럽게 생산하는데도 재고량이 쌓이고 따라서 사주들은 납품처를 놓고 하나라도 더 팔기 위해 동분서주하는 판이다. 지금 달비골에 들어서는 대학 캠퍼스가 전부 적별돌로 치장 쌓기를 하여 수백만 장의 적벽돌이 소모된다는 정보를 얻어 한껏 희망을 품고서 이들 남쪽의 생산자협회에서 현장을 찾아온 것이다. 막상 와서 보니 기대했던 거와는 달리 소장에게서 실망스러운 대답을 들은 지금이다.

"이럴 수는 없어요. 우리 지방에서 시행되는 대단위 공사에서 이 지방 업체를 제외한 다른 지역의 업체에다 전량의 조달권을 주다니 있을 수 없는 일입니다."

"그렇지가 않습니다. 여러분의 말씀대로 현장은 이곳이지만 우리 S건설은 본사가 서울입니다. 따라서 모든 결정은 본사에서 합니다. 설사 소장인 내가 여러분들의 뜻을 본사에다 건의한다 해도 이미 본사에서 결정한 일을 번복하지는 않을 것입니다."

"이보시오 소장, 아무리 그렇다 해도 그 많은 물량을 한 업체에서 생산 조달하기란 불가능 할진대 공사 전문가라는 당신네가 그렇게 하는 이유가 뭐요? 구태여 여화벽돌에만 맡기는 데는 옳지 못한 생각이 담긴 건 아니오?"

업자들의 반감이 담긴 거친 항의성 언사다.

"이보시오들 함부로 말하지 마시오. 그리고 이번의 벽돌공사는 턴키베이스로 자재 포함 시공하는 청리산업에서 책임 시공하는 거로 되어 있어 다시는 S건설 소관이 아니오. 붉은 벽돌 조달 포함 시공권이 청리산업에 있단 말이오. 그리고 청리산업 또한 당신들이 말하는 이곳 지방 업체란 말이외다. 그래서 현장소장인 나로서도 어쩔 수 없으니 나를 닦달하지 마시고 청리산업과 상의하시면 길이 있을지도 모르지 않소?"

"이런 망할 놈의 경우가 있나? 소장 당신 그따위 변명으로 우릴 돌려세우시겠다? 이거 무슨 지랄 같은 수작이야. 내 여태껏 이 나라에서 적벽돌을 제 돈으로 사다가 쌓는 놈은 보지를 못 했는데 무슨 말 뼈다귀 같은 소릴 하는 거야?"

이제는 벽돌공장 사장들 점점 폭도로 변해가고 있다. 현장소장 낙동강도 의외의 사태발전에 당황스러워진다. 그때 사무실 마당에 차가 와서 멎는 소리와 계단을 오르는 경쾌한 발소리.

"소장님, 계십니까?"

문을 열고 들어서는 청랑이다. 자칫 험악한 분위기에 쌓여있던 소장이 청랑을 보자 안도와 염려가 교차한다. 소장도 말을 못 하고 둘러싸여 있음이라 청랑은 직감했다. 약간은 공포 분위기를 느끼면서

"무슨 일입니까? 소장님."

하면서 소장 앞으로 다가서는데,

"뭐야 당신, 남의 얘기 중에 누가 끼어들랬어? 건방지게."

공장 사장 중에 제일 거친 듯한 자이다.

사실과 진실 사이

"아, 실례했소이다. 난 소장님을 찾아올 터라 인사를 해야겠기에."
"그건 우리가 먼저야. 우리 얘기가 끝나지 않았다는 걸 보면 몰라?"
다분히 위압적이다. 그제야 소장이 입을 열었다.
"어서 오시오. 청랑, 마침 잘 왔소이다."
"네 소장님께서 절 찾는다기에 달려왔습니다."
청랑은 직감했다. 이자들이 소장을 괴롭히고 있는 것을.
"그런데 이분들은 누구입니까?"
"뭐야? 우리가 누구든 끼어들지 말라고 경고 했을 텐데."
금방이라도 청랑에게 덮칠 듯한 기세다.
"잠깐만들, 내 소개하지요. 여기 이분들은 날 찾아온 적벽돌 생산협회의 각 공장 사장님들이고 이쪽은 이 현장 벽돌공사를 하는 청리산업 사장이오. 서로 인사들 하시오."
"아, 그렇군요. 나 벽돌쟁이 청랑입니다. 인사가 늦었어요. 사장님들."
"뭐야? 이자가 청리산업인가 하는 자이군."
거친 자의 태도가 변하질 않는다.
"그래 무슨 일인진 몰라도 처음 보는 사람한테 무례하군요."
"그래? 이 고장의 우리 연와 협회를 제외하고 청리인가 뭔가 하는 데서 공사를 제대로 할 수 있을 것 같애? 택도 없는 소리지."
"무슨 소리요? 당신들하고 관계가 없는데 왜 내가 공사를 못한단 말이오?"
"그래 인제 보니 너 혼자 적벽돌 3백만 장을 다 먹을 생각하니 배가 부르단 말이지? 야, 이거 안 되겠군. 너 공사하기 전에 내 주먹맛부터 보아야겠군."
"아, 사장님들 무슨 일인진 몰라도 화만 내지 마시고 말로 합시다."

"이봐, 청리산업, 그렇게는 안 되지. 너 혼자에게 3백만 장의 벽돌로 포식하게 그냥 두고 볼 내가 아니지. 우선 이거부터 먹어라."

언행이 거친 자의 주먹이 청랑을 향해 날아든다. 청랑의 반사 신경이 자신을 한 발 뒤로 물리며 동시에 머리를 살짝 숙이게 한다. 날아오는 주먹이 청랑의 머리에 가볍게 부딪친다. 한 번쯤 맞아주는 거로 이 상황을 끝내려 하는 청랑이다. 그러나 거친 자는 멈추려 하지 않는다. 자신의 일격이 상대를 쓰러지게 하지 못한 것이 불만이다. 또 다른 일격은 당연히 빗나가고 만다. 그의 어설픈 자만과 분노가 점점 이성을 잃게 만들고 있다. 다시 일어난 고령토의 발길이 청랑의 뒤를 노리고 올려 찬다. 그러나 뒤돌아보지 않고 살짝 몸을 낮추는 청랑의 어깨에 고령토의 다리가 올려짐과 동시에 청랑은 다시 일어서고 고령토의 몸뚱이는 뒤로 나가떨어지고 만다.

"야, 같이들 덤비자."

고령토의 협조 일갈에 양산벽과 진영벽 동시에 달려든다.

"아니, 이자들이?"

청랑의 한쪽 손과 다른 한쪽 팔꿈치가 그들의 공격을 막는가 하더니 한발 더 나아가며 툭 치며 밀어버리니 양산벽과 진영벽이 동시에 나가떨어진다. 청랑은 여유를 두지 않았다. 돌아서며 일어나는 고령토의 앞가슴을 걷어차 버렸다. "윽." 고령토의 큼직한 몸뚱이가 하늘을 향해 누워버린다. 다시는 일어나려 하지 않는다. 청랑은 몸을 돌려 양산벽과 진영벽을 돌아보니 그들은 일어나려다 말고 비스듬히 한쪽 팔을 내젓는다. 항복의 표시였다. 청랑은 동작을 멈추고 옆 의자에 앉았다. 낙 소장도 따라 앉으며 벌린 입을 다물지 못한다.

"이봐요. 당신들 큰 충격은 아닐 테니 일어들 나시오."
그 소리에 양산벽과 진영벽이 엄살스럽게 일어난다.
"당신들 사업하는 사장들 맞아? 아니면 이 지방의 불량배들인가? 감히 남의 현장에 와서 행패를 부리다니, 어떤 사람이 당신네가 그 행동이 무서워서 같이 일을 도모할 수 있겠소?"
양산과 진영 두 벽돌은 대답 대신에 고령토 쪽을 바라보니 아직도 누워있다.
"저 사람 죽은 거 아냐? 여보시오. 사람을 죽여놓고 무슨 소리요. 당신은 살인자요. 경찰에 연락해야겠소."
양산벽이 전화통 앞으로 뛰어든다.
"그럴 거 없소이다. 지금은 쉬고 있을 테니 가서 일으켜 보시오."
두 사람은 달려가서
"이보시오 고 사장, 일어나시오."
양쪽에서 겨드랑이에 손을 넣으니 부스스하고 일어난다.
"고 사장, 괜찮은 거요?"
그는 일어나면서 바로 무릎을 꿇는다.
"잘못했습니다. 형님, 용서하십시오. 형님을 몰라 뵈었습니다."
"왜 이러시오. 고 사장 일어나시오."
"아닙니다. 형님, 용서하시기 전에는 일어날 수 없습니다."
"이보시오 고 사장, 갑자기 조폭들이 하는 흉내를 내고 그럽니까? 농담 그만하고 일어나시오. 그리고 이리 앉으시오."
"아닙니다. 형님. 실은 나도 한때는 건달이었습니다. 손을 뗀 지 오래돼서 지금은 아니라고 생각했는데 오늘은 잠재되었던 못된 버릇이 나오고 말았습니다. 대가를 몰라보고 경거망동해서 용서하십시오."

"아니오. 괜찮소. 고 사장의 말을 듣고 보니 이해가 갑니다. 왠지 보통 솜씨가 아니다 싶었는데 내 언젠가 거제도에서 고 사장과 비슷한 스타일의 싸움꾼을 만난 적이 있었는데 그 몸놀림이 흡사해서 불현듯 그때 생각이 났어요."

"그럼 형님께서 거제도에 있었단 말씀이오?"

"그래요. 오래전의 일이었소. 자 우선 여기 앉아서 먼지들이나 털어내시오. 소장님, 수건 같은 거 좀 주십시오." 수건을 받아 먼지를 닦아내는 벽돌공장 사장들이다. 소장은 여직원을 시켜 차를 내왔다. 찻잔을 받아든 벽돌공장 사장들 쥐구멍이라도 찾고 싶었다. 유독 고령토만이 양산, 진영 두 사람과는 사뭇 다른 표정이다.

"형님, 혹시 거제도에서 흑상어란 곳에 가보신 적이 있습니까?"

"그래요. 그 흑상어에서 고 사장과 비슷한 사람들을 만났었지요."

"그럼 그곳에서 외국인 아니 중국 여인을 뺏어간 그 사람이 바로 형님이시오?"

"뺏어가다니, 궁지에 몰린 그 여인을 구해주었을 뿐인데. 그런데 그걸 고 사장이 어떻게 아시오?"

"맞군요. 그때 부끄럽게도 쓸데없는 객기를 부리다가 허름한 작업복의 노동자에게 얻어맞고 혼비백산 달아났던 조폭 중의 한 사람이 저였습니다."

"허허, 그래요? 이건 정말 뜻밖의 상봉이네. 보아하니 고 사장이 그 바닥에서 발을 뺀 건 맞는데 그 욱하는 성격이 문제로군."

"그렇습니다. 그놈의 욱 때문에 오늘 대 실수를 하게 되었습니다."

그때 차 소리가 멎고 계단을 오르는 소리와 공기호 상무가 문을 열고 들어온다.

사실과 진실 사이 459

"소장님, 안녕하셨습니까?"

"어서 오시오. 공 상무가 어떻게?"

"먼저 와 계셨군요. 청랑왕초와 약속이 있었거든요. 형님, 늦어서 죄송합니다."

"그렇지가 않아요. 공 상무가 딱 맞춰서 와 주었는걸."

"손님들과 말씀 중이었군요."

"그럼 전 좀 나갔다가 오겠습니다."

"그러지 않아도 되네. 서로들 인사하지요."

"공 상무, 이분들은 이곳 아래 지방에서 적벽돌 공장을 하는 사장님들이네."

"그러시군요. 전 여화산업 공기호 상무입니다."

"네에, 우리들은 들으신 대로 고령공장의 고령토와 저희는 진영공장의 진영돌과 양산공장의 양산벽입니다."

"그래요, 여러분들 모두가 같은 종류의 적벽돌 생산 공장을 운영하시는 분들이고 아시는 바와 같이 이곳 현장으로 적벽돌 납품은 여화산업과의 계약이 체결된 상태라 그 권한은 여화산업에 있지요. 물론 이 지방 업체들이 제외된 데 대한 여러분들의 불만은 이해합니다만, 이미 결정된 사항이고 혹시라도 여화산업에서 일부라도 할애해 줄 수 있는지는 여기 있는 공기호 상무와 의논해 보시길 바랍니다."

청랑은 공 상무에게 슬쩍 공을 넘겼다.

"허허, 왕초형께서 이 공기호가 혼자 다 먹으면 배탈 날 거라는 처방전을 주시는군요. 까짓것 사장님들 알고 보면 우리 모두 같은 업종이니 나 혼자 과식하고 배탈 나는 것보단 적당한 체중을 유지하는 것도 괜찮으니 여러분과 믿음이 성립되면 한 1백만 장쯤 나눠 드리리다."

"그게 정말입니까? 공 사장님."

"하하, 설마 여화의 이 공기호가 빈말하겠습니까?"

"공 사장님께서 그래만 주신다면 고맙기 이를 데 없습니다."

"그렇소. 그런데 사장은 그쪽 분들이고 나 공기호는 상무입니다. 여화산업의 상무이사 말입니다."

"허허, 역시 공 상무께서 마음을 비우고 시원스레 양보의 뜻을 얘기해서 좋은 모습이군. 그러면 구체적인 사안은 당사자들이 따로 날을 잡아 상의하기로 하고 오늘은 내가 저녁 시간을 마련하리다. 우리 낙 소장님을 모시고 말입니다."

"아니오, 도움을 받아야 할 무리가 있는데, 당연히 저희가 모시겠습니다."

"그건 아니 되오. 아직은 서로 간에 일이 결정되기 전인데 이해 당사자 간의 접대는 자칫 오해와 부담을 남길 뿐이오. 그래서 오늘은 나 청랑의 몫으로 할 것이오."

"그런데 세 분 사장님들께서는 자세가 좀 불편해 보이십니다."

"아니오. 아무렇지도 않습니다."

진영돌과 양산벽이 애써 태연한 척 자세를 가다듬는다.

"공 상무님 말씀이 맞습니다. 저 두 사람은 몰라도 나 고령토는 대선배 형님한테 얻어맞아 굴신을 못할 지경입니다."

"허허, 고 사장께서 잠자는 범의 코털을 당기셨군요. 내 좀 더 일찍 왔더라면 사전에 고 사장께 귀띔을 드렸을 텐데, 한발 늦었군요."

"그러게 말입니다. 나 고령토, 대 형님을 몰라보고 분별없이 덤볐으니 운이 나빴던 거지요."

사실과 진실 사이 461

"아니 왜들 이러시오. 그리고 고 사장은 대놓고 형님 하는 그 습관부터 고쳐야겠소. 명색이 기업을 경영하는 사장의 체통을 생각해야지, 원."

"명심하겠습니다. 형님."

"영, 못 말리는 사람이군. 자 그럼 이따가 현장 밖 달비식당에서 만납시다."

세 곳의 벽돌공장 사장들은 돌아갔다.

"소장님, 미안합니다. 우리 벽돌 때문에 사무실이 소란스러워서요."

"천만에요. 처음엔 나도 당황스러웠지만, 나중엔 서부극 한 편을 보는 것 같아 놀라움을 금치 못했어요. 청리산업 사장의 참모습을 알 수가 없어요."

"뭐 그리 이상할 거 없습니다. 오랜 막노동하다 보니 본의 아니게 좌충우돌하게 되고 지금같이 소란을 정리하는 방법을 터득하게 됐고요. 아마도 그 점에서는 여기 공 상무가 더 나을 겁니다."

"그런 말씀 마세요. 이 공기호가 감히 왕초형에 비교가 안 되지요."

"아무튼, 두 분께서 우리 현장의 입장을 편안하게 해주어서 감사합니다."

그랬다. 공사를 수행하는 것도 중요하지만 지역사회의 반발을 차단하는 것도 중요하다.

소장 낙동강은 이 두 사나이의 아량에 진심으로 감사하고 있다.

"왕초형, 고맙습니다."

"뭐가? 일의 양이 줄어들어 화나는 게 아니고?"

"그럴 리가요? 달비 현장에 조달해야 하는 그 많은 벽돌을 저희 여화산업에서 기간 내에 다 생산하기는 불가능해요. 그래서 언젠가는 이 지역 공장에다 물량을 의뢰할 참이었는데 왕초형이 다리를 놓아주었으니 한결 수월하게 되었어요."

"그렇다면 다행이고."

청랑은 알고 있다. 공 상무가 말한 그러한 사항을 이제는 공 상무가 유리한 입장에서 그들의 동참을 끌어낼 수 있을 것이다.

문학세계대표작가선 • 1005

노가다 — 방랑의 노동자 (제4권)

성두용 장편소설

인쇄 1판 1쇄   2024년 1월 8일
발행 1판 1쇄   2024년 1월 15일

지 은 이 : 성두용
펴 낸 이 : 김천우
펴 낸 곳 : 도서출판 천우
등   록 : 1992. 2. 15. 제1-1307호
주   소 : 서울시 광진구 구의강변로 85 강우빌딩 7F
전   화 : 02)2298-7661
팩   스 : 02)2298-7665
http://cafe.naver.com/chunwu777
E-mail : cw7661@naver.com

ⓒ 성두용, 2024.

값 23,000원

＊도서출판 천우와 저자의 서면 동의 없는 무단 전재 및 복제를 금합니다.
＊저자와의 협의에 따라 인지는 생략합니다.

ISBN 978-89-7954-916-4